께 깊이 감사드립니다.

오피스

홈비문시초 82-88

1

MOON PHASE

좀비묵시록 82-08
1
박스오피스
MOON

MOON PHASE

1
좀비묵시록 82-08

초판 1쇄 인쇄	2023년 07월 17일
초판 1쇄 발행	2023년 08월 16일
ISBN	979-11-91841-33-6 [04810]

지은이	박스오피스

기획	이하늘
교정·교열	김경희, 윤화리
디자인팀장	공가을
디자인책임	이화정
편집디자인	임은영
타이틀제작	진유성

펴낸이	문상철
펴낸곳	주식회사 바이프로스트
주소	서울시 강남구 선릉로 549, 에본빌딩 3층(역삼동 694-35)
출판등록	제2020-000007호, 2020년 1월 9일
대표전화	070-8833-7312
전자우편	bifrostkr@gmail.com

BIFROST SERIES

X

CONTENTS

Prologue

프롤로그

지글, 돼지갈비가 특유의 캐러멜 향을 풍기며 익어 간다. 그곳은 어디에서나 발견할 수 있는 흔하디흔한 갈빗집이었다. 적당히 허름하고 적당히 넓다. 고기 맛조차도 평범하다. 그래도 평상시에는 꽤나 높은 매출을 올렸는데, 그 가장 주된 이유는 입지였다. 오늘 그 흔한 갈빗집 7번 테이블에는 네 명의 친구가 앉아 있었다.

잘생긴 친구, 덩치 큰 친구, 평범한 친구 그리고 모자 쓴 친구. 그중 모자를 쓴 녀석은 다른 세 명보다 유난히 표정이 어둡다.

"진우야, 왜 그렇게 기분이 안 좋아? 너 좋아하는 거라서 일부러 이거 시켰는데."

잘생긴 친구가 모자 쓴 친구에게 묻는다. 진우라 불린 녀석은 어처구니없다는 듯 한숨을 내쉬더니 모자를 벗었다. 그러자 1센티미터도 안 되게 깎은 스포츠머리가 모습을 드러낸다.

"오늘 입대하는 놈이 그럼 기분이 좋아야 하냐? 너 같으면 돼지갈비가 목구멍으로 넘어가겠냐고. 에휴우~."

어지간히 심란한지, 진우는 또 한숨을 푹푹 쉰다. 덩치가 큰 근육질의 녀석이 잘 익은 고기를 골라 진우의 접시에다 놓아 주며 말했다.

"그래도 일단 잘 챙겨 먹고 가야지. 너, 훈련소 들어가면 이런 거 암만 먹고 싶어도 못 먹는다."

진우는 까까머리를 감싸 쥐고 덩치 큰 친구에게 엄살을 부렸다.

"야, 보안관. 나 진짜 군대 가기 싫다. 이제 저 안으로 들어가기만 하면 거의 2년 동안 갇혀 살아야 한다는 거, 생각만 해도 미칠 것 같아. 후우~ 너희랑 같이 차 타고 돌아가면 안 되는 거겠지?"

"어제 술 취해서 그만큼 징징거렸으면 됐잖아, 인마. 이제 그만 포기하고 받아들여. 자, 아~ 해."

보안관이란 별명으로 불린 친구는 솥뚜껑 같은 손으로 쌈까지 싸서 억지로 진우의 입에 고기를 밀어 넣었다. 진우는 우물거리면서도 계속 고개를 설레설레 저었다.

"고기 맛이고 뭐고, 아무것도 모르겠어. 아니, 왜 나만 영장이 이렇게 일찍 나오냐고……. 불공평하잖아."

"아, 맞다. 야, 쌈장 보니까 생각이 난 건데……."

잘생긴 친구가 끼어들었다.

"정말 드문 일이겠지만, 어떤 미친놈들은 화장실 청소가 제대로 안 되어 있으면 똥 퍼 오라고 한 다음, 전부 쫙 세워 놓고 손가락으로 한 번씩 찍어 먹으라고 한대. 그러니까 만약 그런 상황이 닥치면 꼭 검지로 찍어서 몰래 중지를 빨아. 이렇게 말이야."

그러고서는 직접 쌈장을 손가락으로 찍어 먹는 척 시범까지 보인다. 함께 밥을 먹던 나머지 셋이 거의 동시에 역겨워 견딜 수 없다는 표정을 짓는다. 진우가 씹던 고기를 억지로 삼키고 말했다.

"더럽게 고맙다, 삼식이 이 개새끼야. 이래저래 가뜩이나 속이 뒤집히는 것 같은데, 이제 똥 먹는 시범까지 보여 주는구나."

별말씀을. 삼식이라 불린 친구는 의기양양하게 다시 한번 검지로 쌈장을 찍고 중지를 쪼옥 맛있게 빨았다. 그런 바보짓을 하는데도 잘생겼다는 걸 부정할 수 없다는 게 더 열받아서 진우는 시선을 벽에 걸린 TV로 돌렸다. TV에서는 조금 전까지 방송되던 음악 프로그램을 끊고 속보를 내보내는 중이었다.

조지아의 러시아 접경 도시 앱테크나야(Aptechnaya)에서 대규모 폭발.
러시아의 아들레르 일부까지도 화염에 휩싸여…….
러시아와 조지아, 서로 상대국에 미사일 공격했다 비난.
UN 신중한 반응.

화면 아래로 천천히 흐르는 자막은 대강 그런 문장들이었다. 당직 아나운서는 두서없이 들어오는 정보들을 더듬거리며 읽느라 진땀을 뻘뻘 흘렸지만, 사실은 자막에서 이미 전한 내용을 좀 더 늘려 놓은 것에 불과했다. 진우에게는 자료 영상도 없는, 먼 나라의 이야기일 뿐이다. 지루했다.

'채널을 옮길까…….'라고 생각하는 동안, 속보가 끝나고 화면은 다시 음악 프로그램으로 넘어갔다. 두 명의 아이돌이 막 무대로 나와 인사를 하는 중이었다. 최고의 인기 듀오, 핑크 펀치였다.

"오! 핑크 펀치!"

보안관이 반색을 한다. 그뿐만이 아니다. 네 명의 친구 중 세 명이 해맑은 미소와 함께 TV에 시선을 고정했다.

"예쁘구나, 제니야! 오빠가 격하게 사랑한다!"

갈색 머리의 제니가 클로즈업되자 보안관은 애절한 표정을 지었다. 평범해 보이는 친구가 한심하다는 듯 중얼거린다.

"하여간 머리 나쁜 놈들이 꼭 가슴 큰 여자 좋아한다니까. 보안관, 이 멍청아! 예쁜 건 테라지! 그치, 진우야?"

"음, 그건 사실이긴 하지."

진우도 이 순간만큼은 입대의 우울함을 잊고 근엄하게 고개를 끄덕였다.

투명에 가까운 흰 피부, 길고 까만 생머리, 만화에서 튀어나온 것 같은 저 청순함. 테라는…… 사랑이다.

"하긴 너희 같은 애송이들은 제니의 섹시한 매력을 감당하기 어렵겠지."

보안관도 지지 않고 받아쳤다. '제니다!', '아니다, 테라다!' 두 명 중 누가 더 예쁜지, 정말 이 세상에서 가장 쓸모없는 주제로 티격태격하다가 진우는 갑자기 또 우울해졌다.

"하아~ 좋구나. 믿어지지가 않는다. 이제 이런 세상과 바이바이 하는 거라니……."

나머지 세 친구가 고개를 저으며 한목소리를 냈다.

"하하하, 이 새끼. 무슨 지구 종말이라도 오는 것처럼 말하네. 그냥 너만 잠시 못 보는 거야."

"오냐, 개새끼들아. 나중에 내 밑으로 들어오기만 해라. 안면 싹 몰수하고 악마처럼 존나 갈궈 주마."

"확률적으로 그런 일은 없어. 군대가 무슨 동창회도 아니고……."

그렇게 계속 지껄여 대는 7번 테이블의 네 친구와 달리 9번, 11번 테이블의 가족들은 고기가 익기도 전에 허겁지겁 입 안으로 욱여넣고 있었다. 대화는 전혀 없이, 마치 누가 빨리 먹나 내기를 하고 있는 것 같다.

아버지도, 어머니도, 입대를 위해 머리를 박박 깎은 아들도, 배웅하러 온 여동생도…… 전부 아무 말이 없이 고개를 푹 숙인 채 그저 고기만 먹고 있다. 그들이 그렇게 이상한 행동을 하는 이유는, 조금 전 들어와 입구 근처의 테이블을 차지하고 있는 여덟 명의 덩치 큰 사내들 때문이다.

"하하하, 새끼들. 그러니까 진즉에 학교 갔다 왔으면 이런 데 안 끌려오잖냐, 이 멍청한 새끼들아. 큭큭큭, 나 봐라. 상해로 1년 좀 넘게 살고 나오니까 국방부에서 얼굴 보자는 말을 안 하네?"

"큭큭큭, 당연한 거 아니냐? 별을 떡 달았으니 이런 쫄병 나부랭이들이랑은 어울릴 일이 없지. 천하의 만배파 체면에 작대기를 달면 안 되지. 큭큭."

깍두기 썰듯 각을 세워 짧게 자른 머리, 검은 양복바지, 웃통 벗은 러닝셔츠 사이로 비치는 현란한 문신. 누가 봐도 조직폭력배라는 걸 한눈에 알 수 있는 놈들이 큰 테이블을 두 개나 차지하고 앉아 왁자지껄 제멋대로 떠들어 대고 있었다.

"그래도 이 새끼들아, 영광인 줄 알아. 민구 형님이 막내들 군대 간다고 직접 이렇게 배웅까지 와 주셨잖아. 응? 그런 거는 알고 있지?"

"네! 감사합니다, 실장님!"

입영 대상자인 것으로 보이는 두 놈이 벌떡 일어나 허리를 90도로 꺾으며 큰 소리로 인사를 한다. 마치 전세를 낸 것처럼 다른 사람은 안중에도 없는 모습이다.

"아따, 저년들. 저 방댕이 흔드는 것 좀 봐라! 저런 년들은 콱, 그냥 쌍으로 따먹어 버려야 되는데! 크흐흐흐."

TV 화면을 보며 조폭 중 하나가 큰 소리로 음담을 지껄였다. 킬킬킬, 뭐가 그리 재미있는지 다른 놈들 몇 명도 함께 웃어 댔다.

"아, 저 새끼들. 진짜 예의 없이……."

발끈한 보안관이 조폭들의 테이블을 향해 고개를 돌리려 하자 평범한 친구가 재빨리 그의 머리를 붙잡아 고기 쪽으로 되돌렸다.

"어어, 참아, 참아. 그냥 조용히 넘어가자. 응? 오늘 저녁에 있을 미팅을 생각해. 너, 낯선 유치장에서 밤을 보낼래, 아니면 여자애들이랑 술 마시면서 화기애애한 밤을 보낼래?"

"뭐어? 미팅? 누구는 입대하는 날, 너희는 미팅을 한다고? 하아~ 이런 개새끼들을 친구라고 불러야 하나?"

분한 마음을 이기지 못한 진우가 울상을 짓는다. 그때, 갈빗집의 문이 열리며 네 명의 가족이 들어섰다.

"헉……."

입구에 떡하니 자리를 잡고 앉은, 여덟 명이나 되는 조폭을 보고 놀란 일가족은 문을 잡고 멈춰 서 버렸다.

"아, 거기서 뭐 해, 아저씨! 얼른 문 닫고 들어와!"

잉어 문신을 한 놈이 눈알을 부라리며 성질을 낸다. 일가족은 그 자리에서 쭈뼛거렸다. 아들이 입대하기 직전의 마지막 가족 만찬을 이런 험악한 분위기에서 하고 싶지 않다. 하지만…… 그냥 문을 탁, 닫고 돌아서서 나가지도 못하고 있다. 그랬다가는 혹시 저 조폭 놈들이 따라와서 시비를 걸지 않을까 하는 걱정 때문이다.

이러지도 저러지도 못하고 망설이기를 10여 초. 식당 안 모든 사람들의 시선이 문을 향해 집중되던 그때, 중년의 어머니가 기지를 발휘해 식당 주인에게 물었다.

"짜, 짜장면 되나요?"

"예?"

식당 주인이 고개를 젓는다.

"……아니요, 저희는 고깃집인데요."

"아, 우리가 간판을 잘못 봤네. 죄송해요. 애가 군대 가기 전에 꼭 짜장면이 먹고 싶다고 해서……."

군대 갈 아들의 입맛 핑계를 대고 위기에서 벗어난 가족은 공손히 유리문을 닫고 뒤돌아섰다. 조폭들은 갑자기 대폭소를 터뜨렸다.

"우하하하하, 저, 저것 봐라! 갈빗집 와서 짜장면 먹는단다! 미친 여편네. 우하하하하!"

"아이고, 나는 그 애비가 더 한심하다. 뭐 한다고 쭈뼛거리고 서서……. 자식 앞에서 쪽팔리지도 않나? 킥킥킥."

조폭들은 테이블을 두드려 가며 박장대소를 했다. 그들의 웃음소리가 커질수록 9번, 11번 테이블의 가족들은 더 움츠러들어서 고개를 푹 숙인다. 바로 그때였다.

"야, 이 개새끼들아! 좀 조용히 처먹어!"

아까부터 부글부글 끓고 있던 보안관이 탁자를 쾅! 내려치며 버럭 소리를 질렀다. 조폭들, 다른 손님들, 식당 종업원과 사장, 같은 테이블에 앉은 친구들까지도 어안이 벙벙해서 보안관을 쳐다본다. 진우가 또 한숨을 내쉬었다.

"어후~ 진짜. 내가 보안관, 저 새끼 굳이 따라온다고 난리를 칠 때부터 알아봤어야 하는데……. 그렇게 허구한 날 사람을 쌈박질로 몰고 들어가더니, 이제 입영도 못 하게 하려고……."

"이런 씨발 놈이, 지금 뭐라고 했어? 간이 배때기 밖으로 처튀어나왔나. 어디, 다시 한번 지껄여 봐!"

잉어 문신이 벌떡 일어나며 눈을 부라렸다. 보안관은 여전히 자리에 앉은 채 대거리를 한다.

"조용히 처먹으라고, 이 멍청한 새끼야! 다른 사람들한테 불편을 끼쳤으면 미안해라도 해야 할 것 아냐!"

"아나, 이런 또라이 같은 새끼가……. 너, 오늘 뒈졌어."

조마조마한 표정으로 안절부절못하고 있던 사장은 싸움이 벌어질 기미가 보이자마자 주방 안으로 몸을 숨겼다. 몰래 파출소에 전화를 하기 위해서였다. 그래도 네 친구는 별 동요 없이 그대로 앉아 있다.

"유빈아, 유치장 끌려가는 바람에 훈련소를 못 들어가면 어떻게 돼? 그것도 무슨 처벌 대상이 되는 거야?"

진우가 평범해 보이는 친구에게 걱정스러운 표정으로 물었다. 유빈은 스마트폰을 꺼내서 다급하게 검색을 한다.

"……이건가? 무단 미입영…… 병역법 제88조 위반, 구속…… 으아, 3년 이하의 징역이래. 안 되는 건가 본데?"

"파출소에다가 부탁하면 연락이라도 해 주지 않을까? 그러면 무단은 아니잖아."

그런 대화를 나누고 있는 동안에 잉어 문신은 7번 테이블 앞에 도착했다. 잉어 문신은 보안관의 목덜미를 콱 움켜쥐며 한쪽 입술 끝을 씰룩거렸다.

"야! 더 지껄여 봐! 큰소리 빵 칠 때는 언제고, 왜 이렇게 얌전하냐? 응? 왜? 후회가 돼? 요 좆만 한 새끼야."

잉어 문신이 목을 잡은 손에 힘을 주었다. 무력이라면 자신이 있다. 이 기세 그대로 그릴 위에 얼굴을 짓눌러 지져 버릴 참이었다. 평생 화상의 흔적을 보면서 후회하고 살아가게 되리라…….

한데 이놈이 조금도 움직이질 않는다. 당황한 잉어 문신이 다시 한번 체중을 실으려 할 때, 보안관은 왼손을 들어 놈의 손아귀를 움켜쥐었다. 그러고는 바깥쪽으로 비틀어 꺾으며 일어났다.

"으, 으윽! 이, 이 개새……끼, 이, 이거 안 놔?"

어깨가 완전히 꺾인 잉어 문신이 협박인지 애원인지 모를 소리를 신음과 섞어 내뱉었다. 주먹을 휘둘러 봐도 도무지 닿지를 않는다.

"정신 차리고 똑바로 살아, 이 새끼야. 개뿔도 아닌 것들이 떼로 몰려다니면서 약한 사람들 괴롭히지 말고."

잠시 더 힘을 주어 팔을 꺾던 보안관은 한바탕 설교를 한 다음에야 잉어 문신의 손목을 놓아주었다.

"이 씨발 새끼!"

몸이 자유로워지자마자 잉어 문신은 곧바로 발길질을 날렸다. 휘익, 왼발을 뒤로 빼서 그 공격을 피한 보안관이 발을 다시 앞으로 내디디며 힘차게 스트레이트를 뻗는다.

덜컥, 소리와 함께 턱이 돌아간 잉어 문신은 빙글 크게 원을 그리다가 뒤쪽의 테이블을 엎으며 나자빠졌다. 와장창! 둥근 철제 의자가 넘어지며 요란한 소리가 홀 안을 뒤흔든다.

"어, 어라? 야, 인마!"

깜짝 놀란 조폭들이 불러도 잉어 문신은 아무런 답이 없다. 이미 테이블에 겨드랑이를 걸치고 주저앉은 채 기절해 버렸기 때문이다.

"이 개새끼가!"

이번에는 두 놈이 한꺼번에 일어났다. 러닝셔츠를 입은 놈이 소주병을 집어 던졌다. 보안관은 허리를 틀어 피했고, 그를 지나쳐 날아간 소주병은 벽에 맞아 박살이 났다.

으헉, 다른 테이블의 가족들은 겁에 질려 탁자 아래로 몸을 숨긴다. 그사이 금목걸이를 한 놈은 고기 자르는 가위를 집어 들었다. 금목걸이와 러닝셔츠가 보안관을 향해 달려든다.

"뒈져! 이 씹새야!"

금목걸이가 쌍욕을 퍼부으며 가윗날이 아래로 향하게 잡고 휘두른다. 보안관은 왼손으로 가위를 밀어 치고, 놈의 등을 잡아당겨 복부에 무릎을 찍어 넣었다.

흑, 금목걸이가 숨 막히는 신음을 뱉으며 비틀거린다. 그 틈을 놓치지 않고 보안관은 등짝에 팔꿈치 공격을 두 번 더 가했다.

"이야아!"

러닝셔츠가 기합과 함께 보안관의 얼굴을 향해 훅을 날린다. 표정 하나 흩트리지 않고 그 공격을 피한 보안관은 놈의 울대를 올려 쳤다.

캑! 울대를 맞자마자 러닝셔츠의 입에서는 쇳물을 마신 것처럼 갈라진 목소리의 비명이 터져 나왔다. 정신을 차리지 못하고 있는 러닝셔츠의 발목을 걸어 넘어뜨린 보안관이 말했다.

"그만해, 이 새끼들아. 어차피 너희는 안 돼."

바닥에 자빠진 채 헐떡거리는 러닝셔츠와 금목걸이의 생각도 크게 다르지 않았다. 덩치만 믿고 까부는 애송이 새끼라고 생각했는데, 엄청나게 빠르고 세다. 한 방, 한 방 맞을 때마다 뼈가 울리고 숨이 끊어지는 것 같다.

하지만 자신들은 조폭이다. 직업적으로 폭력을 휘둘러야 하고, 싸움에서 지고 물러나는 것은 곧 밥줄이 끊기는 것과 같다. 주먹으로 안 되면 칼을 들고, 칼을 들어서도 안 되면 몰래 뒤통수라도 까야 한다. 두 놈은 이를 악물고 다시 일어났다.

"너, 이 개새끼. 사람 잘못 건드렸어."

금목걸이가 너무도 상투적인 대사를 내뱉으며 깨진 병 조각을 집어 자신의 팔을 북북 긋는다. 투실투실한 팔뚝은 금방 피투성이가 되었다. 이렇게 자해를 하고 피를 보이면, 기가 약한 놈들은 겁을 먹는다. 그리고 기세가 꺾이면 아무리 실력자라 해도 몸놀림이 느려지기 마련이다.

"그냥 주먹질로 끝날 줄 알았냐? 내가 누군지 모르지? 흐흐흐."

피의 효과를 극대화하기 위하여 금목걸이는 혀로 병 조각에 묻은 피를 핥으며 또라이처럼 웃는다. 다 계산된 행동이었다. 그런데…… 암만 피 칠갑 쇼를 벌여 봐도 이 빌어먹을 새끼들이 도무지 쪼는 기미가 없다.

덩치 큰 새끼는 물론이고, 그 일행 세 놈까지도 아무런 감정이 느껴지지 않는 시선으로 멀뚱멀뚱 자신을 바라만 보고 있다. 이렇게 되니 다급해진 것은 오히려 금목걸이와 러닝셔츠 쪽이었다. 두 놈은 병 조각을 쥐고 칼날처럼 휘두르며 덤벼들었다.

"에이, 이 새끼들, 끝까지 지저분하게……."

짜증스럽다는 듯 혀를 찬 보안관은 일말의 망설임도 없이 훅을 휘둘렀다. 오른손, 왼손 콤비네이션이 아니라 오른손 훅만 빠르게 잇달아 두 방씩.

뻐억! 뻐억! 각기 두 방씩을 맞은 금목걸이와 러닝셔츠는 자기도 모르게 엉덩방아를 찧었다. 거짓말처럼 곧바로 코가 부어오르고 양쪽 콧구멍에서는 뜨거운 피가 주르륵 쏟아져 내린다. 이익! 고통을 참고 다시 일어나 보려던 두 놈이 바닥에 나뒹군다. 다리가 풀려서 말을 듣지 않는 것이다.

일이 이 지경까지 흘러가 버리자 지금껏 여유를 부리던 조폭 테이블이 다급해졌다. 화려한 호피 무늬 실크 남방을 검은 양복 재킷 안에 받쳐 입은 놈이 버럭 소리를 질렀다.

"보자 보자 하니까, 이 씨발 새끼가! 애들아!"

실크 남방의 명령이 떨어지기가 무섭게 테이블에 남아 있던 다섯 명 중 세 명이 벌떡 일어났다. 쨍강! 쨍강! 병 깨는 소리가 요란하게 울린다. 모두들 깨진 병 조각을 쥐고 언제라도 달려들 준비를 마쳤다.

실크 남방이 가장 마지막으로 일어나서 커다란 맥주병을 벽에 후려쳤다. 깨진 유리의 단면이 창문으로 비쳐 든 오후 햇살을 받아 날카롭게 번뜩인다.

실크 남방이 외쳤다.

“이 개새끼, 창자를 뽑아서 토막을 쳐 주마. 야! 문 잠가!”

부하 놈 하나가 테이블을 끌어다가 유리문 앞에 막아 세웠다. 죽어 보자는 거다. 그러자 지금껏 별 반응이 없던 7번 테이블의 세 친구도 주섬주섬 자리에서 일어났다.

“넌 빠져 있어. 이따가 입영해야지.”

유빈이 진우에게 말했다. 진우는 있지도 않은 머리를 쓸어 넘기는 시늉을 하며 고개를 저었다.

“됐어, 인마. 이렇게까지 됐는데 어떻게 두고 보냐? 뭐, 사실 오늘 군대 가기도 영 싫었고.”

하긴…… 유빈은 고개를 끄덕이며 둥근 철제 의자 두 개를 집어 하나를 진우에게 건넸다. 이런 상황에 아주 익숙한 모습이다. 친구들이 준비를 마친 것을 보자 보안관이 고개를 까딱거리며 말했다.

“야, 뭐 해? 말싸움으로 죽이려고 그랬어?”

“……뭐라고?”

이쪽에서 죽어라 위협을 가하는데도 이빨이 들어가지 않자, 실크 남방은 분을 이기지 못해 부르르 떨었다. 보는 눈이 많아서 영 껄끄럽기는 하지만, 이 지경까지 왔으면 피를 보고 끝내야 한다. 그래야 내일도 조폭으로 살아갈 수 있다.

“쳐!”

실크 남방이 발에 걸린 철제 의자를 걷어차 올리며 외쳤다.

부웅— 날아간 의자는 커다란 창문을 박살 내 버렸다. 그 소리와 거의 동시에 나머지 세 놈도 함성을 질렀다. 그리고 이제 동시에 달려들려던 순간!

“앉아! 이 등신 같은 새끼들아!”

나지막한, 그러나 꽤나 박력이 있는 목소리가 그들을 제지했다. 욕을 먹은 조폭들은 즉각적으로 고개를 숙이고 얼른 의자를 찾아 앉았다. 네 친구의 시선이 명령을 내린 녀석을 향해 옮겨 갔다.

그 남자는 테이블 가장 안쪽의 상석에 앉아 있었다. 거만하게 등을 기대고 있던 남자가 턱을 당기자 얼굴을 가로질러 나 있는, 길고 커다란 흉터가 가장 먼저 눈길을 사로잡는다.

"칠성이!"

흉터 사내가 부르자 실크 남방이 고개를 조아린다.

"네, 넷! 형님!"

"너, 이 멍청한 새끼. 교육을 어떻게 시켰기에 애들이 저런 핏덩어리한테 맞고 다녀? 응?"

"죄, 죄송합니다, 형님! 죽을죄를 지었습니다."

"그리고 2 대 1로도 못 이겨서 다구리를 놓으려고 해? 안 쪽팔려?"

"죄송합니다!"

"운동 안 하고 돼지 새끼들처럼 뒹굴기만 하더니, 참 꼴좋다. 너희, 사무실 가서 보자. 내가 할 이야기가 참 많을 것 같다."

흉터 사내의 이야기를 들으며 조폭들은 순한 양처럼 고개만 계속 주억거렸다. 심지어 바닥에 쓰러져 있던 두 놈까지도 자세를 고쳐 앉은 채 땅에 대가리를 처박는다. 어지간히 겁이 나는 모양이다.

에에에엥~ 위잉~ 위잉~.

저 멀리서부터 경찰차 사이렌 소리가 가까워져 온다.

"뭐, 교육은 교육이고…… 피 흘린 값은 받아 내야겠지."

그렇게 중얼거린 흉터 사내가 자리에서 일어난다. 그러고는 보안관을 향해 손가락을 까딱거렸다.

"야! 고릴라! 이리 와, 이 새끼야."

"뭐어? 고릴라? 이런 미친……."

보안관은 얼굴이 벌겋게 달아올라 소리를 질렀다. 저렇게 쉽게 흥분할 수 있는 것도 어찌 보면 재주다. 싸움이 더 크게 번지는 것을 막기 위해 유빈이 둘 사이로 끼어들었다.

“저기…… 이제 그만하시죠. 경찰까지 바로 문 앞에 왔는데…….”

흉터 사내는 그 말에 아무런 반응도 하지 않고 저벅저벅 걸어온다. 짭새가 떴다는 것은 그 역시 잘 알고 있다. 하지만 핏값을 받아 내는 데는 그리 긴 시간이 걸리지 않는다. 단 몇 초! 그거면 충분하다. 만배파 조직원의 피를 흘리게 한 놈이 아무 대가도 치르지 않고 멀쩡히 걸어 나가게 할 수는 없다.

상황이 상황이니만큼 죽일 수는 없겠지만, 힘줄 한두 개쯤은 끊어 둘 생각이었다. 법적인 문제는 우려할 필요 없다. 대신 죄를 뒤집어쓰고 잠시 감옥에 갈 놈이 일곱이나 있으니까……. 그게 이쪽 세상을 지배하는 법칙이다.

흉터 사내의 차가운 눈은 보안관에게만 꽂혀 있다.

보안관 역시 흉터 사내를 뚫어져라 노려보았다. 녀석의 오른손이 등 뒤로 돌아가 있다. 양복 재킷이 들려 있다. 그렇다는 것은…….

“유빈아!”

놈의 의도를 깨달은 보안관은 황급하게 유빈을 잡아당겼다. 그리고 오른손으로는 둥근 철제 의자를 집어 올렸다. 쿵, 쿵! 경찰들이 테이블로 막아 놓은 유리문을 밀치는 소리가 들린다. 조폭들은 줄지어 늘어서서 안쪽의 풍경을 가렸다.

스릉~.

쇳소리는 울렸지만, 식당 안 대부분의 사람들에게 흉터 사내가 언제 칼을 뽑았는지는 보이지 않았다. 두 뼘가량 되는 쿠크리였다. 사내는 오른발을 내디디며 벼락처럼 빠르게 칼을 휘둘렀다.

그가 목표로 한 길목에 웬 얼빵한 놈이 끼어들어 있지만, 개의치 않았다. 어차피 저놈도 고릴라 녀석과 한패. 함께 베어 버리면 교훈도 두 배가 될 테니까.

서걱.

둥글게 휜 칼날이 옷을 베는 소리. 보안관이 힘껏 잡아당겨 준 덕에 쿠크리는 유빈의 뱃가죽 대신 낡은 셔츠를 가르고 지나쳤다. 퐈당, 뒤로 당겨진 유빈의 엉덩이가 바닥에 닿기도 전에 흉터 사내와 보안관은 서로를 향해 일격을 내질렀다.

흉터 사내는 공중에서 칼날의 방향을 고쳐 잡고 백핸드 스윙을 했다. 보안관은 철제 의자의 다리를 잡고 상대의 머리통을 박살 낼 기세로 후려쳤다.

채앵!

쇠와 쇠가 맞부딪치며 나는 날카로운 소리!

교차한 두 사람 모두의 눈에 동일한 의문이 떠올랐다.

그걸 피했어?

그들이 믿을 수 없다는 표정을 지으며 다시 서로를 향해 돌아서려는 순간, 고깃집의 유리문이 벌컥 열리며 경찰들이 뛰어들었다. 삐삑— 호각 소리가 시끄럽게 울린다.

"어허~! 이거 봐라, 이거. 쯧, 백주 대낮에 이게 무슨 난리야? 점잖은 사람들이……."

젊은 의경들을 앞세우고 들어온 중년의 경찰이 식당의 꼴을 보고 혀를 찬다. 잔뜩 겁에 질려 있던 식당 종업원과 손님들은 경찰복을 보자 안도의 한숨을 크게 내쉬었다. 흉터 사내는 얼른 등 뒤로 칼을 숨겼고, 보안관은 의자를 내려놓았다. 조폭들이 다가가 흉터 사내를 둘러싸고, 시야를 가린 채 그에게서 칼을 받아 바닥에 밀어 버린다.

"어이, 스톱! 동작 그만! 왜 자꾸 움직여, 아저씨들. 응? 수상하잖아. 싸운 거 누구야? 누가 싸웠어?"

가장 나이 들어 보이는 백발의 경찰이 조폭들을 하나씩 뜯어본다. 러닝셔츠와 금목걸이, 잉어 문신에서 그의 시선이 멈췄다. 엄청 두드려 맞았군. 백발의 경찰은 생각했다. 때린 범인이 누구인지도 대충 짐작이 간다. 온몸이 근육인 것처럼 덩치가 커다란 놈과 얼굴 전체를 가로질러 험악한 흉터가 있는 놈. 이 두 놈 중의 한 녀석이 가해자일 테지.

"어이, 당신 피해자네. 누구한테 맞았어?"

흉터 사내의 눈치를 힐끗 본 금목걸이가 고개를 저었다. 이런 일의 보복을 경찰한테 맡길 수는 없다.

"맞기는 누가 맞았다는 거요? 애초에 싸움이 없었는데."

백발 경찰은 콧방귀를 뀌었다.

"아니, 아저씨, 거울을 보고 말해. 지금 아저씨 코가 피투성이고 주먹만큼 부었는데, 그럼 그건 어떻게 설명할 거야?"

"음료수 가지러 갔다가 엎어져서 그런 거니까 신경 끄슈. 할 일도 어지간히 없나 보네."

"그럼 저 문신한 아저씨는? 어이쿠, 저것 봐. 얼마나 세게 두드려 맞았으면 아직도 일어나지를 못하네."

"내가 넘어지면서 저 사람한테 부딪친 거요. 그러니까 선량한 시민 그만 귀찮게 하고 그냥 가쇼."

"선량한 시민이라……. 그렇게 거짓말로 얼렁뚱땅 넘어가려고 하면 안 되지이."

백발의 경찰이 조폭들의 주의를 끄는 동안 중년의 파출소장은 고깃집 사장의 눈치를 살피며 눈으로 대화를 나눴다. 물론 한눈에도 누가 말썽꾸러기들인지는 알 수 있었다. 나 조폭이오, 하고 알리기라도 하듯 시꺼먼 양복바지를 입은 놈들이 여덟이나 떼로 모여 있으니까. 문제는 나머지 놈들도 개입됐는가 하는 거였다.

저 안쪽의 사람들도 관련이 있어?

파출소장이 눈짓으로 물었다.

아냐, 그 사람들은 그냥 둬.

고깃집 사장이 미세하게 고개를 저어 답했다.

그럼, 이 어린애들 네 명은 뭐야?

파출소장의 시선이 이번에는 7번 테이블의 네 친구에게 향했다.

으음……. 잠시 망설이던 고깃집 주인은 이번에도 가볍게 머리를 흔든다. 연행하지 말라는 의미였다.

그러면 애들은 신분 확인만 한 뒤 보내고, 저 조폭 놈들만 데리고 가서 약식조사 하면 되겠군. 신분증 제시를 요구한 파출소장은 잠시 뜸을 들였다가 낮은 목소리로 보안관의 이름을 불렀다.

"남광훈 씨?"

"네?"

보안관이 대답했다.

"보아하니까 힘깨나 쓰나 본데, 나이도 어린 양반이 너무 성질대로 살지 마요, 응? 그런 사람 많이 봤는데, 보통 끝이 영 안 좋습디다. 오늘은 그냥 넘어가 주는 겁니다."

그렇게 경고를 한 파출소장은 신분증을 돌려주고 여전히 조폭들과 말씨름을 하고 있는 백발의 경찰에게 다가가 그의 등을 두드렸다.

"뭐, 내비 두자고. 어쩌겠어, 자기가 안 맞았다는데. 그런데, 생활하는 아저씨들은 잠시 서로 같이 가 주셔야겠어."

"아니, 왜 우리한테만 그래! 외모 가지고 차별하는 거야, 뭐야?"

조폭들이 발끈해서 아우성을 친다. 목청 좋은 놈들이 한꺼번에 떠들어 대니 정신이 하나도 없지만, 파출소장은 그래도 흔들리지 않았다.

"혼자서 넘어졌든 간에 어쨌든 기물 파손 했잖아. 놀았으면 어지럽힌 값은 내야지. 자꾸 귀찮게 떠들면 공공장소 주취 난동 및 폭력으로 입건하는 수도 있어. 어떤 게 더 귀찮은지는 알지? 당신들 전부 몸으로 법 공부깨나 한 것처럼 생겼는데?"

수갑을 꺼내 보이며 파출소장이 빙긋 웃었다. 이렇게 해서 간단하게나마 조서 꾸미는 시늉이라도 하고 주민 번호를 따 두지 않으면 이런 놈들은 또 이 가게를 찾아와 왜 신고를 했느냐며 난동을 피우고도 남는다.

한 다리 건너면 다 친척이고, 형님 아우 하며 사는 이런 중소 도시에서 외지 놈들이 설치게 놔둘 수는 없다. 그래서는 면이 서질 않는다. 그런 생리를 잘 아는지라 조폭들도 더는 대들지 못하고 입을 다물었다. 천하의 만배파라지만, 어디까지나 서울과 그 부근에서의 이야기였다.

"저분들은 관계없어. 우리 여섯이 일행이니까."

의경들을 따라나서던 금목걸이가 실크 남방과 흉터 사내를 가리키며 말했다.

제 딴에는 윗사람을 보호한다고 꾀를 내 본 것인데, 평생 이 짓으로 뼈가 굵은 백발의 경찰에게는 통하지 않았다.

"쓸데없는 소리 자꾸 떠들면 지문 조회까지 하는 수가 있어. 시끄럽게 굴지 말고 빨리 차에 타. 선수끼리 왜 이래?"

그래서 여덟 명은 꼼짝없이 한 묶음으로 끌려 나갔다. 흉터 사내는 문을 나설 때까지도 그 얼음 같은 시선을 보안관에게 고정시킨 채 쏘아보고 있었다. 물론 보안관 역시 조금도 지지 않고 호랑이처럼 인상을 쓰며 그를 노려보았다.

경찰차 세 대에다가 놈들이 타고 온 세 대의 고급 차까지, 모두 여섯 대의 차량이 한꺼번에 떠나자 고깃집 주차장은 순식간에 황량해졌다.

"어, 형님. 피가……."

파출소로 향하는 순찰차 뒷좌석에 나란히 앉아 있던 실크 남방이 흉터 사내의 손등을 보며 작게 중얼거렸다. 응? 그제야 흉터 사내는 자신의 손등에서 실처럼 가늘게 피가 흐르고 있다는 걸 깨달았다. 깊은 상처는 아니었다. 그저 날카로운 단면에 살갗이 찢긴 정도. 고릴라 같은 놈이 휘두르던 의자가 떠오른다.

젠장, 그딴 핏덩이한테……. 사내는 분한 마음을 이기지 못해 몸을 부르르 떨었다. 하지만 그는 닳고 닳은 프로였다. 백주 대낮에 경찰차 안에서 차를 돌리라고 난동을 피울 만큼 멍청하지는 않다는 뜻이다.

후우우~ 사내는 감정을 가다듬으며 눈을 감고 자신에게 굴욕감을 안긴 그 애송이의 얼굴을 떠올렸다. 절대 잊지 않고 기억해 주마. 송충이 같은 눈썹, 고릴라 같은 근육, 삐쭉삐쭉한 고슴도치 머리, 단단하게 각진 턱. 놈의 모습이 선명하게 떠오른다.

다시 한번만 더 만난다면……. 사내는 마음속으로 다짐했다. 놈을 죽일 것이다. 비명 소리가 더 이상 나오지 못할 때까지, 쉬지 않고 괴롭히다가 아주 천천히 죽일 것이다.

사내가 복수를 다짐하던 바로 그 시각, 식당에서 계산을 하고 나온 네 친구는 낡은 중고차 앞에 모여 서 있었다. 바로 길 건너편에 아치형의 훈련소 정문이 보인다.

"아 참, 유빈이 너, 안 다쳤지?"

보안관이 물었다. 유빈은 10센티가량 찢긴 셔츠 사이를 손가락으로 벌려 보인다.

"아슬아슬하게 피는 안 본 것 같다. 아니, 근데…… 뭐, 그런 새끼가 다 있지? 경찰이 바로 문밖에 있는데 그렇게 칼을 휘두를 거라고는 생각도 못 했어. 암만 조폭이라도 그렇지……. 어휴, 젠장. 생각하니까 또 아찔하네……."

친구의 한숨을 본 보안관은 또 흥분해서 이를 갈았다.

"그 양아치 새끼, 아까 경찰이 딱 10초만 늦게 들어왔어도 아주 그냥 작살을 내놓는 거였는데."

그렇게 말하며 보안관은 왼 손바닥에 자신의 주먹을 팡팡, 때렸다. 그런 그의 모습을 보고 있던 세 친구의 눈빛에 놀라움이 스쳐 지난다. 그러다가 거의 동시에 픽, 하고 웃음을 터뜨렸다.

"뭐, 뭐야? 갑자기 왜 웃어?"

"하하하, 누가 누구를 작살낸다고? 안 아프디? 자기가 다친 것도 몰라? 크크크."

"그게 무슨 소리야……."

"너 칼 맞았다고. 피가 질질 흘러. 작살을 내놓는 것 같은 소리 하네. 보안관, 너 완전히 녹슬었어, 이 새끼야."

당황한 보안관이 오른쪽 팔뚝을 살피자 가느다란 핏줄기가 보인다. 칼에 베인 상처에서 흘러나온 것이다. 피가 내비치는 상처는 10여 센티. 깊지는 않지만, 길이는 꽤 된다. 흥분 때문에 전혀 모르고 있었다.

"어? 진짜 스쳤네! 아, 정말 재수가 없으려니까 저런 허접한 새끼가 휘두르는 칼을 다 맞네. 아휴, 진짜 한 번만 더 마주쳤으면 딱 좋겠다. 아주 죽여 버리게."

"어휴~ 또 저런다. 쓸데없는 소리 그만하고 이제 슬슬 돌아가. 나도 입영해야지. 아까 못 들었어? 무단으로 안 들어가면 3년 이하의 징역이라잖아."

진우가 보안관을 달랬다.

"후우~ 그래, 내가 너를 봐서 참는다. 그럼 들어가자. 너 입소식 하는 거까지는 봐야지."

"아니, 아니, 저기…… 아까 다 같이 기념사진도 찍었고, 그럼 됐어. 너희가 차 타고 가는 거 내가 봐야 마음이 편할 것 같아. 아까 그 새끼들 중에도 몇 놈이 입영한다 어쩐다 하는 것 같던데, 그렇게 서로 자꾸 마주칠 일 만들지 말자고. 빨리 가서 작업반장님한테 차 돌려 드리고 열심히 일해. 참, 미팅도 있다며."

진우는 낡은 중고차의 지붕을 통통, 두들기며 웃어 보였다. 삼식이가 걱정스러운 표정으로 중얼거렸다.

"혹시라도 너 혼자 있을 때 저 새끼들이랑 또 마주치면 어떡하지?"

"야, 일단 저 안으로 들어가면 그런 거는 걱정할 필요도 없어. 사방에 총 든 군인이 널려 있는데, 제까짓 놈들이 뭘 어쩌겠어?"

나름 납득이 가는 이야기라서 네 친구는 서로 어깨를 두드리고 헤어졌다. 차에 오른 세 사람은 훈련소 정문 앞에서 뒤를 돌아보는 진우를 향해 손을 흔들어 준 뒤, 속도를 높였다. 진우의 눈에 눈물이 맺힌 걸 얼핏 본 것 같아 다들 마음이 무거웠다.

"앞으로 거의 2년이 고스란히 남았네……. 진우, 어떻게 하냐? 어지간히 외로울 텐데."

핸들을 잡은 유빈이 한숨을 내쉬었다. 뒷자리에 앉은 삼식이가 느긋하게 말했다.

"에이, 괜찮아. 금방 또 볼 텐데, 뭐. 우리가 면회 자주 가 주면 되지. 그리고 다섯 달인가 지나면 휴가 나올 수 있다니까, 그때 화끈하게 같이 놀자."

5개월이면…… 가을이네……라고 중얼거리던 유빈은 조수석에 앉은 보안관을 향해 고개를 돌렸다. 조금 전부터 그는 말없이 창밖을 보며 생각에만 잠겨 있다.

"어이, 보안관. 무슨 생각 하냐? 아직도 그 칼잡이 놈 생각하고 있어? 잊어버려. 그런 새끼 평생 두 번 다시 만날 일 없어."

"……그러니까 더 열받지. 별 허접한 좆밥 같은 새끼한테 당하고 갚아 줄 방법이 없으니까."

아직도 분이 안 풀려 툴툴거리는 보안관을 달래며 삼식이가 말했다.

"참 쓸데없다. 그딴 것보다 여름휴가나 생각해라. 우리도 내년이면 군대 끌려갈 테니까, 이번 여름은 바닷가로 가서 진짜 청춘을 불태우면서 아주 뜨겁게 보내야지. 상상을 해 봐! 비키니 입은 여자애들이랑 파도치는 백사장에서 뛰어노는 거야!"

삼식이의 말은 꽤 효과가 있어서 세 친구는 흐뭇한 표정을 지으며 야릇한 상상 속에 빠져들었다.

휘이이—.

꽃향기를 가득 머금은 4월의 바람이 열린 창문 사이로 날아 들어온다.

하지만 결과적으로 그날 네 친구들이 나누었던 이야기들은 모두 틀렸다.

그 흉터 진 얼굴의 칼잡이는 결코 허접한 좆밥이 아니었다. 그리고 그는 보안관과 운명처럼 다시 마주했다. 세 친구가 군대에 가는 일은 없었다. 마찬가지로 진우도 휴가를 나오지 못했다.

가장 결정적으로…… 석 달 뒤 여름이 왔을 때, 해변에서는 더 이상 비키니 입은 아가씨들의 모습을 찾아볼 수 없었다. 그 대신 그 자리에 아주 끔찍하고 무시무시한 괴물들이 더러운 침이 흐르는 송곳니를 드러내며 서 있었다.

어느 초여름 새벽, 세상은 순식간에 지옥이 되어 버렸으니까.

Chapter 1

금단의 회의

01

문이 굳게 닫힌 커다란 회의실에는 김성진을 제외하고 총 여덟 명이 있었다. 그 여덟 명 모두 신문을 조금이라도 본 사람이라면 누구나 이름을 떠올릴 수 있는 유명 인사들이다. 하지만 그들 중 말을 하는 것은 세 명뿐이고, 그것이 그들의 서열을 역력하게 드러냈다.

나머지는 잠자코 고개를 끄덕이거나 가볍게 아부의 웃음을 보여 줌으로써 자신들의 충성심을 표현하고 있었다. 가벼운 질문과 농담으로 회의실의 분위기를 주도하는 것은 세 명의 대통령을 만들어 낸 막후, '킹메이커'라는 별명으로 불리는 거물이었다.

그의 왼편에는 가뜩이나 주름진 얼굴을 잔뜩 찌푸린 백발의 노인이 앉아 있었다. 세간에서는 그를 현 대통령의 오른팔이 된 사람이라고만 막연하게 인식하고 있지만, 실제로 그에게 막강한 권력을 부여한 것은 교수로서의 경력이었다.

국립대에서 20여 년을 교수로 지낸 그는 정재계의 많은 인물들과 복잡한 관계를 맺고 있으며, 지속적으로 영향력을 행사해 왔다. 김성진도 학생 시절에 그의 강의를 들은 기억이 있다.

한 자리 건너에 앉은, 군복을 입은 사내는 고개를 빳빳이 들고서 다른 이들을 감시하듯이 노려보다가 아주 가끔 대화에 참여했다.

"깨끗합니다. 그럼."

도청 감지 장치로 다시 한번 회의실을 점검한 요원들이 이상이 없음을 확인시켜 주었다. 국가정보원장이 그들을 거느리고 나가며 허리를 90도로 숙이고 문을 닫았다. 그의 보안 등급으로는 오늘 이 회의실 내에서 전달되는 정보를 직접 습득할 자격이 되지 않았다.

달칵, 두꺼운 문이 닫히면서 저절로 잠기는 소리가 났고, 이제 방에는 정말 중요한 인물들만이 남았다. 그 회의실에서 가장 이질적인 사람은 프레젠테이션을 맡고 있는 김성진이었다. 비록 앞자리에 앉아 예의 세 명과 함께 대화를 나누고 있지만, 그는 권력이나 서열 따위와는 무관했다.

국방연구원의 보고자 자격으로 회의에 참가한 김성진은 커다란 방을 위압감으로 가득 채우고 있는 이 어마어마한 사람들과는 비교조차 되지 않는 일개 안경잡이 박사에 불과했다, 아직까지는.

"슬슬 시작하지요."

조용한 존댓말이지만, 킹메이커의 한마디에 회의실은 일순 고요해졌다. 교수 출신의 남자가 손가락을 휘휘 돌려 김성진에게 신호를 보냈다.

"안녕하십니까, 이번 연구의 보고를 맡은 국방연구원 연구 교수 김성진입니다."

간단한 인사말을 하는 것뿐인데도 중압감 때문에 혀를 씹을 것 같다. 안경을 고쳐 쓴 김성진은 발표대를 두 손으로 꽉 잡으며 배에 힘을 주었다.

"먼저 개요를 말씀드리겠습니다. 지금으로부터 열흘 전, 그러니까 7월 3일 오전 2시 30분에 순시 중이던 속초 해경이 북위 37도 부근, 조업이 금지된 지역에서 표류하고 있던 5톤급 선박 한 척을 발견했습니다."

"5톤급으로는 보통 뭘 하나?"

교수가 물었다.

"일반적인 소형 어선과 유사하다고 보시면 됩니다."

"오징어 배 정도라…… 이런 말이겠군. 좋아, 계속 보고해."

"네. 당시 문제의 선박은 동력이 꺼진 상태로 외등도 켜지 않고 있었으며, 해류를 따라 계속 북쪽으로 이동 중이었습니다. 먼저 확성기로 1차 경고를 했음에도 아무런 반응이 없자 해경은 경비정을 문제의 선박에 근접시키고 절차에 따라 나포를 시도하였습니다. 지금부터 보실 영상은 그날 해경이 채증을 위해 비디오로 기록한 자료입니다."

말을 마친 김성진이 리모컨의 스위치를 누르자 벽에 붙은 커다란 모니터가 켜지면서 녹화된 영상을 재생하기 시작했다.

"다시 한번 경고합니다! 우리는 대한민국 해양경찰입니다. 귀 선박은 지금 불법 조업 및 영해 침범의 혐의를 받고 있습니다. 전 승선원은 지금 즉시 갑판으로 나와 주십시오!"

카메라에 잡히지 않은 누군가가 확성기를 통해 외치는 소리와 함께 시작된 영상은 칠흑같이 어두운 밤바다에 떠 있는 작은 어선 한 척을 비추었다. 천천히 떠 가는 배를 서치라이트가 따라가고 있었다. 스테디 캠 기능이 부실해서 파도가 출렁일 때마다 화면은 심하게 흔들렸다.

경고 방송이 두어 번 더 반복되어도 배에서는 아무런 반응이 없었다. 뱃머리에는 배 이름 대신 숫자가 적혀 있었다.

82-08

군데군데 페인트가 벗겨져 있어서 정확하지는 않지만, 대충 그렇게 보였다. 경비정과 수상한 선박의 거리는 점점 가까워졌고, 해경들은 어렵지 않게 갈고리를 걸어 두 배를 연결했다.

"어쩌죠? 빈 배인가 본데, 그냥 나포할까요?"

"규정대로 해. 일단 수색 먼저 진행한다."

'네—!' 하는 대답과 함께 구명조끼를 입은 해경 넷이 82-08호로 뛰어 넘어갔다.

"선실 안에는 아무도 없습니다."

플래시를 비춰 선실 안을 살핀 해경이 보고를 했다.

"바닥의 창고를 열어 봐! 보통 거기에들 많이 숨는다! 혹시 모르니까 엄호 준비하고!"

"옛!"

두 명이 고무탄 총을 겨누고, 다른 두 명의 해경이 갈고리를 이용해 창고 문을 들어 올렸다. 플래시로 아래쪽을 살피던 해경 하나가 고개를 갸웃거리며 허리를 굽혔다.

"어, 저게 뭐지?"

"왜 그래, 김 경장? 누가 있어?"

"그게 아니고 말입니다. 안쪽 벽에 뭐가 작살로 고정되어 있는데, 움직입니다."

대답을 마친 김 경장은 조금 더 자세히 보기 위해 바닥에 배를 깔고 고개를 창고 아래로 들이밀었다. 5초쯤 지났을까, 엎드려 있던 김 경장의 하체가 미친 듯이 버둥대기 시작했다.

"으, 으아아악, 으악!"

김 경장의 발버둥은 더욱 심해져서 발작에 가까워졌다. 비명 소리에 당황한 동료들이 그의 허리와 다리를 잡고 창고 밖으로 끌어냈다.

"억? 저, 저게!"

주변의 사람들이 경악하는 탄성 소리가 여기저기서 터져 나왔다. 김 경장을 끌어냈던 다른 해경들도 일그러진 표정으로 흠칫거려야 했다. 김 경장의 얼굴에는 상반신만 남은 미라가 달라붙어 있던 것이다.

도저히 믿기지 않는 광경이었다. 끊어진 척추가 덜렁거리는 몰골이지만, 쌩쌩하게 움직이는 두 팔로 김 경장의 머리통을 꽉 움켜쥐고 이빨로는 열심히 광대뼈 주변을 뜯어먹고 있는 그 모습은 그야말로 괴물이었다.

"야이, 씨발!"

동료 해경 하나가 개머리판으로 반 토막짜리 괴물의 얼굴을 후려갈겼다. 빠각! 빠각! 두 차례의 강한 타격에도 괴물은 여전히 희생자의 얼굴에서 떨어지지 않았다.

"으아악!"

얼굴을 물어뜯겨 피투성이가 된 김 경장은 끔찍한 비명을 질렀다. 그의 동료들은 이후에도 서너 차례 더 개머리판 찜질을 퍼부은 다음에야 겨우 반 토막 괴물을 떨쳐 낼 수 있었다.

"이런 개새끼!"

해경들은 갑판 위에서 뒹구는 괴물을 향해 사정없이 몽둥이를 휘둘렀다. 하지만 괴물도 가만히 당하고 있지만은 않았다. 몽둥이에 맞아 팔과 갈비뼈가 부러지는 동안에도 괴물은 해경들의 손과 다리를 물어뜯으며 깊은 상처를 남겼다. 허리 아래가 끊긴 상태였는데도 기어 다니는 괴물의 움직임은 너무나 빨랐다.

탕! 해경들은 결국 비상시에만 사용하도록 교육받은 총을 꺼내 발포했다. 퍽! 괴물의 가슴에 구멍이 뚫리고 검은 피와 체액, 뼈가 사방에 튀어 날렸다. 그러나 총알이 박힌 뒤에도 괴물은 여전히 미친 듯이 달려들었다.

10여 분간 숨 막히는 혈투 끝에, 비상용으로 가져간 실탄을 거의 쏟아부은 뒤에야 해경들은 결국 괴물을 완전히 제압할 수 있었다. 머리가 부서져 뇌수를 쏟은 채 갑판에 축 늘어진 괴물의 시체는 끔찍했던 조금 전의 상황을 그대로 대변해 주었다.

"상황 종료! 상황 종료!"

얼굴에서 피를 콸콸 쏟고 있는 김 경장을 부축하고 배로 돌아온 해경들의 상태는 엉망이었다. 여기저기 물어뜯기고 할퀴어진 상처마다 피가 흘러나왔고, 일부는 구역질을 심하게 했다.

"부상자들 상태가 심각한가?"

지휘자로 보이는 해경이 다가왔다.

"정장님, 저게 대체 뭡니까?"

경비정으로 돌아온 해경 중 하나가 숨을 헐떡거리며 물었다. 하지만 지휘자라고 해서 알 턱이 없었다.

"나도 모르겠어. 그보다 김 경장 상태는 어때? 출혈이 멎었나?"

"좋지 않습니다. 배에서 꽤 깊숙하게 물어뜯겼습니다. 의식도 없습니다."

"이 경사, 헬기 지원 요청해. 위급하니까 서두르라 하고!"

지휘자의 명령에 따라 무전이 송신되고, 다른 해경들이 김 경장을 바닥에 눕혀 상처에 응급처치를 하기 시작할 때였다. 조금 전까지 미동도 못 하고 있던 김 경장이 벌떡 일어나 주변을 돌아보다가 카메라를 향해 정면으로 섰다.

"어? 어?"

주변의 소리가 울리는 짧은 순간, 김 경장은 엄청난 속도로 카메라를 향해 달려들었다. 악! 콰직! 여러 소리가 혼란스럽게 섞이고, 카메라는 흔들리다가 떨어져 바닥을 비춘 채 고정되어 버렸다.

탕! 탕!

총성과 비명 소리가 계속 이어졌다.

02

"저건가요, 오늘 우리가 보게 될 샘플들이 입수된 경로가?"

화면에 집중하고 있던 킹메이커가 물었다. 김성진은 고개를 끄덕이며 대답했다.

"네, 그렇습니다. 무전을 받고 출동한 헬리콥터가 현장에 도착했을 때는 경비정에 타고 있던 16인 전원이 이미 감염된 이후였습니다. 그것을 저기에 계신 채 장군님께서 극비리에 확보하셨습니다."

김성진은 8인 중의 한 사람인 군복, 채 장군을 가리켰다. 군복은 무표정하게 고개를 까딱하는 것으로 사람들의 시선에 답했다.

"어디 배인가요, 저건?"

킹메이커의 질문에 김성진은 고개를 갸웃거렸다.

"등록되어 있는 선박이 아니어서 국적을 파악하기는 어려웠습니다만, 훼손이 심하지 않은 정도로 보아 근해에서 표류하던 것이라 추정됩니다."

"뭐야, 대체? 공격성은 그렇다 쳐도 저렇게 절반이 잘린 채로……. 게다가 총을 맞고도 곧바로 움직이던데……. 해부했지? 저게 사람이 맞긴 한가?"

이번엔 대통령의 최측근, 교수가 물었다.

"네. 국과수에서 해부를 진행했고, 그 세부적인 검사 결과와 수치는 미리 제출해 드린 보고서 15페이지에 있습니다. 장기 구성이나 유전자 모두 인간이긴 합니다. 주목할 만한 점은 헤모글로빈 수치였습니다. 일반인들은 12에서 17 정도의 분포를 보이지만, 이 사건에서 얻은 샘플들은 모두 헤모글로빈 수치가 0.3 이하였습니다. 잘 아시다시피 헤모글로빈은 한 분자당 네 개의 산소 분자를 흡수하여 이동하는데……."

교수가 귀찮다는 듯 손을 휘휘 저어 대서 김성진은 설명을 멈췄다.

"아니, 아니, 잘 몰라. 여기에 헤모글로빈이라는 단어를 들어 본 사람은 있어도 그게 뭔지 아는 사람 아무도 없어. 그러니까 그런 숫자들은 빼고 뭘 의미하는지 결론만 말해 봐."

"예. 간단하게 말씀드리자면 이런 맥락입니다. 우리가 숨을 쉬어야 하는 이유는 폐로 흡수한 산소를 피의 적혈구에, 보다 정확히 말씀드리면 적혈구 속 헤모글로빈에 실어서 몸의 곳곳에 산소가 필요한 세포로 보내고, 다시 이산화탄소를 가지고 돌아오도록 하기 위해서입니다. 또 그런 피의 움직임을 원활하게 하기 위해 주기적으로 심장이 박동합니다. 그런데 이번 케이스에서 발견한 샘플들은 살아 있는 사람이라고는 도저히 생각할 수 없을 정도로 낮은 헤모글로빈 수치를 가지고 있으며, 그마저도 시간이 경과함에 따라 점점 감소하고 있습니다. 그러나 이런 수치들과 무관하게 샘플들은 여전히 특정한 주변의 자극에 반응을 하고 움직일 수 있는 능력을 가졌습니다. 이런 징후들이 의미하는 바는……."

보다 극적인 프레젠테이션이 되기를 바랐던 김성진은 거기까지 말하고 나서 보고서의 페이지를 넘기는 척하며 잠시 뜸을 들였다가 말을 이었다.

"……이 돌연변이 과정을 겪은 이들은 산소 호흡을 하지 않는다는 것입니다. 다시 말해 이 샘플들은 폐와 심장에 의지하지 않고도 생존해 있고, 거기에 더해 지속적으로 운동까지 수행할 수 있습니다."

이 부분을 들으면 모두들 엄청나게 동요할 것이라고 김성진은 예상했었다. 하지만 회의실에 앉아 있는 사람들 중 감정을 드러내는 이는 하나도 없었다.

"……그게 대단한 건가?"

군복을 입은 남자가 처음으로 김성진을 향해 입을 열었다. 당연히 대단하지, 이 멍청한 인간아. 폐랑 심장을 떼어 내도 살아 있는 사람을 들어 본 적이나 있느냐고! 김성진은 군복과 얼굴을 마주하면서 자신이 그를 경멸한다는 느낌을 주지 않기 위해 애를 써야 했다.

"역사적으로 단 한 건도 보고된 사례가 없습니다. 이 샘플 중 하나만 공개된다 해도 전 세계의 학계로부터 공동 연구를 위한 제의와 투자가 쇄도할 것입니다. 만약 이들의 생존 원리를 밝힐 수만 있다면, 심장이나 폐의 질환으로 고통받는, 수많은 시한부 환자들에게 엄청난 희망이 될 겁니다."

"확실히…… 돈은 되겠구만. 도무지 뭔지를 모르겠는 정도로 새로운 것이니까 말이야."

교수가 고개를 끄덕이며 말했다.

"하지만 이런 귀한 걸 외부에 공개한다는 건 말이 안 되는 소리지. 자기 패를 다 까고 포커 테이블에 앉아서 돈을 딸 수 있는 사람이 어디 있겠나? 꽁꽁 싸 두고 딱 우리끼리 볼 사람만 보면서 가끔 새로운 거 하나씩 아주 작은 것만 던져 주면 10년, 아니, 20년은 족히 가겠는데?"

말을 마친 교수는 탐욕적으로 입 주변을 쓸었고, 그 말을 전혀 이해하지 못했을 게 분명한데도 군복은 흠, 흠, 소리를 내며 동의하는 척을 했다.

킹메이커도 흥미를 보이며 물었다.

"이거, 국운이 승하는군요. 매력적이지 않아요? 반영구적으로 지속 가능한 무산소 운동이라……. 근데 다 좋을 수는 없겠죠? 좀 전에 화면을 보니까 단점도 만만치는 않은 것 같던데……. 어때요? 그런 부분에 대해서는 연구가 좀 진행이 됐나요? 어떤가요?"

"네. 지적해 주신 것처럼 분명히 선결해야 하는 과제들도 있습니다. 그중 가장 큰 것이 전염성입니다. 방금 보신 영상에 잘 드러났듯이, 이 돌연변이는 접촉을 통해 전염됩니다."

"접촉. 그러면 그 접촉의 상정 범위가 어디까지인가요?"

"현재로서는 조금 조심스러운 잠정 결론입니다만, 일단 공기 접촉이나 단순한 피부 접촉은 안전한 것으로 보입니다. 하지만 보균자의 구강에서 만들어지는 효소와 세균이 다른 사람의 혈액에 직접적으로 침투했을 경우에는 예외 없이 전염이 진행되어 세포 변형이 일어난다고 보고 있습니다."

"세균이 감염시키고, 효소가 그 진행 속도를 촉진시킨다는 말이군. 피부 아래까지 물어뜯어야만 전염이 되는 거니까 확산 가능성 자체로만 보자면 오히려 에이즈보다도 약한 편이겠는걸? 감염된 이후의 발병은 어때? 얼마나 걸려서 돌연변이가 이루어지나?"

교수와 문답을 주고받자니 김성진은 잠시 자신이 강의실에서 발표를 할 때로 돌아간 것 같았다.

"투입된 세균과 효소의 양에 따라 달라집니다. 돌연변이 보균자…… 이것을 이제부터 '변종'이라 총칭하겠습니다. 변종의 타액이 직접적으로 피부를 뚫고 피접촉자의 혈액에 주입되는 경우, 쇼크에 의해 피접촉자의 심장이 정지합니다.

그다음 일정한 시간을 두고 변이가 진행됩니다. 여기에는 개인차가 있습니다만, 현재 보고된 바에 따르면 가장 빠른 것은 15분부터 길게는 여섯 시간 정도 이후에 피접촉자의 신체에서도 돌연변이 과정이 마무리됩니다."

킹메이커와 교수는 김성진이 설명을 돕기 위해 화면에 띄워 둔 도표를 유심히 바라보았다. 그리고 잠시 귓속말로 대화를 나눈 두 사람은 서로 마주 보며 고개를 끄덕였다. 교수가 볼펜으로 스크린을 가리키며 물었다.

"지금 보면 역의 경우가 안 보이는데, 그러니까 정상인이 변종을 깨물어서 경구 섭취했을 때는 어떤 변화가 일어나는지 구체적으로 조사한 게 없나? 침이라든가 위액이 저항을 일으켜 주나, 아니면 그 역시 감염 경로에 포함되나?"

"동물 실험을 해 봤습니다. 쥐와 돼지, 조류, 어류 등 20여 가지 대상에게 혈액과 뼈를 포함한 변종의 신체 일부분을 사료로 줘 봤지만, 별다른 변화가 없었습니다. 이것으로 보아 경구 섭취는 안전한 것이라 판단됩니다."

교수가 답답하다는 듯 말을 끊었다.

"이봐! 누가 동물 이야기를 물었나? 사람이 변종을 먹으면 어떻게 되느냐는 말이잖아!"

의외의 질문이어서 김성진은 잠시 보고서를 뒤적거리며 찾아봐야 했다. 적혀 있지 않았다. 하지만 상식적으로 누가 목숨을 걸고 저런 역겨운 걸 먹는단 말인가.

"죄송합니다. 그 부분은 아무런 정보가 없습니다."

김성진이 고개를 숙여 사과를 하자 교수가 답답하다는 듯 혀를 쯧쯧, 차면서 나무랐다.

"조사를 했어야지. 어째 그런 걸 빼먹나? 아래에서 그런 걸 놓치고 보고서를 올렸더라도 자네 선에서 더 보강하라는 지시를 내렸어야지."

교수의 다그침에 김성진은 연신 죄송합니다, 라고 대꾸할 수밖에 없었다. 교수를 만류한 것은 킹메이커였다.

"아이구, 한 교수님. 진정하십시오. 뭐, 이제라도 알았으니 시정하면 되지 않겠습니까? 샘플도 확보되어 있고요. 어떻습니까, 김 박사? 이번 주 내로 그 건에 대해서 추가 보고서가 제출될 거라 기대하고 있으면 되겠지요?"

빙글빙글 웃으며 말하는 킹메이커의 이야기에 김성진은 소름이 끼쳤다. 누구에게 저걸 먹여서 경과를 관찰하라는 말이야, 도대체? 하지만 저렇게까지 말하고 있으니 그로서는 어떻게든 방법을 찾아야 했다. 아니면 이 일을 그만두든가.

"……예, 그렇게 하겠습니다."

이마에 흐른 땀을 닦으며 김성진이 대답했다. 킹메이커는 능구렁이 같은 미소를 지으며 논의를 계속 진행시켰다.

"자, 이제 실물을 볼 시간이군요. 김 박사, 미리 말씀드렸던 대로 이 자리에 준비하셨지요?"

김성진은 슬쩍 손목의 시계를 봤다. 세팅을 하라고 미리 약속했던 시각으로부터 5분여가 지났다. 지금쯤이면 놈들이 잠에서 깨고도 남았을 시간이다.

"네, 그렇습니다. 여러분, 회의실 뒤편을 봐 주십시오."

대답과 함께 김성진이 탁자의 버튼을 누르자 두꺼운 뒤편 벽이 문처럼 열리며 깨끗한 유리벽이 나타났다. 확— 뒤쪽 방의 조명이 일시에 켜지자 그 안에 있는 것들이 모습을 드러냈다. 벌거벗은 네 마리의 괴물이 끔찍한 몰골로 김성진과 8인을 노려보며 유리벽을 향해 돌진을 해 대고 있었다.

괴물로 변하는 과정에서 조금 인상이 달라지긴 했어도, 그들은 모두 조금 전 자료 영상에 찍혀 있던 해경들이었다. 그 모습을 처음으로 보게 된 8인은 동시에 움찔하며 뒤로 물러앉았다. 으음, 하는 낮은 신음 소리가 흘러나왔다.

쿵—!

괴물들이 들이받을 때마다 유리벽은 작고 낮은 소리를 냈지만, 조금도 흔들리지 않으며 괴물을 다시 튕겨 냈다.

"특별히 제작된 15센티미터 두께의 아크릴 유리입니다. 12톤의 충격에도 견뎌 낼 수 있습니다."

혹시나 불안한 사람이 있을까 봐 김성진이 설명을 추가했지만, 그중 누구도 그런 것 따위에 관심을 보이는 이는 없었다. 다들 처음 만나는 괴물의 움직임과 모습에만 집중하고 있었다.

"현재 저 방의 산소 농도는 10퍼센트 이하입니다. 우리가 숨 쉬는 서울시의 절반 정도밖에는 산소가 없습니다. 하지만 저 감염자들은 그런 환경과 전혀 무관하게 활발히 움직입니다."

교수가 손가락으로 김성진을 가리키며 농도를 더 낮춰 보라고 했다. 김성진은 그의 말대로 산소 농도를 5로 내렸다. 동물들이라면 모두 질식사하고도 남을 시간이 지났지만, 괴물들은 처음과 조금도 달라지지 않은 힘과 속도로 벽을 뚫기 위해 달려들 뿐이었다.

킹메이커가 빙그레 미소를 지으며 김성진을 향해 물었다.

"자, 산소가 없이도 잘 움직인다는 건 알겠고, 이제 신체 장기의 훼손에 얼마나 버티는지 직접 실험을 해 봤으면 싶은데, 저걸 어떻게 잡아서 고정을 시킵니까? 아주 미친 듯이 날뛰는데요?"

킹메이커의 질문에 김성진은 자신 있는 표정으로 대답했다.

"그간의 연구와 실험을 통해서 감염자들을 안전하게 다루는 법을 발견해 냈습니다. 그것을 지금부터 재현해 보겠습니다."

말을 마친 김성진이 노트북을 조작하자 유리벽 너머 방의 천장에서 하얀 냉기가 뿜어져 나왔다. 10도, 5도, 0도, 영하 12도…… 벽에 걸린 전자식 온도계는 점점 더 낮은 온도를 표시해 나갔다.

그러나 실내 온도가 영하 35도 이하로 내려간 극한의 상황에서도 괴물들은 여전히 이쪽 편을 향해 아가리를 쫙쫙 벌리며 하얗게 성에가 낀 유리벽을 두들겨 댈 뿐이었다.

"남극의 기온에서도 쌩쌩하군그래. 내한성이라는 측면에서는 인상 깊구만. 하지만 자네가 말한 건 저놈들을 안전하게 다루는 법이라고 하지 않았나? 별로 변화가 없는데?"

인내심이 바닥난 교수가 김성진을 돌아보며 나무라듯 말했다. 김성진은 이해

한다는 표정으로 대답했다.

"저도 처음 한기에 대한 반응을 측정하면서 회의를 느꼈었습니다. 하지만 영하 55까지 온도를 낮추자 의외의 결과를 얻을 수 있었습니다."

김성진이 말을 마치자 때맞춰 벽 너머 방 안의 온도는 영하 55가 되었다. 그러자 놀라운 일이 벌어졌다. 조금 전까지만 해도 미친 듯이 발광을 해 대던 괴물들의 움직임이 차츰 느려지더니, 마침내 그대로 얼어붙어 버렸다.

"하하! 뭐지, 저놈들? 저 상태로 죽어 버린 건가?"

괴물들의 자세가 마음에 들었는지 군복이 껄껄 웃으면서 물었다.

"아닙니다. 그저 외부에 대한 반응을 끊고 활동을 멈춘 것뿐입니다. 온도가 저보다 높아지면 다시 활동을 시작합니다."

"그렇게 낮은 온도에서도 얼어 죽지 않고 버틴다니, 그거 단순한 세균이 아닌 거 아니야?"

"예외적이긴 하지만, 완전히 불가능한 일이라고만 치부하기에는 또 어려운 면이 있습니다. 세균은 방사능 노출과 같은 극한의 환경에서도 생존이 가능한 종들이 존재합니다. 예를 들자면 스트레인 121이라는 박테리아는 섭씨 121도에서도 여전히 증식이 가능합니다. 미세한 차이이긴 하지만 그 이상의 온도를 견디는 종들도 있습니다. 반대로 플라노코쿠스 할로크리오필루스 같은 박테리아들은 영하 25도에서도 활동할 수 있습니다. 이런 세균들이 발견될 때마다 이전의 기록이 경신됩니다."

"한계 온도를 넘으면 어떻게 돼?"

"스트레인, 용어의 의미 그대로 변형이 일어납니다. DNA의 응집력이 떨어지고, 생체 분자가 브레이크 다운을 시작합니다."

"그게 죽는다는 말이잖아! 그런데 희한하구만. 영하 55도가 되면 활동을 멈추고, 그 이상이 되면 움직인다고? 대체 이유가 뭐야? 왜 하필 55도지? 극지에서 온 건가?"

이해할 수 없다는 표정으로 교수가 물었다. 그 답은 아직 김성진도 알지 못했다. 조금 더 연구를 진행해 보겠다는 말로 얼버무린 뒤, 김성진은 벽을 닫아 버렸다.

"그 밖에도 신체 훼손에 얼마나 견디는지 몇 가지 실험을 진행했다고 들었는데, 맞지요?"

킹메이커가 물었다.

"그렇습니다."

"자아, 그럼 이제 그 실험 영상을 좀 볼까요?"

03

"지금부터 보실 영상은 이 케이스의 샘플 2번입니다. 샘플 2번은 앞서 보셨던 사건에서 최초의 변종에게 물렸던 해양경찰입니다. 이 영상을 촬영할 당시, 전염으로부터 125시간 48분이 경과한 상태였습니다. 그때까지 확보하고 있던 가장 오래된 생존 전염체입니다."

③…… ②…… ①

숫자가 차례로 지나간 뒤에 화면은 병원으로 보이는 타일 바닥의 방을 보여줬다. 천장의 카메라는 약 35도의 각도로 비스듬하게 기울어서 실내를 비추고 있었다. 카메라와 마주 보고 있는 문이 열리고, 방균복과 마스크, 고글을 착용한 대여섯 명의 사람들이 이동식 행거에 달린 뭔가를 끌고 들어왔다.

이동식 행거는 종합병원에서 흔히 볼 수 있는 신장 체중 측정계와 비슷한 모습이었다. 사방 약 1미터의 판 한쪽 끝에는 윗부분이 'ㄱ' 자로 굽은 길쭉한 철제 기둥이 붙어 있었다.

하지만 신장 체중 측정계와 다르게 행거의 철제 기둥 끝에 달린 커다란 갈고리에는 구속복에 의해 팔다리가 제압된 한 장년 사내가 꿰어진 채였다. 사내의 발은 바닥에서 떨어져 대롱거렸다. 흡사 정육점에 걸어 놓은 고깃덩어리나 항구에 걸린, 붙잡힌 상어 같은 모습이다. 흰 막이 씐 눈동자는 그가 변종이라는 것을 말해 주었다.

변종 사내의 입으로 들어가 턱을 꿰고 있는 갈고리에는 재갈처럼 입을 가리는 두툼한 쇠판이 가로로 연결되어 있었다. 그 쇠판은 사내의 양 볼을 뚫고 들어가 너트로 고정되어 있기 때문에, 턱을 다물지 못하게 하는 역할을 했다.

그렇게 꿰인 채 매달려 있는 모습은 엄청나게 고통스러워 보였고, 아주 조금의 진동만으로도 견딜 수 없는 통증을 입과 턱에 전달할 것 같았다. 하지만 사내는 놀랍게도 끊임없이 몸을 뒤치며 꿈틀댔다. 그가 몸부림을 칠 때마다 갈고리에 꿰인 입과 볼에서는 피와 체액이 섞인 검붉은 액체가 흘러내렸다.

마스크를 쓴 사람들이 행거를 방 한가운데로 끌고 와 받침대를 고정시키자 다른 이들과 구분되는, 푸른색의 마스크를 쓴 사람 하나가 행거에 다가갔다.

— 으윽! 으읍!

행거에 꿰인 변종 사내는 여전히 몸을 격렬하게 움직이며 발버둥을 쳤다. 그에 아랑곳 않은 채 푸른 마스크는 곧바로 실험을 시작했다. 여러 가지 도구가 놓여 있는 캐리어에서 그가 가장 먼저 집어 든 것은 조그만 플래시라이트였다. 푸른 마스크는 플래시라이트를 변종의 눈에 대고 좌우로 옮기며 비추어 보더니 짧게 말했다.

— 반응 없음.

다음엔 조그마한 망치를 들었다. 그리고 그것을 변종의 무릎을 향해 휘둘렀다. 여러 번 망치에 맞았는데도 변종의 다리는 별 특별한 반응을 보이지 않았다. 푸른 마스크는 다시 '반응 없음.'이라고 같은 말을 되풀이했다.

변종 사내가 외부의 자극에 전혀 반응을 하지 않으면서 실험은 점점 더 격해지고 잔인해졌다. 커다란 바늘이, 메스가, 외과 수술용 전기톱이 차례로 동원되었다. 하지만 흉부가 절개되고 두 팔이 떨어져 나갈 만큼 신체가 훼손된 상황에서도 변종은 전혀 동요하거나 고통에 괴로워하는 인상을 주지 않았다. 다만, 그의 주변을 도는 푸른 마스크를 향해서만은 끊임없이 고개를 돌리면서 같은 리듬으로 버둥거렸다.

"이 상태에서 경과를 지켜보기 위해 그 이상의 실험을 잠시 중단하고 촬영만을 계속했습니다. 이후 세 시간 동안에도 샘플 2번은 비슷한 상태를 그대로 유지합니다. 다만, 실험팀이 방을 비우자 그의 움직임도 눈에 띄게 느려졌습니다."

잠시 영상을 정지시키고 김성진이 보충 설명을 했다. 이곳에 오기 전, 김성진은 이 영상에 대해 심각하게 고심을 했었다. 아무리 실험이라고는 해도 전직 공무원을 대상으로 한 잔혹한 훼손을 그대로 담은 영상을 필터링 없이 상영해도 되는 것일까 하는 문제 때문이었다.

하지만 지금 이 회의실에 앉아서 덤덤하게 그것을 지켜보는 노회한 얼굴들을 보며 김성진은 자신이 너무 나약하고 어리석었다는 것을 다시 한번 깨달았다.

"정말 잘 죽지 않는구만. 급소 같은 건 없나?"

교수가 물었다.

"급소……라고 할 수 있을지는 모르겠습니다만, 운동이 영구히 정지하는 것은 단 한 가지 경우뿐입니다. 그 과정이 앞으로 이어질 영상에 담겨 있습니다."

답변을 마친 후, 김성진은 다시 재생 버튼을 눌렀다. 화면 아래에 표시된 디지털시계는 3시간 23분이 지났음을 표시하고 있었다.

— 그윽! 읍!

빈방에서 비교적 얌전히 있던 변종의 발버둥이 갑자기 격해졌다. 그의 움직임이 커짐에 따라 갈고리에 꿰어진 상처에서 흘러내리는 체액의 양도 증가했다. 잠시 후 문이 열리고, 다시 푸른 마스크가 방 안에 들어왔다. 그것이 무슨 신호인 것처럼, 변종은 그네라도 타는 듯이 앞뒤로 몸을 크게 휘저었다.

— 으으우! 으읍!

변종이 그르렁대는 소리는 재갈에 막혀 울부짖는 것처럼 들렸다. 푸른 마스크가 그에게 가까이 다가갈수록 변종은 점점 더 격렬하게 몸부림을 쳤고, 쇠로 만들어진 갈고리에서 삐걱대는 소리가 기분 나쁘게 울렸다. 그리고 마침내 너무 큰 하중을 받아야 했던 변종의 얼굴이 좌우로 찢어지기 시작했다.

갈고리에 꿰어져 변종을 지탱하고 있던 피부와 근육은 한번 결을 따라 찢기자 걷잡을 수 없는 속도로 크게 벌어졌고, 결국 갈고리에 대롱대롱 걸린 턱의 윗부분만을 남긴 채 변종의 나머지 신체는 툭, 소리를 내며 바닥에 떨어져 버렸다. 동시에 그렇게 활발하던 움직임도 멈췄다.

"저건가요? 머리?"

킹메이커가 흥미로운 얼굴로 물었다.

"그렇습니다. 어떤 자극에도 반응이 없고 부상에도 영향을 받지 않지만, 머리가 절단되는 경우에만은 정상의 인간과 같이 움직임이 정지합니다. 또 뇌가 파괴되거나 강한 충격을 받아도 마찬가지로 움직이지 않습니다."

"그 부분은 이상하게 인간적이로군. 심장이 절제되어도 움직이더니 말이야."

교수는 오히려 조금 아쉽다는 표정이었다. 김성진은 또 다른 자료를 화면에 띄웠다. 조금 전의 영상에서 머리가 잘린 변종의 뇌를 촬영한 단층사진이었다. 구불구불한 뇌의 주름이 하얗게 찍힌 뒷부분과 달리 앞부분 절반은 까맣게 지워져 있었다.

"이 사진을 보시면 변종의 전두엽이 완전히 사라져 버렸다는 것을 확인하실 수 있을 겁니다. 이것은 외과적으로 제거한 것이 아닙니다. 변종으로 전이되는 과정 속에서 전두엽 부위만이 녹는 것이라 추정되고 있습니다. 그리고 녹아 버린 전두엽의 성분이 뇌의 나머지 부분과 화합하여 이제까지 발견되지 않았던, 새로운 신경전달물질을 만듭니다. 그에 대한 자세한 분석은 앞으로 좀 더 연구가 진행되어야 하겠습니다만, 이를 통해 유추해 볼 수 있는 것은 이 신경전달물질이 변종들의 움직임을 제어한다는 가설입니다. 뇌에 손상을 입으면 움직임이 멈추는 것 역시 이런 이유라고 하면 어느 정도 납득할 수 있는 것으로 보입니다."

김성진의 설명에 킹메이커와 교수가 고개를 끄덕였다.

"다 좋은데 지능이 낮아 보이는 게 흠이군. 군인으로서는 나무랄 것 없는 신체 조건인데……. 총을 쏠 수 있겠나?"

군복의 질문에 김성진은 그건 어려울 것 같다고 대답했다. 아쉽다는 표정을 지으며 군복이 다시 물었다.

"하지만 도구를 사용할 줄 모른다고 해도 전술적 가치는 여전히 뛰어날 것 같군. 군사 작전용 프로그램에서 시뮬레이션 돌려 봤지?"

"예."

"어떤 조건이었나?"

"변종에 대해 아무런 사전 정보가 없는 현대 도시에 변종들을 투입시켰을 때, 어떤 변화가 일어나는지 24시간 단위로 계산하도록 했습니다. 시뮬레이션의 무대가 되는 도시는 크기와 인구밀도에 따라 소도시, 중간 도시, 대도시, 메가 시티의 4단계로 분류시켰습니다."

"좋아, 소도시부터 가 볼까?"

김성진이 스크린을 터치하자 화면에는 그래프 하나가 떠올랐다.

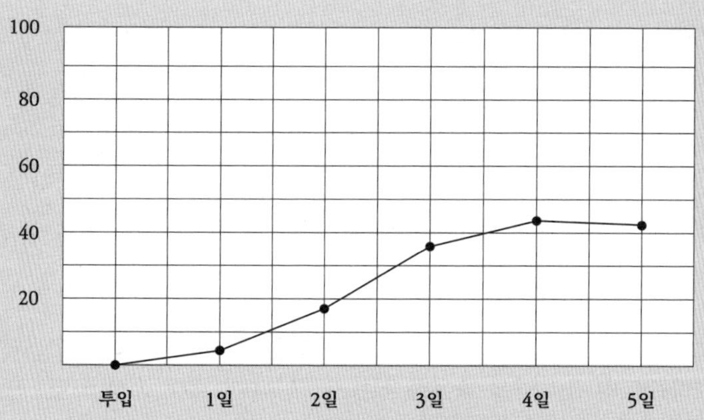

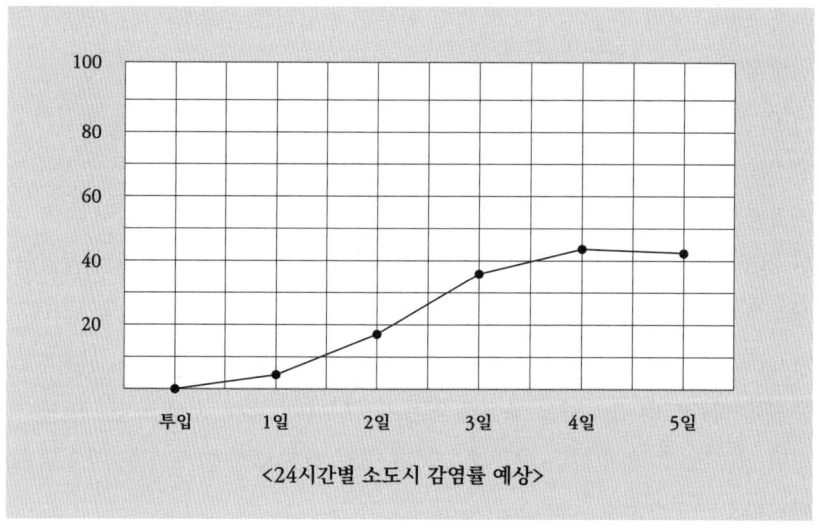

<24시간별 소도시 감염률 예상>

"인구 10만 이하의 소도시에 3기에서 5기 사이의 변종을 투입했을 경우, 24시간 내에 도시 인구의 2퍼센트가 감염됩니다. 이틀이 지나면 전체의 17퍼센트가, 사흘째에는 34퍼센트가 감염됩니다. 4일이 지나면 45퍼센트까지 감염자의 비율이 늘어나지만, 그 이후에는 점차 그 수가 감소합니다. 물론 이 시기가 되면 실제 사망자의 수는 45퍼센트가 아닌 50퍼센트까지 치솟기는 합니다."

김성진의 설명을 들으며 그래프를 보고 있던 교수가 물었다.

"첫째 날의 전염 속도가 내가 예상했던 것보다 약한 것 같은데? 저 정도의 전염력을 가진 변종들이 투입됐는데 24시간 동안 겨우 2퍼센트라고? 이유가 뭐야?"

"그건 소도시의 생태적 특수성 때문입니다. 대부분의 소도시들은 농업도시적 측면을 공유하고 있으며, 개별 인구 간의 거리가 100평방미터 내외입니다. 그래서 처음 24시간 동안 변종들이 접촉할 수 있는 사람들의 수에 제한이 있을 수밖에 없습니다."

"개별 인구 간의 거리라는 건?"

"한 사람이 그 도시의 다른 구성원과 접촉하기 위해 평균적으로 이동해야 하는 거리를 말합니다. 구체적으로 설명드리자면, 소도시의 경우에는 한 사람이 가로 10, 세로 10미터 넓이의 정사각형 면적을 독점한다는 의미입니다."

"그러니까 어느 방향으로든 10미터를 가야 한 사람을 만날 수 있다, 이런 이야긴가? 그들이 그다음 사람을 만나려면 또 10미터를 가야 하고?"

"좀 더 복잡합니다. 자신의 독점 영역을 벗어난다고 해도 다음 사람이 100평방미터의 공간 중 어디에 위치해 있는가에 따라 이동 거리는 훨씬 더 길어질 수 있습니다. 100평방미터의 공간 개념을 직선 길이의 개념으로 환원하면 10킬로미터나 됩니다. 게다가 이것은 어디까지나 평균이고, 인구 밀집 지역이 아닌 곳에서는 그 거리가 비약적으로 증가합니다. 또 대부분의 소도시는 도로망이 발달되어 있지 않고 이동의 방향도 제한적입니다."

"첫날은 투입된 변종이 감염시킬 사람을 몇 명밖에 만나지 못해서 증가율이 그리 높지 않다는 말이군."

"예. 소도시에서 아파트 단지와 같이 가장 인구가 밀집한 지역을 골라 변종을 투입하고, 그들이 그 구역 전체를 감염시킨다 하더라도 증가한 감염자들이 새로운 증식 대상을 찾기 위해서는 매우 긴 이동 시간이 필요한 것입니다."

김성진의 설명을 듣고 있던 교수가 손을 들어 말을 끊더니, 엉뚱한 질문을 던졌다.

"그런데 변종의 최초 접촉 대상이 경찰일 경우에는 감염자를 전혀 늘리지 못하고 사태가 맥없이 끝나 버릴 수도 있지 않나? 보자마자 사살…… 뭐, 이런 식으로 말이야."

김성진은 고개를 저었다.

"경찰들에게는 사살보다는 체포를 우선하라는 지침이 강압적이라 할 만큼 반복적으로 교육됩니다. 그래서 그들은 발포 자체를 주저하는 경향이 있고, 피치 못할 상황에 발포를 하더라도 상체가 아닌 하체를 겨냥합니다. 경찰이 아무런 피해 없이 변종을 초기 제압할 가능성은 지극히 낮습니다."

그 부분에 대해 납득한 교수가 다른 부분을 지적했다.

"그건 그럴 법하군. 그다음인데…… 나름 가파르던 증가세가 셋째 날부터는 현저하게 감소한단 말이지. 이유는 뭔가?"

"증가세의 차이는 역시 경험이 주는 정보 때문에 발생합니다. 예를 들어 처음 변종들을 대면했을 때 시민들은 아무런 정보를 갖지 못한 상태이기 때문에 필요 이상의 피해를 입게 됩니다. 변종에게 물린 감염자들을 병원처럼 다른 증식 대상들이 많은 곳으로 옮긴다든지, 별다른 경계심 없이 인구 밀집 지역으로 이동하여 증식의 목표물이 되는 것입니다. 하지만 첫 접촉 이후 48시간 정도가 지나면 당연히 군이 투입되고, 변종들에 대한 정보와 대응 방법이 뉴스와 인터넷, SNS, 휴대전화 등의 수단을 통해 시민들 사이에도 확산됩니다. 물론 이 중에는 잘못된 거짓 정보들도 포함되어 있습니다. 실제 사망자의 수가 감염자의 수보다 월등히 많은 이유도 대부분 이 잘못된 정보들에서 기인합니다."

"한마디로 말해서, 사회가 혼란에 빠지면서 겁에 질린 대중들이 무고한 사람까지 변종으로 몰아 죽인다는 말이로군."

"그렇습니다."

줄곧 조용히 듣고만 있던 킹메이커가 군복을 향해 질문을 던졌다.

"장군님, 어떻습니까? 저 정도 수치라면 전략적으로 의미가 있을까요? 만약 한 국가가 저런 피해를 입는다면 전투력에 어떤 변화가 발생할 거라고 보세요?"

"음……."

잠시 눈을 가늘게 뜨고 생각을 정리한 군복이 입을 열었다.

"전쟁 수행이 불가능한 상태라고 봅니다. 전쟁이 발발하기 이전에 이미 인구의 50퍼센트를 잃는다는 건 엄청난 손실입니다. 그것도 단 나흘 만에……. 직접 목숨을 잃은 사람들이 전력에서 제외되는 것은 논외로 하더라도, 그사이에 생겨난 혼란과 행정 공백을 무시할 수 없을 겁니다. 일단 희생자들의 시신을 수습하는 문제만 해도 엄청난 일입니다. 인구 1인당 하나씩 사체를 처리해야 하는 것인데, 그 정도 양을 한꺼번에 처리할 수 있는 시설이 없어요. 또 사망자들의 보직을 대체하는 과정의 비용도 상상 이상일 겁니다. 이런 문제는 군 조직 내에서도 유사하게 발생할 텐데…… 전투기 파일럿은 있지만 정비사는 없고, 포병은 있는데 관측병은 없는 식이 될 겁니다. 게다가 전쟁이 발발한다 해도 아직 변종들이 다 정리되지 않은 상황이기 때문에 병력을 전선에만 집중시킬 수도 없죠."

군복의 답변을 들은 킹메이커는 가벼운 미소를 띠며 말했다.

"사용하기에 따라서 핵 이상의 전략 병기가 될 수도 있다는 말씀으로 들리는군요."

"어떤 의미에서는 그렇습니다. 순간적 살상력은 핵 쪽이 월등하겠지만, 변종 투입은 훨씬 은밀하게 타격을 입힐 수 있다는 장점이 있죠. 발사하는 순간 그 즉시 적에게 파악되는 핵무기에 비하면, 이건 그야말로 쥐도 새도 모르게 사용할 수 있는 무기입니다."

군복의 이야기가 끝나자 8인의 주요 인사가 모두 음흉한 표정으로 마주 보며 고개를 끄덕였다. 기쁨을 감추지 못하는 그들의 얼굴은 마치 위험한 무기를 손에 넣은 어린아이처럼 들떠 보였다. 축제 분위기를 다소 가라앉힌 것은 킹메이커였다.

"하지만 전쟁이란 건 도시를 대상으로 하는 게 아니라 한 국가와 벌이는 거니까요. 소도시에서 통하는 무기가 대도시 이상에서도 효과를 보리라는 법은 없겠죠. 어떻습니까, 김 박사? 가장 번화한 도시에서도 변종 투입이 비슷한 확산 양상을 보이던가요?"

이건 김성진이 기다리던 질문이었다. 대도시급 이상의 무대에서 변종들이 어떤 가공할 만한 변화를 일으킬 수 있는가를 듣는다면, 그 강력함에 이 늙은 너구리들은 완전히 매혹당할 것이다.

"인구 천만 이상의 메가 시티에서는 양상이 완전히 달라집니다. 그래프를 먼저 보여 드리겠습니다."

그가 스크린을 가볍게 두드리자 떠 있던 그래프의 모양이 바뀌었다. 가파른 상승 곡선이었다. 김성진이 설명을 시작했다.

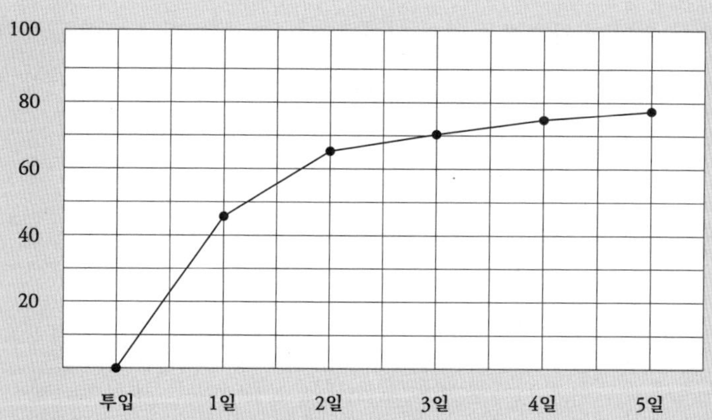

<24시간별 메가시티 감염률 예상>

"변종 투입 후 첫 24시간이 지나면 해당 도시의 전체 인구 중에서 감염자가 차지하는 비율이 47퍼센트까지 치솟습니다. 이틀이 경과했을 때 64퍼센트, 사흘 후에는 70퍼센트까지 늘어납니다."

다소 충격적인 수치였는지 교수가 곧바로 말을 끊었다.

"첫 하루 만에 도시인구의 반이 감염된다고? 그게 가능한가?"

"이 역시 인구밀도와 밀접하게 관련되어 있습니다. 한 사람이 100평방미터의 면적을 독점하는 소도시와 달리, 메가 시티에서는 같은 면적을 150명이 공유합니다. 물론 이 비정상적인 수치가 가능한 이유는 제한된 면적 위에 고층 건물들과 아파트처럼 수직 방향으로 늘려 놓은 공간이 있기 때문입니다. 하지만 그런 다층 구조물들을 계산에 포함시킨다고 해도 개인 간의 거리는 결국 사방 10미터를 넘지 않습니다."

"150명이 100평방미터 안에…… 그야말로 사람이 바글바글해서 몇 걸음만 걸으면 다른 사람에게 닿는다는 말이군."

"출퇴근 시간의 지하철은 그 밀집도가 더욱 심각해집니다. 만약 그런 상황에 변종이 출현한다면 피해자들은 사람의 벽에 막혀 마음대로 달아날 수조차 없습니다. 따라서 변종은 아주 쉽게 감염자들을 증식시키게 됩니다. 또 2차 감염자들 역시 손쉽게 새로운 증식 대상을 확보해 3차 감염자로 만들 수 있을 것입니다. 때문에 메가 시티의 초기 확산 비율은 기하급수적입니다."

"아까 가장 빠른 감염 시간이 얼마라고 했지? 15분이었나?"

"그렇습니다."

"이동 거리를 감안하지 않으면 투입 후 15분 뒤에 3기였던 변종이 6기가 되는 거고, 다시 15분이 지나면 12기가 되는군. 24, 48……."

음, 낮은 신음 소리와 함께 잠시 계산을 해 보던 교수는 곧 깨달을 수 있었다. 한 마리의 변종이 한 사람씩에게만 감염을 시킨다고 가정해도 변종의 수는 다섯 시간 만에 160만 가까이로 늘어난다. 그때쯤이면 통제라는 게 불가능해질 것이다. 적어도 이론적으로는 그렇다. 하지만 현실의 변수는 그보다 복잡할 것이라고 생각한 교수는 다시 반론을 제기했다.

"그러나 동시에 대도시의 거주 형태는 대부분 아파트 아닌가? 다들 집 안으로 들어가 단단한 철문을 잠그고 며칠만 버티면 될 텐데, 저렇게 감염자가 많이 늘어난다는 게 믿어지지가 않는군."

그 역시 시뮬레이션에서 제공된 통계 수치가 설명해 줄 수 있는 부분이었다. 김성진은 자신 있게 대답했다.

"그것은 라이프 사이클 때문입니다. 메가 시티 시민의 하루 평균 이동 거리는 20킬로미터 정도라 추산되고 있습니다. 출퇴근이나 쇼핑, 등하교를 하는 사람들은 대부분 낮 시간 동안 자신의 집으로부터 10킬로미터 정도 떨어진 곳에 위치해 있다는 의미입니다. 10킬로미터라고 하니까 꽤나 긴 거리처럼 느껴지실 수도 있겠지만, 자동차로는 15분 남짓, 지하철로는 몇 정거장에 불과합니다."

교수와 군복이 흐음, 하며 고개를 끄덕였다. 다들 납득하는 듯해서 김성진은 설명을 계속했다.

"일단 대규모 감염 사태가 발발하면 평소에는 아무것도 아닌 10킬로미터가 실로 엄청난 거리가 돼 버립니다. 도로는 정체된 자동차로 꽉 막혀 이동이 불가능해지고, 변종들로 인해 살육의 현장이 된 지하철은 폐쇄될 것입니다. 결국 그들이 선택할 수 있는 이동 수단은 변종들이 가득한 10킬로미터를 걸어서 집으로 돌아가는 것밖에 남지 않습니다. 여기에서 감염의 가능성이 크게 올라갑니다."

"사람들이 현재의 위치를 사수하거나 가까운 다른 사람의 집을 이용할 수도 있지 않나?"

교수의 질문에 김성진이 고개를 저었다.

"이 시뮬레이션에서 재미있는 통계는 대부분의 사람들이 사태가 확산된 후에도 이성적이지 않은 판단을 내린다는 것입니다. 반드시라고 할 만큼 그들은 위험을 감수하고 자신의 가족이 위치한 곳이나 집을 향해 이동합니다. 또 타인의 주택을 공유하는 경우는 극히 드뭅니다. 밖에서는 정확한 원인을 모르는 대규모의 살육이 벌어지고 있는데, 자신의 안전을 포기하고 낯선 타인을 위해 문을 열어 줄 사람은 그리 많지 않습니다. 파편화되고 익명성이 강해진 현대 산업도시에서는 더욱 그렇습니다."

군복이 격하게 공감하며 끼어들어 한마디를 보탰다.

"하긴, 낯선 사람이 갑자기 변종이나 강도로 돌변할 가능성 역시 배제할 수 없겠지. 나 같아도 열어 주지 않을 것 같긴 하군. 사태가 진정되기까지 얼마나 기다려야 하는지도 미지수인데, 새로운 사람을 들일 때마다 내 몫의 식량이 줄어들 테니까 말이야. 그건 인간의 생존 본능이라고 할 수 있겠지."

킹메이커도 자신의 분석을 덧붙였다.

"게다가 그 집들이 대부분 빈집인 채로 잠겨 있을 가능성도 높아 보이는군요. 다들 어딘가로 나가서 뭔가를 하고 있을 시간이니 말이에요."

김성진은 고개를 끄덕여 두 의견에 대한 동의를 표시하고 설명을 이어갔다.

"네. 그런 이유들로 인해서 메가 시티 감염의 30퍼센트 이상이 길 위에서 이루어집니다. 무리하게 자동차를 몰고 나왔던 사람들이 꽉 막힌 정체 속에서 변종을 만나면 통조림 신세가 돼 버립니다. 혹시 그 직전에 심각성을 깨닫고 차를 버려도 그들에겐 안전한 피신처가 없습니다."

"그렇게 늘어나던 감염자 수가 증가세를 멈추고 소멸을 시작하는 시기는 언제로 예상되나? 소도시와 비슷한 5일째부터인가?"

교수의 물음에 김성진이 답을 했다.

"메가 시티 시뮬레이션의 특이한 점은 변종과의 첫 접촉부터 120시간이 지난 뒤에도 감염자들의 비율이 줄어들지 않는다는 부분입니다. 그 세가 완만해지기는 하지만, 계속 증가합니다."

"군이 투입된 다음에도 줄어들지를 않아? 그건 또 왜 그런가?"

"이유는 크게 세 가지 정도로 나눌 수 있습니다만, 무엇보다도 감염자의 수가 너무 많기 때문입니다. 천만의 70퍼센트면 700만입니다. 700만이나 되는 수의 감염자를 무력으로 통제하기 위해서는 최소 10만 이상의 병력이 일주일간 작전을 펼쳐야 하는데, 만약 병력의 수가 줄어든다면 그 2배수의 비율로 작전 기간이 늘어납니다. 이때 병력 수급 문제가 도출됩니다. 진압을 위한 병력을 외부에서 수송해 와야 하지만, 버려진 자동차로 꽉 막힌 도심에 진입하기 위해서는 헬리콥터를 이용하거나 도보로 이동하는 수밖에 없습니다. 공수를 한다면 병력의 숫자가 적어지고, 도보로 이동하면 작전 개시가 매우 늦어집니다."

교수가 고개를 갸웃거렸다.

"병력을 절반으로 줄이면 작전 기간은 네 배로 늘어나게 된다는 말인가? 애초에 그렇게나 많은 병력이 필요한 이유가 도대체 뭐야? 변종들은 원거리 살상 능력도 없으니까 일단 정규군만 투입되면 일방적인 살육전이 될 거라고 생각하는데……."

"감염자를 상대로 한 제압전은 자국의 도시를 무대로 하는 시가전이기 때문에 포병이나 공군의 지원이 제한적일 수밖에 없습니다. 따라서 거의 모든 물리적 제압이 보병에 의해서만 이루어지게 됩니다. 어떻게 생각하십니까, 채 장군님?"

우월한 입지를 인정받아 으쓱해진 군복이 설명을 보탰다.

"그렇지. 작전을 시작하기 전에 일단 미사일부터 날리고 공습으로 초토화한 다음 보병을 투입해야 하는데, 그런 짓을 했다간 피난 못 한 시민들이 싹 다 몰살당하는 건 물론이고, 재건 비용을 감당하기조차 어려울 거야. 이제는 육이오 때가 아니라서 온통 비싼 건물들이 즐비하니까 말이야. 탱크조차 운용하기 어려운 지역도 있을 테고…… 그렇다면 정말 보병이 죽어나겠는걸?"

상황의 특수성을 가장 먼저 이해한 군복이 심각한 표정으로 고민에 빠졌다. 아마 서울을 가상의 무대로 설정해 두고 머릿속으로 작전을 짜 보는 모양이었다. 혼잣말을 중얼거리며 계산을 하고 있는 군복에게 킹메이커가 물었다.

"하지만 장군님, 그렇다고 해도 보병이 10만이나 필요할까요? 저 같은 문외한이 생각하기엔 그보다 적은 병력으로도 충분히 대처할 수 있을 것 같은데 말이죠. 가령 5만 명이라 해도 한 사람이 140발씩만 맞히면 상황이 종료되는 것 아닌가요?"

킹메이커의 질문을 받은 군복은 최대한 예의를 지키면서도 단호한 어조로 그렇게 쉽지 않다는 것을 설명하기 시작했다.

“에, 그건 이렇습니다. 10만이 투입된다고 해서 그 병력 전부가 총을 들고 전투에 참여하는 건 아닙니다. 이 전투에서 싸워야 하는 상대는 이빨만 있으면 얼마든지 적군을 더 만들어 낼 수 있으니까, 변종들이 더 확산되지 못하도록 도심 외곽 전체에 봉쇄 병력을 배치하는 것이 최우선입니다. 그다음엔 탄약과 식량, 약품 같은 것들을 보급하는 부대가 있고, 수복 지역을 새롭게 확보할 때마다 시민들을 구조하는 부대도 있어야 합니다. 그러려면 후방에 임시 캠프를 설치하고, 그에 대한 경계도 확고하게 해야 합니다. 또 작전에 투입된 부대가 고립될 경우도 있으니까 그에 대비해서 예비 병력도 따로 운용해야 하죠. 그런 식으로 이래저래 빠지게 되니까 실제로 필드에서 섬멸을 담당할 군사는 전체 투입된 인원의 절반이 채 되지 않을 것입니다.”

“그렇게 되는 건가요?”

“예. 게다가 아까 이야기가 나왔던 것처럼 대도시는 고층 빌딩이 많으니까, 그 모든 건물들의 각 층을 수색해야 하는 점도 생각 이상으로 인원과 시간을 소모시킵니다. 그건 아마 미군이 베트남의 정글에서 겪었던 어려움과 크게 다르지 않을 거라고 생각합니다. 탁 트인 공간에서라면 화력이 우수한 쪽이 압도할 수 있지만, 이렇게 폐쇄적이고 미로 같은 구조가 배경이라면 이야기가 많이 달라집니다. 게다가 저놈들은 항복이라는 개념이 없을 테니까 더 많은 시간이 걸릴 겁니다. 이건 백기를 들고나오면 끝나는 인간 대 인간의 전쟁이 아니라 최후의 한 마리가 죽을 때까지 총을 내려놓을 수 없는 싸움이니까요.”

이야기를 듣는 동안 킹메이커와 교수의 얼굴에는 당혹감이 아니라 점점 더 만족스러운 미소가 번져 나갔다. 시뮬레이션이 보여 준 예상 수치가 절망적일수록 변종이 지닌 전략적 가치는 엄청나게 커진다.

24시간 만에 가장 발달한 도시를 궤멸시킬 수 있는 강력한 무기가 지금 그들의 손에 들어와 있다. 이 무기의 최고 장점은 아무도 그런 것이 존재한다는 사실조차 모르고 있다는 점이었다. 군복이 설명을 마치자 교수가 김성진을 향해 몸을 돌리고 급하게 물었다.

"메가 시티에서는 일단 변종 세균이 퍼지면 감염자의 비율이 감소하지 않는다고 했었지?"

김성진이 대답했다.

"네, 그렇습니다."

"그 말이 의미하는 바가 뭐야? 시뮬레이션 프로그램이 군 병력 투입을 계산에 넣지 않았을 리도 없고, 군대가 진압을 시도해도 그 작전이 실패한다는 말인가? 아무리 적이 강력해도 이쪽은 현대 화기고 저쪽은 그냥 세균이 묻은 이빨이야. 그런 싸움에서 진다는 건 상상하기 어려운데?"

"대대적인 섬멸 작전은 일시적으로 효과를 거둡니다만, 특정 시점이 되면 군대는 일시적으로 작전을 중지하고 병력을 나눌 수밖에 없습니다."

"그 특정 시점이란 건?"

"연쇄 반응 때문에 메가 시티 주변의 위성도시에서도 시간 차를 두고 감염자들이 폭발적으로 증가합니다. 이렇게 되면 메가 시티를 봉쇄하고 있던 병력들이 오히려 거꾸로 감염자들에 의해 포위당하는 형국이 됩니다. 연쇄 반응은 메가 시티가 열차, 고속도로, 항공, 선박 등 거의 모든 교통의 중심지이기 때문에 발생합니다. 일단 메가 시티에서 감염자의 수가 일정 수준을 넘어가면 몇 시간 만에 수천의 감염자들이 다른 도시로 이동될 수 있습니다."

"허허, 이거…… 완전히 절망적인 영화를 한 편 보는 기분이네요. 그렇다면 이 사태가 해결될 수 있는 방안은 뭔가요?"

킹메이커가 물었다. 말로는 절망적이라고 하지만, 그의 얼굴은 기대감으로 들떠 보였다. 성긴 흰 머리카락으로 덮인 그의 교활한 머리에서는 벌써부터 이 기회를 활용해 보겠다는 욕망이 끓어 넘치고 있었다. 지금 강화 유리 벽 너머에 잠들어 있는 저 변종들은 역사상 유례없이 강력한 전염병이고, 동시에 무기다.

그가 한 번도 가져 본 적 없고, 가질 수 있을 것이라 기대조차 해 본 적 없는, 그런 종류의 힘이다. 다만, 한 가지 아쉬운 것은 아직 그들이 저 변종들을 완전히 통제하지 못한다는 사실이었다. 손잡이가 없는 칼은 휘두를 수 없다. 질문에 답하기 위해 차트를 넘겨 자료 수치를 확인한 뒤, 김성진이 입을 열었다.

"통제를 포기하고 물리적인 경계를 만들어 거주 구역과 감염 구역을 나누는 방법도 있지만, 장기적으로 보자면 이것은 확산을 늦추는 수준밖에 되지 않습니다. 사태를 완전히 해결하기 위해서는 예방용 백신을 확보하는 것만이 유일한 방법입니다."

백신! 변종에 의한 감염자가 기승을 부릴 때 백신의 값어치가 얼마나 클 것인지 도무지 상상조차 되지 않는다. 유럽의 조그만 도시 하나에 변종들을 풀어놓았다가 반년 뒤쯤 백신을 공개한다면, 60억의 고객을 독점할 수 있다. 가격 흥정도 없을 것이다. 서로 먼저 백신을 확보하기 위해 온갖 선진국들이 앞다투어 로비를 하고 줄을 설 테니까…….

백신을 공급받은 나라와 그렇지 못한 나라 간의 격차가 향후 30년간의 미래를 결정지어 줄 중요한 키가 될지도 모른다. 킹메이커는 실로 오랜만에 가슴이 떨리는 것을 느끼며 다른 사람들의 눈에 띄지 않게 숨을 가다듬었다. 그가 잠시 흥분을 가라앉히는 사이, 김성진을 향해 교수가 질문을 던졌다.

"차라리 예방약 말고 치료제를 개발하는 편이 경제적 가치는 더 크지 않겠나? 이미 감염된 사람들까지도 다시 정상으로 돌릴 수 있다는 이점은 포기하기 아까운데."

"이미 말씀드린 것처럼 의학적으로 봤을 때, 감염자들은 죽은 상태입니다. 심장도 뛰지 않고, 호흡도 하지 않습니다. 게다가 전두엽이 녹아 사라지면서 뇌 전체에도 변화가 생깁니다. 치료를 통한 롤백은 불가능합니다."

"음, 그랬었지."

교수는 아깝다는 표정으로 입맛을 다셨다. 그런 교수를 위로하듯 미소를 던진 뒤, 킹메이커가 물었다.

"백신을 거론하는 걸 보면 김 박사에게 개발할 수 있다는 어떤 확신이 있는 거겠죠? 말해 보세요, 시간을 얼마나 주면 되겠습니까?"

대답을 기다리는 킹메이커의 얼굴에서 웃음기는 깨끗이 지워졌고, 사람의 생각을 꿰뚫어 보는 것 같은 그의 차가운 눈은 김성진의 얼굴에 고정되어 있다. 잘 대답해야 한다. 승부의 순간을 맞은 김성진은 마른침을 삼켰다.

개발 기일을 너무 짧게 잡으면 눈 깜짝할 사이에 책임질 날이 닥칠 것이고, 또 너무 길게 잡으면 이 능구렁이들은 그를 떨어내고 다른 사람을 데려다 이 자리에 앉힐 것이다. 이런 거대한 극비 프로젝트의 중심에 있다가 해촉된다 것은 단순히 직업을 잃는 게 아니다. 그것은 곧 사회적 매장 이상의 의미였다.

킹메이커와 교수, 저 교활한 늙은이들이 용납할 수 있을 만한 한계 내에서 최대한 길게 연구 기간을 확보해야 한다. 그리고 이 도박의 기회는 단 한 번밖에 없다. 김성진은 긴장을 삼키며 입을 열었다.

"잘 아시다시피 백신 개발은 무한한 확률과 상상력이 벌이는 지루한 싸움입니다. 물론 이때의 상상력은 지식에 기반을 두고 있어야 합니다. 이번 변종의 백신 연구는 특히 비밀 유지를 위해 소수의 최정예 인력만 가지고 진행해야 한다는 제약도 있습니다……."

"아, 그런 서두는 다 떼어 버리고 본론만 말하지. 몇 달? 몇 년? 완성된 백신이 우리 앞에 놓일 때까지 얼마나 필요해?"

교수가 손을 흔들면서 김성진의 말을 끊었다. 네, 알겠습니다. 핀잔을 들은 것 같아 얼굴이 붉어진 김성진이 안경을 고쳐 쓰고 좌중을 둘러보며 또박또박 말했다.

"개발에 필요한 시간은…… 2년! 2년만 주시면 백신을 만들겠습니다."

말을 내뱉은 뒤, 김성진은 킹메이커의 눈치를 살폈다. 이곳에 오기 전, 원래 그가 요구하려고 했던 연구 기간은 5년이었다. 그 정도면 일개 박사에 불과한 그가 충분한 사회적 인맥과 금전적 지원을 확보할 만한 시간이라고 계산했다.

하지만 냉정한 킹메이커의 눈빛을 보면서 김성진은 자기도 모르게 3년을 깎아 버렸다. 그렇게 하지 않으면 오늘 당장 떨려 날 것 같았기 때문이다. 주르륵, 대답을 기다리는 김성진의 등 뒤로 식은땀이 흘러내렸다.

"2년이라……."

김성진에게서 눈을 떼지 않은 채 손가락으로 테이블을 두드리며 킹메이커가 뜸을 들였다. 그의 판결을 기다리는 매초가 김성진의 피를 말리는 것 같았다.

"나 같은 늙은이한테는 정말 긴 시간이네요. 그거 알아요, 김 박사? 나이를 먹으면 말이에요, 젊었을 땐 아무렇지도 않게 지나갈 만한 일에도 종종 불같이 화를 내게 되더란 말이죠. 60이 이순이어서 성질이 누그러진다? 그런 거 다 거짓말이에요."

설마 내가 제시한 2년도 너무 길다는 말인가? 나를 자르겠다는 건가? 김성진은 뭐라 대꾸해야 할지 몰라 초조하게 귀를 기울였다.

"음, 사실 난 김 박사에게 기대가 있습니다. 영하 55도까지 실험을 진행했던 상상력이나 뚝심은 아무에게나 있는 건 아니죠. 김 박사, 2년이라고 약속한 겁니다. 부디 내 믿음을 저버리지 마세요, 전 그럴 때 화가 아주 많이 나니까요."

됐다! 김성진의 머릿속에서 안도의 한숨과 환호성이 동시에 터져 나왔다. 원래 바랐던 연구 기간에서 절반 이상 줄어든 시간이긴 해도 막대한 자본이 투입될 이 중요한 프로젝트의 중심을 차지할 수 있게 됐다.

"감사합니다! 실망시켜 드리지 않겠습니다."

김성진은 90도로 허리를 숙였다.

"그래야 할 거야. 우리의 소중한 시간을 투자한 거니까 말이야."

교수가 말했다. 김성진은 자신에 찬 표정을 최대한 가장하며 대답했다.

"예, 잘 알고 있습니다."

"이 프로젝트 진행하면서 필요한 경비는 저기 계신 최 의원님에게 청구하면 됩니다. 너무 얼토당토않은 요구만 아니라면 최대한 지원을 할 테니까, 필요한 장비나 시설이 있을 땐 주저하지 말고 말씀하세요. 돈이나 땅…… 실험 대상이라도 말이죠."

킹메이커가 구석 자리의 한 사람을 가리키며 말했다. 실험 대상…… 그건 곧 살아 있는 사람을 말한다. 김성진은 새삼 자신이 무서운 게임 속에 뛰어들었음을 실감했다. 하지만 지금 당장은 그런 것 때문에 위축되기보다는 오늘의 작은 승리를 자축하고 싶은 흥분이 더 컸다. 이제 그는 국가의 중요 인물이 된 것이다.

"네, 잘 부탁드리겠습니다."

김성진은 다시 한번 허리 숙여 인사하며 발표를 마무리 지었다. 노트북을 덮고 자료들을 정리하려는 순간, 군복이 그를 부르며 한 가지 질문을 던졌다.

"이것 봐, 오늘 봤던 그 변종들 말인데…… 관리가 그렇게 되면 곤란할 것 같아. 돈은 좀 들더라도 변종 하나당 하나씩 개별 수용 시설을 만들어 관리하는 게 낫지 않겠어? 방 한두 개에 모두 몰아넣어 뒀다가 서로 물어뜯고 잡아먹으면 곤란할 것 같은데?"

교수도 그 의견에 동조했다.

"그렇군. 개체 하나당 하나의 수용 시설이 필요하겠어. 전부 귀중한 샘플들이니까."

아, 그 이야기를 빼먹고 해 주지 않았군. 두 사람의 말을 듣고 있던 김성진은 다시 마이크를 켜고 별거 아니라는 듯 대답했다.

"변종끼리는 서로 공격하지 않습니다."

회의실을 빠져나온 김성진은 커피를 뽑아 들고 대기실로 가서 구석 자리에 앉았다.

"하아~."

저절로 한숨이 나온다. 뜨거운 커피를 한 모금 마시니 아까부터 견딜 수 없이 욱신거리며 자신을 괴롭히던 두통이 조금 가라앉는 것 같았다.

'나는 아직 멀었어.'

그는 살아오면서 단 한 번도 자신이 열등하다고 느껴 본 적이 없었다. 언제나 최고를 추구했으며, 남들을 딛고 올라가 정점에 서는 것이 자신의 운명이라고 믿었다. 하지만 오늘 회의실에서 그 늙은 여우들을 만난 이후, 김성진은 자신이 아무리 나이를 먹는다 해도 그만큼의 교활함과 사악함을 가질 수 없음을 깨달았다. 그들만큼 철저하게 타인을 도구로 볼 자신도 없었다.

오늘 김성진을 가장 놀라게 했던 것은, 엄청나게 확산력이 강한 치명적 돌연변이를 말하는 내내 그 누구도 희생자가 발생하는 것에 대해 걱정을 하지 않는다는 사실이었다.

'우습군. 이만하면 나도 충분히 나쁜 새끼라고 생각했는데 말이야.'

"여기 있었군. 수고했네. 자, 여기에 서명하게."

복도를 걸어 다니며 김성진을 찾던 사내가 대기실에 앉은 그를 발견하고 네 장짜리 서류를 내밀었다. 조금 전 킹메이커에 의해 자금 관리 담당으로 임명된 최 의원이었다.

"아, 네. 외삼촌, 이게 뭡니까?"

김성진은 자리에서 일어나 두 손으로 공손히 서류를 받아 들며 물었다. 넥타이를 매만지던 최 의원이 대답했다.

"또 외삼촌이라고 한다. 밖에서는 그렇게 부르지 말라니까, 김 박사. 혹시라도 다른 분들이 들으면 공사 구분 못 한다고 싫어하신다고……. 아, 그리고 그건 비밀 엄수 서약서하고 케이온 계약서일세."

"네, 죄송합니다. 저도 모르게 그 호칭이 입에 붙어서……."

비밀 엄수 서약서라……. 김성진은 서류를 휙휙 넘기면서 빠르게 훑어보았다. 오늘 회의에서 듣거나 했던 말, 이 프로젝트를 진행하면서 할 일들을 향후 15년간 그 어떤 이유에서라도 외부에 누설하지 않겠다는 계약이었다. 재미있는 것은 프로젝트의 주체가 국방연구원이 아니라 민간 방위사업체인 케이온이라는 점이었다.

물론 케이온의 실질적인 지분은 오늘 이 방에 모였던 사람들이 독점하다시피 하고 있으니, 단순한 민간 회사는 아니다. 다시 말해 이 늙은이들은 변종에 관한 연구로 얻게 될 천문학적 이익을 자신들이 독점하려는 것이다. 국운이 상승하느니 뭐니 하는 말들은 그저 입에 발린 헛소리에 지나지 않았다. 서류에 사인을 하면서 호기심이 생긴 김성진이 물었다.

"다른 분들께서도 저처럼 비밀 엄수 서약서에 사인을 하십니까, 최 의원님?"

"우리가?"

김성진으로부터 서류를 넘겨받으며 사내가 껄껄댔다.

"이깟 회의보다 오늘 모였던 사람들의 이름이 더 큰 비밀이야. 그런 서류 없이도 우리는 잘사니까 걱정하지 말게."

김성진은 자신의 충성도를 의심받는 것 같아 억울했다.

"저, 저도 입은 무겁습니다. 이렇게까지 법적인 의무를 지우지 않으셔도……."

그러자 최 의원은 어처구니없다는 듯 잠시 김성진을 응시하다가 얼굴에서 웃음기를 거두고 이야기했다.

"헛, 무슨 소리를 하고 있는 거야? 김 박사, 착각하지 마. 자네에게 지금 이 서약서에 사인하도록 한 이유는 비밀 준수의 의무를 법적으로 지우기 위한 게 아니야. 어차피 이 일을 외부에 발설하는 순간, 자네는 살아남을 수 없어. 저 방에 있던 누구도 자네가 그런 짓을 할 만큼 멍청이라고 보지는 않아. 이건 오히려 자네를 보호하기 위한 결세. 여기에 사인을 함으로써 앞으로 자네는 이 일과 관련한 어떤 질문으로부터도 자유로울 수 있는 거야. 그저 이렇게만 대답하면 돼. '저는 이미 그 일에 관해서 비밀을 준수하겠다는 서약을 했습니다, 따라서 어떤 증언도 할 수 없습니다'. 그러면 자네는 아무런 책임도 지지 않아도 되는 거란 말이야. 설령 이 일로 인해 엄청난 규모의 국가 자금이 낭비되고, 대참사가 벌어진다고 해도……."

김성진은 조금 얼떨떨해져서 고개를 끄덕거렸다. 최 의원은 빙그레 웃더니 김성진의 볼을 톡톡, 두드렸다.

"성진아, 삼촌이 너한테 해될 일을 시키겠니?"

회의실에서 나온 킹메이커와 교수는 나란히 서서 VIP 전용 엘리베이터를 기다리며 소나기가 내리는 창밖의 풍경을 내다보고 있었다. 교수가 물었다.

"위에다가 얘기를 안 할 수는 없는데, 언제쯤이면 좋을 거라고 생각하십니까?"

교수의 질문을 받은 킹메이커는 가벼운 미소를 입가에 걸치고서 대답했다.

"아유, VIP께서야 이제 몇 년만 지나면 내려가실 분인데……. 그리고 안 그래도 국정을 돌보시느라 바쁘신 양반한테 이런 것까지 알려 가며 골치 아프게 해드릴 필요가 있겠나요?"

교수는 웃으며 고개를 흔들었다.

"아뇨, 그 위를 말한 게 아니었습니다."

"아……!"

킹메이커는 그제야 알아들었다는 듯 입을 벌리고 탄식했다.

"흠, 그러게요. 미국이라…… 적어도 지금 당장은 아니지요."

두 사람이 사이좋게 덕담을 나누며 엘리베이터를 타고 사라지자 어두운 방에 숨어 몰래 그들을 지켜보고 있던 남자 하나가 어딘가로 전화를 걸었다. 회의실 내에 있던 사람은 아니었다.

"접니다. 말씀드렸던 대롭니다."

짧게 통화를 마친 사내는 의무를 끝마쳤다는 안도감을 느끼며 발아래 펼쳐진 어두운 밤거리를 향해 고개를 돌렸다. 조금 거세진 빗줄기가 창문을 타고 제멋대로 흐르며 바깥의 풍경을 뿌옇게 흐려 놓고 있었다.

Chapter 2
강탈자들의 밤

01

김성진과 8인이 회의를 하고 있는 긴 시간 동안 밖에서는 헤드라이트를 끈 여섯 대의 검은색 대형 승용차와 승합차 세 대가 조금도 움직이지 않은 채 건물의 차고를 주시하고 있었다.

모든 자동차에는 조직 폭력단인 만배파 행동대원들이 앉아서 대기하는 중이다. 가장 뒤에 주차된 차량에는 조직의 보스인 육만배와 2인자 최성호가 타고 있다.

"잘 보고 있지? 행여라도 놓치면 큰일 난다."

육만배는 고급 승용차 좌석에 머리를 기대며 앞자리에 앉은 최성호에게 다시 한번 단단히 일렀다. 최성호는 네, 대답을 하면서 손목에 찬 시계로 슬쩍 눈길을 주었다. 시간은 어느새 새벽 2시를 훌쩍 넘었다. 방음이 잘된 고급 차인데도 빗방울이 차 지붕을 두드리는 소리가 들릴 만큼 사방이 고요했다.

"그런데 이렇게 큰형님까지 직접 나서셔야 할 만큼 중요한 일입니까?"

최성호가 물었다.

"음……."

육만배는 대답 대신 신음 같은 낮은 소리를 내다가 두 손가락을 벌렸다. 눈치 빠른 최성호는 재빨리 담배를 꺼내 불을 붙인 후, 그것을 육만배의 손가락에 끼웠다.

"태양 그룹 황 회장 알지?"

담배를 깊이 한 모금 피운 뒤, 육만배가 운을 뗐다.

"네."

당연한 이야기다. 지금 대통령이 누구인지 모르는 사람은 있을지 몰라도 태양 그룹 황 회장을 모르는 사람은 없다. 만배파가 전국 최고의 조직 폭력단으로 자리매김하게 된 것도 다 황 회장의 막대한 자금 지원이 있기에 가능한 일이었다.

"그 능구렁이 같은 노인네가 어저께 비서를 보냈었다. 그 비서라는 사람이 전하는 말이…… 오늘 이 건물에서 새벽에 트럭 한 대가 나올 거라고, 그러니 무슨 수단을 쓰든 간에 반드시 그 트럭 안에 들어 있는 물건을 확보하라고…… 그걸 몇 번이나 강조하더라 이 말이야. 무슨 수단을 쓰든 반드시 확보해야 합니다, 이 지랄을 하면서. 그러니 내가 신경이 쓰이지."

"도대체 무슨 물건이기에 그렇게까지……."

"그거야 뭐 상관이 있나? 우리 같은 놈들은 그저 시키는 대로 해 주고 돈을 받으면 그만이니까. 또 깊이 알아 봐야 골치나 아프지, 뭐 좋을 게 있겠어? 그러니까 성호, 너나 나나 잠자코 의뢰 들어온 대로만 하면 되는 거다."

거기까지 말한 육만배는 담배를 비벼 끈 뒤, 입을 다물었다. 그의 주름진 입술 사이로 연기가 흘러나왔다. 더 말하기 싫다는 의미 같아서 알아들었다는 듯 고개를 끄덕였지만, 최성호의 찜찜한 기분은 여전히 사라지지 않았다. 지금부터 그들이 빼앗아야 하는 건 재계의 황제가 밤의 제왕에게 직접 명령을 내려서 얻으려는 물건이다. 뭔가 대단히 위험한 것임에는 틀림이 없다.

'나중에 귀찮아지면 안 되는데…….'

까닭 모를 불안함에 속이 탄 최성호는 입술을 잘근거리면서 신경질적으로 전방의 건물을 노려보았다. 최성호가 그렇게 초조해하는 것과 대조적으로 앞의 차에서는 느긋한 여유가 흐르고 있었다.

"형님, 오늘 이거 끝나면 애기들 회식 좀 해 주십니까?"

박박 깎은 스포츠머리의 운전기사가 고개를 돌려 물은 사람은 만배파의 행동대장, 민구였다. 커다란 칼로 손톱을 다듬고 있던 민구가 물었다.

"왜? 고기가 땡겨?"

"아이고, 형님도 참. 고기도 고기지만, 이렇게 땀 뺀 날은 역시 술이랑 이거 아닙니까."

운전기사가 능글맞은 얼굴로 오른손 새끼손가락을 세워 보이자 민구는 껄껄거리며 그의 뒤통수를 한 대 갈겼다.

"크크크, 이 새끼가 일하러 와서 정신은 온통 구멍에만 가 있네. 너 그러다가 아차 하는 순간에 배때기 구멍 난다."

"킥킥킥."

차 안에 앉은 네 명이 얼굴을 일그러뜨리며 웃었다. 누구 하나 할 것 없이 모두 사나운 생김새들이지만, 민구는 그중에서도 단연 돋보였다. 특히나 얼굴 전체를 가로질러 나 있는, 깊고 넓은 흉터가 씰룩거릴 때면, 원래부터 날카로운 그의 인상이 한층 더 험악해 보인다. 3년 전, 그의 나이 불과 25세 때 육만배를 도와 서울 주먹들을 평정하면서 얻은 영광의 상처였다.

"형님, 나왔다고 합니다."

귀에 리시버를 꽂고 있던 운전기사가 웃음기를 거두고 다급한 목소리로 말했다. 고개를 돌려 보니 과연 그의 말처럼 건물 차고에서 여러 대의 차들이 약간의 시간 차를 두고 잇달아 빠져나오는 중이다.

"아직 기다리라고 해. 우리가 쫓아야 하는 건 트럭이다."

민구는 칼을 웃옷 뒷자락에 꽂으며 운전기사에게 명령했다. 운전기사는 그의 명령을 다시 여러 차에 나눠 타고 있는 다른 조직원들에게 전달했다. 번쩍거리는 고급 승용차들이 모두 빠져나가고, 잠시 또 지루한 기다림이 이어졌다.

30여 분이 더 지난 다음, 문제의 트럭이 모습을 드러냈을 때에는 빗줄기가 거

세게 쏟아지고 있었다. 육중한 안전장치로 무장한 2톤 트럭은 헤드라이트를 번쩍이며 차고에서 빠져나와 새벽의 거리를 빠르게 가로질렀다. 트럭의 앞뒤에는 경호 차량이 한 대씩 붙어 있었다.

"저거다. 가자."

트럭이 어느 정도 멀어진 뒤, 민구가 어깨를 두드리자 운전기사는 힘차게 액셀러레이터를 밟았다. 밤거리의 적막을 깨는, 날카로운 타이어 소리와 함께 나란히 주차되어 있던 여덟 대의 자동차가 일렬로 내달리기 시작했다. 교차로에 이르자 트럭과 호송 차량은 우회전을 했다.

이 길을 따라가면 강서 정수장으로 이어진 4차선과 만난다. 귀띔받은 것과 똑같은 경로다. 혹시 이야기 들은 것과 다른 길로 벗어난다 하더라도 결국 한 번은 만나도록 하기 위해 만배파는 조직원들을 세 방향으로 나누어 배치해 놓았다.

강서 정수장과 T자형으로 교차하는 4차선 도로는 대낮에도 그리 차량의 소통이 많지 않은 곳이다. 더구나 이렇게 비까지 내리는 밤늦은 시간이라면 별다른 방해 없이 일을 해치울 수 있을 것이다.

콰르릉!

커다란 천둥소리가 고막을 울린다. 민구는 몰아치는 폭우와 천둥이 반가웠다. 이 정도라면 웬만한 비명이나 총소리쯤은 깨끗이 집어삼켜 주고도 남는다.

"정수장 애들한테 연락해."

민구의 명령을 받은 운전기사가 핸드폰을 얼굴에 가져다 댔다.

"그쪽으로 간다. 펴 놔."

운전기사로부터 민구의 지시를 전해 들은 대기조원들은 대형 밴에서 두툼한 검은색 두루마리들을 꺼내 바닥에 그려진 줄 위에 놓고 주르륵 굴렸다. 먼저 차들이 달려오는 방향으로 30여 미터의 거리를 두고 두 겹, 반대편 차선에도 같은 방식으로 두 개. 이제 차들이 이 검은 천을 밟지 않고 빠져나갈 수 있는 틈은 없다. 설치된 곳이 완만한 코너를 돌아 나온 뒤 막 스피드를 올릴 지점이어서 갑자기 나타난 검은색 두루마리를 미처 발견하기도 전에 자동차는 그 위를 지날 수밖에 없다.

"빠지자."

작업을 마친 밴은 곧바로 사람들을 태운 뒤, 페인트로 미리 그어 놓은 두 번째 선을 지나 쭉 빠져나갔다. 그런 다음 도로 끝자락에 긴 철제 벨트를 도로 전체에 걸쳐 펴 두었다. 흔히 볼 수 있는 스파이크 스트립, 쉽게 말해 타이어 펑크용 가시줄이다. 혹시라도 일이 꼬였을 때 이것으로 속도를 줄이고 차를 돌진해서라도 저지하기 위해서이지만, 그동안의 경험상 그런 돌발 상황이 일어나는 경우는 없었다.

그들이 펼쳐 둔 네 개의 검은색 두루마리는 X-Net이라는 물건이다. 일회용이고, 가격이 비싸고, 뒤처리에 시간이 좀 걸리고, 불법이라서 러시아 마피아들을 통하지 않으면 손에 넣을 수 없다는 점만 제외하면 X-Net은 거의 완벽한 차량 저지용 장비였다.

일반 도로와 색깔이 같아 눈에 잘 띄지 않는 검은색의 얇은 막 아래에는 화살촉처럼 생긴 금속 쐐기들이 박혀 있고, 그 쐐기의 끝에는 아주 질긴 그물이 연결되어 있다. 타이어의 종류와 두께에 관계없이 쓸 수 있다는 점이 가장 훌륭한데, 일단 자동차가 그 위로 지나기만 하면 쐐기는 타이어를 뚫고 들어가 단단히 박히고, 그 순간 그물이 휠 축과 타이어 사이로 빨려 들어가 친친 감긴다.

그러면 자동차가 멈추게 되고, 그걸로 끝이다. 아무리 액셀러레이터를 밟아 봐야 복잡하게 얽힌 그물을 모두 제거하기 전에는 더 전진할 수도, 후진할 수도 없다.

"온다!"

망을 보고 있던 조직원이 무전기로 신호를 보냈다. 코너를 지나 점점 환하게 비쳐 오는 자동차의 헤드라이트 불빛들이 전투가 가까워졌음을 알렸다. 꿀꺽, 만배파 설치조원들은 마른침을 삼켰다.

시속 80킬로미터로 달리던 첫 번째 호송 차량의 운전자는 X-Net을 미처 발견하지 못했다. 그 얇게 펴진 물건이 검은색인 데다가 도로 전체가 비에 젖어서 번들거리고 있었기 때문이다. 게다가 끊임없이 백미러를 보며 뒤를 바짝 따르는 트럭과의 거리를 살피느라 전방에만 온 신경을 집중하지도 못했다.

하지만 X-Net은 1호 호송 차량을 놓치지 않았다. 닿는 순간, 중력과 운동에너지는 쐐기가 타이어의 고무를 꿰뚫고 들어가게 만들었다. 퍼퍼엉! 두 개의 앞바퀴 타이어가 터지는 소리와 함께 핸들이 흔들렸을 때, 운전자는 뭔가 잘못되었다는 것을 깨달았다.

"억! 뭐, 뭐야!"

하지만 그는 그 순간까지도 별걱정을 하지 않았다. 그들이 타고 있는 관용 차량에는 바퀴가 터진 이후에도 시속 80킬로미터로 한 시간가량을 달릴 수 있는 피렐리 사의 펑크 방지 타이어가 장착되어 있었기 때문이다. 그러나…… 여전히 액셀러레이터를 밟고 있음에도 자동차는 아주 급격하게 멈춰 섰다.

끼이이익— 사이드 미러를 통해 너덜거리는 그물들이 비친다. 당황한 운전자는 가속 페달에 올려져 있던 발에 최대한 힘을 주어 바닥이 꺼져라 꽉 밟았다. 위이이이잉— RPM 계기판의 바늘이 레드 존 영역까지 올라갔지만, 차는 1센티미터도 더 나아가지 않았다.

"젠장!"

앞차에 일어난 일을 고스란히 목격한 트럭 운전사는 욕설과 함께 핸들을 틀었다. 뭔지는 모르겠지만, 저 도로 위에 설치되어 있는 장애물을 피하기 위해서였다. 운전사의 시선이 반대편 차선으로 향했다. 다행히 새벽의 도로는 텅 비어 있었다.

중앙선을 넘은 트럭이 다시 속도를 높이려던 순간, 두 번째 X-Net이 트럭의 앞바퀴에 감겨 들어갔다. 끼이이이이— 앞바퀴 두 개가 모두 감긴 트럭은 중심을 잃고 좌우로 크게 흔들리며 10여 미터를 더 미끄러지다가 멈춰 섰다.

"이, 이런 씨발! 이게 무슨!"

2호 경호 차량은 급하게 브레이크를 밟아 가까스로 충돌을 피하며 트럭의 우측에 비스듬히 차를 댔다.

"걸렸다!"

밴의 사이드 미러로 후방을 주시하고 있던 만배파의 설치조 놈들은 세 대의 차량이 모두 멈춰 서자마자 곧바로 기어를 R로 바꿨다. 그러고는 속력을 내 후진했다. 아까 지나쳤던, 페인트로 그어 둔 표시에 다다르자 밴은 급브레이크를 밟았고, 뒷문이 양쪽으로 활짝 열렸다. 그러자 밴의 내부를 거의 꽉 채우다시피 할 만큼 커다란 흰색 철제 상자가 모습을 드러낸다. 상자의 위쪽에는 각진 메가폰 같은 것이 얹혀 있었다.

"켜!"

문을 연 조직원이 외치자 운전석에 앉은 놈은 스위치를 돌렸다. 우우웅— 아주 낮고 무거운 소리가 잠시 귀를 자극하며 기계가 작동하고 있음을 알렸다.

"이렇게 하면 되는 건가?"

운전사가 걱정스러운 얼굴로 묻는다. 조수석에 앉은 덩치가 큰 녀석도 고개를 갸웃거린다.

"씨발아, 내가 알겠냐? 그냥 시키는 대로 하는 거지."

방금 그들이 가동한 장비는 영국 e2v사의 RF Safe-Stop이라는 녀석이었다. 태양 그룹에서 온 심부름꾼이 자동차째 전해 주고 간 이 고가의 장비는 그 엄청난 덩치만큼이나 무게도 육중해서 무려 350킬로그램에 달했다.

하지만 일처리만큼은 확실해서 최대 2기가헤르츠의 L밴드와 4기가헤르츠의 S밴드 마이크로웨이브가 닿는 방사형 범위 50미터 이내로 다가온 자동차들의 모든 전자 장비를 몇 초 내에 일시적으로 마비시킬 수 있다.

이제는 기계라기보다 복잡한 전자제품에 가까워진 엔진은 물론이고, 라디오, 무전기, 심지어 탑승자가 가지고 있는 핸드폰과 전자시계까지도 거기에 포함된다.

방사형으로 퍼지는 여느 EMP와 다르게 목표 방향을 특정할 수 있고, 파괴가 아니라 일시 마비라는 장점이 있지만, 단점도 분명했다. 이 장비가 위력을 발휘하기 위해서는 목표로 하고 있는 차량의 속도가 24킬로미터 이하일 때 50미터 이내로 접근한 상황이어야 하고, 그 상태를 3초 이상 유지해야 한다. 조금 전, 밴이 지나친 노란 선은 첫 번째 X-Net이 설치된 지점으로부터 50미터를 재 그어 둔 것이다.

"이, 이게 왜 안 열려! 젠장! 시동 켜 봐!"

호송 트럭의 조수석에 타고 있던 김성진은 창문 스위치가 말을 듣지 않자 짜증을 부렸다. 운전사는 고개를 저으며 도무지 알 수 없다는 표정을 지었다. 에잇, 결국 수동 손잡이를 돌려 창문을 내린 김성진이 2호 차를 향해 빽! 소리를 질렀다.

"빨리 지원 요청을 해! 이 멍청아!"

하지만 2호 차 역시 상황은 크게 다르지 않았다. 2호 차 운전자는 식은땀을 삘삘 흘리며 다시 시동을 걸어 봤다. 하지만 아무리 스타트 버튼을 눌러도 계기판에는 불이 들어올 기미가 보이지 않는다. 자동차에 장착된 무전기 역시 먹통이 되었다. 나머지 두 명의 요원은 엄호를 하기 위해 하차했다.

"빨리! 빨리!"

1호 차의 요원 셋도 무기를 챙겨 쓸모없는 쇳덩이가 되어 버린 자동차에서 서둘러 내렸다. 후진해 온 밴의 활짝 열린 문이 수상했다. 이런 공교로운 타이밍에 나타나는 놈들이라면 이런 상황을 만든 범인이라고밖에는…….

두 대의 경호 차량에 탑승하고 있던 검은 양복의 요원들은 매뉴얼대로 행동했다. 문을 바리케이드 삼아 몸을 숨기고 총을 빼 들었다. 뒷좌석에 타고 있던 요원은 기관단총을 꺼내기 위해 트렁크를 들어 올렸다.

위이이이이잉~!

뒤쪽에서 들려오는 엄청난 엔진의 굉음, 그리고 도로 전체를 환하게 밝히는 하이 빔! 검은 양복들은 일제히 고개를 돌렸다. 으아앗! 비명이 터진다. 그들을 향해 여러 대의 자동차가 맹렬한 기세로 달려들고 있다.

거대자본의 힘으로 끌어들인 외국의 최첨단 장비들과의 예상치 못한 전쟁에서, 그들은 속수무책으로 당하는 중이었다. 공포에 질린 검은 양복들은 도로변을 향해 몸을 날려 피했다. 단 한 사람의 요원만은 그 자리에 그대로 서서 양발을 넓게 벌리고 방아쇠를 당겼다.

타앙— 타앙—.

하지만 잘못된 선택이었다. 하이 빔을 정면으로 마주하고 있으면서 조준 사격이 될 리 없었다.

"저 새끼, 박아 버려."

1호 차의 뒷문에 기댄 채 총을 발사하는 검은 양복을 가리키며 민구가 잔인하게 웃었다.

민구의 지시를 들은 운전기사는 조금의 주저함도 없이 액셀을 꾹 밟았다. 끼이잉! 빗소리를 뚫고 들려오는, 높고 날카로운 엔진음! 검은 양복은 그제야 몸을 틀었다. 그러나 피하기에는 이미 너무 늦은 상태였다.

콰쾅! 퍼걱!

시속 100킬로미터가 넘는 속도로 달려드는 대형 승용차와 문 사이에 낀 검은 양복의 사내는 커억, 하는 비명 소리와 피를 동시에 토했다. 엉망으로 부서진 사내의 몸뚱이는 떨어져 나간 문짝과 함께 10여 미터 뒤로 날아가 내동댕이쳐졌다.

민구의 차는 그때까지도 계속 내달려 바닥에 뒹구는 사내를 한 번 더 들이받고서야 멈춰 섰다. RF Safe-Stop의 영향 때문에 엔진이 꺼진 것이다. 그와 동시에 트럭 옆에 서 있던 또 다른 경호 차량에도 한 대의 차가 돌진했다.

콰장창! 문짝이 우그러지고 유리창이 부서져 내렸다. 이야아아아! 노란 선 밖에 급정거를 한 두 대의 봉고차에서는 함성 소리와 함께 덩치들이 쏟아져 내렸다. 공사장 안전 헬멧을 쓴 덩치들은 전경들이나 들고 있을 법한 긴 시위 진압용 방패로 몸을 가린 채 뛰어왔다.

"이런 개새끼들이!"

도로변 가로수 뒤로 몸을 피했던 다섯 명의 검은 양복은 일제히 방아쇠를 당겼다. 하지만 하이 빔 헤드라이트가 시야를 흐리는 데다 권총만으로는 방패를 관통시키기 어렵다. 요란하게 흩뿌리는 빗줄기 역시 요원들의 전투력을 저하시켰다.

티잉! 티잉!

방패에 맞은 도탄이 사방으로 튀었다. 총소리가 들리기 무섭게 방패들을 바짝 붙여 세우고 그 뒤에 몸을 숨긴 조폭들은 계속 쇠파이프를 집어 던지고 엽총을 쏘면서 검은 양복들이 다른 데 신경을 쓰지 못하도록 만들었다.

"라이트부터 쏴! 라이트!"

검은 양복 중 하나가 외쳤다. 나름 타당한 결정이다. 문제는 쏴서 깨야 할 라이트가 너무 많다는 점이었다.

사선으로 20여 미터 뒤에서 권총 대 방패의 일대 결전이 소란스럽게 일어나는 동안, 민구는 태연히 차에서 내려 조금 전 자신이 치어 죽인 사내의 시체를 살폈다.

"허, 이 새끼들 역시나 나랏일 하는 놈들이었네……."

사내의 목에 걸려 있는 출입증에서 피와 빗물을 닦아 내고 뒤집어 보던 민구가 빙글거리며 자신의 부하들에게 말했다.

"너희 이제 큰일 났다. 이런 대단하신 놈들을 작살냈으니 이제 줄줄이 달려가서 넥타이 걸 일만 남았네. 도대체 우리 노친네는 무슨 생각으로 이렇게 큰일을 저지르는 거냐. 크크크."

콰르르릉—.

또다시 천둥소리가 사방을 울린다.

"형님, 이, 이거……."

운전사 칠성이가 허겁지겁 방탄조끼를 건넨다. 안전모에 두툼한 방탄조끼까지 걸쳐 입은 채 총번 지운 산탄총을 들고 서 있는 칠성이의 모습을 보며 민구는 헛웃음을 터뜨렸다.

"됐어, 이 새끼야. 그런 건 너나 입어."

경호원들은 등 뒤, 민구의 차량에 거의 신경을 쓰지 못하고 있었다. 간간이 뭔가를 집어 던지고 엽총을 쏴 대며 방패의 라인을 전진시키는 앞쪽의 조폭들이 충분히 신경 쓰이고 위협적이었기 때문이다.

타앙— 타앙—!

얼마 지나지 않아 검은 양복들의 권총 소리가 확연하게 줄어들었다. 총알이 떨어져 가는 것이다. 그것을 깨달은 방패조가 다시 한번 함성을 내지르며 뛰기 시작했다.

우와아아아—! 회칼을 번뜩이며 달려오던 놈들 중 하나가 다리에 총을 맞고 고꾸라지며 죽는다고 비명을 질렀다. 젖은 바닥에 번져 나가는 붉은 피! 그 모습을 보고 겁을 먹은 방패조는 다시 전진을 멈췄다.

"탄창! 탄창!"

총알이 바닥난 검은 양복이 나무에 몸을 숨기며 동료들에게 손을 벌렸다. 하지만 이제 아무도 예비 탄창 따위는 가지고 있지 않다. 라이트를 깨느라 너무 많은 실탄을 허비한 덕에 정작 시야가 확보된 후에는 싸울 수단이 사라져 버렸다. 아니, 애초에 트렁크에서 MP5를 꺼내지 못한 시점부터 그들의 패배는 확정된 것이나 다름없었다. 권총 따위로는 저렇게 장비를 갖추고 한꺼번에 달려드는 놈들을 제압하기 어렵다.

검은 양복은 무기가 들어 있는 자신들의 자동차를 향해 고개를 돌렸다. 거리는 불과 7미터 정도. 열린 채 들려 있는 트렁크 문이 유혹적으로 느껴진다. 뻥 뚫린 공간이라 무방비이고, 젖은 노면이 부담스럽지만, 뛰자고 하면 못 뛸 것도 없을 것 같다.

"엄호해 줘! MP5 가지러 간다!"

동료들이 고개를 끄덕이며 일제히 마지막 남은 몇 발의 총알로 제압사격을 가하는 동안 검은 양복은 재빨리 몸을 날렸다. 이것이 마지막 기회라는 것을 잘 알고 있다. 피잉— 산탄총의 발사음이 들리고 머리 위로 회칼이 날아다니자 오금이 달라붙는 듯했지만, 그는 열심히 뛰었다.

마침내 1호 차에 도착한 검은 양복은 차 옆으로 날렵하게 굴러 몸을 숨겼다.

그러고는 필사적으로 손을 뻗어 더듬거렸다. 기관단총과 탄창이 들어 있는 검은 보스턴백을 들어 올리는 순간에는 말할 수 없이 큰 성취감으로 인해 자신도 모르게 미소까지 지어졌다. 그는 벌벌 떨리는 손으로 서둘러 지퍼를 내렸다. 그 때였다.

"에이, 사람이 뒤도 좀 돌아보고 살아야지."

난데없이 들려온, 건들거리는 목소리. 심장이 얼어붙는 것 같다.

검은 양복은 소리가 나는 방향으로 고개를 돌렸다. 어느새 바짝 다가와 있는 사내의 모습! 빗물에 젖은 얼굴의 흉터가 가로등 불빛을 받아 검붉게 반짝인다. 검은 양복은 가방 안에 손을 집어넣으며 벌떡 몸을 일으켰다. 그와 거의 동시에 민구도 등 뒤에 위치해 있던 오른손을 휙, 내휘둘렀다.

뭔가 반짝인다고 느낀 순간, 검은 양복은 극심한 고통을 느끼며 앞으로 고꾸라졌다. 그것이 그의 마지막 기억이었다. 털썩, 안전장치가 미처 풀리지 않은 MP5를 꽉 쥔 채 검은 양복은 쓰러져 버렸다. 쿠크리 나이프에 깊게 베인 그의 목에서는 피가 콸콸 쏟아져 흘렀다.

비스듬히 서 있는 자동차와 열린 트렁크 문에 가려져 나머지 요원들이 몸을 숨긴 위치에서는 검은 양복과 민구의 모습이 잘 보이지 않았다. 하지만 그가 시체가 되어 바닥에 뒹구는 순간, 그 피투성이가 된 목과 창백한 얼굴, 홉떠진 눈은 확실하게 시야에 들어왔다.

"어억, 최 팀장님!"

자신들의 남은 총알을 모두 쏟아부어 가며 엄호했던 기관총 조달 역이 허망하게 살해당하는 장면을 곁눈질로 목격한 요원들의 입에서는 탄식이 절로 새어 나왔다. 이야아아아! 방패를 든 조폭들은 이쪽의 총질이 뜸해지자마자 또다시 기세를 올려 칼날을 번뜩이며 뛰어온다.

서로의 눈을 마주 보고 신호를 교환한 요원들은 근처에 떨어져 있던 쇠파이프와 회칼들을 집어 들었다. 모두 아까부터 계속 방패 뒤에 숨은 놈들이 던진 것들이다. 그리고 무기를 손에 넣은 네 사람의 요원은 1호 차의 트렁크를 향해 뛰기 시작했다. 다행히 아직도 1호 차 주변을 지키고 있는 것은 저 흉터 진 놈 하나뿐이다. 4 대 1이라면 충분히 놈을 제압하고 기관단총을 손에 넣을 수 있을 거라는 판단이었다.

"진즉에 여기를 노렸어야지, 새끼들아. 너무 늦었어."

트렁크 앞에 버티고 서 있던 민구는 두 팔을 벌리며 네 명을 맞았다. 그의 오른손에 들린 카본 쿠크리의 날이 초승달처럼 가늘게 빛났다.

요원들 중 가장 앞서 달려든 것은 숱이 유난히 많은 곱슬머리였다. 휘익, 곱슬머리의 회칼이 민구의 목을 향해 휘둘러진다. 그와 거의 동시에 두 번째 요원은 민구의 옆구리를 노리고 식칼을 찔러 넣었다. 고개만 까딱해서 회칼을 피한 민구는 곧바로 몸을 틀며 두 번째 요원의 오른손을 쿠크리로 내리찍었다.

터엉! 쿠크리의 칼날이 차체를 치며 커다란 쇳소리가 울렸다. 그리고 몸 전체가 찌릿해지는 엄청난 고통! 두 번째 요원은 자신도 모르게 몸을 움츠리며 얼른 오른팔을 거둬들였다. 그런데…… 손이 있어야 할 자리가 텅 비어 있다. 잘린 손목 끝에서는 피가 솟아오른다.

끄아아아~. 두 번째 요원의 비명이 입 밖으로 터져 나오기도 전에 민구는 다시 몸을 틀어 나이프로 붓질을 하듯 곱슬머리의 양 겨드랑이와 허벅지를 빠르게 그었다.

"으윽!"

맥없이 무너져 내리는 곱슬머리의 멱살을 잡은 민구는 한 발 뒤에서 뛰어오는 세 번째, 네 번째 요원을 향해 밀어 쳤다. 두 놈이 피투성이가 된 동료의 시체를 옆으로 뿌리치는 동안 민구는 팔목이 잘린 두 번째 요원의 턱을 걷어찼다. 그러고는 앞으로 뛰어나갔다.

부우웅—. 세 번째 요원이 휘두른 쇠파이프가 민구의 머리카락을 스치며 허공을 가른다. 민구는 그의 가슴 안으로 파고들어 왼손으로 양복 깃을 잡아당기며 오른손으로는 배 속 깊숙이 쿠크리를 찔러 넣은 후 가로로 쭈욱 훑었다.

좌아아악—. 쿠크리가 빠져나간 세 번째 요원의 오른쪽 옆구리에서는 피와 체액이 섞여 왈칵왈칵 쏟아져 내린다. 민구가 왼손에서 힘을 빼자 세 번째 요원은 복부를 움켜쥐며 쓰러져 버렸다.

"이제 너밖에 안 남았네?"

얼굴이 온통 피투성이가 된 민구가 맨 뒤에 서 있던 네 번째 요원을 보며 씨익 웃었다. 이건 악마인가……. 네 번째 요원은 지난 몇 초 동안 자신의 눈으로 본 것을 도무지 믿을 수가 없었다. 이러니저러니 해도 그들은 까다로운 기준을 통해 선발된 경호 요원들이다. 다들 10년이 넘게 무술을 익혔고, 나랏밥을 먹은 이후에도 매일 훈련을 받아 왔다.

그런데…… 한꺼번에 달려든 세 명이 이놈의 옷자락조차 베지 못하고 모두 명을 달리해 버렸다. 귀신이라고 해도 믿을 만큼 빠르다. 그리고 잔인하다. 네 번째 요원은 이미 숨을 거둔 다른 요원들보다 자신이 결코 나을 게 없다는 사실을 잘 알고 있었다. 도저히 이길 자신이 없었다.

쨍강, 네 번째 요원은 들고 있던 회칼을 바닥에 떨어뜨리고 부들거리는 두 손을 들었다.

"하, 항복한다. 목숨은 살려 줘."

응? 민구는 어처구니없다는 표정을 지으며 다가와 바닥에서 회칼을 주워 요원의 손에 다시 쥐여 줬다.

"항복 같은 건 없어. 그러니까 잘 좀 해 봐."

네 번째 요원의 눈이 흔들린다. 공포, 당혹감, 수치심, 그리고 기회를 맞았다는 설렘. 이 모든 감정이 한데 섞여 그의 얼굴은 기묘하게 일그러졌다. 자신의 손에 칼을 다시 쥐여 주기 위해 흉터 진 사내는 지금 아주 바짝 다가와 있다. 심지어 거의 무방비인 것처럼 보였다.

"으아아아!"

네 번째 요원은 전력으로 회칼을 내지르며 좌우로 빠르게 그었다. 닿을 것 같다. 이 거리라면 벨 수 있다고 생각했다. 하지만 민구는 가볍게 허리를 틀고 스텝을 밟아 물러서면서 대여섯 차례의 칼질을 모두 흘려 버렸다.

"어라? 이 새끼 봐라? 한 번 더 항복하면 살려 줄까 고민하고 있었는데, 그 순간을 노리고 막 칼을 휘두르네?"

"닥쳐! 이 개새끼야!"

놀림을 받은 네 번째 요원은 악을 쓰며 다시 칼을 내질렀다. 풀쩍 뛰어 공격 범위를 벗어난 민구는 목에서 우두둑, 소리를 내며 비웃었다.

"느려. 그렇게 잔뜩 힘이 들어가 가지고 되겠냐? 이 등신아."

그래, 저 새끼 말이 맞아. 힘을 빼. 넌 지금 너무 겁을 먹었어……. 네 번째 요원은 이를 빠드득 갈며 마지막 남은 용기를 바닥까지 쥐어짜서 회칼의 날이 아래로 향하도록 고쳐 쥐었다. 침착하자. 저 새끼가 방심하고 있는 그 틈을 노리고 들어가자……. 검은 양복은 숨을 고르며 자세를 잡았다. 놈이 내지르는 그 순간을 노리기로 했다.

찔러 들어오는 나이프의 날을 몸을 틀어 피하고…… 칼을 아래로 내리그어서 놈의 손에서 무기가 떨어지게 만들고, 그다음에 겨드랑이 안쪽까지 파고들어야지……. 네 번째 요원의 머릿속에서는 섀도 파이트가 복잡하게 벌어졌다.

"그게 준비 다 한 거야? 그럼 들어간다?"

민구가 도발적으로 물었지만, 네 번째 요원은 흔들리지 않으려 노력했다. 가볍게 첫발을 뗀 민구가 갑자기 몸을 낮추면서 쭈욱 미끄러져 들어온다. 그의 오른팔이 채찍처럼 길게 뻗어 오는 것이 보였다. 쏟아지는 빗방울 사이로 금속 특유의 섬광이 번쩍거린다. 찌르는 공격이다.

미리 계획했던 것과 같다! 네 번째 요원은 자신의 작전대로 허리를 비틀며 몸을 돌렸다. 그러고는 회칼을 쥔 오른손의 팔꿈치를 살짝 들어 올리며 시선을 자신의 허리 앞쪽으로 돌렸다. 이제 놈의 손이 시야에 들어오는 순간 중력의 도움을 받아 찌르면 된다……까지 생각했을 때, 겨드랑이 안쪽에 엄청난 고통이 느껴졌다. 네 번째 요원의 얼굴이 일그러졌다.

'뭐였지?' 하는 의문이 답을 구하기도 전에 민구의 쿠크리는 다시 그의 어깨와 옆구리, 허벅지, 그리고 숙여진 목덜미를 차례로 베고 지나갔다. 눈이 화등잔만

해진 네 번째 요원은 비명도 지르지 못하고 통나무처럼 쓰러져 버렸다. 그의 심장이 뛸 때마다 붉은 선혈이 뿜어져 나왔다.

"하여간에 저놈은 타고났어. 총알 사이로 뛰어가래도 갈 놈이야."

멀찍이 떨어진 자동차 안에서 그 광경을 지켜보고 있던 육만배는 흡족한 웃음을 지으면서 담배 연기를 내뿜었다. 최성호는 자신의 지위를 위협할 만큼 커버린 민구가 못마땅했지만 육만배의 비위를 맞추기 위해 함께 억지웃음을 지었다.

"뭣들 하고 있어? 빨리빨리 내려서 트럭 접수해!"

최성호는 공연히 무전기에 대고 소리를 지르는 것으로 화풀이를 했다.

"옛!"

만배파 행동대원들이 트럭으로 달려들어 강제로 문을 뜯어낸 뒤, 타고 있던 운전사와 안경잡이 하나를 끄집어 내렸다. 둘 다 극심한 공포에 질려서 구역질까지 할 만큼 떨고 있었다. 칠성은 다른 덩치들 두어 명과 함께 연장을 들고 자물쇠를 끊기 위해 트럭의 뒤편으로 걸어갔다. 밴에 타고 있던 놈들은 마이크로웨이브 장치의 스위치를 끄고 X-Net과 스파이크 스트립을 다시 거둬들였다. 뒷문을 살펴보던 칠성이 당황한 표정을 지으며 소리쳤다.

"어? 형님, 이거 자물쇠가 아닙니다!"

"그럼 뭔데?"

담배에 불을 붙이고 있던 민구는 귀찮다는 듯 대꾸했다.

"그 왜, 아파트 현관에 붙은 오토 로크 안 있습니까? 그것처럼 생겼습니다. 비밀번호를 눌러야 열리는 건가 본데, 어떻게 합니까?"

"칠성이, 이 답답한 새끼야. 너, 대가리는 괜히 달고 다니냐? 이 새끼야, 트럭 비밀번호를 내가 더 잘 알겠니, 아니면 원래 그 트럭에 타고 있던 저 새끼들이 더 잘 알겠니? 응?"

담배 연기를 후우, 내뿜은 민구가 턱 끝으로 무릎 꿇려진 운전기사와 안경잡이를 가리켰다. 칠성은 아하, 하는 표정을 짓더니 허리를 꾸벅하고 그들에게 달려갔다. 칠성은 솥뚜껑만 한 손바닥을 들어 다짜고짜 둘의 따귀부터 연신 갈겼다.

"비밀번호 대, 빨랑."

운전기사가 고개를 저으며 애원했다.

"저, 전 몰라요, 선생님. 진짭니다. 저는 그냥 일개 운전수예요. 제가 뭘 알겠습니까?"

"그래?"

칠성은 안경잡이에게 고개를 돌린 후, 또 따귀를 후려쳤다.

"그럼 너는 알겠네. 이 새끼, 어디 보자."

칠성은 안경잡이의 멱살을 당긴 후 양복 안주머니에서 지갑을 꺼내 신분증을 뒤적였다.

"응, 그래. 국방연구원 김성진. 수석 연구원이라…… 어쩐지 먹물 좀 들어간 새끼 같더라. 야, 김성진이! 비밀번호 뭐야, 이 새끼야!"

안경이 박살 나고 입 안이 찢어져 피투성이가 된 김성진은 갈라진 목소리로 외쳤다.

"나도 몰라! 트럭 열고 닫는 건 저 경호원들이 한다고! 그래서 비밀번호도 저 사람들밖에 몰라! 그런데 조금 전에 당신들이 다 죽여 버렸잖아!"

말을 끝마치기 전에 칠성은 구둣발을 들어 김성진의 얼굴을 세게 걷어찼다.

"이런 싸가지 없는 새끼가 어디서 눈을 똑바로 뜨고 악을 바락바락 질러? 이 개새끼, 눈깔을 확!"

"몰라……. 흑흑, 모른다고……. 당신들이 죽인 저 사람들이 알고 있었어. 으흑."

울음이 터져 버린 김성진을 내버려 두고 칠성은 황급히 민구에게 돌아와 보고했다.

"어쩌죠, 형님? 비밀번호 알던 새끼들이 다 뒈져 버렸다는데요?"

칠성의 귓속말을 듣던 민구는 한쪽 입꼬리를 올리며 연신 피식거렸다. 민구는 쓰러져 있는 검은 양복의 요원들 중 하나에게 걸어가 머리를 밟으며 말을 걸었다. 팔목이 잘린 두 번째 요원이었다.

"야, 야. 죽은 척하지 마. 살아 있는 거 다 아니까. 아까 딱 계산해서 안 죽을 만큼 그었어."

팔목을 잘린 요원이 신음을 토해 내며 거친 숨을 몰아쉬었다.

"사…… 살려 주십시오. 으……."

"킥킥. 아나, 겸손한 새끼. 바라는 것도 참 소박하네. 그래, 살려 줄게. 살려 줄 건데, 그 전에 저기 서 있는 트럭 문이나 따 보자. 비밀번호 대."

"나, 난 몰라요."

트럭 문을 열라는 말에 검은 양복은 고통스러운 표정을 지으며 침묵했다.

"어쭈, 이 새끼가 갑자기 입에다가 지퍼를 채우네?"

민구는 나이프 끝으로 사내의 잘린 손목을 후벼 팠다.

"으아악!"

사내가 비명을 질렀지만, 민구는 동요하지 않고 계속 힘을 주어 나이프를 돌렸다. 드득, 드득, 뼈가 갈리는 기분 나쁜 소리가 났다.

"으윽! 정말이야. 제발…… 으아악! 그만, 그마안! 비밀번호는 저기 무릎 꿇고 있는 저 안경잡이가 압니다! 끄아아악! 그만!"

너무 아파서 의식을 잃은 것인지, 아니면 마지막 숨이 끊긴 것인지, 커다란 비명을 마지막으로 남긴 사내는 눈을 뒤집고 고개를 떨어뜨렸다. 민구는 바닥에 침을 탁 뱉은 후 나이프를 빙글빙글 돌리면서 김성진에게 다가갔다.

"야! 안경잡이! 와, 너 씨발, 생긴 거답지 않게 무지하게 잔인한 새끼다?"

민구는 부하들에게 김성진을 잡아 단단히 고정시키게 하고 초승달처럼 휘어진 나이프의 끝을 김성진의 눈에 가까이 댔다.

"으으으……."

머리채와 눈꺼풀, 양팔, 허리까지 붙들린 김성진이 할 수 있는 것은 그저 부들부들 떨며 다가올 극심한 고통을 예상하는 것뿐이었다. 눈물과 콧물, 침이 범벅이 되어 빗물을 타고 흘러내렸다. 자신이 죽인 사람들의 피를 뒤집어써서 온통 빨갛게 물든 민구의 얼굴은 지옥에서 온 악귀, 그 자체였다.

"네가 엉뚱한 놈 지목하는 바람에 사람이 죽었어, 이 새끼야. 응? 저기 저 새끼, 네가 죽인 거나 다름없다고. 아, 씨발. 죄 없는 사람 죽였더니 기분 존나게 더럽네. 야, 이걸 어떻게 책임질래?"

민구는 김성진의 눈앞에서 칼을 빙글빙글 돌리다가 휙 하고 내려 그었다. 김성진은 비명을 질렀다. 불타오르는 것 같은 통증이 왼쪽 볼 전체에 가득 퍼졌다. 길게 찢어진 김성진의 볼에서 피가 흘러내리기 시작했다.

"괜찮아, 괜찮아. 그냥 긁힌 거야. 남자 새끼가 그 정도 가지고 엄살은……."

민구는 칼끝에 묻은 피를 김성진의 턱에 대고 닦았다.

"빨리 말해 버리고 편해지자, 우리. 응? 병원에 가서 치료도 받고 그래야지?"

민구의 칼끝이 또 눈앞에서 춤을 춘다. 김성진의 확대된 동공이 엄청나게 흔들렸다. 무서웠다. 한 번도 경험해 본 적 없는, 이 압도적인 고통과 공포는 그를 약하고 비열한 인간으로 만들었다. 그러나 저 트럭 뒷문을 열도록 해서는 안 된다는 것 역시 잘 알고 있었기에 그는 갈등할 수밖에 없었다.

"제발 부탁입니다. 저 안에 있는 건 욕심내지 마요. 저건 너무 위험해……. 당신들이 컨트롤할 만한 물건이 아니야……."

"어이쿠! 이 새끼, 겉보기보다 참을성이 좋네? 한 번 더 그어 주면 말할 거야?"

경고보다 빠르게 민구는 손목을 놀렸다. 서걱! 이번에는 오른 뺨 깊숙이 칼날이 후비고 들어와 훑고 지나갔다. 그 고통은 조금 전의 것보다 몇 배나 큰 것이었다. 김성진은 돌고래 울음소리 같은 비명을 지르며 온몸을 부르르 떨었다.

"제발! 제발! 으으으…… 제발!"

김성진이 거품을 물어 가며 애원을 했지만, 민구의 눈동자는 여전히 지극히 평온했다.

"조금 전 것보다 더 아프지? 지금 건 2단계였어. 난 말이지, 사람한테 칼을 넣어 보면 그 사람이 얼마까지 참을 수 있는지 딱 알 수 있거든. 내가 보니까 넌 4단계까지는 무리 없을 것 같다. 자, 이번엔 3단계로 간다."

"601864! 601864! 하지 마세요! 601864라고요! 비밀번호! 으흐흑!"

김성진은 통곡을 하면서 간절히 외쳤다. 자신의 선택 때문에 내일 지구가 멸망하게 된다 해도 지금 눈앞에서 춤을 추는 나이프에서만 벗어날 수 있다면 좋겠다고 생각했다. 적어도 이 순간만큼은 정말로 그렇게 느껴졌다.

"야! 민구야! 너 왜 이렇게 꾸물거리냐? 짭새 뜨기 기다려? 엉? 빨랑빨랑 물건 옮겨 싣고 출발해야지, 뭐 하는 거야?"

언제 차에서 내렸는지 최성호가 다가와 어깨에 잔뜩 힘을 주고 민구에게 잔소리를 했다. 힐끔 최성호를 흘겨본 민구는 또다시 씨익 웃었다.

"하하, 하여간 우리 성호 형님 솔선하는 것 하나는 알아드려야 된다니까. 총 든 새끼, 칼 든 새끼 다 제꼈고, 비밀번호도 알아 놨으니 이제 순 힘든 일만 남았는데 도와준다고 하시니까 고마워서 죽겠습니다. 601864랍니다. 형님네 빠릿빠릿한 애들 데리고 잘 여십시오. 얘들아, 어르신네들 일하시게 우린 빠져드리자."

민구의 비아냥을 애써 못 알아들은 척하며 최성호는 부하들과 함께 트럭 뒤로 걸어갔다. 비밀번호를 누르자 굳게 잠겨 있던 육중한 쇠문이 철컹, 소리를 내며 열렸다.

"비켜 봐, 이 답답한 새끼들아. 내가 직접 올라간다."

최성호는 컴컴한 트럭 뒤 칸에 재빨리 뛰어올랐다. 위험한 때에는 남들보다 두 걸음 뒤에 서고, 공을 세우는 자리에는 한 발짝 빨리 들이민다. 그것이 최성호가 이제껏 살아온 방식이고, 출세를 한 비결이었다. 어두운 밤거리에 있다가 들어섰는데도 트럭 짐칸은 한 치 앞이 제대로 보이지 않을 만큼 어두웠다. 손전등을 켜서 앞을 비추었다.

"이거구만!"

트럭 안에는 금속으로 된 길쭉한 상자 네 개가 나란히 놓여 있었다. 3중으로 상자를 단단히 밀봉하고 있는 걸쇠만 아니라면 죽은 사람을 위한 관이라고 해도 믿길 모양이었다. 크기도 딱 그 정도였다.

"도대체 이 안에 든 게 뭐기에 저렇게 많은 놈들이 목숨을 걸고 호위를 했던 걸까? 엄청나게 고가에 팔리는 기술인가? 하긴, 그 대단한 황 회장이 욕심을 낼 정도라면……."

최성호는 마른침을 꼴깍 삼켰다. 황 회장에게 넘기기 전에 적어도 이 안에 뭐가 들었는지는 자신의 눈으로 보고 싶었다. 혹시 운이 좋다면 보는 것만으로도 자그마한 팁을 훔쳐 내 다른 곳에 팔 수 있을지도 모른다.

"알아 둬서 손해 볼 일이야 없겠지."

최성호는 약간의 흥분을 느끼며 걸쇠를 모두 밀어젖혔다. 그러고는 묵직한 금속 뚜껑을 들어 올렸다.

푸쉬쉭—!

뚜껑이 열리면서 하얀 연기처럼 뿜어져 나오는 냉기 때문에 깜짝 놀란 최성호는 고개를 뒤로 젖혔다. 엄청나게 차가운 공기가 상자 내부를 가득 메우고 있었다. 아마 냉동 창고 같은 기능을 했던 모양이다. 잠시 손사래를 쳐서 하얗게 서리는 찬 기운을 날려 버린 최성호는 고개를 숙여 상자 내부를 들여다보았다.

"어…… 뭐지?"

기대했던 것과 너무 다른 광경이 눈앞에 펼쳐졌기 때문에 최성호는 자신이 보고 있는 것이 무엇인지 인지하기까지 잠시 멍하게 서 있어야 했다. 상자 속에 들어 있던 것은 값비싼 금괴 뭉치도, 최첨단의 전자제품도 아니었다. 그저 한 구의 시체가 덜렁 누워 있을 뿐이었다.

밝지 않은 손전등 불빛 속에서 슬쩍 보기만 해도 죽은 사람이라는 것만은 확실히 알 수 있었다. 핏기라고는 없을 만큼 창백한 혈색, 푸석하다 못해 썩기 직전인 피부, 여기저기 뭉텅이째 떨어져 나간 머리카락……. 아직도 찬 기운이 가득하기는 했지만, 시체의 머리맡에 달린 냉동실 모터는 돌아가지 않고 있었다. 조금 전 RF Safe-Stop을 가동했을 때 꺼진 기계가 아직도 재가동되지 않은 모양이다.

"뭐야, 이 미친 새끼들. 뭐 한다고 사람 죽은 걸 이렇게 곱게 모시고 다녔어?"

혹시 하는 마음에 그는 황급히 두 번째 상자와 세 번째 상자도 열어젖혔다. 이번에도 똑같이 두 상자 모두 시체 한 구씩이 들어 있을 뿐이었다. 네 번째 상자에 든 시체는 심지어 얼굴이 반쯤 잘린 채였다.

허망해진 최성호가 네 번째 상자를 닫고 돌아서서 걸어 나올 때, 그의 옆얼굴로 뭔가 검은 그림자가 어른거리는 것이 느껴졌다. 최성호는 무의식적으로 그 방향을 향해 고개를 돌렸다.

"엇?"

있을 수 없는 일이었다. 움직이고 있다! 조금 전까지 상자 안에 얌전히 누워 있던 시체가 어느 틈에 일어나 그를 향해 걸어오고 있다. 믿을 수 없지만 그의 눈앞에서 분명히 벌어지고 있는 일이었다. 와사삭, 와사삭! 시체가 한 걸음씩을 느리게 뗄 때마다 살얼음이 부서지는 소리가 났다.

"이…… 이게 뭐야?"

거짓말 같은 광경에 최성호는 잠시 주춤거렸고, 그 1초간의 머뭇거림은 치명적이었다.

그르르르…….

되살아난 시체의 턱이 벌어지면서 맹수 같은 그르렁 소리가 울려 나왔다. 얼었던 몸이 녹으면서 조금 전까지만 해도 뻣뻣했던 시체의 움직임이 조금씩 빨라졌다.

"이건 그냥 평범한 시체가 아니야. 괴물이야……."

제정신을 차린 최성호가 황급히 몸을 돌려 뛰어나가려 할 때, 썩어 가는 피부의 그 괴물은 이미 최성호에게 달려들어 그의 어깻죽지에 이를 단단히 박고 있었다.

"으악!"

비록 비겁한 기회주의자지만, 최성호 역시 주먹 세계에서 잔뼈가 굵은 몸이다. 그는 어깨의 통증에 개의치 않고 곧바로 반격을 시작했다. 들고 있던 손전등으로 어깨를 물어뜯는 괴물의 얼굴을 마구 후려갈겼다.

한 대! 두 대! 그러나 광대뼈가 부서져 내리고 눈알이 터지면서도 괴물은 여전히 턱에 단단히 힘을 준 채 떨어져 나가질 않았다. 바로 그때, 두 번째 상자에서 튀어나온 괴물이 달려들어 억센 손톱과 송곳니로 그의 허벅지를 잡아 뜯었다.

"으아악!"

"왜 그러십니까, 형님?"

최성호의 비명을 듣고 부하들이 뒤뚱거리며 트럭 위로 뛰어올랐다. 그러나 그들 역시 달려드는 세 번째 상자의 시체로부터 습격을 받고 비명을 지르며 뒤로 넘어졌다. 최성호의 보디가드가 황급히 뛰어와 최성호를 물어뜯고 있는 괴물을 있는 힘껏 옆으로 밀어 쳐냈다.

찌지직!

최성호의 어깨에서 근육과 피부가 뜯겨 나가는, 기분 나쁜 소리와 함께 피가 튀었다.

"이런 씨발 놈이! 감히 우리 형님을!"

보디가드는 한 자가 넘는 긴 회칼을 꺼내 괴물의 복부와 옆구리를 사정없이 쑤셨다. 하지만 놀랍게도 연장질을 당한 괴물은 아무렇지도 않게 벌떡 일어나 또다시 달려들었다.

보디가드의 눈이 뚱그렇게 커졌다. 칼에 찔린 틈 사이로 진득한 체액을 흘리면서 달려든 괴물은 보디가드의 목을 꽈드득, 소리가 나도록 세게 물어뜯었다.

"커, 커헉! 놔라! 놓으라고! 커컥!"

보디가드는 안간힘을 쓰며 괴물의 옆구리에 계속 칼을 찔러 댔다. 하지만 공격을 당하는 괴물은 조금도 반응하지 않았다. 생명줄처럼 꼭 쥐고 있던 칼을 떨어뜨리면서 보디가드는 마침내 축 늘어져 버렸다.

"형님부터 구해 내!"

"내가 막을게. 악! 이 씨발 놈이 깨물어?"

"대체 뭔 약을 처먹었길래 칼을 저리 맞고도 안 뒈지냐고!"

부하 서넛이 몸을 던져 피범벅이 된 최성호를 겨우겨우 트럭 밖으로 끌어냈다. 그들 역시 이곳저곳을 물리고 뜯기는 바람에 온몸이 만신창이이긴 마찬가지였다. 트럭 짐칸에서는 여전히 조폭과 괴물들 간의 사투가 벌어지고 있었다.

하지만 아무리 때리고 쑤셔도 괴물들은 계속해서 달려들었다. 그 기세가 너무도 대단해서 칼부림을 직업으로 삼는 조직폭력배들이라 해도 버텨 낼 수가 없었다. 아군과 한데 뒤엉켜 있기 때문에 총기도 사용 못 한다.

"이 잡것들, 도대체 뭐야?"

"일단 튀어!"

최성호가 피신한 것을 확인한 부하들은 서둘러 트럭 밖으로 뛰어나왔다. 그리고 그들의 뒤를 쫓아 괴물들도 도로를 향해 몸을 날렸다.

02

그렇게 트럭 안에서 난리가 벌어지는 동안, 민구와 그의 수하들은 트럭으로부터 조금 떨어진 곳에서 다른 일로 재미를 보고 있는 중이었다. 그들은 트럭 운전기사와 김성진에게 칼을 한 자루씩 쥐여 주고 서로를 찔러 죽이라고 명령을 했다.

"남자답게 싸워서 이기는 놈은 보내 준다. 이 형이 이건 진짜로 약속할 수 있어."

칠성이는 낄낄거리면서 먼저 찌르는 놈이 절대적으로 유리하다고 부추겼다. 나머지 조직원들은 둘 중 누가 이길 것인가로 내기를 걸었다.

"난 운전기사가 이기는 데 10만 원 건다. 저 새끼가 덩치도 더 좋고 힘도 세 보여."

"지랄하네. 좆도 모르면 가만히 있어라. 원래 높은 자리에 있는 새끼들이 더 야비한 법이야."

"자신 있으면 판돈 올려. 주둥이만 까지 말고, 이 새끼야. 안경잡이는 지금 안경도 부서졌고 피를 많이 흘려서 절대 못 이겨."

익숙하지 않은 도구를 손에 들고 엉거주춤하게 선 김성진과 운전기사는 간절한 표정으로 민구를 바라봤다. 제발 이제 그만 보내 달라고 빌고 싶었다.

그러나 민구는 담배 연기를 내뿜으면서 차갑고 표정 없는 눈으로 조용히 지켜보고만 있다. 그 섬뜩한 눈빛을 본 운전기사와 김성진은 시키는 대로 할 수밖에 없다는 것을 깨달았다. 그들은 서로를 향해 고개를 돌리고 천천히 간격을 좁혔다.

"으악!"

"큭!"

시시한 모양새지만 당사자들에게는 진지한 사투가 벌어졌다. 엉덩이를 빼고 서서 칼을 든 팔만 내지르던 두 사람은 칼끝에 베이면 비명을 지르며 뒤로 물러섰고, 그럴 때마다 빙 둘러서 있던 민구의 부하들은 깔깔대며 엉덩이를 차서 다시 밀어 넣었다.

"저기…… 형님, 저쪽 애들 뭘 잘못 먹었는지 아주 생난리를 치는데요?"

우산을 받쳐 들고 있던 칠성이 잠깐 트럭 쪽으로 고개를 돌렸다가 이상한 낌새를 느끼고 옆에 선 민구에게 말했다.

"응? 난리 칠 게 뭐가 있어?"

심드렁하게 대꾸하며 트럭 쪽으로 고개를 돌리던 민구의 얼굴이 굳었다. 마침 트럭에서는 피투성이가 된 최성호를 부하들이 신음을 흘리며 끌어내는 중이었다.

"저거…… 저거, 왜 저래?"

3년 전 전국의 밤거리를 평정한 이래, 서울 하늘 아래에서 만배파 넘버 투가 피 흘리며 쓰러지는 꼴을 보게 될 거라고는 생각해 본 적도 없었다. 서늘한 살기가 온몸을 휘감았다.

'이건 심상치 않다.'

동물적인 감각으로 위협을 감지한 민구는 조금도 망설이지 않고 칼을 빼 들며 트럭을 향해 달려 나갔다.

"형님, 도와주십시오!"

괴물들에게 쫓겨 트럭으로부터 떨어져 나온 최성호의 부하 하나가 달려오는 민구를 발견하고 단비를 만난 것처럼 소리를 질렀다. 그 소리가 부르기라도 한 것처럼 괴물이 뛰어내리며 녀석의 얼굴을 물어뜯었다.

"끄아악!"

볼살이 뭉텅 뜯겨 나간 녀석이 비명을 지르며 발버둥을 친다.

"비켜!"

민구는 주변을 물러나게 한 후 커다란 나이프로 괴물의 목덜미를 그었다. 칼날이 목덜미의 살을 베어 내는 동안 매처럼 빠른 그의 눈이 뭔가 이상한 점들을 알려 주었지만, 그것에 대해 고민하는 건 뒤로 미루었다.

"어라?"

분명히 제대로 들어갔다고 생각했는데 괴물은 여전히 최성호의 부하를 물어뜯고 있었다. 실수를 하지는 않았다. 그 정도의 깊이라면 커다란 늑대였대도 쓰러졌을 것이다. 실제로 괴물의 목은 반쯤 잘려 나가 있었다.

"이런 씨발 놈 봐라?"

죽이려고 마음먹었는데 죽지 않았다는 것이 민구의 성질을 건드렸다. 그는 한 번 더 같은 자리에 조금 더 깊이 칼을 쑤셔 넣었다. 나이프를 쥔 손끝에 괴물의 목뼈가 끊어지는 것이 느껴진다.

툭—!

둔탁한 소리를 내면서 고개가 이상한 방향으로 꺾이자 마침내 질기게 달려들던 괴물도 결국 움직임을 멈췄다. 그럼 그렇지, 제까짓 게……. 민구는 콧방귀를 뀌었다. 하지만 아직 이 괴상한 놈의 정체가 무엇인지를 고민할 때는 아니었다. 그의 시선이 미치지 않는 뒤쪽에서 두 번째, 세 번째 괴물이 달려들고 있다는 것을 잘 알고 있었기 때문이다.

"혀, 형님! 뒤에!"

즐기고 있는 민구에게 부하 녀석 하나가 손가락으로 트럭을 가리키며 쓸데없는 도움을 주었다. 민구는 재빨리 스텝을 밟아 뒤로 물러났다. 그를 향해 달려들던 괴물들은 빗물이 고인 아스팔트에 얼굴을 처박으며 나동그라졌다.

기절할 정도까지는 아니더라도 꽤나 대단한 충격이었을 텐데 괴물들은 아무렇지도 않은 듯 벌떡벌떡 일어나 민구를 향해 달려들었다. 썩어 가는 외관과는 달리 웬만한 운동선수보다 빠른 몸놀림이었다.

그라아악!

이상한 소리를 지르며 달려드는 두 괴물 사이를 날렵하게 가르며 민구는 바쁘게 칼을 놀렸다. 목표로 삼은 곳은 옆구리였다. 갈비뼈가 보호해 주지 못하는 곳만을 노려 가능한 한 깊이 베었다. 그러나 이번에도 역시 조금 전의 놈처럼 괴물들은 치명상을 입고도 쓰러지지 않았다.

아니, 쓰러지기는커녕 자신이 공격당했다는 것도 모르는 눈치였다. 심지어 한 괴물은 조금 전 입은 옆구리 상처에서 내장이 삐져나오고 있는데도……. 게다가 이미 괴물들의 온몸에는 자상이 가득했다. 아마도 트럭 안에서 최성호의 부하들로부터 적지 않은 연장질을 당한 모양이었다.

"허, 이거 재미있는데? 하하하."

달려드는 괴물들의 공격을 피하며 민구는 웃음을 터뜨렸다. 지금껏 셀 수 없을 만큼 많은 싸움을 해 봤지만, 이렇게 희한한 상대를 만난 건 처음이다. 마약에 쩐 놈들은 38구경 권총을 서너 발 맞고도 계속 달려든다는 소리를 들어 본 적은 있었다. 하지만 그건 순간적인 돌격일 때의 이야기다.

저 지경이 되었는데도 계속 방향을 바꿔 가며 뛰어다니는 인간이 있다는 건 상상할 수도 없다. 게다가 저 괴물들의 상처에서는 피가 그리 많이 나오지 않는다. 칼에 찔려도 피가 흐르지 않는 동물이란 것이 존재할 리가 없었다.

"그렇지만 아까 그 새끼는 결국 뒈졌는데?"

민구는 이 녀석들과 자신이 죽인 첫 번째 괴물의 차이가 무엇인지를 생각해 보았다.

"목인가……."

두 번째 괴물이 아가리를 벌리며 달려드는 것을 어깨로 흘리면서 민구는 그 녀석의 목을 깊숙하게 찔렀다. 그런데 멈추는 기미가 없다. 괴물은 목이 관통당한 것에 조금도 개의치 않고 민구를 물어뜯으려 들었다.

"헛!"

민구는 재빨리 칼을 놓아 버리고 훌쩍 뒷걸음질을 쳤다. 칼을 포기하는 게 조금만 늦었어도 자신의 귀 정도는 뜯겨 나갔을 것이다. 계속해서 덤벼드는 괴물의 목에는 여전히 칼이 꽂혀 덜렁거렸다. 보고 있지만 믿기는 힘든, 정말 어처구니가 없는 일이었다. 흥미를 느끼기엔 충분한 상대였다. 하지만 이것들과 놀아주기엔 이미 저질러 놓은 일이 너무 많다. 서둘러야 했다.

"너도 뼈는 있겠지."

민구는 달려드는 괴물의 발목을 세게 걷어찼다. 우두둑, 하는 소리와 함께 발목이 꺾인 괴물의 몸이 옆으로 쓰러져 내렸다. 그 순간을 놓치지 않고 민구는 두 번째 발차기를 괴물의 관자놀이에 날렸다. 쩍! 괴물은 다시 반대 방향으로 날아갔다. 엎어진 괴물의 뒤통수에 민구의 발뒤꿈치 찍기가 연달아 들어갔다.

콰직! 콰직!

뼈가 부서졌다.

"이래도 안 죽냐? 응? 또 일어날 거야, 이 개새끼야?"

이번에는 효과가 있었다. 서너 차례 다시 일어나려고 하던 괴물이 결국엔 쭉 뻗어 버린 것이다.

"뒤통수를 까 주면 좋아하는구나?"

더 이상 움직이지 않는 괴물의 머리를 구둣발로 짓밟고 놈의 목에 박혀 있던 자신의 칼을 빼내려 할 때, 민구를 향해 세 번째 괴물이 달려들었다. 민구는 빙글 몸을 돌려 뒤로 돌아간 다음 무릎을 세게 차서 넘어뜨렸다.

"너네는 무서운 것도 없냐? 지 친구들이 다 죽었는데도 쪼는 기색이 없네. 쯧, 뭐…… 그거 하난 마음에 든다."

민구는 땅에 떨어져 있던 야구 배트를 들어 괴물의 무릎을 사정없이 갈겼다. 와드득, 소리와 함께 괴물이 다시 아스팔트에 코를 박고 넘어졌다. 그러나 이번에도 괴물은 부상 따윈 조금도 개의치 않았다. 두 다리를 질질 끌며 네발로 기어 달려드는 괴물의 공격은 우스꽝스러우면서도 소름이 끼칠 만큼 기괴했다.

민구는 괴물의 팔꿈치를 향해 풀스윙을 날렸다. 팔꿈치가 반대로 꺾인 채 땅에 처박힌 다음에도 괴물은 여전히 꿈틀대며 분비물이 흐르는 아가리를 쫙쫙 벌려 댔다.

끄르르릉…… 그아악.

빗소리를 뚫고 괴물의 나지막한 울부짖음이 도로 위를 메웠다. 그러나 그 울음소리는 고통이나 공포 따위 때문에 생겨난 소리가 아니다. 그것은 순전히 아직 충족되지 못한 공격성의 표현이었다.

민구는 야구 배트를 빙빙 돌리며 괴물의 얼굴을 노려보았다. 정말 별난 녀석들임은 분명하다. 저만큼 훼손된 몸으로 어떻게 그런 운동 능력을 발휘할 수 있었는지 도무지 짐작할 수가 없다.

'뭐지, 이 괴물들은? 유전자 공학인가 뭔가가 만들어 낸 건가?'

민구는 고개를 위아래로 가볍게 까딱거렸다. 이만한 물건이라면 대기업의 회장이 욕심을 낼 만도 했다.

"잘 놀았다. 이제 시마이하자."

잠시의 관찰이 끝난 후, 민구는 배트를 머리 위로 치켜들었다. 그때, 모든 소동을 가만히 지켜보고만 있던 육만배가 처음으로 쉰 목소리를 내며 끼어들었다.

"어이, 민구! 거기까지!"

민구는 이해가 되지 않아 육만배가 탄 자동차를 돌아보았다. 육만배는 열린 창문 사이로 얼굴을 반쯤 내밀고 태연하게 말했다.

"야, 이 녀석아. 기운이 넘쳐서 보기에는 좋다만, 그렇게 다 작살을 내면 안 되지. 하나 정도는 남겨서 배달을 해 줘야 잔금을 받을 것 아냐?"

"……."

민구는 대답 없이 배트를 내렸다. 그는 가끔 저 늙은이가 징그럽다고 느꼈는데, 바로 지금 같은 경우가 그렇다. 자기가 거느리는 새끼들이 이렇게 많이 죽고 다쳤는데도 큰형님이라는 사람이 흥분하기는커녕 한없이 냉정하게 계산을 하고 있다.

하지만 따지고 보자면 틀린 말도 아니다. 돈을 받고 심부름을 하기로 했던 일이고, 받을 돈의 액수만큼이나 그 심부름이 위험하리라는 것은 처음부터 알고 있었다. 괴물에게 목을 뜯겨 죽어 버린 녀석들도 이 세계에 뛰어들기 전에 그 정도 각오는 해 뒀어야 했다. 수긍할 만하다고 생각한 민구는 순순히 배트를 떨궈 버리고 자신의 차를 향해 걸어갔다.

"저 자식, 하여간 무뚝뚝하다니까. 하하하. 어이, 윤 실장. 애들 데리고 저거 챙겨라. 시간 너무 많이 보냈다."

"넵! 큰형님!"

육만배의 차 앞에서 대기하고 있던 윤 실장은 재빨리 달려가 덩치들과 함께 사지를 움직이지 못하는 괴물을 들어 원래의 상자에 다시 넣은 뒤 승합차에 실었다.

"최 이사는 어떻게 됐어? 부상이 심해?"

덩치들이 작업을 하는 동안 근처에 서 있던 최성호의 부하 하나를 손짓으로 부른 뒤, 육만배가 찡그린 얼굴로 물었다.

"의식이 없으십니다. 피를 많이 흘리셨습니다, 형님."

최성호의 부하가 분한 표정으로 대답했다. 그 역시 괴물에게 물려 손가락 하나를 잃었다. 아직 지혈이 제대로 되지 않아 대충 졸라 묶어 둔 붕대 끝에서는 비에 젖은 핏방울들이 뚝뚝 흘러내린다. 하지만 지금은 그런 걸 신경 쓸 상황이 아니다.

"쯧쯧, 그 사람 참. 그걸 왜 열어 가지구서는……. 빨리 프란체스코 병원으로 옮겨! 내가 보냈다고 하고."

"예!"

최성호와 다른 중상자들을 태운 세단 두 대가 병원으로 출발한 다음, 육만배는 괴물을 실은 승합차를 거느리고 미리 지정된 약속장소를 향해 떠났다. 뒤처리는 고스란히 민구와 칠성의 몫이 되었다. 칠성은 부하들을 재촉해서 현장 정리 속도를 높였다.

증거를 남겨서는 안 된다. 다행히 바닥의 핏자국은 폭우가 씻어 내 줄 테니 그가 해야 할 일은 시체들을 치우고 싸움의 흔적을 지우는 정도였다. 저 커다란 트럭은 길 한쪽으로 밀어 두고 불태워 버리면 될 것이다.

"야, 죽은 애들 먼저 승합차에 다 태워. 저 경호원 새끼들 시체는 어디 트렁크에 처박아 두고. 우리 애들 몇이나 상했냐?"

"죽은 애는 다섯 명인데…… 부상자가 많습니다, 형님."

"그 짧은 사이에 많이도 죽었다. 누가 들으면 전쟁이라도 치른 줄 알겠네."

민구는 쓴 입맛을 지우려 다시 담배를 꺼내 물었다. 물론 죽은 부하들은 모두 최성호가 데리고 있는 애들이었으므로 민구가 각별히 애통해하거나 분할 이유는 없었다. 그러나 이건 조직의 사기와 관련이 있는 일이다. 개입했던 싸움에서 이렇게 많은 식구를 잃어 본 적이 없던 민구는 최성호의 무능함에 절로 고개를 저을 수밖에 없었다.

"멍청한 새끼…… 그런 게 간부랍시고 애들을 거느리고 다니니까 이 사달이 나지."

민구가 혼잣말을 하고 있을 때 시체들을 들어 나르던 칠성이가 흥분한 목소리로 외쳤다.

"어! 형님! 얘 살아 있었습니다!"

"뭐? 정말이야?"

"네, 형님! 숨을 안 쉬어서 죽었다고만 생각했는데…… 이놈, 이거, 움직입니다."

칠성이가 붙들고 좋아하는 녀석은 최성호의 보디가드 대식이었다. 비록 다른 구역의 식구지만, 같은 고향에서 자란 후배여서 평소 칠성이가 신경을 쓰던 놈이었다. 칠성이는 목이 한 움큼 뜯겨 나간 대식의 어깨를 꽉 잡고 들뜬 목소리로

려오고 있었다. 그중 한 놈이 걷어차여 나가떨어진 트럭 운전기사를 덮쳤다. 나머지 세 마리는 자살 특공대라도 된 양 가까이 있는 먹잇감을 외면하고 민구가 탄 차를 향해 곧바로 돌진해 왔다.

부아아앙!

운전사가 있는 힘껏 페달을 밟아 몸이 좌석 쪽으로 젖혀지는 바로 그 순간, 가장 앞서 있던 괴물이 엄청난 기세로 자동차 운전석을 들이받았다.

콰장창!

유리창이 부서져 내리고 만신창이가 된 괴물의 머리가 운전석 안으로 쑥 들어왔다. 굵은 금반지를 낀 괴물의 두툼한 손이 갈퀴처럼 차 안을 휘저으며 붙잡을 곳을 찾는다.

"으아아아!"

당황한 운전사가 미친 듯이 핸들을 틀었다. 하지만 괴물은 여전히 떨어져 나가지 않았다.

그롸아악!

괴물의 피 묻은 주둥이를 막아 보려고 운전사는 왼쪽 팔뚝을 들어 방패처럼 내줬다. 으득! 살덩이가 떨어져 나가는 소리가 엔진 소리와 고함, 비명과 함께 뒤섞이면서 자동차 내부는 지옥처럼 변해 버렸다.

"더 밟아!"

민구가 외쳤다. 위이이잉! 최대한으로 가동된 엔진이 고음을 내며 민구가 탄 자동차는 순식간에 시속 150킬로미터를 넘어섰다. 조수석에 탄 조직원은 주먹을 들어 운전사를 위협하는 괴물의 얼굴을 사정없이 갈겨 댔다. 하지만 괴물은 두 손을 내저으며 닥치는 대로 물고 할퀸다.

"이 개새끼가! 으악!"

괴물의 손아귀에 얼굴을 잡힌 운전사가 비명을 질렀다.

"야, 이 새끼야! 앞에 봐! 핸들 틀어!"

민구의 경고를 듣고 운전사가 방향을 돌리려 했을 때는 이미 너무 늦었다. 그들이 탄 차는 전속력으로 삼거리를 가로질러 강서 정수장의 정문을 향해 돌진하고 있었다. 피할 수 없다는 걸 깨달은 민구는 재빨리 안전벨트를 잡아당겨 버클에 끼우며 충돌에 대비했다.

콰앙!

5센티 직경의 철제 파이프가 우그러질 만큼 빠른 속도로 정문을 들이받은 자동차의 뒷부분이 부웅— 하고 허공에 떠올랐다. 그리고 옆으로 기우뚱하게 다시 떨어지는 순간, 안전벨트를 착용하지 않았던 앞자리의 두 사람은 에어백과 자동차 시트를 연달아 들이받으며 핀볼처럼 튀어 올랐다. 매달려 있던 괴물의 몸은 세 동강으로 잘려 나갔다. 누구의 것인지 분간할 수 없는 엄청난 양의 피가 한꺼번에 터져 나왔다.

"크!"

민구 역시 가슴과 목을 해머로 내려치는 것 같은 고통을 느꼈다. 숨이 콱 막혔다.

"쿨럭! 쿨럭! 컥!"

소음과 충격이 휩쓸고 간 자동차 안에 갑작스러운 고요가 찾아왔다. 박살 난 앞 유리창은 피투성이가 되어 있었다. 가슴과 배를 조이는 압박으로부터 벗어나기 위해 민구는 손바닥으로 더듬어 안전벨트를 풀었다.

"으으……."

비틀거리며 차 문을 열고 나서려던 민구는 이마를 찌푸렸다. 왼쪽 어깨에서 둔중한 통증이 느껴졌다. 분명히 외상은 없었다. 하지만 힘이 들어가지 않는다.

"제길…… 빠졌나?"

민구는 탈골된 어깨를 감싸면서 조심스레 자동차를 빠져나왔다. 한 걸음을 내딛는 순간, 스치는 고통에 발목이 비명을 지른다. 발목도 삔 모양이다.

그라아아악!

이제는 익숙해진 기괴한 울부짖음이 민구를 향해 달려들고 있었다. 민구는 소리가 나는 쪽으로 고개를 돌렸다. 30여 미터 앞에서 쏟아붓는 폭우를 뚫고 세 마리의 괴물이 미친 듯이 뛰어오고 있다.

"크크크……."

민구는 어처구니없다는 표정으로 낄낄대며 오른손을 등 뒤로 돌렸다. 익숙한 나이프를 찾아 칼집을 더듬거리던 민구의 표정에 당혹감이 스친다. 없다! 나이프가 있어야 할 자리가 허전하게 비어 있었다.

그래, 맞아……. 아까 괴물의 목에서 칼을 미처 못 뺐지……. 그제야 기억이 난다. 뛰어오는 괴물들은 더욱 가까워졌다.

그르르르!

벌어진 아가리 사이로 풍겨 나오는, 역겨운 냄새가 닿을 것만 같다.

"참 가지가지 하는구만."

빠져 버린 왼팔을 축 늘어뜨린 채 민구는 쓴웃음을 지었다.

Chapter 3

피와 좀비의 시간

01

강서 정수장 숙직실에서 잠들어 있던 임수정은 다급하게 울리는 경보 소리에 깜짝 놀라 눈을 떴다.

삐잉! 삐잉!

책상 위에 붙은 빨간색 조명이 번쩍거리면서 계속 높은 경고음을 연발한다. 아직 잠을 다 떨쳐 버리지 못한 임수정은 비틀거리며 침대에서 일어나 경보 스위치를 끄고, 정신을 차리기 위해 얼굴을 몇 차례 비볐다. 붉은 LED 시계가 표시하는 시간은 새벽 3시 반이 막 지나 있었다.

'이 새벽에 경보라니…….'

이곳에서 근무한 지 올해로 4년이 되었지만, 자신이 숙직을 설 때 오늘처럼 경보가 울린 적은 한 번도 없었다. 임수정은 웃옷을 걸치는 것도 잊고, 잠들 때 입었던 탱크톱과 짧은 반바지 차림으로 한 층 아래의 경비실로 뛰어 내려갔다. 세 명이 있어야 할 경비실에는 야간 경비원 한 사람만이 서서 눈가를 찌푸리며 빗물 때문에 잘 보이지 않는 창밖을 노려보고 있었다.

"경보 듣고 내려왔습니다. 무슨 일인가요? 혹시 정수 과정에 문제가 생겼습니까?"

숨을 헐떡이며 임수정이 물었다. 경비원은 임수정을 한눈으로 힐끔거리면서 별것 아니라는 투로 대꾸했다.

"아, 예. 그건 아니고요, 정문 쪽입니다. 누가 정문에 차를 들이받았는가 봐요. 문이 부서지면서 거기 붙어 있는 센서가 작동을 해서 경보가 울린 겁니다. 지금 차 주인 잡으러 우리 경비원들이 출동했어요."

임수정은 경비원이 가리키는 방향으로 고개를 돌렸다. 정수장 건물로부터 40여 미터 떨어진 정문이 기우뚱하게 기울어 있고, 웬 사내 하나가 차 지붕을 밟고 힘겹게 철창문을 넘어서기 위해 애를 쓰는 중이었다. 그 바로 아래에서는 우의도 걸치지 못한 경비원 둘이 손전등으로 사내를 비추며 뭐라고 소리를 지르고 있었다.

"어머, 저 사람 웬일이야……. 이거, 무슨 테러나 그런 걸까요?"

임수정이 걱정스러운 표정을 짓자 경비원은 팔짱을 끼며 콧방귀를 뀌었다.

"한국에 테러가 어디 있습니까? 그리고 테러 하는 놈이 저렇게 대놓고 정문에다가 차를 들이받겠습니까? 딱 보면 음주 운전 하다가 사고를 낸 게 분명한데, 뭐 한다고 저기는 저렇게 기어 올라오려 애를 쓰는지 참. 술 먹은 개라는 말이 딱이에요……. 뭐, 잡아 와 보면 어떤 놈인지 알겠죠."

"하여튼 정수 과정에는 아무 이상이 없다니까 다행이네요."

"예, 예. 걱정하지 마십시오. 큰일은 아닙니다."

긴장이 풀린 임수정의 입에서 하품이 새어 나오는 동안 정문의 사내는 결국 비틀거리며 힘겹게 철문을 넘어서서 정수장 내부로 뛰어내렸다. 착지를 제대로 못 해 빗물이 가득 고인 땅 위를 대굴대굴 구르는 사내를 보면서 임수정은 약간의 동정을 하기도 했다.

'정말 술에 취해 있나 보다…….'

기다리고 있던 경비원들은 호각을 불며 땅에 넘어진 사내에게로 뛰어갔다. 떨어질 때 다친 것인지, 사내는 다리를 절면서 팔을 감싸 쥐고 일어났다. 경비원들이 다가오자 사내는 그들을 거칠게 밀어내면서 뒤쪽을 가리키며 소리를 질렀다. 거리가 있어 내용이 들리지는 않지만, 굉장히 다급한 몸짓이었다. 경비원들은 다시 한번 사내에게 달려들어 두 팔을 붙잡았다.

'이제 이 새벽의 활극도 끝났구나…….'

임수정이 안심을 하려던 바로 그 순간, 사내는 오른손을 좌우로 빠르게 휘둘렀고, 동시에 그를 제압하려던 경비원 두 명은 맥없이 쓰러져 버렸다. 거짓말처럼 순식간에 일어난 일이었다. 사내는 쓰러진 경비원들의 허리춤을 뒤져 곤봉을 빼앗아 든 뒤, 불편한 다리를 끌며 임수정이 서 있는 정수장 건물을 향해 열심히 걸어왔다.

"아니, 저…… 저런 쌍놈의 새끼가! 국가기관 경비원을 폭행하네? 이 새끼, 가스총 맛을 봐야 정신 차리지!"

임수정과 함께 잠시 멍하니 동료들이 쓰러지는 모습을 지켜보고 있던 마지막 경비원은 위풍도 당당하게 성질을 내며 허리춤에 차고 있던 가스총을 꺼내 들고 바깥으로 뛰어나갔다.

휘잉!

열린 문 틈 사이로 불어 들어온 서늘한 비바람이 맨 팔과 다리에 닿자 소름이 끼친다. 임수정은 두려움과 서늘함 때문에 몸을 부르르 떨며 경비원의 뒷모습을 걱정스럽게 지켜봤다.

"너 뭐야! 이 새끼야!"

경비원은 근무 수칙을 무시하고 경고 없이 바로 사내를 향해 가스총을 발사했다. 치익—! 가스가 사내의 얼굴을 향해 분사되었다. 하지만 사내는 그보다 더 빨리 몸을 돌려 가스를 피했다.

"어라? 이게 피해? 이래도 안 맞아? 이래도?"

흥분한 경비원은 고래고래 소리를 지르며 연신 가스총을 쏴 댔다. 하지만 사내는 한쪽 발을 절뚝거리면서도 그것을 모두 별 어려움 없이 피해 냈다. 부웅—! 거리를 좁힌 사내의 곤봉이 경비원의 손목을 내려쳤다.

빠각!

뼈 부러지는 소리가 임수정의 귓가에 울렸다.

"으악!"

경비원이 비명을 지르면서 허리를 굽혔다. 사내는 고개를 숙인 경비원의 뒤통수를 곤봉으로 사정없이 때렸다.

빠악!

비명조차 지르지 못한 경비원을 대신해서 그의 두개골이 끔찍한 소리를 냈다. 경비원은 가스총을 떨구고 통나무처럼 무너져 내렸다.

"아아악!"

너무도 끔찍한 광경에 임수정의 입에서는 저절로 비명이 터져 나왔다. 임수정을 돌아보는 사내의 눈빛이 섬뜩하다. 사내는 조금도 지체하지 않고 임수정이 서 있는 건물을 향해 걸어오기 시작했다.

"겨…… 겨…… 경찰을 불러야 해."

임수정은 황급하게 전화기를 찾아 경비실 안으로 뛰어 들어갔다. 손이 너무나 떨려서 수화기를 두 번이나 떨어뜨린 다음에야 겨우 귀에 가져다 댈 수 있었다.

"외부 전화가 몇 번이었지?"

내선이 아닌 외선으로 전화를 돌리기 위해 눌러야 하는 번호가 기억나지 않는다. 머릿속이 그저 새하얗다. 생각할 수 있는 단 한 가지는 무섭다는 것뿐이었다.

'아니, 아니…… 이게 아니야……. 전화보다 더 급한 일이 있었는데, 그게 뭐였지?'

잠시 멍하니 생각을 하던 임수정은 감전된 것처럼 소스라치게 놀라서 다시 현관문을 향해 뛰었다. 문을 잠가야 한다. 사내가 들어오지 못하도록!

"꺄악!"

어느새 건물 바로 앞에까지 걸어온 사내를 보고 임수정은 또 한 번 쇳소리를 내질렀다. 로비의 조명에 환하게 비춰진 사내의 얼굴은 임수정이 먼발치서 보았을 때보다 몇 배나 더 끔찍한 형상이었기 때문이다.

사내의 얼굴을 가로질러 나 있는, 넓고 깊은 흉터에는 지독한 비바람에도 씻겨 나가지 않은 피가 잔뜩 묻어 있었다. 그 악마 같은 모습에 임수정은 다리가 얼어붙는 것 같았다. 하지만 움직여야만 했다.

'저 문만 잠근다면…….'

특수 강화 유리로 제작된 유리문은 곤봉을 휘두르는 정도로는 금방 깨지지 않을 것이다. 그다음엔 스테인리스 셔터를 내리면 된다. 임수정은 현관문의 바닥에 장치된 자물쇠를 누르기 위해 필사적으로 몸을 날렸다. 그것을 본 사내도 다급히 몸을 날렸다.

쿵!

두 사람은 거의 동시에 유리문에 부딪쳤다. 하지만 몸무게를 유리 전체에 실어 밀친 임수정에 비해 상대적으로 거리가 멀었던 사내는 곤봉을 든 한쪽 팔만을 겨우 문틈에 집어넣을 수 있었다. 사내의 덜렁거리는 왼쪽 어깨가 바닥에 내동댕이쳐지며 우직, 하는 소리를 냈다.

피가 묻은 곤봉의 끝에 걸려 문은 완전히 닫히지 않았고, 두 사람은 어설프지만 필사적인 대치 상황을 맞이했다. 몸으로 문을 막아선 임수정은 쐐기처럼 끼워진 곤봉을 걷어 내지 못했고, 한 팔을 쓰지 못하는 사내는 그저 곤봉을 꼭 잡고 버티는 것 외에는 다른 수를 낼 수 없었다.

"이익!"

임수정은 어떻게든 곤봉을 걷어차 보려 했지만, 숙직실에서 신던 슬리퍼 바람이라 도무지 제대로 힘이 실리지 않았다.

"이봐, 아가씨!"

곤봉 끝을 밀어내기 위해 안간힘을 쓰는 임수정에게 사내가 이마를 찌푸리며 말을 걸었다. 큰 소리를 지르지는 않았지만, 듣는 사람을 긴장하게 만드는, 위압적인 목소리였다. 임수정은 자신도 모르게 순간 그 자리에 멈춰 서서 사내가 하는 말에 귀를 기울였다.

"이러고 있다간 너도 죽고, 나도 죽어. 아니, 우리 둘만 죽으면 그나마 다행일지도 몰라. 저 새끼들이 오면 그 정도로 안 끝날 거야."

사내는 임수정을 똑바로 쳐다보며 이야기를 계속했다. '저 새끼들'이라는 단어를 말할 때, 사내의 떨림이 임수정에게도 고스란히 전해졌다. 그녀의 마음속에 의문이 들었다. 이처럼 무서운 사내조차 두려워하며 말하는 '저 새끼들'이란 대체 무엇이란 말인가……. 그때, 뒤에서 무거운 빗소리를 뚫고 기괴한 울음소리가 들려왔다.

끄라아악! 크르르…….

난생처음 들어 보는 기이한 울부짖음은 동물의 것도, 인간의 것도 아니었다. 하지만 소름이 돋을 만큼 섬뜩한 소리였다.

그라악!

소리가 빠른 속도로 가까워져 온다. 그녀의 눈동자가 불안 때문에 흔들리고 있다는 걸 깨달은 사내는 또박또박 말을 이었다.

"지금 이 문을 열면 절대 해치지 않을게. 이 강민구가 이름 석 자를 걸고 약속하는 거야. 물론 저 새끼들한테서도 지켜 줄게. 아가씨, 마지막 기회야. 이 문 열어."

왜 그 말을 들으면서 팔에서 힘이 빠져나갔는지는 그녀조차 설명할 수 없었다. 민구라는 사내의 제안은 이성적으로 말도 안 되는 소리였다. 조금 전에도 그가 한 사람을 잔인하게 내려치는 모습을 똑똑히 지켜보지 않았는가.

하지만 때맞춰 들려온 괴성은 그녀의 마음속 깊이 감춰져 있던 원시적인 두려움을 끌어냈다. 임수정은 사내의 입에서 흘러나온 '마지막 기회'라는 단어를 듣는 순간, 그 약속을 믿고 싶어졌다.

"끄응!"

문을 밀던 임수정의 힘이 약해진 찰나를 놓치지 않고, 민구는 비명에 가까운 기합과 함께 재빨리 문을 밀치며 안으로 굴러 들어왔다. 문이 열리는 기세에 밀린 임수정은 뒤로 넘어지면서 엉덩방아를 찧었다. 민구는 재빨리 자물쇠를 누르고 셔터를 당겨 내렸다.

쫘르르르륵!

문이 잠겼다. 길게 늘어선 유리문들을 일일이 점검해 보며 민구가 물었다.

"아가씨, 또 잠가야 할 문이 있나?"

겁에 질린 임수정은 제대로 대답하지 못하고 멍하니 민구의 얼굴을 쳐다봤다. 방금 사람에게 무자비한 폭력을 가한 이와 살이 맞닿을 거리에 있다는 사실 때문에 임수정은 잔뜩 움츠러들어 있었다. 거기에 흉터가 나 있는 민구의 피투성이 얼굴도 한몫했다.

임수정의 대답이 늦어지자 민구는 다짜고짜 그녀의 머리칼을 움켜잡고 끌어당겼다. 그녀를 쏘아보는 민구의 눈빛은 조금 전 문을 마주하고 설득할 때와는 완전히 다른 것이었다. 타고난 포식자의 냉혹한 표정. 바로 그 섬뜩함이 민구의 얼굴에서 뿜어져 나왔다.

"아! 아악! 주, 죽이지 않는다고 했잖아요!"

머리채를 잡힌 임수정은 두 팔을 들어 얼굴을 감싸며 애원했다. 바보처럼 문을 열어 줬다가 결국 곤봉에 맞아 머리가 터져 죽게 될 것이란 생각이 들었다. 민구가 대답했다.

"그래, 해치지 않아. 이름을 걸고 약속을 했으니까. 지금부터 여기서 내가 하는 일은 다 너를 살려 주려는 거니까 믿어도 돼. 하지만 걸림돌이 된다면 이야기가 또 다르지. 다시 물어볼게. 잠가야 할 문이 더 있나?"

"어…… 없어요. 야간에는 여기가 유일한 출입문이에요."

그제야 그녀의 머리카락을 놓아준 민구가 다시 확인했다.

"확실해? 정신 바짝 차리고 빨리 대답해. 저 새끼들이 들이닥치기 전에."

또 '저 새끼들'인가……. 임수정은 민구에게 도대체 저 새끼들이란 게 뭘 말하는 거냐고 묻기 위해 입술을 달싹거렸다. 바로 그때였다.

쿠웅!

유리문을 두드리는 엄청난 소리에 임수정의 고개가 저절로 돌아갔다.

쿠웅!

한 번 더 세차게 유리문이 울렸다. 그리고 또 한 번! 점점 더 강하게 문을 들이받고 있는 것은 덩치가 커다란 남자들이었다. 목이나 얼굴에 끔찍한 상처를 입은 남자들이 미친 사람들처럼 문을 향해 돌진하고 있었다.

쿵!

그 기세가 어찌나 대단한지 피부가 벗겨진 남자들의 이마와 주먹이 부딪칠 때마다 유리문에는 길고 붉은 핏자국이 남았다. 그라아악! 그들은 울부짖고 돌진하고 또 울부짖은 뒤, 문을 들이받았다.

"저, 저게 뭐예요?"

저절로 뒷걸음질을 친 임수정이 입술을 바르르 떨면서 물었다. 민구는 고개를 저으며 담담하게 대답했다.

"나도 몰라. 오늘 처음 봤으니까. 하지만 한 가지는 알지. 이 괴물들은 죽을 때까지 포기 안 해. 그래서 말인데 아가씨, 이 건물 안에서 칼을 좀 구할 곳이 있을까?"

"칼을? 칼보다는 경찰에 신고를 하는 편이……."

"경찰은 별 도움이 안 돼. 저것들이 경찰이 처리할 수 있는 놈들이라면 이렇게 걱정하지도 않지. 지금 들이받은 저놈 옆구리에서 뭐가 덜렁거리는 거 보이나? 내장이야. 살이 찢어져서 내장이 밖으로 튀어나와 있는데도 저렇게 기운이 넘쳐."

"하지만……."

임수정의 목소리가 떨린다. 그녀가 망설이는 것을 눈치챈 민구가 말했다.

"널 죽이려고 하는 거라면 칼 같은 건 필요하지도 않아. 그런 걸로 걱정할 필요 없어."

그 말은 사실이었다. 조금 전 민구는 맨손으로도, 또 곤봉으로도 사람들을 쉽게 쓰러뜨리고 죽였다. 그런 대화를 나누는 동안에도 여전히 괴물들은 강화 유리로 만들어진 문을 들이받고 있었다. 확실히 저런 것들을 상대하기 위해서라면 곤봉보다는 나은 무기가 필요해 보이기도 했다.

"칼…… 주방이라면 있지 않을까요?"

임수정의 말에 민구가 반색을 했다.

"주방이 어디야? 안내해."

"잠시만요."

임수정은 경비실 벽에 걸린 열쇠 꾸러미를 꺼내 들고 엘리베이터 쪽으로 앞장서서 걸어갔다. 엘리베이터에 탄 그녀가 지하 1층 버튼을 눌렀다. 식당에 도착해 임수정이 열쇠로 문을 여는 동안 민구가 신기하다는 듯 물었다.

"그런데 아가씨는 어떻게 이 건물을 잘 알지?"

뜬금없는 질문이어서 임수정은 멍한 표정으로 대답했다.

"제 직장이니까요."

"직장이라고? 의외구만, 뭘 하는데?"

"수질 관리 연구원이에요. 의외라뇨?"

"그런 차림으로 일하는 연구원은 처음 보는군. 하긴, 연구원이나 뭐 그런 가방끈 긴 사람들을 만날 일도 별로 없었지만."

민구의 이야기를 들은 임수정은 새삼 자신이 헐렁한 탱크톱에 짧은 반바지 차림이라는 것을 깨달았다. 맞는 열쇠를 찾던 그녀가 본능적으로 몸을 움츠리며 가슴께를 가리려 하자 민구가 한마디 했다.

"이봐, 나 같으면 목숨이 왔다 갔다 하는 판에 그런 거 신경 안 쓰겠어. 조금 전 1층에서 유리문에 피 칠갑하면서 박치기하던 놈들을 생각해 보라고."

그런 말을 들어도 여전히 신경이 쓰였지만, 어찌 됐든 임수정은 주방 문을 열고 스위치를 찾아 불을 켰다. 파팟, 소리를 내며 100명이 한 번에 식사를 할 수 있는, 넓은 식당이 환하게 밝아졌다.

앞서 들어선 민구가 절룩거리며 주방으로 가 조리 기구들을 뒤지는 동안 임수정은 캐비닛을 여기저기 열어 봤다. 조리사 가운이라도 하나 찾아 걸치고 싶어서였다.

"음, 이건 좀 너무 가벼운데……. 어디, 이건."

민구는 조리대 칼꽂이에서 여러 자루의 칼을 꺼내 불빛에 비춰 보고 이리저리 휘둘러 보며 골랐다. 하지만 좀처럼 마음에 드는 칼을 발견하지 못했다. 열 자루 이상의 칼을 죽 늘어놓은 뒤에 민구가 결국 집어 든 건 중국 식칼처럼 넓적한 부쳐 나이프였다.

뼈가 붙은 짐승의 고기를 토막 칠 때 쓰는 물건이다. 팔목을 놀려 칼을 몇 번 돌리던 민구는 마음을 정한 듯 고개를 끄덕이며 혼잣말을 했다.

"이만하면 날도 아직 서 있고, 괜찮을 것 같아. 문제는 이놈의 어깬데……."

주변을 둘러보던 민구는 칼을 들고 식당을 가로질러 아직도 입을 만한 옷을 찾고 있는 임수정에게 다가갔다. 칼을 손에 쥔 그 모습은 곤봉을 들었을 때와는 비교도 안 될 만큼 두려운 것이어서 임수정은 온몸에 소름이 돋았다.

찌지익! 찌익!

테이블보 하나를 집어 든 민구는 그것을 칼로 찢어 20센티미터 넓이의 긴 끈처럼 만들었다. 그러고는 고통스러워하며 양복 웃옷을 벗어 임수정에게 건넸다.

"정 그렇게 신경이 쓰이면 이거라도 걸쳐. 비에 젖어서 좀 차갑겠지만. 그리고 입고 나면 나 좀 도와."

얼결에 민구의 양복을 받아 입은 임수정은 민구의 지시에 따라 테이블보를 찢어 만든 붕대로 그의 왼쪽 어깨와 팔을 몸에 묶어 고정해 주었다.

"아냐, 그렇게 헐겁게 하지 말고 더 꽉 조여서 묶어야 해."

"하지만 어깨가 굉장히 많이 부었어요. 이 부분에 압박을 주면 안 될 것 같아서요."

민구는 왼쪽 어깨를 돌아보았다. 지금까지 전해진 고통을 통해 대충 짐작은 했지만, 탈구가 된 이후에도 너무 혹사당한 탓에 그의 어깨는 퉁퉁 부어올라 있었다. 젖어 있는 흰 셔츠를 통해 퍼렇게 변색된 피부가 비친다.

"마음은 고마운데, 어깨랑 팔꿈치, 손목. 이렇게 세 군데 관절이 다 몸에 딱 맞도록 고정되어 있어야 해. 그러니까 다시 한번 더 세게 묶어 줘."

"네."

임수정은 붕대를 고쳐 묶는 동안 궁금했던 것을 물었다.

"밖의 그 사람들은 고통을 못 느끼나요?"

"못 느끼는 건지, 아니면 느끼는데 표시를 안 하고 버티는 건지는 모르겠어. 하여간 괴물들이야. 뼈가 부러지는 동안에도 아가리를 벌리고 달려드니까."

"아까 본 셋 외에도 더 있어요?"

"으음, 정문에서 본 경비원들이 어떻게 되었을지 모르겠군. 그때 시간이 없어서 죽이지를 않고 기절만 시켜 놓는 게 아니었는데. 멀쩡했던 사람들도 저것들에 물려 죽으면 똑같은 괴물로 변해서 다시 살아나더라고."

"왜 저런 괴물들에게 쫓기게 된 거예요?"

민구는 잠깐 생각을 하더니 피식 헛웃음을 지었다.

"내가 말이지, 죄를 많이 지었거든. 그런데 명은 또 길고 질긴가 봐. 염라대왕이 도저히 더는 못 참아 주겠어서 마중 보낸 모양이야."

"그럼 우린 이제 어떻게 해야 하나요?"

"나 꼴리는 대로 하면 되지. 지금은 살고 싶으니까 저것들을 먼저 보내면 되는 거고."

붕대로 왼쪽 어깨를 고정한 민구는 피 칠갑한 얼굴을 기괴하게 일그러뜨린 채 한쪽 팔만으로 중심을 잡으며 칼을 휘두르는 연습을 해 봤다. 처음에는 어색했지만 뛰어난 운동 능력은 이내 평소와 다른 무게중심 속에서 균형을 이루는 방법을 찾아냈다. 팔을 너무 크게 휘두르지만 않는다면 넘어지지는 않을 것 같다.

"좋아, 이 정도면 되겠어."

민구는 만족한 듯 칼을 탁자 위에 내려놓고 임수정에게 곤봉을 건넸다.

"이걸…… 저한테 왜?"

임수정은 당혹스러운 표정을 지으며 뒤로 주춤 물러났다. 끝부분에 아직도 경비원의 피가 묻어 있는 그것을 손에 대고 싶지 않았다.

"받아. 초짜한테는 칼보다 이게 나을 거야. 아, 걱정하지 마, 아가씨. 너한테

나가서 싸우라는 소리가 아니니까. 만일을 대비하는 거야. 만약에 저것들이랑 맞닥뜨리는 상황이 벌어지면 무조건 왼쪽 다리를 빼고 무릎을 굽히면서 이걸로 발목을 있는 힘껏 후려쳐. 그러면 네 모가지도 보호하고 괴물도 쓰러뜨릴 수 있어. 어차피 쉽게 죽지 않는 놈들이지만, 달아날 시간만 벌면 충분하니까. 알아들어? 왼쪽 다리를 빼고 무릎을 굽히는 거야."

민구는 자신이 직접 자세를 낮추면서 팔을 휘둘러 식탁의 다리를 때리는 시늉을 해 보였다. 임수정은 곤봉을 받고 고개를 끄덕였다.

와장창!

위층에서 유리 깨지는 날카로운 소리가 고요했던 건물 내에 소름 끼치는 메아리를 만들며 울렸다.

두 사람은 순간 얼음처럼 경직되었다. 임수정은 심장이 멈추는 것 같아 입을 크게 벌린 다음에야 겨우 숨을 내쉴 수 있었다.

"무, 문이 부서진 건가요?"

"아니야. 강화 유리문은 자물쇠가 먼저 망가지기 때문에 저런 소리가 나질 않아. 1층에 강화 유리가 아닌 곳이 있나?"

"모르겠어요. 아, 아마 뒤쪽의 창문들은 그냥 보통 유리일 거예요."

"그럼 거기겠군."

민구는 탁자 위에서 커다란 칼을 집어 들고 계단을 향해 걸어갔다. 임수정이 초조한 표정으로 물었다.

"어쩌려고요?"

"한꺼번에 몰려들기 전에 하나씩 해치우려고."

임수정은 둘 중에 하나를 선택해야 했다. 여기에서 무서운 상상들에 괴롭힘을 당하면서 혼자 기다리든가, 아니면 상처 사내를 따라가 눈앞에서 실제로 펼쳐지는 끔찍한 광경을 보면서 괴로워하든가. 잠시 생각해 본 그녀는 사내를 따라가기로 했다. 그의 곁에 있는 편이 더 안전할 것처럼 느껴졌기 때문이다. 민구가 뒤를 돌아보며 말했다.

"식당에서 기다려도 돼."

임수정은 고개를 저었다.

"그게 더 무서워요."

"좋을 대로 해. 너무 바짝 달라붙지만 마."

"엘리베이터로 가는 게 낫지 않을까요? 다리도 불편하신 것 같은데."

"문이 열릴 때 위험해서 안 돼. 그리고 지금부터는 꼭 필요한 일이 아니면 소리를 내지 마."

02

조용히 하라는 당부를 한 뒤 민구는 천천히 어두운 계단을 올랐다. 그라아악— 예의 그 울부짖음이 복도를 타고 흘러 들어온다. 한 걸음, 한 걸음. 조심스럽게 걸음을 떼면서 계단을 오르는 동안 임수정은 피가 마르는 것 같은 불안감을 느꼈다.

계단 중간에 이르렀을 때, 앞서 걷던 민구가 갑자기 걸음을 멈추고 칼을 들어 멈추라는 신호를 보냈다. 임수정은 뒤로 한 발짝 물러나 계단 난간을 잡고 한 손으로는 곤봉을 고쳐 쥐었다.

꾸웨엑!

날카로운 울음소리와 함께 위쪽에서 빠르게 뭔가가 뛰어내렸다. 아까 현관문을 들이받던 괴물 중 하나였다. 이마의 피부가 다 벗겨진 괴물은 두 손을 벌리고 민구를 향해 달려들었다. 미리 대비하고 있던 민구는 허리를 돌려 공격을 피하면서 괴물을 향해 묵직한 칼을 내려쳤다.

빠직!

민구의 일격에 오른팔이 부러진 괴물은 달려들던 속도 그대로 단단한 벽을 들이받았다. 계단 전체를 흔들 만큼 굉장히 크고 둔탁한 소리가 났다.

쿵—!

임수정은 안도했다. 저 정도의 충격이라면 멧돼지라도 쓰러질 것이라 생각했다. 하지만 벽에 부딪친 괴물은 곧바로 몸을 돌려 부러진 팔을 덜렁거리면서 다시 한번 민구를 향해 몸을 날렸다.

그라아악!

민구는 조금도 흔들리지 않고 두 번째 공격을 날렸다. 이번엔 놈의 왼팔을 노려 쳤다. 민구의 칼이 지나가자 뚝, 하는 소리와 함께 괴물의 왼편 팔꿈치가 반대 방향으로 꺾여 덜렁거렸다.

'여기까지는 계획대로군.'

양팔을 다 부러뜨렸으니 이제 최소한 붙잡히는 일은 없을 것이다. 두 번의 경험으로 이 불사신 같은 괴물들의 어디를 쳐야 더 이상 움직이지 못하는지는 대충 짐작하고 있었다. 한 놈은 뒤에서 목뼈를 잘라서, 또 다른 한 놈은 뒤통수를 깨뜨려서 죽였었다. 아마 이 녀석도 뒤쪽에서 머리 부근을 공격해야 제압할 수 있을 것이다.

쿵!

이번에도 괴물은 속도를 못 이기고 벽에 세게 부딪친 뒤에야 멈춰 섰다. 하지만 이번엔 방향을 바꾸는 데 처음보다 훨씬 더 많은 시간이 소요됐다. 양팔이 모두 부러져 벽을 짚고 돌아설 수가 없던 것이다. 민구는 그 틈을 놓치지 않고 뛰어들어 괴물의 뒤통수를 내리찍었다.

퍽!

묵직한 부쳐 나이프가 괴물의 뒤통수 깊숙이 박히자 조금 전까지만 해도 미친 듯 날뛰던 괴물이 거짓말처럼 쭉 늘어지며 벽에 처박힌 채 움직이지 않았다. 민구는 자신의 이론이 맞았다는 것에 약간의 희열을 느끼면서 좌우로 비틀어 칼을 빼냈다.

그가 칼을 빼내자 벽과 칼에 의해 고정되어 있던 괴물은 통나무처럼 바닥에 쓰러져 버렸다. 이번에도 역시 괴물의 상처에서는 피가 뿜어져 나오지 않는다.

"후우……."

가볍게 숨을 몰아쉬며 민구는 계단 아래의 여자를 돌아보았다. 임수정은 비명을 지르지 않기 위해 왼손으로 입을 꽉 틀어막고 서 있었다. 어찌나 손에 힘을 주었는지 피가 잘 통하지 않는 통에 손끝이 하얗게 질렸다. 더 이상 괴물이 움직이지 않는다는 걸 깨달은 임수정은 천천히 손을 내리고 갈라진 목소리를 짜내 물었다.

"주…… 죽은 건가요?"

민구는 말없이 고개만 끄덕였다. 임수정이 뭔가를 더 물어보려 할 때, 계단 위쪽의 복도에서 또다시 괴물들의 울부짖음이 들려왔다.

그롸아악! 그르르!

꾸에에!

이번엔 하나가 아니다. 복도에서 울리는 메아리 때문에 정확히 파악할 수는 없지만, 최소한 둘, 많게는 넷 정도의 다른 목소리가 울부짖고 있다는 건 분명해 보였다. 놈들의 울음소리를 들은 민구는 뒷걸음질로 계단을 내려갔다.

콰장창!

어딘가의 유리가 또다시 깨졌다.

"다시 돌아가. 벌써 놈들이 너무 많이 들어왔다. 다리가 이 모양이라 계단에서는 중심을 잡기가 힘들어."

영문을 몰라 멍하니 서 있던 임수정은 민구의 말을 듣고 몸을 돌렸다. 지하로 들어서서 임수정이 물었다.

"어디로 가요? 다시 식당으로?"

고개를 기울여 계단 위쪽을 감시하면서 민구가 말했다.

"그래, 넌 일단 식당 앞으로 가서 기다려. 난 여길 지키다가 한 놈 더 잡고 갈 테니까."

대답이 없어서 민구는 임수정을 돌아보았다. 그녀는 파랗게 질린 얼굴로 어쩔 줄 몰라 하며 부들댔다.

"가라고."

식당을 향해 뒷걸음질을 치면서도 임수정의 두 눈은 계단 입구를 막아선 민구에게 고정되어 있었다. 덫을 놓고 기다리는 사냥꾼처럼 칼을 높이 쳐든 채 계단 안쪽을 살피던 민구가 갑자기 뒤로 두어 발짝 물러났다.

꾸와악! 그라아아악!

한꺼번에 괴물 둘이 뛰어 들어오면서 괴성을 질러 댄다. 민구는 앞선 놈의 머리통을 비스듬히 갈기면서 두 번째 놈이 할퀴려 드는 것을 피했다. 관자놀이 부근이 움푹해질 만큼 잘려 나갔는데도 앞선 놈은 조금도 멈추지 않고 곧바로 일어나 다시 달려들었다.

"윽!"

몸을 돌리고 스텝을 밟을 때마다 삔 발목이 찌릿찌릿해 온다. 민구는 고통을 참기 위해 이를 악물었다. 마음이 급해진다. 하지만 이럴 때일수록 서둘러서는 안 된다는 걸 그는 잘 알고 있었다. 찬찬히 하나씩 제대로 단계를 밟지 않으면 이놈들에게 이길 수 없다.

빠악!

달려드는 두 번째 괴물의 무릎을 때려 끊었다. 한쪽 다리를 잃은 놈이 휘청거리며 쓰러진다. 하지만 그 모습을 지켜볼 여유도 주지 않고 이번에는 관자놀이가 잘려 나간 놈이 이를 드러내며 돌진해 왔다. 민구는 뭉뚝한 칼끝으로 놈의 아래턱을 올려 쳤다.

덜컥—!

빠진 아래턱을 덜렁거리면서 괴물이 비틀댄다. 민구는 그 틈을 놓치지 않고 뛰어들어 쉴 새 없이 칼을 휘둘렀다. 빠각! 빠각! 뼈가 부러지는 소리가 지하 복도를 울린다. 먼저 양쪽 어깨를 부숴서 괴물의 공격력을 반 이하로 낮추었다. 마침내 머리가 무방비로 노출된 놈의 정수리를 내리치려 할 때, 무릎이 끊어진 놈이 절뚝거리면서 덤벼들었다.

그라아악!

놈의 이빨이 볼을 스치기 직전에 민구는 가까스로 허리를 틀어 공격을 피해 낼 수 있었다. 민구를 지나친 괴물은 멈추지 않고 곧바로 임수정을 향해 달려갔다.

"이런 제기랄!"

의외의 상황에 당황한 민구는 괴물을 뒤쫓아 뛰었다. 왼발이 땅을 내디딜 때마다 발목이 비명을 질렀다. 민구는 여자가 식당 안으로 도망가 문을 닫아 주기를 바랐다. 하지만 그의 기대와 달리 임수정은 제자리에 얼어붙어 두 눈을 커다랗게 뜬 채 달려오는 괴물을 바라보고만 있다.

민구는 필사적으로 달리며 괴물의 등과 뒤통수를 향해 칼을 휘둘렀다. 그러나 한쪽 어깨를 묶은 채로 달리는 민구는 좀처럼 거리를 좁히지 못했다. 그의 칼은 그저 괴물의 가죽을 찢어 놓을 뿐이었다. 괴물은 무심하게도 뒤편에서 공격하는 그를 돌아봐 주지 않았다.

"다리! 다리를 때려! 무릎을 굽히고!"

민구는 크게 외쳤다. 부들대고 있던 임수정은 그의 목소리를 듣고 꿈에서 깨어난 것처럼 반응했다. 임수정은 왼발을 뒤로 빼면서 무릎을 굽히고 곤봉을 크게 휘둘렀다. 급하게 굽혀진 무릎에 체중이 실리는 바람에 끊어지는 것 같은 통증이 온다. 하지만 그녀는 이를 악물고 팔의 스윙에 집중했다.

허공에 날린 그녀의 머리카락 몇 올이 괴물의 이에 걸려 뚜둑, 하고 끊어진다. 빠악! 민구가 이미 끊어 놓았던 괴물의 다리에 임수정이 휘두른 곤봉이 명중하자 괴물은 빠른 속도로 바닥에 내동댕이쳐졌다.

"아악!"

괴물을 때리며 생긴 반작용 때문에 어깨로 묵직한 통증을 느낀 임수정도 비명을 지르며 곤봉을 떨어뜨렸다.

그라아아악!

다시 몸을 일으킨 괴물이 임수정을 향해 팔을 뻗었다. 임수정은 급하게 뒷걸음질을 쳤다. 그러나 발을 빼는 것이 늦었다. 한쪽 다리를 괴물에게 낚아채인 임수정의 몸이 공중에 붕 떠올랐다.

쿵!

벽에 뒤통수를 세게 찧으며 떨어진 임수정이 맥없이 쓰러졌다. 괴물은 그녀의 발목을 꽉 쥐고 끌어당겼다. 시체처럼 널브러진 임수정은 아무런 저항도 하지 않는다.

"안 돼!"

달려오던 민구가 필사적으로 외쳤다. 괴물이 아가리를 벌려 임수정의 허벅지를 물어뜯으려는 순간, 몸을 날린 민구의 오른발이 괴물의 머리통을 강타했다.

꾸에엑!

곧바로 다시 덤벼들려는 괴물의 정수리에 민구는 커다란 칼을 내려쳤다. 괴물은 단단한 바닥에 호되게 얼굴을 찧었다. 으직—! 괴물의 코와 이가 부러지며 고약한 냄새를 풍긴다.

"이 개새끼야! 사람 좀 작작 골탕 먹여라! 응? 이 씨발 새끼야!"

바닥을 짚고 일어나려던 괴물의 뒤통수에 부쳐 나이프를 몇 차례나 꽂아 넣으며 민구가 욕설을 퍼부었다. 빠각! 빠각! 괴물이 더 이상 움직이지 못하게 된 뒤에도 분이 풀리지 않은 민구는 서너 차례나 더 괴물의 뒤통수를 내리찍었다.

"하아, 하아……."

숨을 몰아쉰 민구는 몸을 돌려 여자의 상태를 살폈다. 임수정은 여전히 전혀 의식을 차리지 못하고 쓰러진 채였다. 손으로 목을 짚어 보았다. 다행히 아직 맥은 뛰고 있었다. 그녀를 흔들어 깨울 여유는 없다. 남아 있는 괴물이 끊어진 두 팔을 늘어뜨린 채 민구와 임수정을 향해 뛰어오고 있기 때문이었다.

민구는 다리를 끌며 천천히 복도를 사선으로 걸어가 각도를 조정했다. 이렇게 해 두면 혹시 괴물의 공격이 그를 지나치더라도 조금 전처럼 곧바로 여자를 향하게 되지는 않을 것이다.

둘 사이의 거리가 2미터 이내로 좁혀졌을 때, 괴물은 아가리를 벌리고 민구의 목을 향해 몸을 날렸다. 부서져서 덜렁거리는 괴물의 턱에서 악취와 분비물들이 튀어 사방으로 흩어진다. 민구는 괴물의 벌어진 아가리를 향해 정확하게 칼을 휘둘렀다.

빠가각!

턱뼈와 목뼈가 연달아 끊어진다.

툭.

잘린 괴물의 머리가 바닥에 뒹굴고, 목을 잃은 괴물의 몸은 복도에 부딪친 뒤 그대로 쓰러져 더 이상 움직이지 않는다.

"앞에서 잘라도 되는구나."

끔찍한 꼴로 널브러진 괴물의 시체를 보며 민구가 나직하게 내뱉었다. 이걸로 아까 정문에서 보았던 세 놈은 다 처리했다. 후우, 민구의 입에서 절로 한숨이 새어 나온다. 그의 몸은 아까부터 이미 한계에 가까워져 있지만, 조금 전의 추격전으로 이제는 마지막 한 방울 남아 있던 근성마저 다 짜내 버린 느낌이었다. 더 이상은 칼을 들고 있기도 버거워졌다.

'그래도 이름을 걸고 한 약속은 지킨 건가?'

민구는 오늘 그가 건진 유일한 전리품, 아직 숨이 붙어 있는 임수정에게 다가갔다. 그녀를 깨우기 위해 가볍게 뺨도 때려 보고 어깨도 흔들어 봤지만, 의식이 돌아올 기미는 좀처럼 보이지 않았다.

"이봐! 정신 차려! 내 말 들려?"

축 늘어진 여자의 머리칼을 잡고 흔들어도 마찬가지다. 민구가 임수정을 깨우기 위한 방법을 고민하고 있을 때, 계단 쪽에서 또다시 쿵쿵거리는 발소리와 가랑거리는 울부짖음이 들려왔다. 아직 끝나지 않은 것이다.

소리로 봐서는 두 마리, 아니, 세 마리쯤 된다. 오늘 밤의 이 빌어먹을 게임은 점점 가파르게 난도가 올라가고 있다. 이제 그는 기절해 뻗어 있는 여자까지 지켜 가면서 한 번에 세 마리의 괴물을 상대해야 하는 상황이다.

"훗! 크크큭!"

정수장의 정문을 넘은 이래 처음으로 민구가 웃음을 터뜨렸다.

‘숨 돌릴 틈도 제대로 안 주고 치대는구나. 그래, 그 정도는 해 줘야 이쪽에서도 놀아 줄 맛이 나지.’

빠르게 사방을 둘러본 민구는 칼을 옆구리에 끼고 임수정의 발목을 잡아끌며 식당으로 걸어갔다. 그리 살집이 많은 여자가 아니었으므로 한 팔만으로 끌고 가기에도 큰 무리는 없었다.

철컥!

식당에 들어선 민구는 여자를 내려놓고 우선 문부터 잠갔다. 빈약한 자물쇠지만, 적어도 몇 분은 버텨 줄 것이다.

“끄응~!”

축 늘어진 임수정을 잡아끌며 민구가 향한 곳은 식당 내의 주방이었다. 조금 전 칼을 고를 때 그가 봤던 기억대로 주방에는 커다란 업소용 냉장고가 있었다. 두꺼운 스테인리스 냉장고는 확실히 튼튼해 보였다. 저 괴물들이 어찌할 수 있을 만한 크기나 무게도 아니고, 안에서도 문을 잠그고 열 수 있는 구조다. 저곳에 숨는다면 금고 안에 있는 것과 크게 다르지 않을 것이다.

민구는 먼저 냉장고의 문을 열어 내부의 온도를 확인했다. 차가운 바람이 뿜어져 나온다. 냉기를 빼는 게 우선이기 때문에 문은 그대로 열어 두었다. 다행히 냉장고는 음식이 거의 채워지지 않은 상태였다.

냉장고의 옆으로 돌아간 민구는 전원 코드를 뽑고 칼로 내려쳐서 아예 잘라 버렸다. 그러고는 문 주변에 붙은 고무 패킹에도 안팎으로 몇 군데 길게 칼집을 넣었다. 이렇게 하면 냉기도 빠져나가고 공기도 통할 테니까.

03

쿠웅!

식당의 문이 흔들린다. 놈들이 벌써 들이닥친 것이다.

쿠웅! 쿠웅!

점점 더 빠른 간격으로 문이 울린다. 문에 달린 손바닥만 한 창유리 너머로 비치는 놈들은 모두 셋이었다. 아까 정문에서 쓰러뜨렸던 경비원 둘과 칠성이가 괴물로 변해 민구의 살을 뜯어 먹기 위해 문을 받아 대고 있다.

"이봐, 가방끈 긴 아가씨! 내가 살려 준다고 했던 거, 기억하지?"

식당을 돌며 테이블보들을 걷어 내 모으며 민구가 물었다. 물론 의식을 잃은 그녀가 대답을 해 주지는 않는다. 걷어 온 테이블보 여러 장을 바닥에 누워 있는 임수정의 다리에 던지며 민구는 다시 혼잣말을 했다.

"나도 까먹은 건 아냐. 그런데 지금은 내 몸이 영 아니라서 이게 최선이니까, 이 정도로 참아 줘. 내일 아침, 출근한 사람들이 열어 줄 때까지만 기다려."

쿠당탕—! 쩌적!

식당 문 쪽에서 울려 오는 요란한 소리가 민구를 재촉했다. 꽤나 용케 버텨 주던 문이 한계를 맞고 있었다. 쪼개진 나무 문 사이로 괴물들의 울부짖음이 생생하게 전달되어 온다. 한 팔만 가지고 물먹은 솜 인형처럼 늘어진 여자의 몸을 테이블보로 친친 감는 것은 생각보다 꽤나 힘이 들었다. 이렇게 해 두면 최소한 얼어서 죽지는 않을 것이다.

땀에 젖어 있던 임수정의 머리카락까지 천으로 덮어 준 민구는 끙끙거리며 그녀를 끌어 냉장고 안에 넣었다. 절그럭, 소리가 나게 문을 닫은 민구는 지체하지 않고 냉장고 손잡이를 칼로 내려쳐서 부러뜨려 버렸다. 땡그렁, 부러져 나간 손잡이가 바닥에 뒹군다. 이제 끌을 동원하지 않는 한 이 냉장고는 바깥쪽에서 열리지 않게 됐다.

끄라라아악! 그르르!

주방을 나온 민구가 이마의 땀을 닦으며 식당 중앙까지 걸어갔을 때, 마침내 문이 부서지고 괴물들이 앞다투어 뛰어 들어왔다. 세 마리의 괴물. 한 팔과 한쪽 발목을 못 쓰는 이 상황에서 힘만 가지고 한꺼번에 상대하기에는 아무래도 벅

찬 숫자였다. 작전이라는 게 필요했다.

그나마 민구에게 다행스러운 점은 저 괴물들이 웬만한 짐승들보다도 대가리가 나빠 보인다는 사실이었다. 오늘 밤 민구와 싸우는 내내 저것들은 도무지 피하는 법이 없었다. 민구는 스테인리스 식판이 가득 들어 있는 식기 운반 카트 뒤로 걸어가 자세를 낮추고 밀었다.

드르륵, 묵직한 소리와 함께 카트 바퀴가 구른다. 꽤나 무거웠지만, 걱정했던 것보다는 잘 움직여 줬다.

그라아악!

괴물들은 괴성을 내지르며 민구를 향해 나란히 달려온다. 민구는 이를 악물고 더 속도를 높여 카트를 밀며 달렸다. 놈들과의 거리가 어느 정도 가까워졌을 때, 민구는 카트를 놓아 버리고 뛰는 속도를 늦췄다.

괴물들이 돌대가리일 것이라는 민구의 판단은 정확했다. 요란한 소리를 내며 카트가 굴러오는데도 놈들은 여전히 피하거나 주춤거리는 법이 없이 전속력을 다해 달려들었다.

콰장창!

괴물 둘을 한 번에 받은 카트가 쓰러지면서 담겨 있던 식기들이 요란한 소리를 내며 쏟아져 내린다. 두 마리의 괴물이 식기를 덮어쓴 채 고꾸라져 버렸다.

"좋아!"

기뻐할 틈은 아주 잠시뿐이었다. 카트에 맞지 않은 칠성이가 하얗게 변색된 눈알을 번뜩이며 민구를 물어뜯기 위해 몸을 날렸다.

"이 새끼가! 형한테 이빨을 드러내?"

오늘 저녁까지만 해도 그의 운전사였던 칠성이의 공격을 피한 민구는 놈의 오금을 노려 칼을 휘둘렀다. 빠가각! 힘줄이 끊긴 무릎이 이상한 각도로 꺾이면서 칠성이가 비틀거린다.

"거봐, 이 새끼야. 내가 늘 뭐라고 했냐? 너 살 안 빼면 언젠가 무릎이 작살날 거라고 했지?"

민구는 표정 없는 얼굴로 다시 한번 크게 팔을 돌려 칠성이의 다리를 베었다. 양쪽 무릎이 모두 부서진 칠성이가 쓰러질 때, 바닥을 짚던 왼팔이 반대 방향으로 꺾여 나갔다. 다시 일어나기 위해 칠성이가 버둥댄다. 하지만 한 팔의 힘만으로는 130킬로그램이 넘는 무거운 몸이 좀처럼 가눠지질 않는 모양이었다.

그아아악! 꾸르르!

칠성이를 끝장내기 위해 자세를 잡으려는데, 카트에 맞아 쓰러졌던 괴물들이 훼방을 놓았다. 민구는 높이 쳐들었던 칼의 방향을 바꿔 뻗어 오는 괴물의 손목을 후려쳤다. 손목이 날아간 다음에도 괴물이 달려드는 속도는 조금도 줄어들지 않았다.

민구는 허리를 굽혀 괴물의 상체 아래로 파고든 뒤, 어깨를 튕겨 놈을 업어 쳤다. 달려오던 힘 때문에 공중에 붕 떠오른 괴물은 수직으로 원을 그리며 머리부터 바닥에 내리꽂혔다.

쩌억!

대가리가 터져 버린 놈이 더 이상 움직이지 않는 것을 확인한 민구는 세 번째 괴물에 맞서기 위해 방향을 틀었다. 세 번째 녀석은 복부가 피로 물들어 있고, 뻥 뚫린 배꼽 부근에서 흘러나온 내장은 놈의 움직임에 따라 좌우로 흔들리며 덜렁거렸다. 복부의 근육이 훼손되어서 그런지, 다른 놈들보다 뛰는 속도가 확연히 느렸다.

"그쯤 됐으면 그냥 뒈지지 그랬냐?"

차갑게 내뱉은 민구는 괴물이 다가오기를 기다렸다가 목덜미를 네 번 그어 끝을 냈다.

"후우우……."

괴물들의 피와 체액, 기름으로 얼룩진 칼을 탁자에 올려놓은 민구는 젖은 담배를 한 개비 꺼내 물고 불을 붙이기 위해 애를 썼다. 라이터를 켜는 동안 손이 미세하게 떨리는 것이 느껴진다. 담배를 빨아들이며 주먹을 몇 번 오므렸다 펴 봤다. 뻐근하다. 손에 익숙하지 않은 싸구려 칼을 계속 휘둘러 댔으니 근육에 무리가 가는 것도 당연하다.

그리고 지독하게 목이 탔다. 탈수 현상을 예방하기 위해서라도 물을 좀 마셔야 할 것 같았다. 민구는 식당 안쪽에서 아직도 버둥거리고 있는 칠성이를 잠시 내버려 두고 입구에 설치된 정수기를 향해 걸어갔다.

"이제 살아날 만한 놈은 다 살아난 건가?"

두 컵을 연달아 마신 후, 세 번째 잔을 들고 민구는 셈을 해 봤다. 그가 대입했던 수식은 간단했다. 괴물에게 물려 죽은 놈은 괴물로 변한다. 그리고 그렇게 괴물로 변했을 가능성이 있는 녀석들 중 그가 숨통을 끊지 않은 것은 둘뿐이었다. 달아나는 시간을 벌기 위해 괴물에게 먹잇감으로 던져 주었던 트럭 운전사와 안경잡이. 온몸에 경련이 일어나는 것 같지만, 그래도 두 마리 정도라면 충분히 상대해 줄 수 있다.

그르르르…….

칠성이가 버둥대며 가래가 끓는 것 같은, 기묘한 소리를 냈다. 울대가 뜯겨 나간 녀석이어서 제대로 울부짖지도 못하는 모양이다. 혼자서 일어날 수 없는 녀석에게까지 힘을 쏟고 싶은 생각은 없지만, 그래도 몇 년간 한솥밥을 먹던 놈인데 저런 꼴로 버려 두고 가는 건 마뜩치 않은 일이었다.

"그만 쉬게 해 주는 게 도리겠지."

담배 한 모금을 마저 빨고 난 뒤, 민구는 칼을 집어 들고 칠성이에게 다가갔다. 민구가 가까이 다가가자 칠성이는 한층 더 격렬하게 버둥거리며 끅끅댔다. 무표정하게 바라보던 민구가 팔을 크게 휘두르자 갑자기 식당 안이 고요해졌다. 한 번에 정확히 끝을 내 준 것이다.

"나머지 두 새끼도 지금 나와 주면 좋겠는데……."

식당을 나서서 1층으로 이어진 계단을 힘겹게 올라가며 민구가 혼잣말을 했다. 혹시라도 그가 떠난 뒤에 깨어난 여자가 냉장고 밖으로 나왔다가 괴물들과 맞닥뜨리게 하고 싶지 않아서였다. 하지만 그의 바람과 달리 1층은 고요했다. 민구는 괴물들을 찾기 위해 천천히 로비를 돌았다. 깨진 창문 사이로 날려 든 빗방울들 때문에 로비 안은 습기가 가득했다.

“이쯤 찾아봤는데도 안 보이면 없는 거겠지.”

마침내 민구는 수색을 포기하고 아까 임수정이 열어 주었던 로비 정문을 향해 걸어갔다. 비 때문에 환하게 동이 트는 기미는 보이지 않지만, 이제 조금 뒤면 사람들이 왕래를 할 시간이 될 것이다. 이곳과의 인연도 슬슬 정리해야 할 때였다.

셔터를 올리고 자물쇠를 풀기 전, 민구는 어두운 밖을 좀 더 자세히 보기 위해 유리문에 얼굴을 바짝 붙여 봤다. 괴물도, 별달리 위험해 보이는 구석도 눈에 띄지 않았다. 딸깍, 그는 자물쇠를 풀고 문을 나섰다.

“흐음~!”

여름 새벽의 공기를 마음껏 들이마시며 정수장을 걸어 나가는 동안, 들어올 때는 다급해서 보지 못했던 것들이 눈에 들어왔다. 그의 좌우에는 수영장처럼 생긴 커다란 수조들이 여러 개 늘어서 있었다. 수돗물이 만들어지는 곳이라고 막연히 생각은 했지만, 물이 가득 찬 여러 개의 수조에 빗방울들이 떨어지는 광경을 보니 새삼스러웠다.

그가 뒤통수를 때려 죽인 경비원의 시체는 전혀 훼손되지 않은 채 엎어져 있었다. 그를 쫓아 달려왔던 괴물들도 이 시체는 그냥 지나쳤던 것이다. 쉬지 않고 걷던 민구가 걸음을 멈췄다. 빗소리에 섞여 그의 발소리가 아닌 소리가 들려온다. 민구는 소리가 나는 방향으로 고개를 돌렸다.

“허!”

민구의 입에서 탄성이 흘러나왔다. 고개를 돌린 그의 눈에 들어온 것이 경찰들이었기 때문이다. 네 명이나 되는, 푸른 제복 차림의 경찰이 건물 뒤편에서부터 그를 향해 달려오고 있었다. 일이 더럽게 꼬여 간다.

‘하긴, 짭새가 뜨고도 남을 시간이긴 하지.’

총소리를 듣고 누가 신고를 했던 것일까, 아니면 순찰을 돌던 경찰이 정문이 부서진 것을 보고 지원을 요청해 들어온 것일까? 어쩌면 그의 차가 정문을 들이

받았을 때 경찰서에까지 경보가 전달되었을지도 모른다.

민구의 머리가 복잡해진다. 저놈들이 오늘 밤의 사건에 대해 어디까지 알고 있을지 궁금해졌다. 정문의 차 안에 죽어 있는 부하들, 그 너머 도로 위에 열린 채 버려진 트럭, 치울 생각도 하지 않았던 경비원의 시체까지…… 저질러 놓은 일들이 너무 많았다.

'사고를 피해 살아남은 여기 직원인 척하는 게 나을까, 아니면…….'

짭새들을 제친다는 건 정말 가장 최후에나 생각해야 하는 선택이다. 그건 여타 다른 공무원들을 처치하는 것과는 완전히 다른 문제이기 때문이다. 게다가 지금의 몸으로 네 명이나 되는 놈들을 한꺼번에 죽일 수 있을지도 의문이었다. 빠르게 계산을 해 본 민구는 일단 칼을 버리기로 했다.

시선을 가리기 위해 슬쩍 방향을 바꿔 선 민구는 정수조 안에 칼을 던져 넣었다. 풍덩—! 물보라와 함께 흉기는 사라졌다. 경찰들이 그를 직원이라 순순히 믿어 준다면 좋겠지만, 아무래도 얼굴의 흉터가 걸렸다. 그래도 한번 시도는 해 볼 만한 일이었다.

'정 시끄럽게 굴면 그때 처리하면 되지.'

민구는 경직된 얼굴을 움직여 가짜 미소를 지은 뒤, 경찰들을 향해 오른손까지 흔들었다.

"경찰 아저씨, 도와주세요! 여깁니다!"

푸른 제복을 입고 달려오는 것들이 평범한 경찰이 아니라는 것을 눈치채기까지는 몇 초가량의 시간이 필요했다. 보통의 경찰들보다 훨씬 빨리, 아무 말도 없이 달려올 때까지만 해도 민구는 뭐라고 진술해야 할지 거짓말을 꾸미느라 그 미묘한 차이를 알아보지 못했다.

그러나 선두에 선 녀석이 널브러진 경비원의 시체를 밟고 일직선으로 달려오는 그 순간, 놈들의 정체성이 분명해졌다. 경찰들 뒤로 또 새로운 녀석들이 모습을 드러내면서 뛰어왔다. 트럭 운전사와 안경잡이, 거기에 만배파 조직원도 하나 끼어 있었다.

"도대체 몇 명이나 변할 거냐?"

민구는 혀를 찼다. 조금 전 물속에 던져 버린 부쳐 나이프가 너무도 아쉬웠다. 다리를 끌고 뒷걸음질을 치면서 민구는 이 위기를 벗어날 방법을 궁리했다. 일곱이나 되는 괴물을 모두 처치한다는 건 불가능한 일이었다. 뭔가 무기를 찾아야 하는데, 아무것도 눈에 띄지 않는다. 사방엔 그저 온통 물, 물뿐이었다.

'물?'

쓸 만한 전략이 번개같이 스치고 지나갔다. 민구는 방향을 바꿔 수조가 있는 쪽을 향해 뛰었다. 두 개의 수조 사이에 놓인 좁은 복도에 이르자 민구는 발을 멈추고 뒤로 돌아섰다. 달려오는 괴물들과의 거리는 이제 불과 5미터도 남지 않았다. 민구의 마음속에서 불안한 목소리가 쉼 없이 질문을 던져 댔다.

만약 저것들이 네가 생각하는 것보다는 머리가 좋다면 어떡하지? 만약 저것들이 너를 따라 뛰어들지 않으면? 만약…… 그 모든 불안한 의문들을 무시할 수는 없었지만, 민구에게는 별로 다른 선택지가 없었다.

그라아아악!

맨 앞에 선 괴물의 내뻗은 팔이 막 그의 몸에 닿으려 할 때, 민구는 왼편의 수조로 몸을 날려 뛰어들었다.

'따라와라, 개새끼들아.'

그가 마음속으로 내뱉은 명령을 듣기라도 한 것처럼 일곱 마리의 괴물은 일제히 수조를 향해 몸을 던졌다.

풍덩! 풍덩! 풍덩!

괴물들이 뛰어드는 소리가 물을 타고 꿈속처럼 둔하게 울리는 동안 민구는 잠수한 상태로 돌핀 킥을 했다. 불안함 때문에 뒤를 돌아보고 싶은 마음이 굴뚝같았지만, 고개를 똑바로 한 채 허리와 발을 놀리는 일에만 집중했다.

수조는 그가 생각했던 것보다 넓었다. 민구는 숨이 차오르기 직전이 돼서야 수조 반대편의 사다리에 팔을 걸칠 수 있었다. 그는 오른팔에 온몸의 체중을 싣고 필사적으로 기어올랐다.

"하아, 하아……."

땅 위로 올라온 민구는 참았던 숨을 몰아쉬며 수조 속의 괴물들을 바라봤다. 그가 예상한 대로 이 괴물들은 수영을 하지 못했다. 하지만 동시에 물을 두려워하거나 당황하는 기색도 없다. 반쯤 잠긴 채 개헤엄을 치는 것처럼 팔과 다리를 모두 휘젓는 괴물들은 좀처럼 앞으로 나아가는 속도를 내지 못했다.

꾸르르륵.

벌려진 괴물들의 입으로 계속해서 물이 들어가는데도 놈들은 조금도 개의치 않고 오로지 민구와의 거리를 줄이기 위해 열심히 몸을 움직일 뿐이었다. 무거운 장비를 잔뜩 달고 있던 경찰들보다 나머지 괴물들이 조금은 더 빨랐다.

"이제 이걸 어떻게 처리한다?"

벌어 둔 약간의 시간 동안 그냥 달아날까 싶기도 했지만, 이놈들이 땅 위로 올라선다면 여러모로 골치가 아플 것 같았다. 속도에서 우위에 있을 때 처리하는 편이 나을 것이다. 민구는 양말을 벗어 바닥에 내려놓고 젖은 흙을 담기 시작했다. 흙을 3분의 1쯤 채운 양말 끝을 밟고 한 손으로 꽉 묶은 뒤 가볍게 돌리며 민구가 주문했다.

"천천히 하나씩 와라."

민구는 서두르지 않고 놈들의 몸이 반쯤 물 밖으로 빠져나왔을 때까지 기다리다가 차례로 머리를 갈겼다. 양말 철퇴의 신축성은 정면에서 내려치면서도 놈들의 뒤통수를 노려 타격할 수 있게 해 주었다.

머리가 터진 괴물들은 녹색의 체액을 피와 함께 흘리면서 물에 둥둥 떠다녔다. 일곱 마리의 괴물 중 가장 마지막으로 사다리에 팔을 걸친 놈은 만배파 조직원이었다. 녀석은 코가 뜯겨 나가고 없었다.

"응? 이놈……."

괴물의 얼굴을 보고 있자니 놈이 어디서 코를 잃었는지 기억이 났다. 아까 칠성이가 괴물에게 울대를 물어뜯겨 죽었을 때, 그다음으로 코를 물렸던 놈이다. 수직으로 양말을 휘둘러 녀석의 뒤통수를 박살 낸 다음, 민구는 피로 얼룩진 양말을 던져 버렸다. 수돗물이 될 물을 엉망으로 만들기는 했어도…… 어쨌든 그는 살아남았다.

"뭐, 지들도 눈깔로 볼 테니까 알아서 다시 소독하겠지."

돌아서서 정수장을 빠져나오는 민구의 걸음은 꽤나 다급했다. 조금 전의 코 없는 녀석 때문에 새롭게 알게 된 사실이 그를 서두르게 만들었다. 지금까지 그는 괴물에게 물려 죽은 사람만이 괴물로 변해 다시 살아나는 것이라고 생각했었다. 하지만 그게 아닌 모양이다. 코를 물어뜯겼던 녀석은 그때 분명히 죽지 않았었다.

'만약에 단순히 물렸던 놈들도 괴물이 된다면 도대체…….'

민구는 오늘 밤 괴물들에게 살점을 내준 녀석들이 몇이나 될지 궁금해졌다. 적어도 열 명은 넘을 거다. 그리고 병원으로 옮겨진 최성호도 지금쯤이라면 괴물로 변하기에 충분할 시간이 지났다. 한시라도 빨리 육만배와 부하들에게 이런 사실들을 알려야 한다. 이미 너무 늦었는지도 모른다.

키릭! 키리익!

부우웅.

강서 정수장을 나선 민구는 문이 열린 채 세워져 있던 경찰차에 올라타고 시동을 걸었다. 타고 이동할 만한 수단이 그것밖에 없었다. 어서 열려 있는 가게나 아무라도 전화를 가진 사람을 찾아야 했다.

— 저 안에 있는 건 욕심내지 마요. 저건 너무 위험해……. 당신들이 컨트롤할 만한 물건이 아니야.

문이 열린 채 길 한가운데 세워져 있는 트럭을 지나칠 때, 아까 안경잡이가 했던 경고가 자꾸 떠올라서 민구의 운전은 한층 더 거칠어졌다.

끼이이익.

민구가 탄 경찰차는 날카로운 브레이크 소리와 함께 빠르게 코너를 빠져나갔다. 새벽 5시가 다 되어 가는 여름 아침인데도 여전히 거리는 컴컴한 어둠 속에 잠겨 있었다.

이등병의 편지

보고 싶은 내 친구, 유빈아.

잘 지내지? 나도 잘 지낸다.

우리 넷은 언제나 함께 있을 거라 생각했는데, 국가의 신성한 부름을 받아 너희와 떨어져 지낸 지도 어느덧 석 달이 다 되어 가는구나. 7월인데도 이곳은 아침저녁엔 아직 서늘해. 강원도는 원래 그렇대.

다른 애들 어떻게 지내는지 내가 맞혀 볼게. 보안관은 여전히 성질 건드리는 놈들마다 다 두들겨 패고 다니겠지. 삼식이는 어디서 지지리도 못난 여자애들만 골라 놀아나고 있겠지.

훗, 철없는 놈들. 유빈이 네가 그놈들 때문에 얼마나 속을 끓일지 눈에 훤히 보인다. 그런데 왜 그때가 이렇게 그리워지는 거지?

그간 나는 체계적인 훈련과 훌륭한 후생 덕에 더 건강해지고 강인해졌단다. 이렇게 좋은 곳인 줄도 모르고 입영 전야에 너희와 함께 술에 쩔어서 가기 싫다고 울던 걸 생각하니 절로 웃음이 난다. 대한민국 군대 정말 좋아. 너희도 꼭 와라, 빨리 와라……는 개뿔.

하아, 진짜…… 앞으로 450일 남았다. 눈앞이 캄캄하다.

여기 오니까 사회에 있을 때는 거들떠도 안 보던 것들까지 미치도록 그리워.

특히 치킨! 치킨이랑 시원한 맥주! 너무 먹고 싶어. 여기도 닭고기를 주긴 하는데, 도대체 뭘 어떻게 하면 그런 맛이 나오는 건지…… 진짜 말을 말아야지. 짜장

면이랑 탕수육이랑 냉면도 먹고 싶어. 족발이랑 소주 한잔하고 싶다. 아, 먹는 이야기 그만 써야겠다. 괜히 침만 고인다. 씨발, 휴가 나가기만 해 봐. 초코파이 한 박스 사 가지고 나 혼자 다 먹을 거야.

그리고…… 쪽팔리지만 여자가 너무 그리워. 좋아하던 여자애들은 말할 것도 없고, 너무 오래전이어서 이제는 얼굴도 기억 안 나는 초등학교 동창 여자애들도 다 한 번씩 생각나. 하다못해 삼식이가 꼬셔 와서 우리가 질겁하던 폭탄들까지도 보고 싶어. 지금 이 자리에 걔네들이 있으면 난 진짜 거짓말 안 하고 결혼해 버릴지도 몰라.

아, 써 놓고 보니 내가 미쳐 가는 건 아닌가 싶다. 하여간 여자 생각이 계속 나. 유빈이 너도 알다시피 나는 그렇게 밝히는 스타일이 아니잖아. 그치?

찌질한 이야기만 잔뜩 늘어놨지만, 좋은 소식도 있어. 나 특등 사수 됐다! 휘장도 있어. 나중에 휴가 나가면 보여 줄게. 너도 잘 알겠지만, 난 내가 뭔가를 특출나게 잘할 거라고 한 번도 생각해 본 적 없어. 운동은 했다 하면 보안관한테 깨지고, 얼굴은 삼식이가 있어서 명함도 못 내밀고, 물론 공부도 중간보다 아래였지. 근데 있지, 여기 오니까 내가 정말 잘하는 게 있더라고! 그게 사격일 줄이야!

처음엔 그냥 아무 생각 없이 시키는 대로 쐈는데, 옆에서 자꾸 잘한다, 잘한다 하니까 기분이 묘해. 어제는 대대장님이 직접 지켜보시는 앞에서 250미터 전방 표적지에 20발 다 꽂아 넣었어. 야간에! (구라 아님) 난 그냥 느낌으로 쏘는 거니까 잘 모르지만, 이게 엄청난 거래. 대대장님이 나한테 뭐라고 하셨느냐면, 9월에 있을 사단 사격 대회에서 1등만 하면 앞으로 군 생활 꿀 빨게 해 주시겠대. 아, 1등 하고 싶다.

한참 써 놓고 보니까 내 이야기만 잔뜩이네. 뭐, 너희는 잘 지내고 있을 거라 믿는다. 더운데 일하느라 너무 무리하지 말고, 보안관 새끼 성질 좀 죽이라고 하고, 삼식이한테도 내가 사랑한다고 전해 줘. 더 자세한 이야기는 곧 있을 휴가 때 만나서 하자. 벌써부터 그때가 너무 기다려진다. 유빈아, 정말 보고 싶다.

그럼 이만 안녕.

강원도 화천읍 노신로 사서함 308-15-9호

제3XXX-3XX 부대, 5중대

이병 박진우

P.S. 1. 보내 준 핑크 펀치 화보집이랑 CD 잘 받았어. 제니 진짜 죽음이더라. 테라파인 너를 배신하는 것 같아서 미안하지만, 군대에 오니까 청순보다 섹시가 훨씬 더 훌륭한 가치라는 걸 깨닫게 됐어.

P.S. 2. 혹시 공사 현장 옮기게 되면 미리 알려 줘. 엉뚱한 데로 편지 보내기 싫으니까.

Chapter 4

다섯 시간 뒤

01

점심 먹을 때가 된 걸까? 보안관은 슬슬 배가 고파졌다. 오늘은 스트레스도 적잖이 받았기 때문에 평소에는 거들떠보지도 않는, 달콤한 음식이 먹고 싶다. 아침도 부실하게 먹었다. 삼식이, 그 띨띨한 새끼 때문이다.

오늘 아침 7시. 평소와 마찬가지로 세 친구는 현장 근처의 단골 국밥집에서 해장국을 먹고 있었다. 노가다를 뛰려면 아침밥을 든든히 먹어 둬야 한다. 요즘처럼 가만히 서 있기만 해도 땀이 줄줄 흐르는 여름엔 특히 더 그렇다.

"보안관! 유빈아! 이것 좀 봐 봐! 오늘 찍은 거래!"

막 두어 숟갈을 뜰 때였다. 삼식이가 핸드폰을 얼굴에 들이대며 호들갑을 떨어 댔다. SNS를 통해 받은 영상의 배경은 녹사평역 거리였다. 카페가 우후죽순처럼 늘어나는 경리단길에서 건물 신축 공사를 한 적이 있기 때문에 눈에 익은 곳이다.

영상의 내용은 정말이지 끔찍했다. 팔과 얼굴, 목에 상처를 입고 피를 뚝뚝 흘리는 사람들이 지하철역 밖으로 뛰어나온다. 부상자들 중에는 미군으로 보이는 덩치 큰 외국인들도 섞여 있고, 개중에는 내장을 덜렁거리며 뛰어다니는 사람들까지 보인다. 폭주하던 자동차가 고압 배전반을 들이받자 스파크가 튀고 자동차는 곧바로 불길에 휩싸였다.

피투성이가 된 여러 명의 미군들이 미군 부대 안으로 뛰어 들어간다. 그롸아아아— 어디선가 포효가 울리자 카메라는 급하게 그 방향을 비춘다. 달아나던 남자를 붙잡은 피투성이의 여자가 남자의 목을 사정없이 물어뜯는다. 찌이익, 남자의 목에서 분수처럼 핏줄기가 솟아올랐다.

— 그만 찍어! 가자, 씨발!

남자의 목소리.

— 하아, 하아, 뭐지? 자기야, 이거 뭐야?

당황해하는 여자의 목소리.

그리고 영상은 끝났다. 각도로 보아 누군가 차를 타고 지나가다가 잠시 멈춰 서서 찍은 것 같다. 선지가 듬뿍 들어간 해장국을 먹으면서 볼 만한 화면은 절대 아니었다.

"치워, 이 새끼야. 밥 먹는데 왜 이딴 걸……."

보안관은 눈살을 찌푸리며 핸드폰을 밀어냈다.

"밥이 중요한 게 아니잖아. 사람 잡아먹는 거 봤지? 그리고 그…… 내장 튀어나온 사람이 뛰어다니는 것도……. 이거 진짜라는데, 믿어도 돼?"

삼식이는 여전히 호기심이 가득한 얼굴로 물었다. 유빈이 단호하게 말했다.

"야, 믿을 걸 믿어. 그런 거 다 노이즈 마케팅이야. 광고라고."

"광고?"

"그래. 여름이잖냐. 그러니까 공포 영화 광고하는 거야. 너 같은 새끼가 '우와, 진짜인가 보다.' 하고 계속 검색하면 검색어 순위 1등 하고, 그러면 또 화제가 될 테니까. 걔네 수법 뻔하지."

"영화라고? 이게? 너무 리얼한데? 이 내장 봐 봐."

삼식이는 다시 한번 핸드폰을 두 사람의 얼굴에 들이댔다. 겨우 울렁거리는 속을 진정시키고 있던 보안관은 선지와 밥알을 튕기며 버럭 성질을 냈다.

"야이 씨, 너나 보라고! 그런 거는!"

그걸로 아침 식사는 끝이었다. 그런데 그 뒤로 더 열받는 일이 기다리고 있었다.

"어어? 도대체 왜 이러는 거야? 전화도 안 돼, 인터넷도 안 터져……. 뭐, 그냥 먹통이네. 이래서 사람은 변두리에 살면 안 돼요. 쯧, 여기가 말이 서울이지. 에이 씨, 오늘 중요한 연락 올 거 있는데 이게 뭐야? 아, 그리고 너 그거 아냐? 오늘 아침에 여기저기서 대형 사고 엄청 터졌대. 뭔 일이었는지 좀 보려고 해도 이건 뭐……. 쌰, 좀 터져라, 터져."

보안관을 하루 종일 스트레스 받게 만들었던 장본인은 그의 맞은편에 앉은 신입 녀석이다. 신입은 아예 일손을 놓고 쪼그리고 앉아 스마트폰을 조몰락거리며 연신 궁금하지도 않은 이야기를 지껄여 댄다.

아르바이트를 해 보겠다며 오늘 처음 공사장을 찾아온 이놈. 어째 영 꽝이다. 가뜩이나 날도 더워 짜증스러운데, 거슬리지 않는 구석이 없다. 성질대로 하면 벌써 턱주가리를 돌려도 여러 번 돌려 버렸을 놈이지만, 데리고 온 작업반장의 얼굴을 봐서 참고 있는 중이다. 하지만 이제 참을성이 거의 바닥을 드러낸 걸 느끼며 보안관은 입을 뗐다.

"야, 신입!"

"으, 응?"

여전히 전화기에서 눈을 떼지 않으면서 신입이 대답했다.

"건성으로 대답하지 마! 일하러 왔으면 전화기 집어넣고 열심히 하는 척이라도 하라고."

알아듣게 이야기를 해도 신입은 그리 신경 쓰는 기색도 없이 전화기를 주머니 속에 넣고 멋쩍게 웃는다.

"에이, 왜 그래, 친구. 계속 바쁘게 일하다가 잠깐 쉬는 건데."

"뭘 잠깐이야. 하루 종일 빈둥거리기만 하면서. 등짐 좀 지라고 하니까 허리가 안 좋네, 계단이 시원찮아서 무섭네, 툴툴대서 결국 이거라도 하라는 거잖아."

"야, 좀 봐 줘라. 난 너네랑은 다르잖냐. 나는 대학생이라서 이런 거 익숙하지 않다고."

이 자식은 하나같이 다 이런 식이다. 처음 인사할 때부터 '난 대학 다녀. 이건 그냥 경험 쌓아 보려고 하는 거야.' 따위의 물어보지도 않은 말을 하더니, 이젠 아주 그게 좋은 핑계가 됐다. 보안관은 화를 삭이면서 차분하게 이야기했다.

"너 대학 다니는 것도 알겠고, 곱게 자랐다는 것도 알겠어. 그런데 여기에서는 그런 거 안 쳐 줘. 여기는 하루 종일 빡세게 몸을 움직여야 10만 원을 주는 데라고. 내 말 알아먹었으면 빨리 움직여. 서로 짜증 날 일은 좀 삼가자. 응?"

"알았어, 알았어. 참, 너 잔소리 어지간히 한다. 근데 어차피 누가 감시하는 사람도 없는데 오래 하면 할수록 서로 이득 아니냐? 몸도 편하고, 돈은 따박따박 들어오고."

"너는 며칠 농땡이 치고 가 버리면 그만이겠지만, 우리는 네가 안 해서 밀린 일까지 다 해야 돼. 잔소리 그만하고, 이거 들어서 날라. 이거 오늘 내로 옮겨 둬야 해. 괜히 여기 뒀다가 다치는 사람 나오면 골치 아파진단 말이야!"

그렇게 말하고 보안관은 돌돌 말린 채 바닥에 쌓여 있는 레이저 와이어 더미 두 개를 들어 올렸다. 레이저 와이어라고 하니까 거창한 것 같지만, 말하자면 날이 달린 신형 가시 철망이다.

"우와, 이거 날카로워서 무섭다. 그리고 무겁기는 왜 이렇게 무거워? 으어! 아, 씨발. 뭐야? 찔렸어! 아야, 아야!"

신입은 레이저 와이어 더미를 들다 말고 비명을 지르더니, 바닥에 아무렇게나 내던져 버렸다. 철망은 땅에 한 번 부딪쳤다가 보안관 쪽으로 튀었다. 삐죽삐죽 튀어나온 면도날들이 뒤돌아서서 걷고 있던 보안관의 다리를 향해 빙글빙글 돌면서 굴러갔다.

"음?"

이상한 기미를 느낀 보안관이 돌아보고 재빨리 옆으로 뛰어 피했다. 데굴데굴 구르던 철조망 더미는 벽에 부딪친 뒤에야 멈춰 섰다. 날이 선 철조망 가시들이 햇빛을 받아 날카롭게 반짝인다. 피했으니 망정이지, 하마터면 다리에 큰 부상을 입을 수도 있던 상황이었다. 깜짝 놀라 한숨을 쉬고 있는 보안관의 눈에 멋쩍게 히죽거리는 신입의 얼굴이 들어왔다. 거기까지였다, 그의 인내심은.

"야이, 새끼야! 다치는 사람 안 나오게 조심하라고 했지!"

보안관은 신입의 멱살을 잡고 벽에 몰아세웠다.

"그, 그래서 미…… 미안하다고 했잖아, 큭, 이것 좀 놔줘. 숨 막혀. 캑."

헤헤 웃고 있다가 기가 콱 질린 신입은 하지도 않던 사과를 했다며 거짓 변명부터 늘어놓았다.

"언제? 난 네가 미안하다고 하는 소리 못 들었어. 지금 그거, 나니까 피한 거지, 다른 사람들이었으면 다리가 작살나서 병원에 실려 갈 일이야. 이 멍청한 새끼야."

"컥, 안 다쳤으니까 된 거잖아. 그리고 나야말로 다쳤어. 이, 이거 봐. 손이 찢어졌다고. 부상당한 사람한테 이러는 거 아니다."

정말인가 싶어 신입의 손을 돌아봤더니 3밀리 정도 베인 가벼운 상처였다. 피도 그저 찔끔 솟았을 뿐이다. 남의 다리를 걸레처럼 찢어 놓을 뻔한 주제에 그런 가벼운 상처에 엄살을 떠는 꼴이 그를 더 열받게 했다.

"이게 부상이라고? 장난치냐? 너 정말 오늘 부상이 뭔지 좀 알게 해 줄까?"

보안관이 오른 주먹을 들어 꽉 쥐자 굵은 뼈마디에서 우두둑, 하는 소리가 난다. 당황한 신입이 뭐라고 한 번만 더 어설픈 변명을 했다간 곧바로 날아갈 기세였다.

사태를 진정시킨 것은 때마침 위층에서 내려온 유빈이었다.

"어, 어, 보안관! 왜 그래? 뭐야? 좀 진정해."

유빈은 황급하게 공사장을 가로질러 달려와 보안관과 신입을 떼어 놓는다. 쿨럭! 쿨럭! 보안관의 억센 손아귀에서 겨우 풀려난 신입이 캑캑거리며 숨을 몰아쉬는 동안 유빈이 말했다.

"뭔지 모르겠지만, 다른 데로 가서 열 좀 식혀. 이러다간 너 이 동네 경찰서에 단골손님 되겠다. 자, 자, 나랑 바꾸자. 내가 이거 나를게. 보안관, 넌 3층으로 가."

"……괜찮아. 그냥 화가 나서 그런 거야. 이제 진정됐어."

보안관이 조금은 차분해진 목소리로 대답했지만, 유빈은 단호하게 고개를 저었다.

"저번 주 토요일 날 술 마시다 시비가 붙었을 때에도 딱 그렇게 말한 다음에 곧바로 주먹을 날렸었지. 그래서 우리 셋 다 경찰서에서 주말을 보냈고. 그러니까 이번엔 내 말 들어."

보안관은 대꾸할 말을 고르기 위해 잠시 머뭇거리다가 이내 포기하고 유빈의 말을 따랐다.

"알았어. 다치지 않게 조심해. 저 새끼 믿지 말고."

3층으로 올라가면서 보안관이 한 번 더 충고를 했다. 유빈은 알겠다며 손을 들어 보인다. 보안관이 시야에서 사라지고 나자 멱살을 잡혀 빨개진 목을 쓰다듬으면서 신입이 투덜거렸다.

"컥! 컥! 어흐, 목이야. 저 자식 뭐야? 깡패냐?"

"후후, 놀랐지? 근데 나쁜 애는 아니야. 가끔 말보다 주먹이 먼저 나가기는 하지만."

유빈은 선하게 웃는 낯으로 신입을 달랬다. 신입이 물었다.

"쟤 이름이 안관이야? 근데 '보'씨라는 성도 있어? 우리나라에?"

"이름일 리가 있나. 그냥 별명이야."

"아, 그래? 보안관이라 이거지? 소싯적에 주먹 좀 쓰셨다고 자랑하는 거야? 칫, 별명 진짜 존나 유치하다. 그러면 너희는 친구 사이?"

신입이 입술을 삐죽 내밀며 빈정거렸다. 그러거나 말거나 유빈은 여전히 미소를 지우지 않고 선선히 대답을 해 주며 철조망 더미를 정리하기 시작했다.

"아아, 그래. 저 자식까지 포함해서 친구들 네 명이 같이 일했는데, 한 놈은 군대 갔고, 지금은 셋이야."

"헐! 친구 네 명이 전부 다 대학을 못 가고 노가다를 뛰는 거야? 너희 어쩌려고 그러냐? 그 나이에 벌써 인생 포기하는 건 좀 이르지 않냐?"

유빈이 바쁘게 몸을 놀리는 동안 신입은 대충 하는 시늉만 하면서 밉살스러운 소리들을 내뱉어 댔다. 그래도 유빈은 별로 화를 내는 기색이 없다.

"대학을 못 갔다……. 뭐, 남들 눈에는 그렇게 보일 수도 있겠네. 우린 애초에 갈 마음이 없었거든. 그래서 시험도 보지 않았고."

"다들 어지간히 가난한가 봐?"

"맞아. 거짓말로라도 넉넉하다고는 못 하지. 삼식이는 좀 이야기가 다르긴 한데……. 아, 거기 철조망 말이야, 그렇게 아무렇게나 던지면 안 돼. 서로 얽히지 않도록 줄을 맞춰 세워야 나중에 풀어서 쓰기도 편하거든. 자, 이렇게 하는 거야."

유빈은 직접 시범을 보였다. 신입은 마지못해 그 흉내를 내면서 보안관의 흉구덕을 한다.

"얼마나 오래된 친구 사이인지 모르지만, 넌 좀 괜찮은 애 같으니까 내가 충고 하나 해 줄게. 저렇게 주먹 쓰기 좋아하는 새끼는 가까이하지 마라. 저 지랄 하다가 나중에 인생 골 아파진 새끼 여럿 봤다."

그러자 지금까지 마냥 착한 미소를 짓던 유빈의 표정이 진지하게 바뀌었다.

"그래? 그럼 나도 충고를 하나 해 주지. 그렇게 모르는 사람 험담할 시간 있으면 케블라 장갑이나 껴. 맨손으로 레이저 와이어 만지다가 손가락 날아간 다음엔 울고불고해 봐야 소용없으니까. 그리고 보안관한테 누군가 맞고 있으면 무조건 맞는 놈이 나쁜 놈이라고 보면 돼. 걔는 잘못된 건 그냥 못 넘어가는 성격이니까."

면박을 당한 신입은 쑥스럽게 웃으면서 곧바로 태도를 바꿨다.

"어…… 헤헤, 설마 진짜로 화내는 거야? 야, 나는 그냥 농담해 본 거야. 근데 이 장갑은 왜 끼라는 거야? 이까짓 게 무슨 보호가 되기는 해?"

잠시 경멸하는 눈으로 신입을 바라보던 유빈도 곧 표정을 바꾸며 대답했다.

"그래. 이게 이래 봬도 칼날이나 유리 조각도 막아 주거든. 아침에 일 시작할 때 나눠 주면서 설명해 줬을 텐데."

흐음, 이게 그렇단 말이지? 신입은 혼잣말을 하면서 바지 뒷주머니에서 손목 길이의 케블라 장갑을 꺼냈다. 뭉그적거리는 신입에게 유빈이 재촉을 했다.

"빨리 껴. 그래야 너도 안 다치고 일도 빨리 끝낼 수 있으니까. 하루 종일 이것만 붙잡고 있을 수는 없잖아."

다그치는 유빈에게 달라붙으며 신입이 친한 척을 했다.

"그게 있잖아, 내가 꼭 받아야 할 연락이 있는데…… 이게 통 안 와서 자꾸 전화를 확인하느라고 장갑을 벗게 되네. 여기 휴대전화가 잘 안 터지나 봐. 아까부터 거의 먹통이야."

난데없이 어깨에 팔을 두른 채 신형 스마트폰을 꺼내 보이는 신입으로부터 벗어나서 유빈이 말했다.

"내가 너라면 그거 보관함에 넣어 둘 텐데. 여기 공사장이야. 그렇게 넋 놓고 휴대폰 들여다보고 있다가 크게 다칠 수도 있어."

"나도 그 정도야 알지. 그런데 여자애들이라 금방 전화를 안 받으면 질투를 하고 생난리를 치거든. '오빠, 딴 여자 만났지?' 이러면서. 야, 너는 모르겠지만, 잘생긴 대학생이라는 게 꼭 좋은 것만은 아니더라. 인기가 있다는 게 때로는 피곤해."

……잘생겼다고? 이놈은 거울이 없나? 한꺼번에 너무 재수 없는 말을 많이 들은 나머지 피로해진 유빈은 잘난 체하며 떠들어 대는 신입의 얼굴을 멍하니 쳐다봤다. 그 시선을 오해한 신입이 화색을 띠며 유빈에게 말했다.

"이런, 이런! 너 부러웠구나? 뭐, 앞으로 네가 잘만 하면 미팅까지 시켜 줄 수도 있어. 내가 여자 대학생들 많이 알거든. 봐 봐, 얘는 나 따라다니는 애고, 얘들은 걔 친구인데…… 예쁘지? 응? 부럽냐?"

워낙 눈앞에 바짝 가져다 대는 바람에 유빈은 신입이 자랑하는 여자 친구들의 사진을 볼 수밖에 없었다. 잔뜩 들뜬 얼굴로 신입이 물었다.

"어때?"

못생겼다……. 애초에 신입 생긴 꼴을 보고 대충 예상은 했지만, 그놈이 자랑

삼아 내미는 여자들 사진은 정말 가관이었다. 기가 막힌 유빈의 입이 더 크게 벌어진 걸 보고 신입은 또 신이 나서 떠벌려 대기 시작했다.

"거봐, 죽이지? 대학 가면 이런 애들 주변에 깔렸다니까? 난 맨날 이런 애들이랑 밥 먹고 같이 다녀. 누구 소개해 줄까? 얘? 얘? 아, 얘는 욕심내지 마라. 내 여자 친구거든."

굳이 나쁜 말을 할 필요도 없는 일이어서 유빈은 그냥 손사래를 쳤다.

"저기, 사양할래. 빨리 일 끝내자."

"왜? 아, 네가 고졸이라서 대학생이랑은 안 어울릴 것 같아? 하긴…… 그런 것도 좀 있지."

하여간 말을 기분 나쁘게 하는 놈이다. 이 같잖은 새끼를 몇 대 쥐 팬 다음, 네 전화기에 있는 여자들 전부 다 더럽게 못생겼다고 해 주고 싶었지만, 그래서야 보안관과 다를 게 뭔가. 유빈은 꾹 참기로 했다.

"좋을 대로 생각해라."

바로 그때, 삼식이가 지나가다가 고개를 숙여 사진을 보고는 관심을 보였다.

"우와, 엄청 예쁘다. 장난 아닌데?"

멍청한 새끼……. 조각보다도 아름다운 삼식이의 얼굴을 보며 유빈은 분노와 연민을 동시에 느꼈다. 어쩌면 그렇게 단 한 번의 예외도 없이 폭탄들에게만 꽂히는 걸까?

'어째서 신은 저 새끼에게 저런 외모를 주시고 또 저런 눈깔을 주셨단 말인가.'

187센티의 키, 호리호리한 몸매, 결이 고운 갈색 머리카락은 바람에 찰랑거리고, 무엇보다도 얼굴이 정말 기가 막힌다. 구멍 난 면 티 쪼가리에 낡은 청바지만 입고 있는데도 후광이 비치는 것 같다.

겉모습만 따진다면 삼식이는 이 세상 0.0001퍼센트의 남자일 것이다. 하지만 그에겐 몇 가지 치명적 결함이 있는데, 그중에서도 여자 보는 눈이 지극히 낮다는 점이 특히 큰 문제였다.

"유빈아, 배고프지? 커피 한 잔 마시고 해."

"지금 일이 너무 밀려서 그럴 여유가 없는데……."

"커피 마시고 내가 도와줄 테니까 그건 걱정 말고. 너무 허기지기 전에 이거라도 좀 마셔 둬. 자, 신입도 한잔하셔."

유빈과 신입에게 캔 커피를 건넨 뒤, 삼식이는 바닥에 앉아 자신의 커피를 마시면서 멍하니 먼 하늘을 보고 혼잣말을 했다.

"오늘 헬리콥터 엄청 날아다닌다. 국군의 날인가?"

그 말을 하는 동안에도 커다란 프로펠러 소리와 함께 수송 헬기 다섯 대가 편대를 이루어 남쪽으로 날아간다. 유빈이 어이없다는 표정으로 대꾸했다.

"지금이 7월인데 그럴 리가 없잖아. 민방위 훈련이나 뭐, 그런 거겠지."

"민방위 훈련? 하긴 그럴지도 모르겠네. 동네 쪽에서 사이렌 소리도 간간이 들리고 그러는 걸 보면……. 그건 그렇고, 배고프다."

삼식이의 이야기를 듣고 나니 유빈의 배에서도 꼬르륵, 소리가 났다. 이 진상 신입에게 시달리느라 배고픈 줄도 모르고 있었다.

"그러게. 지금 점심 먹을 시간 지났지?"

이마의 땀을 훔치며 유빈이 물었다.

"응. 아마 30분도 더 지났을걸?"

"뭐지? 황씨 아저씨네 새참 사러 간 지가 언젠데……."

배달 짜장면을 물리도록 먹은 다음부터 이 공사장에서는 11시가 좀 지나면 두 명씩 당번을 두어 점심과 새참거리를 사 온다. 짓고 있는 건물이 워낙 외진 곳에 뚝 떨어져 있어서 그것도 꽤 귀찮은 일이었다. 전용 함바집을 두면 편할 텐데, 요즘은 일하는 사람이 열 명도 안 되니 그나마도 어렵다. 오늘은 황씨 아저씨 일행이 다녀올 차례였다.

"보나 마나지. 엊그제 월급 받았겠다, 날도 이렇게 푹푹 찌겠다. 안마방이나 그런 데 가서 재미 좀 보는 중일 거야. 그러고서는 허겁지겁 밥을 사 온 다음 우리에게 이렇게 말하겠지. 이놈의 동네는 차가 너무 막혀서 사람 살 데가 못 된다고."

"대낮부터? 아니, 낮도 아니야. 12시에 그런 데가 열기나 하냐?"

유빈이 어처구니없어하자 삼식이는 갑자기 진지한 표정을 지으며 말했다.

"유빈 군, 아직 어리군. 낮에 가면 말이야, 갓 잠에서 깬 여자의 그날 첫 남자가 될 수 있거든. 한 여자에게 첫 남자가 된다는 건 언제나 설레는 법이지."

"뭔 등신 같은 소리야, 이 삼식이 같은 새끼야!"

유빈이 발끈하자 삼식이가 두 팔을 벌리며 한숨을 쉬었다.

"나한테 뭐라고 하지 마. 왜 대낮부터 그런 델 가느냐고 물었을 때 황씨 아저씨가 나에게 해 줬던 말이니까."

두 친구가 커피를 마시며 노닥거리고 있을 때, 신입이 홀린 것처럼 삼식이에게서 눈을 떼지 못하며 조심스레 물었다.

"저기…… 근데, 이분은 뭐 하시는 분……."

유빈이 무뚝뚝하게 대답했다.

"뭐긴, 얘 복장 보면 모르겠어? 너랑 똑같이 노가다 판에 돈 벌러 온 애지. 장갑 끼고, 목에 수건 두르고, 먼지가 꼬질꼬질하잖아."

도저히 이해가 가지 않는다는 얼굴로 신입이 물었다.

"아, 아니…… 왜 여기서 이런 일을 하고 있느냐고. 모델로 나서면 떼돈을 벌 것 같은데."

그 말을 들은 삼식이는 입에 머금고 있던 커피를 뿜으며 웃었다.

"푭! 크큭, 어이쿠! 내 참, 모델은 아무나 하냐? 모델이 되려면 얼마나 멋있어야 하는지 모르나 보네."

삼식이가 그런 말을 할 때면 정말 어처구니가 없는 건 듣고 있는 쪽이다. 신입은 말을 더듬을 정도로 다급해져서 설득을 시작했다.

"아, 아니, 그쪽 무지하게 잘생겼어요. 길 다니다 보면 누가 명함 주고 가거나 한 적 없었어요?"

삼식이가 턱을 긁적거리면서 말했다.

"명함이라……. 그러고 보면 어릴 때부터 길에서 명함도 참 징그럽게 많이 받았었지. 그거 주는 새끼들 하는 이야기도 늘 뻔해. 연예인 할 마음 있으면 찾아오라고."

"그, 그런데 왜 안 갔어요? 남들은 그런 기회를 못 만나서 안달인데."

"허, 이 사람 참 큰일 날 사람이네. 세상 무서운 줄을 몰라. 순진하게 그런 데 찾아가면 곧바로 바닷가로 끌려가서 설탕 밭 노예가 되는 거라고. 돈도 못 받고 평생 설탕만 캐다가 죽는 거지."

말을 마친 삼식이는 커피를 마저 쭉 들이켠 후, 손을 툭툭 털고 철조망 더미들을 나르기 시작했다.

"그, 그게 대체 무슨……."

무슨 소리인가 알아듣지 못해 혼란스러워진 신입이 입을 뻐끔거렸다. 삼식이가 하고 싶었던 말은 아마 염전이었을 거다. 근데 그게 저 조막만 한 머릿속에서 '소금 = 하얀 가루 = 설탕', 이 순서로 바뀌어 설탕 밭이 된 거다. 삼식이에 대해서는 이미 달관의 경지에 오른 유빈이 고개를 설레설레 저으며 아직도 더 할 말이 남은 신입의 입을 막았다.

"됐어, 됐어. 안타까운 네 마음이야 알겠는데, 얼굴에 속지 말고 그냥 포기해. 얘는 그냥 이런 애야. 그리고 얘는 뭐든지 마이 페이스라서 모델이든 배우든 제약이 많은 건 아무것도 못 해. 세상에는 그런 사람도 있는 거니까."

유빈이 그런 말을 하는 동안에 작업반장이 다가와 쩌렁쩌렁한 목소리로 물었다.

"야! 유빈아! 황 씨랑 오 씨, 이놈들 아직 안 왔지?"

"네."

"아니, 이 자식들. 트럭을 가져가서 돌아올 생각을 안 하면 뭘 어쩌라는 거야!"

"전화해 볼까요? 아, 맞다. 우리 전화기도 트럭에 있는데."

"소용없어! 벌써 내가 열 번도 넘게 걸었는데 먹통이야. 아나, 이 자식들. 오늘은 그냥 넘어가면 안 되겠어. 삼식아! 너 그놈들 자주 가는 가게 알지?"

삼식이는 곤란한 표정으로 유빈의 눈치를 살폈다. 유빈은 살짝 고개를 저어서 말하지 말라는 신호를 주었다. 삼식이가 대답했다.

“무, 무슨 말씀 하시는 건지 모르겠어요. 자주 가는 가게요?”

“네놈들도 똑같아! 한통속이라니까. 야, 그놈들 가끔씩 일하던 중에 사라졌다가 샤워하고 멀끔해져서 나타나는 걸 내가 모를 것 같아?”

“더, 더워서 드, 등목 하신 건가 보죠.”

작업반장의 눈을 마주 보지 못한 채 대답하는 삼식이의 눈이 흔들린다. 거짓말도 참 더럽게 못하는 놈이다. 어느 가게에 가는지, 어떤 아가씨를 주로 지명하는지, 자랑해 대는 걸 들어서 알고는 있지만, 유빈도 그저 입을 꾹 다물었다.

그 아저씨들이 그걸 좀 병적으로 좋아하는 것도 사실이고, 배가 고플 때까지 점심을 안 사 오는 건 잘못이 맞지만, 마흔이 되도록 장가도 못 가고 있는 두 노총각을 차마 팔 수가 없었다. 물론 일솜씨도 꽤나 좋아서 이렇게 가끔 일을 빼먹어도 웬만한 일꾼 서넛의 몫을 둘이 해낸다. 거짓말이라는 걸 눈치채 버린 작업반장이 삼식이를 바짝 몰아세웠다.

“야, 빨리 말해! 삼식이, 너도 황 씨가 가끔 데려가서 같이 놀았을 것 아냐! 너도 사내새낀데 그게 싫을 리가…….”

거기까지 말하다가 작업반장은 입을 다물어 버렸다. 삼식이의 얼굴 때문에 그건 논리에 안 맞는다는 걸 깨달은 것이다.

“험! 하, 하긴 삼식이 너야 굳이 돈을 내지 않아도 여자들이 줄줄이 달라붙는 놈이니까……. 뭐, 좋아! 니들이 말 안 해 줘도 내가 찾으면 되지! 더러워서라도 내가 직접 찾는다!”

큰소리를 친 작업반장은 정말로 자신의 덜덜거리는 중고차를 몰고 사라져 버렸다. 그때가 낮 12시 50분. 그로부터 또 두 시간이 지났다.

어찌 된 영문인지 작업반장까지도 돌아오지 않는다.

02

“배고파~ 배고파~ 뒈지게 배고프네~♪”

보안관 옆에 기대앉은 삼식이가 제멋대로 멜로디를 붙여 배고파 송을 읊조린다. 가사는…… 가사랄 것도 없지만, 그냥 배가 고프다는 게 전부다. 별로 듣고 싶지 않은 노래지만, 아무도 그만 부르라는 소리는 하지 않았다. 그런 말도 하기 귀찮을 만큼 다들 배가 고프고 힘이 없었다.

이제 곧 오겠지 하는 마음으로 조금씩, 조금씩 더 기다렸던 것이 벌써 세 시간 이상 훌쩍 넘어 버렸다. 여름의 뜨거운 태양이 가장 높이 솟아 있는 동안 점심도 못 먹고 작업을 하던 네 명은 결국 완전히 탈진해서 그늘에 널브러져 있었다.

열기와 먼지가 피어오르는 비포장도로를 피해 2층으로 올라간 그들은 아이스박스에서 음료수를 꺼내 마시는 것으로 허기를 달래 보려 했다. 아직 완전히 지어지지 않은 3층짜리 건물에서 그나마 그 자리가 가장 시원한 곳이다.

“도대체 뭐 좋은 게 있기에 이렇게 한번 간 사람들이 돌아올 줄을 모르냐?”

2층 난간에 턱을 괴고 보안관이 말했다. 번화가가 보이기라도 하면 좀 덜 답답할 텐데, 여기에서 눈에 들어오는 것이라곤 넓은 벌판과 작은 구릉, 공사가 중단된 경전철 역사뿐이다. 몇 달 동안 방치된 경전철 역사는 철골이 삐죽삐죽 튀어나와 있어 흉물스럽기까지 하다.

“젠장, 저거에 딱 가로막혀서 뭐가 보여야 말이지.”

보안관이 투덜대자 삼식이가 무슨 대단한 아이디어라도 떠오른 얼굴로 벌떡 일어나 3층으로 뛰어 올라갔다. 그리고 잠시 후, 그는 당당한 미소를 지으며 돌아왔다.

“짜잔! 나한테는 이게 있었지!”

그러더니 눈가에 뭔가를 가져다 대고 번화가 쪽을 향해 선다. 허접하기 짝이 없는 망원경이다. 엊그제 저녁에 뽑기 기계에서 낑낑대며 만 원을 쓰고 겨우 하나 얻어걸린 상품인데, 아마 문방구에서 사면 절대 3천 원은 넘지 않을 싸구려라고 유빈은 장담할 수 있었다.

"……뭐가 좀 보이냐?"

열심히 배율을 조정하며 고개를 조금씩 돌리고 있는 삼식이에게 보안관이 영혼 없는 말투로 물었다.

"어…… 일단 역 건물이 엄청 가깝게 보이긴 하는데……. 아, 하하, 저런 데에 스패너가 떨어져 있네. 누가 버리고 간 거지? 어우, 더러워, 개똥……. 하지만 아쉽게도 그 너머는 안 보여."

"당연하잖아. 그건 망원경이지, 엑스레이 투시경이 아니니까."

"으음, 분한데."

눈에서 망원경을 떼며 삼식이가 말했다.

"그래도 이게 아주 쓸데없는 물건은 아니라는 건 증명된 셈이니까."

그때, 유빈과 보안관이 동시에 아주 단호하게 대답했다.

"아니, 아주 쓸데없는 물건이야. 그냥 갖다 버려. 그딴 거, 아무짝에도 못 써먹어."

친구들이 놀리든 말든 삼식이는 신경도 쓰지 않고 콧노래를 부르며 자기 망원경에게 '원경이'라는 이름까지 붙여 줬다.

"무슨 사고라도 났나? 아까 작업반장님…… 너무 흥분해서 차를 몰았지. 응?"

꼬르르륵— 배에서 요란한 소리를 내며 유빈이 걱정스럽게 물었다.

"그렇다고 해도 황씨 아저씨는 돌아와야 할 것 아냐. 뭐야, 대체……. 어이, 신입. 아까 불러 준 번호로 전화 다시 한번 해 볼래?"

보안관의 부탁을 받은 신입이 심드렁하게 전화기를 꺼내 보더니 이내 고개를 저었다.

"안테나가 안 떠. 아, 씨발. 그래도 아침에는 어찌어찌 됐는데…… 이런 좆같은 변두리! 너희는 용케 이런 데서도 좋다고 산다. 하긴 강남에 안 살아 봤으니 촌 동네가 불편하다는 것도 모르겠지."

신입이 또 재수 없는 소리를 한 무더기 쏟아 냈지만, 아무도 신경 쓰지 않았다. 그런 것보다는 전화가 안 된다는 게 훨씬 신경이 쓰이는 문제였다.

"총체적 난국이네. 우리 전화기는 황씨 아저씨 트럭에 있고, 하나 남은 전화기는 터지지도 않고……. 이 아저씨들, 대체 오늘 왜 이러는 거지? 아, 미치겠다. 배는 점점 고파 오는데."

유빈이 머리를 감싸 쥐며 괴로워하자 신입이 물었다.

"근데 도대체 이 건물 뭐야? 주변에 아무것도 없는 곳에다가 이렇게 커다란 3층 건물을 떡하니 세워서 이게 팔리기나 해?"

"노인 복지 센터라고 했지, 아마?"

확실하지 않은지 유빈은 고개를 갸웃거렸다. 신입이 어처구니없어하며 다시 물었다.

"아니, 주변에 사람이 살아야 노인도 있는 거지, 여기를 노인네들이 어떻게 찾아와? 노인네들 걸음으로 저 아래 동네에서 여기까지 오르막길을 올라오려면 1박 2일도 걸리겠다."

"아, 원래 계획은 그런 게 아니었다고 들었어. 저기 저 벌판 같은 데 보이지?"

유빈은 보안관이 턱을 괸 채 바라보고 있는 방향을 가리켰다. 철책이 쳐진 너른 잔디밭이 있고, 그 너머가 경전철역이다.

"거기가 원래는 다 뉴타운 들어서서 아파트 지을 자리였거든. 총 8천 세대라던가…… 하여간 그랬어. 그러니까 거기에 맞춰서 근처에 경전철역이랑 복지 시설도 같이 만든 거지. 근데 땅을 다 갈아엎고 나니까 경기가 이 모양이라서 채산성이 없다고 다시 백지화했나 봐. 그 덕에 이 건물 하나만 덜렁 외진 곳에 세워진 꼴이 돼 버린 거지."

"백지화가 될 거면 다 백지화를 하지, 이 건물은 왜 계속 짓는데?"

"아파트는 개인 돈으로 짓는 거지만, 이건 공무 예산이거든. 한번 집행하기로 했으니 돌리기가 더 어려웠겠지. 이미 납품을 다 한 물건도 있고, 또 계약한 업체도 있고 그러니까 이번 연도 예산분까지는 일단 지어 놓고 철조망으로 둘러서 보호하겠다는 거야. 웃기지?"

열심히 설명을 해 주고 있는 유빈의 등을 툭툭, 두드리며 보안관이 말했다.

"재 실은 별로 궁금하지도 않아. 꼬치꼬치 다 이야기해 주느라 힘 빼지 말고, 우리 그냥 밥 먹으러 가자. 도저히 안 되겠어. 이러다가 더위 먹고 쓰러질라."

"그래, 가자! 냉면 먹어야지."

삼식이가 힘차게 손을 들며 찬성을 표시했고, 유빈도 그러자고 하며 순순히 일어났다.

"뭘 타고 가려고? 차가 없잖아?"

여전히 벽에 기대 축 늘어진 채 신입이 물었다. 유빈이 대답해 줬다.

"당연히 걸어가야지."

"걸어? 이런 뙤약볕에? 어휴, 얼마나 가야 하는데?"

"음, 길이 두 개가 있는데, 그냥 저 도로 따라서 죽 걸어가면 한 50분? 그리고 저기 철책 넘어서 역을 가로질러 가면 10분."

신입은 유빈이 가리킨 방향으로 시선을 돌려 봤다. 2.5미터 높이의 철책을 넘고, 넓은 벌판을 걸어가서 또 철책을 넘고, 짓다 만 플랫폼 위로 기어 올라가서……. 생각만 해도 귀찮고 힘들다. 신입은 아예 벌렁 누워 버리며 남의 일인 것처럼 말했다.

"아휴, 난 됐어. 그냥 여기 누워 있을게. 너희가 사다 줘. 햄버거, 햄버거면 되겠다. 콜라도 2리터짜리 하나."

싸가지 없는 말투에 발끈한 보안관이 뭐라고 한마디 하려는 걸 유빈이 달랬다. 간이로 만들어 놓은 허술한 계단을 걸어 내려갈 때, 뒤쪽에서 신입이 한마디를 더 덧붙인다.

"야, 심부름하기 싫다고 괜히 햄버거에 침 뱉어 오고 그러면 안 된다?"

"너는 그렇게 하고 사나 보지?"

보안관이 쏘아 주자 신입은 못 들은 척 입을 다물었다. 삐거덕, 나무로 대충 틀을 짜고 위에 철판 하나만 얹어 둔 임시 계단을 밟고 내려가다 보안관이 잊고 있었다는 듯 말했다.

"삼식아, 장갑은 벗고 가자. 노가다인 거 티 낼 필요는 없잖아."

삼식이는 고개를 저은 뒤 마이클 잭슨처럼 장갑을 낀 손을 흔들어 보였다.

"이거 있으면 철책 넘어갈 때 편해. 그리고 이 장갑, 꽤 멋있는데?"

깨끗이 포기한 보안관은 더 이상 잔소리하지 않았다.

그들이 택한 길은 당연히 10분 코스다. 하루에 자동차 두 대도 지나지 않는 4차선 도로를 지나 철책을 넘는다. 2.5미터 높이 정도는 가볍다. 엿차~! 도움닫기를 조금 한 뒤 뛰어올라서 위쪽을 짚고, 철망을 한 번 발로 찬 다음 옆으로 몸을 돌려 넘으면 된다. 풀썩~! 관리를 받지 못해 봄 동안 무성하게 자란 풀들이 맞아 주어서 착지할 때도 충격이 덜하다.

투투투투~ 위이잉~.

그들이 벌판을 걸어가고 있을 때, 머리 위에서 또 헬기가 지나간다. 경로는 똑같이 남쪽이지만, 이번엔 군용이 아니다. 꼬리를 반짝이며 흰색 헬기가 사라져 가자 삼식이가 아쉬운 듯 혼잣말을 했다.

"우리도 저런 거 하나 사 두면 나중에 진우 면회 갈 때 편할 텐데."

"사 두면? 어이쿠, 출세 참 빠르시네요, 당장 중고차도 없는데!"

유빈이 대꾸했다.

"자동차는커녕 오토바이도 없지."

보안관도 한마디 보탰다.

"하지만 우리에겐 망원경이 있잖아."

삼식이도 지지 않았다. 말도 안 되는 논리지만, 긍정적인 힘만은 세계 최고다.

8분가량 걸어가자 또 철책이 나온다. 그걸 넘어가면 강이라 부르기엔 좀 쑥스럽고, 개천보다는 넓은 물길이 흐른다. 뉴타운답게 물길 주변을 따라 산책로도 조성되어 있다. 원래 계획했을 때와 달리 지금은 그냥 동네 노인 몇몇이 대낮부터 자리를 펴고 앉아 술을 마시는 곳으로 변해 버렸지만…….

"얘들아, 저거 봐. 뽕짝 아저씨 오늘 여자 꼬셨다. 오호, 그 아저씨, 여자 보는 안목은 좀 있는데?"

삼식이가 가리킨 방향에는 뽕짝 아저씨가 웬 할머니 둘을 옆에 앉히고 소주를 주거니 받거니 하고 있었다. 신나는 메들리가 여기까지 울려 온다. '뽕짝 아저씨'는 늘 가방에 트로트 라디오인지 뭔지를 넣고 산책로 부근을 배회하는 동네 할아버지에게 삼식이가 붙여 준 별명이다. 스피커로 틀어 놓은 노랫소리가 얼마나 큰지 뽕짝 아저씨가 부근을 지나면 귀가 쩌렁쩌렁 울린다.

"저놈의 스피커는 성능도 좋아. 도대체 무슨 배터리를 쓰는 걸까? 아침부터 밤중까지 잠시도 쉬지 않고 종일 틀어 대고 다니던데. 어휴, 하여간 민폐야."

눈살을 찌푸리면서도 보안관이 호기심을 보였다.

"며칠 전에 보니까 이따만 한 보조 배터리를 끼웠더라. 그래서 저걸 주머니에 못 넣고 따로 가방에 담아서 다니나 봐."

삼식이가 자기 주먹보다 큰 사이즈를 그려 보이며 대답해 줬다. 하여튼 영 쓸데없는 일은 잘도 안다.

성적 흥분과 술기운 때문에 얼굴이 빨갛게 달아오른 뽕짝 아저씨를 뒤로하고, 세 사람은 경전철 역사와 이어진 구름다리를 건넜다. 그리고 거기에서 그날의 첫 징조를 만났다.

그르르르…….

플랫폼에는 웬 중년 사내 하나가 몸을 잔뜩 웅크린 채로 엎드려 그르렁대며 개 짖는 소리를 내고 있었다. 어디서 술을 먹다가 굴렀는지 양복바지는 무릎 아래가 다 찢어져서 피투성이가 되어 있고, 눈을 까뒤집은 채 노려보는 폼이 심상치 않았다.

이상한 일이었다. 폐역 주변에 철책을 둘러놨기 때문에 저런 양복쟁이들이 일부러 거길 넘어 들어오는 경우는 거의 없었다.

그롸아악! 그르르!

사내가 포효하는 것을 지켜본 삼식이는 엄청 기분이 좋아졌다.

"하하, 뭐야? 뽕짝 아저씨 다음엔 개 아저씨인 거야? 하하하, 하여간 이 동네 사람들, 개성이 넘치셔."

서서히 몸을 일으킨 사내가 한 발짝을 내디뎠다. 그러고는 다시 울부짖었다.

그롸아악!

신이 난 삼식이도 지지 않고 떡하니 마주 서서 곰 발처럼 두 손을 앞으로 들며 개 짖는 소리를 흉내 냈다.

"으르렁! 멍! 멍!"

거기까지는 유빈도 보안관도 함께 웃었다. 그러나 곧 그들의 얼굴에서는 웃음기가 걷혔다. 그렁대던 사내가 번개처럼 몸을 날려 삼식이를 덮친 것이다.

그와아악!

"어, 뭐야? 어떡해. 이 아저씨, 화났나 봐! 하하."

사내에게 밀린 삼식이가 뒤로 주춤거리며 뒷걸음질을 친다. 그 와중에도 재미있다는 듯, 삼식이의 얼굴에는 당황한 기색이 별로 없었다.

딱!

사내의 이빨이 허공을 깨문다. 삼식이는 어처구니없어하며 사내의 가슴을 밀어냈다.

"아저씨, 나 이래 봬도 싸움 잘해. 나 무서운 사람이라고! 괜히 시비 걸다가 다쳐!"

거짓말이다. 유빈은 삼식이가 누구를 때리는 걸 본 적이 없다. 물론 운동신경이 좋으니까 맞지도 않는다. 삼식이의 말을 무시하는 건지, 사내는 변함없이 아가리를 벌리고 달려들었다. 엄청 빠르게.

콰득!

밀치던 삼식이의 손을 사내가 깨물었다.

"아야! 아, 진짜!"

사내를 밀어내며 뒤로 훌쩍 뛴 삼식이가 곤란하다는 눈빛으로 뒤를 돌아본다. 언제나 불이 붙을 준비가 돼 있는 보안관이 폭발했다.

"어이, 뭐야? 왜 시비질인데?"

남자는 보안관에게도 다짜고짜 이빨을 들이밀었다.

"뭐야, 이 새끼?"

재빨리 몸을 뺀 보안관은 어이가 없다는 표정으로 사내를 노려봤다. 하지만 사내는 조금도 망설이는 기색 없이 곧바로 달려들었다. 보안관도 주저 없이 주먹을 꽉 쥐었다.

"얼굴은 때리지 마! 치료비 많이 나와!"

유빈이 진심을 담아 외쳤다.

퍼억!

보안관은 거침없이 오른손을 뻗어 사내의 옆구리에 내리꽂았다. 풀 파워는 아니지만, 시원하게 펀치가 들어가는 소리. 보통 보안관이 주먹을 휘둘렀을 때 저 정도 소리가 나면 상대방은 옆구리를 감싸 쥐며 한 방에 허물어져 버린다.

"쯧쯧, 꼭 이렇게 뻗어야 끝나는 거야?"

삼식이가 혼잣말을 중얼거렸다. 유빈도 끝났다고 생각했다. 그러나 의외로 사내는 쓰러지지 않았다. 쓰러지기는커녕 오히려 속도를 높여 보안관을 향해 달려들었다. 정말 야수 같다. 당황한 얼굴로 구름다리까지 밀린 보안관을 보고 유빈과 삼식이는 손뼉을 치며 웃어 댔다.

"저 새끼, 한물갔어. 저런 아저씨도 한 방에 못 보내. 하하하!"

"아이구, 보안관 할아버지. 이제 마음 같지 않죠? 킥킥."

화가 나서 얼굴이 벌게진 보안관은 조금 더 힘을 줘 사내의 배에 일격을 가했다. 그런데 이게 웬일인지 사내는 도무지 쓰러져 주지를 않았다. 두 방, 세 방 연달아 펀치를 날려도 뒤로 주춤 밀려났다가 다시 달려들기를 반복할 뿐이다.

"뭐지?"

조금 초조해진 보안관의 펀치가 점점 더 강해졌다. 그렇게 누런 이빨을 피해 가며 사내의 옆구리를 두들겨 대기를 5회, 6회……. 갑자기 보안관의 안색이 변했다. 이해할 수 없다는 표정으로 잠시 고민에 빠졌던 보안관은 달려드는 사내의 가슴팍을 있는 힘껏 발로 걷어차 버렸다.

부웅—.

난간에 부딪힌 사내는 잠시 허공에 떠올랐다가 크게 원을 그리며 다리 아래로 떨어졌다.

첨벙!

요란한 물소리가 울렸다. 놀란 것은 유빈과 삼식이였다. 보안관이 싸우는 꼴이야 수없이 봐 왔지만, 저렇게 상대에게 인정사정을 두지 않고 날려서 몇 미터 아래로 처박아 버리는 모습은 처음이다.

"우왓! 너 인마, 그렇게 하면!"

유빈과 삼식이는 급하게 난간으로 달려와 아래를 내려다보았다. 구름다리에서 강 표면까지 높이는 대략 5미터 정도. 다행히 어제 온 비로 물이 많이 불어 있었기 때문에 크게 다칠 일은 없어 보였다.

"죽여 버린 건가……."

물에 빠진 사내가 일어나는 것을 확인한 뒤, 삼식이가 어두운 표정을 가장하며 말했다. 유빈도 심각한 표정을 지으며 고개를 끄덕였다.

"걸핏하면 주먹을 휘두를 때부터 이미 대충 예상은 했지만, 결국 이런 일을 저지르는구나. 보안관, 그간의 의리를 봐서 사식은 넣어 줄게."

보안관은 귀찮아하면서 삼식이의 뒤통수를 가볍게 쳤다.

"바보 같은 새끼, 죽긴 누가 죽어? 저 밑에 물 흐르는 거 다 보고 그쪽으로 찬 건데."

"다들 그렇게 말하지. 설마 죽을 줄 몰랐어요, 라고."

유빈이 장난기를 거두지 않고 까불거렸다. 삼식이도 거들었다.

"술 취한 중년 남자, 20대에게 떠밀려 사망. 내일 아침 신문에 나겠네. 우리는 증인이니까 인터뷰 요청이 들어올지도 몰라. 고민되는걸? 인터뷰할 때 입을 옷이라도 좀 사야 하나?"

둘이 보안관을 놀려 대고 있을 때, 아래쪽에서는 물에 흠뻑 젖은 사내가 울부짖으며 자신이 살아 있음을 알렸다.

그롸아아악! 그르륵!

"저거 봐, 팔팔하게 살아 있지. 저렇게 물벼락을 맞고도 아직 술이 덜 깼나 보네."

보안관도 난간 아래를 굽어보며 말했다. 사내는 몇 번 더 그르륵거리더니 첨벙첨벙, 물보라를 일으키면서 어딘가로 사라져 버렸다.

"그리고 넌 그렇게 술에 완전히 꽐라가 된 아저씨조차 겨우 이겼지. 야, 너 이제 어디 가서 싸우고 다니지 마라. 보안관이라는 타이틀도 떼자."

유빈이 놀려 대자 보안관은 설레설레 고개를 저었다.

"그런 게 아니야. 저놈 이상했어."

삼식이가 낄낄대며 대답했다.

"그 아저씨 이상한 걸 지금 알았다니, 그게 더 놀랍다. 크크크. 야, 오죽하면 사람이 개 짖는 소리를 내면서 물겠어?"

보안관은 정색을 하며 말했다.

"그게 아니라고, 멍청한 새끼들아! 조금 전에 잘못 때려서 갈비뼈를 부러뜨렸거든. 그런데 저놈, 하나도 아파하지를 않았어. 보통은 그 자리에서 데굴데굴 구르기 마련인데 말이야."

유빈이 얄미운 말투로 대답해 줬다.

"그 이유는 내가 잘 알지. 네 펀치가 완전히 녹슨 거야. 이른바 솜방망이가 된 거지."

"자꾸 그러면 솜방망이로 몇 대 두들겨 준다? 농담 그만하고 이야기해 봐. 너희가 보기에도 저놈 정말 이상했지?"

답답해서 가슴을 치던 보안관이 갑자기 삼식이의 손을 잡아당겼다.

"아, 그러고 보니…… 너 손 괜찮아? 아까 저놈이 달려들었을 때 뭔가 물어뜯기는 소리가 났었는데?"

삼식이는 장갑을 끼고 있는 자신의 오른손을 들어 보였다. 장갑은 멀쩡했다.

"이빨이 걸리긴 했지만, 뚫지를 못했지. 케블라거든. 내가 이 장갑 멋지다고 했잖아."

삼식이는 괜히 뿌듯해하면서 만족한 웃음을 지어 보인다. 그렇게 놀고 농담을 하는 동안 그들은 반드시 짚고 넘어갔어야 할 문제를 그냥 지나쳐 버렸다. 어떻게 저 중년 남자는 보안관의 주먹을 대여섯 차례나 맞고도 다시 일어나 덤벼들 수 있었을까. 웬만한 운동선수라 해도 한 방에 뻗어 버리기 일쑤인 보안관의 주먹을…….

"아, 개 아저씨 때문에 힘을 뺐더니 더 배가 고파졌다."

삼식이가 홀쭉해진 배를 쓸어내리면서 툴툴거렸다. 보안관이 어이없어하며 대꾸했다.

"네가 뭘 했다고 힘을 뺐다는 말을 해? 싸운 건 난데."

"응원했잖아, 응원. 그것도 의외로 꽤나 힘들다, 너."

그렇게 말하며 삼식이는 자판기에서 음료수를 뽑았다. 이유는 모르겠지만, 이 역이 개통하기도 전에 플랫폼에는 음료수 자판기 두 개가 나란히 설치되었고, 역이 폐쇄된 지금도 철거되지 않은 채 그대로 놓여 있었다.

"이거, 전기료는 나오나 몰라?"

삼식이가 던져 준 차가운 음료수를 받아 허리에 손을 짚고 서서 쭈욱 들이켰다. 하아아~! 더위와 미친 주정뱅이에 시달리느라 느껴졌던 갈증이 날아간다. 쪼르르르륵— 비어 있는 배 속을 타고 음료수가 흘러 내려가는 소리가 크게 울렸다.

"하여간 이상한 날이다. 야, 이제 빨리 가서 정말 밥 먹자."

유빈은 두 친구의 가운데로 훌쩍 뛰어들며 어깨동무를 하고 걸었다. 플랫폼 아래의 완만한 잔디 구릉을 지나 거기에서 또 한 번 철책을 넘었다. 그리고 원래는 전철역과 연결되어 있었어야 할 긴 지하 통로를 지났다. 이제 계단만 올라가면 이 조그만 동네의 번화가다.

"꽤 시끌벅적한데?"

보안관이 고개를 갸웃거렸다. 계단에 발을 딛기도 전부터 바깥에서 요란한 소리들이 울려 퍼져 들어온다. 유빈이 대수롭지 않게 넘긴다.

"뭐, 여기야 항상 가게 밖으로 음악 틀어 놓고 그러는 데니까."

"여자애들 꺅꺅거리는 소리도 엄청나다. 무슨 행사 있나? 좋다! 대낮부터 뭔가 화끈한걸?"

삼식이가 기대된다는 표정으로 상체를 가볍게 흔들며 춤을 추듯 걸었다.

"……어?"

계단을 빠져나와 번화가에 발을 내디딘 세 친구는 잠시 말을 잃었다. 보안관은 뭘 잘못 봤나 싶어 눈을 비볐고, 유빈은 비명을 지르지 않기 위해 주먹을 꽉 깨물었다. 긴장한 두 사람과 달리 삼식이만 호기심이 가득한 눈으로 좌우를 열심히 살폈다.

크롸아아악!

"으아아악!"

긴 번화가 골목 안에서 벌어지고 있는 것은 그야말로 대규모의 살육이었다. 상점가에서 틀어 놓은 커다란 음악 소리에 섞여 으르렁대는 소리와 비명이 골목 안을 메우는 동안 피를 뒤집어쓴 사람들이 쫓고 쫓기는 중이다.

수백의 포식자와 수백의 희생자. 팔이 잘린 채 뛰어다니는 사람, 커다란 남자에게 올라타 앉아 목을 물어뜯는 여자, 깨진 유리창 사이로 쓰러진 희생자, 벽을 들이받고 서 버린 자동차에 달라붙어 운전자를 끄집어내는 사람들. 그 모든 광경에는 공통점이 하나 있었다. 인도고 차도고 가릴 것 없이 눈에 보이는 모든 것이 끔찍한 피! 피! 피로 붉게 뒤덮인 채였다.

"끄악, 이 씨발!"

필사적인 욕설이 들려오는 쪽으로 고개를 돌렸다. 거기에서는 두 명의 경찰이 온통 피범벅인 여남은 명의 사람들로부터 무차별적인 공격을 받고 있었다. 경찰들은 열심히 몽둥이를 휘둘러 보지만, 결국 온몸을 물어뜯기다가 피투성이가 되어 바닥에 쓰러졌다. 주르륵, 맥없이 쓰러진 경찰의 갈라진 배에서 체액과 피에 섞여 내장이 흘러나왔다.

그 지옥을 바라보고 있던 세 명 중 가장 먼저 충격에서 깨어나 상황에 반응한 것은 삼식이였다. 삼식이가 두 친구를 보며 물었다.

"이, 이것도 놀리기 마케팅인가 하는 그거야? 아까 본 경리단길처럼?"

"등신아! 그럴 리가 없잖아!"

유빈이 목소리를 낮춰서 말했다. 에? 하지만……. 뭔가 더 지껄이려는 삼식이의 입을 보안관이 틀어막았다.

"제발 닥쳐. 빨리 여기서 도망가는 게 먼저야."

그러나 일은 보안관의 바람대로 흘러가지 않았다. 옥신각신하는 목소리가 들린 것일까, 골목 입구의 편의점에서 중년 여자에게 달라붙어 목을 뜯고 있던 두 녀석이 셋을 향해 천천히 고개를 돌렸다.

그르르르.

두 녀석의 피 묻은 입이 벌어지며 기묘한 소리가 났다. 조금 전 보안관이 다리 아래로 날려 버렸던 아저씨처럼, 이놈들도 짐승 소리를 냈다.

"쟤, 우리 본 것 같지?"

두 녀석의 하얗게 변해 버린 동공이 삼식이의 눈과 마주쳤다.

그롸아아악!

크와악!

약속이라도 한 것처럼 동시에 두 놈이 크게 울부짖었다. 그러자 그 소리에 반응을 한 다른 놈들이 일제히 세 친구가 선 쪽을 향해 돌아섰다. 이제 그들을 노려보고 있는 놈들은 적어도 열 명이 넘는다. 맨 앞에 선 놈 하나가 발을 끌며 움직일 채비를 하고 있었다.

"씨발, 뛰어!"

보안관이 삼식이의 뒷덜미를 잡아끌며 외쳤다. 유빈도 미친 것처럼 달리기 시작했다. 그들이 첫걸음을 떼는 것과 거의 같은 순간에 주둥이에 피 칠갑을 한 놈들도 셋의 뒤를 쫓아 뛰었다.

"으아아아! 정말 영화 찍는 거 아니야?!"

한꺼번에 세 개씩 계단을 뛰어내리며 삼식이가 소리쳐 물었다.

"영화는 무슨 영화! 이 멍청아!"

"아깐 네가 영화라며? 그럼 뭐야, 저거?"

"몰라! 모르니까 죽기 싫으면 닥치고 뛰어! 일단!"

계단을 다 뛰어 내려와서 지하 통로를 내달리던 유빈은 뒤를 슬쩍 돌아보았다. 피 묻은 주둥이를 벌리고 따라오는 놈들은 대략 열두어 명. 거리는 불과 20여 미터 정도였다. 꽤 빨리 달리고 있다고 생각했는데, 오히려 조금 더 가까워져 있었다.

하루 종일 굶어 가며 노동을 한 데다가 준비운동도 없이 갑자기 전력 질주를 해야 하는 다리의 근육이 비명을 지른다. 까딱하다가는 금방이라도 고꾸라질 것만 같았다. 그러면 죽는 거다. 지하 통로의 희미한 조명이 깜빡거리면서 그들의 공포심을 몇 배나 더 증폭시켰다.

그롸아악! 크악!

소름 끼치는 울부짖음이 울리는, 긴 지하도에서 빠져나오자 철책이 기다리고 있다. 유빈이 가장 먼저 뛰어올랐고, 보안관과 삼식이도 그 뒤를 따라 점프를 했다. 급하게 철조망을 넘느라 바닥을 몇 바퀴 굴렀다. 세 사람은 곧바로 일어나 거의 네발로 경사로를 기어올랐다. 까진 무릎이나 팔꿈치 따위를 신경 쓸 여유는 없었다.

철컹! 철컹! 철컹!

무거운 것이 연달아 부딪쳐 철책이 흔들리는 소리가 난다. 벌써 쫓아왔어? 플랫폼 난간에 겨우 몸을 걸치던 세 친구는 자기도 모르게 비명을 지르며 난간 뒤로 넘어가 버렸다. 덕분에 그들은 5미터도 떨어져 있지 않은 철책을 정면으로 마주하게 되었다.

여남은 명의 괴물들이 철책을 향해 몸을 날리고 있는 게 보인다. 괴성을 내지르며 달려드는 그 피투성이 얼굴의 박력이 너무 엄청나서 세 친구의 입에서는 저절로 비명이 쏟아져 나왔다.

"으아아!"

저 정도의 운동 능력이라면 철책 따위는 아무런 장애도 되지 못할 것이다. 뒤쪽에서 몇 명의 괴물이 더 뛰어온다. 괴물들은 멈추지 않고 그대로 내달려 철책을 향해 뛰었다. 그리고…….

"……엇?"

잔뜩 겁에 질려 지켜보던 세 친구는 어이가 없어서 짧은 외마디 소리를 내뱉었다. 전속력으로 철책을 향해 날아오른 괴물들은 있는 힘껏 철책을 들이받더니, 뒤로 벌렁 나가떨어져 버렸다. 그러고는 또다시 벌떡 일어나 같은 행위를 반복한다.

철컹! 철컹! 어찌나 격렬하게 몸을 날리는지 철책의 그물 격자무늬가 얼굴에 그대로 박혀 버린 놈들도 있었다.

"하아, 하아…… 뭐지, 이 새끼들? 뇌가 없는 놈들처럼 구는데?"

플랫폼 위에서 주춤주춤 뒷걸음질을 하며 보안관이 물었다.

"그…… 그러게. 왜 저길…… 허억, 못 넘지?"

힘이 쭉 빠진 유빈은 당기는 배를 움켜잡았다. 얼마나 열심히 뛰었는지 심장이 터지는 것 같다. 쫓아오던 놈들은 철조망에 매달려 격하게 몸을 부딪쳐 가며 울부짖고만 있었다.

"저 새끼들, 철조망을 못 넘나 봐! 하아~ 잘됐네. 그럼 이제 안 뛰어도 되잖아."

삼식이가 화색을 띠며 좋아한다. 상식적으로는 말이 안 된다는 걸 알고 있지만, 유빈과 보안관도 그 의견에 동의할 수밖에 없었다. 아니, 동의하고 싶었다. 오, 하나님. 이렇게 감사할 수가! 꼼짝없이 죽는다고만 생각했는데…….

온몸을 옥죄고 있던 긴장이 일순간에 풀어지자 하늘이 핑 돈다. 플랫폼 바닥에 대자로 누워서 1분만 쉰다면 공주님의 침실이 부럽지 않을 것 같다. 하지만 아직 그럴 수는 없었다.

03

세 친구는 철책에 매달려 울부짖고 있는 괴물들에게서 눈을 떼지 않은 채 플랫폼을 가로질렀다.

"근데 대체 저게 뭐냐?"

구름다리까지 이르렀을 때, 혼잣말처럼 유빈이 물었다. 물론 나머지 둘 중 누구도 그 대답을 해 줄 수 있는 사람은 없었다. 여전히 놈들은 끊임없이 철창에 몸을 부딪치며 사냥꾼의 시선을 던지고 있다. 입술을 말아 올려 드러낸 이빨이며, 철창을 긁어 대는 손톱까지…….

놈들이 단념할 기색은 전혀 없어 보인다. 소름 끼치는 그 모습이 너무 위협적이어서 차마 눈을 뗄 수가 없다. 게다가 사방을 살피는 것도 게을리할 수 없었다. 바로 몇 분 전에 이곳에서 저놈들 중 하나를 만났기 때문이다.

"황씨 아저씨랑 작업반장님도 저 새끼들에게 당했을까?"

"그런 거 나중에 생각하고, 지금은 일단 여기를 벗어나는 데 집중해."

그때, 등 뒤에서 한 줄기 시원한 바람이 불어왔다, 피비린내를 가득 싣고서.

"윽!"

세 친구는 팔을 들어 코를 막으며 뒤를 돌아보았다. 건너편 철책에 눈을 까뒤집은 놈들 셋이 바짝 붙어 서서 그들을 향해 그르렁대는 중이었다.

"젠장, 저쪽에도……."

"갇혀 버렸잖아."

어떻게 하지? 세 친구는 눈빛을 교환했다. 이렇게 되면 차라리 철책이 보호해 주고 있는 이 폐역 안에서 얌전히 구조를 기다리는 편이 더 나은 것 같기도 했다. 하지만 그건 터무니없는 바람이었다.

<u>끄드드드득!</u>

그들이 넘어온 번화가 쪽의 철책에서 쇠가 비틀어지며 날카로운 소리가 울렸

다. 너무 많은 놈들이 한쪽에 매달려 있던 탓일까, 철조망이 기둥으로부터 뜯어져 나가기 시작했다. 그리고 놈들은 그 틈을 비집고 들어오기 위해 몸을 쑤셔 넣었다.

"저 새끼 좀 봐! 아으~!"

삼식이가 얼굴을 찡그리며 맨 앞에서 끊어진 철책 사이로 머리를 밀어 넣고 있는 놈을 가리켰다. 날카로운 철책의 단면이 눈 주위에 걸려 가죽을 찢고 있는데도 녀석은 계속 목을 비틀며 어떻게든 안으로 들어오려고만 했다. 찌지직! 깊게 찢어진 놈의 눈꺼풀이 벌어지며 끈적거리는 검은 피가 흘러내린다.

"야이 미친 새끼야, 그만둬!"

역겨운 표정으로 보고 있던 보안관이 도저히 못 견디겠는지 화를 내면서 돌멩이를 들어 던졌다. 따악—! 날아간 돌은 놈을 정통으로 맞혔다. 하지만 코가 으깨어졌는데도 놈은 역시 아무런 반응을 보이지 않았다. 오로지 유빈과 보안관, 삼식이를 노려보고 그르렁대며 얼굴을 이용해 철조망의 틈을 벌릴 뿐이다.

콰드득!

눈 주위의 뼈가 부서지면서 노출된 눈알이 덜렁거린다. 그건 어지간히 질리는 광경이었다.

"이놈들…… 아까 그 술 취한 새끼랑 똑같아. 아픈 걸 몰라……. 그르렁대는 것도 그렇고."

보안관이 망연자실한 얼굴로 말했다.

"어떻게 하지? 꼴을 보아하니, 저 철책…… 얼마 못 버틸 것 같아."

유빈이 묻자 보안관은 앞뒤로 고개를 돌리며 계산을 했다. 그들이 택할 수 있는 방법은 몇 가지 안 됐다. 가장 손쉬운 방법은 플랫폼 중앙에 위치한 건물 안으로 도망가는 것이었다. 하지만 거기엔 커다란 위험 요소가 있다.

만약 그 건물의 문이 잠겨 있다면 그들은 꼼짝없이 저것들의 먹이가 되고 만다. 그 반대로 건물의 모든 문을 잠글 수가 없어도 마찬가지다.

두 번째 방법은 세 놈이 지키고 있는 쪽 철책을 넘어 놈들과 결판을 내고 달아

나는 것이다. 열댓 명이 뭉쳐 있는 앞쪽보다 당연히 이편이 더 낫다. 그런데 문제는 이 고통을 모르는 놈들과 싸워 쉽게 이길 수 있는가 하는 점이었다.

아까 놈들 중 하나와 싸워 본 경험이 있는 보안관으로서는 그걸 도무지 장담할 수가 없었다. 상대는 경찰이든 뭐든 가리지 않고 물어뜯어 죽이는 놈들이다. 이쪽도 죽일 각오를 가지고 있어야 한다.

"무기."

보안관이 입을 열었다. 친구들이 되묻는다.

"응?"

"무기가 있어야 해, 죽일 수 있는 걸로!"

"하지만 이런 데 그런 게 있을 리가……."

유빈이 당황해하며 주변을 두리번거렸다.

"벽돌 조각이라도 찾아봐. 맨손보다는 훨씬 나을 테니까!"

미친 듯이 서두르며 바닥을 헤집는 보안관의 어깨를 삼식이가 붙잡았다.

"자!"

삼식이가 내민 것은 녹슨 스패너였다. 그것도 길이가 두 뼘은 족히 될 15인치짜리. 묵직한 쇳덩이를 받아 든 보안관이 기쁘면서도 황당하다는 표정으로 물었다.

"너, 너 어디서 이런 걸……."

"아까 망원경으로 다 봤잖아. 개똥 옆에 누가 버려 두고 간 거. 아! 나 혼자 봤었나?"

아직 싸워 보지도 않고 이긴 것 같은 기분이 든 보안관은 감격해서 삼식이와 하이파이브를 나눴다.

"자, 이제 어떻게 넘어가느냐 하는 건데……."

뒤편 철책 앞에서 기다리는 세 놈은 보안관이 걸음을 옮길 때마다 따라 움직였다. 넘어가 땅에 내려서는 순간에 저놈들에게 덮쳐진다면 싸워 보지도 못하고 당하게 될 것이다. 그렇게 시간을 허비하는 동안에도 뒤편에서는 조금씩 철책의 틈이 넓어져 가고 있었다.

"내가 미끼가 될게."

삼식이가 아무렇지도 않게 말했다. 마치 '그거 내가 먹을게.' 정도의 말투다.

"안 돼! 뭔 소리야?"

"생각해 봐. 내가 달리기가 제일 빠르니까 먼저 넘어가서 저 세 놈 끌고 도망 다니는 동안……."

"헛소리하지 마, 등신아! 너 뒈지는 시간 동안 우리더러 도망가라고?"

"하하, 뒈지긴 누가 뒈진다는 거야? 내가 얼마나 쌩쌩 빠르게……."

유빈과 보안관은 잘 안다, 삼식이는 언제나 친구들을 대신해 손해 보기를 자처하는 놈이란 걸. 어릴 때부터 그랬다. 아직 머리가 제대로 영글지 않아 폭력이 무섭던 시절, 선생님이 화가 잔뜩 나서 '이거 누구 짓이야?' 하고 물으면 삼식이는 웃으면서 손을 번쩍 치켜들고 친구 대신 왕복 싸대기를 맞아 주기도 했다.

하지만 오늘은 아니다. 이건 정말 조금 다치고 마는 게 아니라 불구가 되거나 죽을 수도 있다. 아까 골목에서 본, 경찰관의 갈라진 배에서 흘러내리던 내장이 아직도 눈에 선하게 남아 있다. 보안관이 흥분해서 삼식이의 멱살을 잡았다.

"잘 들어, 이 새끼야. 행여 오늘 우리 대신 뭘 어쩌겠다는 생각 하면 내가 널 죽여 버릴 거야. 저길 넘어가서도 마찬가지야. 무조건 너부터 챙겨. 알겠어?"

"알았어, 알았어. 그럼 네 계획을 말해 봐."

삼식이는 화를 내지도 않고 두 손을 들었다.

"내 계획은…… 내가 먼저 넘어가서 저 새끼들을 다 반 죽여 놔. 그사이에 너희가 넘어와서 나를 도와주는 거야."

조금 전 화를 낼 때와 달리 계획을 말하면서는 보안관의 목소리가 점점 기어들어갔다. 뭐, 당연하다. 계획이라는 게 없었을 테니까. 가볍게 한숨을 지은 뒤, 유빈이 끼어들었다.

"삼식이가 먼저 뛰어내리나, 네가 먼저 뛰어내리나 무슨 차이가 있어? 그러지 말고 차라리 이 볼트를 반만 풀자."

"그래서?"

"나가지 못하게 지키고 있으니까 아예 들어오게 해 준 다음, 하나씩 상대하자고."

보안관과 삼식이는 잠깐 멈칫하더니, 이내 동의했다.

그롸아아악!

앞뒤에서 번갈아 가며 괴상한 울부짖음이 크게 울려 퍼진다. 거기에다가 뒤쪽의 철책에서는 뜨득, 뜨득, 하며 쇠가 벌어지는 소리까지 더해져서 더 신경이 쓰인다. 그쪽의 괴물들은 한쪽 어깨까지 비집고 들어온 상태였다.

"위쪽을 풀어. 머리를 집어넣을 때 턱을 날려 버리자."

볼트를 풀어내는 일도 쉽지는 않았다. 오래전에 기계로 단단히 고정해 놓은 것이기도 하고, 위에 페인트까지 발라져 있어서 이미 한 덩어리처럼 붙어 있었다. 게다가 철책 너머의 괴물들이 자꾸만 철망 사이로 손가락을 넣어 스패너를 건드리는 바람에 몇 번이나 헛손질을 해야 했다.

꽈드득! 철망에 걸린 괴물의 손가락이 부러져서 반대 방향으로 꺾인다. 보안관은 눈살을 찌푸리면서 열심히 스패너를 밀었다.

"빨리해. 저놈 허리까지 들어왔어."

뒤쪽을 감시하는 삼식이가 중계를 해 준다.

"아, 옆구리가 걸렸다. 아으…… 어휴, 저거, 끔찍해서 못 보겠다."

"됐다!"

가운데 볼트를 풀어낸 보안관은 곧바로 위쪽으로 스패너를 옮겼다.

그롸아악.

괴물이 철망을 두드리는 동안 보안관은 까치발을 하고 두 번째 볼트를 풀어낸다.

"제기랄, 이건…… 끄응, 더 빡빡해."

보안관의 얼굴에서 땀이 뚝뚝 떨어졌다.

"거기, 붙지 마!"

자기도 모르게 철망에 바짝 기댄 보안관을 유빈이 잡아당겼다. 부러져서 날카로운 뼈가 드러난 괴물들의 손가락이 철망 사이를 훑고 있다.

"됐어."

결국 볼트 두 개를 다 풀었다. 철망을 당겨 괴물들이 들어올 틈을 만들어 주는 일은 유빈이 맡기로 했다. 철망을 당기기 전, 삼식이에게 장갑을 빌려 낀 유빈이 보안관과 눈을 마주치며 준비가 됐는지를 물었다. 보안관은 고개를 끄덕였다.

"좋아, 당긴다!"

철망을 꽉 잡은 유빈은 두어 번 예비 동작을 한 다음, 몸을 붕 띄워 뒤로 누웠다. 꽈드드득~! 소름 끼치는, 새된 소리와 함께 철망이 벌어졌다.

그롸! 그롸아악!

모처럼 파고들 구멍을 찾은 괴물들은 발정 난 놈들처럼 소리를 지르며 벌어진 틈을 향해 미친 듯이 상체를 쑤셔 넣었다. 유빈의 당기는 힘과 놈들의 미는 힘이 더해져서 철망은 순식간에 활처럼 휘어졌다. 가장 앞선 놈의 상체가 그 사이로 쑥 뛰어 들어온다.

"지금이야! 때려!"

유빈이 외치는 것과 거의 동시에 기다리고 있던 보안관은 입술을 꽉 깨물면서 스패너를 힘껏 휘둘렀다.

빠가각!

보안관은 노렸던 대로 놈의 턱을 날렸다. 스패너를 쥔 손끝에 엄청난 반발이 전해진다. 박살 난 턱이 제멋대로 덜렁거리고 이빨이 사방으로 튄다. 제대로 들어갔다. 아마 이놈은 이제 평생 뭘 씹어 삼킬 수는 없을 것이다.

거러러~!

그러나 뻗지를 않았다. 빠져 버린 턱 사이로 이상한 소리를 내면서도 괴물은 스피드를 줄이지 않고 달려들었다.

"야이, 개새끼야! 좀 뻗으라고!"

보안관이 괴로운 목소리로 외쳤다. 죽일 각오를 해야 한다고는 생각했지만, 정말 죽이는 건 이야기가 다르다. 그래서 턱을 노렸던 건데…… 하지만 이제 선택의 여지가 없었다.

"이야!"

악에 받친 기합을 내지르며 보안관이 재차 스패너를 휘둘렀다. 이번엔 아까보다 높은 각도에서 내려쳤다. 뻐억! 괴물의 머리가 깨지면서 엄청난 소리가 났다. 그런데도 놈은 죽지 않았다. 앞으로 고꾸라졌던 괴물이 다시 고개를 들자 세 친구는 또 동시에 비명을 질렀다.

"왜 안 죽어?"

이해할 수 없다는 표정을 지으며 보안관이 뒤로 물러났다. 머리통이 움푹해진 괴물의 목이 덜렁거린다. 보안관은 공포와 혐오감을 동시에 느끼며 멈칫거렸다. 이런 상대와 싸우게 될 거라고는 생각해 본 적도 없다.

"보안관!"

다른 놈들이 더 들어오는 것을 막기 위해 철망에 매달려 밀며 유빈이 필사적으로 보안관을 불렀다. 가뜩이나 힘센 놈들이 둘씩이나 부딪쳐 온다. 겨우 버텨 내고는 있지만, 막아 내기가 힘에 부쳤다.

"으아아!"

정신을 차린 보안관이 다시 괴물의 머리통에 일격을 가했다. 이미 깨 놓았던 자리를 노려 쳤다. 퍼어억! 소름 끼치는 소리를 내며 스패너가 두개골을 부수고 들어가자 그제야 발광을 하던 괴물이 움직임을 멈췄다.

"하아, 하아…… 머리가 터져야 뒈지는 거야?"

한숨을 돌릴 틈도 없었다. 유빈은 철망을 사이에 두고 놈들과 팽팽하게 맞서고 있는 중이고, 뒤쪽의 놈들은 철책에 찢겨 내장을 쏟아 내면서도 거의 다 안으로 파고들어 온 상태였다. 철망 사이로 팔을 집어넣은 놈이 유빈의 얼굴을 움켜쥐기 위해 휘적거린다.

"유빈아, 이제 놔!"

마음을 독하게 먹은 보안관이 눈을 부릅뜨며 외쳤다. 간신히 버티고 있던 유빈의 팔에서 힘이 빠졌다. 타악! 철망이 밀리면서 한 놈이, 그리고 또 마지막 놈이 연달아 뛰어 들어왔다.

“죽어어어! 씨발!”

앞선 놈의 머리통을 수직으로 내려찍은 보안관은 잇따라 달려드는 녀석의 공격을 피한 뒤, 뒤통수를 후려갈겼다. 퍼걱! 뒤통수가 터진 놈은 쭈욱 바닥에 미끄러지더니, 몇 번 움찔거리다가 그대로 뻗어 버렸다. 이제 머리가 반쯤 터진 두 번째 놈만 쓰러뜨리면 된다.

“야, 저기도 뚫렸어!”

뒤쪽 철책을 감시하던 삼식이가 다급하게 외친다. 돌아보니 옆구리가 찢긴 채 끼어 있는 놈의 몸을 철망과 함께 밀어 틈을 벌리고, 그 사이로 괴물들이 난입하고 있었다.

“넘어!”

두 번째 괴물의 얼굴을 후려갈기면서 보안관이 외쳤다. 괴물이 비틀거리는 틈을 타 배를 걷어차서 구름다리 쪽으로 날려 버렸다. 구름다리 난간에 부딪힌 괴물은 허리가 꺾이며 다리 아래로 떨어졌다.

보안관이 괴물에게서 벗어난 걸 확인한 삼식이와 유빈이 훌쩍 뛰어 철책을 넘었다. 보안관도 곧바로 뛰어올랐지만, 몸이 생각보다 무거웠다.

“어, 왜 이러지?”

철책 위에 배가 걸려 버린 보안관은 그제야 자신이 한 손에 스패너를 꼭 쥐고 있었다는 걸 깨달았다. 제기랄, 한 손만 짚고 올라왔으니 그렇지……. 어이없어 하며 다리를 끌어당기려는데, 뭔가가 그의 발목을 콱 움켜잡는다.

그롸아아악!

가장 앞서 달려온 괴물이었다. 녀석은 머리 위로 손을 뻗은 채 보안관의 발목을 붙잡고 아래로 힘껏 끌어당겼다. 철책 위에 걸려 있던 보안관의 얼굴이 사색이 된다. 건너편에서 보고 있던 친구들의 얼굴도 마찬가지다.

“보안관!”

“아악!”

괴물의 손톱이 살을 파고들자 보안관이 비명을 지르며 발버둥을 친다. 삼식이와 유빈이 달려가 보안관의 두 손을 꽉 움켜쥐고 당겼다. 보안관은 다른 한 발로 놈의 손가락을 콱콱 짓이겼다. 마침내 놈의 엄지손가락이 뜯겨 나간 후에야 보안관의 발목은 자유로워졌다. 뒤따라온 다른 괴물들이 손을 뻗쳐서 잡기 직전이었다.

"어쿠!"

거꾸로 떨어져 내린 보안관을 유빈과 삼식이가 받았다.

"괜찮아?"

"그래그래! 괜찮은 것 같아!"

"그럼 뛰어!"

철책 너머에서는 조금 전 놓친 대어를 아쉬워하는 괴물들이 미친 듯이 울부짖으며 여전히 몸을 부딪쳐 대고 있었다. 그럴 때마다 볼트를 풀어 놓은 쪽이 빠직거리며 휘었다. 이번 철책은 첫 번째 것만큼 오래 버텨 주지 못할 것이다. 한시라도 빨리 달아나야 한다.

"으아아아!"

세 친구는 비명처럼 기합을 내지르면서 달리기 시작했다. 걸어올 때엔 낭만적이었던 산책로의 무성한 잡초가 자꾸만 발끝에 걸려 속도를 제대로 내기가 힘들었다. 그래도 겨우겨우 세 번째 철책 앞에 다다랐을 때, 이런 엿 같은 상황에 어울리지 않는 트로트 메들리가 들려왔다.

— 이런 놔아~ 당돌한가아요? 야이, 야이, 야이, 야이, 날 봐아요~♪

소리는 점점 가까워진다. 볼 것도 없이 뽕짝 아저씨다. 돌아보니 조금 전 세 친구가 그랬듯이 뽕짝 아저씨가 죽어라 산책로 위를 달리고 있었다. 물론 그래 봐야 노인인 데다가 술을 잔뜩 마신 상태여서 실제로는 허우적거리는 수준에 불과하다. 몇 가닥 남지 않은 뽕짝 아저씨의 머리가 피로 범벅이 된 채다. 그 뒤쪽으로 괴물 두 놈이 먹잇감을 노리는 사자처럼 달려든다.

"사, 사, 살려 줘!"

뽕짝 아저씨가 비틀거리며 누구에게랄 것도 없이 애원을 한다. 어쩌지? 세 친구는 망설이며 서로를 바라봤다. 그때, 아슬아슬하던 두 번째 철책이 콰드득! 소리를 내며 무너져 내렸다. 한 무더기의 괴물들이 괴성을 내지르며 달려와 뽕짝 아저씨를 덮친다.

"보고 있지 마! 그냥 뛰어!"

그 모습을 멍하니 지켜보고 있던 보안관과 삼식이에게 유빈이 소리를 질렀다. 전기신호를 받은 것처럼 흠칫 놀란 두 친구가 철책을 넘어가는 걸 확인하고 나서 유빈도 몸을 날렸다.

"하아, 하아!"

숨을 헐떡이며 벌판을 내달리고, 다시 마지막 철책을 넘었다. 어찌나 열심히 뛰었는지 4차선 도로 위를 가로지를 때엔 거의 네발로 기다시피 해야 했다.

"이제 어떡하지?"

보안관이 물었다.

"함마! 함마로 계단부터 부숴야 해!"

얼굴이 시뻘게진 유빈이 벌판 쪽을 노려보면서 대답했다.

"자!"

삼식이가 해머를 건네준다. 보안관은 벌써 손바닥에 침을 뱉은 뒤, 계단을 내려칠 준비를 하고 있었다.

"아니, 아니, 보안관! 위에 올라가서 부숴야지! 우리가 올라간 다음에!"

보안관이 아차 하는 표정으로 고개를 끄덕였다.

04

"음……. 아, 왔구나? 햄버거 사 왔어?"

세 친구가 2층으로 뛰어 올라오자 잠들어 있던 신입이 눈을 게슴츠레하게 뜨고 묻는다. 아무도 대답하지 않았다. 삼식이와 유빈이 상판에 고정되어 있던 철판을 걷어 내자 보안관이 힘껏 해머를 내려쳤다.

콰직! 나무 계단이 쪼개지며 요란한 소리를 낸다. 삼식이와 유빈도 해머를 들고 합류했다. 급하게 해머를 휘두를 때마다 나뭇조각이 사방으로 튄다. 신입이 어리둥절해하며 물었다.

"야, 뭐야? 너희 미쳤어? 계단을 부수면 어떡해!"

"시끄러!"

보안관이 날카롭게 쏘아붙인 뒤, 계속 해머질을 했다. 콰드드득! 마침내 상부에 고정되어 있던 목재가 부서지고 목제 계단이 무너져 내렸다.

"하아, 이제…… 이제 됐다. 좀 진정하자."

유빈이 땀을 닦아 내며 보안관과 삼식을 둘러보았다. 특히 보안관이 걱정스러웠다. 조금 전 괴물들의 머리를 박살 낸 이후부터 녀석은 어딘가 얼이 빠진 사람처럼 굴고 있었다. 보안관과 삼식은 허물어지듯 쓰러져서 머리를 감싸고 누웠다. 그럴 만했다.

그롸아아악!

괴물들이 질러 대는 괴성이 희미하게 들려온다. 유빈은 아직 유리가 끼워지지 않은 창문 사이로 상체를 내밀고 삼식이의 망원경으로 밖을 내려다봤다. 세 번째 철책에 달라붙어 미친 듯이 철망을 흔들어 대던 녀석들 중 하나와 정면으로 눈이 마주쳤다. 놈의 흰자위가 번뜩이자 땀에 흠뻑 젖은 유빈의 등줄기에 소름이 돋았다.

그아아악!

포효하는 괴물을 보면서 유빈이 말했다.

"저 개새끼들, 여기까지 올 것 같은데?"

"허억, 허억…… 그래, 그러고도 남을 새끼들이야."

보안관이 예상하고 있었던 것처럼 대답했다.

"대, 대체 뭐야, 그것들? 왜 사람을 잡아먹어? 그리고 왜 그렇게 목숨이 질겨?"

큰대자로 뻗어 버린 삼식이가 고개도 들지 않고 물었다.

"……몰라, 모르겠어. 정말 저게 뭐지? 젠장, 얼굴 가죽이 다 찢어지는데도 계속 밀고 들어오는 거 봤지?"

생각하기만 해도 이가 갈린다는 듯 유빈이 고개를 저었다.

"그놈, 나중엔 철책에 옆구리가 걸려서 창자가 좌악 쏟아지는데……. 아휴, 토 나와. 씨발, 그래도 계속 그 틈으로 몸을 쑤셔 넣는 거야."

끔찍한 장면이 고스란히 떠올라 버려서 삼식이는 눈을 질끈 감았다. 그런 대화를 나누는 동안에도 철책에 달라붙은 놈들은 여전히 괴성을 지르며 계속 밀어 댔다. 지치는 기미조차 없다. 영문을 알 수 없는 세 친구의 행동과 끔찍한 대화 내용에 바짝 쫀 신입이 기어 들어가는 목소리로 물었다.

"대체 무슨 말들을 하는 거예요? 그 새끼들이라니, 그리고 사람을 잡아먹는다고요?"

나자빠져 있던 삼식이가 풉, 하고 웃음을 터뜨린 뒤, 배를 움켜잡았다.

"아, 아하하! 신입…… 갑자기 존댓말 하지 마, 이 쫄탱아! 아, 뛰느라 배 아픈데 웃겨서…… 하하하."

눈물이 맺히도록 웃은 뒤 주섬주섬 일어난 삼식이가 아이스박스로 걸어갔다.

"목말라. 뭘 좀 마셔야겠어."

"내, 내가 언제 존대를 했다고……. 대체 뭔 소리들을 하는 거냐고?"

얼굴이 빨개진 신입에게 유빈이 손짓을 하며 창문 쪽으로 와서 직접 보라고 했다. 뭐가 무서운지 신입은 주뼛거리며 좀처럼 걸음을 떼지 못했다.

"허, 이것밖에 없었나? 야, 신입, 이거 뚜껑 좀 잘 닫아 두지."

아이스박스 안을 들여다본 삼식이가 탄식했다. 보안관이 고개를 들며 물었다.

"음료수 얼마나 남았는데?"

"페트병 두 개랑 캔 하나. 그리고 황씨 아저씨가 쟁여 둔 소주 두 병. 어이구, 이 소주 미지근해진 거 봐라."

1.5리터짜리 페트병을 꺼낸 삼식이는 아이스박스에 고여 있는, 얼음 녹은 물을 손으로 떠서 얼굴을 헹궜다. 두어 번 물을 좀 끼얹고 나니 훨씬 나아지는 것 같다. 신입이 누워 있던 자리에는 몇 개의 빈 음료수 캔이 뒹굴고 있고, 반쯤 남은 스포츠 음료 페트병에는 담배꽁초 두 개가 둥둥 떠다녔다.

"마셔."

삼식이가 건넨 음료수를 연거푸 서너 차례 들이켜자 보안관의 안색도 조금 나아졌다. 삼식이는 음료수를 유빈에게 넘긴 다음, 수건을 물에 적셔서 보안관의 머리에 얹어 줬다.

"보안관, 너 지금 얼굴 굉장히 안 좋아 보여. 괜찮아?"

"모르겠어, 그냥……."

뭔가 말하려던 보안관은 잠시 머뭇거리다가 입을 다물고 수건을 당겨 얼굴을 덮어 버렸다. 수건을 잡고 있는 보안관의 손이 가볍게 떨린다. 유빈과 삼식이는 말없이 그 모습을 보고만 있었다. 당연한 일이다. 오늘 보안관은 태어나서 처음으로 사람을, 아니 사람 모양을 한 괴물을 죽였다. 그것도 둘씩이나 대가리를 쪼개서…….

자신과 친구들이 살기 위해서였다고는 하지만, 그 기분이 어떨는지는 상상이 간다. 그런 경험을 하고도 아무렇지 않게 넘길 수 있다면, 그건 살인마의 재능을 타고난 사람일 것이다.

"난 이제 가야 하는데, 누가 태워다 줘야 할 거 아냐. 씨발, 하루 종일 쫄쫄 굶고…… 이게 뭐야? 반장님 언제 오셔?"

잔뜩 주눅이 든 신입은 의도적으로 창밖을 보지 않기 위해 노력하면서 툴툴거렸다.

"반장님 안 와. 너도 못 나가고."

다시 창문 쪽으로 고개를 돌린 채 유빈이 차갑게 말했다.

"뭐라고? 그럼 나 일당은?"

"일당? 지금 목숨이 왔다 갔다 하는데 일당 같은 게 뭐가 문제야! 아! 결국 무너졌다, 저기도. 이제 하나밖에 안 남았어……."

유빈이 철책을 바라보며 중얼거렸다. 호기심을 이기지 못한 신입이 곁에 다가와서 슬쩍 들여다보더니 '억!' 하는 비명을 질렀다. 긴 철책 중 2미터 정도의 구간이 앞으로 무너져 내리자 그것을 넘은 괴물들이 벌판을 가로질러 돌진해 왔다. 늦은 오후의 여름 태양 때문에 그들이 온몸에 뒤집어쓰고 있는 피가 더욱 눈에 띄게 번들거렸다.

"저…… 저 사람들 뭐야? 대체 너희, 무슨 사고를 친 거야? 어흐, 저 피……."

신입이 부들부들 떨며 뒤로 물러났다.

"뭔지는 모르겠지만, 일단 사람은 아니야. 젠장, 벌써 다 마셨나?"

음료수병을 수직으로 세워 마지막 한 방울까지 털어 마시던 유빈이 뭔가 생각난 듯 갑자기 뛰기 시작했다. 홀을 가로지른 유빈은 건물 구석에 있는 엘리베이터 구멍을 붙잡고 몸을 늘어뜨린 다음, 아래로 훌쩍 뛰어내렸다.

"유빈아!"

유빈이 1층으로 뛰어내리자 삼식이가 더 놀라서 소리를 질렀다. 깜짝 놀란 보안관도 얼굴에서 수건을 걷고 외쳤다.

"야, 인마! 뭐 하는 거야? 돌아와!"

삼식이는 계단이 있던 자리에서 상체를 숙여 유빈을 찾았다. 밖으로 급하게 달려 나갔던 유빈이 둘둘 말려 있는 파란색 고무호스를 안고 건물 안으로 다시 뛰어 들어온다.

"왜 그래?"

"물! 물을 생각하지 않았어. 삼식아, 이거 받아!"

이 공사장에서 수도 밸브를 연결해 놓은 것은 1층 마당에 세워 놓은 임시 수도꼭지 하나뿐이었다. 유빈은 호스 끝부분을 뭉친 다음 아래를 향해 고개를 내밀고 있는 삼식이에게 던졌다.

"잡았어! 이거 어떡하라고?"

"아무 데라도 물을 좀 받아! 아이스박스에라도 채워! 그리고 빈 페트병에라도!"

그렇게 말을 해 놓고 유빈이는 또다시 건물 밖으로 뛰어나가 버렸다. 삼식이는 땟국이 둥둥 떠다니는 아이스박스의 물을 바닥에 쏟아 버리고 거기에 호스를 댔다. 맑은 물이 콸콸, 흘러나온다.

"뭐 던질 거니까 비켜 있어!"

엘리베이터 구멍 아래에서 유빈의 목소리가 들려온다. 보안관이 대답을 해줬다.

"오케이, 아무도 없어! 너도 조심해!"

덜컹! 콰장창!

각목 쪼가리 두 다발과 빈 페인트 통이 날아와 2층 벽에 부딪히며 요란한 소리를 냈다.

"이제 더 없지?"

"그래! 나 좀 잡아 줘!"

유빈이 도움닫기를 한 뒤 점프를 했다. 보안관은 팔을 뻗어 잡을 준비를 했다. 그러나 어림없을 만큼 큰 차이가 난다. 유빈은 허공에서 팔을 휘젓다가 아래로 떨어졌다. 아무 생각 없이 급하게 뛰어내린 게 실수였다. 공공건물 용도로 지어진 것이라 일반 상가나 주택과는 달리 1층 바닥부터 천장까지 4미터가 넘는다.

"으아! 어떡하지?"

두어 번 더 점프를 해 본 뒤에야 의미 없는 짓이란 걸 깨달은 유빈이 난감한 표정을 지으며 물었다. 황씨 아저씨의 트럭에 실려 있던 사다리가 아쉬웠다.

"내가 내려가서 목말을 태워 주면……."

보안관이 안타까운 목소리로 하는 제안을 유빈이 딱 끊어 버렸다.

"그럼 너는 또 누가 끌어 올려? 다른 걸 좀 생각해 봐!"

"이 바보들!"

삼식이가 수도 호스를 빙빙 돌리며 다가와 보안관과 유빈에게 물을 끼얹었다. 보안관과 유빈은 어안이 벙벙해졌다. 다른 사람도 아니고 삼식이에게 '바보' 소리를 들으면 대미지가 상당하다.

"이걸로 끌어 올리면 되지! 유빈이 넌 가서 수도 호스나 빼고 몸에 묶어."

그렇게 간단한 걸! 유빈은 자신이 얼마나 다급한 상태였는지 다시 한번 깨달았다. 잡아 뜯다시피 해서 꼭지에서 호스를 떼어 냈다. 그리고 그걸 몸에 친친 감으면서 계단 아래로 뛰어왔다.

"당겨!"

보안관과 삼식이 끌어당기자 유빈의 몸이 조금씩 끌어 올려졌다. 손에 닿을 만큼 가까워졌을 때, 보안관이 우악스럽게 유빈의 손을 덥석 잡아당겼다.

"후아아~! 잠깐이지만 아찔했다."

바닥에 엎어져 한숨을 몰아쉬며 유빈은 이마의 땀을 닦았다.

"뭐 하는 거야? 올라갔다가 내려갔다가 정신없이…… 쯧!"

창문에서 눈을 떼지 못하고 있는 신입이 불안한 얼굴로 벽에 기대며 하나 남은 음료수 캔의 뚜껑을 딴다. 그 행동 하나하나가 전부 다 신경에 거슬렸지만, 아무도 뭐라고 잔소리를 하지는 않았다. 신입 녀석에게도 갑작스럽게 닥친 이 지랄 맞은 상황이 어지간히 쇼크일 것이다. 삼식이가 물었다.

"근데 각목이랑 페인트 통은 뭐야? 뭐 하려고?"

"아아, 그거? 혹시 경찰이 이따가 밤에 오면 여기에도 사람이 있다는 걸 알려야 하니까 불을 피우려고……. 물은 많이 받았어?"

"응. 아이스박스 하나 채웠고. 다라이에도 하나 가득 채우긴 했어. 모래가 많아서 마실 수는 없겠지만. 그리고 빈 페트병 두 개. 근데 이렇게나 많은 물이 필요할까? 이 난리가 났으니 금방 경찰들이 올 텐데."

물을 흠뻑 뒤집어쓴 삼식이가 윤이 나는 젖은 머리카락을 뒤로 쓸어 넘기며 천진하게 물었다. 보안관은 안전 헬멧을 바가지 삼아 대야에서 물을 퍼 올린 다음 머리에 쏟아부었다. 유빈이 고개를 저었다.

"모르겠어. 왠지 갑자기 불안해져서……. 네 말대로 되면 좋겠는데……."

유빈은 말끝을 흐리며 물이 줄줄 흐르는 호스를 돌돌 말아서 공구 옆에 얌전히 던져 두었다. 그러고는 창밖으로 고개를 내밀어 놈들의 동정을 살폈다. 괴물들은 질리지도 않는지 마지막 철책에 열심히 몸을 부딪쳐 가며 울부짖는 중이었다. 이상하게도 놈들이 아까보다 더 많아진 것 같아 유빈은 마음이 한층 무거웠다.

친구들에게 티를 내지 않으면서 속으로 놈들의 수를 세어 봤다. 처음 지하 통로에서 쫓아오던 것들이 열둘 정도, 그리고 산책로에서 뽕짝 아저씨를 사냥하던 괴물이 둘. 그런데 지금 철책이 휘어지도록 무게를 싣고 있는 놈들은 스무 마리가 넘는다.

'어디서 온 거지, 저것들은?'

유빈이 초조하게 고민하고 있을 때, 보안관이 다가와 입을 열었다.

"암만 봐도 늘어났지?"

"……응."

유빈이 고개를 끄덕였다.

"어디에서 이렇게 모여드는 거지? 아니, 애초에 그렇게 많은 것들이 어디 숨어 있다가 갑자기 나타난 걸까?"

번화가 골목에서 목격한 괴물들은 수백 마리나 됐다. 그렇게 많은 괴물이 떼를 지어 몰려다니도록 놔둘 만큼 대한민국은 치안이 허술한 나라가 아니다.

"저거랑 저건 뽕짝 아저씨랑 같이 있던 할머니들이야."

반쯤 넋이 나간 신입에게서 담배 한 대를 얻어 낸 삼식이가 연기를 내뿜으며 손가락으로 괴물 둘을 특정했다.

"싱거운 새끼, 그럴 리가 없잖아."

"정말이야. 저 얼굴, 확실하게 기억하고 있어."

보안관과 유빈은 어처구니가 없어 삼식이의 얼굴을 멍하니 쳐다봤다. 그런 마음을 아는지 모르는지, 삼식이는 나름대로 날카로운 논리적 계산을 하느라 분주했다.

"저 사람들, 다 전염된 거야."

눈을 가늘게 뜬 채 홈즈처럼 담배를 몇 번 뻑뻑 피워 댄 다음, 삼식이가 내놓은 결론은 그거였다. 워낙 황당한 이야기라서 유빈과 보안관은 별로 신경도 쓰지 않으면서 건성으로 물었다.

"어이구, 그러세요? 명탐정님, 왜 그런 추리를 다 하셨나요?"

"저것 봐. 저기 철책에 매달린 사람들 전부 다 상처를 입었어. 그것도 대부분 아주 크게."

그건 미처 깨닫지 못한 사실이었다. 조금은 호기심이 생긴 유빈과 보안관은 이마를 잔뜩 찌푸리며 괴물들 하나하나를 살펴봤다. 삼식이의 말이 맞았다. 입 주변에 묻어 있는 피에 홀려 주목하지 않았지만, 놈들은 거의 모두 목이나 팔다리, 아니면 옆구리라도 어딘가에서 피를 흘리고 있었다.

"……다친 것하고 전염이 무슨 상관이야?"

보안관이 묻자 삼식이가 어깨를 으쓱해 보이더니 설명을 시작했다.

"아이참, 그러니까 이런 거야. 저렇게 센 놈들이 전부 다 우연히 다쳤을 리가 없잖아. 그러니까 약한 놈일 때 다친 거고, 그다음에 미쳐서 힘이 세졌다는 말이지."

"미안한데…… 뭔 소리 하는 건지 모르겠어."

보안관이 답답해하며 고개를 저었다. 하지만 유빈은 알아들었다. 너무 그럴듯한 가설이라서 소름이 끼칠 지경이다. 지금 저놈들이 가지고 있는 상처는 인간이 냈다고 하기엔 지나치게 크고 원시적이다. 다시 말해 깨물거나 할퀴어서 난 상처들이다.

현대인은 그런 식으로 싸우지 않는다. 물어뜯기보다는 주먹으로 때리고, 더 큰 힘을 원하면 날카로운 것을 이용해 찌르거나 베어 낸다. 저놈들이 모두 원래 평범한 인간이었고, 어떤 계기 때문에 괴물로 변한 것이라 생각하면 아귀는 딱 들어맞는다. 그리고 물론 그 계기란…….

"저 새끼들에게 상처를 입으면 안 돼. 그러면 병이 옮아."

삼식이가 말했다.

바로 그렇다. 하지만 유빈은 삼식이의 논리에 한 번 더 저항해 보기로 했다.

"그렇지만 저렇게 미친 듯이 다른 사람을 죽이려는 병은 들어 본 적도 없어. 대체 무슨 병에 걸리면 내장이 쏟아져도 멀쩡하게 뛰어다니는데?"

"왜 없어? 영화에도 나오잖아. 그…… 드라큘라나 늑대인간, 좀비 같은 거."

흡혈귀에 좀비라니……. 갑자기 이야기가 너무 현실로부터 멀리 떨어져 버린 감은 있지만, 이 정도면 삼식이로서는 오랫동안 진지했던 것이다. 그리고 꽤 도움이 되는 이야기이기도 했다. 유빈은 식은땀을 흘리며 보안관을 돌아보았다.

"맞아. 보안관, 너 아까 다친 덴 좀 괜찮아?"

보안관은 자기 발목을 들어 보인다. 할퀴어 찢어진 상처는 조금 부어올라 있었다.

"음, 뭐…… 대충. 물로 씻기는 했는데……."

보안관의 상처를 잊고 있던 삼식이의 얼굴이 하얗게 질렸다. 그는 다급하게 외쳤다.

"그, 내, 내가 조금 전에 말했던 거 다 취소! 뻥이야, 뻥! 다쳐도 전염 안 돼!"

의외로 보안관은 무덤덤했다.

"당연하지. 네가 하는 황당한 소리를 믿을 줄 알았어?"

"그건 그런데, 소독은 해 두자. 아까 소주 있다고 했지?"

유빈은 귀찮아하는 보안관을 달래 앉히고 발목에 소주를 조금씩 부었다. 상처가 따끔거리는지 보안관의 한쪽 눈꼬리가 올라갔다.

꽈드드득!

잠시 후, 철책이 뜯어져 나가는 소리가 울려 왔다. 결국 마지막 철책도 무너진 것이다. 영원히 버텨 줄 것이라고 기대했던 건 아니지만, 자신들과 괴물들을 격리해 주고 있던 단 하나의 벽마저 허물어진 순간, 유빈은 뭔가 커다란 상실감을 느꼈다. 그라아아악~! 괴물들이 괴성과 함께 복지 센터를 향해 맹렬하게 달려 들어온다.

유빈은 벌떡 몸을 일으켜 창문 밖으로 얼굴을 내밀고 필사적으로 놈들의 수를 헤아렸다. 스물셋. 스물세 마리의 괴물이 질주해 오고 있었다. 총 몇 마리가 쳐들어온 것인지를 파악하는 게 굉장히 중요하다는 생각이 들었다. 그래야 나중에 경찰들이 구조하러 와 줬을 때도 도움을 줄 수 있다. 삼식이의 전염 이론을 듣고 난 후에는 한 마리, 한 마리의 괴물이 훨씬 더 무섭게 느껴졌다.

"다들! 구멍 뚫려 있는 데마다 잘 감시해! 알지?"

보안관은 장갑을 끼고 해머를 집어 들었다. 이 건물에서 아래와 이어진 구멍은 모두 세 개. 나무 계단이 있던 중앙, 벽 쪽의 엘리베이터 자리, 그리고 비상계단이 놓일 반대편 끝이다.

아까 철책을 못 넘었던 걸로 미루어 봐서 이놈들이 그보다 훨씬 더 높은 이 건물의 2층까지 뛰어 올라올 수 있을 것 같지는 않았다. 그래도 혹시나 하는 불안한 마음은 세 친구의 입술을 바짝바짝 타게 만들었다.

"마음 독하게 먹어. 까딱했다간 우리가 죽는 거야!"

보안관이 다짐하듯 외쳤다.

"알았어!"

삼식이와 유빈이 해머를 꽉 쥐며 크게 대답했다. 신입은 머리를 감싸 안은 채 이상한 소리를 웅얼거리며 가능한 한 구멍으로부터 멀리 떨어져 구석에 처박혀 버렸다.

그롸아아아악! 그악! 그아악!

바로 발밑에서 스무 마리 이상의 괴물들이 내지르는 울부짖음은 엄청났다. 텅 비어 있는 건물의 벽에 부딪쳐 메아리를 만들어 내는 바람에 사방에서 괴물들이 달려드는 듯한 극적 효과가 나타났다. 괴물들 중 일부는 머리 위에 있는 먹잇감을 향해 끊임없이 뛰어올랐다가 아래로 떨어져 내렸다.

쿵! 엉덩이나 등뼈가 부서질 것처럼 호되게 곤두박질을 친 뒤에도 놈들은 벌떡벌떡 일어나 다시 점프를 하며 괴성을 질러 댔다. 부서져 내린 나무 계단 위로 뛰어오르던 놈은 착지하면서 튀어나와 있던 못을 밟았다. 덕분에 한쪽 발바닥에 나무 조각을 달게 된 녀석은 움직일 때마다 딸깍거리면서도 여전히 아가리를 벌리고 몸을 움츠렸다가 있는 힘껏 뛰어오른다. 그러는 동안 못은 더 깊숙하게 놈의 발에 박혀 들어갔고, 결국은 발등을 뚫고 나와 버렸다.

"가지가지 한다, 진짜."

역겹다는 표정으로 보안관이 혼잣말을 내뱉었다. 하여간 다행인 것은 발아래 1층의 괴물들이 절대 2층까지 닿을 수 있을 것 같지는 않다는 점이었다. 저 머리가 나빠 보이는 놈들도 그 정도는 깨달았는지 얼마간의 시간이 지난 뒤부터는 뛰어오르는 횟수가 현저히 줄어들었다. 대신에 녀석들은 건물의 주변을 끊임없이 배회하기 시작했다.

마치 쥐가 미로 안에서 계속 방황하듯이 이리저리 바쁘게 걸어 다니며 울부짖는 모습을 보고 있자니, 불안감이 점점 증폭된다. 하지만 바깥쪽에서도 2층으로 기어 올라올 수 있는 방법은 없다. 10분여쯤 같은 꼴을 지켜보고 있자니 해머를 꽉 움켜쥐고 있던 손이 조금은 느슨해졌다.

"으아아, 왜 안 받아? 112, 씨발! 왜 안 받느냐고? 우린 다 죽게 생겼는데, 이 망할 놈의 전화기는 왜 터지지도 않고! 야이, 씨발. 112! 이 좆같은! 뒈져라, 이 개새끼들아!"

뒤쪽에 웅크린 신입은 반쯤 미쳐서 전화기를 향해 저주와 욕설을 퍼붓고 있었다. 녀석이 돌발 행동을 할까 두려워진 유빈이 큰 소리로 달랬다.

"신입! 진정해! 이 동네 전체가 난리가 났으니까 어차피 경찰은 와! 너 아니어도 분명히 누군가 신고를 했다고! 그러니까 조금만 참아!"

서너 번이나 같은 말을 되풀이해 준 다음에야 신입은 조금 안정되는 기미를 보였다. 등 뒤를 조용히 시킨 유빈이 계단을 지키고 있는 보안관에게 말했다.

"이 새끼들 그만 들여다보는 게 낫겠어."

"왜?"

"계속 저것들 돌아다니는 걸 보고 있으니까 어질어질해져! 이러다가 꼭 구멍에 떨어질 것 같은 기분이야!"

"나도 아까부터 그래!"

복도 끝에 서 있던 삼식이가 동의했다. 당연한 일이다. 괴물들이 고함을 내지를 때면 텅텅 비어 있는 배 속이 웅웅 울리는 기분이 들었다.

"하지만 불안한데……. 혹시라도 우리가 못 보는 사이에 뛰어 올라오거나 하면……."

"경보기를 달자."

유빈이 제안한 경보장치는 점심 식사 후 낮잠에 사용되던 낡은 스티로폼 패널이었다. 1층과 이어져 있는 세 개의 구멍마다 철근을 걸친 뒤 스티로폼 패널을 덮어 두고, 또다시 그 위에 가느다란 철근 몇 개를 눌러 둔다.

가벼운 패널은 아무런 보호도 되지 않겠지만, 그게 움직이거나 들리기만 하면 철근들이 구르면서 소리를 내 줄 것이다. 괜찮은 방법인 것 같아 세 친구는 곧바로 실행에 옮겼다. 중앙 계단은 워낙 넓어서 완전히 가려지진 않았다.

"그래도 조금이라도 덜 보이니까 한결 살 것 같네."

일을 마친 후, 삼식이가 진심 어린 표정으로 말했다. 다른 두 사람의 생각도 같았다.

"후아!"

세 친구는 아이스박스 부근으로 가서 자리를 잡고 앉아 페트병에 담아 둔 물을 나눠 마셨다. 쪼르르르륵, 비어 있는 배에서 간절한 소리가 난다. 바로 옆에는 신입이 전화기를 꼭 끌어안은 채 부들부들 떨어 대고 있었다.

"정말 배가 고프다. 몇 시쯤이나 됐어?"

삼식이가 창밖을 보며 맥없이 물었다. 아무도 시계는 차고 있지 않았다. 보안관이 말했다.

"글쎄, 우리가 출발했던 게 4시니까, 6시쯤 되지 않았을까? 신입, 몇 시야?"

"몇 시인 게 뭔 상관이야, 지금 다 죽게 생겼구만. 개새끼들, 어디서 저런 괴물을 끌고 와서……."

등을 지고 돌아누운 신입이 신경질적인 반응을 보였다. 가만히 보고 있던 보안관이 재빨리 팔을 뻗어 전화기를 확 낚아챘다.

"내놔, 씨발. 내 거라고!"

한 손으로 발광하는 신입을 제지하면서 다른 손으로 핸드폰을 옮겨 쥔 보안관이 말했다.

"금방 줄게. 가만히 좀 있어, 이 새끼야! 6시 30분이었네. 시간 빠르구만."

보안관은 이내 핸드폰을 돌려주었다. 어차피 록이 걸려 있어서 시간을 보는 것 외에는 할 수 있는 것도 없었다.

"경찰은 언제쯤 올까? 빨리 와 주면 좋겠는데."

삼식이가 지친다는 표정으로 말했다. 다들 선뜻 대답을 못 하고 있을 때, 유빈이 무릎을 탁, 쳤다.

"뉴스! 뉴스를 보면 알 수 있어. 분명히 뉴스에 났을 거야."

"그야 사람이 그렇게 많이 죽었으니. 하지만 하루 종일 신입이 징징거렸다시피 인터넷이 안 되잖아."

"DMB! 그건 나오지 않을까?"

"DMB?"

이번에는 신입도 반응을 보였다. 핸드폰 안테나를 뽑고 DMB를 켰다.

"안 돼. 신호가 약하대. 하여간 이 씨발 촌 동네."

툴툴거리는 신입을 달래 가며 위치를 이리저리 바꿔 보다가 안테나를 철근에 가져다 대자 결국 화면이 나왔다.

"나온다! 나와!"

다들 구조대가 도착하기라도 한 것처럼 기뻐서 소리를 질렀다. '긴급 재난 특보'라는 글자가 화면 가득히 선명했다.

"여기가 재난 지역인가 봐!"

"소리 좀 키워! 소리!"

화면은 여전히 자막뿐이었다. 아나운서의 얼굴도 보이지 않는다.

— ……계시길 바랍니다. 대한민국 정부와 군경은 이 사태의 조속한 해결을 위해 최선의 노력을 다하고 있습니다.

다시 한번 말씀드립니다. 이것은 방송 3사가 공동으로 녹음하여 보내 드리는 재난 대비 방송입니다.

현재 서울과 경기를 비롯한 전국에서 대규모 폭동과 살인이 벌어지고 있습니다. 국민 여러분께서는 절대 외출을 삼가시고 문단속을 철저히 하면서 집 안에 머물러 계시길 바랍니다. 대한민국 정부와 군경은 이 사태의 조속한 해결을 위해 최선의 노력을 다하고 있습니다.

다시 한번 말씀드립니다…….

방송을 듣고 난 뒤, 세 친구와 신입은 뒤통수를 얻어맞은 것 같은 표정을 지었다.

"……내가 잘못 들은 거 아니지?"

삼식이가 말했다.

"이거 라디오야? TV로 돌려 봐. 아니면 다른 채널이라도."

계속 앵무새처럼 같은 이야기만 늘어놓는 채널들을 지나 마지막으로 돌린 채널에서 드디어 사람 얼굴이 나타났다. 초췌해진 아나운서가 비슷한 이야기들을 잠시 늘어놓더니 헬리콥터로 나가 있는 현장 자료 화면을 보여 주겠다고 했다. 헤드폰을 끼고 있는 기자의 모습으로 화면이 바뀌었다.

— 네, 여기는 지금 서울의 강남대로 상공입니다. 지금 시각이 오후 1시 18분, 아래쪽으로 보이는 상황은 이루 말할 수 없을 만큼 심각합니다. 전쟁터를 방불케 하는 이곳에서는 무차별적인 살인이 벌어지고 있습니다.

상공에서 비추는 강남대로의 모습으로 화면이 바뀌었다. 자동차들로 꽉 막힌 도로 이곳저곳에서 불길이 치솟고 많은 수의 사람들이 미친 것처럼 뛰어다닌다. 차 안의 사람을 끌어내 여럿이 덮치고, 건물마다 다급하게 쫓긴 사람들이 창문 아래로 뛰어내린다.

화면의 해상도가 낮아 정확하게 보이지는 않지만, 세 친구가 두어 시간 전 번화가에서 보았던 것과 별반 다르지 않았다. 다만, 스케일은 화면 쪽이 수십 배나 더 컸다. 번화가 쪽이 수백의 싸움이었다면, 이쪽은 수천이나 그 이상이다. 화면이 다시 스튜디오로 넘어갔다.

— 이번에는 경찰의 대응을 알아보겠습니다.

아나운서의 멘트가 거기까지 진행되었을 때, 갑자기 화면이 픽, 하고 종료돼 버렸다. 음악과 함께 휴대폰이 꺼졌다.

“엇! 뭐야?”

“씨발, 배터리가 없네.”

휴대폰 전원을 몇 번이나 다시 눌러 봐도 돌아오지 않는다.

“충전하면 되잖아. 너 충전기 가지고 있지?”

“가방에…… 근데 여기에 전기가 들어와?”

“그야, 발전기에다가 꽂으면 되지.”

“발전기가 어디 있는데?”

“……1층에.”

유빈이가 기어 들어가는 목소리로 대답했다. 그랬다. 발전기는 1층에 있었다. 스무 마리가 넘는 괴물들이 침을 질질 흘리며 기다리고 있는 곳에…….

잠시 동안 네 명은 또 말이 없어졌다. 뉴스는 안 보느니만 못한 상황이 되어 버렸다. 여기에서만 일어난 사건이 아니라는 걸 깨닫게 되자 마음은 한층 더 무거워졌다. 아침에 삼식이가 보여 줬던 그 영상은 진짜였다.

“……씨발, 경찰은 안 올 것 같아.”

답답하다는 듯 주먹으로 벽을 두드리고 있던 보안관이 침묵을 깼다.

“왜 안 오겠어?”

“아까 그 헬리콥터 아나운서가 시간 말했을 때, 오후 1시 얼마라고 했어. 근데 지금이 6시 반이야. 그러니까 다섯 시간 전의 일인데도 아직 해결이 안 됐다는 말이야. 게다가 너도 알잖아. 아침에 삼식이가 보여 준 그거. 그러니까 엄밀히 말하자면, 오늘 아침부터 계속 난리였던 거야.”

“그냥 오늘 이런 일이 있었다는 걸 보여 준 거 아닐까?”

조금이라도 더 긍정적이 되고 싶어서 유빈이 억지를 부려 봤다. 보안관은 고개를 저었다.

"그랬으면 다른 방송들이 다 재난 특보를 내보낸다는 게 말이 안 돼. 일이 별로 나아진 게 없든지, 아니면 더 심각해진 거야."

사실은 유빈의 생각도 크게 다르지 않았다. 다만, 현실을 인정하고 싶지 않은 마음이 더 컸을 뿐이다. 기억을 더듬던 보안관이 다시 입을 열었다.

"아까 그 재난 방송에서 서울, 경기를 비롯한 전국이라고 했었지? 기억나?"

"응, 그래."

유빈이 힘없이 대답했다.

"그럼 삼식이, 저 새끼가 말한 게 맞는 것도 같아."

"무슨 말?"

"전염된다는 거 말이야. 그렇지 않으면 전국적으로 난리가 날 수는 없겠지."

그 말을 하면서 보안관은 두려운 눈빛으로 자신의 발목을 쳐다봤다. 아직 별다른 변화는 보이지 않지만, 혹시 모른다. 화가 난 보안관이 원망스럽다는 듯 자기 발목을 주먹으로 내려쳤다.

"야, 진정해. 너 괜찮아! 그럴 리가 없잖아. 전염이라니! 그런 말도 안 되는 게 있을 리가……."

애타게 설득을 하던 유빈도, 숨을 씩씩거리며 분해하던 보안관도, 그리고 걱정스러운 눈빛으로 보고 있던 삼식이도 일순간 숨을 멈췄다. 그르렁대는 괴성에 묻힌, 아주 작은 소리이기는 하지만 그들 모두 분명하게 들었다. 노랫소리다. 세 친구는 거의 동시에 몸을 일으켜 창밖으로 고개를 내밀고 소리가 나는 방향을 찾았다.

"그것 봐. 저 새끼 말이 맞았잖아."

이를 빠득 갈면서 보안관이 말했다. 유빈과 삼식이는 아무 대답도 할 수 없었다. 얼굴이 반 이상 뜯겨 나가 뼈가 드러난 뽕짝 아저씨가 천천히 걸어서 벌판을 가로질러 가고 있었다. 중심을 잘 잡지 못하는지 그의 걸음걸이는 굉장히 부자연스러워 보였다. 어깨 바로 밑에서 잘려서 없어진 오른쪽 팔 때문일 것이다. 자신에게서 울려 나오는 노랫소리처럼 뽕짝 아저씨는 능선을 타고 유유히 걷다가 아래쪽으로 사라져 버렸다.

"너!"

갑자기 신입이 고성을 지르며 보안관을 가리켰다.

"너 이 새끼, 너도 변하는 거잖아! 얘들아, 이 새끼 아래로 밀어 버려야 해! 이것도 좀비가 된다고! 우리한테 달려들기 전에 우리가 선수를 쳐서 죽이자!"

갈라진 목소리로 어찌나 악을 바락바락 쓰는지, 세 친구는 눈살을 찌푸리며 귀를 막았다. 반쯤 돌아서 계속 혼잣말을 하는 줄로만 알았는데, 이 녀석 역시 삼식이의 이야기를 귀담아듣고 있던 모양이다.

"닥쳐, 이 개새끼야!"

유빈이 벌떡 일어나서 보안관의 눈앞에 대고 손가락질을 하고 있던 신입을 밀어 쳤다.

"밀어 버리자고? 이런 씨발 놈이! 말이면 단 줄 알고. 응? 내가 널 밀어 주면 좋겠냐, 이 개새끼야?"

유빈이 핏대를 세우며 멱살을 잡고 밀어붙이자 신입이 발버둥을 쳤다.

"이 멍청한 새끼들! 의리니 우정이니 찾다가 나중에 후회해도 소용없어! 세상 사람이 다 변하는데, 저 새끼라고 안 변할 것 같아?"

"이게 그래도! 아가리 안 다물면 너부터 죽여 버릴 거야!"

"그만해! 유빈이, 너도 그렇게 화내지 마! 저 새끼 말도 틀린 건 아니니까."

보안관이 끼어들어 두 사람을 떼어 놨다. 씩씩거리는 유빈을 앉히고 다시 신입에게 다가가자 신입은 빽! 소리를 질렀다.

"가까이 오지 마! 만지지 말라고! 난 옮기 싫어!"

보안관은 의외로 화도 내지 않고 조용히 두 손을 들며 뒤로 물러났다. 좋은 생각이 났다는 듯 유빈이 말했다.

"뽕짝 아저씨가 물렸던 게 네가 발목을 잡혔던 것보다 나중이야. 맞지?"

보안관과 삼식이가 동시에 고개를 끄덕였다. 유빈이 말을 계속 이었다.

"그러니까 그 사람이 변했는데도 아직 멀쩡한 걸 보면, 넌 괜찮은 거 아닐까?"

"……그 사람이랑 나랑 왜 그런 차이가 있는데?"

"모르겠어. 무슨 차이지? 음, 그 사람은 물렸고, 그리고 죽었지. 넌 그냥 할퀴어진 거고."

유빈은 열심히 논리를 만들어 보려 하는데, 신입이 쇳소리로 찬물을 끼얹었다.

"이 등신들아! 잠복기라는 것도 모르지? 하다못해 감기가 옮아도 사람마다 시간이 다르다고!"

유빈이 고개를 돌리고 사납게 쏘아붙였다.

"잠복기를 아는 새끼가 면역은 왜 모르냐? 제발 좀 닥치고 있어!"

"아, 모르겠어……. 씨발. 얘들아, 나 짜증 난다."

보안관은 머리를 감싸 쥐고 한숨을 토했다.

"괜찮아, 보안관. 괜찮아진다고."

유빈은 고개를 푹 숙인 보안관을 끌어안았다. 삼식이는 그 위에 자신의 몸을 더 포갰다. 창밖으로는 핏빛처럼 붉은 저녁놀이 하늘을 점차 물들여 가고 있었다. 너무나 두려운 밤이 다가오는 중이다.

"사 사 십육, 사 오 이십, 사 육에 이십사. 사 칠에……."

시간이 좀 지나고 나서 약간은 진정된 보안관은 열심히 구구단을 외웠다. 그가 볼 때 1층의 괴물들이 인간과 다른 특징 중 하나는 머리가 지독하게 나쁘다는 것이었다. 보안관은 자신이 지각 능력을 잃지 않고 있는가를 확인하는 것으로 불안감을 달래고 싶었다.

그런데 슬프게도 뭔가 지적인 지식이라고 할 게 거의 없었다. 좋든 싫든 12년 동안 학교를 다녔는데, 결국 또렷하게 기억하고 있는 게 고작 구구단과 알파벳뿐이라니! 어이가 없어서 쓴웃음을 지으면서도 보안관은 구구단 외는 것을 멈추지 않았다.

"칠 오 삼십오, 칠 육에 사십이, 칠 칠에 사십구, 칠 팔 오십육……."

"오십칠."

안타까운 표정으로 곁을 지키고 앉은 삼식이가 조그만 목소리로 정정을 해 주자 보안관의 눈동자가 불안에 흔들렸다. 페인트 통 속에 각목 조각들을 집어 넣고 불을 붙이기 위해 등을 돌린 채 서 있던 유빈이 삼식이를 나무랐다.

"삼식아, 헷갈리게 하지 마! 신경 쓰지 말고 계속해, 보안관. 오십육이 맞아."

바짝 말라 있던 땔감들은 아니지만, 다행히 그럭저럭 불이 붙어 주었다. 이제 조금 뒤 해가 지면 이 정도의 조그만 불빛도 굉장히 절실해질 것이다. 아래층에서는 여전히 울부짖는 소리가 들려온다.

"신입, 담배 한 대만 더 줘."

보안관에게 타박을 당하고 옆자리에서 쫓겨난 삼식이가 신입에게 손을 내밀었다. 신입은 단칼에 거절했다.

"아까 줬잖아. 나도 몇 개비 안 남았어. 사서 피워."

"나도 그러려고 했는데, 담배 사 오겠다고 간 사람이 죽은 것 같단 말이야. 그럼 네가 팔아. 한 개비에 500원 낼게, 두 개만 줘."

"됐어. 나 피울 것도 없어."

"쳇, 치사한 놈."

조금 분해하며 서성이던 삼식이는 계단을 타고 3층으로 올라갔다. 스티로폼으로 덮인 구멍 바로 옆을 지나는 것이어서 보는 것만으로도 아찔했다.

"삼식아, 거긴 왜 올라가?"

"작업반장님 가방 좀 뒤져 보려고. 담배가 있지 않을까?"

잠시 후, 삼식이는 눈에 익은 커다란 공구 가방 두 개를 가지고 돌아왔다. 하나는 작업반장의 것이고, 하나는 황씨 아저씨 가방이다.

"오씨 아저씨 가방은 위에 없어. 1층에 있나 봐."

먼지가 꼬질꼬질 묻은 공구 가방을 바닥에 툭, 내려놓은 뒤, 삼식이는 쪼그리고 앉아 하나씩 뒤지기 시작했다. 작업반장의 가방을 먼저 열었다.

"억, 입었던 팬티다. 크~!"

삼식이가 코를 찡그리면서 팬티 더미 몇 개를 손끝으로 집어 옆에 꺼내 놓았다. 집이 지방이어서 한번 출장을 나왔다 하면 보름 이상씩 여관방 신세를 지곤

했다. 그다음에 나온 것은 플래시다. 손잡이가 달린 커다란 플래시를 발견한 삼식이는 몇 번 딸깍거려 본 다음 '필요한 것'으로 분류했다.

"찾았다! 이것 봐. 있었지."

1밀리 담배 한 뭉치를 꺼내 든 삼식이가 만족한 웃음을 지었다. 한 보루에서 두어 갑 빠져 있다. 신입이 뭔가 말하고 싶은 표정으로 삼식이를 가만히 쳐다본다. 시선을 의식한 삼식이는 한 갑을 신입에게 토스 하며 말했다.

"자, 이제 아까 얻어 피운 거 갚았다."

그다음에 나온 것들은 별로 대단치 않았다. 러닝셔츠, 라이터 몇 개. 너덜너덜한 다이어리와 볼펜, 줄자와 공업용 커터, 치약, 칫솔, 낡은 작업복과 수건, 두루마리 휴지 두 뭉치, 쇠톱과 펜치 같은 공구 몇 가지, 그리고 싸구려 손목시계는 보안관이 건네받아 찼다.

담배를 피워 문 삼식이는 이번엔 황씨 아저씨의 가방을 열었다.

"먹을 것 좀 나와라."

하지만 기대와 달리 맨 처음 삼식이를 반긴 건 엄청난 양의 콘돔이었다.

"하나, 둘…… 네 박스나 돼! 이 아저씨 대체 이걸 다 언제 쓰려고……. 뭐냐, 능력에 안 어울리는 이 야심은? 하하하."

손전등, 수건과 양말 따위를 들어내고 나니 보물이 나왔다. 20개들이 커피 믹스 한 상자. 너무 대단한 물건이어서 빛이 나는 것 같다. 멍하니 보고 있던 유빈도, 구구단 외우기에 여념이 없던 보안관도 오오, 하며 환호성을 내질렀다.

"좋았어! 음식이다! 자, 먹어! 먹어!"

삼식이는 급하게 상자를 뜯어 네 명을 위해 골고루 나눴다. 죽을 만큼 배가 고팠던 상황이라 모두들 물도 없이 커피 믹스 봉지를 입 안에 털어 넣었다. 한 사람 앞에 다섯 개는 정말 금방 사라졌다.

"아, 젠장. 커피 믹스가 이렇게 맛있는 거였나?"

보안관이 물로 입가심을 하면서 푸념했다. 비어 있는 믹스 봉지를 쪽쪽 빨면서 그러게, 하며 유빈도 고개를 끄덕인다.

"얘들아, 이것 봐."

삼식이가 재미있는 것을 찾았다는 말투로 물배를 채우고 있는 보안관과 유빈을 불렀다. 삼식이가 손에 권총처럼 쥐고 있는 것은 노란색 디월트 네일 건이었다. 그 외에도 황씨 아저씨가 큰맘을 먹고 투자한 작업 공구들이 많이 보였다.

충전용 로타리 해머, 회전 톱, 전동 드라이버. 조수를 원하는 만큼 쓸 수 없는 요즘에 작업 속도를 당기기 위해서 꼭 필요한 물건들이다. 아직 할부금도 다 못 갚은 물건들일 텐데, 정작 주인은 돌아오지 않는다. 아마 돈 받을 사람도 죽었을 가능성이 높지만.

"배터리도 꽉 차 있네."

충전 램프 세 개가 다 들어온 것을 확인한 삼식이는 다시 배터리를 끼워 넣은 뒤 007처럼 자세를 취해 본다. 몸을 튼 채 커피 믹스를 아껴 먹던 신입이 호기심을 보였다.

"그게 뭐야?"

"네일 건."

"네일 건이 뭔데?"

"망치 대신 쓰는 거야. 여기에 이렇게 못 카트리지가 있거든. 그걸 넣고 이걸 누르면 못이 나가는 거지. 피융! 피융!"

못 카트리지를 꺼내 보여 준 뒤, 삼식이는 직접 시범을 보였다. 전원을 넣고 땔감용 각목에 네일 건을 댄 뒤, 방아쇠를 당겼다. 위잉— 뚜칭, 하는 소리와 함께 4인치 각목에 못이 박혀 들어간다.

"씨발, 그거 총이랑 똑같잖아!"

흥분한 신입이 벌떡 일어나서 달려들었다.

"너희 진짜 등신 아니냐? 이걸로 좀비 새끼들 다 팍팍 쏴 죽여 버리면 되잖아? 씨발, 나 줘. 내가 쏠게!"

너무 흥분한 신입이 침을 막 튕기는 바람에 삼식이는 얼굴을 찡그리며 손으로 얼굴을 가렸다.

"저기…… 너, 반장님 가방에서 나온 치약 좀 먹어야 될 것 같다. 냄새가……."

"총이나 달라고! 내가 쏠 테니까!"

"너, 영화를 너무 많이 봤어."

엉겨 붙는 신입을 밀어낸 뒤, 삼식이는 대여섯 발짝 떨어진 아이스박스를 향해 네일 건을 겨눴다. 앞쪽의 센서를 당긴 뒤 방아쇠를 누르자 못이 연발로 날아간다.

피융! 피융! 피융!

못은 모두 명중했지만, 박히지 않고 바닥에 떨어져 굴렀다. 신입은 뭘 하는 건지 이해할 수 없다는 표정으로 삼식이를 바라봤다.

"이건 그냥 바짝 대고 쏘지 않으면 안 박혀. 몇 미터만 떨어져 있어도 살짝 찍히는 정도로 끝난다고."

"뭐야? 왜 그렇게 좆같이 만들어 놨어? 이왕이면 멀리서도 맞게 하면 좋잖아?"

삼식이가 빙그레 웃으며 대답했다.

"너 같은 놈이 사람에게 쏠까 봐 그랬겠지."

순식간에 희망이 사라져 버린 신입은 어깨를 축 늘어뜨린 채 구석 자리로 돌아가서 웅크리고 누웠다. 타닥거리며 불이 타오르는 페인트 통을 가만히 들여다보고 있던 보안관이 말했다.

"우리 가족들…… 어떻게 됐을까?"

너무 가슴 아프기 때문에 억지로 밀어 넣어 두었던 생각이라 다들 쉽게 대답을 하지 못했다. 유빈이 무겁게 입을 뗐다.

"그냥 다 무사할 거라고 믿어. 그것 외에는 방법이 없으니까."

"구하러 가겠다고 하면 건방진 말이겠지?"

모두들 말이 없었다. 이곳에서 그들이 살던 동네까지는 80킬로미터가 넘게 떨어져 있다. 고작 4미터 아래의 괴물 몇 마리도 어쩌지 못해 이렇게 갇혀 있는데, 그 2만 배의 거리를 얼마나 많을지도 모르는 괴물을 뚫으며 간다는 건 불가능한 일이다.

타닥! 탁! 타닥!

페인트 통 속에서 어지럽게 춤을 추는 작은 불꽃에 집중하며 세 친구는 어두운 생각을 떨쳐 버리기 위해 노력했다. 그들은 구조될 수 있을지도 모른다는, 아주 작은 희망의 씨앗을 아직 포기하지 않기 위해 애를 쓰는 중이었다. 사방이 고요해서 아래층의 괴물들이 내는 울부짖음은 더 크게 울렸고, 전기가 들어오지 않는 마을은 그야말로 완전한 어둠 속에 묻혔다.

오로지 바짝 붙어 앉아 있는 친구의 숨결과 온기만이 그들이 살아 있음을 실감할 수 있게 해 주었다. 지독하게 피곤했지만, 아무도 잠을 이루지는 못했다.

그렇게 길고 긴 밤이 아주 천천히 지나갔다. 그리고 구조대는 끝내 오지 않았다.

Chapter 5

반격의 시작

01

"결국 이럴 줄 알았어."

동이 터 오는 새벽이 그 어느 때보다도 생생하게 느껴진 아침이었다. 보안관이 깨달음을 얻었다는 듯 말했다. 죄책감과 불안감에 시달리던 어제의 그가 아니었다.

"내가 미쳤었지. 평생 남에게 의존했던 적이 없으면서……. 어이, 친구들!"

보안관이 유빈과 삼식이의 어깨를 꽉 끌어안았다.

"우리끼리 싸우는 수밖에 없어! 저 새끼들, 죽여 버리자!"

어제 오후부터 내내 얼이 빠져 있던 보안관이 이제야 평소대로 돌아온 것 같아 유빈과 삼식이는 웃으며 보안관의 넓은 가슴을 두드려 주었다.

"좋아, 죽여 버리자!"

유빈은 벌떡 일어나 공구 가방을 열었다. 어떻게 하면 저 아래의 괴물들을 상대할 수 있을 것인가 밤새도록 고민을 하고 또 했다. 유빈이 로타리 해머와 네일건을 꺼내 들자 구석에서 다크 서클이 가득한 눈으로 노려보고 있던 신입이 물었다.

"무기도 안 되는 걸로 뭘 하려고?"

"무기를 만들 수는 있지."

위이~잉! 소리를 내며 힘차게 돌아가는 로타리 해머의 드릴을 들어 보이면서 유빈이 씨익 웃었다.

"우선 저놈들에 대해서 우리가 아는 걸 정리해 보자."

유빈이 작업반장의 다이어리를 가져와 볼펜으로 하나씩 번호를 붙여 쓰기 시작했다. 제1원칙을 적으며 다른 사람들에게도 일러 주었다.

"저 새끼들에게 물려 죽은 사람은 전염돼. 할퀸 건 괜찮은 것 같고."

보안관과 삼식이가 머리를 끄덕이며 덧붙였다.

"아픈 걸 못 느끼는 것 같아. 그리고 내장이 쏟아져도 안 죽어."

"그건 그냥 한 항목으로 정리하자. 아무리 부상을 입혀도 머리통이 작살나지 않는 한 계속 덤빈다."

"그래. 그리고 더럽게 빠르지. 우리보다 확실히 달리기는 잘해. 평지에서 만나면 아마 몇 분 내로 따라잡히게 될걸?"

긴 다리로 100미터를 11초에 끊는 삼식이가 저렇게 말할 정도니, 보통 사람들은 더 금방 먹이가 되고 말 거다. 보안관이 중요하다는 표정으로 말했다.

"힘은 세지만 철책을 넘지 못할 정도로 머리가 나빠. 닭대가리보다도 못한 거야."

생존을 하는 데 있어서 그 특징은 매우 중요했다. 아래층을 배회하며 밤새도록 소리를 지르고 있는 저놈들이 조금만 더 머리가 좋았더라면 세 친구는 벌써 죽었거나 한패가 되어 함께 그르렁대고 있었을 것이다. 거기에서 착안한 유빈이 다섯 번째 특징을 적었다.

"우리를 죽이고 싶어 해. 더 정확하게 말하자면, 눈에 띄는 사람은 다 죽이고 싶어 하는 거겠지."

"……냄새가 존나게 나. 씨발, 시궁창 냄새 같은 게."

구석에서 신입이 거들었다.

"좋아, 신입. 여기 써 뒀어. 에…… 이 정도면 우리가 알고 있는 건 다 쓴 것 같은데? 또 생각나는 거 있는 사람?"

삼식이가 손을 들고 말했다.

"두려움이 없다? 저 새끼들은 눈앞에서 자기편 대갈통이 터져 나가는 걸 뻔히 보고 나서도 다음 놈이 그 구멍으로 또 얼굴을 들이미니까."

"씨발, 그런 새끼들이랑 싸워서 어떻게 이겨……."

삼식이의 말에 번호를 붙여 적고 있을 때, 신입이 좌절하는 목소리로 혼잣말을 했다. 보안관이 자신 있게 대꾸했다.

"두려워할 줄 알기 때문에 강해질 수 있는 거야, 똑같은 실수를 하지 않으려고. 우리가 더 유리해."

유빈도 그 말에 동의했다. 원칙이 정리됐으니 이제 밤새도록 그가 생각해 낸 전술에 대해 설명할 차례였다.

"자, 지금부터 우리는 저 아래에서 돌아다니는 놈들을 다 정리해야 해. 그렇지 않으면 여기 갇힌 우리가 결국 굶어 죽게 될 거야."

쪼르르륵~!

비장한 얼굴과 어울리지 않는 초라한 소리가 배에서 울린다.

"내 계획은 이래. 가능한 한 덜 위험하게, 그러면서도 빨리 저놈들을 죽이는 거지. 우리한테는 유리한 점이 몇 개 있어. 첫째, 우리가 위에 있으니까 지리적 이점을 이용할 수 있어. 둘째, 우리는 저 새끼들보다 월등하게 머리가 좋아. 셋째, 도구를 써서 싸울 수 있어. 여기는 다행히 도구도 많고…… 또 보안관이라는 막강한 전력도 있지."

보안관이 팔을 걷고 알통을 자랑한다. 유빈은 작업반장의 다이어리에 볼펜으로 대충 그림을 그려 그가 만들고 싶은 것을 친구들에게 보여 줬다.

"내가 생각한 건 이거야. 하나씩, 하나씩 처리하는 거라서 시간이 좀 걸리겠지만, 대신에 우리가 안전하다는 장점이 있어. 아주 중요한 장점이지."

"흐음, 흐음…… 이렇게 말이지? 생각대로 잘될까?"

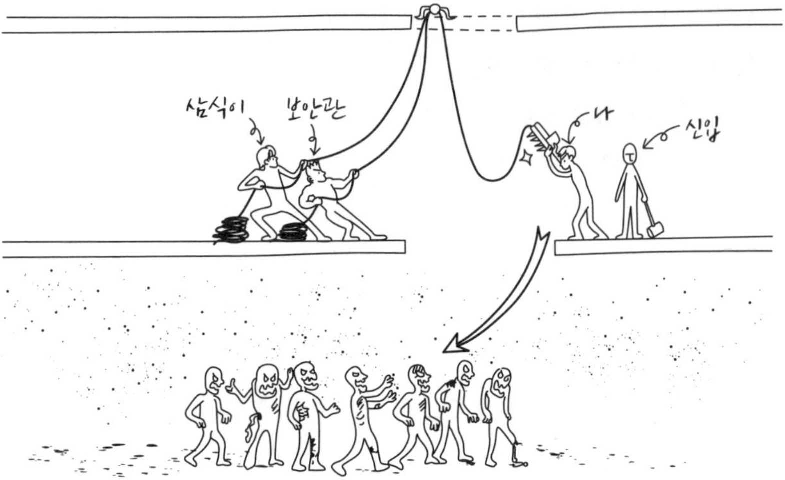

보안관과 삼식이가 그림을 보면서 구조를 이해하는 동안 유빈은 엘리베이터 구멍을 덮어 뒀던 스티로폼과 철근을 걷어 냈다. 아래를 돌아다니는 괴물들이 발광해 대는 게 보인다.

"이 작전을 실행하기 전에 해 봐야 할 실험은 두 개야. 하나는 이 좀비들이 사람이 아닌 물건에도 관심을 보이는가 하는 것이고……."

유빈은 벽돌 하나를 집어 들고 구멍 아래로 던졌다. 위에 선 유빈을 향해 울부짖고 있는 괴물을 지나 바닥에 부딪친 벽돌이 파삭! 소리를 내며 깨지는데도 누구 하나 돌아보는 놈이 없다.

두 개, 세 개를 연달아 던졌다. 그래도 반응은 같았다. 그들은 오직 유빈을 향해서만 달려들고 싶어 했다. 유빈은 만족한다는 듯 고개를 끄덕인 뒤, 이번엔 수도 호스를 집어 와 1층으로 늘어뜨렸다.

"이것 봐. 이놈들은 이 수도 호스가 나랑 연결되어 있다는 것도 몰라. 이걸 잡아당기면 나도 끌려 떨어진다는 생각 따위는 없어."

일부러 큰 소리를 내며 유빈이 말했다. 만약 놈들이 사람의 말을 알아듣는다면 호스로 달려들 것이다. 하지만 괴물들은 반응하지 않았다. 여기까지는 유빈의 예상이 모두 맞았다.

"두 번째 실험은 좀비들 사이에 동료 의식이라는 게 있는가 하는 점이야."

그렇게 말하며 유빈은 다시 벽돌을 집어 겨냥한 후, 아래로 힘껏 집어 던졌다. 딱! 벽돌은 중앙에 서 있던 괴물의 머리를 치고 날아갔다. 살갗이 찢긴 괴물의 머리가 홱 꺾였다가 다시 돌아온다. 하지만 주변에 위치한 다른 괴물들은 그런 사실을 모르는 것처럼 시선을 유빈에게 고정하고 있다.

유빈은 다시 한번 같은 놈에게 벽돌을 집어 던졌다. 이번에도 녀석은 피하지 않았고, 다른 놈들의 시선도 벽돌을 좇아 돌지 않는다. 벽돌에 맞은 녀석의 머리통에는 두 개의 깊은 상처가 생겼다.

'좋아, 생각했던 대로야.'

유빈은 만족한 미소를 지으면서 보안관과 삼식이의 곁으로 돌아왔다.

"이 작전, 먹힐 것 같아!"

"그런데 너, 왜 갑자기 저놈들을 좀비라고 불러?"

삼식이가 물었다. 유빈이 조금 부끄러워하며 대답했다.

"좀비라고 부르면 저놈들을 죽이는 게 훨씬 덜 힘들 것 같아. 그 단어를 들을 때마다 놈들이 이미 죽었다는 걸 확인시켜 주니까."

유빈은 다이어리의 그림을 신입에게도 내밀었다.

"뭐야, 이 낙서는……. 나더러 어쩌라고?"

신입이 짜증스러운 얼굴로 다이어리를 밀어낸다. 유빈이 진지하게 말했다.

"지금 이 세상에 내가 알고 있는 생존자는 네 명뿐이야. 신입, 우리 모두 살아남기 위해서는 네 힘도 필요해. 서로 도와야 돼."

신입은 고개를 숙인 채 눈을 흡뜨고 유빈을 노려봤다. 잠시 동안 침묵하고 있던 신입이 자리를 털고 일어나며 중얼거렸다.

"미리 말해 두지만, 위험한 건 안 할 거야."

"절대 위험하진 않아. 조금 무서울 수는 있지만."

세 친구는 먼저 옥상으로 올라가 난간 위에 설치해 놓았던 둥근 스테인리스 손잡이들을 뜯어냈다. 그리고 그것을 3층의 계단 구멍 위로 가져가 세 줄로 나란히 박아 놓았다. 로타리 해머로 뚫은 구멍에 볼트를 넣고 있는 힘껏 조인 다음, 충분히 단단하게 고정되었는지 알아보기 위해 보안관이 해머를 사이에 넣고 지렛대처럼 당겨 봤다.

"꿈쩍도 안 해. 이런 게 양쪽에 세 개씩 지탱해 주는 거잖아. 200킬로그램, 아니, 300까지도 문제없겠어."

마치 약간 들뜬 스테이플러처럼 박혀 있는 손잡이 사이로 19밀리 고장력 철근을 여러 개 집어넣었다.

"이제 그만! 더는 안 들어갈 것 같아."

열 개의 철근을 두 개의 묶음으로 결속시켜 두자 난간 손잡이와 3층 바닥 사이가 꽉 들어차다시피 했다. 조금의 틈은 보안관이 해머로 스테인리스를 두드려 메우면서 고정했다. 이제 이 계획에서 가장 중요한 기둥이 완성되었다.

셋이 공구를 이용해서 작업하는 동안 신입은 옥상에서 건물 외벽 작업용 로프를 풀어 와 정리하는 일을 맡았다. 잠시 휴식을 하며 물을 마시는 동안 신입은 검게 멍이 든 손톱을 보면서 불평을 늘어놓았다. 송곳을 써 가며 매듭을 풀고는 있지만, 단단한 로프는 그의 맘대로 움직여 주지 않았다.

"아, 씨발, 손톱 아파. 풀어도 풀어도 끝이 없네. 이걸 왜 이렇게 꽁꽁 묶어 놨는데?"

"그야, 건물 밖에 매달려서 일할 때 그게 생명줄이니까 그렇지."

휴식 시간 뒤에 만든 것은 로프에 연결할 무기였다. 원래 달려 있던 작업용 나무 의자를 기본 틀로 삼기로 하고, 그 위에 덧댈 각목들에 8인치 못을 15도 정도로 비스듬히 여러 개 박았다. 그렇게 촘촘히 못질이 된 각목 여러 장을 나무 의자에 고정하자 가로 1미터, 세로 50센티 정도의 특제 가시방석이 완성되었다.

"……살벌하다."

보안관이 가시방석 밖으로 길게 튀어나온 못들을 만져 보면서 침을 꿀떡 삼켰다. 15센티 이상 삐죽삐죽하게 솟아오른 못들이 햇빛을 받아 날카롭게 반짝인다. 가시방석 뒤쪽 아래에는 콘크리트 못으로 고정한 벽돌을 덧댔다. 추 역할을 해 줄 것이다.

"자, 이제 평형을 맞추는 게 문제인데……."

유빈은 나무 의자에 달려 있던 고리와 양쪽 끈의 길이를 조절했다. 똑바로, 힘 있게 날아가는 것이 이 무기의 관건이다. 철근 기둥 아래의 2층 계단 옆에는 양쪽으로 로프를 묶을 난간 손잡이도 하나씩 박아 넣었다. 삼식이와 보안관이 하나씩 잡고 있는 로프 두 개를 가시방석과 묶은 후에 유빈이 구멍 반대편에 가서 서는 것으로 모든 준비는 끝났다.

"퉤! 좋았어. 준비 완료야."

장갑을 낀 손에 침을 탁, 뱉어 비비면서 보안관이 외쳤다. 삼식이도 올림픽에 나온 체조 선수처럼 한 팔을 위로 들어 보였다. 작업용 고글을 쓰고 있는 폼이 제법 멋지다.

'잘돼야 하는데…….'

새벽부터 시작해서 10시까지, 무려 네 시간 이상을 투자한 작업이다. 유빈이 바짝 긴장한 표정으로 계단 구멍 사이 아래를 노려보았다. 1층에서는 여전히 괴물들이 그를 향해 그르렁거리며 펄쩍펄쩍 뛰고 있다.

그야말로 물 반, 고기 반의 상황. 오히려 한 번에 두 놈이 걸리지 않도록 하는 게 더 신경 쓰였다. 약간 헐거워질 때까지 로프를 당겨 거리를 조정한 뒤, 유빈은 머리 위로 들어 올렸던 가시방석을 힘차게 내던졌다.

쉬이잉!

두 개의 로프에 매달린, 묵직한 특제 가시방석이 호를 그리며 힘차게 날아간다. 첫 번째 시도는 너무 짧았다. 가시방석이 괴물들의 머리 위를 스치고 지나갈 때, 유빈이 눈을 찡그리며 외쳤다.

"짧다! 당겨!"

허공을 가른 가시방석이 천장에 부딪쳐 부서지지 않도록 보안관과 삼식이가 팔뚝에 힘을 주며 로프를 당겼다. 다시 끌어 올린 가시방석을 가지고 발사 위치로 돌아온 유빈은 눈대중으로 길이를 조절한 다음, 머리 위로 들고 겨누었다.

"셋에 갈게! 하나, 둘, 셋!"

유빈은 힘차게 두 팔을 휘둘렀다. 슈우우웅— 바람을 가르는 소리와 함께 축 늘어졌던 로프가 쫙 펴지며 가시방석이 아래로 내리꽂혔다.

퍼억!

그리고 겨눴던 놈의 가슴팍에 박혔다. 가시방석을 얻어맞은 괴물의 몸이 들썩이는 순간, 유빈이 건너편을 향해 소리를 질렀다.

"맞았어!"

신호에 맞춰 보안관과 삼식이는 잡고 있던 로프를 힘주어 당겼다. 콰득! 괴물의 몸이 공중으로 조금 떠오른다. 그러나 놈은 여전히 발을 허공에 버둥거리며 발광을 해 댔다.

"당겨! 천천히!"

하나둘, 하나둘, 구호와 함께 보안관과 삼식이는 서로 길이를 맞춰 가며 팽팽해진 로프를 당겼다. 끼이잉~! 로프가 걸린 철근이 울리면서 가시방석에 꿰어진 괴물은 서서히 위쪽으로 올라온다. 10여 회쯤 끌어 올리자 끄드득! 끄득! 뼈가 갈리는 소리와 함께 녀석의 뒤통수가 구멍 위로 모습을 드러냈다.

"한 번만 더 당겨 줘!"

보안관의 옆으로 건너온 유빈이 해머를 집어 들며 부탁했다. 머릿속으로 이미 수백 번 시뮬레이션을 해 봤지만 정작 실제 상황이 되자 케블라 장갑을 낀 손이 부들부들 떨린다. 유빈은 마음속으로 주문을 외웠다.

'이건 좀비다. 사람이 아니다. 죽여 주는 게 이놈을 도와주는 거다. 이건 좀비다…….'

로프를 철근에 묶어 고정하다가 유빈의 떨림을 눈치챈 보안관이 조용히 말을 건넸다.

"내가 할게, 유빈아. 역할을 바꿔. 이리 와서 밧줄 잡아."

대갈통을 쪼개는, 그 징그러운 손끝의 감촉을 직접 느끼지 않아도 된다는 제

안, 내 손에 피를 묻히지 않고 피해 갈 수 있다는 말. 그건 꽤 강한 유혹이었다. 하지만 유빈은 크게 호흡을 하면서 고개를 저었다.

"괜찮아, 보안관. 넌 어제 했잖아. 이제 내 차례야."

유빈은 눈을 감지 않기 위해 노력하면서 해머를 꽉 쥐고 팔을 들어 올렸다. 한 번에 제대로 맞히지 못하면 치는 사람도, 밧줄을 잡고 버티고 있는 사람도 모두 더 힘들어진다.

"이야아!"

힘찬 기합 소리와 함께 내려쳐진 해머가 괴물의 두개골을 박살 냈다. 콰작! 머리통이 으깨져 납작하게 터져 버린 괴물은 갑자기 버둥거림을 멈추고 축 늘어져 버렸다.

"흐으으으~."

굳게 다물어진 유빈의 입술 사이로 신음인지 한숨인지 알 수 없는 소리가 새어 나왔다. 토하기 직전의 표정인 신입과 함께 해머 자루로 괴물의 시체를 가시방석에서 떼어 내는 유빈의 고글 안쪽은 김이 가득 서려 있었다.

찌이이익! 괴물의 몸을 가시방석에서 절반 정도 떼어 내자 하중을 못 이긴 가죽이 찢어지며 아래로 떨어져 내렸다.

털썩~!

4미터 아래로 곤두박질친 괴물의 시체는 먼지를 일으키며 바닥에 처박혔다. 다른 괴물들은 그런 사건이 있다는 것조차 인식하지 못하는 것처럼 유빈과 친구들을 향해 변함없는 괴성을 질러 댔다.

그롸아아아악!

이마에 송골송골 맺혀 있는 땀을 닦은 뒤, 유빈은 검은 피가 묻은 해머로 바닥에 긴 선 하나를 그었다. 이제 스물둘 남았다.

운이 좋았던 첫 공격 성공 이후 두 번째, 세 번째 시도는 잇달아 실패했다. 가시방석을 맞혔다고 해도 괴물의 몸이 제대로 못에 걸리기 전에 뒤로 넘어지거나 날아가 버리면 끌어 올릴 수가 없다. 해 보고 나서야 알게 된 거지만, 이 공격은 타이밍이 굉장히 중요했다.

괴물의 몸에 못이 박히는 그 찰나에 보안관과 삼식이가 거의 동시에 로프를 낚아채서 위로 당겨야 한다. 그게 안 되면 그냥 괴물의 몸이 엄청난 수의 못에 찍혀 너덜너덜해지기만 할 뿐이다. 두 번의 헛손질 이후 다시 공격 준비를 할 때, 모두의 얼굴은 식은땀으로 범벅이 되어 있었다.

'이거, 안 되는 건가…….'

다들 입 밖에 내진 않았지만, 불안함과 두려움이 밀려오는 것을 절감하고 있었다. 하지만 그걸 말로 꺼내는 순간, 우려가 사실로 확정될까 봐 다들 마른침과 함께 부정적인 생각을 억지로 삼키며 참았다. 분위기가 얼마나 위태로웠는지, 신입조차도 조용히 욕설만 내뱉을 뿐이었다. 유빈은 건너편에 선 친구들과 눈빛을 교환한 뒤, 다시 힘껏 가시방석을 날렸다.

슈우웅~ 퍼어억!

적중됐다는 것을 확인한 유빈이 입을 열기도 전에 보안관이 '핫!' 소리를 지르며 로프를 당겼다. 삼식이도 재빠르게 반응해서 보안관과 보조를 맞췄다.

끄드드득! 못에 꿰어진 괴물의 몸에서 제대로 걸렸다는 소리가 신호를 보낸다. 희열에 들뜬 목소리로 유빈이 외쳤다.

"당겨! 걸렸어!"

"오케이!"

보안관과 삼식이가 힘 있게 로프를 당기자 뜨득, 뜨득, 하는 소리와 함께 두 번째 괴물이 서서히 끌어 올려졌다. 유빈은 얼른 두 친구의 사이로 뛰어가 해머를 쥐고 준비했다.

"됐어, 그만 당겨도 돼. 이 정도면 충분해!"

괴물의 머리가 구멍 위로 올라왔을 때, 유빈이 손을 들어 멈추라는 신호를 보냈다. 이보다 위로 끌어 올리면 자칫 위험할 수도 있다. 예를 들어 발버둥을 치던 괴물이 2층 바닥에 떨어져 버린다든가, 아니면 팔을 휘저어 누군가를 다치게 한다거나…….

보안관과 삼식이가 옆에 박아 둔 철근에 로프를 매듭지어 고정한 것을 확인하고 나서 유빈은 해머를 들었다. 그동안 괴물은 계속 머리를 좌우로 흔들며 발버둥을 쳤다.

"젠장, 좀 가만히 있어라."

하지만 말을 들어줄 리가 없다. 하는 수 없이 유빈은 해머를 짧게 쥐고 스윙의 크기를 줄였다. 퍼걱! 퍼걱! 퍼걱! 워낙 움직여 대는 통에 네댓 번이나 해머를 휘둘러야 했다. 더 이상 괴물이 움직이지 않게 된 다음에도 유빈은 불안한 마음에 마지막으로 한 번 더 머리통을 내려쳤다.

여러 번 해머를 휘둘러야 해서 힘이 들었지만, 부들부들 떨던 처음에 비하면 마음은 한결 수월했다. 스물하나 남았고, 유빈은 또 한 줄을 그었다.

"이제 대충 감이 온다."

유빈과 신입이 괴물의 몸뚱이를 떼어 내고 있을 때, 보안관이 로프를 쥔 손을 까딱거리면서 말했다.

"낚시랑 비슷해. 딱 걸리는 타이밍이 줄에 전해져. 그때 당기면 될 것 같아."

세 번째 괴물의 경우엔 운이 좋았다고 해야 할까, 비교적 손쉽게 처리되었다. 힘차게 던진 가시방석이 달려 들어오던 괴물의 얼굴에 맞았다. 눈구멍과 코, 아가리에 못이 박힌 괴물의 목 아랫부분은 끌려 올라오면서도 계속 발버둥을 쳐댔다.

하중을 이기지 못한 괴물의 목이 찌지직, 소리를 내며 조금씩 찢어졌고, 그 사이로 검붉은 근육과 힘줄, 심지어 뼈까지 드러난다. 너무 흉측해서 지켜보고 있던 유빈의 얼굴이 잔뜩 일그러졌다.

"어으!"

"왜 그래? 잘 안 박혔어?"

각도 때문에 괴물의 모습을 볼 수 없는 보안관이 걱정스레 물었다.

"아니, 저 새끼 머리통이 떨어져 나가기 직전이야. 조심해! 너무 힘을 주면……."

꽈지지직! 유빈이 말을 끝맺기도 전에 결국 괴물의 몸통은 떨어져 나가 버렸다. 갑자기 하중이 줄어 버린 탓에 뒤쪽에 중심을 둔 채 로프를 당기고 있던 보안관과 삼식이가 땅에 풀썩 주저앉았다. 가벼워진 가시방석에 대가리만 덜렁 딸려 올라온다.

"억! 어후, 씨발. 깜짝이야."

삼식이와 보안관은 동시에 몸을 움찔하며 욕설을 뱉어 냈다.

"괜찮아?"

유빈이 묻자 두 친구 모두 끄떡없다는 몸짓을 한다. 그래도 어쨌든 이걸로 세 마리째 해치웠다.

02

"우리 물 좀 마시고 하자. 너무 힘들다."

열 마리째 괴물의 몸뚱이가 바닥에 곤두박질쳤을 때, 삼식이가 타임아웃을 요청했다. 홀린 듯이 가시방석을 던지고 해머질을 하며 비틀대던 유빈도 그 말을 듣고 자신이 온전한 상태가 아니라는 것을 깨달았다. 괴물의 몸을 수십 번 꿰느라 기름과 살덩이, 피딱지로 덮여 버린 가시방석 역시 청소를 해 줄 필요가 있었다. 잠시 휴식 시간을 가지기로 했다.

"지독하게 더워. 젠장, 올해 들어 제일 더운 거 아닌가?"

물이 찰랑거리는 대야에 머리를 박고 열을 식히며 삼식이가 중얼거렸다.

"아직 그렇게 더울 시간은 아닌데…… 몇 시쯤 됐어, 보안관?"

시계를 본 보안관이 1시라고 말했을 때에는 모두 약간 놀랐다. 사냥을 시작한 때로부터 세 시간이나 흘렀다는 걸 아무도 느끼지 못했던 것이다. 그만큼 다들 긴장하고 있었다. 아이스박스에서 물을 떠 마시고, 그 주변에 나란히 널브러져서 숨을 가다듬었다.

"근육이 뻐근해."

보안관이 자신의 팔을 주무르며 말했다. 피와 골수가 튀어 엉망이 된 고글을 닦으며 유빈이 고개를 끄덕였다.

"하긴, 그럴 만하지. 뭘 먹지도 못하고 대체 몇 시간째 계속 움직이고 있는 거냐."

"음, 우리가 어제 아침을 먹은 게 7시니까…… 아, 어지러워. 모르겠다. 계산도 안 돼."

"이거라도 좀 줄까? 생각보다는 먹을 만해."

삼식이가 뭔가를 쫍쫍거리며 묻기에 고개를 돌려 보니, 치약을 빨아 먹고 있다. 보안관은 대꾸도 하지 않았고, 유빈이 만류했다.

"야, 너 그런 거 먹으면 배 아파질 텐데……."

"이미 충분히 아픈걸, 뭐. 너무 배가 고파서 위에 불이 난 것 같아. 아~ 달달하다."

"그러지 말고, 이걸 나눠 마시자."

유빈이 손에 쥐고 있는 것은 어제부터 지금까지 보물처럼 소중하게 간직하고 있던, 마지막 하나 남은 음료수 페트병이었다. 마지막 음식이기 때문에 모두들 선뜻 손을 대지 못하고 있었다.

"소주는?"

삼식이가 아쉽다는 듯 물었다. 유빈은 고개를 저었다. 지금처럼 텅텅 비어 있는 배 속에 소주를 집어넣었다간 모두들 한 방에 가 버릴지도 모른다.

"그건 아래에 내려가서 축배를 들 때."

'아니면 아주 내려가지 못하게 될 때'라는 말은 차마 하지 못하고 목구멍으로 꿀꺽 넘겼다.

네 명은 말없이 마지막 한 병의 음료수를 돌려 마셨다. 얼마나 달콤한지, 그 쾌감이 뇌 안쪽까지 미치는 것 같다. 두 모금씩 들이켜고 나니 1.8리터짜리 병은 금방 동이 나 버렸다.

“자, 이제 먹을 것도 정말 다 떨어졌고, 바짝 힘을 내는 수밖에 없어. 빨리 저 놈들 다 해치우고 먹을 걸 구해 오자.”

유빈이 과장되게 손뼉을 치며 모두를 독려했다.

“아까 스물셋이라고 했나?”

담배를 문 채 창밖을 향해 오줌을 누고 있던 삼식이가 물었다.

“응. 그러니까 이제 열세 마리만 더 잡으면 돼.”

커다란 고추를 털며 삼식이가 한숨을 쉰다.

“후우, 앞으로도 꼬박 네 시간은 걸리겠네. 젠장.”

하지만 삼식이가 걱정했던 것과 달리 일이 손에 익어 가면서 괴물 하나를 처리하는 시간은 조금씩 더 빨라졌다. 특히 발버둥을 치는 괴물의 머리통에 네일건으로 못을 박아 처리하는 신기술이 도입되면서 해머를 휘두를 때보다 훨씬 신속하고 간편하게 일이 진행됐다.

열여섯 마리째의 몸뚱이를 바닥에 밀어 버리며 유빈은 밑을 내려다보았다. 계단 구멍 아래 1층은 머리가 작살나거나 끊어져 나간 시체들로 작은 언덕을 이루고 있었다. 그 위를 아무렇지도 않게 밟고 돌아다니면서 괴물들은 포효했다.

일곱 마리밖에 남지 않은 만큼 이제는 아무렇게나 대충 던져도 맞힐 수 있는 상황이 아니었다. 특히 시야 밖으로 사라진 채 돌아다니는 놈들이 문제였다. 괴물들이 이 낚시터를 향해 달려오도록 할 뭔가가 필요했다.

“신입, 아까 말했던 그거…… 부탁하자.”

“아, 안 하고 넘어갈 수 있을까 했는데…….”

신입은 잔뜩 긴장한 표정으로 담배에 불을 붙인 뒤, 두 팔을 허리 위로 들어 올렸다.

“해라, 해. 씨발. 야, 근데 꽉 묶어야 돼.”

유빈은 진지한 눈빛으로 고개를 끄덕여 준 뒤, 고무호스를 가져와 신입의 허리에 묶었다. 그리고 다른 쪽 끝을 3층 계단에 묶어 고정했다.

“자, 이제 절대로 떨어질 일 없어. 마음껏 꼬셔 봐.”

“후우, 아, 씨발. 후달린다.”

부들부들 떨며 욕설을 내뱉던 신입은 마침내 결심을 하고 털썩 계단 구멍 가에 앉아 조심스럽게 다리를 아래로 늘어뜨린 채 흔들었다. 인간 미끼다.

“미안한데, 조금만 더 아래로 몸을 내밀어 줘. 저 새끼들이 미치도록!”

“지금도 존나 무섭단 말이야! 에이, 썅!”

난간을 꽉 끌어안은 신입은 최대한 구멍 아래로 몸을 내리고 흔들어 댔다.

그롸아악!

효과가 있었다. 건물 구석을 돌아다니던 괴물들이 하나둘씩 슬슬 계단 주변에 모여들기 시작했다. 유빈은 주먹을 굳게 쥐며 신입을 응원했다.

“좋아! 계속 그렇게만 해!”

그르! 그르륵!

유혹을 이기지 못한 괴물 한 마리가 바닥에 쌓인 시체의 산을 타고 힘차게 뛰어오른다. 유빈은 그 순간을 놓치지 않고 힘껏 가시방석을 집어 던졌다. 빠가각! 허리가 벌집이 된 괴물이 로프에 당겨져 올라온다. 신입은 얼른 다리를 끌어 올렸다.

유빈은 발광하는 괴물의 뒤통수에 8인치 대못을 두 개 박아 넣었다.

뚜칭! 뚜칭!

“열일곱!”

뚜칭! 뚜칭!

“열여덟!”

뚜칭! 뚜칭!

“열아홉!”

그리고 스무 마리째의 사냥이 방금 막 끝났다. 어제 계단 아래에서 뛰어 대다가 못이 박힌 놈이었다. 한쪽 발바닥 아래에 각목이 꿰어진 이 괴물은 제대로 중심을 잡지 못해서 다른 녀석들보다 뛰는 속도가 훨씬 느렸다.

"잘 가라, 딸깍아."

놈의 뒤통수에 못을 쏴 넣으며 유빈이 말했다. 밤새도록 건물 전체를 지겹게도 울려 대던, 그 딸깍거리는 소리를 이제 더 안 들어도 된다니, 속이 다 시원하다.

"후우우~!"

바닥에 그은 줄이 20개. 혹시 잘못 세었을까 봐 몇 번이나 그 줄의 수를 헤아렸다. 남은 것은 이제 세 마리뿐이다. 그런데 사냥은 점점 까다로워졌다. 무슨 생각을 하고 있는지, 신입이 몸을 늘어뜨린 채 다리를 흔들어 봐도, 입 냄새를 후후, 불어 줘 봐도 좀처럼 가까이 다가와 주질 않는다.

그리고 어지간히 빠르게 뛰어다녀서 맞히기가 어려웠다. 사정거리 내에 들어왔다 싶어 가시방석을 날리면, 괴물은 순식간에 지나가 버리고 가시방석은 허공을 갈랐다.

"보안관, 몇 시야?"

여러 번의 헛손질을 한 다음 초조해진 유빈이 물었다.

"4시! 4시 17분!"

보안관도 어지간히 기운이 빠진 것 같은 말투였다. 매운 치약 때문에 입술이 빨갛게 부어오른 삼식이 역시 마찬가지였다. 4시……. 스무 번째 괴물, 딸깍이를 해치운 때로부터 적어도 40분 이상이 흘렀다. 그동안 계속 진전이 없던 것이다. 여기서 더 시간을 끌면 괴물들을 다 해치우기 전에 해가 질 것이고, 그러면 음식을 구하러 나가 볼 엄두도 내지 못하게 된다. 유빈은 입을 감싸 쥐고 잠시 고민에 빠졌다. 이제 결단을 내려야 할 때가 왔다.

"잠깐 또 쉬자. 할 말도 있으니까."

유빈은 신입의 허리에 묶었던 호스를 풀어주고 보안관과 삼식이를 불렀다. 다들 땀으로 범벅이 된 채다. 다시 한번 말하지만, 지독하게 더운 날이었다. 꼬박 하루 이상을 굶고 시체들과 싸우는 사람들에게는 그 열기가 더더욱 견딜 수 없이 느껴졌다.

“이제 남아 있는 새끼들은 이 방법으로 못 잡을 것 같아.”

물을 마시고 나서 잠시 숨을 돌린 유빈이 얼굴의 땀을 닦으며 말했다.

“그러면 또 다른 걸 만들어야 돼?”

담배 연기로 도넛을 만들고, 그걸 재빨리 다시 잡아먹던 삼식이가 물었다.

“아니…… 우리가 내려가서 잡아야 돼.”

그 말을 하는 유빈의 표정은 무거웠다. 지금까지와는 달리 위험도가 몇 배나 높아지기 때문이다.

“그러자.”

유빈의 어조와 정반대로 너무나 간단하게 보안관이 대답했다. 기지개를 쭉 켜면서 보안관이 말을 이었다.

“슬슬 밧줄만 잡아당기는 일도 지겨워졌는데, 오히려 잘됐네. 세 마리 남았댔지? 후딱 해치워 버리자.”

“위험한 일이라는 거 알지? 까딱하다 물리기라도 하는 날엔…….”

유빈은 뒷말을 삼켜 버렸다. 그런 일은 입에 담고 싶지도 않았다. 보안관이 여유롭게 웃으며 우두둑, 소리가 나게 주먹을 꺾는다.

“야, 너 내가 누구한테 한 대라도 맞는 거 본 적 있어? 저 새끼들도 똑같아. 어제는 어디를 까야 할지 몰라 도망쳤지만, 3 대 1이면 게임도 아니지.”

“하지만 보안관…… 너, 어제 막 소리 지르면서 도망쳤잖아. 개 아저씨한테도 겨우겨우 이겼고.”

삼식이가 놀리자 보안관이 발끈했다.

“야이 씨, 그럼 주둥이에 피를 묻히고 사람을 잡아먹는 새끼들을 처음 봤는데 안 놀라는 사람도 있냐? 그리고 어제 전철역에서는 안 다치게 하려다가 그런 거였잖아. 이젠 그렇게 시간 안 끌어. 그냥 머리를 작살내야 하는 걸 다 아니까 한 방씩에 보낼 수 있어.”

“그리고 절대로 물리면 안 되고.”

유빈이 다시 한번 강조했다. 보안관이 알아들었다는 표정으로 말했다.

"요는 맞지 않으면 되는 거잖아? 그건 자신 있으니까 믿어."

그들은 신중하게 무기를 골랐다. 너무 크고 무거운 건 안 된다. 스피드를 죽이지 않으면서도 적당한 중량이 있는 것. 그래서 한 방에 머리통을 쪼갤 수 있는 것이라야 한다.

"이 정도면 나름 괜찮을 것 같은데. 어제 비슷한 걸 써 보기도 했고."

보안관은 공구 가방에서 커다란 스패너를 집었다. 삼식이가 40센티 정도 길이의 돌 깨는 망치를 고른 다음, 유빈은 삽을 들었다. 아무래도 긴 무기가 하나는 필요할 것 같아서다.

"아까도 말했지만, 위험한 건 안 할 거야. 난 안 내려가."

세 친구가 엘리베이터 구멍 앞에 서서 케블라 장갑과 고글을 끼는 동안, 신입이 멀찌감치 떨어져서 쭈뼛거리며 말했다.

"그래, 알았어. 어차피 나중에 줄을 내려 줄 사람도 필요해."

대답을 마친 유빈은 엘리베이터 구멍으로 얼굴을 내밀어 아래쪽을 살폈다. 건물 반대편에서 창문을 향해 서 있는 놈이 하나, 계단 부근에서 뛰어다니는 놈이 또 하나. 둘 다 엘리베이터 구멍과는 상당히 떨어져 있다. 거기까지는 좋은데, 문제는 세 번째 놈이 보이지 않았다. 당황한 유빈은 사방으로 목을 돌려 스물세 번째 괴물의 위치를 찾았다.

"뭐 해? 저 새끼들 멀리 있을 때 빨리 내려가자."

함께 고개를 숙인 보안관이 채근을 했다.

"둘밖에 안 보여. 한 놈이 어디 갔지?"

"기다린다고 오겠어? 지금 있는 놈들 죽이는 동안 나타나겠지. 간다?"

망설이던 유빈이 만류할 틈도 없이 보안관은 구멍 아래로 몸을 늘어뜨린 다음 손을 놓았다. 두 친구도 서둘러 1층으로 뛰어내렸다.

그롸아아악! 그악!

손님들이 찾아오자 괴물들의 발광이 시작되었다. 계단 부근에서 뛰던 놈이 가장 먼저 반기며 달려들었다. 보안관이 미리 말했듯이 작전은 간단했다. 일단 괴물 두 마리는 보안관이 나서서 처리한다. 유빈과 삼식이는 비스듬히 떨어진 곳에 서서 보안관의 뒤를 경계해 주면 된다.

"그래, 와라!"

보안관이 정면으로 마주 서서 손을 까딱거린다. 동료들의 시체 더미를 밟고 달려오던 괴물은 보안관을 향해 몸을 날렸다. 피딱지가 잔뜩 묻은 괴물의 입에서 누런 타액들이 제멋대로 흩날린다. 보안관은 괴물의 몸이 가까워지기를 기다렸다가 왼발을 뒤로 빼며 몸을 돌려 괴물의 공격을 흘렸다. 그리고 거의 동시에 스패너를 쥐고 있던 오른팔을 빠르게 휘둘렀다.

빠직!

머리통이 움푹 팬 괴물이 달려오던 속도를 줄이지 못하고 벽에 곤두박질친다. 보안관도 그 뒤를 쫓아 달렸다. 쾅~! 벽에 머리를 처박은 괴물은 목이 반대로 꺾인 채 앞으로 무너져 내렸고, 보안관의 스패너가 한 번 더 괴물의 뒤통수를 후려갈겼다.

콰, 우직!

스패너와 벽에 잇달아 부딪쳐 머리가 엉망으로 깨진 괴물의 몸뚱이는 힘없이 무너져 내렸다. 더 이상 그르렁대는 소리도 울리지 않는다.

"오케이, 하나 끝!"

보안관은 곧바로 몸을 돌려 두 번째 괴물을 상대할 준비를 했다. 구석에서 창밖만 기웃거리던 괴물은 키가 꽤 컸다. 놈은 크게 울부짖으면서 보안관의 머리를 노리고 달려들었다.

그르르윽! 그롸아악!

옆으로 몸을 웅크린 채 기다리고 있던 보안관은 괴물의 입이 덮쳐지기 직전에 허리를 스크루처럼 돌려 올리면서 스패너로 어퍼컷을 날렸다.

떠억~!

작살난 아래턱 때문에 아가리가 합죽해진 괴물이 중심을 잃고 뒤로 넘어간다. 보안관은 스텝을 밟으면서 괴물의 움직임을 따라갔다. 비틀거리던 괴물이 다시 정면을 향해 서려는 순간, 몸을 쫙 편 보안관이 이마에 직각으로 스패너를 내리꽂았다. 쩡—! 하는 맑은 소리가 울리고, 그 힘을 이기지 못해 괴물은 엉덩방아를 찧었다. 그러나 죽지는 않았다.

으르르!

곧바로 다시 일어나려는 괴물의 어깨를 발로 밀어 중심을 흐트러뜨린 보안관은 머리통에 계속 쇠몽둥이 세례를 퍼부었다. 이미 골수와 피로 더럽혀진 스패너가 집요하게 한 점을 때려 댔다.

빠작! 빠작! 퍽!

세 번, 네 번 잇달아 내려쳤을 때, 마침내 괴물의 정수리가 움푹해지고 벌어진 두개골 사이에까지 스패너가 닿았다. 반숙 계란이 깨질 때와 비슷한 소리가 괴물의 머리에서 울렸을 때, 절대 멈추지 않을 것 같던 괴물도 축 늘어진 채 뻗어 버렸다.

"하아, 하아…… 좋아, 이 새끼도 끝!"

허리를 숙인 채 잠시 숨을 몰아쉰 보안관이 기운차게 승전보를 알렸다.

"이거, 내가 해 보니까 뒤통수를 때리는 게 더 낫겠어. 앞쪽은 뼈가 단단해서 잘 안 빠개져. 세 번째 놈은 아직 안 왔지?"

잔뜩 긴장해서 보안관의 싸움을 보고 있던 유빈이 고개를 끄덕였다. 보안관의 목소리가 갑자기 커졌다고 생각했는데, 그게 아니었다. 어제저녁부터 그들의 고막을 괴롭히던 괴물들의 울부짖음이 사라져 버려서 사방이 고요해진 탓이다. 거기에 자동차 경적 같은 대도시의 소음마저 지워져 있기 때문에 모든 소리가 너무나 선명했다.

"근데, 이 소리 뭐지?"

삼식이가 귀를 쫑긋 세우고 묻는다. 유빈도 귀를 기울였다. 철렁, 철컹, 철렁~ 그들이 내는 소리가 아닌, 쇳소리가 끼어들어 울리고 있다.

"건물 바깥쪽 같은데?"

보안관이 의심스러운 눈초리로 경계를 풀지 않으며 천천히 걸음을 옮겼다.

유빈과 삼식이도 뒤쪽을 흘끔거리며 따랐다. 시체 더미가 쌓인 계단 아래를 지나, 아직 새시도 설치되어 있지 않은 건물의 정문으로 나가니, 문제의 소리가 어디서 나는 건지 알 수 있었다. 아울러 스물세 번째 괴물도 발견했다.

철렁, 철렁~ 철크렁.

자재를 쌓아 두던 창고 앞에서 스물세 번째 괴물은 레이저 와이어 더미 위에 쓰러진 채 일어나 보려 안간힘을 쓰는 중이었다. 하지만 둘둘 말아 두었던 레이저 와이어가 한데 얽혀 괴물의 몸을 파고들며 그물처럼 감았고, 결국 움쭉달싹할 수 없게 된 상태였다.

움직이면 움직일수록 날카로운 면도날들이 더욱 깊숙하게 괴물의 살을 저미면서 박힌다. 덕분에 배가 갈라져 흘러나온 내장이 바닥에 길게 널려 있어서 괴물의 이동 방향을 설명해 주고 있었다.

철컹, 철렁~.

세 친구가 가까이 다가오자 걸레처럼 찢어지고 살점이 떨어져 나간 괴물은 일어서기 위해 더 격렬히 움직였다. 그럴 때마다 가죽에 박힌 레이저 와이어들이 연결되어 있는 다른 와이어 더미를 울리면서 맑은 쇳소리를 냈다. 세상에서 가장 잔인한 악기다. 반대쪽을 향해 엎어진 괴물의 그 잔혹한 모습을 보며 세 친구는 잠시 말을 잃었다.

"뽕짝 아저씨 애인이네."

침묵을 깬 삼식이가 눈살을 찌푸리면서 담배를 꺼내 물었다.

"뒷모습만 보고도 알아? 게다가 이 지경이 됐는데?"

보안관이 어이없어하면서 괴물보다 더 징그러운 것을 대하는 시선으로 삼식이를 바라봤다.

"이건 왜 울부짖지를 않았지?"

이해할 수 없다는 표정을 지으며 유빈이 물었다. 측면으로 돌아가 보니 그 의문은 단번에 풀렸다. 레이저 와이어에 의해 얼굴과 목이 거의 다 뜯겨 나간 상태여서 소리를 내지 못했던 것이다. 이대로 계속 놔둔다고 해도 해가 될 수 있을 것 같지는 않지만, 어쨌거나 괴물은 괴물이다. 해치우는 편이 안전할 것이다.

"움직이지도 못하는 할머니라……. 이건 또 새로운 방식으로 끔찍하네."

움찔거리는 괴물의 머리통을 스패너로 조준하면서 보안관이 나직하게 혼잣말을 했다. 그게 어떤 감정인지 유빈도 잘 안다. 가시방석에 끌려 올라온 괴물들을 처리했을 때에도 남자였던 놈들보다 여자였던 놈들의 머리통을 부수는 기분이 훨씬 더러웠다. 게다가 이건 잠시나마 살아 있을 때의 모습을 봤던 괴물이다.

뭐라고 욕설을 내뱉은 보안관이 스패너를 힘껏 내려쳤다. 씨발, 한 번에 죽어줬다면 좋았을 텐데. 괴물은 세 번째의 스패너를 맞고서야 그 역겨운 꿈틀거림을 멈췄다. 괴물의 머리통이 울리면서 쇳소리가 철렁거릴 때마다 모두 마음속으로 이 좆같은 상황에 대해 욕설과 저주를 퍼부었다.

씨발, 씨발…….

"괜찮아, 보안관?"

일을 다 끝마치고 유빈이 걱정스레 물었다. 보안관은 하늘을 향해 한숨을 한 번 쉰 다음, 이내 감정의 앙금을 떨어냈다.

"아아, 괜찮아. 이미 죽어 있는 놈들이잖아. 맞지? 이제부터 그냥 청소기 코드 뽑는 거라고 생각할래."

그건 정말 바람직한 마음가짐이다. 하지만 동시에 쉬운 일도 아니었다. 유빈은 등을 쓸어 주는 것으로 친구의 의견에 동의를 했다.

"다 끝났어!"

삼식이가 2층의 신입을 향해 외쳤다. 2층 창문 너머로 몸을 기울인 채 보고 있던 신입이 파랗게 질린 얼굴로 고개를 끄덕였다. 꼬르륵! 작은 첫 승리를 만끽하며 숨을 돌리기도 전에 냉혹한 현실이 텅 비어 있는 그들의 위장을 압박했다.

"이제 음식을 구하러 가자."

수도꼭지를 틀어 머리를 적시고 물을 들이켜면서 보안관이 중얼거렸다. 별것 아닌 이야기처럼 쉽게 말했지만, 실은 엄청나게 어렵고 위험한 일이라는 것을 모두들 알고 있다. 어제 번화가 골목에서 보았던 그 장면이 아직도 생생히 눈앞에 떠오른다. 수백 명의 사람들을 공격해서 물어뜯어 대던 수백의 괴물들.

지금쯤 어제의 희생자들까지도 모두 괴물로 변해 그 거리를 가득 채우고 있을 터였다. 더 큰 문제는 서울 전체가 별로 다르지 않은 상황이리라는 점이다. 그런 괴물들의 소굴에 무작정 뛰어들 수는 없다.

정보가 무엇보다 절실하다. 유빈은 새삼스레 사방을 둘러보았다. 양옆으로 연결된 도로는 낮은 언덕으로 가려진 지평선 부근까지 아무것도 보이지 않았다. 하긴, 이곳은 평소에도 하루에 손에 꼽을 정도의 자동차들만 지나던 곳이긴 하다.

뒤편으로는 나무가 가득한 산이고, 그 너머에 무엇이 있는지는 아직 한 번도 가 보지 않아서 모른다. 그리고 정면, 눈앞에는 철책과 넓은 벌판, 그리고 우뚝 솟은 경전철역이 있다.

"젠장, 저놈의 건물. 저것 때문에 아무것도 안 보여."

유빈은 번화가 방향의 시야를 가린 채 흉물스럽게 서 있는 폐역을 원망스럽게 노려보았다.

"빨리빨리 움직여, 이 새끼들아! 동작 봐라! 뛰어! 뛰어!"

사방에서 부사관들이 악을 쓴다. 수백의 발소리가 무질서하게 울려 대고, 서두르는 병사들끼리 서로 부딪친다. 무엇보다도 저 붕붕거리는 프로펠러 소리가 귀를 울려서 정신이 아득하다. 진우에게 있어 생전 처음 걸린 비상은 대혼란, 그 자체였다.

"이 새끼들! 아직도 뭉그적거리고 있어? 빨리 튀어나와라! 실제 상황이다!"

쫓기는 사람처럼 군장을 챙기고 총을 집었다. 그리고 동료들과 함께 생활관

밖으로 뛰어나갔다. 분위기가 분위기인지라 군 생활이라면 모르는 게 없을 것만 같은 선임들의 얼굴도 꽤나 상기되어 있다.

"허! 씨발!"

평소 늘 싱겁고 농담을 좋아하던 김 상병이 연병장을 보자마자 가볍게 탄식을 한다. 그들을 기다리고 있던 것은 그야말로 장관이었다. 커다란 CH-47 치누크 헬기 두 대가 상공에서 대기 중이고, 또 다른 두 대는 연병장에 내려앉아 뒤쪽의 해치를 활짝 벌린 채 완전무장한 병사들을 태우고 있다. 가까운 거리에서 처음 보는 치누크의 크기는 위압, 그 자체였다.

"하아, 하아, 우우욱, 웁."

무릎 앉아 자세로 대기하고 있는 동안 진우와 같은 기수 이병 하나가 숨을 헐떡이다가 헛구역질까지 한다. 너무 긴장한 탓이다. 평소 고문관 기질이 다분한 녀석이기에 잔소리를 하는 병사는 없었다. 비틀거리던 녀석이 왼쪽 무릎을 땅에 대고 다시 앉는다. 혹여 시범 케이스로 기합을 받게 될까 봐 진우는 슬쩍 자세를 바꾸라는 신호를 줬다.

"저, 전쟁입니까? 우, 우리 다 죽습니까, 김 상병님?"

고문관은 눈물이 글썽해져서 물었다. 김 상병은 시선을 전방으로 유지한 채 나지막한 목소리로 대꾸했다.

"목소리 낮춰, 이 새끼야. 그리고 진정해. 전쟁 아니니까."

"어, 어떻게 아세요? 아, 아니, 아십니까?"

"여기가 화천이야. 포병이 사방에 깔렸다고. 그런데 잘 들어 봐. 대포 소리 나냐? 응? 그리고 실탄 지급을 안 했잖아. 이거, 그냥 훈련이야. 훈련인데 실제인 척하는 거라고. 그러니까 쫄아서 또라이 짓만 하지 마. 알아먹었냐, 이 어리바리한 새끼야?"

"네, 넷."

고문관은 그제야 좀 안심이 됐는지 가슴을 쓸며 한숨을 쉬었다. 하지만 진우는 여전히 이해할 수가 없었다. 대체 무슨 훈련이기에 팔자에도 없는 치누크를 다 타게 된다는 말인가. 육공 트럭도 몇 번 못 타 봤는데…….

진우는 뛰는 가슴을 진정시키기 위해 자신의 전투복에 달린 특등 사수 휘장을 내려다보았다. 야간 사격에서 표적을 모두 명중시키자 기분이 좋아진 대대장이 직접 주문해 달아 준, 요란스러운 물건이다.

— 사단 사격 대회에서 우승만 해! 그러면 그날 바로 헬기 타고 휴가 가게 해 줄게! 30박 31일짜리로!

대대장의 걸걸한 목소리가 아직도 귀에 울리는 것 같은데, 갑자기 이게 무슨 일이란 말인가.

"2소대!"

부사관이 다가와 진우의 소대를 지목했다.

"내가 뛰라고 하면 신속하게 3호기에 오른다. 알겠나?"

"알겠습니다!"

"탑승하자마자 안쪽으로 들어가서 순서대로 착석한다. 일어서 있거나 이빨을 보이는 새끼는 곡소리 나는 거다. 어떻게 한다고?"

"이빨 보이지 않습니다!"

"알아먹었으면 뛰어!"

모두들 벌떡 일어나 헬기까지 달렸다. 헬기에 다가가자 회전하고 있는 거대한 프로펠러 때문에 모래와 작은 돌들이 정신없이 날렸다.

"쭉쭉 들어가! 빨리!"

해치 안쪽에 대기하고 있던 요원이 등짝을 후려치며 악을 쓴다. 물론 프로펠러 소리 때문에 하나도 알아먹을 수 없다. 고막을 울리는 소음 속에서 빨간 천 의자가 양쪽으로 길게 내려진 치누크의 실내를 마주하자 진우의 가슴은 한층 더 빠르게 두근거렸다.

자리에 끼어 앉아 K-2를 꽉 쥐었다. 건너편 벽의 둥근 창 너머로 치누크가 견인할 화물들을 그물망에 담고 있는 작업 현장이 보인다. 그 큰 상자들이 모두 실탄이란 걸 깨달은 순간, 진우는 머릿속이 아득해졌다.

이건 훈련 따위가 아닌 것 같다.

Chapter 6

위험한 잠입

01

한낮의 태양은 이글이글 타오르고 있다. 아주 끓이려고 드는구나……. 유빈은 이마의 땀을 훔치며 뻐근한 어깨를 주물렀다. 오전부터 몇 시간 동안이나 계속 좀비들을 못으로 꿰뚫어 끌어 올리고 대갈통을 부수느라 혹사당한 근육이 욱신거린다.

"후우우~."

복지 센터 벽에 기대앉아 담배에 불을 붙이는 삼식이의 얼굴에도 지친 기색이 역력하다. 어제부터 굶은 배에서는 꼬르륵, 꼬르르륵, 난리가 났다. 하지만 이런 와중에도 아직 기운이 남은 녀석이 하나 있다. 바로 보안관이다.

"푸아! 더 시간 끌지 말고 빨리 가자! 음식 챙겨 와야지!"

머리에 물을 뿌려 열을 식힌 보안관이 채근을 했다. 맞는 말이다. 뭘 먹어야 살 수 있고, 싸울 수도 있다. 그러니 무슨 수를 써서라도 번화가에서 음식을 가져와야 한다. 그런데…… 유빈은 한숨을 쉬었다. 어제 보았던 그 끔찍한 광경, 좀비들이 사람을 물어뜯고 사방에 피가 튀던 그 거리에 다시 가야 한다고? 게다가 저놈의 경전철역.

"저게 저렇게 중간에서 딱 가리고 있으니까 그 너머에 뭔 일이 일어나고 있는지 전혀 모르잖아. 저것만 아니면 여기 옥상에서 번화가까지도 살펴볼 수 있었을 텐데……."

유빈은 경전철 역을 가리키며 투덜거렸다. 완공되지 않은 몰골마저 불길하게 느껴졌다.

"하지만 좋은 점도 있어. 만약에 저게 시야를 막지 않았다면 여기에 뒈져 있는 것들보다 더 많은 괴물들이 몰려들었을걸?"

담배 연기를 길게 뿜으며 삼식이가 말했다. 일리가 있는 이야기라 유빈은 머리를 한 대 얻어맞은 기분이었다. 저쪽에서도 보이지 않는다……. 분명히 그게 무언가 활용할 만한 이점이 되어 줄 것 같았다. 머리에서 물기를 털어 낸 보안관은 유빈과 삼식이를 재촉했다.

"저 건물이 있어서 좋으니 싫으니, 그딴 거 떠들 시간 있으면 빨리 물이라도 한 모금씩 마시고 무기 챙겨. 더 시간 끌면 걸어가다가 쓰러진다. 난 지금도 배가 고파서 머리가 아파. 이건 오씨 아저씨 가방인가? 좋아, 여기다가 먹을 걸 담아 오면 되겠네."

보안관은 공구 가방을 비운 다음 비스듬히 메고 철책을 향해 걷기 시작했다. 그 뒷모습을 보고 있던 유빈의 머릿속에 갑자기 불길한 생각이 휘몰아쳤다. 이건…… 너무 무모하다. 유빈은 다급하게 보안관을 불렀다.

"잠깐! 잠깐만! 보안관, 이게 아니야."

"응? 왜 그래?"

보안관이 뒤를 돌아봤다.

"가서 어떻게 할 거야? 계획이 있어?"

유빈이 물었다.

"계획? 별다른 계획씩이나 필요한 상황인가? 지금 우리는 아무것도 못 먹은 지 거의 만 이틀째야. 그리고 저 너머 번화가에는 먹을 게 잔뜩 있고. 저길 넘어간 다음, 번화가 가장 귀퉁이에 있는 가게에서라도 아무거나 음식을 좀 챙겨 오

자. 뭐, 그러다가 놈들 한두 마리를 만나면 죽이는 거고. 이게 내 계획이야."

그건 뭔가 충분하지 않다. 유빈이 보안관에게 다시 물었다.

"보안관, 우리 중학교 다닐 때 스타 전적 기억하지?"

"응? 그건 난데없이 뭔 소리야?"

"기억하느냐고."

"그래. 열 판 싸우면 아마 내가 아홉 판은 졌지. 생각하면 이상했어. 네가 손이 되게 빠르거나 그런 것도 아니었는데……. 근데 안 그래도 바쁜 지금, 그런 옛날 이야기를 왜 꺼내는 건데?"

조금 짜증스럽다는 표정을 지으며 보안관이 허리를 짚었다.

"그때도 네가 의심스럽다면서 물었지. 내가 특별히 잘하는 것 같지도 않은데 어째서 맨날 이기는 거냐고. 지금 그 비밀을 말해 줄게."

"아, 이놈 좀 봐라? 삼식아, 들었지? 내 말이 맞았어. 유빈이, 저 자식…… 꼼수가 있었던 거야. 세상에 친구라는 게 그런 꼼수를 5년이 넘도록 말도……."

"그건 정찰이었어."

삼식이에게 말을 걸고 있던 보안관은 유빈의 말을 듣자 어이없어하며 물었다.

"정찰? 그게 다라고?"

"응. 넌 꽤 잘해. 손도 빠르고, 몰아치는 힘도 있었지. 감도 좋아. 하지만 그래서 그런지, 넌 정찰을 거의 하지 않았어. 위치 확인만 하고 나면 그냥 네가 하고 싶은 것에만 집중했잖아."

보안관은 턱을 쥐고 고개를 갸웃거렸다.

"……내가 그랬었나?"

"응. 하지만 난 정반대였어. 게임 하는 내내 계속 정찰을 보내고 또 보내서 네가 뭘 하는지 알아내려고 했거든."

"일꾼 값 50원 아깝게! 여덟 마리면 400원인데."

"하지만 그렇게 안 하면 못 이기는걸."

흠, 그랬군. 잠시 머리를 긁적이며 생각에 빠져 있던 보안관이 말했다.

"그러니까, 먼저 정찰을 하자고?"

"맞아. 우린 지금 저쪽에서 무슨 일이 벌어지고 있는지 아무것도 모르고 있잖아. 괴물의 수는 얼마나 되는지, 몇 명이나 살아남았는지…… 그런 것들을 먼저 보고 와서 그다음 일을 계획해도 늦지 않아."

"하지만 그렇게 하기엔 배가 너무 고픈데……."

망설이는 보안관에게 삼식이가 제안했다.

"역에 가면 자판기가 있으니까, 콜라를 배 터지게 먹으면 되지. 그렇게만 해도 굶어 죽지는 않을걸?"

유빈이 신중하게 덧붙였다.

"역까지 가는 것도 조심해야 해. 너희도 어제 봤겠지만, 분명히 뽕짝 아저씨가 저 벌판 언덕 아래 어딘가로 걸어가 버렸어. 그 사람 하나만 그런 게 아닐지도 모르고, 또 우리는 개 아저씨도 역 안에서 만났잖아. 어제 다리 아래로 밀어 버렸지만, 산책로로 다시 기어 올라왔을 수도 있어."

"그럼 거기까지도 가지 말자는 말이야?"

"거기도 안전한 곳은 아니라는 뜻이야. 그러니까 최소한의 대비를 생각해 놓고 여길 나서자고. 우리 전부 다 아무 피해 없이 안전하게 돌아올 수 있도록. 우리가 저것들보다 약하고 수도 적으니까 한 발짝, 한 발짝 조심해서 움직여야 해. 지금까지 우린 운이 좋았어. 하지만 앞으로도 계속 그럴 거라고 기대할 수는 없지."

"이 지경이 됐는데 운이 좋았다고 해야 하나? 가족들 생사도 모르고, 배는 등가죽에 붙으려고 하고, 바로 눈앞에는 시궁창 냄새 풍기는 시체가 한가득인데."

"그래도 우리는 어쨌든 이렇게 살아남았으니까……."

유빈의 대답이 모두의 가슴을 찌르며 현실을 되돌아보게 만들었다. 그랬다. 불과 24시간 만에 실로 수없이 많은 사람들이 죽었고, 되살아나 다른 사람을 죽인다. 세상은 그제와는 확연히 다른 곳이 되어 있다. 그 끔찍한 난동 속에서 대체 몇 사람이나 살아남은 걸까?

“끄응~ 성미에는 안 맞지만, 일리는 있네. 삼식이, 네 생각은 어때?”

깨끗이 포기한 보안관은 뜨끈뜨끈한 바닥에 털썩 주저앉아서 물었다.

“훗, 어처구니없군. 설마 나한테 머리를 쓰라는 말은 아니겠지?”

삼식이가 잘난 척하며 대답한다. 그래그래, 보안관은 체념한 듯 고개를 끄덕거리면서 유빈에게 시선을 돌렸다.

“자, 그럼 이제 유빈이, 네가 계획을 말해 봐.”

“그렇게 대단한 건 아니야. 물론 앞으로 해야 할 일들은 엄청나게 많지만, 그런 건 하루 만에 끝낼 순 없을 거야. 오늘은 역까지 오가는 경로에만이라도 몇 가지 장치를 해 두고 싶어.”

“어떤 장치?”

“함정 같은 거지. 우리는 안전하게 빠져나오고, 저놈들은 그러지 못하는.”

“조금 더 구체적으로 말해 봐. 나도 좀 알아들을 수 있게.”

삼식이가 관심을 보이며 끼어들었다.

“예를 들자면 저 철책.”

유빈은 어제 괴물들에 의해 부서진 철책을 가리켰다. 4미터 정도의 넓이가 앞으로 무너져 내려 있었다.

“저건 이제 더 이상 괴물들을 막아 주지 못해. 하지만 저렇게 됨으로써 생긴 장점도 있지. 우리를 쫓는 놈들이 어디로 올지를 미리 알고 있는 거잖아. 암만 대갈통이 빈 놈들이라도 넘을 수 있는 곳이 어딘지는 아니까.”

“음, 그러고 보니 어제 그놈들도 저기가 무너지자마자 전부 뛰어 들어왔었지. 애먼 데서 헤매는 놈 없이.”

보안관이 새삼 신기하다는 듯 고개를 끄덕였다.

“그래. 그러니까 저기에 함정을 설치해 두고 우리가 그 부근에서 철책을 넘기만 하면 놈들이 알아서 뛰어들어 줄 거야. 예를 들어…….”

유빈은 무기가 되어 줄 만한 것을 찾아 좌우로 고개를 돌려 봤다. 건축자재들을 쌓아 둔 팔레트, 몇 가지 공구, 각목 더미, 파이프, 알루미늄 새시, 철근, 레이

저 와이어, 벽돌. 저것들 중에서 뭐가 가장 효과적일 것인가…….

치명적인 무기를 만들고 싶은 유빈이 잠시 생각에 잠겨 있는 동안 보안관이 벌떡 일어나서 구리 파이프 한 다발과 해머를 집어 들고 왔다.

"이제 무슨 말인지 알아들었어. 나한테 좋은 생각이 났으니까 뒤는 맡겨 줘."

그렇게 말하고 나서 보안관은 다시 절단기와 레이저 와이어 한 다발을 가지고 왔다. 뭘 하려는 걸까 싶어진 유빈이 멍하니 보고 있는 동안 보안관은 볼트를 풀어 무너진 철책의 철망들을 떼어 냈다. 그리고 삼식이의 도움을 받아 철책 기둥 아래 지면에서 40센티 정도 되는 곳에 레이저 와이어를 팽팽하게 당겨 걸었다.

"대충 알겠지? 저 새끼들이 만약 여기를 지나 달려오면, 이 철조망에 다리가 걸릴 거야. 그리고……."

보안관은 장치를 해 둔 철책 앞에 구리 파이프를 찔러 넣은 뒤, 해머로 내려쳐서 깊숙이 박았다.

"걸려 넘어지는 새끼들은 여기에 꽂히는 거지. 이런 걸 몇 개만 더 박아 두면 서너 마리 정도는 따돌릴 수 있어, 운이 맞아서 아예 뒈져 주면 더 좋고, 어때? 무너진 철책마다 이렇게 해 두자."

해머에 맞아 찌그러진 구리 파이프의 단면은 원래보다 더 날카로워져 있었다. 굵기도 적당하다. 유빈은 엄지손가락을 들어 보였다. 함정의 구조를 살피던 삼식이가 걱정스러운 얼굴로 물었다.

"그런데 이거, 괜히 멀쩡한 사람이 지나가다가 걸리면 어쩌지? 그냥 와이어 한두 가닥이라서 미처 못 보고 뛰어올 수도 있어."

"뭔 소리를 하는 거야? 여기 우리 말고 다른 사람이 어디 있다고?"

자꾸 시간이 지연되자 보안관은 짜증을 부렸다.

"그거야 모르지. 하지만 저렇게만 해 두면 난 불안해서 잠을 못 잘 것 같아. 잘 봐. 만약 어떤 사람이 용케 괴물들 틈에서 살아났는데 우연히 이쪽으로 도망치다가 저 와이어에 걸려서 넘어지면서 바로…… 푹! 어휴, 생각만 해도 너무 억울

할 것 같다."

자기 배에 파이프가 찔리는 시늉을 하면서 삼식이는 고개를 설레설레 저었다. 들어 보니 그 역시 타당한 이야기다. 보안관은 한숨을 쉬며 말했다.

"좋아, 거기에 뭔가가 있다는 표시만 하면 되는 거잖아. 만에 하나 있을지도 모르는 생존자가 아무 생각 없이 달려오지 않도록."

보안관과 삼식이는 결국 빈 음료수 캔에 구멍을 뚫어 와이어와 함께 잘랑잘랑 걸어 두는 것으로 타협을 봤다. 이 정도면 어느 정도 준비는 된 것 같다.

"그럼, 이제 진짜로 출발하자. 서둘러야 해. 조금 있으면 해가 질 테니까."

네 번째 철책 앞에 구리 파이프를 열댓 개 박아 놓고 나니, 보안관이 차고 있는 시계로 오후 5시 반이었다. 세 친구는 괴물들과 그들을 갈라놓고 있는 역사를 향해 철책을 넘어 걸어가기 시작했다.

"집 잘 보고 있어!"

2층의 신입에게 삼식이가 레이저 와이어 더미를 탬버린처럼 흔들며 인사를 했다.

"혹시 말이야, 이런 풀밭 속에 괴물들이 기어 다니고 있으면 어쩌지?"

구리 파이프로 길게 자란 잡초들을 헤치고 걸어가면서 삼식이가 말했다.

"걔들이 왜 기어 다니겠냐? 펄펄 날다시피 하더구만."

보안관은 말 같지 않은 소리라는 표정을 지으면서도 또 말대꾸를 해 주었다.

"그러니까 허리가 뚝 끊어진 놈들이라든지, 아니면 두 다리가 부러져서 걷지 못하는 놈들이 팔꿈치로 사사사삭, 기어오는 거지. 오오오~ 보안과안! 꼬추 떼어 먹자~ 이러면서."

"저리 꺼져, 이 새끼야! 재수 없어!"

듣기만 해도 소름이 끼친 보안관은 달라붙는 삼식이를 밀쳐 냈다. 그러는 동안 유빈은 계속 좌우를 살피고 뒤쪽을 힐끔거렸다.

"유빈이, 넌 또 왜 그래? 똥 마려워?"

깨물려고 달려드는 삼식이의 얼굴을 밀어내며 보안관이 물었다. 유빈은 얼굴을 찡그리며 대답했다.

"이씨, 나올 똥이 어디 있냐? 그게 아니라 내가 생각이 짧았어. 신입에게 망을 좀 봐 달라고 하는 거였는데. 걘 우리보다 시야가 훨씬 넓잖아."

이제는 꽤 멀어진 복지 센터를 돌아보니 여전히 신입은 창문에서 얼굴을 떼지 않고 눈으로 그들을 쫓고 있었다. 표정이 자세히 보이진 않지만, 분명 평온해 보이기는 한다.

"뭐, 가끔 돌아보면 되지. 저 새끼가 당황해서 난리를 치고 있으면 잽싸게 도망치자."

세 번째 철책에도 동일한 함정을 만들어 둔 다음, 그들은 떨리는 마음으로 산책로에 진입했다.

1킬로미터도 안 되는 거리 차이지만, 이곳에 오니 역 건너편으로부터 괴물들의 울부짖음이 들려와 적막함을 깬다. 그리 큰 소리가 아닌데도 오히려 그것이 더 사람을 불안하게 만들었다.

"자, 여기서부터는 정말 더 조심해야 해."

삽을 바짝 치켜들면서 유빈이 다짐하듯 말했다. 길게 뻗은 산책로와 자전거도로, 그리고 개천 부근의 갈대밭까지…… 모든 것이 너무나 정적이어서 공포영화 속으로 걸어 들어온 것 같다.

사람이나 자동차가 하나도 보이지 않는 도시의 풍경이 이렇게까지 무서운 것일 줄은 상상도 하지 못했다.

"너무 쫄지 마. 원칙이 아주 간단하니까 그것만 명심하면 돼. 다섯 마리까지는 내가 혼자 상대할 수 있어. 너희가 도와주면 여섯 마리까지도 가능하고. 그러니까 만약에 저것들이 일곱 마리 이상이다, 그러면 무조건 다 내던지고 뒤돌아서서 달리면 돼. 쉽지?"

보안관이 해머를 야구 배트처럼 휘두르며 이야기하자 삼식이가 웃음을 터뜨렸다.

"푸하하! 아이고, 배야. 보안관, 너 뻥 좀 그만 쳐. 우리 앞에서 센 척해 봐야 뭐

한다고. 다섯 마리는 암만 생각해도 무리지. 생각을 좀 해 봐라. 그냥 때려눕히는 게 아니라 머리를 뽀개야 하는 거잖아."

"그, 그런가? 크크큭, 그럼 4 대 1까지 가능해. 어때, 그건 납득하지?"

보안관도 쑥스럽게 따라 웃었다. 삼식이는 냉정하게 고개를 저었다.

"그것도 많아. 3 대 1. 우리가 거들면 네 마리 정도는 어떻게 할 수 있다고 치고, 다섯 마리부터 도망가는 걸로 하자."

유빈도 거기에 동의했다.

"삼식이 말이 맞아. 괜히 무리할 필요는 없어. 배가 고픈 게 죽는 것보다는 나아."

"좋아, 좋아. 지금은 완전히 공복이니까……. 배만 안 고프면 정말 5 대 1도 문제없다니까."

싸움의 방침을 정한 그들은 먼저 산책로 내에 트랩을 만들어 두기로 했다. 잔디밭을 보호하기 위해 쳐 놓은 경계 기둥과 가로등 사이에 50센티미터 정도의 높이로 레이저 와이어를 당겨서 걸어 두었다.

그렇게 산책로의 양쪽을 막아 놓고 나니, 기껏해야 철조망 한 줄뿐이지만 왠지 든든해 보였다. 이렇게 해 두면 어제처럼 양쪽이 모두 막힌 상황에 처하더라도 철책을 넘는 시간을 벌 수 있다. 잘랑~ 잘랑~ 함께 끼워 놓은 빈 깡통이 바람이 불 때마다 가볍게 흔들렸다.

"몇 시야?"

"6시 20분."

다행히 하늘은 파랗고, 해가 질 기미도 아직은 없다. 세 친구는 구름다리로 이어진 철책에 다가가 역 안쪽을 들여다봤다. 조용하다. 어젯밤 찢어진 철조망에 옆구리가 꿰어져 버둥거리던 녀석마저도 피범벅 된 살점 조각들만 덕지덕지 붙여 놓은 채 어딘가로 사라져 버렸다.

"들어간다?"

보안관은 말이 다 끝나기도 전에 무너진 철책을 넘어 역 안으로 걸어 들어갔다. 삼식이와 유빈도 뒤를 따랐다. 어젯밤 개 아저씨를 만났던 자리를 지나면서 혹시나 싶어 고개를 숙여 하천을 둘러봤지만, 별달리 수상한 것은 눈에 띄지 않았다. 하다못해 시체라도 몇 구 둥둥 떠내려올 거라 생각했는데, 물은 어제저녁과 변함없이 조용히 흘렀다.

“아낌없이 쓰자, 묵힌다고 돈 되는 것도 아니고.”

지하 통로와 이어진 첫 번째 철책에 남아 있는 레이저 와이어 더미 모두를 촘촘한 용수철 모양으로 걸며 보안관이 말했다. 그 작업이 끝나자 모두는 감격한 표정으로 자판기를 향해 다가갔다.

“아아, 네가 얼마나 보고 싶었는지 아니? 너도 그랬지? 조금만 기다려, 오빠가 지금…… 억!”

두 개의 자판기 중 오른쪽 것에 붙어 쪽쪽거리던 삼식이가 천 원짜리 지폐를 넣으려다 숨넘어가는 소리를 내며 입을 막았다.

“……얘들아, 이거 어떡해? 정전이야! 우리 음료수 못 사.”

보안관은 귀찮다는 투로 대꾸했다.

“삼식아, 이제 우리 돈 없이도 살 수 있어……. 비켜 봐, 문 부숴야 하니까.”

삼식이의 엉덩이를 툭툭, 쳐낸 보안관은 해머로 자물쇠를 힘껏 내려쳤다.

꽈아아아아앙~!

조용하던 역사를 뒤흔든, 그 엄청난 메아리 때문에 깜짝 놀란 세 친구는 어깨를 움츠린 채 잠시 얼음처럼 경직되어 있었다.

“……이거, 소리 너무 큰 거 아니야? 어디까지 들렸을까?”

눈이 똥그래진 유빈이 철책 너머를 기웃거리며 물었다. 당황한 것은 해머를 휘둘렀던 보안관도 마찬가지다.

“아, 씨발. 놀랐어. 이게 이렇게 큰 소리가 나냐?”

하지만 유감스럽게도 자판기 문은 아직 잠겨 있었다. 살짝살짝 두어 대 쳐 봤지만, 그렇게 해서 열릴 물건이 아니었다. 보안관은 눈을 질끈 감고 한 번 더 힘껏 해머를 휘둘렀다.

꽈앙~앙앙앙~!

지하 통로를 울리며 소리가 퍼져 갈 때마다 유빈은 심장이 움찔움찔 멎는 것 같은 기분이었다.

"됐다!"

도도하게 버티던 자판기의 문이 덜렁거리며 힘없이 열렸다. 랙 위에 차곡차곡 쌓여 있는 청량음료들이 모습을 드러낸다. 세 친구는 소리를 내지 않기 위해 입을 꽉 다문 채 몸만 미친 듯이 흔들었다. 그것은 소리 없는 아우성!

"자, 마셔! 마셔!"

삼식이가 스포츠 드링크 캔을 꺼내 보안관과 유빈에게 던진 후, 자신의 입에도 가져갔다.

"크어어어~!"

커다란 캔 하나를 순식간에 원 샷으로 끝낸 세 사람의 입에서 기계처럼 똑같은 탄성이 흘러나온다. 아직 서늘한 기운이 조금 남아 있는 음료수가 식도를 지나 위장을 감싸고 돌면서 삶이란 무엇인지를 말해 주는 듯했다.

미지근하고 플라스틱 냄새가 나는 아이스박스 맹물과는 레벨이 달랐다. 너무 짜릿해서 조금 어지러워진 보안관이 이마에 손을 짚고 비틀대는 동안, 삼식이는 재빠르게 두 번째 축배를 준비했다.

"이번에는 세다. 각 잡고 마셔라."

올림픽 로고가 새겨진 빨간색 콜라 캔이 손바닥 안에 들어 있다. 유빈은 홀린 듯이 그것을 바라보았다. 몇 주 뒤에 열리는 올림픽. 일을 마치고 숙소로 돌아가서 보안관, 삼식이와 함께 TV 앞에서 치킨을 뜯고 맥주와 콜라를 마신다. 부록으로 따라온 핑크 펀치의 브로마이드를 감상하다가 무가 조금이라서 분노하고…… 얼마나 꿈같은 이야기인가.

"야, 뭐 해? 빨리 마시고 가자. 해 질라."

가방 안에다 음료수들을 집어넣던 보안관이 유빈의 망상을 깨운다. 유빈은 세차게 도리질을 한 다음, 탄산이 튀어 오르는 콜라를 쭈욱 들이켰다. 가방을 가득 채우고도 아직 음료수는 절반 이상 남았다. 보안관이 기특하다는 듯 자판기를 툭툭, 두드렸다.

"이 자판기 꽤 많이 들어가네. 200개는 훨씬 넘겠는데? 꽉 차 있던 것도 아닌데……."

음료수는 확보했으니 다음은 정찰이다. 그런데 역 플랫폼 위에서 아무리 좌우로 돌아다녀 봐도 별 대단한 정보를 얻을 수가 없다. 번화가보다 약간 낮은 위치에 역이 지어졌기 때문이다. 그들이 볼 수 있는 것은 지하 통로 너머에 서 있는, 불 꺼진 건물 몇 개와 그 건물들 사이로 언뜻언뜻 비치는 풍경뿐이었다.

컹컹컹컹! 멍! 멍!

어디에선가 개 짖는 소리가 크게 울렸다. 무슨 상황일까? 폭이 1미터도 안 되는 좁은 틈 사이로 비치는 광경만으로는 아무것도 분명하지 않다. 다만, 사람의 형상이 휙휙 지나쳐 다니는 것만은 멀리에서도 확실히 보였다.

"저거, 괴물이겠지?"

유빈이 물었다. 음, 보안관이 고개를 끄덕였다.

"저 위에 올라가면 보일 거야."

삼식이가 플랫폼 끝에 세워진 4층짜리 역사를 가리켰다. 커다란 건물은 칙칙하고 어두컴컴하다. 가까이 가고 싶지 않은 곳이다. 측면에 고스란히 노출된 철골 구조 때문에 마계에서 소환되었다고 해도 믿어 줄 수 있을 것 같은 모양이다.

"몇 시야?"

"6시 45분."

역사 현관까지 걸어간 세 친구는 침을 꿀떡 삼키며 건물을 올려다봤다. 후우~! 절로 한숨이 새어 나온다. 게다가 앞장서서 걷던 보안관이 더욱 찜찜한 걸 발견했다.

"이거 봐."

뚝뚝 흘리면서 걸어간 듯한 핏자국이 검붉게 바짝 말라 있다. 근처의 철책에서부터 역사 안쪽까지 쭈욱 이어져 있는데, 꽤 많은 양이다. 그제 새벽에 비가 많이 왔던 걸 감안하면 이 피의 흔적을 남길 수 있던 시간은 어제밖에 없다.

"이 안으로 도망갔던 거야. 조심해."

목소리를 낮춰 경고한 뒤 보안관이 앞장을 섰다. 활짝 열린 유리문에도 피가 잔뜩 묻어 있다. 스패너를 허리에 차고 해머를 든 보안관은 핏자국을 따라 천천히 걸음을 옮겼다.

마지막으로 문 안에 들어선 유빈은 유리문을 닫은 뒤, 들고 있던 콜라 캔을 가운데에 세워 두었다. 이렇게 해 두면 위층에 있어도 누군가 문을 밀치고 들어왔을 때 소리로 알 수 있다. 2층으로 향한 계단을 절반쯤 오르자 햇빛이 닿지 않아 실내는 점점 어두워졌다.

"존나 깜깜하네. 삼식아, 라이터 좀 줘 봐."

라이터를 쥔 손을 앞세워 걸으며 보안관은 해머를 바투 쥐었다. 계단 여기저기에 정신없이 떨어져 있는 핏자국은 3층 복도로 이어진 문 앞에서 딱 끊겼다. 문은 닫혀 있다.

쿠웅—!

그롸아악!

쿠웅!

손잡이를 잡은 채 문에 귀를 대 보니 아주 희미하지만 분명하게 괴물의 포효가 들려온다. 거기에 쿵쿵거리며 어딘가에 몸을 부딪치는 소리도 섞여 전해졌다. 문 바로 건너편에 있는 것 같지는 않았다.

"이 안이야."

얼굴의 땀을 훔친 보안관이 속삭였다.

"그냥 이 문을 잠가 놓으면 꼭 3층을 통하지 않아도 위의 옥상으로 갈 수는 있어. 하지만 역시 처리를 해 놓는 게 마음이 편하겠지?"

유빈과 삼식이는 고개를 끄덕였다. 저 괴물이 울부짖어서 동료들을 부르는 것일지도 모른다. 조용해지도록 만들어야 할 것 같았다. 보안관은 두 손으로 해머를 꽉 쥐고 한 발 물러서며 문을 당기라는 신호를 보냈다.

하나, 둘, 셋……. 고개를 끄덕이는 것으로 카운트를 함께한 뒤, 유빈이 문을 잡아당겼다. 아무것도 없다. 하지만 괴물의 그르렁 소리는 조금 더 커졌다. 고개를 내밀어 보니 3층의 긴 복도에 줄줄이 떨어진 핏자국이 눈에 들어온다. 복도 가장 끝 방이다. 거기에 괴물이 숨어 있다.

"가자."

보안관이 앞장서서 살금살금 걸어 들어갔다.

그롸아악! 그락! 그라락!

쿵쿵! 쿵쾅!

세 친구가 복도 안쪽으로 다가갈수록 괴성은 미친 듯이 커졌다. 어찌나 세차게 문을 두드리는지, 금방이라도 활짝 열리며 튀어나올 것만 같다.

"아이, 씨발 새끼. 존나게 시끄럽게 구네. 빨랑 해치워야지, 이러다가 동네에 있는 괴물들 다 몰려오겠다."

보안관이 이를 빠드득, 갈며 복도 끝을 향해 뛰어갔다. 조심해, 말려 보려던 유빈의 이야기가 입 밖에 소리가 되어 나오기도 전에 복도 측면에서 유리창을 깨고 괴물이 돌진했다.

와장창!

몸을 날린 괴물이 보안관을 덮치면서 아가리를 벌린다.

"어쭈!"

당황한 보안관이 재빠르게 몸을 피함과 동시에 해머를 들어 괴물의 얼굴을 틀어막았다.

캭!

해머를 꽉 깨문 괴물의 누런 앞니가 부러져 안쪽으로 말려 들어간다. 보안관은 발로 괴물의 배를 힘껏 찬 뒤, 그 틈을 타서 몸을 뒤로 굴려 일어났다.

"하아, 뭐야, 이 새끼? 어디에 숨어 있다가 갑자기……."

보안관은 해머를 휘두를 공간을 확보하기 위해 복도 왼쪽으로 붙어 섰다.

크르르르~!

나지막이 울부짖으며 몸을 일으키는 괴물의 얼굴은 엉망진창이었다. 조금 전 유리를 깨고 나오다가 찢어진 상처와 원래 괴물들에게 물어뜯긴 듯한 볼에서는 검고 진득한 피가 고름처럼 주르륵 흘러나왔다. 괴물의 눈에 박혀 있는 커다란 유리 조각이 놈이 움직일 때마다 흔들거리며 가죽을 더 찢어 놓았다.

그롸아악!

괴물이 다시 보안관의 목을 노리면서 몸을 날렸다. 보안관도 기다렸다는 듯 허리를 돌려 해머를 휘둘렀다. 뻐걱! 공중에서 커다란 해머에 맞은 괴물은 사선을 그리며 옆으로 날아가 벽을 받은 뒤 떨어졌다. 놈이 아직 움직이는지 아닌지 눈으로 확인하기도 전에, 보안관은 다시 한번 해머를 내려쳤다.

콰각각! 약간 비껴 맞은 괴물의 머리통이 움푹해지고, 여러 개의 목뼈가 한꺼번에 부러져 꺾였다. 발끝을 한 번 부르르 떤 괴물은 더 이상 움직이지 않았다.

"너 때문에 놀랐잖아, 이 새끼야! 후우…… 한 마리가 아니었네."

보안관은 괴물의 다리를 신경질적으로 걷어찬 후, 다시 복도 맨 끝 방을 향해 걷기 시작했다.

"이번에도 또 여러 마리일 수 있어."

쿵쿵, 울리고 있는 문의 손잡이를 잡은 채 유빈이 말했다. 해머를 쥐고 준비하고 있던 보안관도, 삽을 잡고 있는 삼식이도 고개를 끄덕였다. 심장이 벌렁벌렁 뛴다.

"두 번째 놈은 나랑 삼식이에게 맡겨. 너는 첫 번째랑 세 번째를 상대하면 돼."

"세 번째라니? 세 마리나 있을까?"

보안관이 조금 질린다는 얼굴로 물었다. 유빈이 대답했다.

"만약 있다면 네 몫이라는 거야."

모두 고개를 끄덕이고 준비를 마쳤다. 셋을 헤아린 후 문을 열었을 때, 안에서 발광하던 괴물이 튀어나왔다. 그롸아아악~! 하얀 막이 씐 눈이 번들거리고 이빨에는 끈적거리는 점액이 가득 끼어 있다. 고작해야 중학생일 여자아이가 피투성이 교복 차림으로 달려든다.

"……이런!"

성인 키 높이만 노려보고 있다가 아래쪽에서 150센티미터도 안 돼 보이는 애송이가 덮쳐 온 순간, 모두 멈칫했다. 제기랄! 하지만 괴물이라는 사실엔 변함이 없다. 눈살을 찌푸리며 물러나는 삼식이를 노리고 괴물이 아가리를 벌린다. 유빈은 입술을 꽉 깨물고 그 뒤통수를 향해 돌 깨는 망치를 휘둘렀다.

콰직—!

"……위층으로 가자."

엎어진 채 죽어 있는 소녀의 시체를 잠시 말없이 지켜보던 세 친구는 4층을 지나 옥상으로 향했다. 잠겨 있던 옥상 문을 해머로 부수고 나가니 360도가 확 트인 전망이 눈에 들어온다. 가장 먼저 알게 된 것은 그들이 완전히 고립되어 있다는 사실이었다. 시야가 닿는 모든 도로는 차들로 꽉꽉 막혀 있는 채였다. 물론 그 차들은 조금도 움직이지 않는다.

"괴물들 천국이구만."

건물 끝까지 걸어가 아래를 내려다보던 삼식이가 첫 소감을 말했다. 긴 십자가 두 개가 겹쳐진 형태의 번화가는 괴물들의 행렬로 가득 들어차 있었다. 줄잡아 수십 마리씩 뭉친 괴물들이 너무 느리지도, 또 너무 빠르지도 않은 속도로 번화가 거리를 걸어간다. 지하 통로와 연결된 곳은 물론이고, 작은 골목에 이르기까지 괴물이 서 있지 않은 곳이 없다. 절망적이었다.

"돌아가자."

한동안 그들의 모습을 노려보던 보안관이 허탈한 목소리로 말했다. 그렇지 않아도 슬슬 해가 저물어 가고 있었다. 세 친구는 실망감에 힘이 빠진 다리를 이끌고 터덜터덜 계단을 내려와 가방을 챙겨 들고 철책을 넘었다. 걸어 놓은 함정들은 모두 처음 설치해 놓았던 형태 그대로이다. 적어도 괴물이 이리로 지나가지는 않았다.

"저 새끼들을 어떻게 이기지?"

벌판까지 한참을 말없이 걷다가 삼식이가 입을 열었다. 보안관이 힘없이 웃었다.

"이길 수 있을까가 아니라, 어떻게 이기지냐? 하여간 존나게 긍정적인 새끼라니까."

삼식이는 당연하다는 듯 대답했다.

"이겨야 우리가 살지."

유빈은 두 친구의 어깨에 팔을 걸치며 웃었다. 웃어야 이길 때까지 버틸 수 있다.

"그래, 이기자. 꼭 이겨서 살아남는 거야. 악착같이!"

복지 센터에 도착했을 때, 신입은 곯아떨어져 있었다. 잠에 취한 녀석을 계속 불러 억지로 깨운 뒤, 밧줄을 내리라고 해서 타고 올라갔다.

"내일은 사다리부터 만들어야지. 저 새끼 믿고 있다가 큰일 나겠어."

굼뜬 신입의 움직임에 짜증이 난 보안관이 투덜거렸다.

"왜 이렇게 늦었어, 씨발. 너희는 다 같이 몰려 나가 버리면 그만이지만, 난 혼자 시체들이랑 있느라고 존나게 무서웠는데……."

잠이 덜 깬 신입이 엉덩이를 긁적거리며 짜증을 부린다.

"저 시체들은 움직이지나 않지."

보안관이 짧게 대답하고 가방에서 음료수를 꺼내 내밀었다. 눈이 커진 신입은 급하게 뚜껑을 따서 들이켰다. 캔을 세 개나 비운 다음 신입이 물었다.

"그래, 저쪽 동네는 좀 어땠어?"

"야아, 정말 좋더라. 비키니만 입은 여자들 500명이 퍼레이드를 하는데……."

삼식이가 장난기가 가득한 얼굴로 대답했다.

"지랄! 농담하지 말고."

"뻔하지, 뭘 물어봐? 그냥 좀비 밭이야. 오늘도 두 마리나 해치웠어."

유빈이 대답했다. 겁을 먹은 신입은 더 알고 싶지 않은지 입을 다물어 버렸다.

어젯밤처럼 페인트 통에 각목을 넣고 불을 피운 뒤, 모두 둘러앉아 가만히 불빛을 들여다봤다. 어제와 다른 점이라면, 아래에서 울부짖는 괴물들이 없고, 그들의 손에 음료수 캔이 하나씩 쥐어져 있다는 것 정도다. 분위기를 바꿔 보고 싶은 유빈이 제안을 했다.

"그래도 오늘 우리 목표는 이뤘어. 정찰도 했고, 음료수라도 챙겨 왔고……. 어때? 소주 한잔할까?"

"좋지."

보안관이 고개를 끄덕이며 소주병을 쥐려 할 때, 신입이 재빨리 병을 낚아채며 일어났다.

"내가 하지."

허세 가득하게 소주병 뚜껑을 돌린 신입이 삼식이의 음료수 캔에 소주를 쫄쫄쫄 따라 주며 근엄한 목소리로 말했다.

"자, 한 잔씩 받아라. 에…… 너희 모두 고생 많았다. 하지만 오늘 우리는 승리했고, 살아남았지. 너희가 앞으로도 오늘처럼만 나를 믿고 따라 준다면 생존하는 게 불가능하지만은 않을 거라 믿는다."

갑자기 달라진 신입의 태도에 삼식이가 빵 터졌다.

"하하하! 아하하! 야, 신입. 너 소주 못 마시는구나? 냄새만 맡고 그렇게 취하면 어떡해? 하하하하! 대장 노릇을 하고 싶었어? 하하."

신입은 다급하게 헛기침을 하며 삼식이의 말을 막았다.

"자꾸 신입, 신입, 하지 마. 너희끼리는 존나 친한 척하고 나만 신입이라고 부르는 거, 그것도 차별이야!"

"아, 그건 그렇네. 그래, 신입 이름이 뭐야?"

보안관이 묻자 신입이 유빈에게 술을 따라 주며 고개를 저었다.

"이름은 됐고…… 보안관! 너만 별명 있는 거 아니야. 나도 대학교에서 친구들이 부르는 별명 있어. 그걸로 부르면 돼."

"뭔데?"

"……캡틴."

듣고 있던 세 친구는 말을 잃었다. 누가 들어도 급조한 별명. 게다가 엄청 유치하다. 삼식이조차 웃어 주지 않을 정도로 반응이 신통치 않자 신입도 한발 양보했다.

"그럼 마, 마왕이라고 하든가. 여자애들은 그렇게 부르거든."

소주 칵테일을 죽 들이켜며 삼식이가 손을 저었다.

"무리야, 무리. 안 되겠다. 넌 그냥 신입 해야겠어. 입에 짝짝 붙는데, 뭐."

턱없는 욕심을 부린 신입 덕에 술자리의 분위기가 조금은 밝아졌다. 빈속에 조금이나마 알코올이 들어가고 나니, 꼬박 이틀을 새운 세 친구의 몸은 완전히 늘어져 버렸다. 아직 9시가 되기도 전에 그들은 구석으로 기어가 스티로폼 패널 하나씩을 차지하고 누웠다.

"……미안해."

막 잠에 빠져들기 전, 뇌수가 터져 나온 채 엎어진 중학생 꼬마의 조그만 뒤통수가 떠오른 유빈은 조용히 중얼거렸다. 확~! 곧바로 잠이 그를 덮쳤다.

02

다음 날 아침, 그들을 깨운 것은 햇살이었다. 햇빛이 눈꺼풀 안쪽을 붉게 물들이며 환하게 밝히는 바람에 가장 먼저 눈을 뜬 보안관이 중얼거렸다.

"아, 씨발. 머리 아파……."

시궁창 썩은 냄새가 코를 찌른다. 이런 데서 용케 잠이 들었구나 싶을 만큼 지독했다. 사방이 뻥 뚫려 있고 스티로폼으로 대충 구멍을 덮어 뒀지만, 몇 미터 아래에서 20여 구의 시체가 풍기는 악취를 밤새도록 맡았으니 두통이 생긴 것도 당연한 일이다. 오늘 아침 콜라를 먹고 가장 먼저 해야 할 작업이 저절로 정해졌다. 시체들을 치워야 한다.

"잘 잤어?"

부스스한 얼굴로 미소를 지으며 아침 인사를 한 삼식이는 담배부터 입에 물었다.

"너 어제부터 담배 많이 피우더라. 그러다 나중에 나이 먹고 후회한다."

유빈이 경고하자 담배 연기를 들이켠 삼식이가 콜록거리며 웃는다.

"캑, 캑. 하하, 당장 내일 죽을지, 오늘 죽을지도 모르는 판국이구만 나이 먹어서 어떻게 되는 걸 누가 무서워해. 콜록, 하하."

어제 밤늦게까지 잠을 설쳐 아직도 웅크리고 있는 신입을 제외하면, 모두가 일어나 음료수를 두어 캔씩 마시는 것으로 아침 식사를 했다. 물론 그래 봐야 배는 장이 꼬이는 것처럼 고프지만, 어지러운 건 훨씬 덜하다.

캔 껍데기에 인쇄된 칼로리를 믿는 수밖에 없다. 열 캔 정도면 하루 필요 칼로리를 채울 수 있다. 장비들을 가지고 내려가 건축자재를 쌓는 팔레트로 사다리로 만들었다. 나무 팔레트 두 개를 잘라 세로로 이으니, 2층까지 넉넉히 닿았다.

"너도 빨리 내려와. 할 일이 많아, 오늘."

뒤늦게 일어난 신입이 하품을 하며 의심이 가득한 표정으로 묻는다.

"이거 튼튼해? 괜히 부러져 버리거나 하는 거 아니야?"

"원래 여기다 몇백 킬로그램씩 자재를 쌓으라고 만든 거야. 끄떡없으니까 내려오기나 해."

결국 보안관의 채근에 못 이겨 신입이 내려온 뒤, 모두 방진용 마스크를 쓰고 장갑을 꼈다. 그리고 바닥에는 어제 철책에서 뜯어낸 격자 모양 철망을 깔았다. 시체를 그 위에 얹은 다음 끌고 가는 편이 훨씬 힘도 덜 들고, 자국도 적게 남을 것이다. 작업에 들어가기 전에 유빈이 미리 말했다.

"어지간히 역겨울 테지만, 어쩔 수 없어. 우리가 안 하면 아무도 안 해 줘."

신입은 덜덜 떨면서 시체들의 작은 산을 바라봤다. 하나같이 머리가 뭉개지고 가슴팍이 뜯겨 나간 시체들. 보기만 해도 구역질이 올라올 것 같고, 또 무섭기도 하다. 하지만 언제까지 이곳에 쌓아 두고 살 수는 없는 일이다.

표를 내지 않기 위해 애쓰고는 있지만, 유빈과 보안관도 어지간히 긴장한 상태였다. 삼식이가 가장 먼저 다가가 아무렇지도 않게 시체 하나를 철망 위로 끌어 내리며 말했다.

"무작정 역겹다고 할 것만도 아니야. 우리도 죽으면 다 이런 모양이 될 테니까. 그냥 내 몸을 어딘가에다 묻는 거라고 생각하면 편해."

"나, 난 절대 안 죽을 거야."

신입이 눈을 부릅뜨고 말했다. 삼식이는 녹아 버릴 것 같은 미소를 지으며 대답했다.

"훗, 바보. 사람은 다 죽어. 언제 어떻게 죽는가 하는 차이만 있는 거야. 끄응~!"

삼식이가 힘을 쓰자 철커덩! 뻣뻣하게 굳은 시체가 철망을 울리며 굴러떨어졌다.

"으아, 꽤 무겁네. 역시 혼자서는 힘들구나. 신입, 다리 좀 잡아 줘. 그렇게 무서워할 필요 없어."

신입은 홀린 표정으로 천천히 시체에 다가갔다. 떨리는 손을 억지로 내밀어 시체의 두 다리를 잡았다. 장갑을 끼고 있는데도 느껴지는 차가움! 그리고 딱딱함!

그가 예상했던 것과 너무나 다르다. 이건 사람의 몸을 만지는 기분이 아니었다. 게다가 찢어진 가죽 사이로 훤히 들여다보이는 근육과 지방. 으으으으, 도저히 견딜 수 없어진 신입은 후다닥 손을 놓고 뒤돌아서 뛰다가 마스크 안에다가 토해 버렸다.

"우웨에에엑!"

액체뿐인 토사물이 마스크에 막혀 다시 코와 입으로 역류한다. 그것이 또 속을 뒤집는 바람에 신입은 노란 위액을 모두 쏟아 낼 때까지 몸을 일으키지 못했다.

"난 못 해! 나, 나는 못 하겠어. 우에엑!"

눈물 콧물이 범벅 된 얼굴로 신입이 사정을 하자 삼식이는 머리를 긁적였다.

"……어째 내가 못된 짓을 한 기분이 드네. 마왕이라더니, 뭐 이래?"

결국 시체를 치우는 작업은 특이할 정도로 시체에 대한 두려움이 적은 삼식이를 유빈이 도와서 진행하기로 했다.

"왜 너희 둘만 한다는 거야? 나도 같이해."

보안관이 거들려 하자 유빈이 급히 만류했다.

"넌 이따가 정찰 나갈 때까지 힘을 좀 아껴 둬. 만약 싸움이 나면 네가 제일 큰 전력이니까 못 움직이는 사람들 치우느라고 녹초가 되면 곤란해. 우리가 이걸 하는 동안 넌 신입이랑 뒤쪽 산으로 가서 나무 사이에 간간이 와이어 트랩이나 설치해 줘. 혹시 그쪽에서 뭔가가 쳐들어오거나 하면 경보도 될 거고, 조금이지만 시간도 벌어 줄 테니까. 아, 그리고 조심하는 거 잊지 말고. 거기라고 괴물이 없으란 법은 없으니까."

나름 그럴듯한 말처럼 들려서 선선히 고개를 끄덕인 보안관은 신입이 몸을 추스른 뒤, 함께 장비를 챙겨 뒷산으로 올라갔다.

"자, 그럼 시작해 볼까?"

삼식이가 어깨 쪽을 잡고, 유빈이 다리 쪽을 잡아 철망 위에 옮겼다. 그다음 철망 끝을 잡고 왼쪽 도로로 50여 미터를 끌고 갔다. 한 사람의 무게를 평균 70킬로그램으로 잡아도 시멘트 두 포대도 안 되는데, 이 일은 그 곱절로 힘이 들었다. 아무리 마음을 강하게 다잡아도 자꾸 헛구역질이 올라와 유빈은 중간중간 몇 번이나 먼 하늘을 보면서 숨을 골라야만 했다.

괴물들의 모습이 사람과 그리 다르지 않다는 점이 가장 견디기 힘들었다. 왜냐하면 이것들은 모두 유빈 자신이 머리통을 박살 내 죽인 시체들이기 때문이다.

아줌마, 아저씨, 젊은이, 아가씨, 좋은 옷차림, 배달원…… 그런 특징들이 눈에 들어오는 게 싫다. 차라리 좀비로 변하는 순간, 온몸이 녹색으로 변하고 뿔이 돋아 주거나 하면 이렇게 죄책감이 들지는 않을 것이다.

"이놈들, 피가 별로 흐르지를 않았어. 이렇게나 많이 죽어 있는데. 왜일까?"

유빈이 죄의식과 역겨움에 잠겨 기계적으로 움직이고 있을 때, 삼식이가 호기심을 보이며 물었다.

"……뭐? 미안, 못 들었어."

"바닥에 말이야. 보통 머리가 깨진 시체가 이 정도로 쌓여 있으면 피가 흥건히 고여서 강이 됐을 것 같거든. 그런데 이놈들은 그냥 볼펜 잉크가 터진 정도로만 묻어 있어. 아마 이것들에게 전염되면 피가 흐르지 않고 안에서 말라붙나 봐."

듣고 보니 정말 생각했던 것보다 바닥이 비교적 깨끗하다. 그것이 뭘 의미하는지 아직 알 수는 없었다. 어쨌든 유빈은 죄의식을 씻어 낼 수 있는 도피처를 하나 더 발견한 기분이었다. 유빈은 고개를 끄덕이며 메마르게 중얼거렸다.

"그래…… 그런가 보다. 겉은 사람하고 비슷해도 속은 완전히 다른 것들이야."

"하하, 뭐지? 신기하네. 사람이 피가 안 돌면 어떻게 되는 걸까?"

신기한 걸로 따지면 흉측하게 훼손된 시체의 어깨를 잡고 들어 올리면서 웃음을 지을 수 있는 삼식이의 신경 쪽이 더 신기했다. 그런 꼴을 보고 있자니 유빈도 피식 웃음이 터졌다. 그 헛웃음을 본 삼식이가 만족하며 말했다.

"어! 이제 웃었다. 오전 내내 침울하더니."

고되게 진행된 작업은 해가 중천에 떠오른 뒤에야 끝을 보였다. 마지막으로 남은 것은 레이저 와이어 더미에 말린 채 죽어 버린 할머니. 워낙 엉망으로 얽혀 있어 시체를 떼어 내는 게 불가능하다고 판단한 삼식이와 유빈은 절단기로 와이어를 잘라 내 함께 날랐다. 도중에 녹아 버린 내장이 전부 왈칵 쏟아져 내리는 바람에 그것을 치우는 게 또 고역이었다.

"쌓기는 쌓았는데, 이걸 이제 어쩌지?"

도로 위로 옮겨 놓은 시체 더미를 바라보며 삼식이가 한숨을 쉬었다. 악취도 악취지만, 그냥 뒀다간 혹시 무슨 전염병이 생길지도 모른다.

"나뭇가지 좀 꺾어 와서 각목이랑 섞어 끼워 두자. 옷이 있으니까 WD-40을 뿌리면서 불을 붙이면 타지 않을까?"

"그거 생각만 해도 끔찍한데? 뼈가 다 안 타고 남을 거야, 아마."

"……씨발, 정말 그렇겠네. 그래도 일단 살은 태워야 해. 살균을 위해서라도."

발전기에서 휘발유를 꺼내 오면 윤활유보다 좋겠지만, 그건 꼭 필요한 순간을 위해 아껴야 할 필요가 있다. 언제 또 기름을 구할 수 있을지 장담할 수가 없기 때문이다. 공기가 통할 수 있도록 시체들 사이에 나뭇가지와 각목, 스티로폼 조각들을 쑤셔 넣어 빈 공간을 만들었다.

삼식이가 WD-40을 라이터 불꽃 위로 분사하자 화염방사기처럼 불이 뿜어져 나온다. 스티로폼과 화학섬유에 먼저 불이 붙고, 조금씩 연기가 커졌다. 불길이 어느 정도 자리를 잡는 걸 확인한 후, 두 친구는 매캐한 노린내가 나는, 그 지옥 같은 자리를 서둘러 피했다.

"아, 이건 정말 두 번은 못 할 짓이다."

세수를 한 뒤 벽에 기대앉아 음료수를 마시며 삼식이가 고개를 설레설레 저었다. 유빈도 동감이었다. 그건 정말 구역질이 나는 일이었다. 삼식이가 담배 두 대를 천천히 다 피웠을 때쯤, 보안관과 신입도 트랩 설치를 마치고 돌아왔다.

"발전기 켜 줘. 핸드폰 충전해서 뉴스를 보고 싶어."

익숙하지 않은 노동 덕에 팔뚝이 생채기투성이가 된 신입이 땀을 뚝뚝 떨어뜨리며 말했다. 모두 그러자고 했다. 발전기의 연료는 아깝지만, 뉴스는 그것보다 더 중요할 수도 있다. 스위치를 누르자 윙윙거리며 발전기가 돌아가기 시작했고, 조금 더 기다리니 핸드폰이 켜졌다.

"……여전히 인터넷이 안 돼. 씨발, 전화는 아예 안테나도 안 뜨네."

신입은 비통한 목소리로 중얼거렸다. 애초부터 유빈은 상황이 그렇게 극적으로 호전되리라고는 기대하지도 않았다. 그가 원하는 건 그저 뉴스였다. 이곳을 탈출해서 안전하게 구조될 수 있도록 돕는 한두 마디의 결정적인 정보. 그런 것이 필요하다.

몇 번 더 인터넷을 껐다가 켜 보던 신입은 인터넷을 포기하고, 안테나를 뽑은 뒤 DMB를 눌렀다. 거짓말처럼 멀쩡하게 잘 차려입은 중년 여자가 화면에 나왔다. 뭔가 나아진 것 같다는 생각에 모두가 우와아아~! 기쁨의 탄성을 지르고 귀를 기울였다. 중년 여자는 뻔뻔하게 생긴 눈으로 카메라를 응시하며 빠르게 지껄여 댔다.

— 그러니까 해당 지역의 주민들께서는 그저 문을 꼭 잠그고 며칠만 더 버티시면 됩니다. 정부는 군경과의 긴밀한 협조를 통해 사태를 해결하고 있으며, 지금 상당한 진전을 보이고 있습니다.

몇 번인가 TV에서 본 적이 있는 여자다. 아마 정부의 대변인인가 뭐였을 거다.

"나아지고 있대!"

삼식이가 소리쳤다. 보안관도 어지간히 좋아한다. TV 속의 여자가 말을 계속 이었다. 여자의 뒤쪽은 커튼이 쳐진 실내라서 장소가 어딘지는 알 수 없었다.

— 국민 여러분, 지금 혼란스러우시겠지만 저희를 믿고 조금만 더 참아 주십시오. 한시라도 더 빠르게 국민 여러분께 사태의 완벽한 해결이라는 기쁜 소식을 전하기 위해 최선의 노력을 기울이고 있습니다.

여자가 말을 마치자 낯선 아나운서로 화면이 넘어간다. 아마 인터뷰 형식인 모양이다. 아나운서가 물었다.

— 그럼 지금부터 완벽한 해결까지는 얼마 정도의 시일이 소요될 거라고 예상하십니까?

— 글쎄요. 지역에 따라 차이가 있겠지만, 현재의 추세로는 길어도 일주일을 넘지 않을 거라는 전망이 지배적입니다.

이 얼마나 좋은 일인가. 이미 죽어 버린 사람들에게는 미안한 이야기지만, 일주일만 참으면 모든 게 다시 예전처럼 돌아갈 수 있다. 세 친구가 웃음이 가득해서 서로를 마주 보며 하이파이브를 하려는데, 신입이 갑자기 발광을 하면서 핸드폰을 마구 눌러 댔다.

"씨발! 씨바알! 씨발! 좆 까라고, 이 개새끼들! 으아아아!"

깜짝 놀란 세 친구가 신입을 진정시켰다.

"야, 좀 진정해. 왜 그래?"

"일주일만 참으라잖아. 괜찮아, 그동안이면 충분히 버틸 수 있어."

"씨발, 이 개새끼가 누군지 알아?"

양쪽 어깨를 붙들린 신입이 입에 거품을 물고 소리를 질렀다. 그가 가리키는 것은 정부 대변인과 마주 앉아 있는 아나운서였다.

"내 사촌 형 새끼야! 제주 MBS 아나운서 됐다고 명절 때마다 존나게 유세를 떨던 새끼라고!"

"그게 무슨……."

사태가 명확하게 파악되지 않아서 어리둥절해 있는 세 친구를 향해 신입이 또 악을 썼다.

"이 개새끼들이 방송하고 있는 데가 제주도란 말이야, 이 등신들아! 이 새끼들은 벌써 육지를 다 포기하고 제주도로 떴다고! 그저께부터 지금까지 단 한 군데도 구조를 못 한 거야! 변변한 공중파 아나운서 하나도 구하지 못한 거라고!"

03

어쨌거나 정찰을 나서긴 했지만, 신입이 DMB를 보며 떠들어댄 말 때문에 가슴속은 답답했다. 경전철역에 도착해서 음료수를 좀 챙기고 옥상으로 향하는 계단을 오르면서도 보안관과 유빈은 좀처럼 말이 없었다.

물론 삼식이만은 여전히 자유로웠다. 일부러 챙겨 온 망원경을 자랑스럽게 눈에 가져다 대고 탐험가처럼 360도를 고루 살피더니, 뭐에 꽂혔는지 지금은 번화가 쪽에 시선을 고정해 두고 있다.

"아까 그 이야기 어떻게 생각해? 정말 서울은 포기한 걸까?"

삼식이와 나란히 난간에 기대서 아래쪽을 바라보며 보안관이 물었다. 거리에는 여전히 괴물들이 어지러이 돌아다니고 있다. 등을 돌리고 앉아 벌판과 산책로 쪽을 살피던 유빈이 대답했다.

"신입 말이 일리가 있다고 생각해. 만약에 그게 경기도나 서울이었다면 일부러라도 어디인지 알 수 있는 곳을 배경으로 삼아 찍지 않았을까? 예를 들어 광

화문이나 수원성, 국회의사당 같은 데 말이야. 그러면 최소한 거기까지는 안전해졌다는 걸 확인시켜 주는 거잖아."

"대체 왜 그런 구라를 일부러 방송을 찍어 가면서까지 치느냔 말이지. 그건 그냥 사람들한테 상대는 좀비니까 대가리를 뽀개라고 알려 주는 것보다도 못하잖아. 그렇게 일주일을 더 번다고 뭐가 달라진다는 거야?"

"내 생각에는 오히려 감염 지역이 아닌, 지방 사람들 보라고 만든 방송 같은데? 공연히 난리 치며 돌아다녀서 교통 막지 말고 가만히 있으라는 말이겠지."

"어쩐지, 그날 헬리콥터가 미친 듯이 날아다니더라니. 지들만 목숨이냐? 개새끼들."

보안관이 다 마신 음료수 캔을 꽈드득, 움켜쥐며 욕설을 내뱉었다. 도무지 희망이라는 게 보이는 것 같지가 않았다.

"몇 시야, 보안관?"

망원경으로 거리를 내려다보고 있던 삼식이가 물었다.

"2시 반."

"정확하게 2시 반?"

"아니, 2시 34분. 이런 상황에서 몇 분 단위가 중요하냐? 왜? 누구랑 시간 약속 있어?"

"하하하, 어떻게 알았지? 여자애들이랑 한잔하기로 했는데, 너도 같이 갈래?"

까칠해진 보안관이 시비조로 대응했지만, 삼식이가 웃어 버리니까 말싸움까지도 가지 않는다.

"왜 저렇게 모여 다닐까?"

열심히 괴물들을 살피던 삼식이가 물었다.

"응? 왜라니? 재네들의 목적이라야 뻔하지. 산 사람 잡아먹는 거."

유빈은 뒤쪽에서 눈을 떼지 않은 채 당연하다는 듯 대답했다.

"그걸 묻는 게 아니야. 저 정도로 여럿이 있으면 먹이 하나를 잡아도 훨씬 조금밖에 못 먹을 텐데, 왜 저렇게 죽자고 붙어 다니느냐는 말이지. 그렇다고 해서

서로 지켜 주거나 하는 것도 아니잖아. 게다가 저놈들이 번화가 거리에만 붙어 있는 이유는 또 뭐야? 벌판 쪽으로는 나오지도 않잖아."

"하긴 그러네. 나라면 차라리 저기 산책로 어딘가에서 대기 탈 것 같다. 우연히 지나가는 놈 하나만 걸려도 그게 어디냐."

황량하게 텅 빈 채 뻗은 산책로를 가리키며 유빈이 대답했다. 인정받은 삼식이는 밝은 목소리로 다시 한번 의문을 표했다.

"그치, 응? 저렇게 몰려다닐 필요가 있을까? 어, 영숙이다."

"영숙이라니? 사람이 있어?"

유빈이 깜짝 놀라 뒤를 돌아보았다. 여전히 망원경에서 눈을 떼지 않은 채 삼식이가 손을 저었다.

"아니, 아니, 이미 변했어."

"그게 누군데? 나도 좀 알자."

보안관이 호기심을 보이며 물었다. 삼식이는 괴물들의 무리 중 한쪽을 가리켰다.

"저기, 빨간 원피스 입은 재. 골목 끝 댄스 학원에서 일하던 앤데……."

빨간 원피스를 입은, 유난히 커다란 가슴의 여자 괴물이 있기는 하다. 하지만 처음 보는 얼굴이다.

"댄스도 안 배우는 새끼가 뭐 한다고 직원 이름까지 알아?"

"에, 그게…… 에이, 뭐, 이제 죽었으니까 말해도 상관없겠지. 몇 번 잤거든. 음, 같이 잤던 여자가 좀비가 된 걸 보다니…… 이거, 기분 묘한데?"

삼식이는 씁쓸하다는 듯 입맛을 다시면서 다시 망원경에 눈을 가져다 댔다.

"어라, 지혜도?"

"지혜는 또 누구야?"

보안관이 무심하게 대꾸한다.

"지혜는 마을금고에서 일하던 애야. 재는 자취를 하는 애라서…… 근데 지금 몇 시야, 보안관? 정확하게."

"2시 41분이다."

몇 분쯤 뒤, 삼식이가 또 입을 열었다.

"미연이도 변했구나. 다음 주에 자기 생일이니까 1박 2일로 춘천 놀러 가자고 그렇게 조르더니, 쯧쯧. 에이, 이럴 줄 알았으면 맘이라도 편하게 해 줄걸……. 어! 혜경이, 너도?"

"이런 개새끼. 이 동네 일하러 온 지 몇 주 되지도 않았구만, 그 짧은 새 어지간히도 건드리고 다녔네."

보안관이 어처구니없어하며 등을 돌리고 난간에 기대앉았다. 움직이는 좀비 떼들을 질리지도 않고 계속 망원경으로 얼굴까지 확인해 가며 보고 있는 삼식이를 이해할 수 없었다.

"여기보다는 차라리 저 뒷산 너머가 더 가능성이 있지 않을까?"

보안관이 유빈에게 물었다.

"거기 뭐가 있는지 모르잖아."

"최소한 거긴 가능성이라도 있지. 여긴 그냥 괴물 밭이야. 한 번도 저 번화가가 비어 있는 걸 못 봤어."

"하긴, 그럴지도 모르겠다."

유빈이 힘없이 대답했다. 지하 통로에서 25미터 정도만 가면 편의점이 있다. 비록 유리창이 피범벅이 된 채 깨져 있지만, 물건은 멀쩡하다.

여기에서도 흐트러진 채 방치된 상품들이 고스란히 보인다. 이 더운 날씨에 그 안에서 1초가 지날 때마다 썩어 가고 있을 빵이며 삼각김밥, 햄을 생각하니 한숨이 절로 나온다.

"몇 시야, 보안관?"

삼식이가 또 물었다.

"두…… 아니, 3시 2분. 아, 귀찮아. 새끼야, 그냥 시계 너 차고 있어. 갑자기 왜 이렇게 시간에 대한 호기심이 많아졌지?"

보안관은 시계를 풀어 삼식이의 팔에 채워 버렸다. 삼식이는 신경도 안 쓰고 또 여자 이름을 댔다.

“오렌지 호프 누나도 변했구나. 후우~.”

“오렌지 호프? 어디? 어디? 너! 저 아줌마랑도?”

유빈과 보안관이 벌떡 몸을 일으켜 거리를 내다봤다. 두 친구도 알고 있는 사람이다.

30대 중반의 풍만한 미시로, 어딘가 색기가 잘잘 흐르는 느낌이었다. 몇 번인가 일 끝내고 그 집에서 맥주도 마셨고, 치킨 맛이 좋아서 사다 먹기도 했다.

좀비로 변한 그녀가 괴물들 틈에서 속보 정도의 빠르기로 걸어간다. 늘 유혹하듯 흔들며 걷던 엉덩이가 반쯤 뜯겨 나간 상태였다.

“하지만 저 여자는 네 스타일이 아니잖아?”

적당한 미인형이었던 호프집 사장의 얼굴을 떠올리며 보안관이 물었다. 삼식이는 억울하다는 듯 대답했다.

“응, 맞아. 좋아서 했다기보다는 덮쳐졌지. 너희도 기억할 거야. 지지난 주였나, 새벽에 내가 치킨 사러 갔었잖아. 저 누나가 쪽문만 열어 두고 혼자 맥주 한잔하고 있더라고. 내가 들어가서 ‘지금 치킨 해 주면 안 돼요, 누나?’ 그랬더니 벌떡 일어나서 곧바로 셔터를 내리고 다가오더라고. ‘으응, 삼식아. 누나가 해 줄게.’ 이러면서……. 쯧, 내 스타일은 아니더라도 뭐 그렇게까지 하는데…….”

씨발, 듣고 있던 보안관과 유빈은 얼굴을 마주 보며 욕설을 내뱉었다. 인물이 되는 새끼는 밤중에 치킨 사러 갔다가도 그런 횡재를 하는구나. 어쩐지 삼식이가 사러 가면 치킨 양이 유난히 많더라니.

“지금 몇 시야, 보안관?”

“시계…… 네 팔뚝에 있잖아, 이 바람둥이 새끼야.”

보안관이 공연히 짜증을 부린다. 삼식이가 그제야 알았다는 듯 시계를 가만히 들여다보며 말했다.

“너희, 그거 알아? 뽕짝 아저씨도 저기 끼어 있다? 그리고 이제 더 이상 노래는 안 나오네. 드디어 배터리가 다됐나 봐.”

"정말? 저쪽 벌판에서 걸어가더니, 어느새?"

보안관과 유빈이 머리를 내밀어 보니 정말로 뽕짝 아저씨가 괴물들과 함께 어울려 걷는다. 의아하다는 표정으로 유빈이 물었다.

"진짜네. 아깐 왜 못 봤지?"

"아깐 여기 없었으니까."

삼식이가 대답했다.

그때까지도 그런 말들을 별로 의미 있게 받아들이지 않았다. 까짓 좀비가 된 노인 하나가 어디로 어떻게 돌아다니는지 그런 게 무슨 상관이란 말인가. 어차피 눈에 보이는 건 다 비슷한 놈들뿐인데.

"3시 23분…… 그럼 21분이라고 하고."

삼식이가 또 혼자서 시계를 보며 중얼거린다. 보통 사람이 저런 증상을 보이면 정신이 이상해진 걸까 싶어 겁이 덜컥 나겠지만, 삼식이니까 어떤 행동을 해도 그저 그러려니 하면 된다.

시계 놀이에 몰두한 삼식이를 내버려 두고 유빈과 보안관은 향후의 일정에 대해 진지하게 논의를 하기 시작했다.

"복지 센터 앞 도로 양쪽으로 나가 보면 혹시 택배 트럭이나 그런 걸 만날지도 몰라. 운이 좋으면 식재료나 과자를 실은 트럭이 있을지도 모르고."

보안관이 우회론을 제기했다. 눈앞에 괴물들이 가득한 이 번화가를 버리고 도로를 따라 멀리 나가 보자는 주장이다.

하지만 자동차들로 꽉 막힌 도로 역시 위험하긴 매한가지였다. 괴물들이 엄청나게 많이 돌아다니는 건 아니다. 하지만 워낙 시야가 좁아지기 때문에 숨어 있는 한두 마리에게 어이없이 당할 수도 있다. 뒤돌아 도망칠 때도 보호해 줄 철책이나 트랩이 없으니 부담은 더욱 커진다. 유빈은 무겁게 고개를 저었다.

"생수 트럭이 하나 보이긴 했지만, 그것도 꽤 멀던데. 가장 가까이 있는 거라야 자빠진 마을버스뿐이었어."

"영숙이……."

삼식이는 또 여자 이름을 주워섬긴다. 그러거나 말거나 유빈과 보안관은 대화를 계속했다.

"제대로 먹지 못하고 이대로 가면 우리는 점점 약해질 수밖에 없어. 어느 시점까지를 마지노선으로 딱 정해 두고 그때까지도 뾰족한 방법을 찾지 못하면 모험이 되더라도 해야 해. 난 그게 앞으로 이삼일이라고 본다."

보안관은 비장하고 단호하게 말했다. 유빈의 생각도 다르지 않았다. 음료수가 바닥을 보이기 전에 뭔가 결단을 내려야 한다. 하지만 구체적으로 뭘 어떻게 하겠다는 건지 너무 모호해서 그냥 뿌연 안개 속을 헤매는 기분이다. 무작정 도로로 걸어 나가서 몇 마리인지도 모르는 좀비들과 싸운다는 건 그의 스타일이 아니다. 라이터로 담배에 불을 붙인 삼식이가 또 중얼거렸다.

"미연이."

"그럼 내일부터는 아예 이쪽 말고 도로 쪽으로 나가 볼까? 아, 또 다른 방법은 경전철 선로를 따라 걸어가 보는 건데, 그건 어때? 몇 정거장이나 이어진 건지는 모르겠지만, 여기보다 나은 동네가 있을지도 모르잖아."

유빈이 제안했다. 보안관은 지하 통로 위로 쭉 뻗은 선로를 내려다봤다. 지상보다 약간 높이 설치돼 있고 양쪽으로 철책이 있으니 일반 거리보다는 안전할 수도 있다.

"하지만 저기에서 음식이 나올 것 같지가 않아. 계속 가다가 자는 건 또 어떡해?"

"음, 그것도 문제네."

"보안관."

삼식이가 불렀다. 고민에 잠겨 있던 보안관이 건성으로 대답했다.

"왜 자꾸 귀찮게 그러냐? 삼식아, 우리 좀 내버려 둬라. 지금 고민이 많다."

"너, 재네들 정말로 한 번에 다섯 명 상대할 수 있어?"

"그래, 할 수 있다고오."

"다섯 명 해치우는 데 몇 분 걸릴 것 같아? 최대한 서두른다면."

"몇 분? 글쎄…… 어디 보자, 휙 하고 탁 해서 빡 하면…… 5분? 좀 더 걸리면

6분?"

6분이라……. 잠시 생각에 빠져 있던 삼식이가 이번엔 유빈에게 물었다.

"유빈아, 그럼 우리 둘이 두 마리 해치울 수 있을까? 그 시간 동안?"

"둘? 가능하지 않을까? 너, 근데 재네들 머리통 때릴 자신 있어?"

"나 혼자라면 그냥 잡아먹어라~ 할 것 같긴 한데, 너희 목숨도 걸린 일이니까…… 까짓거 해야지."

그렇게 중얼거리던 삼식이가 갑자기 진지한 얼굴로 말했다.

"그렇다면 우리 음식 구할 수 있을 것 같아."

잠시 삼식이를 동정하듯 바라보던 보안관이 물었다.

"뭔 소리야? 저 아래 좀비가 수백인데, 일곱 마리 죽인다고 뭐가 달라지는데?"

"그게 그렇지가 않더라고. 내가 계속 보고 있으니까, 걔네들 반시계 방향으로 계속 돌잖아."

"씨발, 무슨 군대냐? 도는 방향이 따로 있게? 아무렇게나 돌아다니는 놈들도 있고, 그냥 제멋대로더구만."

"음, 그런 애들도 있지. 혜경이도 그런 애들 중에 하나더라."

"야이 미친놈아, 좀비 된 여자 이름 좀 그만 주워섬겨!"

"잠깐만, 보안관. 그만 다그치고 삼식이 얘기 좀 들어 보자. 삼식아, 걔들이 어떻게 움직인다고?"

유빈이 끼어들어 보안관을 진정시켰다. 삼식이는 모아 놓은 꽁초를 바닥에 늘어놓으며 설명을 시작했다.

"자, 이 긴 꽁초가 혜경이다? 그리고 이 바닥 전체가 저 번화가 편의점 앞이라고 하자. 이해했지?"

"응."

"혜경이는 이 근처에서 계속 가게마다 기웃거리고 왔다 갔다 해. 어떤 그룹에도 속해 있지 않아. 그런 애들이 일곱 마리야."

"그렇다고 하면?"

"그다음에 거리를 꽉 채우고 수십 명씩 돌아다니는 애들은 다섯 집단이 있어. 걔들은 가끔 이 가게, 저 가게 들어가긴 해도 결국 크게 보면 저 번화가와 그다음 몇 개의 블록을 한 바퀴씩 돌아."

"다섯 집단이라는 건 어떻게 알았어?"

"영숙이가 지나가고 나서 큰 덩어리 네 개가 더 지나가니까 또 영숙이가 오더라고. 간단한 거지. 이 캔 하나가 집단 하나라고 하자."

삼식이는 캔 다섯 개를 나란히 늘어놓았다.

"먼저 얘가 지나가고 나면 얘가 몇 분 내로 와. 그런데 줄을 딱 맞춰서 걷는 게 아니니까 꼬리가 빠져나가면 조금 있다가 머리가 들어오는 식이야. 게다가 혜경이네 일곱 마리는 항상 여기서 기웃거리니까 우리가 볼 때는 계속 괴물들이 상주하는 것 같지."

유빈과 보안관은 망치로 머리를 얻어맞은 것 같은 충격을 느꼈다. 유빈이 조심스럽게 대답했다.

"대충 알아는 듣겠어. 그러니까…… 삼식이, 네 말은 몇 마리만 빼면 어떤 특정한 시간대에는 저 번화가에 괴물이 없다는 말이지?"

"그래. 하지만 그 간격이 얼마나 되는지는 모르겠더라고."

"그래서 자꾸 시간을 물어봤던 거야?"

"응. 보안관이 말해 준 시간을 라이터로 시멘트에 새겨 써 놓으면서 보니까 영숙이네 꼬리가 번화가 밖으로 나가고 그다음 팀 머리가 들어오기까지의 시간이 9분 정도 돼. 그다음 미연이네 무리가 11분 정도 있다가 들어와. 그리고 또 20분 후에 오렌지 호프 누나가 오지. 그 12분 뒤에는 뽕짝 아저씨……."

"그래서 제일 긴 시간 간격이 얼만데?"

"오렌지 호프가 들어오기 전까지 20분."

"20분이면 충분하겠네! 좀비 일곱 마리 잡고 거기서 컵라면 끓여 먹고 와도 되겠다."

보안관이 반색을 하자 삼식이가 손사래를 쳤다.

“하하, 그럴 여유까지는 없어. 마지막 한두 놈이 완전히 멀어져서 우리가 가는 걸 눈치채지 못할 때까지 기다린 다음에 지하 통로 위로 나가야 하고, 저쪽에서 새로 오는 놈들이 우리를 보고 쫓아오면 안 되니까, 실제로 남는 시간은 12분이 될까 말까야. 거기에다 상주하는 혜경이네 일곱 마리를 해치울 시간이 6분이니까, 음식을 챙길 시간은 5분이나 될까?”

유빈과 보안관은 삼식이가 끄적여 놓은 시간 표시들을 검토했다. 구구단도 가끔 틀리는 놈의 말이라서 신빙성이 떨어진다. 하지만 이 말이 맞는다면 얼마나 좋을까.

“시간 계산은 맞네. 20분. 근데 삼식이, 네 이론이 옳다는 근거는 뭐야?”

희망으로 들뜬 보안관이 물었다. 삼식이는 어깨를 으쓱해 보였다.

“너희가 눈으로 직접 봐. 시간은 좀 걸리겠지만, 그게 제일 확실하지. 지금이 4시 34분이니까 내 계산대로라면 5분 뒤에 또 영숙이가 올 차례야.”

유빈과 보안관, 삼식이는 난간에 나란히 기대서서 번화가 반대쪽 끝을 내려다보았다. 그렇게 두근거리는 5분은 참 오래간만이었다.

우왕좌왕하는 몇 마리의 괴물, 그리고 맨 끝에 서서 코너를 돌아 나간 괴물들. 마침내 삼식이의 시계가 39분이 되었을 때, 아까의 그 빨간 원피스가 가슴을 흔들며 모습을 드러냈다. 망원경을 들여다보고 있던 보안관이 ‘으음~!’ 하는 가벼운 신음을 흘렸다.

“정말이네. 왔다.”

영숙이가 포함된 집단이 번화가 코너를 빠져나가 시야에서 사라지기까지는 6분 이상이 걸렸다. 그리고 또 3분이 지나자 새로운 집단이 그르렁대며 반대쪽 끝에 모습을 드러낸다.

“여기에는 아는 여자애가 하나도 없더라고.”

삼식이는 마치 그게 신기한 일이라도 되는 듯 말했다. 12분 후 또 새로운 집단이 등장한다. 약간의 차이는 있지만, 삼식이의 말이 맞았다. 이쯤에서 완전히 믿어도 좋겠지만, 목숨이 걸린 일이니까 신중해지기로 했다.

정말로 오렌지 호프 그룹은 20분의 간격을 두고 등장했고, 다섯 그룹이 완전히 한 바퀴를 도는 데 약 한 시간이 걸렸다. 그동안 그들은 누가 어떤 괴물을 해치울지에 대해서 논의했다. 이제 실행에 옮기기만 하면 된다.

5시 47분. 그룹이 빠져나가는 것을 확인하고 그들은 서둘러 역사 계단을 걸어 내려왔다.

"몇 시야?"

"58분."

"좋아, 이제 슬슬 가 보자."

철책을 넘어 지하 통로 입구에 도달한 뒤, 잠시 기척을 숨기고 기다렸다. 참는 것이 매우 중요하다. 흘러가는 매초가 아쉽지만, 미연이네 그룹이 완전히 코너를 빠져나갈 때까지 나가면 안 된다.

작전 개시 시간으로 정해 놓은 것은 6시 5분. 시계를 보고 있던 삼식이가 두 친구의 어깨를 가볍게 쳤다. 고! 고! 고! 마음속으로 외치며 재빨리 지하 통로를 달려 나갔다. 계단에 목이 부러진 채 널브러져 있는 시체 두 구가 보인다. 가장 앞서서 뛰어나간 것은 보안관이었다.

보안관은 번화가 입구에서 서성이던 괴물의 머리를 커다란 해머로 사정없이 내려쳤다. 빠각! 괴물은 미처 완전히 돌아서지도 못하고 맥없이 쓰러졌다.

그롸아악!

편의점 안에서 여자 괴물이 튀어나왔다. 삼식이가 말했던 혜경이다. 보안관은 해머를 옆으로 쳐올려 괴물의 머리통을 작살냈다. 주춤거리며 다시 일어서려는 괴물의 정수리에 해머가 내리꽂히자 퍽! 하는 소리와 함께 두개골이 납작해졌다.

"둘."

보안관은 속도를 줄이지 않고 계속 뛰어가며 마주 달려오던 괴물의 다리를 후려갈겼다. 무릎이 박살 난 채 앞으로 고꾸라진 괴물은 뒤따라오던 유빈이 처리했다. 삽으로 계속 뒤통수를 내려찍자 어느 순간 푸슉! 하며 날이 들어가 박혔다.

“셋!”

괴물이 움직이지 못하는 것을 확인한 유빈이 삽날을 빼는 동안 삼식이가 돌깨는 망치를 들고 곁을 지켜 준다.

그롸악! 그락!

얼굴이 반쯤 뜯겨 나간 파마머리 아줌마 괴물이 삼식이를 향해 이를 드러내며 달려든다.

“아…… 역시 아줌마는 무서워.”

삼식이는 꺼림칙한 표정을 지으며 긴 팔을 쭉 뻗어 망치 끝으로 아줌마의 얼굴을 때렸다. 빠악! 살아 있는 사람이었다면 한 방에 기절을 했겠지만, 상대는 좀비다. 아줌마 괴물은 중심을 잃고 비틀대다가 더 맹렬한 기세로 몸을 날렸다.

“비켜!”

삽을 빼낸 유빈이 외쳤다. 삼식이가 옆으로 돌아선다. 유빈은 삽의 손잡이를 두 손으로 잡고 있는 힘껏 휘둘렀다. 칵—! 괴물의 목에 삽날이 박히며 날아드는 방향이 바뀌었다. 유빈은 그 힘을 이기지 못하고 삽을 놓쳐 버렸다. 벽으로 내동댕이쳐진 괴물이 다시 몸을 일으키려 했다.

저대로 일어나 덤벼든다면 유빈에게는 무기가 없다. 다급해진 유빈은 덜렁거리는 삽자루를 걷어찼다. 카각—! 삽이 더 깊숙이 박혔다. 보기엔 끔찍하지만 효과가 있다. 유빈은 눈을 찌푸리며 두 손으로 삽 손잡이를 잡고 벽을 향해 밀었다.

으롸아-.

목이 반쯤 떨어져 나간 괴물의 입에서 맥없는 비명이 흘러나왔다. 이런 것에 약해지면 안 된다. 유빈은 온몸의 체중을 삽에 실었다. 콱! 콱! 삽 끝에 닿는 저항이 있을 때마다 힘을 주었다. 마침내 완전히 잘려 나간 목이 삽을 타고 데굴데굴 굴러떨어진 다음에야 비로소 괴물은 조용해졌다.

“어흐~!”

그 잔혹한 모습에 유빈은 눈살을 찌푸리며 삽을 다시 빼 들었다.

"조심해!"

삼식이가 다급하게 외치며 달려온다. 유빈이 돌아보기도 전에 허리에 콱, 하고 엄청난 충격이 가해졌다. 괴물이 몸을 날려 그를 덮친 것이다. 그롸아악! 괴물의 아가리가 쫙 벌려져 유빈의 얼굴을 향해 돌진했다.

빠악!

괴물의 이빨이 삼식이가 휘두른 망치에 맞아 엉망으로 부러졌다. 삼식이는 분노에 가득 찬 눈으로 괴물을 노려보며 그 관자놀이에 다시 한번 망치를 꽂아 넣었다. 어찌나 세게 때렸던지 쩌억! 하는 뼈가 쪼개지는 소리가 번화가 전체에 울려 퍼지는 것 같았다.

"일어나, 유빈아."

움찔거리는 괴물의 몸뚱이를 밀어내고 삼식이가 손을 내밀었다.

"이런 젠장, 나 물렸나? 아프지는 않은데."

"아니야. 안 물렸어. 괜찮아."

유빈은 정신없이 자신의 몸을 더듬거려 봤다. 다행히 물린 흔적은 없다.

"하아, 씨발. 정말로 끝나는 줄 알았어."

유빈이 한숨을 쉬며 가슴을 쓸어내리자 삼식이가 부끄러워하며 고개를 숙였다.

"미안해, 머뭇거려서."

"아니야, 너 잘했어. 진짜로 엄청 잘 싸운 거야."

그렇게 유빈과 삼식이가 서로를 위로하고 있을 때, 보안관이 화장품 가게 안에서 일곱 번째 괴물의 머리통을 박살 냈다. 깨진 향수병들을 뒤집어쓴 보안관이 기침을 콜록거리며 묻는다.

"캑! 캑! 아유, 씨발, 화장품 냄새. 하아, 몇 분이야?"

"6시 9분."

"내가 말했던 5분보다 오히려 더 빨리 끝냈네. 오케이, 이제 음식만 챙기면 된다. 서둘러."

세 친구는 편의점에 들어가 쇼핑백을 집은 다음, 닥치는 대로 음식을 챙겼다. 빵, 소시지, 핫 바, 통조림……. 혹시 몰라 시간제한은 4분만 두기로 했다. 삼식이가 시계를 봤다.

"이제 그만! 가자!"

보안관과 유빈이 쇼핑백 네 개를 가득 채웠을 때, 삼식이가 외쳤다.

"그래!"

음식의 유혹은 끝이 없지만, 거기에 사로잡혔다간 좀비들의 먹이가 되고 말 것이다. 세 친구는 깨끗이 미련을 버리고 편의점을 나섰다. 그때였다.

드르륵! 드르륵!

믿을 수 없는 일이 일어났다. 주변 건물들의 2, 3층 유리창들이 일제히 열린 것이다.

04

"으와아!"

예상치 못했던 상황에 깜짝 놀란 세 친구는 짧은 외마디 비명을 내지르며 서로에게 등을 대고 바짝 붙어 섰다. 무기를 고쳐 쥐느라 툭, 떨어뜨린 쇼핑백에서 참치 캔 하나가 또르르르 굴러 나왔다.

하지만 어두컴컴한 창문 안쪽에서 얼굴을 내밀고 소리를 지르는 건 살아 있는 사람들이었다. 하나같이 초췌하고 절망적인 표정을 하고 있는 사람들이 필사적으로 소리를 질렀다.

"구조대예요? 구조대예요?"

"구조하러 왔어요?"

"아이구, 하느님! 구조대다! 구조대가 왔다!"

“여기 먼저 구해 줘요! 애가 있어요!”

어이가 없어진 보안관은 자신의 곁에 붙어 선 두 친구의 몰골을 바라보았다. 좀비의 피와 체액으로 잔뜩 얼룩이 지고 구멍이 뚫린 꼬질꼬질한 면 티, 무릎이 다 찢어진 나달나달한 청바지. 제대로 씻지 못해서 머리카락은 떡 져 있고, 얼굴과 목엔 땟국물이 줄줄 흐른다. 게다가 무기라고 쥐고 있는 건 망치와 삽자루다. 야이, 멍청이들아! 이 세상에 이런 구조대가 있을 리 없잖아!

“우리 구조대 아니에요!”

유빈이가 다급하게 외치며 쇼핑백을 다시 집어 들었다. 오랜만에 사람의 얼굴을 보는 건 반갑지만, 지금은 여기서 이렇게 시간을 끌 여유가 없다. 번화가 반대편으로 새로운 괴물 그룹이 걸어 들어오기까지 채 5분도 남지 않았다.

“내일 또 올게요! 내일 이야기해요!”

보안관과 삼식이도 짐을 챙기면서 크게 외쳤다. 그러나 소란스러워진 번화가 골목은 그들의 목소리를 완전히 삼켜 버리고 생존자들의 아우성만 뱉어 냈다.

“야이, 나쁜 새끼들아! 여기까지 와서 그냥 가면 어떡해? 구조를 하라고!”

“아저씨! 여기 음식 없어요! 어제부터 굶었어요!”

“좀비가 없다! 좀비가 다 사라졌다!”

“저 사람들 따라가면 된대! 여보, 빨리 나와!”

씨발, 남의 말 좀 들으라고! 대화를 포기해 버린 세 친구는 시끄럽게 귀를 울리는 사람들의 목소리를 피해 뛰기 시작했다. 그런데 문제는 모든 생존자들이 그저 입으로만 떠들어 대는 게 아니라는 데 있었다.

개중에는 행동이 말보다 빠른 사람들도 있었다. 아니, 더 많았다. 상가 건물의 문들이 열리고 엄청난 수의 사람들이 거리로 몰려나와 편의점을 비롯한 여러 가게로 먹을 것을 찾아 뛰어 들어갔다.

“이, 이 동네에 사람들이 이렇게 많이 살았나? 어떤 데는 한 집에서 열댓 명도 넘게 나오는 것 같은데?”

혼란스러워진 주변을 두리번거리며 삼식이가 불안한 얼굴로 중얼거렸다. 유빈이 미치겠다는 표정으로 말했다.

"길거리에서 난리가 나니까 무작정 남의 뒤를 따라 달아난 사람들이겠지. 아, 씨발. 근데 이거 어떡하지? 이 사람들 다 큰일 나겠네."

"빨리 돌아가요! 몇 분 뒤면 다시 좀비들이 온다고요! 여기 있으면 안 된다고요!"

보안관은 목이 새빨갛게 될 때까지 목청을 돋워 소리를 질렀다. 그렇지 않아도 큰 목소리를 최대한으로 키웠지만, 효과가 없다. 음료수와 통조림을 줍느라 흥분한 사람들은 보안관이 아무리 악을 써도 돌아봐 주지 않았다.

팍—! 세 친구가 다른 생존자들에게 정신이 팔린 사이, 누군가의 손이 유빈의 쇼핑백에서 음식을 훔쳐 간다.

"살려 주세요. 이거 저 주세요, 제발. 애가 굶어요. 선생님, 제발!"

얼굴에 핏기라고는 하나도 없는 여자가 삼식이의 쇼핑백을 잡고 울먹이며 애원을 한다. 삼식이는 입을 다물지도 못한 채 쇼핑백을 쥐고 있던 손에서 힘을 빼 버렸다. 여자는 음식물이 든 쇼핑백을 품 안에 넣자 뒤도 안 돌아보고 급하게 뛰어간다. 고맙다는 인사는 아마 마음속으로만 했을 것이다.

쨍강! 김밥 가게의 유리가 깨어지고, 햄버거 집 안에서는 먹을 것을 사이에 둔 격한 몸싸움이 벌어졌다. 개판이다.

"저기! 저기로 가면 더 큰 가게가 있어!"

어떤 과감한 놈들은 경쟁을 피해 보려고 멀리 번화가 반대편의 슈퍼를 향해 뛰어가기도 했다.

"돌아와! 이 미친 새끼야! 죽는다고!"

보안관이 땀을 뻘뻘 흘리며 애를 태웠다.

"몇 분이야?"

유빈이 사람들을 돌려세우면서 물었다. 시계를 들여다본 삼식이의 얼굴이 파랗게 질렸다.

"17분!"

이제 1분 후면 반대편 코너에서 오렌지 호프 아줌마를 위시한 괴물들의 그룹이 몰려들 것이다. 하지만 지금도 뒤늦게 문을 열고 거리로 뛰어나오는 사람들의 모습이 보인다. 유빈은 최후 수단을 써 보기로 했다.

"좀비다! 으아악! 좀비다!"

골목 한쪽을 가리키며 있는 힘껏 구라를 쳐 봤다. 하지만 사람들은 그가 원하던 대로 도망쳐 주지 않았다. 연기력이 부족해서일까? 아니, 그런 이유가 아니었다. 이미 소란이 너무 커져 버려서 특별히 귀를 기울이지 않으면 한 사람의 목소리 같은 건 거의 전해지지 않는다.

얼마나 굶었는지는 모르겠지만, 사람들은 급하게 빵을 뜯어 캑캑거리며 입안에 구겨 넣느라고 죽음이 바로 코앞에 닥쳐오고 있는데도 주위를 돌아볼 여유 따위가 없었다.

"좀비라고! 저기 좀비 온단 말이야!"

울먹이며 소리를 질러 대는 유빈의 팔을 보안관이 잡아끌었다.

"그냥 가! 이 새끼들 때문에 우리까지 죽겠어!"

"하지만……."

"하지만이고 자시고 뛰어! 네가 다 못 구해, 새끼야!"

그 말이 옳다. 유빈은 이를 악물고 뛰기 시작했다. 가장 늦게까지 미련을 버리지 못하고 있던 삼식이의 팔을 누군가가 콱 움켜쥐고 당겼다. 몸에 딱 붙는 하얀 줄무늬 양복을 입고 머리에 기름을 발라 넘긴 사내는 한눈에도 제비처럼 보였다.

"억!"

중심을 잃은 삼식이가 비틀댔다. 보안관이 삼식이를 붙든 제비의 팔을 탁 쳐낸 뒤 밀쳐 버렸다.

"놔요! 아저씨!"

시비를 할 시간은 없다. 보안관과 유빈이 삼식이를 끌고 뛰어가려는데 제비는 몸을 날려 삼식이의 바지허리를 잡고 늘어진다.

"제발! 제발 살려 줘! 위층에 일행이 있어! 두 블록, 두 블록만 데려다줘. 거기 내 차가 있어."

"놓으라고, 이 새끼야! 살고 싶으면 빨리 돌아가서 문 닫아!"

보안관이 제비의 배를 걷어찼다. 어지간히 아프고 숨이 턱 막힐 텐데, 그래도 제비는 포기하지 않고 질질 끌리며 사정을 한다.

"컥! 콜록! 제발! 한 번만 도와줘, 섭섭지 않게 갚을게! 지갑에 돈 있어! 아니, 출세시켜 줄게!"

"출세 같은 소리 하네. 지랄 말고 놓으라고! 진짜 안 놔?"

결국 참다못한 보안관이 제비의 얼굴을 주먹으로 후려갈겼다. 유빈이 말릴 틈도 없었다. 칼날 같은 짧은 훅에 제비의 턱이 덜컥 돌아간다. 브웩—! 무슨 말인가를 하려던 제비는 열린 입술 사이로 이상한 비명을 흘리면서 맥없이 쓰러져 버렸다. 흰자를 드러내고 뻗은 제비의 입에서 피시시 게거품이 뿜어져 나온다.

"아이, 씨발! 기절을 시켜 버리면 어떡해? 얼굴 좀 때리지 말라고!"

놀란 유빈이 방방 뛰며 소리를 질렀다. 보안관도 당혹스러운지 얼굴을 쓸어내렸다.

"오빠! 오빠!"

속옷 가게 2층으로 이어진 계단에서 고등학생 정도나 된 것 같은 어린 여자애 하나가 뛰어나와 제비를 붙들고 울부짖는다. 이 더위에 어울리지 않게 커다란 모자에, 마스크에, 헐렁한 옷까지. 어떻게든 안 물려 보려고 아주 중무장을 했다. 반쯤 열린 2층 창문 틈으로 몇 명이 얼굴을 들이민 채 음침하게 내다보고 있다.

"그냥 가! 저 정도 머릿수면 자기들이 끌고 올라갈 수 있을 거야!"

난감해하는 보안관을 끌어당기면서 유빈이 소리쳤다. 그때, 골목 반대편에서 엄청나게 큰 비명이 들려왔다.

"끄아아악! 끄악!"

번화가 반대편의 슈퍼를 향해 뛰어갔던 놈들이다. 이제 막 코너를 돌아 나타난 괴물들이 그들을 붙잡고 사정없이 물어뜯고 있었다. 열댓 마리가 한꺼번에 달려들어 깨물어 대니 순식간에 팔다리가 뜯겨 나간다.

"으아악—!"

그롸아악!

날카로운 비명과 커다란 울부짖음이 섞이며 혼란스러웠던 거리의 공기를 단번에 제압한다.

"끼야아악!"

쇼핑에 혼이 팔려 자신의 은신처로부터 멀리 벗어나 있던 사람들이 뒤늦게 사태를 알아차리고 혼비백산하며 달리기 시작했다. 하지만 삼식이가 이야기했듯이 괴물들 쪽이 훨씬 빠르다. 먹을 것을 한 아름 품에 안은 채 뒤뚱거리며 뛰는 사람들과 겨루는 거라면 결과는 볼 것도 없었다.

그롸아아악!

괴성과 함께 무리에서 뛰쳐나온 열댓 마리의 괴물들이 닥치는 대로 사람들을 덮치고 할퀴고 자빠뜨려 물어뜯는다. 뿜어져 나온 피가 사방으로 치솟고, 잘린 살점이 여기저기 튄다. 이틀 전 오후에 바로 이곳에서 보았던 풍경과 똑같아졌다.

"으악! 씨바알!"

비명을 지르던 젊은 사내 하나는 팔뚝의 살을 뚝 떼어 주고 주변의 건물로 뛰어 올라갔다. 빨리! 빨리! 사내의 부모로 보이는 노부부가 사내를 기다렸다가 끌어당긴 후 문을 쾅! 잠가 버린다. 그 뒤를 쫓아 오르던 다른 생존자는 영락없이 닫힌 문과 괴물들 사이에 갇혀 버렸다.

"안 돼에! 문 좀 열어 줘요!"

쾅쾅쾅! 애타게 문을 두드리던 생존자의 목과 다리에 괴물들의 이빨이 콱콱 박힌다. 생존자는 제대로 저항 한번 해 보지 못하고 계단참에 쓰러진 채 내장이 다 뜯겨 나갔다. 괴물들이 턱을 잡아채며 구불구불한 내장을 끄집어낼 때마다 사내의 몸이 경련하듯 떨렸다.

"하아, 하아!"

정신없이 달리던 세 친구는 지하 통로로 뛰어들기 전에 다시 한번 뒤를 돌아보았다. 보안관이 기절시킨 제비는 여전히 의식을 찾을 기미가 없고, 여자애는 그의 어깨를 들어 보려고 안간힘을 쓰는 중이다. 2층에서 지켜보고 있던 놈들은 보이지 않는다. 도와주러 내려오지 않은 것이다.

괴물들의 파도는 벌써 번화가 거리를 절반 이상 점령하며 밀려오고 있었다. 지금 세 친구가 이 계단 아래로 발을 뗀다면 저 제비와 여자애는 100퍼센트 죽는다.

"아우우~ 씨발!"

보안관이 먼저 짐승처럼 욕을 내뱉으며 멈춰 섰고, 유빈과 삼식이도 몸을 돌렸다. 눈빛을 교환하지도 않았고, 아무도 입을 열지 않았다. 하지만 세 친구는 약속이나 한 듯 나란히 다시 번화가 쪽을 향해 돌아서 뛰었다.

"비켜 봐."

울먹이며 낑낑대던 여자애를 밀어내고 보안관이 제비를 어깨에 둘러업었다. 들고 있던 쇼핑백은 여자애의 손에 쥐여 주었다. 유빈은 보안관의 해머를 맡았다.

끄와아악! 그롸아악!

아가리를 쫙 벌린 괴물들이 침을 흩날리며 달려온다. 아직 은신처를 찾지 못한 사람들이 비명을 지르며 사방으로 흩어지고 있다. 꽈드득! 가느다란 뼈가 부서지고 살이 잘려 나가는 소리. 피비린내가 콧속을 가득 채우며 들어온다. 보안관과 친구들은 여자애를 앞세워 속옷 가게 2층으로 다급히 올라갔다.

"이런 미친!"

덜컥덜컥! 손잡이를 돌리던 보안관이 당황했다. 2층의 구경꾼들은 어느새 문을 굳게 잠가 두고 있었다. 보안관은 한쪽 발로 거칠게 문을 걷어찼다.

"문 열어, 이 새끼들아!"

안쪽에서 기어 들어가는 목소리로 대답해 왔다.

"다른 데로 가요! 우리한테까지 피해 끼치지 말고!"

"그게 무슨…… 너희, 일행이라며?"

어이가 없어진 보안관이 여자애를 돌아보며 물었다. 겁에 질린 여자애는 말없이 고개만 젓는다. 문 안쪽에 숨은 쥐새끼 같은 놈들과 이 남매는 서로 모르는 사이였던 모양이다. 그러면 저놈들이 왜 도와주러 내려오지 않은 건지도 설명이 된다. 하지만 지금 그런 건 아무래도 상관없다. 보안관은 복도 전체가 쩌렁쩌렁 울릴 만큼 크게 소리를 질렀다.

"이 개새끼들아! 문 안 열면 때려 부숴 버리고 갈 거야! 나한테 해머 있는 거 알지? 셋 센다! 하나!"

고개를 내밀어 골목을 살피던 삼식이가 나지막이 중얼거렸다.

"아, 젠장. 20미터도 안 남았어."

유빈이 달려가 제비를 넘겨받고 해머를 건넸다. 좁은 계단 사이에 낀 여자애는 고개를 숙인 채 벌벌 떨고 있다.

"괜찮아, 괜찮아. 무서워하지 마."

여자애가 발작을 일으킬까 봐 두려워진 유빈이는 자유로운 왼손을 내밀어 양키스 모자를 쓰고 있는 그 애의 머리를 조심조심 쓸어 줬다. 소리를 죽여 울음을 삼키던 여자애가 얼음장처럼 차가워진 두 손을 내밀어 유빈의 옷자락을 꼭 쥐고 바들거린다. 살려 달라는 백 마디 말보다, 고맙다는 천 마디 말보다 더 절실하게 그녀의 마음이 전해졌다.

"셋! 그래, 같이 죽어 보자! 이 개새끼들아!"

그러는 동안 카운트를 끝낸 보안관은 해머를 높이 들어 올렸다가 문 한가운데를 내리찍었다. 콰광! 계단 전체가 흔들거릴 만큼 강력한 진동이다. 철제문이 움푹 찌그러지고, 달려 있던 조그만 볼록 렌즈가 박살 났다.

"흐억!"

안쪽에서 깜짝 놀라는 비명과 함께 뒤로 넘어지는 소리가 들린다. 아마 누군가 렌즈를 통해 바깥쪽을 살피고 있었던 모양이다.

"봤지? 이번엔 손잡이다!"

렌즈 구멍에 눈을 대고 안쪽을 향해 소리를 지른 보안관이 해머를 또 들어 올렸다.

"알았어요! 알았어요! 열게요! 부수지 말아요!"

다급한 목소리가 들려온다. 그리고 곧바로 딸깍! 문의 손잡이가 돌아갔다. 혹시 마음이 바뀔까 두려웠던 보안관은 번개같이 문을 당겨 벌컥 열어젖히고 뛰어 들어갔다. 네 명이나 안에 있었으면서……. 쏘아보는 보안관의 눈에서 불이 뿜어져 나오는 것 같다.

"들어와! 빨리!"

여자애의 등을 떠밀어 앞세우고 유빈이 계단을 뛰어올랐다. 가장 뒤에 섰던 삼식이가 삽을 휘두르며 소리를 질렀다.

"아이, 씨발! 이거 어쩌지?"

세 마리의 괴물이 계단 안으로 몸을 밀어 넣으려다가 차례로 삽에 맞아 밀려난다. 그롸아악! 하지만 놈들은 포기를 몰랐다.

"삽을 던져 버려!"

보안관이 스패너를 꺼내 들고 급하게 몸을 날리며 외쳤다. 어차피 저렇게 자루가 긴 무기는 이런 좁은 계단에서 휘두를 수도 없다. 투창처럼 내던진 삽에 찢겨 괴물 하나의 눈알이 날아간다.

"올라가!"

보안관은 삼식이를 번쩍 끌어 올리며 삼식이의 허리춤에 끼워져 있던, 돌 깨는 망치를 꺼냈다. 오른손엔 망치, 왼손엔 스패너. 이도류다.

그롸아악!

괴물 하나가 계단을 네발로 뛰어올라 부웅, 몸을 날린다. 계단의 폭이 넓지 않은 것이 지금 상황에서 가장 다행스러운 일이었다. 보안관은 스패너를 밖으로 휘둘러 괴물의 턱을 갈겼다. 빠캉! 스패너에 맞은 괴물의 머리통이 계단 벽을 찧으며 요란한 소리가 울렸다. 보안관은 잇달아 오른손의 망치로 괴물의 옆머리를 때렸다.

으직! 뼈가 부러지는 소리. 한 번 더 망치를 휘둘렀다. 이번엔 반대쪽 턱을 돌려 쳤다. 콱! 턱이 빠져 버린 괴물이 비틀거릴 때, 보안관이 커다란 발을 들어 괴물의 가슴팍을 걷어찼다. 우당탕! 괴물은 제멋대로 나뒹굴며 계단을 타고 굴러 떨어졌다.

"지금이야!"

유빈과 삼식의 애타는 부름이 들린다. 뒤따르던 괴물들이 한데 엉켜 머뭇거리는 사이, 보안관은 재빠르게 뒷걸음질을 쳐서 문 안쪽으로 뛰어들었다.

"닫아!"

유빈이 온몸의 힘을 다해 문을 닫는데, 쫓아온 괴물의 팔목이 문틈으로 쑤욱 들어온다. 콰작! 바깥쪽으로 꺾여 나간 괴물의 팔목이 문틈에 끼어 버렸다. 그 사이로 또 다른 손가락이 문을 잡고 늘어졌다.

"으아!"

유빈은 손잡이를 꽉 잡은 채 기합 소리와 함께 힘껏 당겼다. 으직! 으직! 부러진 괴물의 팔목이 좀처럼 빠지지 않는다. 이익! 유빈이 씨름을 하는 동안 삼식이는 괴물의 부러진 팔목을 비틀어 뜯어내기 위해 안간힘을 보탰다.

"이…… 개새끼들, 힘이 왜 이렇게 세?"

이를 악문 유빈의 턱 근육이 경련을 일으키듯 떨렸다. 겨우 부러진 팔뚝 하나와 으스러진 손가락 몇 개만 버티고 있을 뿐인데, 두 사람이 힘을 다해도 문을 완전히 닫기가 어려웠다.

"내가 할게, 삼식아! 손, 손 조심해!"

보안관이 달려들어 망치로 괴물의 팔을 내려쳤다. 오른쪽으로 부러져 있던 팔이 이번에는 아래쪽으로 꺾인다. 빠직! 빠직! 인상을 잔뜩 찌푸린 보안관이 계속 망치를 휘두르자 괴물의 팔이 하얀 뼈를 드러내며 반쯤 잘려 나갔다. 그 타이밍을 놓치지 않고 유빈과 삼식이가 함께 문을 당겼다.

콰앙! 마침내 문이 닫혔다. 질긴 가죽 때문에 대롱거리며 매달려 있던 괴물의 손이 덜렁 잘려 나가 바닥에 떨어져 구른다.

찰칵! 철컥! 손잡이와 보조키까지 모두 잠그고 난 뒤, 유빈과 삼식이는 그대로 쓰러져 문에 기대앉았다. 밖에서 문을 긁고 두드리는 괴물들의 울부짖음이 등에 닿은 쇠를 타고 울렸다.

제기랄, 또 갇혀 버렸다.

“허억, 허억…….”

허리를 굽힌 채 한숨을 몰아쉬던 보안관이 제비와 여자애를 돌아봤다. 제비는 여전히 의식이 없고, 여자애는 벌벌 떠는 게 멀리서도 느껴진다. 문을 잠갔던 네 명의 다른 사람들은 공포에 질려 구석에 뭉쳐 서 있다.

“괜찮아?”

보안관이 물었다. 여자애는 천천히 고개를 끄덕이며 울음이 가득 섞인 목소리로 대답했다.

“흐으윽, 네, 흐으윽, 감사……합니다.”

하긴 어지간히 놀랐을 테지. 젠장, 주먹 한번 잘못 놀렸다가 이게 무슨 짓이람? 보안관은 뒹굴고 있는 팔목을 집어 들고 창가로 걸어가 밖으로 내던져 버렸다. 잠시 창문이 열린 동안 밀려든 바깥의 비명과 고함 소리가 폭풍처럼 크다.

지옥 같은 풍경을 보고 있기 싫어서 보안관은 서둘러 이중창문을 모두 닫았다. 사람 말 좀 들어 줬으면 이런 꼴 안 봐도 되는 거였잖아. 속에서 욕설이 끓어올라왔다.

“끄으응~!”

제비가 그제야 신음을 토하며 몸을 뒤척였다. 젠장, 이왕 깰 거면 조금 빨리 깨어나서 제 발로 좀 도망가 줄 것이지. 보안관은 그렇게 생각했다. 하지만 유빈과 삼식이의 생각은 달랐다. 보안관의 펀치를 턱에 맞고 이렇게 금방 정신을 차리다니, 타고난 맷집이 있는 사람이다.

“여기가 어디…… 응? 응? 어?”

눈을 게슴츠레하게 뜨고 있던 제비는 깜짝 놀라 사방을 더듬으며 벌떡 몸을 일으켰다. 그러더니 옆에 앉은 여자애를 보고서야 겨우 안심이 되는 듯 한숨을 크게 내쉰다. 여동생 사랑 하나만큼은 인정해 줘야 할 것 같다.

“어이, 자네들.”

일어나 앉아 기름 바른 머리를 쓸어 넘기고 담배에 불을 붙인 뒤, 제비가 입을 열었다. 닫힌 공간에서 아무렇지도 않게 담배를 피우는 꼴이나, 다짜고짜 반말 지거리를 하는 걸 보니 방귀 좀 뀌고 살았던 모양이다. 부어오른 턱이 아픈지 제비는 담배를 물 때마다 눈살을 찌푸렸다.

"몸 놀리는 거 보아하니 뭐 짐작은 하겠네만, 뉘 집 밥 먹는 식구인가?"

뭔 소리 하는 거야, 이 등신 같은 놈은? 보안관의 눈꼬리가 올라갔지만, 조금 전 죽일 뻔한 죄가 있어서 한 번 꾹 참았다. 그런 보안관의 표정이 안 보이는지 제비는 담배 연기를 뿜으면서 다시 물었다.

"응? 어디 소속이었어? 누구 밑에서 일해?"

"대흥 인력 파견 회사…… 조국남 작업반장님……."

제비와 눈을 마주친 삼식이가 순순히 털어놓는다. 유빈이 그런 삼식이의 허벅지를 퍽, 쳐서 입을 다물게 했다. 제비는 고개를 갸웃거리더니 모르겠다는 표정을 지었다.

"대흥이라…… 처음 들어 보는데……. 서울에 만배파와 흥선이파만 있는 게 아니었나 보군. 여튼 부탁 좀 하지. 그렇게 어려운 일은 아니야. 여기에서 두 블록만 걸어가면 거기 내 차가 있네. 자네들이 나랑 얘, 이렇게 둘만 거기까지 호위해 주게. 차 안에 타는 순간, 내가 아예 지갑째 넘겨줌세. 봐, 전부 5만 원짜리야."

제비는 옆에 놓아두었던 얄팍한 일수 가방에서 두툼한 지갑을 꺼내 펴 보였다. 노란색 지폐가 빼곡히 들어차 있다. 보안관이 콧방귀를 뀌었다. 돈만 가지고는 안 되겠다 싶었는지, 제비는 삼식이를 가리키며 자신만만하게 말했다.

"그걸로 모자라다면…… 어이, 자네. 거기, 훤칠하게 키 큰 친구! 출세시켜 줄까? 말만 하게. 연예인 하고 싶지? 한 번만 힘 좀 빌려주면 내 은혜는 잊지 않음세. 아, 그래. 이 시계는 어때? 오데마피게, 3천짜리야. 가져!"

"으흥, 저 아저씨도 사기꾼이었구나."

연예인 시켜 준다는 이야기가 나오자 삼식이는 곁에 앉은 유빈에게만 들릴 정도로 나직하게 중얼거렸다. 더 듣기 귀찮아진 보안관이 제비의 말을 끊었다.

"어이, 아저씨. 무슨 착각을 하는지 모르겠지만, 암만 좋은 차를 가지고 있어 봐야 이젠 못 달려. 저 밖에 도로란 도로는 다 꽉꽉 막혔어."

"이걸로 뉴스를 보니까 수복 작업이 진행 중이라던데…… 아직도 길이 다 안 뚫렸나?"

휴대폰을 들어 올리며 제비가 묻는다. 아마 그도 DMB를 본 모양이다.

"그런 건 모르겠고, 이 주변엔 차 타고 아무 데도 못 간다고 보면 돼. 확실한 이야기야. 조금 전까지 내 눈으로 다 보고 왔으니까."

"봤다니? 어디에 있으면 그런 게 보여? 아, 그러고 보니 자네들은 이 동네에 숨어 있던 게 아니지?"

"궁금한 게 많은 아저씨네."

보안관은 세 개의 쇼핑백 중 하나를 뒤적거려 음료수를 꺼내 제비와 여자애에게 건넨 뒤, 자기도 하나를 따 마셨다. 진땀을 흘렸으니 목도 어지간히 마른다. 가만히 캔을 쥐고만 있는 여자애와 달리 급하게 음료수를 벌컥벌컥 들이켜는 제비를 보며 속으로 생각했다. 이걸로 턱을 돌렸던 빚은 갚았다고. 문을 잠그고 있던 네 사람에게는 주고 싶지 않았다. 저것들 때문에 하마터면 죽을 뻔했으니까.

"저기 오른쪽에 있는 경전철역 꼭대기에 가면 사방이 다 보여. 그리고 우리는 여기서 한 2킬로미터 떨어진 데에서 왔고."

보안관이 숨김없이 이야기를 해 주자 제비는 침을 꿀떡 삼키며 관심을 보였다.

"2킬로미터? 거긴 뭐가 있어? 여기보다 안전한가? 자네들 일행은 몇이나 되나?"

"다 똑같아. 이제 안전한 데라는 건 없어. 그냥 숨어서 숨만 쉬는 거지."

"하지만 2킬로미터라도 움직였다면서? 그러면 그 이상의 거리도 가능한 거 아닌가? 어떻게든 이 난리 통만 벗어나게 해 주면……."

"그렇게 쉬운 일이 아니야. 우리도 너무 배가 고파서 목숨 걸어 두고 한 짓이라고."

둘이 대화를 나누는 동안 유빈과 삼식이는 말없이 문에 기대앉은 채 꼼짝도 하지 않았다. 진탕 땀을 뺀 덕에 가만히 앉아 있어도 어질어질하다. 그러고 보니 기껏 음식을 손에 넣었는데 아직 맛도 제대로 못 봤다는 걸 깨달았다. 유빈은 쇼핑백에 손을 뻗어 아무거나 잡히는 대로 꺼냈다.

"자, 삼식아. 크림빵이다."

삼식이가 넘겨받아 맛있게 먹는다. 유빈이 두 번째로 집은 것은 초코 빵. 평소에 즐기던 것은 아니지만, 지금 그의 눈엔 천상의 만찬처럼 비쳤다. 정신없이 입에 쑤셔 넣고 씹던 유빈의 눈이 제비와 마주쳤다.

"아저씨도 배고파요? 빵 하나 줄까요?"

유빈이 물었다. 제비는 고개를 저었다.

"먹을 건 뭐…… 살림하는 집이니 대충 있더라고. 밥도 있고, 라면이니, 햄이니……. 그래서 배는 크게 안 고파. 오히려 물이 문제였어. 둘째 날부터 딱 끊기니까 미치겠더구만."

유빈은 어둑어둑해진 집 안을 둘러봤다. 거실 건너편 벽에는 19리터짜리 생수 통이 반 이상 찬 냉온수기까지 있다. 저래 놓고 물이 부족하다니, 무슨 소리지? 하지만 관심을 기울이지 않았다.

"그럼 다들 비슷했을 텐데, 왜 그렇게 난리를 치고 편의점에를 뛰어 들어간 거였지?"

입가에 크림을 잔뜩 묻힌 삼식이가 이해할 수 없다는 표정으로 묻는다. 이 개새끼는 똑같이 그 난리 통을 겪었는데도 여전히 존나게 잘생겼다.

"그건 그냥 겁에 질려서 그랬겠지. 언제 또 음식을 보충할 수 있는 기회가 올지 모르니까 말이야."

유빈의 대답이 만족스러웠는지 삼식이는 다시 빵 한 봉지를 더 뜯어 우물거리기 시작했다.

"아, 젠장. 안 좋아. 이제 슬슬 해가 지려 하고 있어."

입 안에 삼각김밥을 가득 물고 창문 틈으로 어둑해진 밖을 내다보며 보안관이 중얼거렸다.

“삼각김밥 먹을 만해?”

삼식이가 물었다. 보안관은 고개를 끄덕였다.

“약간 쉰 것 같기는 한데, 그래도 엄청 맛있다. 근데 삼식아.”

“응?”

“그거 먹고 여기 서서 아까처럼 망 좀 봐 봐. 난 아무리 열심히 봐도 걔들 얼굴 구분 못 하겠어.”

“그러지 뭐. 오줌만 좀 누고. 저기 아저씨, 화장실 어디예요?”

빵 두 개를 순식간에 해치운 삼식이는 콧노래를 흥얼거리며 일어나 화장실로 걸어갔다. 이미 실내는 꽤나 어두워져 있다. 문을 열고 들어간 뒤, 잠시 후 삼식이의 혼잣말이 들린다.

“아이 씨, 깜깜해. 어억, 이게 뭐야!”

찰칵, 찰칵, 라이터를 켜는 소리가 나는가 싶더니, 삼식이가 비명을 지르며 튀어나왔다.

“으악! 아으! 으헉~!”

문밖으로 몸을 내던진 삼식이가 신음을 토해 내며 발가락만으로 양말을 벗어 안쪽으로 차 넣었다. 그러고선 곧바로 문을 쾅! 닫은 뒤, 번개처럼 몸을 일으켜 유빈의 곁으로 뛰어왔다.

“왜에?”

아직도 팔락팔락 가슴이 뛰는 삼식이에게 유빈이 물었다. 삼식이는 생각하기도 싫다는 듯 세차게 도리질을 하며 말했다.

“아이 씨! 화장실 바닥에 전부 고구마 밭이야. 아흐! 아니, 왜 바닥에다가 저렇게 싸 놓느냐고! 아우!”

삼식이는 자기 겨드랑이 냄새로 똥 냄새를 지우려는 듯 면 티 팔 부분을 잡아당겨 코를 감싸고 숨을 들이켰다. 동시에 신경질적으로 맨발을 현관 바닥에 북북 문질러 댔다.

"물이 안 나오니까 변기가 막혀서……."

네 사람 중 하나가 힘없이 말한다. 삼식이는 울상을 지으며 고개를 저었다.

"그냥 사이좋게 욕조 안에다가만 싸도 되는데, 왜 하필 바닥에다가!"

"야, 나까지 구역질 나니까 제발 똥 이야기 그만하고 여기나 좀 보라고."

하필 카레 빵을 먹고 있던 보안관이 짜증을 부려서 삼식이의 소동은 일단락되었다. 진땀을 닦아 낸 삼식이는 창틈에 얼굴을 바짝 가져다 붙이고 거리를 가득 채운 좀비들을 눈으로 훑었다.

"저기, 그쪽 사람들 여기 계속 있으면 안 돼요. 우, 우리 음식도 많이 안 남았고, 이제는."

네 명 중 사내 하나가 용기를 내 말했다. 보안관은 그러겠다고 했다.

"그럼 언제 나가 줄 거예요?"

"우리도 빨리 가고 싶어요. 하지만 지금 문 열면 나만 죽는 게 아닐 텐데? 당신네 음식이랑 물 안 건드릴 테니, 숨만 좀 나눠 쉽시다."

보안관의 말에 안심했는지, 사내는 그제야 주섬주섬 일어나 싱크대 문을 열고 라면 봉지 몇 개와 양초 한 자루를 꺼내 왔다. 라면은 네 개뿐이다. 한 사람이 한 봉지씩 잡더니 촛불 주변에서 소중하게 깨물어 먹는다. 제비에게도, 여자애에게도 나눠 주지 않는다.

먹을 건 챙겨 먹었던 것처럼 말하더니? 보안관이 이해할 수 없다는 표정으로 제비를 쳐다보자, 제비는 멋쩍은 듯 웃으며 말했다.

"오늘 오후부터 갑자기 안 팔겠다고 저러는구만. 그 전까지는 한 개 10만 원씩에 잘 거래했었는데. 뭐, 괜찮아. 자네 덕에 음료수도 마시고 했으니."

어이가 없어진 보안관이 쇼핑백에서 빵을 두 개 집어 제비에게 줬다. 그리고 여자애에게도 권했다. 여자애는 고맙다는 표시로 고개만 끄덕이고 도무지 먹을 생각을 않는다. 아까 쥐여 준 음료수도 그대로 들고 있다.

"먹어야 살아. 무서워서 그러는 것 같은데, 억지로라도 먹어요. 그리고 안 더워, 이 마스크? 좀 벗고 음료수라도 마셔. 공기로 감염되는 것 같진 않으니까."

해는 졌지만 창문까지 닫아 놓은 실내는 그야말로 후끈후끈했다. 살아 있는 사람이라도 썩어 버릴 것 같은 더위 속에서 잔뜩 감싸고 있는 여자애가 불쌍해 보여 보안관은 손을 내밀었다.

"그 손 안 치워? 이 쌍놈의 새끼!"

빵을 먹고 있던 제비가 갑자기 눈에 심지를 켜고 주먹을 휘두르며 달려들었다. 슬쩍 피해서 맞지는 않았지만, 어처구니없고 화가 난다.

"도와주려고 그러는 거잖아! 누가 아저씨 동생 뭘 어쩐대? 나도 관심 없어, 이런 어린애!"

보안관이 빽! 소리를 치자 제비도 지지 않고 맞받아쳤다.

"네 주제에 누굴 도운다고 지랄이야? 어디서 새까만 꼬붕 새끼가! 세상이 뒤집어지니까 눈에 뵈는 게 없어?"

살면서 이렇게 억울한 일 겪기도 쉽지 않다. 살려 달라고 매달려서 사람을 여기 갇히게 만들더니, 소중한 빵과 음료수까지 주니까 사람을 성추행범 취급 하며 달려들다니. 아오! 보안관은 크게 한숨을 내쉬었다. 진짜, 좀비 세상만 아니면 당장에 끌고 나가서 곤죽을 만들고 싶은 스타일이다.

"오빠……."

보다 못한 여자애가 말리려 들자 제비가 또 지랄발광을 한다.

"닥치고 가만히 있어! 너까지 오빠 말 안 들을 거야? 응? 안 들을 거냐고? 내가 너희를 위해서 어떻게 했어, 응? 오빠 속 터져서 죽는 거 보고 싶냐? 응?"

하도 난리를 치니 여자애는 다시 고개를 푹 숙이고 입을 다물었다. 아, 씨발. 역시 미친 새끼였어. 내가 괜히 오지랖을 부린 게 잘못이지. 보안관은 똥 밟았다 생각하기로 하고 더 말을 않은 채 물러섰다.

"보안관."

뒤에서 뭔 소동이 벌어져도 가만히 창문에 코를 박고 서 있던 삼식이가 불렀다.

"응?"

"몇 마리가 또 상주하기 시작했는데, 그걸 제외하면 대체적으로 그룹은 그대로 유지되는 것 같아. 순서까지도 똑같아."

"다행이네. 시간은 어때? 그 간격도 그대로야? 어디, 나도 좀 보자."

그렇게 말하면서 창밖을 내다보니 이건 거의 암흑 수준이다. 시커먼 덩어리들이 무리 지어 있는 것 때문에 괴물들이 있다는 걸 알 수는 있지만, 얼굴을 분간한다는 건 도저히 말도 안 된다. 보안관은 이상한 것을 보듯 삼식이를 보며 물었다.

"야, 아무것도 안 보이잖아? 뭘 보고 그룹이 그대로라는 둥 순서가 어떻다는 둥 난리야?"

"어, 저게 왜 안 보이지? 저기 오렌지 호프 누나 걸어가잖아?"

"지랄! 그냥 시커먼 덩어리지! 오렌지 호프 같은 소리 하네. 정말로 저게 보여?"

"아하~! 시력 차이구나! 난 어렸을 때부터 책을 거의 읽지 않아서 눈이 굉장히 좋잖아. 게다가 몇 번이나 같이 잔 여자들을 왜 구분 못 하겠어?"

삼식이가 자랑스럽게 가슴을 쭉 폈다. 한꺼번에 너무 많은 또라이들을 만나는 건 힘들다. 화장실 바닥에 똥 싸 놓는 놈들에, 저 제비에, 한여름에 마스크 낀 년이 있지 않나, 게다가 삼식이 이놈까지……. 보안관은 이마의 땀을 닦으며 힘없이 말했다.

"그래, 알았어. 그러면 시간 간격도 같아? 여전히 20분이야?"

"비슷한데, 좀 짧아졌어. 꼬리 쪽이 영 늦게 빠져나가. 이번 간격은 16분. 그런데 참 신기하지? 걔네들, 왜 저렇게까지 규칙을 지키면서 몰려다니는 걸까?"

라이터를 켜서 시계를 비춰 보며 삼식이가 대답했다. 지금 그런 이유 따위에 관심을 가질 여유는 없다. 보안관에겐 빠져나갈 수 있는 구멍이 있다는 것 정도면 충분하다. 다만, 상주하는 괴물들이 아까의 일곱 마리보다 많다면 그게 좀 버거워질 것이다.

"항상 여기에서 돌아다니는 놈들은 몇 마리야?"

"많아. 하지만 거리 전체에 퍼져 있어서 이 근방부터 지하 통로까지만 따지면 네다섯 마리밖에 안 돼."

그것도 좋은 소식이다. 보안관은 유빈을 돌아보며 말했다.

"그럼 내일 새벽에 나가면 되겠다. 해가 조금이라도 떠야 뭐가 좀 보이지. 그치, 유빈아?"

어느새 벽에 기댄 채 선잠이 들었던 유빈이 실눈을 뜨고 물었다.

"응? 뭐라고?"

"아니, 아니야. 좀 자 둬."

시계를 보니 아직 8시 반밖에 안 됐다. 하아, 적어도 앞으로 여덟 시간 동안은 꼼짝없이 여기 갇혀 있는 수밖에 없다. 촛불 앞에 모여앉아 딱딱한 라면을 오독오독 씹으며 이쪽을 흘끔거리고 있는 네 사람의 눈빛이 마음에 걸린 보안관과 삼식이는 서로 불침번을 서 주기로 했다. 시간은 아주 지루하게 흘러갔다.

Chapter 7

새로운 날

01

“일어나, 보안관.”

가장 늦게까지 보초를 섰던 보안관은 어깨를 흔드는 유빈의 손길에 눈을 떴다. 눈이 뻑뻑하다. 세수를 하고 싶지만, 지금 그건 아주 사치스러운 바람이다. 창문 틈으로 비치는 바깥세상은 어느새 뿌옇게 동이 터 있었다.

“으음, 몇 시야?”

“4시 반. 이제 슬슬 몸을 깨워 놔야 움직일 수 있지.”

유빈이 사탕을 몇 개 쥐여 주었다.

“뭐야, 이게? 음료수 줘.”

“없어. 애초에 음료수는 그렇게 많이 안 담았어. 이거라도 먹으면 갈증이 훨씬 가실 거야.”

“젠장.”

바짝 말라 있는 입에 사탕을 넣어 녹이고 있으려니, 여자애가 쭈뼛거리며 다가와 음료수를 내밀었다.

“저, 이거…….”

전날 보안관이 줬던 거다. 보안관은 깜짝 놀라 손을 저었다.

"응? 아니야. 이건 내가 그쪽한테 준 거니까, 학생이 마셔."

몇 번을 더 권하던 여자애는 결국 포기하고 돌아가 제비 옆에 앉았다. 예의 그 네 사람은 눈에 띄지 않는다. 아마 자기들끼리 방에 들어가 문을 잠근 채 잠이라도 자는 거겠지. 눈 밑에 다크 서클이 한층 더 짙어진 제비가 또 담배 한 대를 피워 물며 말을 걸었다. 남매가 모두 밤을 꼴딱 새운 모양이다.

"가다니, 저 좀비 밭을 뚫고 어디를 간다는 거야? 자네들, 무슨 비책이라도 있나? 만약 그런 거라면 나도 좀 끼워 주게."

보안관이 제비를 빤히 노려보다가 입을 열었다.

"어이, 아저씨. 한 가지만 좀 해. 도와달라고 하든가, 아니면 어제처럼 치한 취급을 하든가. 그렇게 오락가락하면 듣는 사람이 얼마나 어이없는 줄 알아? 여동생 근처에 가지 말라고 나한테 그 난리를 쳐 놓고서, 지금은 또 우리랑 같이 가겠다고? 대체 나 같은 놈을 뭘 믿고 따라온다는 거야?"

머쓱해진 제비가 괜히 헛기침을 하며 일어나 다가와서 귀엣말을 했다.

"큼, 큼, 내가 왜 자네들을 못 믿겠나. 그…… 세상이 워낙에 험하다 보니까 조심하는 거지."

그러면서 예의 그 네 명이 들어 있는 방을 턱으로 가리켰다. 하긴 라면 하나를 10만 원에 팔던 놈들이니, 여동생의 안전에 민감해졌을지도 모르겠군……. 제비의 행동이 마뜩지 않았지만, 이런 때에 치사하게 굴고 싶지는 않았다. 눈을 마주쳐 친구들의 의향을 살핀 보안관은 이내 고개를 끄덕이고 제비에게 말했다.

"근데 아저씨, 우리랑 가도 당장 먹을 건 지금 보고 있는 게 다야. 또 앞으로 어찌 될지도 모르고. 정말 그래도 괜찮겠어?"

"구박을 버티며 여기 가만히 앉아서 구조되기만 기다리는 것보다는 나을 것 같네. 자네들은 꽤 힘도 있어 보이고. 나중에 세상이 좀 바로잡히고 나면 내가 따로 인사를 좀 하지. 대흥파의 조국남이라고 했나, 자네들이 모시는 분이?"

"아저씨, 엉뚱한 오해 하는가 본데, 우리는 깡패 아니야. 그런데 아저씨, 엄청

머리 좋은데? 작업반장님 이름을 한 번 딱 듣고 외웠네?"

"나도 이 자리까지 오를 때엔 다 그만한 재주가 있었기에 그런 것 아니겠나. 사람 보는 눈도 좀 있고. 자네들, 몇 시간 겪어 보니 진국이더구만. 우리도 데려가 주게. 부탁하네."

제비가 손을 내밀어 악수를 청한다. 이렇게까지 진지하게 부탁을 하니 받아들여 주는 게 도리일 것이다. 어차피 길게 보면 세 친구 역시 서로 도울 수 있는 누군가가 필요한 상황이기도 했다. 제비가 좀 직설적이긴 해도 문을 잠갔던 네 사람보다는 훨씬 신뢰할 수 있다. 보안관은 머리를 긁적이며 계획을 설명하기 시작했다.

"5시 17분이 되면 이 앞으로 좀비 떼가 지나갈 거야. 그리고 걔들이 한 6분에 걸쳐서 코너를 빠져나가면 그다음에 우리가 이 문을 열고 나가. 구멍으로 내다봤는데, 아까 계단에 있던 놈들은 지금은 어딘가로 가 버린 것 같아. 뭐, 있어도 해치워 버리면 되는 거고. 그다음엔 거리에 상주하는 놈들인데, 이건 다 못 죽여. 시간 여유가 한 10분이나 될 테니까 앞을 막고 달려드는 놈들만 내가 처리하고, 그다음엔 그냥 너무 가깝게 쫓아오는 새끼들을 죽이면 돼. 이게 한…… 아저씨도 있고, 여동생도 있고 하니까 7분 이상 걸릴 거야. 그다음엔 무조건 지하통로로 들어가서 뛰어. 그리고 철책이 나올 거니까 그걸 넘는 거고. 뭐, 대충 이런 겁니다, 아저씨."

"먹을 건 어쩌지? 쇼핑백을 들고서는 못 싸워. 버리고 가는 건 절대 안 되는데……."

제비가 여자애에게 돌아가 계획을 다시 한번 설명해 주고 있을 때, 유빈이 두 개의 쇼핑백을 들어 보이며 물었다. 가지고 올라왔던 세 개 중 하나는 벌써 거의 다 비워졌다.

"가방을 하나 얻어서 거기에 담으면 되지 않을까? 메고 뛰어야지."

"주려나? 이 사람들 치사하던데."

"아, 가방 필요해? 이 가방 주면 되나?"

제비가 대화에 끼어들며 지갑이 들어 있는 일수 가방을 들어 보였다. 유빈이 보기에 라면 몇 봉지도 안 들어갈 것 같다.

"그건 너무 작아요, 아저씨. 적어도 학생 애들 배낭 정도는 되어야 하는데……."

그때, 안방의 문이 벌컥 열리며 네 사람 중 하나가 걸어 나와 또 다른 방으로 들어갔다. 잠시 뒤적거리는 소리가 들리더니, 학생용 가방 하나를 가지고 나왔다. 그는 역신에게 부적을 뿌리듯 그 가방을 바닥에 탁, 내려놓았다. 방 안에서는 남은 세 사람이 이쪽을 노려보고 있다.

"이거 줬으니까…… 이, 이제 정말 더 피해 끼치지 말고 나가 줘요. 다시는 오지 말고."

그의 태도가 기분 좋은 건 아니지만, 어쨌거나 가방은 필요했다. 보안관은 고개를 끄덕이며 쇼핑백에서 스팸 캔 두 개를 꺼내 창틀에 놓아두었다. 지금 같은 상황에서 이 정도면 저 허름한 가방 값으로 충분할 것이다. 빚을 지는 건 싫다.

"역에 두고 온 음료수 가방은 어떻게 할 거야? 이것만 가지고 가면 오늘 또 와야 해. 거기에 내 망원경도 들었는데."

삼식이가 묻자 유빈이 곧바로 대답했다.

"만약에 쫓기는 상황이라면 그냥 내버려 두고 가고, 혹시 운이 좋아서 여유가 있으면 챙기자. 목숨이 제일 중요하니까."

그렇게 해서 간략한 계획 회의는 모두 마무리되었다. 제비와 여동생에게는 스트레칭을 하도록 시켰다. 괜히 밖에 나가서 갑작스러운 움직임에 쥐가 나거나 하면 서로 골치 아파진다. 배낭에 음식을 옮겨 담으면서 보안관이 걱정스러운 눈으로 물었다.

"난 암만 해도 아저씨 동생이 맘에 걸리는데, 우리가 있는 데까지가 2킬로미터 정도야. 근데 여자애가 그만한 거리를 계속 뛸 수 있을까? 중간에 철책도 여러 개 넘어야 하는데."

제비는 별일 아니라는 투로 대답했다.

"그 점이라면 걱정 말게. 운동은 꾸준히 해 온 애니까 달리기는 또래 남자애들에게도 지지 않을 걸세."

"그 말이 사실이면 좋겠네."

가방은 삼식이가 메기로 했다. 보안관은 가장 앞에서 무거운 해머를 휘두르며 길을 뚫어야 하기 때문에 몸이 가벼워야 한다. 그 뒤를 따라 삼식이가 제비와 여자애를 데리고 가고, 유빈이 가장 뒤에서 쫓아오는 놈들을 막는다는 계획이었다.

5시 17분이 되었다. 문에 뚫려 있는 조그만 구멍을 통해 바깥쪽을 살피던 보안관이 물었다.

"다들 준비됐어?"

"응. 근데 입구는 어때? 지금도 여전히 아무도 없어?"

"한 마리 올라온 것 같아. 이 앞에서 그렁거리며 서성대는 중이야. 나가면서 문으로 밀어 치고 갈게."

모두가 고개를 끄덕였다. 벽 한쪽에 붙어 서서 흘겨보고 있던 네 사람 중 하나가 말했다.

"나가면 곧바로 문 잠글 거예요. 이제 문 부순다고 협박하지 말아요. 그런 식으로 하면 우리도 더 이상 당하고만 있지는 않을 테니까."

"그럴게요."

불필요한 시비를 없애고 싶어서 유빈이 재빨리 대답했다. 그리고 모두 긴장 속에서 몇 분간의 시간을 보냈다. 괴물들이 코너를 돌아 나갈 때까지 기다려야 한다. 창문과 시계를 번갈아 살피던 삼식이가 말했다.

"지금 나가야 돼. 여유 시간은 9분 정도."

삼식이의 이야기가 다 끝나기도 전에 보안관이 자물쇠들을 풀고 문을 확 밀어젖혔다.

그롸악!

콱!

계단참에서 얼쩡거리던 괴물이 쇠문에 맞고 뒤로 밀려난다. 호되게 벽에 부딪힌 뒤 다시 몸을 추스르려는 괴물의 머리통에 보안관이 휘두른 해머가 작렬했다.

와자작!

여러 개의 뼈가 한 번에 부러지는 소리가 계단을 타고 증폭되어 조용하던 새벽 거리 전체를 뒤흔든다.

"됐어, 뛰어!"

목과 허리가 뒤틀린 채 벽에 기대 쓰러진 괴물의 머리통에 한 번 더 해머를 휘두른 뒤, 보안관이 앞장서서 뛰어 내려갔다. 제비와 여자애가 그 뒤를 따랐다. 그때까지도 창문을 통해 바깥을 살피고 있던 삼식이가 외쳤다.

"왼쪽 입구에 하나 더 있어! 조심해!"

"오케이!"

보안관이 계단 끝에 도달할 때쯤, 괴물이 입구를 확 가로막고 서며 두 손을 뻗었다. 삼식이가 미리 일러 준 덕에 준비를 하고 있던 보안관은 달리던 속도를 이용하여 괴물의 두 팔 사이로 해머를 창처럼 찔러 넣었다. 우둑! 해머는 부러져 나간 손가락을 뚫고 날아가 괴물의 아가리를 박살 냈다. 괴물은 비명도 제대로 지르지 못한 채 몇 미터나 날아가 나동그라졌다.

"내려와, 이제!"

쓰러진 괴물을 쫓아가 머리통을 내려쳐서 끝낸 보안관이 신호를 보냈다. 계단 중간에서 머뭇거리던 제비와 여자애가 먼저 뛰었다. 헐렁한 힙합 바지 아랫단을 단단히 접어 올려 칠부바지처럼 입고 있는 여자애가 계단 아래로 모습을 드러냈을 때, 희고 매끈한 종아리가 보안관의 눈에 콱 박힌다. 두근! 보안관의 가슴이 번개를 맞은 것처럼 한 번 크게 뛰었다.

'뭐, 뭐야! 이 다급한 상황에! 허, 나도 참 어지간히 굶주렸나 보군. 얼굴도 아니고 그저 종아리에……. 정신 차려! 이래서야 가까이 오지 말라고 지랄하던 저 제비의 말이 틀린 것도 아니잖아!'

보안관은 어처구니없어하며 머리를 한 번 부르르 떨었다. 여자애의 뒤를 따라 삼식이와 유빈도 거리로 뛰어내렸다. 쾅! 철컥! 그들이 집을 나서자마자 기다리고 있던 사람들이 급하게 문을 잠갔다. 유빈은 어제 삼식이가 집어 던진 삽부터 다시 주워 들었다. 날 끝에는 방울 장식이나 된 듯 눈알이 하나 눌어붙어 덜렁거린다.

그락! 그롸아아!

편의점 안에서 서성이던 괴물 두 마리가 미친 듯이 소리를 지르며 달려들었다. 한 놈은 하얀 갈비뼈 사이로 폐가 드러난 채였고, 또 다른 놈은 아래턱이 없다.

“저, 저기!”

겁에 질린 제비가 일수 가방으로 얼굴을 가리며 소리를 지른다. 삼식이가 그런 제비의 팔을 잡아끌었다.

“아저씨! 멈춰 서면 안 돼!”

“후아아아!”

숨을 한껏 들이켠 보안관이 해머를 야구 배트처럼 휘둘렀다. 빠가각! 묵직한 쇳덩이가 빠르게 돌아가며 턱 없는 놈의 갈비뼈를 으스러뜨렸다. 하지만 보안관은 여전히 스윙을 멈추지 않았다. 턱 없는 놈이 허리가 꺾인 채 붕 떠서 날아가며 폐가 드러난 놈을 덮친다.

우당탕! 두 마리의 괴물은 한데 얽혀 땅바닥에 내동댕이쳐졌다. 물론 때린 보안관도 원심력이 더해진 해머의 무게를 못 이기고 넘어질 듯 휘청거렸다.

“제길, 이 공격 방법은 영 꽝인데.”

재빨리 중심을 잡은 보안관은 혼잣말을 중얼거리며 다시 해머를 집어 들었다. 아래턱이 없는 놈은 허리가 부러져 버려 쉽사리 일어나지 못했지만, 폐가 드러난 놈은 곧바로 달려온다.

그롸악!

보안관은 다시 해머를 들어 올려 힘차게 내려쳤다. 와자작! 옆으로 조금 빗맞은 해머가 괴물의 쇄골과 어깨를 작살냈다. 괴물은 그 무게를 견디지 못하고 앞쪽으로 무릎을 꿇으며 쓰러졌다.

부웅!

다시 한번 보안관의 해머가 바람을 가르며 돌아간다. 해머는 괴물의 갈비뼈를 엉망으로 으스러뜨린 채 날려 버렸다.

"아이, 씨발. 왜 자꾸 빗맞고 지랄이냐!"

짜증을 부리며 괴물을 쫓아가려는 보안관의 어깨를 유빈이 잡았다.

"그냥 가자! 저건 어차피 이제 못 뛰니까!"

번화가 반대편에서 서성대던 괴물 몇 마리가 벌써 알아채고 괴성을 지르며 쫓아오고 있다. 0.5초 정도 망설이던 보안관이 고개를 끄덕인 뒤 지하 통로 쪽으로 달리기 시작했다. 그 뒤에 바짝 붙어 제비와 여자애, 삼식이와 유빈의 순서로 뛰었다.

으라락! 그롸아악!

덜컹덜컹!

이게 뭐지? 귀를 울리는 낯선 음색에 유빈의 신경이 곤두섰다. 반쯤 차단된 둔한 소리가 번화가 여기저기에서 울려 나오고 있다. 하지만 이건 뒤쪽에서 들려오는 게 아니었다. 이 울부짖음은 위에서…….

위? 소음의 진원지를 뒤늦게 깨달은 유빈이 막 고개를 들어 올리려 할 때, 창문이 깨지는 날카로운 소리와 함께 괴물들의 고성이 몇 배나 증폭되어 울렸다.

와장창! 쨍강!

그롸아아악! 크르륵!

상가 양쪽의 2층과 3층에서 괴물들이 유리창을 깨고 몸을 날린다. 콰앙! 와직! 조금 낮은 곳에서 뛰어내린 놈들은 곧바로 다시 일어나고, 머리부터 3층에서 떨어져 내린 놈들은 그 자리에 고꾸라진 채 버둥댄다. 어제 물린 후 집 안으로 대피했던 놈들이리라.

"으와아악!"

소스라치게 놀라는 제비의 비명. 하필이면 제비의 머리 위로 괴물이 뛰어내렸다. 반사적으로 들어 올린 가방이 날아가며 충격을 반쯤 흡수해 주었지만, 괴물의 허벅지에 어깨를 맞은 제비는 아스팔트 위로 나동그라졌다.

크아악!

다리가 부러진 것도 모르고 있는 괴물이 절뚝거리며 제비를 향해 달려든다.

"히에엑!"

제비는 필사적으로 기어 유빈의 뒤로 숨었다. 유빈은 삽을 쥔 손에 힘을 꽉 주었다. 보안관과 삼식이 역시 앞을 가로막고 뛰어내린 괴물들을 상대하는 중이어서 이쪽을 도와줄 여력은 없다. 삽을 날 쪽으로 세운 뒤, 아가리를 쫙 벌린 괴물의 얼굴을 향해 힘껏 휘둘렀다.

와지끈! 괴물의 코와 이빨이 작살이 났다. 그래도 여전히 괴물은 덮쳐 오는 속도를 줄이지 않는다. 계속 휘둘러 패는 수밖에 없다. 콰직! 콰직! 두 번을 연속으로 내려치자 괴물이 잠시 중심을 잃고 멈칫한다. 유빈은 그 틈을 놓치지 않고 삽을 고쳐 잡은 다음, 비어 있는 목을 향해 찔러 넣었다.

푸슉!

달려 들어오던 괴물의 속도와 내지르는 속도가 더해지자 날이 서 있지 않은 삽이라도 칼처럼 박혀 들어간다. 하지만 목이 찔린 채여도 괴물의 힘은 유빈보다 더 강했다. 괴물의 몸이 유빈을 덮치며 누른다. 허리가 활처럼 휘어진 유빈은 쓰러지지 않기 위해 필사적으로 버텼다. 찌지직, 안전화 바닥이 미끄러지면서 유빈은 컨베이어 벨트 위에 올라선 것처럼 뒤로 밀려났다.

"이 개자식아!"

제비가 욕설과 함께 괴물의 허리춤을 콱, 찼다. 대단한 킥은 아니지만, 그래도 괴물의 중심을 무너뜨리는 데 도움이 되었다. 그사이를 틈타 겨우 허리를 편 유빈은 왼손으로 괴물의 턱을 들어 올리며 오른손에 쥔 삽을 더 깊숙이 쑤셔 넣었다.

이익! 파고든 삽날이 목의 근육을 반 이상 끊었을 때, 유빈은 턱을 잡은 왼손에 체중을 싣고 위로 제쳤다. 와드득! 목이 꺾여 나간 괴물이 비틀대며 쓰러져 버렸다.

“주, 죽었나, 저거?”

혼신의 발차기 후 엎어져 있던 제비가 묻는다. 유빈은 고개를 끄덕이며 손을 잡아 일으켜 주었다.

“네, 이제 빨리 가요.”

그런데 갑자기 제비가 손을 뿌리치며 뒤쪽으로 뛰기 시작했다. 이해할 수 없어진 유빈이 소리쳤다.

“뭐 하는 거야? 어딜 가요?”

“내 가방! 가방에 전화기랑 차 키!”

제비는 별거 아니라는 얼굴로 웃어 보이며 조금 전 괴물에게 부딪쳐 날아간 가방을 가리켰다. 깜짝 놀란 유빈의 머릿속에서 수많은 모범 답안이 휙휙 스쳐 지나간다. ‘아저씨, 그건 내일 다시 가지러 와도 돼요.’, ‘위험합니다, 여동생을 생각해요.’, ‘눈에 보이지 않게 숨은 좀비들이 더 있을지도 몰라요. 일단 이 자리를 피하는 게 우선이에요.’……. 하지만 입에서는 그보다 훨씬 짧고 간명한 메시지만이 겨우 터져 나왔다.

“안 돼! 가지 마!”

얼마나 소리를 빽! 질렀는지 바짝 말라 있던 입 가장자리가 찢어지며 피가 새어 나왔다. 제비는 조금만 기다려 달라는 듯 손을 까딱거리고 허리를 숙여 가방을 집어 들었다. 그에게도 따로 생각이 있었다. 연락처들이 저장된 전화기가 있어야 나중에라도 헬리콥터를 부를 수 있다. 그리고…….

와장창!

바로 그 순간, 노래방 건물 3층에서 뛰어내린 세 마리의 괴물이 제비를 덮쳤다. 우지끈! 허리가 꺾인 제비가 피를 토하며 옆으로 쓰러진다. 괴물들은 사지가 제멋대로 부러져 나가면서도 어떻게든 아가리를 벌려 바닥에 깔린 제비의 얼굴과 팔에 이빨을 박아 넣었다.

“끄아악!”

제비의 비명 소리가 번화가를 울리자 앞서 달리던 여자애가 다급하게 돌아본다. 유빈 역시 이 갑작스럽고 믿을 수 없는 사건에 이성을 잃었다.

"아저씨!"

반사적으로 제비를 구하기 위해 뛰어나가려던 유빈을 삼식이가 꽉 붙들었다.

"안 돼, 유빈아! 이미 늦었어!"

와드드득! 제비의 목덜미가 뜯겨 나가자 허우적거리던 손도 맥없이 툭, 떨어져 내린다.

"오빠!"

오열하는 여자애의 팔목을 잡아끌며 보안관이 소리쳤다.

"가! 가야 돼! 이러면 우리까지 다 죽어! 제발!"

그 말이 통했던 것일까, 여자애는 이내 용케 정신을 추스르고 다시 보안관을 따라 달리기 시작했다. 삼식이도 유빈을 끌고 뛰었다. 위층에서 떨어져 내린 괴물들은 부러진 다리를 질질 끌면서도 믿기지 않을 만큼 빠른 속도로 그들의 뒤를 쫓고 있다.

"들어가! 무조건 뛰어!"

여자애를 지하 통로 계단 안으로 밀어 넣은 보안관은 유빈과 삼식이가 도착할 때까지 그 자리에 서서 기다렸다. 가장 바짝 따라온 괴물이 팔을 휘저으며 달린다. 썩어 가는 손끝이 삼식이의 찰랑거리는 머리카락을 금방이라도 움켜잡을 듯하다.

"숙여!"

삼식이와 유빈에게 신호를 보낸 보안관이 해머를 치켜든 채 달려왔다. 두 친구가 슬라이딩을 하듯 미끄러지자 원래 머리가 있던 높이로 보안관의 해머가 날아든다. 와작! 뻗쳐 있던 괴물의 팔목이 해머에 맞아 180도 돌아간다. 보안관은 백핸드로 다시 한번 해머를 휘둘렀다.

우지끈! 이번엔 머리다. 빠르게 회전하는 3.7킬로그램짜리 쇳덩이는 괴물의 턱뼈와 목뼈를 모두 박살 내 버렸다. 목이 뒤로 꺾여 버린 괴물의 몸뚱이가 지하 통로 난간에 부딪혀 맥없이 고꾸라진다.

"가자!"

세 친구는 어깨를 나란히 하며 급하게 뛰어 계단을 내려왔다. 앞쪽에서 지하 통로를 따라 달리고 있는 여자애의 모습이 보인다. 제비의 말이 맞았다. 여자애는 꽤나 정제된 폼으로 무릎을 쭉쭉 끌어 올리며 능숙하게 잘 뛰고 있었다.

"자! 짚고 올라가!"

반대편 계단을 올라오며 여자애를 따라잡은 보안관이 철책 앞에서 기마 자세를 취하고 두 손을 모아 앞으로 내밀었다. 여자애는 보안관의 손바닥과 어깨를 차례로 딛고 철책 끝부분을 손으로 잡았다. 보안관이 도와주기 위해 굽히고 있던 허리를 쭉 펴자 어깨에 올라서 있던 여자애가 휘청한다.

"아냐! 아냐! 쟤 떨어질 때 다쳐! 우리가 먼저 가서 받아줘야 해!"

삽을 던져 넣은 유빈이가 몸을 날려 철책을 타고 넘었다. 우당탕! 워낙 급하게 뛰어내리다가 땅바닥에 나뒹굴고 만 유빈의 곁으로 여자애가 사뿐히 착지를 했다. 쉬지 않고 오르막길을 뛰어오르던 여자애는 이 상황에 잠시 벙벙해 있는 유빈에게 돌아와 손까지 내밀어 줬다.

쿠와아아아아!

지하 통로를 탁탁 울리는 발소리와 울부짖음이 점점 더 커지고 가까워진다. 보안관과 삼식이도 차례로 철책을 넘어 역 안으로 들어섰다.

"멈추지 말고 뛰어!"

음료수 가방에 미련을 보이는 삼식이에게 보안관이 빽! 소리를 질렀다. 레이저 와이어로 빈틈을 틀어막아 두기는 했지만, 여기에서 시간을 끌면 안 된다. 혹시라도 더 많은 놈들이 소리를 듣고 합류해 버리면, 그땐 돌이킬 수 없어진다. 삼식이도 다급하게 외쳤다.

"쟤들 지금은 몇 마리 안 돼!"

철컹! 철컹!

철책에 부딪친 놈들이 철망 사이로 이빨을 들이밀며 그렁거리고 있다. 여기까지 따라온 녀석은 모두 네 마리뿐이지만, 후환이 두렵다.

"이 개새끼야! 너까지 뒈지고 싶으냐고?"

보안관이 분통을 터뜨리는 동안에 낑낑거리며 음료수가 든 공구 가방을 들고 달려온 삼식이가 숨을 껄떡거리며 낮게 말했다.

"이게 없어도 우린 죽어."

젠장! 틀린 말이 아니라서 더는 화를 낼 수도 없다. 아마 신입은 별생각 없이 남아 있던 음료수를 거의 다 먹어 치웠을 것이다. 혼자 복지 센터에 남겨진 채 밤을 보냈으니 더 폭주했을지도 모른다.

"같이 들어!"

보안관은 삼식이에게서 가방 손잡이 한쪽을 빼앗아 쥐고서 달렸다. 오른손에는 해머, 다른 쪽에는 공구 가방. 무게가 발목을 잡는다. 먹을 것을 메고 있는 삼식이 역시 힘이 들 터였다. 현저하게 느려진 두 사람의 등 뒤에서 철망에 기댄 괴물들이 또 울부짖어 댄다.

"빨리! 빨리! 내가 들게!"

벌써 역사를 가로질러 가 두 번째 철책 건너편에서 여자애와 함께 기다리고 있던 유빈이 손짓을 한다. 뚫려 있는 철책 사이로 가방을 건네고 트랩을 피해 빠져나왔다. 네 사람은 다시 뛰기 시작했다.

산책로를 지나 세 번째 철책을 넘어서 벌판 중간까지 왔을 때, 가방을 안은 채 달리던 유빈이 앞으로 고꾸라졌다. 가방에 호되게 가슴을 찧은 유빈이 엎어져서 헛구역질을 해 댔다.

"괜찮아?"

걱정스레 묻는 삼식이도 숨이 넘어가기 직전이다. 보안관이라고 다를 것이 없었고, 미련하게 지금까지도 줄곧 마스크를 벗지 않은 여자애는 말할 것도 없다. 삼식이는 이마에 손을 짚은 채 돌아서서 경전철역 쪽을 바라보았다.

아까의 네 마리는 여전히 철책을 와득와득 깨물고 레이저 와이어 더미에 얼굴을 들이밀면서 자해를 해 대는 중이다. 그곳만 제외한다면 산책로 전체는 평온해서 마치 아주 좋은 여름날 아침 일찍부터 나들이를 온 것 같은 풍경이었다. 삼식이가 기어 들어가는 목소리로 말했다.

"이제…… 안전해."

휘이잉~!

시원한 한 줄기 바람이 분다. 목덜미로 흐르는 땀방울이 바람에 날리자 그게 신호라도 되는 것처럼 모두 제자리에 풀썩풀썩 쓰러져 버렸다. 더 이상은 뛸 수 없다. 조금 쉬어야 할 때가 온 것이다.

"하아~ 하아~ 보안관, 네 말이 맞았어. 음료수 가방 들고 오느라 너무 힘이 들었네."

큰대자로 누워 하늘을 보며 삼식이가 말했다. 땅을 짚고 주저앉은 채 번화가 방향을 보고 있던 보안관은 대답하지 않았다. 그런 것보다 먼저 해야 하는 말이 있었다. 옆자리에 쪼그리고 앉아 고개를 푹 숙인 채 숨을 할딱거리는 여자애를 보며 보안관이 무겁게 입을 뗐다.

"오빠 일은…… 미안하게 됐어."

여자애는 무표정하게 고개를 젓는다. 그러더니 갑자기 감정이 북받치는지 무릎에 얼굴을 대고 울음을 터뜨렸다. 이런 젠장, 차라리 화를 내 주면 더 속이 편할 것 같다. 여자애의 울음소리를 들으며 보안관과 유빈은 얼굴을 감싸 쥐었다.

"아니에요……. 어쩔 수 없는 일이었으니까."

한동안 울고 난 여자애가 고개를 들고 눈물을 추스르며 말했다. 이상하게 많이 들어 본 친숙한 목소리다. 말은 그렇게 했어도 아직 감정이 정리되지 않은 그녀의 어깨가 바르르 떨린다. 난감한 표정으로 입가를 쓸어내린 보안관이 여자애의 어깨를 토닥이며 말했다.

"친오빠같이 해 줄 수는 없겠지만, 이제 우리가 널 지켜 줄게. 그러니까 너무 무서워하지 마. 너희 오빠가 걱정했던 것처럼 너한테 손대거나 그런 일은 절대로 없어, 내가 장담한다."

보안관이 없는 말재주로 최선을 다해서 여자애를 다독이고 있을 때, 조금 떨어진 곳으로 걸어가서 어젯밤부터 참아 온 소변을 보던 삼식이가 뒤돌아보며 말했다.

“보안관, 너 그런 거 쉽게 장담하지 마. 그리고 친오빠 아니야. 아, 정말 오줌통 터지는 줄 알았네.”

“뭔 소리 하는 거야, 이 새끼야! 지금 농담할 때가…….”

“친오빠 아니지? 맞지?”

삼식이가 발끈하는 보안관의 말을 끊고 약간의 오줌 줄기를 내비치며 여자애에게 물었다. 여자애는 고개를 끄덕였다. 어이가 없어진 건 보안관이었다.

“그, 그럼 친척이야?”

“아니에요.”

그럼 설마 그 나이 차이를 극복하고 애인? 답답해진 보안관이 숨을 고르며 해도 되는 질문인지 잠시 고민하고 있을 때, 지퍼를 올리던 삼식이가 또 입을 열었다.

“보안관, 내가 너라면 그렇게 바짝 붙어서 말하기 전에 치약이라도 좀 먹을 것 같은데.”

“왜 내가 치약을 먹어?”

“사랑하는 사람한테 네 첫 냄새가 똥 꾸렁내 나는 구취로 기억되는 게 싫을 테니까.”

“이런 미친! 내가 얠 언제 봤다고 사랑한다는 거야! 어린애한테 못 하는 소리가 없네. 조용히 오줌이나 처싸! 이 삼식이 같은 새끼야!”

미친 새끼들, 숨도 고르기 전에 지랄들도 어지간히 한다. 유빈은 골이 지끈지끈해지는 것 같았다. 허허! 어이가 없다는 듯 고개를 뒤로 젖힌 삼식이가 벌판을 쩌렁쩌렁 울릴 정도로 크게 소리쳤다.

“너, 제니 사랑한다고 천만 번도 넘게 말했었잖아! 이 밥팅아!”

제니? 저 새끼가 지금 뭔 소리야? 여기서 난데없이 웬 제니? 보안관이 눈을 껌뻑거리고 있을 때, 여자애가 일어나 모자를 벗었다. 여태껏 그 속에 감춰져 있던 탐스러운 갈색 머리가 바람에 날리며 어지러이 춤을 춘다. 그리고 그녀는 커다란 마스크를 벗어 들고 깊이 고개를 숙였다.

"처음 뵙겠습니다. 핑크 펀치의 제니입니다."

콰콰쾅!

하늘은 맑은데 보안관과 유빈의 머릿속에서는 천둥 번개가 휘몰아친다. 어지럽다. 아마 피가 뇌까지 제대로 가지 않는 모양이다.

진짜 제니가 눈앞에 서 있다. 굵은 웨이브가 들어간 긴 갈색 머리, 커다란 눈, 화장기도 없는데 붉은 입술, 송골송골 땀이 맺힌 피부는 눈처럼 희었다.

그 종아리만 슬쩍 보고도 배꼽 아래가 뜨거워졌던 자신이 이제야 이해가 된다. 너무 아름다워서 두 손으로 꽉 잡아 사실인지 확인해 보고 싶다. 아니야, 사실일 리가 없지. 이건 꿈이다. 아니면 죽어서 천국에 도착한 거다.

보안관은 여유 있게 제니의 인사에 화답하려고 했다. 그래, 우리도 잘 부탁해……. 하지만 벌어진 입가에서는 생각하고 있던 말 대신에 바보처럼 침이 주르르 흘러나왔다.

"어으아~."

츄릅, 보안관은 땟국이 흐르는 팔뚝을 들어 잽싸게 침을 닦아 냈다.

인사를 마친 제니는 얌전히 서서 다소 불안해 보이는 눈동자로 가끔씩 세 친구를 살폈다. 침을 질질 흘리던 보안관이 이번엔 제대로 말을 했다.

"그럼…… 그 사람은……."

"소속사 사장 오빠예요. 연습생 때부터 늘 대표님이나 삼촌이 아니라 오빠라 부르라고 그러셨어요. 그게 나중엔 서로 입에 붙어서……."

"그, 피, 핑크 펀치가 왜 여기 이런 동네에……."

"잠실 헬기장이 폐쇄됐다고 해서 계속 올라왔어요. 오빠는 구리까지만 가면 헬리콥터를 탈 수 있다고 믿었었는데, 여기 오니까 벌써 다 꽉 막혔더라고요."

얼이 빠진 유빈의 입에서 묻지 말아야 할 말이 불쑥 튀어나왔다.

"그럼, 테라는?"

기껏 어느 정도 진정되어 있던 제니는 그 말을 듣자마자 또 눈물을 왈칵 쏟아 냈다.

"테라는…… 흐윽, 테라는 그날 물렸어요. 어린애를 도우려다가 붙잡혀서……. 흑, 구하고 싶었는데, 오빠가 이제 걘는 못 살아난다고! 포기하라고! 으흑."

기억이 되살아난 제니는 입을 가린 채 계속 오열했다.

02

핑크 펀치가 살던 고급 빌라의 문이 벌컥 열린 것은 사흘 전인 7월 14일, 오전 10시였다. 얼굴이 시뻘겋게 돼서 뛰어든 사장은 평소와 달리 엄청나게 초조해 하며 서두르고 있었다.

"에에? 어, 오빠, 무슨 일이에요?"

아무리 비상용 키를 가지고 있다고는 해도 절대 무례를 범하지 않던 사장이 불시에 문을 열어젖히고 이름을 불러 대자 곤하게 잠에 빠져 있던 테라와 제니는 깜짝 놀라 깼다. 전날 공연 준비를 위해 새벽 2시까지 연습을 했던 터라 아직 잠이 부족했다.

"일어나! 빨리! 5분 내로 나가야 돼!"

옷 방 안에 들어가 옷걸이들을 미친 듯이 뒤지면서 사장이 말했다.

"뭐예요? 왜 그래, 무섭게?"

제니가 빨딱 일어나 짜증을 부렸다. 가만히 입을 다물곤 있지만, 테라도 기분이 좋진 않았다. 신인 때라면 몰라도 근 2년간은 이런 취급을 받아 본 적이 없다. 벌어다 주는 돈이 얼만데…….

하지만 그녀의 발치에다가 두툼한 후드 티와 한물간 힙합 바지를 집어 던지는 사장의 충혈된 눈을 보니, 불평이나 어리광이 통하지 않을 상황이란 걸 직감

할 수 있었다. 허세가 가득하던 말투의 거드름도 깡그리 사라진 채였다.

"시끄러, 빨리 입어! 파파라치 피할 때처럼 마스크도 하고, 모자도 쓰고! 빨리! 지금 전쟁보다 더 큰 난리야! 30분 내로 한강까지 못 가면 우리 다 죽는 거야!"

"왜 이렇게 껴입어요? 더울 텐데."

"지금 바깥에 무법천지야. 이판사판인 새끼들한테 붙잡혀서 몹쓸 짓 당하고 싶지 않으면 꽁꽁 싸매라고! 야, 빨리 잠옷 벗고 이거 입으라고! 테라야! 아, 차에서, 차에서 갈아입어. 일단 나가야 돼!"

그렇게 성질을 내고 있던 사장의 전화벨이 울렸다.

"어, 나야. 아니, 아니, 30분이면 충분히 가. 걱정하지 마. 응? 뭔 소리야? 두 명이라니? 세 명이라니까! 야이! 핑크 펀치가 둘인데, 그럼 내가 안 탈까? 아이, 그러지 말고 좀 봐줘. 아우님까지 그러면 내가 어떻게 하라고? 나 태울 때까지 헬기 띄우면 안 돼. 알지? 뭐? 물린 사람 있으면 다 못 탄다고? 없어, 그런 사람. 그래, 알았어. 지금 곧바로 차 타고 나갈 거야."

"내 옷들은요? 구두랑……."

둘 중 행동이 조금 더 느린 테라가 멍해져서 묻는다. 사장은 챙이 넓은 등산 모자를 푹 씌운 뒤 테라의 손을 잡아끌며 말했다.

"다 버려! 나중에 트럭으로 사 줄게. 베라 왕으로 새로 쫙 뽑아 줄 테니까 제발, 빨리! 제니야! 운동화 신어! 운동화!"

지하 주차장에 도착하자 너무 커서 불편하다며 평소엔 거의 끌고 다니지 않는 사장의 캐딜락 에스컬레이드가 눈에 띈다. 주차선도 무시한 채 아무렇게나 세워진 커다란 SUV는 엉망으로 찌그러진 채였다. 어디에서 뭘 박았는지 번쩍거리는 크롬 라디에이터 그릴엔 검붉은 얼룩이 잔뜩 묻어 있었다.

"빨리 타! 어서!"

그때, 그냥 조용히 차에 타서 문을 닫았더라면, 구석에서 울고 있는 아이의 신음 소리를 제니가 듣지 못했더라면 얼마나 좋았을까.

"어?"

차에 오르려던 제니는 소리가 나는 쪽을 향해 고개를 내밀었다. 어둑한 주차장 한구석에 꼬마 하나가 엎드린 채 훌쩍였다.

“어머, 쟤, 시몬 아니야?”

같은 빌라 302호에 사는 외국인 변호사 부부의 다섯 살배기 아들이다. 파란 눈이 보석같이 예뻐서 몇 번인가 귀여워하며 함께 논 적이 있다.

“정말? 시몬?”

먼저 차에 타서 신발을 벗어 놓고 무릎을 끌어안고 있던 테라가 맨발로 뛰어 내려 꼬마를 향해 걸어갔다.

“야! 뭐 하냐? 빨리 타라고!”

시동을 걸려던 사장이 다급하게 뛰어나와 봤지만, 테라가 더 빨랐다. 테라는 신음하고 있는 시몬을 끌어안아 일으키면서 말했다.

“오빠, 지금 난리라면서요? 얘도 데려가 줘요. 애가 아픈 것 같은데 주변에 아무도 없잖아요. 시몬, 왜 그래? 어디가 아파? 일어~나!”

그 순간 이후, 몇 분 동안 모든 것이 2배속으로 빠르게 일어난 느낌이다. 사장이 억지로 테라를 잡아끌려고 걸어간다. 시몬이 괴성을 지르며 테라를 벌컥 민다. 넘어진 테라가 겁에 질려 일어나려 할 때, 시몬의 조그만 입이 테라의 발가락을 콱 깨문다.

그리고 피가 튀었다. 비명. 테라의 커다랗고 슬픈 눈, 도와달라고 내미는 손, 끊어진 발가락에서 흘러나오는 피. 테라를 돕기 위해 제니가 문을 열고 나가려할 때, 사장은 악을 쓰며 억지로 그녀를 밀어 넣고 차를 출발시켰다.

“테라는 끝났어, 이제! 쟨 물렸다고! 씨발, 그러니까 말 좀 듣지!”

분을 못 이긴 사장이 대시 보드를 쾅쾅! 내려친다. 뭐지? 이게 뭐지? 끝났다고? 겁에 질린 제니가 뒤를 돌아볼 때에도 테라는 다친 발을 질질 끌며 자동차를 쫓아왔다. 왜 그때 곧바로 문을 열고 나가서 테라가 내민 손을 붙잡아 주지 않았을까? 영원히 함께 살고 같이 죽자고 맹세도 여러 번 했으면서…….

무서웠다. 피가, 시몬의 눈빛이, 잘려 나간 발가락과 죽음의 어두운 그림자가……. 제니는 앞좌석 등받이에 고개를 묻고 울기 시작했다. 옆자리 바닥에는 테라가 벗어 두고 간 운동화 한 켤레가 죄책감처럼 남아 있다. 제니는 너무도 비열하고 더러운 겁쟁이 배신자다. 제니는…….

"어이, 그만 생각해."

상념에 빠져 초점 없이 먼 하늘을 보고 있던 제니의 눈에 대고 삼식이가 손가락을 탁탁, 튕긴다. 제니는 정신을 차리고 눈물을 닦았다. 그러자 삼식이가 음료수병을 내민다.

"마셔. 너 어제 보니 아무것도 안 먹더라."

제니는 무서운 것을 대하듯 그 음료수를 조심스럽게 쥐었다. 그러고는 말했다.

"제가…… 이런 걸 먹을 자격이 있을까요? 테라도, 오빠도 다 그렇게 돼 버렸는데, 저 혼자만 살아서 이런 걸 먹으면서 맛을 느끼고…… 흐윽."

궁상맞게 굴고 싶지는 않지만, 처한 상황을 말로 정리하다 보니 또 눈물이 난다. 입을 꾹 다물고 눈물을 뚝뚝 떨어뜨리는 제니에게 삼식이가 웃으며 말했다.

"하하, 그건 여기 있는 우리 모두에게 하는 말인가?"

"……네?"

"우리 셋도 다 누군가를 잃었어. 그냥 눈으로 못 보거나 아직 확인하지 않은 것뿐이야. 같이 일하던 아저씨도, 작업반장님도…… 음, 우리 엄마도…… 아마 죽었을 거야."

"야, 인마! 재수 없게 그딴 말 하지 마! 너희 어머니가 왜……."

보안관이 화를 내자 삼식이가 손을 들어 제지한 뒤 말을 계속했다.

"아니야, 보안관. 난 알아. 우리 엄마는 늘 남보다 손해를 보는 여자였거든. 이런 세상에서 살아남았을 리가 없지. 그렇지만 난 오늘 맛있는 것도 먹을 거고, 농담도 하고 웃을 거야. 그래야 힘이 나서 내일도 또 살 수 있으니까……. 내가 내일 하루를 더 살면 내 기억 속에 살아 있는 우리 엄마도 그만큼 더 사는 거야. 제니야……."

"네……."

"나는 내가 죽은 다음에도 내 친구들이 나를 잊지 않고 오래오래 살아 주길 바라. 그 기억이 아주 가끔이라도 상관없어. 그게 내가 더 오래 존재할 수 있는 방법이야. 테라나 그…… 제비 같은 아저씨도 마찬가지일 거라고 생각해. 그러니까……."

삼식이는 음료수병의 뚜껑을 열고 제니의 바짝 말라붙은 입술 사이에 댔다.

"이걸 마시고 힘을 내서 사는 거야. 그게 살아남은 네 의무야."

"네……. 으흑, 맛있어요……. 흐윽."

음료수를 입에 머금고 제니는 고개를 끄덕이며 울먹였다. 삼식이는 한동안 제니를 꼭 안고 등을 토닥여 주었다.

씨발, 저 개새끼는 진짜 선수다. 얼굴만 밑천 삼아 후리고 다니는 줄 알았더니, 그게 아니다. 가끔 저렇게 밑도 끝도 없는 소리로 사람의 얼을 쏙 빼놓는다.

꿈의 아이돌이 삼식이의 품에 안겨 울고 있는 꼴을 손 놓고 바라봐야만 하는 유빈과 보안관의 눈에서는 용광로처럼 뜨거운 불꽃이 뿜어져 나왔다. 특히 보안관은 이를 악물고 속으로 몇 번이나 같은 말을 중얼거렸다. 지금이라도 제니에게서 떨어지면 안 아프게 죽여 줄게, 삼식이 이 개새끼야…….

"고맙습니다. 덕분에 이제 좀 후련해졌어요."

유빈과 보안관의 인내심이 바닥을 드러내고 난 뒤에도 조금 더 삼식이의 품에 안겨 있던 제니가 평소에 TV에서 보던 것처럼 밝은 얼굴로 인사를 한다. 계속 눈물을 흘린 탓에 눈 주위와 입술이 부어 있는데도 여전히 그림처럼 아름답다. 보안관이 삼식이를 한쪽으로 끌고 가 옆구리를 쥐어 팰 시간을 충분히 주기 위해서 유빈이 제니를 안내했다.

"그, 그럼 이 정도 쉬었으니 이제 가 볼까요? 이쪽이에요."

제니가 고개를 끄덕이며 유빈의 한 걸음 뒤에서 걸어온다. 어제까지와 조금도 달라지지 않은 황량한 벌판이지만, 오늘은 사방에 꽃향기가 이는 것 같다. 테라 친위대를 자처해 왔던 유빈의 눈에도 제니는 정말 아찔하리만큼 아름다웠다.

"저기 조그만 건물 보여요? 저기가 우리가 숨어 있는 데예요. 그냥 쭉 2, 3분 정도 걸어가면 되고…… 에, 또 뭘 이야기해야 하지? 아, 철책! 아까 지나왔던 철책 기억나죠? 그것처럼 몇 군데 철조망으로 함정을 만들어 놓은 데가 있어요. 혹시 공중에 깡통이 대롱대롱 달려 있으면 그건 우리가 만들어 놓은 함정이니까 꼭 조심해야 해요."

"저기…… 존댓말 안 하셔도 돼요. 저보다 오빠 맞으시죠? 아, 혹시 제 나이 모르시나요? 저 열아홉 살이에요."

나이를 모를 리가 있냐, 얼마나 팬이었는데. 올해로 열아홉 살 동갑내기 핑크펀치. 천칭자리 테라, 사자자리 제니. 실체는 결코 손에 넣을 수 없으니 복제된 정보를 하나라도 더 끌어모으는 것으로 대리 만족을 했다.

음반, 사진에 인터뷰 기사…… 그녀들의 출신지, 출신 학교, 키, 몸무게, 좋아하는 음식과 색깔까지, 모두 달달 외우고 있다. 오빠라는 말에 새삼 부끄러워진 유빈은 눈이 동그래져서 말을 더듬었다.

"그…… 암만 그래도."

"친한 동생처럼 대해 주시는 게 저도 더 편해요."

"그, 그럴까, 그럼?"

"네, 오빠. 그럼 이제 가방 같이 들어요. 무거우실 텐데."

그렇게 말하면서 제니가 손을 뻗어 유빈이 들고 있던 공구 가방의 손잡이 한쪽을 빼앗아 쥔다. 제니의 손이 스치자 유빈은 전기가 통한 것처럼 소스라치게 놀랐다. 일단 제니라는 걸 알고 나자 어제 그녀가 계단에서 자신의 낡아 빠진 옷자락을 쥐고 바들거리던 때와는 느낌이 완전히 달라져 버렸다.

"풋!"

유빈이 하도 어색해하자 제니가 픽, 하고 웃음을 터뜨렸다. 쑥스러움을 달래 보려고 유빈도 마주 웃었다.

"아쭈? 저 새끼도……. 자기는 테라파라고 그렇게 노래를 하더니 막상 제니 옆에 서니까 그냥 입이 귀에 걸리는구나. 익! 네가 대신 한 대 더 맞아라. 이씨!"

뒤에서 삼식이와 어깨동무를 하고 걸어오면서 생각이 날 때마다 한 대씩 옆구리를 쥐어박던 보안관이 그 꼴을 보고 툴툴거렸다.

"하하하! 아파, 보안관. 그만 때려."

"아니, 너는 한참 더 맞아야 해. 제니를 그렇게 꼭 끌어안다니. 아마 내가 평생 때려도 모자랄 거다. 아아, 어쩌지? 제니가 혹시라도 이 일 때문에 너한테 끌리면?"

"에이, 그럴 리가 있나? 아까 걘 그냥 아무거라도 붙잡고 울고 싶었던 것뿐이야."

"정말? 그럼 나한테 미리 말을 해 주지!"

"아아, 너처럼 흥분해서 숨을 헐떡거리는 사람은 안 돼."

"끄응, 그러면 아무거나가 아니네. 아, 정말 예쁘다. 그치?"

아쉬워하던 보안관은 머리카락을 흩날리며 걸어가는 제니의 뒷모습을 보고 또 감탄했다. 이제 저 종아리를 가까이서 마음껏 볼 수 있다. 살아 있는 동안은. 흠, 삼식이가 콧방귀를 뀐다.

"음, 난 잘 모르겠는데? 저렇게 다리가 가늘면 영~ 보기에 안 좋아서……. 뭐, 하지만 너희 취향은 존중해 줄게. 하여간 여자 볼 줄을 몰라, 늬들은."

지금 누가 할 말을 하는 거지, 이 새끼는? 보안관은 잠시 주먹을 들어 삼식이의 콧잔등을 칠까 말까 망설였다. 그러다가 아까 삼식이가 했던 이야기가 생각나서 물었다.

"삼식아, 내 입에서 정말 똥 꾸렁내 나?"

"너 마지막으로 이 닦은 게 언제야?"

"기억도 안 나지."

"어젯밤에 뭐 먹었어?"

"카레 빵이랑 쉰 삼각김밥이랑 또 뭐……."

"물을 못 마셔서 탈수 현상도 좀 있었지?"

"……응."

"그럼 똥 꾸렁내 나겠지?"

"……응."

"또 궁금한 거 있어?"

"없다, 이 개새끼야."

03

보안관이 계속 손을 가리고 자기 입 냄새를 맡아 보며 킁킁거리는 동안 앞서 걷던 유빈과 제니는 네 번째 철책 근처에 도착했다. 멀리 시체 더미를 태웠던 곳에서 기분 나쁜 냄새가 바람을 타고 전해진다. 아마 아직도 다 타지는 않았을 것이다. 냄새를 맡고 기억이 새삼스러워진 유빈이 제니에게 말했다.

"흙을 좀 뿌려 두기는 했지만, 그래도 1층엔 아직 핏자국이 좀 남아 있을 거야. 좀비들 피니까 놀라지 마."

"여기에도 오나요?"

"첫날 쫓아왔던 놈들인데, 그건 다 처리했어. 다행히 그 뒤로 이틀 동안은 좀비가 오진 않았고. 하지만 앞으로도 또 오지 않는다는 법은 없겠지."

"네."

제니는 주변을 살피며 조심해서 철조망을 넘었다. 유빈에게는 그 모습이 꽤 영리해 보였다. 무작정 남에게 의지해서 그 뒤만 따라오는 성격은 아닌 것 같다.

"신입은 간이 크네."

뒤따라온 삼식이가 복지 센터 건물을 바라보며 말했다.

"우리가 살았는지 어떤지도 모르는데 자고 있나 봐. 걱정이 돼서 밤을 꼴딱 새우고 때꾼한 눈으로 창밖만 내다보고 있을 거라고 생각했었는데."

"오빠들만 있는 게 아니었어요?"

조금 불안한 목소리로 제니가 물었다.

"아, 그걸 말 안 했었네. 한 사람 더 있어."

"그분도 오빠들처럼 좋은 사람?"

"하하, 뭐, 직접 보고 어떤 애인지 판단해 봐."

곤란해진 삼식이는 직접 대답하기를 회피했다. 아, 맞다. 그놈도 있었지. 어찌 됐든 함께 괴물들을 죽이며 살아남은 사이인데, 제니의 등장과 함께 신입을 까맣게 잊고 있었단 걸 깨달은 유빈은 조금 미안해졌다. 바닥에 눕혀 둔 사다리를 들어 올리고 있을 때, 그들의 이야기 소리를 듣고 깨어난 신입이 창밖으로 고개를 내민 채 울부짖으며 욕설을 퍼부었다.

"으허엉, 살아 있었네? 야이 개새끼들아! 이 씨발, 내가 혼자서 얼마나 무서웠는지 알아, 이 개새끼들아? 이 좆같은 새끼들! 뭐 한다고 저희들끼리 밤을 새우고! 말도 안 해 주고! 뒈진 줄 알았잖아! 꺼져! 꺼지라고!"

반갑다고 울다가 돌연 화를 내며 저주를 하다가, 하여튼 난리도 아니다. 눈 밑이 새까만 걸 보니 날밤을 꼬박 새우다가 새벽에야 지쳐 잠이 들었던 모양이다. 홀로 남겨진 어젯밤이 제 딴엔 어지간히 무서웠는지, 신입은 필요 이상으로 격렬한 반응을 보였다.

하도 소리를 질러 대서 세 친구는 귀를 막아 가며 사다리를 계단 구멍에 댔다. 제니는 약간 놀란 것 같았다. 비어 있다고만 생각했던 건물에서 웬 못생긴 놈이 불쑥 얼굴을 내밀고 다짜고짜 욕부터 해 대는 꼴을 보면 누구라도 놀랄 일이긴 했다.

"저기…… 저분, 괜찮아요?"

중간쯤 올라갔을 때 제니가 뒤에 남아 사다리를 잡고 있던 유빈을 돌아보며 걱정스레 물었다. 유빈은 난처하다는 표정으로 고개를 끄덕였다. 먼저 올라간 삼식이가 신입을 향해 두 팔을 벌리고 다가가며 밝게 웃었다.

"하하하, 신입 엄청 무서웠나 보네? 괜찮아. 이제 엉아들이 까까 얻어 왔으니까 맛있게 먹자아?"

"시끄러! 까짓 음료수 몇 병 가지러 가서 뭐 한다고 지금 오느냐 말이야. 이 등신 같은…… 응? 너 지금 뭐라고 했어! 까까? 먹을 거? 먹을 걸 구해 왔다고?"

까까라는 말이 성인 남자에게도 이렇게 기쁜 단어가 될 줄이야. 퉁퉁거리던 신입은 삼식이가 먹을 게 담긴 가방을 열자 화색을 띠며 달려들었다.

"이 씨발! 이런 게 있었으면서 저번엔 음료수만 처가지고 온 거야? 하여간 돌대가리 새끼들. 아, 빵이다, 빵! 어? 햄! 햄!"

신입은 아예 무릎 사이에 가방을 끼고 앉아서 빵 봉지를 찢어 정신없이 입 속으로 쑤셔 넣었다.

"나도 어제 저렇게 먹었냐?"

허겁지겁, 게걸스레 먹는 신입의 모습이 어지간히 보기 싫었는지, 보안관이 눈살을 찌푸리면서 삼식이에게 물었다.

"아니."

삼식이가 고개를 저었다.

"네가 훨씬 더 급하게 먹었지."

빵 두 봉지 반을 해치울 때까지 신입은 고개도 들지 않고 계속 씹어 대며 가방을 뒤져 그 속에 뭐가 들었는지를 확인했다. 그러다가 목이 메는지 고개를 들며 물었다.

"야, 음료수는 왜 안 가지고 왔…… 커헉! 컥! 컥! 캑! 이거, 누구야? 제, 제니?"

신입이 깜짝 놀라 기침을 해 대는 통에 입 안에 들었던 빵 부스러기가 사방으로 튀었다. 꺄~! 제니가 가벼운 비명을 지르며 보안관의 뒤에 숨는다. 삼식이가 웃으며 소개했다.

"인사해, 신입. 누군지 알지? 내 동생이야. 닮았지?"

"지, 진짜?"

벌떡 일어나 있던 신입의 얼굴이 복잡해진다. 아, 하긴 삼식이 저 새끼도 어지간히 잘생긴 놈이었지, 그런 생각을 하는 모양이다.

"그, 그러고 보니 삼식 씨랑 아주 붕어빵이네. 안녕하세요. 저, 삼식 씨 베프예요. 에이, 삼식 씨. 왜 여태까지 이야기를 안 해 줬어?"

"풋! 파하하하!"

잠시 침묵하고 있던 세 친구가 일제히 배를 쥐고 웃었다. 무슨 상황인지 이해를 못 하고 있는 신입의 표정이 하도 어리바리해서 조금은 긴장했던 제니까지도 기분 좋게 웃었다.

"하하하! 야, 동생일 리가 없잖아! 넌 핑크 펀치 둘 다 외동딸인 것도 모르냐? 크크크, 이 간첩 새끼야! 그리고 넌 베프한테 '씨' 자를 붙이냐? 너희 들었어? 삼식 씨래, 삼식 씨! 하하하! 신입아, 긴장하면 존댓말 쓰는 버릇, 제발 좀 고쳐. 하하."

싱거운 삼식이는 아주 좋아서 어쩔 줄을 몰라 한다. 신입도 쑥스러운지 머리를 긁적이며 같이 따라 웃었다. 세 친구는 신입에게 제니를 구해 오게 된 사연을 간단하게 정리해서 이야기해 줬다. 그 과정에서 제비가 죽었다거나 하는, 제니가 불편할 만한 부분은 아예 생략해 버렸다.

"그, 그럼 이제 우리랑 같이 산다고? 제니가? 쭈욱? 계속?"

신입이 콧김을 내뿜으면서 물었다. 다른 사람이 대답하기 전에 제니가 먼저 고개를 꾸벅 숙이고 밝게 대답했다.

"앞으로 신세 지게 됐습니다. 잘 부탁드릴게요, 오빠."

"오빠? 어⋯⋯ 으응, 그래. 나도. 저기, 그런 의미에서 악수라도⋯⋯."

신입이 내미는 손을 보안관이 탁, 내려쳤다.

"악수는 안 해도 돼! 오늘은 삼식이 하나로 이미 충분하다."

"여기 앉아 있어. 정말 누추하긴 하지만, 맨바닥보다는 나을 거야."

유빈이 끌어와 깔아 준 스티로폼 패널에 제니가 앉자 네 명의 남자는 자연스럽게 그 주변을 빙 둘러앉았다.

"자, 이제 인사도 나눴으니 우리도 아침을 먹어야지?"

삼식이와 유빈이 공구 가방과 음식물 가방에서 오늘 가지고 온 음료수와 먹을 것을 꺼내 정리했다. 보안관이 담은 것은 주로 햄이나 참치 같은 통조림이었고, 유빈이 담은 것은 빵이나 삼각김밥, 봉지 라면 따위였다. 목숨을 걸고 가서 겨우 쟁취해 온 것들인데, 막상 늘어놓고 보니 그 양이 너무나 보잘것없었다. 아무리 아껴 먹어도 사흘을 넘기기 어려울 게 분명하다.

"저, 저는 아직 배가 안 고파요. 아무것도 한 게 없는데, 이따가 오빠들 저녁 드실 때 같이……."

각자의 몫인 빵 두 개와 음료수 두 병을 내밀자 제니가 사양을 한다. 그녀 역시 남은 음식의 양이 턱없이 부족하다는 걸 눈치챈 것이다. 유빈이 쓴웃음을 지었다.

"친동생처럼 여겨 달라면서? 그러니까 너도 눈치 보지 마. 어차피 음식은 또 구하러 가야 돼."

제니도 수긍했는지 가벼운 미소를 지으며 고개를 끄덕였다.

"그럼 하나씩만. 저 정말로 많이는 못 먹어요."

그렇게 말한 뒤, 제니는 빵을 뜯어 입에 넣었다. 그리고 그것을 신호로 삼아 네 남자도 열심히 먹기 시작했다. 이야기 소리에 섞여 간간이 웃음도 터졌다. 물론 과잉된 감정과 어색한 분위기를 숨겨 보려는 의도가 다분한, 그런 웃음이기는 했다. 보잘것없는 식탁이지만, 그것은 며칠 만에 처음으로 가져 보는, 아주 즐거운 아침 식사 시간이었다.

같은 시각, 세 친구로부터 서쪽으로 25킬로미터 떨어진 곳에서도 한 남자가 테이블에 앉아 조금 늦은 아침 식사를 하고 있었다. 메뉴는 데우지 않은 즉석 전복죽과 병에 담긴 오렌지 주스가 전부다. 남자는 포장 안에 들어 있던 조그만 수저로 천천히 죽을 퍼서 입에 가져가고, 가끔 주스를 마셨다.

남자가 앉은 테이블의 오른쪽에는 이 식당에서 구한, 긴 식칼이 하나 올려져 있었다. 조그만 죽 두 그릇을 다 먹고 나서 반쯤 남아 있던 음료를 한 번에 비운 뒤, 그는 식탁에서 일어나 칼을 쥐고 식당 끝에 붙어 있는 매점을 향해 걸어갔다.

카운터에 걸려 있던 비닐봉지 하나를 뜯어 거기에 대충 되는대로 음식과 음료수를 담은 남자는 한쪽 벽에 걸려 있던 거울을 보고 흐트러진 머리카락을 정돈했다. 머리 모양을 어떻게 해 봐도 인상이 그리 좋아지지는 않는다. 그의 얼굴을 가로질러 길게 자리하고 있는, 해묵은 흉터가 워낙 강렬하기 때문이다. 쯧, 미남 소리는 듣기 어렵겠군. 그 남자가 한쪽 입만으로 쓰게 웃자 거울 속의 민구도 따라 웃는다.

찰칵.

담배에 불을 붙인 민구는 주머니에 담배 한 갑을 새로 집어넣었다. 후우우~! 상처 회복이 더뎌지니 어쩌니 해도 담배는 참기 어렵다. 텅 빈 카운터에 걸터앉아 담배 한 대를 느긋하게 다 피운 뒤, 민구는 천천히 일어나 음식이 든 봉지를 들고 매점 밖으로 걸어 나왔다.

휙~! 담배꽁초를 아무렇게나 내던졌다. 아직 불이 붙어 있는 꽁초가, 바닥에 뒹굴고 있던 목 없는 시체에 맞아 튄다. 일부러 그 시체를 맞히려고 한 것은 아니었다. 워낙 자빠져 있는 것들이 많아 아무 데라도 던지면 바닥에 맞을 확률과 시체에 맞을 확률이 비슷비슷했을 뿐이다.

민구는 식당 여기저기에 가득 널브러져 있는 시체들 사이를 빠져나가 병원 1층으로 올라갔다. 거기 잠시 멈춰 서서 셔터가 내려진 현관 유리를 통해 주차장 너머, 바깥의 상황을 살폈다.

쾅! 콰릉!

그롸아악!

굳게 잠긴 병원의 정문 앞에는 예닐곱의 놈들이 얼굴을 바짝 붙이고 철문을 밀어 대며 소란을 피운다. 어차피 저 두꺼운 문을 뚫고 들어올 수도 없는 놈들이란 걸 알고 있기 때문에 신경도 쓰지 않았다. 정 귀찮으면 그때 가서 죽여 버리면 그만이다. 여기 병원 로비에 목을 잃은 채 뻗어 있는 이놈들처럼.

잠시 더 바깥을 살피던 그는 계단을 올라 2층으로 갔다. 군데군데 나자빠진 시체들을 밟지 않고 피해 가며 계단을 오르는 게 조금 귀찮다. 소독약을 잔뜩 뿌려 두긴 했지만, 냄새도 만만치 않다. 대기실 카운터에 허리가 걸린 채 죽어 있는 간호사의 시체를 지나 복도 세 번째 방의 문을 열었다. 교통사고 환자들만을 전문으로 유치하던 이 정형외과의 간이 수술실이다.

"히엑!"

수술실 안쪽에서 불안해하고 있던 중년 의사와 여간호사가 문 열리는 소리에 기함을 하다가 민구의 얼굴을 보고 안도의 한숨을 내쉰다.

첫날 아침, 민구는 경찰차를 몰고 가장 가까운 병원으로 돌진했고, 그게 이곳이었다. 담배를 피우러 나온 환자의 전화기를 빼앗아 육만배에게 간단한 자초지종을 알린 뒤, 당직 의사와 간호사에게 어깨의 상처와 주방에서 훔쳐 온 식칼을 보여 주었다.

그로부터 며칠이나 지났는데 이것들은 도무지 상황에 익숙해지지를 못한다. 민구는 한심하다는 눈으로 둘을 쳐다보며 탁자 위에 음식이 든 봉지를 탁, 던졌다.

"같이 내려가서 좀 먹자니까, 다 죽어서 움직이지도 못하는 새끼들이 뭐가 그렇게 무섭다고. 그러면서 용케 의사는 됐군……. 뭐, 나도 신세를 진 게 있으니 이 정도 심부름은 해 주긴 하겠지만."

잔뜩 기가 죽어 있는 의사와 간호사는 몇 번이나 고개를 숙여 보인 뒤, 봉지에서 음식을 꺼내 입에 넣었다. 그들이 아침 식사를 끝낼 때까지 회전의자에 앉아 담배를 피우고 있던 민구가 셔츠를 벗었다.

살을 째서 썩은 피를 빼고 수술을 한 덕에 탈골되어 있던 그의 어깨는 어느새 부기도 상당히 빠지고 피부도 제 색깔을 찾아가는 중이다. 끄응, 어깨를 살살 회전시켜 보던 민구의 인상이 일순 찌푸려진다. 걸리는 부분이 있다. 사흘 전에 비하면 훨씬 나아진 건 분명하지만, 아직은 온전하지 못하다.

"그거 먹고 치료하던 거 마저 끝냅시다."

천천히 목 근육을 풀며 민구가 말했다. 의사와 간호사가 고개를 끄덕인다. 4

층 건물 전체를 사용하는 이 병원에서 유일하게 살아남은 세 사람의 하루가 그렇게 시작되고 있었다.

아침 식사를 마치고 나서 제니와 네 남자는 각자가 할 일을 했다. 삼식이는 창가에 기대 느긋하게 담배를 피웠고, 급하게 세수를 하고 작업반장의 칫솔로 이까지 박박 닦은 보안관은 제니에게 복지 센터를 안내해 줬다. 신입은 그 옆에서 빙빙 돌며 끼어들 찬스를 노렸고, 유빈은 옥상으로 올라가 물탱크의 뚜껑을 열어 봤다.

어제 그 속옷 가게 2층 집에서 물이 끊겼다는 말을 들었을 때, 그렇다면 여기 역시 그리 다르지 않은 형편일 거라 예상했었다. 그동안 세 친구가 아무 생각 없이 썼던 물도 옥상의 거대한 물탱크에서 끌어 쓴 것이 분명하다.

"아, 아직 꽤 들었구나."

다행히 탱크의 반 이상은 차 있다. 이 정도면 당장 물이 딱 끊어지는 일은 없겠지만, 혹시 모르니 아껴 써야 한다. 물탱크의 뚜껑을 닫은 유빈은 방수액이 들어 있던 빈 플라스틱 양동이를 두 개 겹쳐 들고 1층으로 내려왔다. 그리고 삽으로 모래를 퍼 그 양동이의 바닥을 채웠다.

"어, 그건 뭐냐?"

유빈이 모래를 채운 양동이들을 가지고 2층으로 올라가자 마침 계단 구멍 주변에서 제니에게 좀비 사냥용 가시방석에 대해 설명해 주고 있던 보안관이 물었다.

사람들의 시선이 자신한테 확 쏠리자 유빈이 부끄러워하며 말했다.

"이거, 급한 대로 화장실인데…… 남자용 하나, 여자용 하나. 모래가 들어서 비우기도 편하고. 이제 남자끼리만 있는 게 아니니까……."

아무 데서나 꺼내 놓고 창문 밖으로 갈기면 안 돼, 라는 뒷말은 삼켜 버렸다.

잠시 어색한 침묵이 흐른다. 제니의 얼굴은 조금 빨개졌다.

"오오, 그래! 화장실 필요해! 이제 우리도 밥을 먹었으니 똥을 만들어 낼 수 있어."

삼식이가 적극적으로 환영했다.

"이거 어디다가 놓을까? 내 생각엔 옥상보단 3층 화장실 자리에 놔두는 게 편할 것 같긴 한데. 밤에 계단 오르내리는 게 조금 위험할 수도 있지만, 그거야 난간을 만들어 달면 되고. 플래시도 있으니까 크게 문제는 없을 거야. 옥상은 비를 막아 주지 못하니까 아무래도……."

한숨 돌린 유빈이 제안을 하자 보안관이 제니의 눈치를 살피며 물었다.

"근데 한 층 위라고 해 봐야 이 건물엔 아직 방마다 문도 안 달려 있잖아? 그럼 그…… 소리 때문에 민망하지 않을까?"

"나한테 아이디어가 있어."

어느새 양동이 위에 철퍼덕 앉은 삼식이가 자신 있게 말했다.

"눌 때마다 이 양동이 옆을 두드리는 거야, 이렇게! 그러면 이 소리에 묻혀서 그 소리는 안 들리지."

삼식이가 양손으로 양동이를 신나게 두드린다.

통통통토토토통~!

짜증이 난 보안관이 소리를 질렀다.

"야이, 미친놈아! 그럼 나 똥 쌉니다~ 하고 자랑하라는 말이야?"

"응? 아니지~. 그냥 가끔은 안 쌀 때도 올라가서 두드리면 어떤 게 진짜인지 분간할 수가 없잖아."

"너나 실컷 두드려라! 이 바보 새끼야! 얘 입장도 좀 생각을……."

보안관이 화를 버럭 내려 할 때, 제니가 '풋~!' 하고 웃음을 터뜨리더니, 비어 있는 양동이에 털썩 앉아서 삼식이의 리듬에 맞춰 옆면을 두드렸다.

"이렇게요? 까르르."

한동안 즐겁게 리듬을 타던 제니는, 의외의 반응에 조금 놀라 멍해져 있는 유빈과 보안관을 향해 웃음을 잃지 않으며 말했다.

"네, 저도 이런 거 필요해요. 아이돌도 먹으면 나오거든요. 고맙습니다, 오빠."

3층 남녀 화장실 구석에 양동이를 하나씩 가져다 두었다. 보충용 모래통도 따로 비치했다. 비록 문은 없지만, 벽이 막고 있어서 만약의 사태가 되더라도 서로 얼굴을 마주 볼 일은 없다. 화장실이 해결됐으니, 이제 방을 만들어 줄 차례이다.

"2층에서는 이 방이 제일 좋아. 애초에 복지 센터 원장실로 설계된 거라서 가장 크거든. 벽마다 창문이 나 있어서 볕도 들고 바람도 잘 통할 거야."

보안관이 건물 뒤편의 왼쪽 코너에 있는 방을 보여 주며 말했다. 방이라고 해봐야 아무것도 없이 텅 빈 상태로 창문도, 문도 달려 있지 않았다. 그저 벽이 가로막아 주는 정도다.

"우와, 여기선 새소리가 잘 들리네요. 뒷산도 보이고. 네, 좋아요."

제니가 조금 과장되게 호감을 표하자 기분이 좋아진 보안관이 눈 주위를 긁적이며 말했다.

"문도 금방 구해서 달아 줄게. 조금만 참아."

유빈이가 걱정스러운 얼굴로 물었다. 문은커녕 경첩도 없다.

"문? 문을 어디서 구해?"

"응? 아, 그 폐역 사무실에서 떼어 오려고 하는데……."

"그거 쇠문이잖아. 암만 안 나가도 50킬로는 될 텐데, 그 크고 무거운 걸 여기까지 끌고 온다고? 그건 무리야."

"너한테는 무리지. 나는 가지고 올 수 있어."

유빈과 보안관이 의견 차이를 보이자 제니가 다급하게 끼어들었다.

"저기, 저기…… 오빠, 그렇게까지 안 하셔도 돼요. 문 없어도 괜찮아요."

"하지만 아무래도 불편할 거 아니야. 잠잘 때만이라도 편하게 지내게 해 주고 싶다고."

보안관은 자기 의견을 굽히지 않았다. 그런 보안관의 심정을 유빈이도 이해하지 못하는 건 아니다. 예전부터 보안관은 여자애들을 사귈 때 아낌없이 주는 성격이었다. 게다가 지금은 꿈에서만 만나 왔던 짝사랑을 직접 코앞에서 보고 있으니, 제니에게 얼마나 더 잘해 주고 싶을지는 두말할 필요도 없다.

하지만 이런 문제는 현실적으로 생각해야 한다. 쇠문을 끌고 올 수도 없지만, 만약 그걸 어찌어찌 죽을힘을 다 써서 가져와 달아 준다고 해도 그걸로 끝이 아니다.

죽을힘을 다한 걸 알고 있기에 제니는 억지로라도 기뻐해 줄 것이고, 보안관은 그 웃는 얼굴을 보고 나면 그다음에는 역에 있는 세면기와 변기도 떼어 와서 수도에 연결을 해 줄 녀석이다. 침대를 구해 오겠다고 난리를 칠지도 모른다.

음료수 몇 개, 빵 몇 개를 손에 넣기 위해 매일 목숨을 건 질주를 해야 하는 이 상황 속에서 그런 건 아무리 생각해도 아니다.

"잠깐만. 보안관, 잠깐만."

유빈은 보안관의 어깨를 끌어당기고 한쪽으로 걸어가서 목소리를 낮춰 이야기를 했다.

"네가 그렇게 특별 대우를 해 주려 들면 결국 불편해지는 건 쟤야. 아까 봤잖아, 빵 하나 먹는 것도 눈치를 보는 애라고."

"제니가 왜 눈치를 봐? 신입 같은 새끼도 저렇게 당당하게 큰소리를 치면서 처먹을 거 다 처먹는데."

"내 말은 제니 때문에 우리가 힘들어하면 그만큼 쟤가 더 미안해할 거라는 말이야. 너, 쟤랑 가능하면 조금이라도 더 오래 같이 있고 싶잖아."

"아주 살고 싶지."

"그래. 그러니까 앞으로도 잘해 줄 수 있는 기회가 많을 거야. 지금 목숨을 걸고 문을 구해 와서 그걸 달아 주고 네가 턱 쓰러져 버리면 쟤 밥은 누가 챙겨 올 거냐고. 누가 해? 신입? 내가? 우리 힘만으론 못 해. 제니에게 지금 가장 필요한 건 튼튼한 방문이 아니라 너야. 건강한 상태의 너!"

"너 이 새끼…… 그 말 다시 한번 해 봐."

"뭐, 무슨 말?"

"제니에게 필요한 게 나라는 말. 굉장히 듣기 좋은데?"

"아, 그래. 백 번이라도 해 줄 테니까, 한 가지만 명심해. 쟤 때문에 네가 무리하면 결국 쟤가 가장 힘들어져. 알아? 할 수 있는 것들 중에서 최선을 다하는 정도로 참아야 돼, 지금은."

"으음, 할 수 있는 게 뭔데? 문을 각목으로 만들어? 4x4잖아. 굉장히 두껍고 무거울 텐데."

"그래, 무거워서 안 돼. 그리고 멀쩡한 각목은 아껴야 해. 앞으로도 뭐가 필요해질지 모르니까. 그냥 이렇게 하자. 자재 덮을 때 쓰던 포장, 그걸 좀 잘라서 커튼처럼 문에 걸어 주면……."

"야이 씨, 그건 그냥 넝마잖아. 거지처럼 문에다가 거적을 걸어 두고 살라고? 제니더러?"

"괜찮아. 중요한 건 안쪽이 안 보이면 되는 거잖아. 너 선택해 봐. 거적 문에 배부르고 편한 거, 쇠문에 배고프고 눈치 보이는 거. 어느 쪽이 좋겠어? 그걸로 화장실 문도 쉽게 만들어 줄 수 있고."

"끄으응, 난 아무래도 그런 거 말 못 하겠는데. 큰소리 탁 쳐 놓고서."

"그럼 내가 얘기할게. 빨리 달아 주고 끝내자. 쟤 좀 봐. 우리 때문에 또 불안해하고 있잖아."

설마 하며 보안관은 힐끔 뒤를 돌아봤다. 유빈의 말처럼 제니는 초조해 보였다. 불안함을 달래기 위해서인지, 양손의 검지로 엄지손톱 위쪽을 꾹꾹 누르며 이쪽의 눈치를 살핀다. 젠장, 저러라고 문 이야기를 꺼낸 게 아닌데……. 속이 상한 보안관은 머리를 긁적이며 제니에게 다가갔다.

"저기, 문은 지금 당장은 어렵겠어. 그냥 아무 천으로라도 덮어 두는 수밖에 없을 것 같아. 미안해, 괜히 큰소리쳐서."

"아, 아니에요. 미안하시긴요. 제가 죄송해요. 오빠, 저 문 같은 거 필요 없어요. 그냥 오빠들이 안전하게 같이 있어 주는 게 훨씬 좋아요."

제니가 그렇게 말해 주어서 문 사건은 일단락되었다. 잠시 아찔했던 유빈은 아무도 기분이 상하지 않은 채 일이 마무리되는 것을 보며 속으로 안도의 한숨을 내쉬었다. 제니의 방에 침대로 쓸 스티로폼 패널, 베개로 쓸 낡은 수건을 넣어 주고, 자재 포장을 걷어 와 커튼처럼 걸어 주는 것으로 이사 준비도 마쳤다. 보안관은 문 위 벽에 콘크리트 못을 박아 커튼을 고정하면서, 이건 정말 어울리지 않는다는 말을 계속해서 중얼거렸다.

다음은 생필품이다. 생필품이라고 말할 만큼 대단한 것도 없지만, 보안관은 공구 가방을 열고 안에 든 물건들을 꺼내 죽 늘어놓으며 제니에게 혹시 필요한 게 있으면 가져가라고 말했다. 황씨 아저씨 가방부터 시작했다.

"아, 플래시네. 이건 하나 방에 가져다 두고 써. 그리고 이거는 수건, 이건 면티, 그리고 이건……."

아뿔싸, 박스를 집어 올린 순간 보안관은 자신이 미친 짓을 했다는 걸 깨달았다. 잊고 있었다, 황씨 아저씨의 가방 속에 엄청난 수의 콘돔이 들어 있다는 것을.

보안관의 얼굴이 순식간에 벌겋게 달아오른다. 아아, 신이시여, 지금 이 순간 제발 제니가 다른 곳을 보고 있게 해 주세요……. 하지만 보안관의 기도는 통하지 않았다. 곁에 쪼그리고 앉아서 호기심 가득한 얼굴로 뭐가 나올까를 지켜보고 있던 제니가 어색하게 웃으며 말했다.

"어, 아…… 하하하, 건강하시네요."

보안관이 미친 사람처럼 얼굴을 흔들었다.

"아, 아니야! 이건 내 가방이 아니라, 황씨 아저씨라고 있어! 그, 우리랑 같이 일하던……."

"아…… 네에."

너무도 민망한 순간이지만, 더 변명을 해 봐야 사람만 우스워질 것 같아서 보안관은 잽싸게 콘돔 박스를 안쪽으로 집어넣고 다른 물건들을 꺼냈다. 물건을 소개하는 보안관의 목소리가 더 커졌다.

"이! 이건 칫솔이고! 이건 양말!"

여러 가지 물건 중에서 처음으로 제니가 관심을 보이는 게 등장했다.

말로 표현은 하지 않았지만, 제니의 시선은 칫솔에 꽂혀 있다. 누가 봐도 새것은 아닌 칫솔이지만, 무척이나 양치가 하고 싶었던 모양이다. 그걸 눈치챈 보안관이 칫솔을 내밀며 말했다.

"혹시 이거라도 쓰겠어?"

"하지만 이거…… 오빠 거잖아요. 저를 주시고 나면 오빠는 어떻게 해요?"

"아니, 이거 내 가방 아니라고! 정말이야! 이거 봐! 이 티셔츠 나한테 작잖아!"

다급해진 보안관이 황씨 아저씨의 미디엄 사이즈 면 티를 꺼내 어깨에 대며 열변을 토했다. 제니가 방긋 웃더니 머리를 귀 뒤로 쓸어 넘기며 묻는다.

"그럼 이거, 정말 제가 가져요?"

"그래. 남자들끼리는 아까 내가 이 닦은 걸로 같이 쓰면 돼."

"고맙습니다."

제니가 두 손으로 칫솔을 집어 들었을 때, 담배를 물고 지나가던 삼식이가 쓸데없는 이야기를 보태 준다.

"참고로 말하면 그거 쓰던 주인은 마흔 살 된 아저씨였는데, 팔과 가슴에 털이 엄청 많았고, 개고기를 좋아해서…… 읍!"

보안관이 커다란 손으로 우악스럽게 삼식이의 입을 틀어막았다. 하지만 이미 중요한 정보는 다 전달된 이후다.

"ㅇㅇㅇㅇ~!"

제니는 혐오스러운 것을 봤을 때처럼 이를 드러내며 잔뜩 얼굴을 찡그린 채 손에 든 칫솔을 빤히 쳐다보았다. 심적인 갈등이 엄청난 모양이다. 한참 동안 고민을 하던 제니가 마침내 결정을 내렸다.

"괜찮아요! 치약으로 깨끗하게 닦아서 쓰면 돼요."

"응? 뭐가 괜찮아? 어, 그거 황씨 아저씨 칫솔……."

3층 화장실에 거적으로 문을 만들어 달고 온 유빈은 아무 생각 없이 한마디를 던지려다가 보안관의 헤드록을 당하며 끌려갔다. 어쨌거나 제니는 플래시와 비누, 수건, 면 티, 휴지, 그리고 칫솔을 받았다.

"이제 좀 자 둬."

1층에서 양치를 하고 돌아온 제니에게 유빈이 말했다.

"아니에요. 청소라도 할게요."

"그런 건 내일 해도 돼. 너, 지난 3일 동안 거의 못 잤잖아."

"네, 하지만……."

"그래, 좀 자 둬. 그동안 우리는 바깥에서 일을 좀 할 테니까 망치 소리가 나더라도 신경 쓰지 말고."

보안관까지 나서서 적극적으로 권하자 그제야 제니는 고개를 끄덕였다.

"사실 귀가 웅웅 울리는 것 같긴 했어요. 그럼 저 몇 시간만 자고 일어날게요."

제니가 방에 들어간 다음, 세 친구는 더 많은 함정을 만들어 두기 위해 1층으로 내려갔다. 신입은 너무 오랜만에 음식을 먹어서 그런지 배가 아프다며 누워 있기에 그냥 내버려 두었다. 그 녀석이 빠진다고 해도 보안관이 워낙 기운이 넘쳐서 일손이 부족할 것 같지 않았기 때문이다.

4차선 도로를 따라 5분 정도 걸어간 뒤, 그들은 벌판의 철책과 건너편 도로가의 나무를 레이저 와이어로 연결하고, 못이 박힌 각목 쪼가리를 군데군데 뿌려 두었다. 일전에 각목을 밟고 다니던 딸깍이를 보고 착안한 함정이다.

놈들은 발바닥에 나무판자가 박혀도 그걸 빼낼 줄 모른다. 그리고 그 나무판자의 길이가 발바닥보다 길면 제대로 뛸 수 없을 것이다. 괴물들에게서 기동력만 제거해도 상대하는 일은 몇 배나 수월해진다.

지금 당장은 이곳까지 괴물들이 오지 않지만, 미리 대비를 해 둬서 나쁠 건 없다. 지켜야 할 소중한 것이 하나 더 늘어난 지금은 방어의 중요성이 훨씬 더 크고 절실하게 느껴졌다.

"보안관, 그게 뭐야?"

쪼그리고 앉아 망치로 각목 조각에 못을 박던 삼식이가 잠시 쉬려고 일어나 담뱃갑을 꺼내며 물었다. 보안관은 나무에 레이저 와이어를 고정하다 말고 길가에 피어난 들꽃을 뿌리째 파내 보려고 땀을 흘리는 중이었다.

"응? 아아, 이거? 예뻐 보여서……. 페트병에 심으면 키울 수 있지 않을까?"

누구에게 주려고 그러는지야 물어보지 않아도 뻔히 알 수 있는 일이다. 삼식이는 허리를 쭉 펴고 미소를 지으며 말했다.

"후후, 여자애 하나가 끼니까 여러 가지로 바쁘고 정신이 없구나. 보안관 저놈도 아주 신이 났고. 그래, 이런 게 사는 거지. 야, 유빈아. 생각해 보니까 우리 꼭 일곱 난쟁이 같다. 그치?"

"그것참 무지하게 큰 난쟁이인걸?"

유빈은 자기보다 머리 반 개는 위에 있는 삼식이의 얼굴을 올려다보며 말했다.

"나는 세상에서 가장 큰 난쟁이! 어라, 담배가 다 떨어졌잖아? 나 담배 좀 가지고 올게."

"그래라. 올 때 물도 좀 떠다 줘."

삼식이가 콧노래를 부르며 복지 센터 2층에 올라왔을 때, 신입은 제니의 방 앞에 서서 커튼을 살짝 들추고 그 사이에 바짝 눈을 대고 있었다. 얼마나 열중하고 있는지 삼식이가 가까이 다가올 때까지도 전혀 낌새를 알아차리지 못했다. 바지에 양손을 넣어 긁적거리던 삼식이가 그 꼴을 가만히 보고 있다가 어처구니없다는 말투로 불렀다.

"야! 너 뭐 하냐?"

"엇, 어, 으응. 삼식이구나. 일한다더니?"

신입은 화들짝 놀라 뒤로 물러나며 얼버무렸다.

"거기서 뭐 하고 있느냐고."

"응. 그게…… 제니가 자면서 자꾸 끙끙 앓는 소리를 내잖아. 걱정이 돼서 괜찮은가 좀 보려고……."

삼식이는 고개를 갸웃거리면서 말했다.

"후우~ 그래, 괜찮디?"

"모, 모르겠어. 아무것도 안 보이네. 그, 그건 그렇고……."

신입은 삼식이에게 다가와서 은근히 물었다.

"야, 저 방에 그럼 오늘 밤에는 보안관이 들어가냐?"

삼식이의 이마가 찡그려졌다.

"저긴 보안관이 아니라 제니 방인데?"

"에이, 삼식아. 왜 이러냐? 나도 다 눈치가 있다. 문을 만든 게 그것 때문이잖아. 설마 나만 쏙 빼놓으려는 건 아니지? 같이 하자, 좀! 콘돔도 아직 잔뜩 있으면서."

"너, 왜 그래?"

"뭘 왜 그래야, 뻔한 이야기를. 보호를 받고 싶으면 뭔가 대가를 지불해야 하는 거 아니냐. 어차피 쟤도 다 각오하고 있는 눈치던데, 뭐."

"신입, 넌 참 좋겠다."

긴 검지를 뻗어 신입의 눈 사이를 천천히 밀어내며 삼식이가 말했다.

"왜? 뭔 소리야?"

"좀비가 돼도 지금보다 더 징그러워지지는 않을 것 같아서."

"야, 그럼 진짜 그냥 안 한다고? 등신아, 쟤는 어차피 누구한테 하소연도 못해. 그냥 이제 우리 거야. 우리도 언제 죽을지 모르는데, 재미나 실컷 보자."

잔뜩 열이 오른 신입이 좀처럼 포기하지 않자 삼식이가 차갑게 말했다.

"되도 않는 소리 하지 말고 똑바로 행동해. 애초부터 너에 대해서 아무 기대도 없었지만, 보안관이 너를 죽이는 모습도 보고 싶지 않아. 알겠어?"

드물게 보는 삼식이의 진지한 태도에 그제야 정신을 차린 신입이 거짓 웃음을 지으며 말했다.

"아하하하……. 야, 너 농담을 좀 이해해라. 그냥 너 놀려 본 거야. 설마 내가 그런 짓을 하겠니? 하하하."

"그랬어? 있지, 신입아. 다음에 또 그런 농담을 하게 되면 말이야, 말 끝나자마자 곧바로 뛰어서 번화가 쪽으로 가. 가서 좀비에게 물려. 그게 너를 위해서 훨씬 좋을 거야."

신입이 발끈해서 물었다.

"지랄! 내가 왜 그래야 하는데?"

여전히 눈빛에서 웃음기를 지운 채 삼식이가 나지막이 말했다.

"적어도 좀비는 일부러 너를 천천히 죽이지는 않을 테니까."

Chapter 8
유령의 도시

01

“허억! 컥, 컥!”

임수정이 신음을 토하며 눈을 떴을 때, 사방은 그야말로 완전한 암흑이었다. 아무것도 보이지 않는다. 심지어 보이지 않는 것이 어둠 때문인지, 아니면 시력을 잃었기 때문인지조차 분간할 수 없을 정도로 모든 것이 칠흑같이 어두웠다.

그것은 대단히 무서운 경험이었다. 도시에서 태어나 사람들 사이에서 살아오는 동안 그녀는 이처럼 완벽한 어둠 속에서 눈을 떠 본 일이 단 한 번도 없었다. 희미한 달빛만이 유일한 조명이었던 강원도의 산속도 이보다는 몇 배나 환했다. 임수정은 시력이 회복되기를 기도하며 몇 번이나 눈을 꾹 감았다가 뜨기를 반복했다. 하지만 그래 봐야 여전히 아무것도 보이지 않는다.

“하아, 하아.”

두려움 때문에 심장 박동이 빨라진다. 머리가 너무 아프다. 누군가 그녀의 이마를 뭉뚝한 몽둥이로 꽉 눌러 대고 있는 것 같다. 어디가 앞이고, 어디가 뒤인지도 모르겠다. 전후좌우가 구분되지 않는다는 걸 깨닫자 갑자기 세상이 아무렇게나 빙글빙글 도는 것처럼 어지럽다. 임수정은 바닥을 짚어 보려 두 팔을 벌렸다.

"어?"

두 팔도 부자연스럽다는 것을 뒤늦게 알았다. 아무리 애를 써 봐도 뭔가에 꽉 조여진 어깨는 도무지 뜻대로 움직이지 않는다. 이익! 이익! 임수정은 필사적으로 몸부림을 쳤다. 몸을 데굴데굴 굴리다가 어딘가에 부딪치고 나서야 사지가 조금 자유로워졌다. 꽁꽁 싸매져 있던 팔을 빼내서 손으로 얼굴을 짚었다. 손가락이 입과 코를 스치자 그 기관의 감각이 되살아나는 것 같다. 자신의 몸을 만질 수 있게 된 것만으로도 임수정은 훨씬 숨통이 트이는 기분이 들었다.

"콜록, 콜록! 하아."

몸 전체를 압박하며 둘러져 있던 여러 겹의 천을 걷어 내고 나서 임수정은 네 발로 바닥을 짚고 엎드렸다. 그러고는 오른손을 들어 천천히 사방을 휘저었다. 아무것도 걸리지 않으면 한 걸음을 나간다.

그 단순한 동작을 반복하는 것뿐인데도 그녀의 온몸은 식은땀으로 흠뻑 젖었다. 멀리 뻗은 손바닥이 금방이라도 날카로운 것에 걸리지는 않을까 하는 두려움이 등골을 타고 흐른다.

"여기가…… 여기가 어디야?"

나는 왜 이런 곳에 있게 되었을까? 이해할 수가 없다. 임수정은 필사적으로 기억을 더듬어 봤다. 잠이 들었었다, 숙직실에서. 그리고 새벽의 경보……. 아! 임수정은 가벼운 탄성을 내질렀다. 그제야 자신이 쓰러지기 직전의 일들이 섬광처럼 머리를 스치고 지나간다.

그 남자, 얼굴에 흉터가 번뜩이던 칼잡이. 그리고 그조차도 두려워하던…… 괴물. 괴물! 자신에게 덤벼들던 괴물에게 몽둥이를 휘둘렀다. 그리고 괴물이 다시 덤벼들어 중심을 잃었는데…….

더 이상은 생각나지 않는다. 그녀의 기억은 거기에서 깨끗하게 끊어져 있었다. 하아아~! 임수정은 얼굴을 감싸 쥐며 깊게 한숨을 내쉬었다. 식당 복도에서 싸우고 있던 자신이 왜 이런 곳에 꽁꽁 싸매진 채 누워 있는지 짐작도 되지 않는다.

도대체 얼마나 정신을 잃고 있었던 것일까? 그리고 그 괴물들과 민구라는 사내는 어떻게 된 것일까? 혹시 이 주변에 아직도 그녀와 함께 있는 것은 아닐까?

소리를 질러 물어보려던 임수정은 곧 생각을 바꾸고 입을 다물어 버렸다. 그 괴물들이 근처에 있다면 그녀의 목소리를 듣고 달려들는지도 모른다. 기억이 되살아나자 한 발, 한 발을 내딛기 위해 끄집어내야 하는 용기의 양이 늘어 버렸다. 임수정은 울상을 지으며 천천히 팔을 내젓고 기었다.

"허억…… 허억…… 하아……."

그렇게 조심스러운 동작의 반복을 얼마나 계속했는지 모르겠다. 완전한 암흑 속에서 시간이라는 개념은 절대적인 효력을 잃는다. 하여간 두렵고도 괴로운 시도를 여러 번 거친 끝에 그녀는 마침내 벽에 닿았다. 이 암흑 공간에도 경계가 존재하는 것이다.

임수정은 두 손으로 조심조심 벽을 더듬었다. 바닥과 마찬가지로 싸늘하고 단단한 금속 벽의 감각이 반갑다. 이곳이 인간이 만들어 낸 장소라는 걸 확신할 수 있게 해 주기 때문이다.

"이, 이건……."

조심하고 있던 임수정의 입에서 작은 탄성이 저절로 흘러나왔다. 손잡이가 만져진다. 안쪽의 버튼을 누르고 돌리도록 되어 있는 손잡이. 이곳은 문이다!

'그런데…… 어디로 통하는 문이지?'

그 생각이 들자 손잡이를 잡고 있는 손이 가볍게 떨리기 시작했다. 이 문을 열고 나가서 마주하게 될 것이 무엇일지 몰라 두렵다. 만약 이 너머에 괴물들이 그녀를 기다리고 있다면……. 긴장한 임수정의 목젖이 반사적으로 마른침을 삼키기 위해 움직였다.

"캑! 쿨럭! 콜록!"

바짝 말라 있던 구강 때문에 마른기침이 터져 나왔다. 지독하게 목이 마른다. 입술은 다 터져 갈라진 채고, 입 안에는 모래를 한 줌 물고 있는 것 같다. 소리가 새어 나갈까 두려워진 그녀는 손으로 입을 틀어막았다. 구역질이 나올 만큼 한참 동안 기침을 한 뒤에야 임수정은 겨우 제대로 숨을 쉴 수 있었다.

'어쩌지?'

두근거리는 가슴을 한 손으로 짚어 진정시키며 임수정은 문에 귀를 대 봤다. 바깥쪽에서 뭔가 희망적인 소리가 들려오기를 기대하면서……. 하지만 아무것도 들리지 않는다. 그녀는 빛과 외부의 소리로부터 철저히 고립되어 있었다.

그 상태로 또 꽤나 긴 시간을 보내야 했다. 문을 여는 것은 간단하다. 엄지로 버튼을 누르고 손목을 살짝 비틀기만 하면 된다. 하지만…… 쿨럭! 극도로 건조해진 목에서 또다시 기침이 터져 나온다. 그것이 그녀의 결심을 서두르게 만들었다. 당장 죽더라도 물을 시원하게 마시고 싶어진 임수정은 용기를 내 손잡이를 돌렸다.

"하아~ 하아~."

어두운 조명이지만, 암흑 속에서 갓 기어 나온 그녀에게는 충분히 밝다. 주방의 타일과 스테인리스 프레임을 보자마자 임수정은 자신이 갇혀 있던 곳이 대형 냉장창고 속이었다는 걸 깨달았다. 눈을 들어 주변을 살폈다.

사람 허리 높이의 큼직한 싱크대에 막혀 시야는 매우 한정적이지만, 적어도 괴물의 울부짖음은 들리지 않는다. 그것만으로도 50%는 다행스러운 일이었다. 그녀는 필사적으로 기어서 주방의 수도꼭지를 잡고 몸을 일으켰다. 뻣뻣한 두 다리로 서자 몸이 후들거렸지만, 그런 것에 개의치 않고 수도꼭지를 꽉 잡은 채 돌렸다.

물, 물! 물!

하지만 물이 나오지 않는다. 정수장에 물이 나오지 않는다니…… 어떻게 된 거지? 절망적인 표정으로 고개를 돌리던 그녀의 시야에 서빙용으로 따로 준비해 둔 물병들이 보인다. 맑고 깨끗한 물이 가득 차 있는 물병들.

임수정은 그것을 꽉 잡고 끌어 내려 입가에 부었다. 콸콸콸, 흘러내린 물이 입과 얼굴, 그리고 가슴을 적신다. 너무 급하게 물을 마시느라 몇 번 구역질을 하긴 했어도 수분이 들어가자 살 것 같다.

급한 갈증을 푼 그녀는 물병이 올려진 카트에 기댄 채 천천히 물을 음미했다. 그러다가 바닥에 널브러진 뚱뚱한 남자의 시체에 눈길이 닿았다.

"헉!"

시체 근처에는 잘려 나간 목이 있고, 거기에서 얼마 떨어지지 않은 곳에도 두 구의 시체가 더 누워 있다. 끔찍한 몰골이지만, 적어도 위험하지는 않다는 것을 한참 만에야 깨달은 임수정은 좀처럼 힘이 들어가지 않는 다리를 억지로 끌어올려 천천히 움직였다. 온몸이 부들부들 떨린다.

식당 안을 밝히던 형광등은 모두 꺼져 있고, 노란 비상 조명만이 간신히 시야를 확보해 주는 기능을 하고 있다. 그건 곧 현재 이 건물에 비상 전원이 가동되고 있다는 의미였다.

"아직 출근 시간이 안 됐나?"

어쨌든 시체들이 가득한 이곳에서 벗어나고 싶었다. 아직도 두통은 가시지 않는다. 코를 찌르는 악취에서 벗어나 맑은 공기를 쐬어야 한다. 냉장창고 옆을 지나던 임수정은 열려 있는 문 사이로 내부를 들여다봤다.

넓다고 해 봐야 세 평 남짓할 뿐인 저 공간이 암흑 속에서는 무한한 것처럼 느껴졌다는 게 새삼 우습다. 냉장고 바닥에는 식탁보들이 잔뜩 흐트러져 있다. 그녀가 깼을 때, 몸을 감싸고 있던 것들이다.

"설마…… 그 남자가?"

날카롭게 찢겨 나간 냉장고 문의 패킹, 냉기라고는 일절 느껴지지 않던 내부. 그제야 자신이 냉장고 속에 갇혀 있었으면서도 얼어 죽지 않았다는 것을 깨달았다. 민구라는 사내가 자신을 그 안에 피신시키며 여러 가지 조처를 해 둔 덕이었다.

"그럼, 그 사람은?"

자신이 걸치고 있는 양복 재킷의 주인을 떠올리며 임수정은 혼잣말을 했다. 왜 자신만 놔두고 사라져 버린 걸까……. 고민을 해 봐야 알 수 없다고 판단한 그녀는 한 손에 물병을 쥔 채 싱크대를 짚은 팔에 의지해서 식당 문까지 나왔다. 거기에도 어김없이 시체가 기다리고 있었다.

"꺄아악!"

문을 열자마자 뒤통수가 완전히 박살 난 괴물을 본 임수정은 비명을 지르며 병을 떨어뜨려 버렸다. 퍼억! 쨍강! 물병이 깨지며 파편이 임수정의 종아리를 긋고 지나간다. 주르륵, 피가 흘러내렸지만, 아픈 것을 의식할 여유조차도 없었다.

복도와 계단을 차지한 채 널브러져 있는 시체들과 마주칠 때마다 진저리를 치면서도 임수정은 용케 로비까지 올라왔다. 그리고 어둠과 시각적인 두려움으로부터 완전히 탈피한 그때, 처음으로 건물 바깥쪽에서 소리가 들려오고 있다는 걸 깨달았다.

"아직도 비가 그치지 않았네……."

열려 있는 로비의 유리문을 두드리며 많은 양의 소나기가 쏟아지고 있었다. 그리고 그 빗소리를 뚫고 간간이 울리는 커다란 소리. 쿵! 쿵! 크고 단단한 돌이 울릴 때 나는 소리는 정문 바깥쪽에서 들려오고 있었다.

경비실에 걸려 있는 시계가 가리키는 시간은 3시 50분이었다. 그녀는 자신이 열두 시간 가까이나 의식을 잃고 있었다는 것에 놀랐고, 그때까지도 정수장에 출근한 사람이 없다는 것에 다시 놀랐다.

하지만 임수정은 꿈에도 모르고 있었다, 괴물들과 격투를 벌인 그 새벽으로부터 벌써 사흘이나 지났다는 것을.

"어떻게 된 거지? 왜 아무도 없어? 그리고 저 소리는 뭐야?"

쿠웅~! 쿠웅~!

커다란 소리는 유혹하듯 계속 울려 퍼진다. 임수정은 홀린 것처럼 걸음을 옮겨 소리가 나는 곳을 향해 걷기 시작했다. 어쨌든 저기엔 사람이 있다……. 빗방울이 튀어 시야가 흐려지자 그녀는 민구의 재킷을 머리 위로 들어 올렸다. 슬리퍼가 벗겨진 채였지만, 고여 있는 빗물을 밟으면서도 임수정은 자신이 맨발이라는 것을 깨닫지 못했다.

“이건…… 예상 못 했네.”

갑자기 쏟아지기 시작한 폭우를 피해 복지 센터 안으로 뛰어 들어온 보안관이 씁쓸한 표정으로 바깥을 보며 중얼거렸다. 시원하다고 할 수준을 넘어설 만큼 많은 양의 비다. 흠뻑 젖은 웃옷을 벗어 물기를 짜내던 삼식이와 유빈도 걱정스럽기는 마찬가지였다.

“그러게. 여름에는 비가 잦은 게 당연한데…… 막연히 계속 맑을 거라고만 생각했어. 아, 이거, 곤란한데.”

반쯤 빨래가 돼서 얼룩졌던 핏자국이 희미해진 면 티를 다시 걸쳐 입으며 유빈이 말했다. 비가 오면 음식을 구하러 나가기 어려워진다. 시야가 짧아지는 것도 문제지만, 기동력이 급격하게 떨어진다는 점이 가장 심각하다. 빗물이 들어가기 때문에 코로 숨을 쉬기도 어렵고, 바닥이 미끄러워서 언제 넘어질지 모른다.

좀비들도 비가 오면 더 느려질까? 그걸 알 수가 없는 상황에서 모험을 하고 싶지는 않았다. 장마는 이미 지나갔지만, 만약 이 비가 사나흘 이상만 계속된다 해도 그들에게는 치명적일 것이다. 비가 그치기 전까지는 조금 아껴 먹으면서 버티는 수밖에 없다.

뚱한 표정의 신입은 젖은 담배에 불을 붙이기 위해 애를 쓰고 있었다. 무슨 일이 있었는지는 몰라도 아까 삼식이가 억지로 끌고 나와 일을 시킬 때부터 녀석은 잔뜩 기가 죽은 모습이었다.

“물탱크 어떻게 해? 비 올 때 열어서 채워 둬야 하지 않아?”

삼식이가 물었다. 유빈은 고개를 갸웃거리며 대답했다.

“어떻게 하는 게 더 좋을지 모르겠어. 지금 있는 깨끗한 물과 빗물을 섞어도 되는 건지…….”

유빈이 밖으로 팔을 뻗어 손바닥에 빗물을 받은 다음, 그걸 코에 가져다 댔다.

흙냄새가 난다.

"좀 미심쩍은데……. 이걸 그냥 마셔도 될까?"

"허, 여기가 무슨 남태평양 무인도인 줄 아냐? 공기 중에 떠다니는 먼지랑 매연이 얼마나 많을 텐데. 못 마셔, 그거. 배탈 나."

보안관이 생각도 하지 말라는 듯 고개를 젓는다. 어느새 두 손 가득 빗물을 받아 할짝거리던 삼식이가 인상을 찌푸리며 침을 퉤퉤, 뱉어 냈다.

"그러면 지금 받아 놓은 물을 다 마실 때까지는 빗물과 섞지 말아야겠다. 그냥 큰 통에라도 좀 받아 두고 물일 할 때나 쓰자."

세 친구가 건물 주차장으로 나가 물통들을 늘어놓는 동안 깊은 잠에 빠져 있던 제니도 눈을 떴다.

"엇, 차가워."

뚫려 있던 창문 안으로 들이친 빗물이 얼굴을 적신다. 바닥을 때리고 산산이 부서져 튀어 오르는 빗방울들을 잠시 멍한 눈으로 바라보던 제니는 급하게 몸을 일으켰다.

꿈이 아니었다. 테라의 죽음도, 사장의 죽음도, 그리고 괴물들이 가득한 세상까지도……. 먼지가 꼬질꼬질한 스티로폼 패널 침대가 그녀에게 자신이 처한 상황을 확실하게 각인시켜 준다.

지난해 연말, 가요 대상을 받자마자 공항으로 달려가 NHK 사장이 보내 준 전용기를 타고 일본으로 건너갔던 일이 기억난다. 홍백가합전에 출연을 했던 그날 밤, 기다란 리무진 속에서 테라와 함께 바라보던, 붉은 도쿄 타워의 불빛……. 이제 그렇게 화려한 날은 다시 오지 않을 것이다.

젠장, 그 힘든 날들을 겪으면서 겨우 여기까지 올라왔는데……. 하아아~ 가벼운 한숨과 함께 흐트러진 머리카락을 쓸어 올린 제니는 문에 걸려 있는 거적을 들추고 암울한 현실을 향해 몸을 내밀었다.

"어, 깼어?"

건너편 창가에 앉아 깡통에 불을 피우고 있던 보안관이 화색을 띠며 벌떡 몸을 일으킨다. 그리고 뭔가를 손에 쥐고 뛰어왔다.

"아, 저…… 이거, 예뻐서 가져왔어. 혹시 마음에 들면 방에 두고 키우라고."

그가 내민 것은 자른 페트병에 심긴 노란 들꽃 한 다발이었다. 여러 송이의 들꽃을 정성껏 캐서 한데 심은 게 분명하다.

나를 위해서……. 한없이 가라앉아 있던 제니의 마음이 울컥 흔들렸다. 꽃과 정말 무관해 보이는 투박한 손의 보안관, 평온한 눈으로 이쪽을 바라보고 있는 유빈, 벽에 기대앉아 미소를 보내는 삼식이.

아아, 맞아. 나 운 좋게도 이렇게 고마운 사람들과 만났지……. 그리고 살아 있지……. 눈물이 고여 버려서 이미 어떻게 생긴 꽃인지도 잘 보이지 않지만, 지금껏 받아 온 그 어떤 꽃다발보다도 아름답게 느껴졌다.

"어, 제니야. 있지…… 싫으면 안 키워도 괜찮아. 하하, 하긴 이건 너무 촌스럽다. 그치?"

제니가 감정을 주체하지 못해 잠시 말없이 서 있자 반응을 오해한 보안관이 멋쩍어하며 페트병 화분을 등 뒤로 감추려 했다.

"그것 봐~ 보안관. 깨자마자 네 얼굴을 보니까 울잖아~!"

무심한 듯 보고 있던 삼식이가 보안관을 놀려 댔다.

"그런 거 아니에요. 정말 예뻐요."

소매를 들어 눈물을 찍어 낸 제니는 감정을 추스르고 밝게 웃었다. 보안관이 이마에서 진땀을 닦아 내며 물었다.

"정말?"

"네, 행복해요."

그 순간, 그 단어만큼은 진심이었다. 두 손으로 화분을 받아 든 제니는 꽃에 코를 대고 깊이 숨을 들이쉬었다. 이들과 만나지 않았더라면 다시는 맡아 보지 못했을, 이름 모를 들꽃의 냄새가 제니의 가슴속을 가득 채웠다. 거칠게 쏟아붓는 빗속에서도 선명하게 느껴지는 생명의 향기였다.

"잘됐네. 그렇지 않아도 뭘 좀 먹어야 하지 않을까 하고 걱정하던 중이었는데……. 자, 이리 와, 제니야.”

남은 음식들을 배분하고 있던 유빈이 제니에게 손짓을 했다.

“에…… 입맛대로 골라 먹으면 좋겠지만, 아무래도 상할 가능성이 높은 것들부터 빨리 먹어 치워야 할 것 같아. 그러니까 빵이나 핫 바 같은 게 우선이야. 삼각김밥도 하나 남았네. 그런 걸 먼저 먹고 그다음에 라면이나 통조림으로 넘어가자.”

“음료수는 몇 개나 남았어?”

제니의 근처에 앉으며 보안관이 물었다.

“우리가 어제 역에서 담은 게 50개 정도고, 지금 남은 건 서른한 개. 미안하지만 이제 비가 그칠 때까지 음료수는 아껴서 먹어야 할 것 같아. 다행히 아직 이렇게 깨끗한 물이 남았으니까 그걸 마시자.”

페트병에 담아 온 물을 나눠 주고서 유빈은 남아 있던 마지막 삼각김밥을 자기 몫으로 가져갔다. 어제저녁 보안관이 먹었을 때에도 이미 약간 쉰 것 같다고 했으니, 지금쯤은 꽤나 아슬아슬할 게 분명했다.

“난 빵은 아까 많이 먹어서 별로고, 지금은 라면 부숴 먹고 싶은데…….”

신입이 볼멘소리를 하자 유빈이 빵 하나와 라면 하나를 동시에 내밀었다.

“자, 어차피 이 두 개는 네 몫이니까 맘대로 해. 이 중에서 아무거나 좋은 걸 먹고 내일 저녁까지만 버텨 줘. 대신에 나중에 빵이 상해도 그냥 그걸 먹는 거야.”

양손에 각각 빵과 라면 봉지를 쥐고서 잠시 고민을 하던 신입은 결국 인상을 찌푸리며 빵 봉지를 뜯었다. 모두에게 내일 아침 식사까지를 배분한 뒤, 유빈은 하나 남은 핫 바를 보안관에게 줬다.

“뭐야? 쳇, 특별대우야? 이런 상황에서도 차별하고 싶냐, 너희는?”

신입이 툴툴거리자 보안관도 됐다고 말하며 핫 바를 밀어냈다.

“얘는 어제저녁부터 계속해서 저걸 휘둘렀어.”

한쪽 구석에 눕혀 둔 해머를 가리키며 유빈이 말했다.

“손잡이 무게까지 더하면 4킬로그램이 넘어. 저걸 하루 종일 그냥 들고만 다녀도 너나 나는 아마 녹초가 될걸? 보안관은 우리보다 더 먹을 자격이 있어. 아니, 먹어야 돼."

"야, 그런 소리 하지 마. 쪽팔려."

보안관이 손을 들어 유빈이의 입을 막으려 든다. 유빈은 그 손을 피하고 이야기를 계속했다.

"아니, 그렇게 하는 게 공평한 거야."

"야, 암만 그래도 나만 따로 뭘 더 먹는다는 건……."

계속 늘어질 수도 있던 논쟁을 종결시킨 건 제니였다. 제니가 한 손을 번쩍 치켜들고 말했다.

"아, 저도 보안관 오빠가 다른 사람보다 더 먹는 게 옳다고 생각해요."

"하하, 이유는?"

삼식이가 재미있다는 표정으로 물었다. 제니가 밝게 웃으며 대답했다.

"몸무게가 더 나가는 사람이 더 먹어야 하니까요."

빵 봉지를 뜯던 보안관은 얼음처럼 굳어 버렸다.

02

임수정은 계속 비를 맞으며 걸었다. 수조들이 길게 늘어선 진입로를 지나쳐 정문 앞에 다다랐다. 그날 민구가 들이받았던 정문은 아예 통째로 들려 나간 채였고, 그의 자동차도 어디론가 치워져 있었다. 그리고 문과 정면으로 마주한 도로 저 너머에는 높은 철책이 세워져 있다. 그녀가 출근을 할 때까지만 해도 저 자리에 없던 물건이다.

문을 나서서 왼쪽으로 몸을 돌리자 그녀를 이곳까지 이끌었던 소리의 주체가 눈에 들어왔다. 군인들이다. 판초 우의를 입은 군인들이 강서 정수장을 등진 채

서서 50여 미터 앞쪽 진입로에 바리케이드를 설치하는 중이었다. 한쪽에서는 앞쪽에 특수 장비를 매단 장갑차가 멈춰 서 있는 차들을 길 한쪽으로 밀어내고 있었다.

부르르릉— 장갑차가 천천히 지나갈 때마다 엉망진창으로 꽉 막혀 있던 도로가 조금씩 트여 갔다. 그녀가 들었던 쿵, 쿵! 울리는 소리는 일단의 군인들이 아스팔트 위에 긴 쇠말뚝을 박으며 발생한 소음이었던 모양이다. 이미 단단히 세워진 말뚝 사이에는 뾰족뾰족한 철조망이 둘러쳐져 있었다.

"왜 군인이 서울에 저런 걸……."

임수정은 도무지 상황을 이해할 수 없었다. 그녀가 정신을 잃고 있던 그 짧은 사이에 설마 계엄령이라도 선포되었던 것일까? 모든 게 혼란스러웠지만, 어쨌든 그녀는 도움이 절실하게 필요했고, 이런 상황에서 총을 든 군인만큼 든든한 건 또 없을 것이다. 괴물들이 다시 들이닥친다 해도 이제는 안전하다……. 안도의 한숨을 내쉰 임수정은 두 손을 입에 모아 군인들을 불렀다.

"군인 아저씨! 군인 아저씨이!"

군인들은 아무런 반응을 보이지 않고 하던 일을 계속했다. 아마도 장갑차 엔진 음과 빗소리 때문에 자신의 목소리를 듣지 못했으리라. 다시 한번 크게 외쳐 보아도 마찬가지다. 하는 수 없이 임수정은 그들이 서 있는 곳을 향해 걷기 시작했다. 열 걸음쯤 떼었을까, 총을 들고 서 있던 보초병이 뒤를 돌아본다. 임수정은 생각했다. 아, 다행이다. 이제야 봐 주는구나…….

"히에엑!"

임수정과 눈이 마주친 보초병은 숨이 넘어가는 소리를 지르며 곧바로 총을 고쳐 쥐고 방아쇠를 당겼다.

투투툭!

세 발의 탄환은 임수정으로부터 얼마 떨어지지 않은 아스팔트 바닥을 때리고 지나갔다.

"까아아악!"

임수정은 비명을 지르며 앞으로 엎어졌다. 달아나야 한다는 생각이 들었지만, 발이 얼어붙어 움직일 수가 없었다.

"뭐, 뭐야! 왜 발포했나?"

소위 계급장을 단 남자가 총소리와 비명을 듣고 뛰어와서 얼이 반쯤 나간 보초병을 잡고 소리를 질렀다. 어깨를 붙잡힌 보초병이 더듬거리며 대답했다.

"여, 여섯 시 방향에 좀비입니다!"

"뭐?"

소위가 임수정을 돌아보았다. 임수정은 여전히 고개를 땅에 처박은 채 엎드려서 두 손을 들고 필사적으로 울부짖는 중이었다.

"쏘지 마세요! 쏘지 마세요! 제발!"

임수정의 목소리를 들은 소위는 보초병의 헬멧을 후려치며 버럭 화를 냈다.

"야이, 미친 새끼야! 사람이었잖아! 발포하기 전에 구두 경고로 확인하라고 몇 번 이야기했어?"

"너무 가까이 다가와 있어서……."

"너 같은 새끼들 때문에 어제도 강남에서…… 어휴, 말을 말자."

"잘하겠습니다!"

"똑바로 해! 한 번만 더 이런 일 있으면 너 군법회의에 회부할 거야, 이 꼴통 같은 새끼!"

소위는 보초병의 머리통을 한 번 더 후려갈긴 후, 임수정에게 뛰어오며 외쳤다.

"괜찮으십니까? 일어나십시오."

"네? 일어나도 돼요?"

임수정이 떨리는 목소리로 물었다.

"네, 일어나십시오. 적이라 오인해서 사격한 모양입니다. 상황이 상황이니까 좀 이해해 주십시오. 근데……."

부하들이 임수정을 부축해 일으키는 동안 소위가 고개를 갸웃거리면서 물었다. 임수정은 혼자 서고 싶었지만, 가뜩이나 힘이 없던 다리는 조금 전 총소리를 들은 이후부터 전혀 힘이 들어가지 않았다.

"실례지만, 어디에서 오시는 겁니까? 이 주변에 바리케이드 설치가 미비한 곳은 이쪽 한 방향뿐인데."

소위의 말투에서 친절함이 조금씩 엷어진다. 보면 볼수록 수상쩍은 여자다. 탱크톱과 짧은 핫팬츠에 커다란 남자 재킷을 얻어 걸치고 있는 모양도 그렇고, 퀭한 얼굴은 사흘을 굶었다고 해도 믿길 정도였다. 게다가 맨발이다. 이런 외양의 여자가 퍼붓는 빗속에서 비척거리며 걸어왔으니 깜짝 놀라 저절로 방아쇠가 당겨졌다고 해도 무리는 아니었다.

"전…… 바로 여기 정수장에서 왔어요."

총소리를 듣고 놀랐을 텐데, 여자는 의외로 침착하게 대답했다. 임수정의 대답을 들은 소위의 얼굴이 곁에 선 상병에게 홱 돌아간다. 눈이 똥그래진 상병이 변명을 했다.

"아, 아닙니다, 소대장님. 어제 수색했을 때, 분명히 생존자가 없었습니다!"

"근데 여기 있잖아! 이 사람은 뭔데?"

"모, 모르겠습니다! 저희 분대가 방마다 싹 다 뒤져 봤지만, 시체들밖에는……. 아가씨! 저희가 생존자 나오라고 외칠 때, 왜 대답 안 하고 피해 다녔습니까?"

상병은 오히려 임수정을 다그쳤다. 지친 임수정은 배 속에서 힘을 끌어모아 대답했다.

"전 지하 식당 냉장고 안에 갇혀 있었어요. 기절을 한 상태여서 아무것도 못 들었고요."

그때, 다른 병사가 임수정의 종아리에서 가늘게 흘러내리는 핏줄기를 발견하고 소리를 질렀다.

"외상입니다! 외상 발견! 외상 발견! 소대장님, 물러나십시오!"

그 소리를 듣자마자 임수정을 부축하고 있던 군인들은 그녀를 놓아 버리고 다급하게 물러섰다. 마주 보고 서서 질문을 던지던 소위도 깜짝 놀라며 뒤로 서

너 발짝을 뛰었다. 갑자기 의지할 곳을 잃은 임수정은 빗물이 가득한 땅바닥에 무릎을 꿇고 쓰러져 버렸다.

"왜, 왜 이러세요?"

어리둥절해진 임수정이 울상을 지으며 물었다. 하지만 군인들은 바짝 긴장한 채 강압적으로 명령했다.

"고개 들지 마! 엎드려! 엎드려!"

"네?"

"엎드리라고요! 말 못 알아들어요?"

여러 개의 검은 총구들이 눈앞에 겨눠진 채 위협적으로 흔들거린다. 살면서 한 번도 경험할 것이라 생각하지 않던 일이다. 분한 마음이 묻는다. 내가 왜 그래야 하는데? 하지만 임수정은 그 말을 삼켜 버리고 고개를 저으며 엎드렸다. 땅에 고인 빗물이 얼굴을 적셨다.

"두 팔 머리 위로 깍지 껴! 다리 벌려!"

명령을 따랐다. 소란이 일자 점점 더 많은 인원이 주변에 몰려든다. 자신의 상황이 너무나 굴욕적이어서 눈물이 솟은 임수정은 흐느끼며 소리를 질렀다.

"내 막냇동생도 군대에 있어요! 중위예요!"

걔가 이런 꼴을 본다면 너희 모두 단단히 혼이 날 거야! 막내가 나를 얼마나 따랐는데……. 이 새파란 것들아! 임수정은 그런 말을 하고 싶었다. 그리고 그 말이 의외로 꽤나 효과가 있었다.

"대답하십시오. 그 다리의 상처, 어디서 났습니까?"

존댓말로 바꾼 소위가 물었다.

"상처? 대체 무슨 상처를 말하는 거예요?"

"종아리의 상처! 물렸습니까?"

임수정은 자신의 종아리에 상처가 났다는 것도 처음 알았다. 하지만 그런 이유로 이렇게까지 해야 하는지 납득할 수가 없었다.

"물리다니, 누구한테요? 그리고 그게 왜 중요한데요?"

"당신 목숨이 걸린 문제라서 그렇습니다! 우리 목숨도! 대답 못 하면 쏠 수도 있습니다."

실없는 소리는 아닌 것 같았다. 임수정은 필사적으로 생각을 해 봤다. 냉장고를 기어 나오다가 그랬을 수도 있고, 괴물이 낚아채는 과정에서 생채기가 났을 수도 있다. 문득 자신이 떨어뜨렸던 유리병이 산산이 깨지던 게 생각났다. 어쩌면 그 조각이?

"베인 거예요! 유리 조각이 스쳐서!"

"사실입니까?"

"네! 네!"

"확인해 봐."

소위가 명령을 내리자 병사 하나가 조심스럽게 무릎을 굽히고 앉았다.

"움직이지 마세요."

그렇게 말하며 그녀의 다리를 들고 상처를 들여다보는 병사 역시 어지간히 긴장한 상태였다.

"아얏!"

병사가 상처를 벌리는 바람에 임수정은 가벼운 비명을 질렀다.

"이빨은 아닌 것 같습니다. 아주 날카로운 흉기가 그은 상처입니다."

그녀의 다리를 놓아준 병사가 진땀을 흘리며 말했다. 소위가 안도의 한숨을 내쉬었다.

"천천히 일어나세요. 우리가 놀라지 않도록 천천히."

임수정은 그 지시에 따랐다. 무릎을 꿇고 앉은 임수정에게 소위가 미안하다는 표정을 지으며 이야기했다.

"지난 며칠간 안 물렸다던 사람들이 변하는 꼴을 너무 많이 봐서 이러는 겁니다. 섭섭하게 생각하지 마세요. 저도 두 살 위 누나가 있습니다."

임수정은 대답하지 않았다. 변한다는 건 아마 그 괴물들 이야기인 것 같다. 그렇구나, 그것들에게 물리면 괴물로……. 그런데 지난 며칠이라는 말은 이해가 가질 않았다. 대체 언제부터 저 괴물들이 난리를 쳤다는 거지? 공사 재개를 명령한 소위는 말없이 고개를 숙이고 앉아 있는 임수정을 데리고 임시 막사 안으로 들어갔다.

"자, 드세요."

국방색 모포를 임수정의 어깨에 덮어 준 소위가 종이 팩에 든 주스를 권했다. 여전히 목은 말랐지만, 받아 마시고 싶은 기분은 아니다.

"기분이 상한 건 알지만, 계속 말을 해요. 원래 규정대로라면 이 막사에 들어올 수도 없는 겁니다."

맞은편 야전침대에 걸터앉은 소위가 진지한 얼굴로 말했다. 여전히 그의 오른손은 권총집 주변에 머물러 있다.

"무슨 말을 해요? 그리고 언제까지요?"

"내용은 아무거라도 상관없어요. 당신이 좀비로 변해 가는 게 아니라는 걸 확인하기 위해서 그러는 거니까……. 6시에 보급 헬리콥터가 오면 그편에 부탁해서 쉘터에 보내 줄 테니까, 그때까지는 계속 아무 말이라도 해요. 확신이 안 서면 나도 당신을 거기 못 태웁니다. 원래 생존자 구조는 우리 임무도 아니에요."

"정말 아무 말이라도 해요? 그쪽도 대답해 줄 건가요?"

"내가 말할 수 있는 범위 내라면."

소위가 고개를 끄덕였다. 그렇다면 궁금했던 걸 물어보고 싶었다. 잠시 생각을 정리한 임수정이 입을 열었다.

"왜 군인이 여기에 있는 거죠?"

"그건 대답해 드릴 수 있습니다. 지금이 전시에 준하는 상황이라는 건 더 이상 비밀도 아니니까. 강서 정수장이 주요 기반 시설이라서 보호하기 위해 온 겁니다."

"여기 말고 다른 곳도 전부 군인들이 출동했나요?"

"말 못 합니다. 몇몇 지역은 군의 지휘하에 있다고만 해 두죠."

"혹시 서울 전체가 괴물들의 습격을 받았다는 건가요?"

“지난 며칠간 일어난 일을 이렇게나 모르다니, 당신…… 정말 기절해 있었던 모양이군.”

소위는 쯧, 소리를 내며 혀를 찼다. 답답해진 임수정이 재차 물었다.

“저희 집은 건대 부근이에요. 거기도 괴물들의 습격을 받았나요?”

“서울과 경기 전체가 다 그래요. 예외라고 할 만한 곳이 없었습니다.”

“그럼 지금은 괜찮아졌고요? 아, 전화! 집에 전화 한 통만 걸게 해 주세요. 부탁드려요.”

임수정이 애원하자 소위는 그녀의 시선을 외면하며 말했다.

“지금 서울에서 통신망이 회복된 지역은 극히 제한적입니다. 여기나 광진구를 포함한 나머지 대부분은 전화가 되지 않고요.”

“그, 그럼 제 부모님은…….”

“그냥 잘 계시다고 믿으십시오. 저도 우리 가족의 생사를 몰라요.”

충격을 받은 임수정은 고개를 숙인 채 잠시 말을 잇지 못했다. 그 침묵을 마냥 참고 기다려 줄 수만은 없는지, 소위가 재촉했다.

“사람 불안하게 하지 말고 계속 말을 해요. 좀비로 변할 때 다들 그렇게 고개를 숙이고 신음 소리를 내면서 괴로워한단 말입니다.”

“네……. 하아, 사망자들이 많은가요?”

“사망자는 오히려 적어요. 전부 다 좀비로 변해 버려서 문제지만.”

“후우…… 사람이 괴물로 변하는 걸 직접 목격하신 적 있어요?”

“네. 어제도 소대원 둘을 그렇게 보냈습니다.”

그 말을 하며 소위는 이를 빠득, 갈았다.

“자, 또 물어봐요, 아무 말이라도. 대화가 끊어지게 하지 마요.”

임수정은 이마를 짚으며 힘없이 말했다.

“모르겠어요, 무슨 말을 해야 할지…… 너무 혼란스러워서.”

“좋아요, 그럼 내가 묻기로 하죠. 기절은 왜 한 겁니까? 냉장고 속에는 어떻게 들어가게 된 거고요?”

소위의 질문은 임수정의 가슴을 턱 막히게 만들었다. 괴물과 접촉했다는 것을 말해도 되는 걸까? 작게 베인 상처에도 경기를 일으킬 만큼 이 사람들은 괴물을 두려워하고 있었다.

괴물이 내 다리를 낚아챘다는 것을 이 젊은 군인에게 말해 줘도 되는 것일까? 확신이 서지 않는 일은 하지 않는 게 낫다. 임수정은 살짝 이야기를 틀어 민구와 괴물이 정수장을 덮쳤던 새벽의 일을 들려주었다. 오로지 민구만이 괴물과 접촉했고, 그녀는 너무도 무서워 냉장고에 숨어 들어간 다음 기절해 버렸다고 말했다.

"으음……."

다 듣고 난 소위가 미심쩍다는 표정을 지었다.

"칼 한 자루만 가지고 좀비들을 그렇게나 많이 죽일 수 있다는 게 믿어지지 않는군요. 게다가 만약 당신의 이야기가 전부 사실이라고 해도 냉장고 속에서 나흘 가까이나 질식하지 않고 살아났다고요? 어딘가 허점이 있는 것 같은데……."

거짓말에 서툰 임수정의 얼굴이 붉게 달아오르려 할 때, 막사 바깥쪽에서 사이렌과 함께 다급하게 외치는 소리가 들려왔다.

"올림픽대로 방면에서 좀비 접근 중! 반복한다! 올림픽대로 방면에서 좀비 접근 중! 규모는 넷! 규모 넷!"

공사를 멈추고 무장을 갖추기 위해 병사들이 바쁘게 뛰어다녔다. 우르르르르— 장갑차도 도로의 정면을 막아서기 위해 천천히 차체를 돌렸다. 소위가 몸을 일으키며 말했다.

"여기에서 움직이지 말고 있으십쇼. 혹시 교전 중에 막사 밖으로 한 발짝이라도 내밀면 그땐 경고 없이 쏩니다. 우리는 지금 겁에 질려 있어서 마음에 여유가 없습니다. 그러니 우리를 놀라게 하지 마세요. 알아들었습니까?"

소위의 말에는 진심이 배어 있었다. 임수정은 대답과 함께 고개를 끄덕였다.

"좋아요. 서로 살아남기를 기도합시다."

그 말을 남기고 소위는 비가 쏟아지는 막사 밖으로 뛰어나갔다. 임수정은 열려 있는 막사의 틈을 통해 바깥의 상황을 지켜보았다.

4차선 도로와 인도까지를 모두 가로막고 이중으로 쳐진 높은 철책 주변에 군인들이 모여든다. 컨테이너를 2층으로 쌓아 만든 간이 진지 위로 올라간 군인들은 사격 자세를 취하고 기다렸다. 그리고 긴장 속에서 10여 분이 지났다.

도로 저편에서부터 기분 나쁜 웅성거림이 조금씩 가까워져 온다.

그으으으우우우웅, 그르르르와아아아아아악!

꿈에도 잊을 수 없을 것 같은 그 특유의 울부짖음이 임수정의 귀를 아프게 울릴 만큼 가까워졌을 때, 앞쪽에서 누군가가 외쳤다.

"왔다!"

그롸아아악!

철책 너머의 도로 위로 수많은 괴물들이 일제히 달려든다. 조금 전까지 강력하게만 느껴졌던 수십 명의 군인들이 초라하게 보일 만큼 압도적인 수의 차이다. 괴물들의 괴성이 고막을 찢는 것 같아서 임수정은 귀를 틀어막았다.

그리고 거의 동시에 군인들의 총에서도 불꽃이 뿜어져 나갔다.

타타타타타타! 투투툭! 투툭! 투투투!

진지 위의 군인들은 아래쪽을 굽어보며 열심히 방아쇠를 당겼다. 앞서 달려오던 괴물들은 온몸이 벌집이 된 채 날아가거나 고꾸라져 버렸다.

하지만 이미 수적인 열세는 화력의 차이로 극복될 수 있을 수준을 넘어선 상태였다. 탄창을 교체하는 짧은 순간 동안에도 쓰러진 괴물들의 시체를 밟고 뛰어온 뒷줄의 괴물들 때문에 철책과의 거리는 좁혀졌다.

괴물들은 순식간에 첫 번째 철책에 바짝 붙어 철조망을 밀어 댔다. 날카로운 가시에 얼굴과 팔이 뜯겨 나가면서도 괴물들은 극렬하게 철조망을 흔들었다. 투투툭! 타타타타! 충격을 받은 괴물들이 쓰러지지만, 그 과정에서 철책 역시 엉망으로 파손되었다.

구멍이 뚫리고 무너져 버린 철책을 밀어 치며 괴물들이 달려온다. 첫 번째 철책과 두 번째 철책의 간격은 40미터. 이 거리 내에서 모두 진압하지 못하면 그 뒤에는 저것들과 맨몸으로 마주해야만 한다.

"수류탄 투척!"

대여섯 명의 병사들이 일제히 수류탄을 집어 던졌다. 콰콰콰쾅! 엄청난 폭발음과 함께 폭발한 수류탄은 흙먼지와 살덩이를 가득 날리면서 전방의 시야를 온통 뿌옇게 만들었다.

하지만 그 정도로 괴물들이 끝나지 않았다는 것은 분명했다. 수류탄 폭발로 인해 멍해진 귀를 뚫고 똑똑히 들려올 만큼 아직도 그들의 괴성이 크게 울리고 있기 때문이다.

"계속 쏴! 머리를 노려!"

총성 때문에 제대로 명령이 전달되지 않을 것이라는 걸 알면서도 소위는 열심히 외쳤다. 병사들은 모두 그의 독려가 필요하지 않을 만큼 다들 필사적으로 방아쇠를 당겼다. 투투툭! 투툭! 거리는 화약 냄새와 괴물들의 비명으로 가득 채워졌다.

그롸아악!

마침내 두 번째 철책에도 괴물들이 달라붙어 버렸다. 철조망이 앞뒤로 거세게 흔들리며 웅웅, 울리는 소리를 낸다. 컨테이너 위에서 필사적으로 쏴 대는 탄환이 괴물과 철조망을 동시에 벌집으로 만들었다. 결국 두 번째 철책마저 무너져 내렸다.

그롸악! 살아남은 괴물들이 포화를 헤치며 앞으로 달려 나온다. 그 모습을 정면으로 보고 있는 임수정의 가슴은 불안함과 공포로 터져 버릴 것만 같았다.

투투투투툭! 타타타타타타!

컨테이너에 달라붙어 뛰어오르려는 괴물들을 향해 무릎을 꿇은 병사들이 일제히 발포했다. 뇌수와 끈적거리는 핏덩이가 하늘 위로 마구 튀어 오른다. 끝까지 살아남아 컨테이너 사이를 돌파하려던 대여섯 마리의 놈들을 장갑차의 기관총이 처리함으로써 숨이 멎을 것 같던 좀비들의 습격은 끝을 맺었다.

"발포 중지! 상황 종료! 상황 종료!"

조금 나이가 들어 보이는 군인 하나가 컨테이너 위에서 몸을 일으키며 외쳤다. 너무나 끔찍한 경험이어서 임수정은 정신이 아득해지는 것 같았다. 민구가 괴물 둘의 머리통을 박살 냈던 새벽은 이 전투에 비하면 아무것도 아니었다.

아주 짧은, 단 몇 분 만에 너무나 많은 괴물들이 다양하고 끔찍한 형태로 죽어갔다. 거리는 엉망으로 훼손된 괴물들의 시체로 가득 덮여 있었다. 잘려 나간 머리와 가슴, 팔다리, 내장이 아무렇게나 널브러져 뒹군다.

"우웁!"

구역질이 올라와 임수정은 입을 가렸다. 숨을 쉬기가 힘이 들어 가슴을 꽉 누르며 산소를 마시는 것에만 온 신경을 집중했다.

"하아, 후우~."

"그렇게 하고 있으면 불안하니까 말을 해요. 최소한 고개라도 들든가."

어느새 돌아와 막사 문을 짚고 선 소위가 말했다.

"많이 놀랐죠?"

소위가 물었다. 임수정은 고개를 끄덕였다.

"네."

"누군들 안 그렇겠어요? 살면서 저런 걸 보게 될 줄이야."

소위가 한숨을 쉬며 수통의 물을 마셨다.

"이제 다 죽은 건가요?"

"뭐가 다 죽어요? 좀비들?"

"네. 꽤 많이 죽은 것 같던데, 저게 전부인가요?"

어처구니없다는 얼굴로 임수정을 잠시 바라보던 소위가 힘없이 웃었다.

"후후후, 저건 그냥 규모 넷짜리예요. 서울에만 규모 칠짜리가 세 개가 넘습니다. 규모 여섯이나 오는 부지기수고. 그런 게 우리 주변에 오지 않아서 그나마 이렇게 숨 쉬고 있는 거고요."

"규모 넷이라는 건 무슨 뜻인가요?"

"4디지트, 말 그대로 네 자리 숫자. 천 단위라는 말이에요. 젠장, 2천 마리 정도를 상대하는데 철책이 저렇게 다 작살나 버리면 뭘 어떻게 하라는 거야! 똑같은 철책을 도대체 몇 번을 다시 세우는 거냔 말이야! 이건 아무리 생각해도 애초에 작전이 너무……."

소위가 투덜대며 뒤에 늘어놓는 혼잣말은 임수정의 귀에 들어오지 않았다. 일곱 자리 숫자가 세 개…… 불과 며칠 만에 수백만의 사람들이 괴물이 되어 버렸다고? 어떻게 그럴 수가…….

임수정의 눈에서 왈칵 눈물이 쏟아져 내렸다. 흐으윽! 흐윽! 머리를 들라고 소위가 명령했지만, 임수정은 계속 울었다. 울 수밖에 없었다. 그녀가 살던 나라는 이제 멸망한 것이다.

그녀가 받았을 충격을 이해하고 있기 때문에 한동안 임수정을 울도록 내버려 두던 소위가 철제 책상을 두드리며 말했다.

"자, 이제 그만 웁시다. 보고 있는 사람까지 지치니까……. 그렇게 혼자서 이 세상 슬픔을 다 짊어진 것처럼 굴지 말아요. 우리는 여기 남아서 내일도, 모레도 또 계속 저 꼴을 마주해야 한단 말입니다."

소위의 말에 놀란 임수정은 눈물범벅이 된 얼굴을 들었다.

"내일도 또 이런 전투를 벌이겠다고요? 고작 몇십 명을 데리고서? 너무 무모해요. 봤잖아요, 저쪽은 수천이에요."

"허, 나한테 숫자를 가르치는 겁니까? 적이 몇이나 되는지는 제가 더 잘 압니다."

"그런 뜻이 아니에요. 왜 지원을 요청하지 않느냐는 말이지. 이 숫자만으로는 그저 운이 좋기를 기대하는 것밖에 안 되잖아요. 저 어린 군인들의 목숨이 당신 결정에 달려 있다는 걸 생각해 보세요."

"내 결정이 아닙니다, 유감스럽지만."

"그럼 누구의?"

소위는 자신의 옷깃에 붙은 다이아몬드 모양 계급장을 잡아당기며 말했다.

"이런 것보다 훨씬 더 복잡한 모양을 달고 있는 사람들이죠. 그쪽에서 내려온 계획대로라면 지금 내 지휘를 받고 있어야 할 사병은 120명이 넘어야 해요. 예비군을 소집했으니 그들을 편제 안에 흡수하라는 겁니다. 하지만 봐요. 서류 속에는 분명히 포함된 예비군들이 지금 어떤 꼴인지."

그렇게 말하며 소위는 처참하게 죽어 자빠진 괴물들의 산을 가리켰다. 소형 불도저가 산산조각 난 시체들을 철책 바깥쪽으로 밀어내는 중이었다. 임수정이 이해할 수 없다는 표정을 지으며 말했다.

"그렇다면 차라리 건물 안쪽으로 후퇴하세요. 옥상에만 계셔도 여기보다는 몇 배나 안전할 거예요. 방금 전보다 조금만 더 큰 규모의 괴물들이 와도 지금의 병력으로는……."

"이봐요!"

소위가 임수정의 말을 끊었다.

"그게 걱정해 주는 거라는 건 압니다. 내 누이가 지금 내 꼴을 봤어도 아마 비슷한 충고를 했을 테죠. 하지만 내가 받은 명령은 여기 T자형 도로를 확보한 뒤에 철책을 치고 사수하라는 거지, 정수장 건물에서의 농성이 아닙니다. 일단 저 안에 들어가 버리면 헬리콥터의 보급 지원도 제대로 받을 수 없어요. 탄약도, 식량도 다 거기에만 의존하고 있기 때문에 별도의 명령이 떨어질 때까지는 오로지 따르는 수밖에 없다, 이 말입니다. 그러니 더 이상 조언하려 들지 마십시오."

"하지만……."

"하지만이 아니에요. 당신은 지금 당신이 알지도 못하고, 통제할 수도 없는 것에 대해서 말하고 있는 겁니다. 당신은 그저……."

소위는 잠시 말을 끊고 시계를 보았다.

"그저 30분 뒤에 오는 헬리콥터가 당신을 태워 줄까에 대해서나 걱정하는 게 좋을 거요. 그리고 쉘터에 도착하면 이곳에 대해서는 싹 잊어버리세요. 정 내키면 가끔 기도나 해 주든가. 그게 당신이 지금 우리에게 해 줄 수 있는 전부입니다. 어설픈 충고가 아니라."

임수정의 입을 막고 싶어진 소위는 일부러 차갑게 내뱉었다. 자신의 소대가 위험한 임무를 맡고 있다는 것은 소위 자신이 가장 잘 안다.

하지만 그건 그가 운이 지독하게 나쁘거나, 누군가의 눈 밖에 나서 빚어진 일이 아니다. 그의 소대와 유사한 임무를 수행하기 위해서 분산 배치된 병력이 서울 시내에만 사단 규모였다. 더 넓고 인구도 많은 경기를 포함하면 적어도 3만 이상의 군인들이 수뇌부가 정해 둔 교전 수칙에 따라 실은 그리 중요하지도 않은 주요 시설을 확보하기 위해 내던져져 있는 것이다.

문제는 그 교전 수칙이 인간과의 싸움을 당연한 전제로 하고 만들어진, 과거의 것이라는 데 있었다. 바로 옆에서 한패의 머리가 날아가는데도 조금의 동요조차 없이 철조망을 이빨로 물어뜯는 괴물들과 싸워야 하는 현재의 상황은 전혀 이야기가 다르다는 걸 위쪽에서는 모르고 있다. 아마 알고 싶어 하지도 않을 테지만.

"미안합니다……. 제가 주제넘었네요."

임수정은 슬픈 표정으로 고개를 숙이며 사과를 했다. 소위는 그녀의 사과에 대해서는 아무런 대답도 하지 않은 채 한쪽 구석에 놓여 있던 종이 박스를 뒤져 뭔가를 꺼냈다.

"자!"

임수정이 앉은 간이침대 한쪽에 비누와 수건, 조그만 스테인리스 거울을 내려놓으며 소위가 말했다.

"당신은 거울을 안 봐서 모르겠지만, 지금 당장 좀비로 변한다고 해도 이상하지 않을 꼴이오. 내가 헬리콥터 조종사라면 당신을 태울 것 같지 않아요. 세수하고 머리라도 좀 빗어요. 물은 막사 왼편에 쌓아 둔 생수를 쓰면 됩니다. 그 주스도 마시고."

그렇게 이야기한 뒤, 소위는 막사 바깥으로 사라져 버렸다. 멍해진 임수정은 스테인리스 거울을 들어 자신의 얼굴을 비춰 봤다. 헉! 가벼운 탄성이 절로 나온다.

퀭해진 눈, 움푹 팬 볼, 바싹 말라 갈라진 입술 주변에는 침과 눈물 자국이 허옇게 말라붙어 있고, 냉장고 바닥을 기어 다니느라 시커먼 먼지가 잔뜩 묻어 있는 얼굴 위로 미친년처럼 흐트러진 머리카락이 제멋대로 엉켜 있다. 먼발치서 자신을 보자마자 방아쇠를 당겼던 군인이 이제야 이해가 간다.

죽더라도 이런 꼴로는 죽고 싶지 않다. 임수정은 비누와 수건을 집어 들고 후들거리는 걸음으로 물이 있다는 곳으로 나갔다.

예정 시간보다 조금 늦게 헬리콥터가 도착했다. 바리케이드가 쳐진 도로 위에 내려앉은 헬리콥터에서 보급품들을 바쁘게 끌어 내린 다음, 서명한 물품 인수증을 조종사에게 건네면서 소위가 물었다.

"소령님, 보고드릴 게 하나 더 있습니다. 민간인 생존자를 구조했습니다. 여기 이분, 돌아가시는 길에 쉘터에 좀 내려 주실 수 있겠습니까?"

"생존자? 허, 이런 데에서 살아남은 사람을 다 만나네? 아가씨, 운이 굉장하십니다. 아, 그런데 혹시 외상자야?"

조종사가 임수정을 위아래로 훑으며 물었다. 소위가 곤란한 표정으로 대답했다.

"네, 외상자입니다. 물린 상처는 아닌 모양이지만……."

소위가 변명처럼 덧붙이는 뒷이야기는 듣지 않고 조종사는 임수정에게 직접 물었다.

"어디입니까, 상처?"

임수정은 다리를 약간 틀어 실처럼 가느다란 딱지가 앉은, 베인 상처를 보여줬다.

"흐음……."

조종사가 고개를 갸웃거리며 말했다.

"뭐, 별거 아닌 것 같긴 한데, 규정은 규정이니까. 어이, 그거 가져와."

조종사의 명령을 받은 승무원이 헬기 안에서 뭔가를 가져와 내민다. 앞쪽이 철망으로 된 헬멧과 구속복이었다.

"우리도 명령받은 대로 하는 거니까 기분 나쁘게 받아들이지 마시고, 협조 부탁드립니다."

조종사는 짧게 경례를 한 뒤에 헬기 조종석으로 돌아가 앉았다. 임수정에게 귀마개가 달린 헬멧을 씌워 주며 소위가 말했다.

"첫날 구조된 사람들이 비행 도중 변해 버린 일이 몇 차례나 있어서 이러는 겁니다. 그것 때문에 추락한 헬기도 손에 다 못 꼽아요. 소령님께서도 자기 안전을 많이 양보하시는 거니까, 아가씨도 존엄권을 잠시만 포기하십쇼. 여기에서 쉘터까지 20분도 안 걸립니다. 서로 살자고 하는 짓입니다."

그 말에 임수정은 더 저항하지 못하고 순순히 헬멧을 쓰고 구속복 안에 몸을 넣었다. 팔짱을 낀 형태로 조인 구속복을 헬기 좌석에 단단히 고정한 다음, 로터의 회전이 빨라지며 헬리콥터는 서서히 떠올랐다. 그녀에게 눈으로 인사를 보낸 소위의 모습이 순식간에 손가락만큼 작아지고, 마침내 시야 밖으로 사라져 버렸다.

03

임수정은 빗방울이 튀어 있는 창에 헬멧을 기대고 아래쪽의 경치를 바라봤다. 도심의 건물들 사이로 검은 점들이 뭉쳐 작고 커다란 원을 이루며 꼬물거린다.

한강 상공을 따라 동쪽으로 날아가던 헬기가 여의도를 지날 때, 지금까지 스쳐 지났던 그 어떤 군집들보다 커다란 괴물들의 무리가 눈에 들어왔다. 커다란 원 모양을 중심으로 여러 개의 작은 원들이 위성처럼 주위를 돌고, 그 작은 원의 주변에는 또 더 작은 원들이 나선형을 이루며 회전한다.

자잘한 점들이 모두 수십만의 괴물들이라는 사실만 제외한다면, 그 운동이 이루는 질서는 아름다워 보이기까지 했다.

"저거 봐. 규모 여섯짜리다, 저거."

임수정이 보고 있던 거대한 원을 가리키며 조종사가 말했다. 부조종사는 질린다는 말투로 대답했다.

"정말 징글징글합니다. 저렇게 모여 있는 데에다가 네이팜탄이라도 몇 발 날리면 속이 다 시원하겠습니다."

"용기 있으면 해 봐, 아마 본보기로다가 바로 다음 날 군법 재판소에서 사형 판결 때릴걸?"

"적을 죽였는데 훈장은 못 줄망정, 처벌을 받아야 합니까?"

"교전 수칙 위반이니까. 좀비들은 죽여도 되지만, 저 건물들은 건드릴 수 없다고. 그건 잘나신 대기업들 소유거든."

"하지만 그래 봐야 자기들도 지금 저기 들어가서 사용하지도 못하지 않습니까?"

"그러니까 추이를 보자고 하면서 질질 시간을 끄는 거 아니야. 아마 몇 달 지나고 나면 좀비들도 제풀에 죽어 자빠지지 않을까 하는 기대를 하는 것 같던데?"

"몇 달이면 저 건물들 속에 숨어 있는 생존자들도 다 굶어 죽을 시간 아닙니까?"

"그런 거 상관없다는 거지. 돈밖에 모르는 개새끼들."

"저거…… 놔두면 저절로 죽기는 죽습니까?"

"나도 몰라. 하지만 입에 들어가는 게 없는데, 계속 저렇게 버티기야 하겠어?"

그렇게 말한 조종사는 저주하는 눈빛으로 아래쪽을 한 번 더 노려봤다. 헬기 내부의 소음 때문에 뒷자리에 앉은 임수정은 조종석에서 나누는 대화를 거의 알아들을 수 없었다. 그녀는 그저 아래에서 벌어지는 점들의 움직임에 시선을 집중하고 있었다.

대학원 시절, 실험실 배양액에서 기르던 세균들의 형태와 운동 방식이 떠오른다. 마더(Mother)라고 불리던 중앙의 덩어리에 집중적으로 모여들면서도 동시에 사방으로 포자를 확산시켜 또 다른 균 집단을 만들던 세균들. 원형으로 회전하며 점차 반경을 넓히는 세균의 운동을 방치하면, 작은 점이었던 세균은 마침내 면으로까지 확장되어 배양 샬레 전체를 뒤덮곤 했다.

"저것들…… 머리가 나쁘다고 하지만, 저렇게 질서 정연하게 움직이는 걸 보면 그런 것도 아닌 모양입니다."

부조종사가 규모 여섯 주변의 원들을 가리키며 말하자 조종사는 진저리를 치며 소리쳤다.

"왜 저 지랄로 뭉쳐서 빙글빙글 돌아다니는 건지 모르겠어! 아흐, 징그러워!"

워낙 큰 소리여서 이번 말은 임수정에게도 들렸다. 임수정은 창에 기대며 작고 힘없이 중얼거렸다.

"번식을 위한 그 운동성이 세균의 본능이니까요."

아무도 그녀의 말을 듣지는 못했다. 임수정의 헬멧에는 마이크가 달려 있지 않았기 때문이다. 만약 들었다고 해도 그들은 산발을 하고 있는 맨발 여자의 넋두리에 귀를 기울일 만큼 한가한 사람들이 아니었다.

투투투투— 쓰와아아앙—.

헬리콥터는 고도를 약간 높이며 똑바로 순항했다. 저 멀리 잠실야구장이 시야에 들어오기 시작했다.

헬리콥터가 잠실야구장의 외야에 착륙한 다음, 조종사는 임수정의 구속복과 헬멧을 벗긴 뒤 2루 베이스에 위치한 접수 담당 막사로 데려갔다. 역시 군복을 입은 접수 담당이 조종사를 알아보고 반가워한다.

"와, 또 생존자입니까? 이걸로 다섯 명째입니다. 소령님, 훈장 받으시겠습니다."

"쓰잘머리 없는 소리 하지 말고, 서류 작업이나 빨리 끝내. 지금 곧바로 영천으로 가서 탄약 싣고 와야 하니까. 오늘 수행해야 하는 총 비행 거리가 2천 킬로미터도 넘어. 피곤해서 죽을 것 같다. 정비도 거의 못 하고 있고……. 젠장, 이러다가 좀비들 대가리 위로 떨어져 버리는 거 아니냐?"

"에이, 소령님처럼 베테랑 파일럿이 무슨 말씀이십니까?"

두 사람이 이야기를 나누는 동안 임수정은 주변을 둘러봤다. 외야 양 사이드에 가득 쌓여 있는 각종 물자들, 그 주변을 배회하며 지키고 있는 총을 든 군인들. 홈베이스 부근에는 지프 차량들이 나란히 서 있다. 비가 들이치는 관중석에 드문드문 앉아 운동장을 내려다보는 민간인들의 시선은 경계심이 가득하고 지쳐 있다.

"이름이 뭡니까?"

접수 담당자가 볼펜과 종이를 주며 물었다.

"임수정요."

"에, 임수정 씨. 여기 여기에다가 이름 쓰시고, 주민 번호랑 주소 기입하세요."

임수정이 책상에 기대 서류의 빈칸을 채우는 동안 헬리콥터로 뒤돌아가던 소령이 말했다.

"아, 그 사람. 일단 격리해. 외상이 있더라고."

"예, 명심하겠습니다. 소령님, 충성!"

격리라니, 또 외상이 문제가 되는 건가……. 임수정은 조그만 상처 하나 때문에 오늘 하루 겪은 수모를 떠올리며 한숨을 지었다. 그녀의 마음을 알아채기라도 한 듯 경례를 끝마친 군인이 말했다.

"여기 들어온 사람들 다 격리가 기본이에요. 눈에 보이는 상처가 없으면 24시간, 있으면 48시간. 시간 차이만 있다 뿐이지, 누구나 다 거치는 일이니까 무서워하지 않아도 됩니다. 그래도 그렇게 조금 귀찮은 게 가만히 잠들어 있는데 좀비들이 내 모가지를 콱 깨무는 것보다야 낫잖아요."

"네, 그렇군요."

서류를 채워 내밀자 눈으로 검토하던 군인이 고개를 끄덕이며 책상 아래에서 밀봉된 은색 비닐 봉투를 꺼내 주었다.

"다 됐고…… 자, 이건 기본 지급품입니다. 이 안에 담요랑 물, 건빵, 휴지가 들어 있으니까 당장 아쉬운 대로 버틸 만은 할 겁니다. 에, 또…… 그리고 이건 임수정 씨가 여기 들어온 날짜와 시간입니다. 혹시 이쪽에서 착오가 있더라도 이게 있으면 48시간이 지난 걸 확인할 수 있으니까 버리지 마세요. 어이쿠!"

몸을 앞으로 기울여 봉투와 작은 종이 카드를 전달하던 군인이 임수정의 맨

발을 보고 깜짝 놀란다.

"신발이 없으시네. 으음, 신발은 보급품이 아닌데…… 여자 병사들에게 남는 게 있나 물어는 보죠. 발 사이즈 얼맙니까?"

"235요."

"네, 여기 적었습니다. 어이, 윤 상병, 김 일병. 이분 외상자 격리실로 안내해 드려. 자, 저 사람들 따라가면 됩니다."

두 명의 총을 든 군인은 임수정을 앞세운 채 말로 방향을 제시하며 걸었다. 1루 측 내야석에 설치된 계단을 타고 관중석을 통해 야구장 건물 내부로 들어갔다. 총 든 군인이 나타나자 서성이던 사람들이 뒤로 물러서며 길을 텄다.

외야석이 닿은 곳에 이르렀을 때, 간이로 만들어 놓은 벽이 보였다. 문을 두드리자 안쪽에서 누군가 물어 왔다.

"고영민!"

임수정과 함께 온 병사가 곧 무표정한 얼굴로 답한다.

"동무!"

암호의 확인 후, 내부를 경계하고 있던 보초 둘이 문을 연다. 그 내부에는 콘크리트 벽을 등지고 죽 늘어서 있는 수십 개의 조그만 철창이 있었다.

"들어가십시오."

철창 중 하나를 열며 군인이 말했다. 격리라고 해서 막연히 독방 같은 것을 예상하고 있던 임수정은 흠칫 놀랐다. 가로, 세로, 높이, 모두 1.8미터 정도의 철창. 이건 그야말로 원숭이 우리 수준이다.

"여기요? 화장실은 그럼?"

"저걸 쓰면 됩니다."

군인이 가리킨 곳에는 덮개가 달린 휴대용 변기와 골판지 상자를 ㄷ자 모양으로 잘라 만든 허술한 칸막이가 서 있었다. 군인의 무뚝뚝하고 강경한 어조에서는 항의나 질문을 받지 않겠다는 단호한 의지가 드러났다. 저항해 봐야 소용이 없다는 걸 깨달은 임수정은 얼빠진 표정으로 철창 안으로 걸어 들어갔다. 철컥! 뒤쪽에서 문을 잠근 군인들이 충성이라는 구호와 함께 경례를 하고 사라져 버렸다.

"흐ㅇㅇㅇ~ ㅇㅇㅇ."

가뜩이나 차가운 비에 젖어 있던 몸이 여러 가지 감정으로 흔들리며 와들와들 떨렸다. 핫팬츠만 입고 있는 다리는 파랗게 질려 있다. 임수정은 급하게 비닐 봉지를 뜯고 담요를 꺼내 몸을 감쌌다. 지급된 담요는 짧고 얄팍해서 체온을 유지하는 데 거의 도움이 되지 못했다.

'도대체, 왜!'

임수정은 마음속으로 비명을 질렀다. 아무 잘못도 저지르지 않은 자신이 이런 꼴을 당해야만 한다는 걸 도저히 납득할 수가 없었다. 분노가 머리끝까지 치민다. 하지만 누구에게 화를 낸다는 말인가.

자기 부모의 생사도 모르면서 생판 남인 그녀를 도와준 그 소위? 경로를 벗어나 여기까지 태워다 준 조종사? 차가운 비를 맞고 그라운드에 서 있는 저 군인들? 내일이라도 괴물들에게 목숨을 잃을지 모르는 상황 속에서 용감히 싸우는 이름 없는 병사들?

그들은 모두 최선을 다하고 있다. 답답해진 임수정은 차가운 무릎 사이에 얼굴을 박고 한숨을 토해 냈다. 몇 시간 만에 또다시 암흑으로 돌아간 기분이다. 그리고 이번엔 희망마저도 보이지 않았다.

"언니도 맨발이시네요."

한참 동안 고개를 숙인 채 바닥을 노려보고 있던 임수정에게 누군가 말했다.

그녀는 그제야 이렇게 철창 안에 갇힌 사람이 자신 말고도 더 있다는 것을 깨달았다. 이렇게 시설을 따로 준비해 두고 보초까지 둘 정도였으니 당연히 깨달을 수 있는 일이지만, 자신에게 닥친 상황에만 집중하다 보니 주변에 시선을 둘 생각조차 하지 않았던 것이다. 임수정은 천천히 고개를 들었다. 흙이 튀고 비에 젖은 자신의 맨발이 보인다.

"저도 반은 맨발이에요."

목소리가 다시 말을 걸었다. 임수정은 시선을 조금만 옆으로 돌렸다. 목소리의 주인공이 신발을 신고 있지 않은 왼발을 까딱거린다. 단순히 맨발이 아니었다. 반창고로 싸맨 새끼발가락은 한 마디 이상이 없어졌는지 뭉툭했다. 너무도 희고 고운 발이라서 그 상실에 대해 느껴지는 안타까움은 더 컸다. 불쌍해라, 어쩌다가……. 임수정은 고개를 들고 옆으로 돌렸다.

"아, 이거요? 차가 깔고 지나가는 바람에 이렇게 됐어요. 빨간색 스포츠카였는데, 그렇게 하고 나서도 돌아보지도 않더라고요."

임수정의 시선을 눈치챈 소녀가 발가락을 잃은 이유를 말해 준다. 위장 무늬 정글모를 푹 눌러쓴 채 설명을 하는 모습을 보고 임수정은 입을 다물지 못했다.

세상에! 임수정은 태어나서 지금까지 이렇게 아름다운 얼굴을 본 적이 없었다. 모든 소녀가 한 번쯤 기도할 때 가지고 싶었을 얼굴이 아마 이런 것일 테지 싶은 미모였다. 깊이 눌러쓴 커다란 모자도, 초췌한 얼굴 가득 흐트러진 검은 머리카락도 그 탁월한 아름다움을 감추지는 못했다.

"아아!"

임수정의 입에서 자기도 모르게 탄식이 터져 나왔다. 소녀는 그 한숨의 이유를 오해하고 상냥하게 말했다.

"너무 속상해하지 마세요. 저도 처음 48시간 동안 여기 있어야 한다고 들었을 때 엄청 긴 것 같았지만, 금방 하루가 지나가네요. 그러니까 언니도 힘내세요. 물하고 건빵도 드시고요. 이거, 의외로 맛있더라고요."

소녀는 방긋 웃으며 건빵 봉지를 흔들어 보였다. 그 미소를 보는 순간, 그제야 임수정은 자신이 누구와 마주 보고 있는 건지 깨달을 수 있었다.

"저기 그쪽, 혹시…… 그 TV에 나오는……."

"네, 맞아요. 테라예요. 핑크으~ 펀치! 언니는요?"

소녀가 미소를 지으며 두 손을 얼굴 주변에서 귀엽게 흔들다가 위로 쭉 뻗었다. 끄으응~! 보초를 서는 척하며 계속 이쪽을 주시하고 있던 군인들이 합창처럼 앓는 소리를 낸다. 임수정도 테라를 향해 고개를 꾸벅 숙이며 인사를 했다.

"임수정이라고 해요. 세상에, 이렇게 예쁜 사람이 이게 웬일이야?"

"흐흐, 고맙습니다."

"그 발가락, 그러면 치료는……."

"이거요? 이대로 평생 살아야죠, 뭐. 아…… 빠른 춤은 이제 못 추겠네요. 조깅도 안 될 테고요."

그렇게 말하고 나서도 테라는 또 후후, 웃었다. 발가락이 날아가 버린 아이돌이라고 하기에는 정말 의연하고 밝아 보인다. 스무 살도 안 된 아이조차 이렇게 초연한데 나는……. 임수정은 상황을 저주하고 불평했던 자신이 조금 부끄러워졌다.

"우린 수용소 동기네요, 후후, 우리 힘내요, 언니."

그렇게 말하며 테라는 철창 틈으로 손을 내밀었다. 임수정도 팔을 뻗어 그녀의 손끝을 맞잡았다. 작고 여린 손이 닿자 그녀가 했던 말보다 더 많은 진실이 전해져 왔다. 테라 역시 사실은 불안함에 계속 떨고 있던 것이다. 조금 전까지 보여 주었던 그 명랑함은 두려움을 감추기 위한 필사의 몸부림과 과장이었다는 것을, 임수정은 비로소 깨달았다. 잠시 서로의 눈을 마주 보고 있던 두 사람은 철창 사이로 맞잡은 손에 힘을 꽉 주었다.

같은 시각, 육만배는 자신이 소유한 강남의 한 주상 복합 건물 25층 펜트하우스에 숨어 있었다. 사흘 전 새벽, 민구가 전화를 걸어 일러 주지 않았다면 꼼짝없이 길 위에서 죽었을지도 모르지만, 미리 애들을 모으고 대비를 해 둔 덕에 그는 아주 편안하게 지낼 수 있었다.

셔터와 방화벽을 굳게 내린 로비에는 엽총을 든 애들이 경비를 서고 있고, 음식도 재빠르게 쟁여 뒀다. 따로 피난을 가지 않더라도 당분간은 별문제가 없을 것이다. 민구가 돌아오겠다고 약속한 날까지 며칠 남지 않았다.

"회장님, 저녁 식사 준비시킬까요?"

주방에서 올라온 조직원이 물었을 때, 육만배는 고개를 저었다.

"아니, 아니. 지금 이게 막 재미있어지는 중이라서, 좀 이따가 먹자."

"네, 그럼."

90도로 허리를 굽혀 인사를 한 뒤 조직원이 문을 닫고 나가자 육만배는 수술용 장갑을 끼고 테이블 위에서 다시 칼을 집었다.

"그것참 신기하단 말이지. 안 그러냐?"

"신기합니다, 회장님."

그의 곁을 지키고 있던 경호원 네 명이 일제히 합창을 한다. 육만배는 호기심이 가득한 얼굴로 방의 중앙을 향해 걸음을 옮겼다. 어두운 실내를 밝히기 위해 잔뜩 켜 둔 촛불들이 일렁일 때마다 주름진 육만배의 잔인한 인상이 더욱 과장되게 두드러졌다.

으으윽, 그르르~!

육만배가 다가가자 맞은편에서 괴물이 그렁거린다. 아래턱이 잘려 나가 있는 데다가 플라스틱 커버까지 고정해 둬서 소리는 그리 크지 않지만, 여전히 소름이 끼칠 만큼 징그러운 음색이다. 육만배는 거듭 감탄하며 괴물의 모습을 지켜봤다. 이놈의 물건은 워낙 사나워서 사로잡는다는 게 보통 큰일이 아니었다. 처음엔 그저 단순하게 짐승처럼 목에 쇠고리를 채워 두면 될 거라고 생각했었다.

하지만 그렇게 했더니 제 목이 끊어질 때까지 발버둥을 치며 달려들다가 정말로 모가지가 잘려져 나간 다음에야 얌전해졌다. 수갑을 채우면 팔이 끊어지고, 족쇄를 채우면 다리가 끊어진다. 육만배는 하는 수 없이 괴물의 팔다리를 모두 끊고 몸통과 머리만 가져오라고 했다. 그렇게 해도 살아 움직인다는 게 참 대단했다.

그르르~!

갈비뼈와 골반의 빈틈마다 두꺼운 볼트를 박아 커다란 목제 판에 고정을 해 둔 괴물이 육만배를 향해 다시 울부짖었다. 이만큼 신체가 훼손된 상황에서도 이놈들은 기가 죽지 않고 이를 드러낸다. 그 어떤 맹수가 이렇게 용맹할 수 있을까…….

육만배는 오른쪽으로 서너 걸음을 떼었다. 괴물의 고개도 그에 따라 돌아간다. 훗! 웃고 난 육만배는 이번엔 왼쪽으로 또 댓 걸음을 뗐다. 그러자 괴물도 같이 머리를 돌린다. 두툼한 카펫 바닥에 가죽 창 구두라서 걸음 소리는 전혀 나지 않는다.

"우하하하, 이것 좀 보란 말이야! 이것보다 신기한 게 또 있나?"

육만배는 큰 소리로 웃으며 괴물을 가리켰다.

"대체 어떻게 알고 내 걸음을 따라 고개를 계속 돌리는 거냐, 이놈? 눈깔도 없잖아!"

괴물의 두 눈 주변은 움푹 잘려 나가 있었다. 혹시 눈알이 없어도 사람의 낌새를 알아챌까 싶어진 육만배가 몇 분 전에 직접 칼로 후벼 도려낸 것이다.

"혹시 냄새로?"

육만배는 날카로운 칼을 들고 괴물에게 다가섰다. 바짝 말라 갈라져 있는 코의 점막을 보면 별로 기능이랄 게 없어 보였지만, 그래도 모르는 일이다.

"어디……."

육만배는 괴물의 코와 볼 사이로 힘 있게 칼을 찔러 넣었다. 칼이 뼈와 근육을 가르고 들어가는데도 괴물은 움찔하는 기미조차 없다. 그저 사납게 소리를 지르며 육만배를 향해 윗니를 드러낼 뿐이었다.

"가만히 있어 봐라, 이놈아."

육만배는 천천히 칼을 돌려 괴물의 코를 뭉텅 잘라 냈다. 툭, 연골과 살덩어리가 바닥에 구른다. 해골의 코뼈가 고스란히 드러났다. 이제 냄새를 맡는다는 건 불가능하다.

"자, 또 따라와. 내가 어디 있나."

육만배는 뒤로 물러나서 잠시 시간을 두었다가 오른쪽으로 네 발짝을 떼었다. 이번에도 괴물의 고개는 그를 따라 돈다. 재미있어, 재미있어. 만족한 육만배는 악마 같은 웃음을 지었다. 이번에는 귀를 잘라 내고 고막을 파 봐야겠다는 생각이 들었다.

04

처음 비가 오기 시작했을 때 느꼈던 청량함은 시간이 지나면서 점점 오한으로 변해 체온을 앗아 갔다. 세 친구와 신입은 공구 가방을 뒤져 아저씨들의 작업복을 꺼냈다. 너덜너덜하고 촌스러운 옷들이지만, 보송보송한 촉감과 소매를 덮어 주는 길이만으로도 감사할 따름이었다. 그런데 긴소매 작업복은 세 벌뿐이어서, 한 사람은 목이 U자로 파인 아저씨 반팔 티를 택해야 했다.

"그냥 너희 입어라. 어차피 난 그거 걸쳐 봐야 단추도 안 잠기고……."

보안관이 먼저 양보하고 작업반장님의 러닝 티를 집었다. 두 사이즈 정도 작은 옷이어서 보안관이 뒤집어쓰자 가슴과 팔뚝이 터질 것처럼 보였다.

"어때, 괜찮아?"

보안관이 물었다.

"보디 페인팅 한 것 같아. 차라리 네가 이거 입을래?"

삼식이가 자신이 입고 있는 황씨 아저씨의 작업복을 가리켰다. 그 옷 역시 소매가 턱없이 짧다. 어쨌든 그 정도의 옷이라도 푹 젖어 있는 반팔 면 티를 계속 입고 있는 것보다는 훨씬 나았다. 새 옷으로 갈아입은 김에 지난 며칠간 수없이 많은 괴물들의 피를 뒤집어쓴 옷들을 빗물에 빨아서 바닥에 늘어놓고 나니, 어느새 사위가 어둑해졌다. 네 명의 남자와 여자 하나는 자연스럽게 불을 피워 둔 페인트 통 주변으로 좀 더 바짝 다가앉았다.

"몇 시 정도나 됐어?"

황씨 아저씨의 누런 작업복을 입은 유빈이 페인트 통에 피워 둔 불을 뒤적거리며 물었다. 비가 내리는 여름 저녁은 시간개념이 혼란스러워진다.

"7시 반, 딱 뮤직 타임 할 시간이네."

곁에 앉은 삼식이가 시계를 보더니 그들이 즐겨 보던 TV 프로그램 이름을 댔다.

"뮤직 타임이라…… 꿈같은 이야기다."

유빈이 한숨을 내쉬자 보안관이 제니를 가리키며 말했다.

"뭔 소리야? 난 지금이 훨씬 더 꿈같은데. 뮤직 타임에서 보던 사람이 바로 여기 눈앞에 앉아 있잖아."

"아, 하긴. 전개가 그렇게 되는 건가?"

"당연하지. 나중에 진우 만나거든 이 이야기를 해 줘 봐라. '야, 진우야, 우리 그때 공사장에서 제니랑 같이 숨어 있었다.'라고 하면 걔가 뭐라고 그럴 것 같아?"

깊이 생각해 보지 않아도 유빈은 진우에게서 무슨 대답이 돌아올지 너무나 잘 짐작이 됐다.

"미친 새끼들 지랄한다고 하겠지."

"그렇지? 나라도 안 믿을 거야. 그만큼 꿈같은 이야기라고."

제니가 대화에 끼었다.

"진우라는 분은 누구예요?"

모닥불에 비친 그녀의 옆모습이 그림 같다고 생각하며 보안관이 대답했다.

"아아, 우리 친구. 지금 군대 가 있거든."

"친한 친구예요?"

"뭐, 그렇지. 어릴 때부터 계속 붙어 다녔고, 일도 쭈욱 같이했으니까."

"그러면 엄청 보고 싶겠네요. 하필이면 이런 때 헤어져 버려서."

제니가 안됐다는 듯 아랫입술을 살짝 내밀었다. 삼식이가 말했다.

"나는 오히려 다행이라고 생각해. 그놈은 그래도 군대에 있으니까 우리보다는 안전하지 않을까? 밥도 주고, 총도 있고."

"흠, 정말로 그러면 좋겠지만……."

세 친구가 각자 진우에 대해 생각을 하는지, 모닥불 주변은 또다시 조용해졌다. 침묵보다는 대화가 이어지는 편이 덜 부담스럽다고 느낀 제니가 다시 화제를 살려 냈다.

"진우 오빠라는 분은 어떤 스타일이에요? 음, 만약 여기 있는 오빠들을 예로 들면 누구랑 비슷해요?"

글쎄…… 세 친구가 고개를 갸웃거렸다. 삼식이가 먼저 대답했다.

"어딘가 보안관이랑 비슷하지 않을까? 운동도 잘하고, 주먹도 꽤 세고. 물론 보안관만큼은 아니지만."

보안관이 고개를 갸웃거렸다.

"나랑? 에이, 아니지. 덩치가 훨씬 작잖아. 난 오히려 유빈이랑 닮았다고 생각해. 머리가 꽤 좋았어. 가끔씩이지만 괜찮은 아이디어도 팍팍 튀어나오고."

유빈이 의외라는 듯 말했다.

"나랑 비슷하다고 느낀 적은 없었는데……. 진우는 그냥 삼식이랑 비슷한 느낌이야. 물론 삼식이랑 비교하면 조금 달리겠지만, 걔도 꽤 잘생긴 얼굴이었거든. 아, 키는 삼식이보다 작지만."

듣고 있던 신입이 고개를 돌리며 투덜거렸다.

"좇도…… 듣고 보니 특별히 내세울 거라고는 아무것도 없는, 평범한 놈이구만. 뭐든지 다 고만고만하네."

그 말에 보안관이 손을 저으며 말했다.

"아니, 아니, 좀 달라. 분명히 장점이 많은 애인데…… 그래! 군대 가더니 이제야 눈이 좀 제대로 뜨여서 제니파로 막 갈아탔……."

신나게 떠들던 보안관이 아차 싶어 입을 다물어 버렸다. 제니파가 나오면 테라파 이야기도 나오게 될 거고, 그러면 제니에게는 또 파트너를 버려 두고 달아났던 기억을 되살리게 할 테니까. 험, 험, 헛기침을 하면서 눈치를 보는 보안관에게 제니가 말했다.

"괜찮아요, 오빠. 그렇게 일부러 피할 필요 없어요. 제 얼굴을 보면 누구나 테라가 함께 떠오를 텐데요, 뭐. 그리고 저 때문에 일부러 테라 이야기를 안 하는 것도 싫어요. 그렇게 하면 꼭 제가 억지로 테라를 사라지게 만드는 것 같으니까. 그냥 편안하게 이야기하세요. 삼식이 오빠가 그랬잖아요, 기억하고 있으면 함께 사는 거라고."

가벼운 미소를 지으며 담담히 말하는 제니 덕에 용기를 얻은 보안관은 하려던 말을 마저 했다.

"진우는 군대 가더니 제니파로 전향했거든. 아마 지금 여기 있었으면 좋아서 미쳤을걸? 아, 근데 유빈이 저 새끼는 테라파였어. 내가 아무리 제니가 최고라고 해도 도무지 말을 들어 처먹지를 않은 놈이야."

날벼락을 맞은 유빈은 눈이 똥그래져서 보안관을 쳐다봤다. 이런 가롯 유다 같은 새끼……. 팔아먹을 게 없어서 불알친구의 취향을 팔아먹어?

제니가 장난스러운 표정으로 머리를 쓸어 올리며 물었다.

"어머? 진짜예요, 유빈 오빠? 실망이다. 왜요? 왜 테라가 더 좋다고 했어요? 제가 테라보다 못해요?"

제니를 따라 모두의 시선이 유빈의 얼굴에 고정되었다.

"그래! 왜 그랬어?"

신이 난 삼식이가 제니를 거들었다. 어어어, 아무 말이라도 해야 할 것 같아진 유빈이 입을 벌리긴 했지만, 곤란해서 말이 잘 나오지 않는다. 친구들끼리 이야기하는 거라면 '가슴만 크면 다냐? 청순한 테라가 최고지, 이 등신들아!'라고 할 테지만, 그 비교 대상 중 하나가 직접 얼굴을 마주 보고 물으니…… 이건 등골에 식은땀이 솟는다.

"그, 그게……."

"테라는 청순하니까?"

제니가 단어를 골라 준다. 유빈은 얼결에 고개를 끄덕였다.

"어, 어…… 응, 그래."

"어머? 그럼 저는 안 청순하고 아주 싼티 난다는 말이네요? 그런 거죠?"

제니가 빙글빙글 웃으며 허점을 콕콕 찔렀다. 유빈은 좌우로 시선을 돌려 도움 줄 사람을 찾았다. 하지만 누가 도와주겠는가. 배신자 보안관과 신입은 애초에 기대도 할 수 없는 새끼인 데다 삼식이는 이 상황이 재미나서 죽으려고 하는데. 유빈은 철저히 고립되었다는 걸 깨달았다.

“아니, 그런 의미는 아니고…… 뭐랄까, 너는 그…… 성숙해 보인달까?”

섹시하다는 단어 대신 성숙을 골랐다. 제니는 그 틈을 파고들었다.

“나이 들어 보인다고요? 보안관 오빠, 제가 아줌마 같아요?”

“아니, 무슨 소리야? 너 엄청 앳돼 보여. 그냥 유빈이 저 새끼가 미친 거야.”

보안관이 기세등등해서 제니를 두둔했다. 그래, 개새끼야. 같이 죽어 보자. 더 이상은 참을 수 없어진 유빈은 동귀어진하기로 마음먹었다.

“아니야! 제니야! 진짜 미친 건 보안관, 이 새끼야! 얘는 완전히 변태라서 너랑 같이 살면 아무것도 안 입히고 자기 와이셔츠만 입힐 거라고 맨날 노래를 불렀었어! 그러면 불쌍해서 안 된다고 내가 몇 번이나 말했는데도 도무지 말을 들어 처먹지도 않고! 노가다라서 와이셔츠도 없는 새끼가! 삼식아, 너도 들었지? 보안관이 그런 말 하는 거. 그치?”

벌떡 일어난 유빈이 열변을 토했다. 중간에 거짓말도 조금 섞였지만, 이편이 더 재미있겠다고 판단한 삼식이가 힘을 보태 주었다.

“하하하! 듣다 뿐인가, 그대로 외울 수도 있겠다. 하도 노래를 해 대서……. 아유, 보안관은 징그러워.”

공격은 제대로 들어갔다. 보안관은 뇌가 폭발해 버린 사람처럼 입을 쩍 벌린 채 멍하니 유빈을 바라봤고, 제니는 두 손으로 어깨를 감싸면서 보안관에게서 조금 떨어져 앉는 척을 했다.

“정말요? 보안관 오빠, 정말 그런 말을?”

제니가 과장된 표정으로 큰 눈을 더 크게 뜨며 묻자 얼굴이 빨개진 보안관은 버퍼링에 걸린 것처럼 아니…… 그, 아니…… 그, 아니…… 그, 만 반복해서 내뱉는다. 잠시 보안관의 얼굴을 빤히 보고 있던 제니가 뒤로 몸을 젖히면서 까르르

웃었다.

"하하하하, 뭘 아니에요, 오빠! 솔직히 그랬잖아요?"

장난기를 걷어 낸 제니가 팔꿈치로 툭, 건드리며 상냥한 말투로 묻자 보안관은 입을 꾹 다물고 고개만 끄덕였다.

"화보 사진 찍을 때요……."

제니가 팔을 뒤로 짚으며 말했다.

"콘셉트랑 작가님에 따라 수백 벌을 갈아입지만, 늘 공통적으로 요구하는 컷이 있어요, 테라에게는 꽃으로 만든 왕관을 쓰라고 하고, 저는 뭐일 거 같아요?"

보안관이 눈만 껌뻑이고 있자 제니가 웃었다.

"남자 와이셔츠요. 그게 빠지면 섭섭해서 안 된대요. 저도 제가 어떤 이미지로 소비되고 있었는지는 잘 알아요. 그러니까 보안관 오빠도 창피하게 생각하지 마세요. 그리고 오빠의 환상, 그거 어쩌면 저희 기획사 쪽에서 팬들에게 강요한 거일지도 모르겠어요. 현실의 저랑은 조금 달라요."

TV 화면 속에서 맨날 윙크만 하고 붉은 입술을 모아 키스를 날리던 제니가 하는 말 같지가 않다. 막연히 그리던 것과 조금 다른 사람을 만난 기분이 들어 세 친구는 조금 멍해졌다.

"그, 그럼 나…… 용서받은 건가?"

보안관이 묻자 제니가 당연하다는 듯 고개를 끄덕였다.

"그럼요. 저를 사랑한다고 천만 번도 넘게 말해 줬다는 사람을 그깟 일로 미워할 수 있나요?"

그렇게 말하며 일어난 제니는 후드 재킷을 벗어서 보안관의 머리와 어깨에 걸쳐 줬다. 아기 옷을 빼앗아 입은 것 같은 모양이다. 과거가 들통나는 바람에 안 그래도 달아올랐던 보안관의 얼굴은 제니의 향기가 나는 후드를 덮고 나자 터질 듯 빨개졌다.

"이걸 왜? 난 안 추워."

"잠깐만 맡아서 덥혀 주세요. 전 좀 두드리고 올게요."

그렇게 말한 제니는 플래시를 들고 3층으로 올라갔다. 빗소리가 워낙 커서 실제로 양동이를 두드릴 필요는 없을 것이다.

갑자기 계단 부근으로 걸어가 서성거리던 신입이 내려오는 제니에게 슬쩍 다가가 조그만 목소리로 말했다.

"……제니야, 쟤네들이랑 대화가 잘 안 되지? 이해해라. 대학 문턱에도 못 가보고 그저 막노동만 하던 애들이 다 그렇지 뭐. 그러니까 앞으로 고민 있으면 나한테 얘기해."

제니는 신입의 얼굴을 빤히 들여다보며 대답했다.

"에? 저도 대학에는 안 갔어요. 전 고등학교도 이름만 걸어 두고 다닌걸요."

뭔가 특별하다는 걸 어필하고 싶었던 신입은 제니의 차가운 반응에 막히자 잔뜩 풀이 죽어 구석으로 돌아간 다음, 어두운 창밖을 보며 혼잣말을 중얼거리기 시작했다. 보안관으로부터 옷을 돌려받은 다음에도 잠시 더 이야기를 나누던 제니는 네 남자가 하품을 하기 시작하자 잘 자라는 인사를 남기고 방으로 돌아갔다. 제니 방의 거적 문이 닫히자 등을 돌리고 있던 신입이 입을 열었다.

"우리도 자는 자리를 지정하자. 여자애도 하나 들어왔는데 아무 데나 자기 편한 자리에 대충 눕는 건 좀 보기에 그래. 똥개 새끼들도 아니고, 질서라는 게 있어야 하지 않겠냐?"

"오, 신입. 말 잘했어. 나도 그 말 막 하려 했는데."

삼식이가 반기며 찬성하자 우쭐해진 신입이 자리를 지정했다.

"삼식이 너 저기, 보안관이 그다음, 그리고 여기 유빈이. 이렇게 나란히 누우면 될 것 같다."

그가 가리킨 위치는 건물 앞쪽의 오른편 구석, 3층으로 이어진 계단에 가려 제니의 방이 보이지 않는 사각이었다. 삼식이가 빙글거리며 물었다.

"이야, 점점 흥미진진해지네. 그럼 너는 어디서 잘 건데? 1층?"

"난 저기서 잘까 하는데. 제니가 혹시라도 자다 깨서 우릴 부를 때 고개만 딱 돌려서 봐 줄 사람이 있어야지. 뭐, 좀 귀찮겠지만, 당번 비슷한 거지."

제니의 방문에서 세 발짝 떨어진 자리를 가리키며 신입이 일어나려 하자 하하하, 웃고 있던 삼식이가 긴 다리를 들어 길을 막았다.

"뭐야, 왜 그래?"

"신입, 네 배치 영 구려. 내가 다시 자리를 정할게. 너랑 나는 담배를 피우니까 여기 끝에서 자는 거야. 그게 다른 사람들한테 피해가 덜 가고 우리도 편하게 사는 길이지."

삼식이는 건물 앞쪽 왼편 구석을 가리켰다.

"그리고 네 말도 일리는 있어. 제니도 불안하니까 너무 동떨어지게 하면 안 되겠지. 눈에 보이는 자리쯤에 누군가 한 사람이 자는 게 좋아. 거긴 유빈이 자리야."

신입이 발끈했다.

"왜 하필 저 새끼여야 하는데?"

"너랑 나는 담배를 피우니까 안 되고, 보안관은 너무 가까이 가면 도리어 본인 심장에 무리가 갈 것 같고, 그러니까 남은 게 유빈이밖에 없잖아."

묘하게 설득력이 있는 말이라서 다수결로 그렇게 결정되었다. 삼식이, 신입, 보안관, 유빈, 그리고 제니의 방. 이런 순서가 되도록 스티로폼 침대를 배치하고 누웠다. 유빈은 고개를 똑바로 하고 누워 옆으로 돌리지 않으려 애를 썼다. 불과 몇 미터 떨어지지 않은 곳에 제니가 있다는 생각을 하니까 어쩐지 들뜨는 기분이었다. 어차피 거적으로 막혀 있지만, 자꾸 그쪽을 곁눈질하고 싶어진다.

나는 테라파였는데! 아직 페인트 통 속에서 타고 있는 모닥불이 건물 천장에 반사돼서 그의 마음처럼 어지럽게 일렁인다. 아, 이거 피곤한데도 좀처럼 잠을 이루기 어렵겠는걸…… 하는 걱정이 든 순간, 유빈은 완전히 곯아떨어져 버렸다.

딸랑~! 딸랑!

딸랑거리는 알루미늄 캔의 소리가 귓가를 울려 유빈은 번쩍 눈을 떴다. 얼마나 잠이 들었던 걸까? 모닥불은 여전히 타오르는 중이고, 세차게 내리던 비는 어느새 꽤 잦아들어 있었다. 설마, 잘못 들은 거겠지. 유빈은 꿈이었길 바라며 잠시 귀를 기울였다. 정적 속에서 잠시 신경을 곤두세우고 있을 때, 또다시 음료수 캔이 흔들리는 소리가 들린다.

딸그락! 딸그락~!

잘못 들은 게 아니었다. 젠장, 유빈은 얼굴을 문질러서 아직 붙어 있는 잠을 떨어내고 조용히 몸을 일으켰다. 하지만 이미 옆자리에 누워 있던 보안관도 눈을 뜬 상태였다.

"너도 들었지?"

보안관이 목소리를 낮춰 물었다. 유빈은 고개를 끄덕였다.

"하지만 바람 때문인지도 몰라. 쥐나 그런 걸 수도 있고…… 일단 다른 애들은 깨우지 말자."

그렇게 속삭인 뒤, 유빈은 천천히 창 쪽으로 걸어가 소리가 나는 방향을 찾았다. 그러는 동안에도 여전히 깡통은 조금씩 더 잦은 빈도로 울려 댔고, 이제는 그르렁대는 소리도 섞여 들렸다. 유빈의 반대 방향에서 한 손을 귀에 대고 있던 보안관이 다가와 말했다.

"뒤쪽이야."

그렇다면 산 쪽에서 들려오는 소리다. 아직 저 너머에 뭐가 있는지도 모르는데……. 유빈과 보안관의 얼굴에 두려움이 스친다. 플래시를 가져와 창문 밖을 훑었다. 바깥이 완전한 암흑 속이어서 겨우 2미터 남짓의 원밖에 안 되는 플래시 불빛은 너무나 작고 무의미해 보였다.

저 넓은 산속을 언제 다 뒤지지?

딸랑~ 떨그렁! 그롸아악!

그사이에도 또 소리가 들려온다. 이제 그 간격은 더욱 짧아졌다. 뭐지? 점점 더 많은 괴물들이 쳐들어온다는 말인가? 보이지 않는 곳에서 엄청난 좀비들이 달려오고 있다는 상상만으로도 가슴이 꽉 막혀 온다.

"저기다!"

여기저기 바쁘게 플래시를 훑던 보안관이 말했다. 꽤 멀어서 불빛이 분산되는 바람에 그리 훤히 보이지는 않지만, 검은 그림자가 움직이는 것은 분간할 수 있었다. 조금 전, 방에서 나와 불안한 얼굴로 곁에 바짝 붙어 서 있던 제니가 두 번째 플래시를 같은 방향으로 비추자 상황이 약간은 더 명확해졌다. 괴물 한 마리가 나무 사이에 끼인 채 움찔대는 중이다.

"젠장, 왜 하필 이런 밤중에."

말을 하고 난 다음에야 유빈은 자신이 바보 같은 소리를 했다는 걸 깨달았다. 저 괴물들은 낮과 밤을 가리지 않고 돌아다닌다.

"어쩌지? 너무 깜깜한데. 나조차도 잘 안 보여."

잠에서 깬 삼식이도 실눈을 뜨고 산 쪽을 바라보며 중얼거렸다. 선택의 순간이다. 괴물을 잡기 위해 지금 나갈 것인가, 아니면 아침까지 얌전히 기다릴 것인가.

"저렇게 울어 대면 다른 놈들도 이리로 몰려들지 않을까? 뒷산에 괴물들이 얼마나 있는지 모르잖아."

보안관이 장갑과 해머를 집어 들며 말했다. 유빈도 일리가 있다고 생각했다. 일단 하나가 나타났으니, 열 마리가 더 나타난다 해도 놀랄 일은 아니었다.

하지만 저놈들과 야간에 싸워 본 적은 아직 한 번도 없다. 다른 놈의 울음소리가 들리지는 않지만, 성대와 입이 뜯겨 나가 소리를 내지 못하는 괴물도 보았다. 어둠 속에 발을 내딛는 것은 역시 두려운 일이었다.

"후딱 해치우고 와서 자자."

신입과 제니에게 플래시를 계속 비추게 하고 세 친구는 조심해서 사다리를 내려갔다. 삼식이가 두 번째 플래시를 들고, 유빈과 보안관이 그 양옆에 섰다. 괴물이 서 있는 곳까지는 30여 미터. 나무가 제멋대로 자라난 완만한 비탈길을 올라가야 한다.

물에 젖은 흙바닥은 꽤 미끄러웠다. 세 친구의 숨소리가 조금씩 커진다. 작은 플래시 불빛에 의지해 그들이 다가가자 움찔거리던 괴물은 더 크게 소리를 지르며 몸을 거세게 흔들어 댔다.

그롸아악! 그라아아악!

조용한 산속에 굵은 울부짖음이 울려 퍼진다. 비가 와서 메아리가 치지 않는다는 것에 그나마 감사했다. 마음이 급해진 세 친구는 걸음을 서둘렀다. 그러는 동안 두어 번 젖은 흙에 미끄러져 바닥을 짚기도 했다. 괴물에게 거의 다 다가섰을 때, 유빈이 갑자기 비명을 지르며 고꾸라졌다.

땡그렁!

깡통이 또 울린다.

"뭐야? 왜 그래?"

보안관과 삼식이가 깜짝 놀라 플래시를 비춘다. 유빈은 흙바닥에 뒹굴며 무릎을 움켜쥐고 있다. 무릎을 감싸 쥔 손가락 사이로 붉은 피가 흘러내렸다.

"으윽, 으! 아오! 후우! 레이저 와이어야. 후우~ 후우~ 나도 참 멍청해. 함정에 걸린 놈을 잡으러 가면서…… 으! 함정 생각을 왜 못 했지? 아흐!"

유빈은 입술을 꽉 깨물면서 삽으로 땅을 찍고 겨우 몸을 일으켰다. 플래시를 오른쪽으로 돌리니 조금 전까지는 보이지 않던, 무릎 높이의 레이저 와이어 트랩이 번쩍이며 모습을 드러냈다. 면도날 모양의 철망이 붉은 피로 번들거린다. 유빈이 걸린 자리다.

"후우~ 천천히 가자. 함정이 있으니까."

유빈이 숨을 가다듬으며 말했다. 순식간에 그의 얼굴은 땀과 흙으로 범벅이 돼 버렸다.

"가만히 서 있어. 움직이지 말고."

걸음을 떼려는 유빈을 보안관이 붙잡았다. 삼식이가 플래시를 상처에 비춘다. 청바지가 무릎 바로 아래로 깨끗하게 찢겨 나갔다. 흥건한 피 때문에 정확하게 보이진 않지만, 꽤나 많이, 깊이 베였다. 보안관은 재빨리 자기 셔츠를 벗어서 접은 다음, 상처 바로 위를 꽉 조여 묶었다.

"아야야, 너무 꽉 묶은 거 아니야? 피가 안 통해. 으으으……."

"피가 덜 통해야 멎지, 이 멍충아!"

"근데…… 이거, 이렇게 하는 거 맞아?"

"몰라, 나도! 좌우간 응급처치를 했으니까 넌 여기서 기다려. 움직여서 더 좋아지지는 않을 테니까."

"그래, 유빈아. 해치우고 올 동안 좀 앉아 있어. 바로 이 앞이니까."

삼식이가 말했다. 따라간다고 고집을 피워 봐야 방해만 될 것 같은 상황이라서 유빈은 자리에 털썩 주저앉았다.

"그래, 미안해. 둘이서 수고 좀 해라. 조심하고."

유빈을 남겨 두고 천천히 산비탈을 올라간 두 친구는 괴물과 마주했다. 보안관은 다짜고짜 해머를 휘둘러 머리통부터 날렸다. 유빈이 다쳤다는 상황 때문에 그의 해머질이 더 난폭했는지도 모른다. 두개골이 박살 난 괴물이 그대로 허물어지자 삼식이는 괴물의 다리 쪽을 플래시로 비췄다.

레이저 와이어 바로 앞에서 미끄러진 다음 계속해서 앞으로 나가려 몸부림을 친 모양인 듯 두 다리가 모두 철망에 끼어 종아리뼈가 드러날 때까지 파여 있었다. 이쯤 되면 뼈와 철망 중 어느 쪽이 더 단단한지 시합을 한 셈이다. 보안관과 삼식이는 잠시 그 처참한 꼴을 말없이 보고 서 있었다. 레이저 와이어 트랩은 확실히 효과가 있다. 괴물에게도, 인간에게도.

"아야야! 쓰으읍, 어후~!"

친구들의 부축을 받아 2층으로 돌아와 누운 뒤에도 몸을 뒤척일 때마다 유빈은 계속 신음을 흘렸다. 제니는 입을 가린 채 걱정스러운 눈으로 지켜보았다.

"상처 좀 보자."

웃통을 벗은 상태의 보안관이 달려들어 상처에 묶어 둔 면 티를 풀고, 유빈의 바지 단추를 붙잡고 열었다. 유빈은 깜짝 놀라 몸을 챈다.

"뭐, 뭐 하는 거야?"

"뭐 하긴, 등신아. 바지를 벗겨야 상처를 볼 거 아냐?"

“괜찮아, 별거 아니라고. 그리고 봐서 뭐 해? 어차피 약도 없는데?”

“벌어졌으면 꽉 맞물려 놓기라도 해야지!”

“아니, 아니, 저기, 제니가…….”

유빈은 간절한 표정을 지으며 턱으로 제니를 가리켰다. 상황을 깨달은 제니가 다급히 등을 돌리고 서자 보안관이 바지를 벗겼다.

“어흐!”

상처가 생각보다 깊어서 보안관의 입에서는 탄식이 흘러나왔다. 그 소리에 놀란 제니가 반사적으로 뒤를 돌아보자 유빈이 그 와중에도 손으로 면 티를 끌어 내리며 펄떡거린다. 제니는 황급하게 다시 고개를 돌리며 외쳤다.

“죄송해요, 죄송해요! 안 볼게요!”

유빈의 오른 무릎 바로 아래는 중심으로부터 시작해 오른쪽으로 6센티가량 찢어져 있었다. 종아리 쪽으로 갈수록 상처가 더 깊숙한 것으로 보아, 가운데가 먼저 걸리고 넘어지면서 칼날이 옆으로 파고든 모양이다.

보안관은 주변의 흙을 잘 닦아 내 상처 양쪽을 꽉 밀어붙인 다음, 삼식이에게 러닝셔츠로 묶게 하고 고정을 했다. 안타깝지만 해 줄 수 있는 건 그게 전부였다.

“내일 약을 구해 올게.”

주섬주섬 바지를 올리는 유빈에게 보안관과 삼식이가 침통한 표정으로 말했다. 유빈은 고통을 참느라 비지땀을 흘리면서도 태연한 척했다.

“야! 약을 어디서 구해? 됐어, 별로 큰 상처도 아닌데. 며칠 지나면 아마 다 나을걸?”

“그래…… 그랬으면 좋겠다……. 유빈아, 좀 자 둬. 어지러울 거야.”

삼식이가 한숨을 내쉰다.

“아, 그래. 너희도 가서 자. 나 때문에 괜히 이게 무슨 난리냐?”

억지웃음을 짓는 유빈을 쉬게 해 주려고 모두 자기 자리에 가서 누웠다. 다들 쉽게 잠을 이루지는 못했지만, 육체의 피로는 감출 수가 없어서 조금 시간이 흐르자 하나둘씩 고른 숨소리를 내기 시작했다.

모두 잠이 들었을 때쯤, 방 안에 조용히 누워 있던 제니는 커튼을 들어 올리고 바깥쪽을 내다봤다. 자면서도 어지간히 고통스러운지 유빈은 계속 신음 소리를 내며 몸을 뒤척이고 있다. 발소리를 죽이고 걸어 나와 유빈의 곁에 앉은 제니는 그의 이마에 솟은 땀을 닦아 내고 머리카락을 살살 쓸어 주었다.

얼마나 그렇게 했을까, 유빈의 신음이 조금 잦아들기 시작했다.

유빈이 안정적으로 꿈속에 빠져들었다고 생각한 제니는 올 때처럼 살며시 방으로 돌아갔다. 마지막으로 한 번 더 유빈의 얼굴을 확인한 뒤, 제니도 커튼을 닫고 스티로폼 침대 위에 피곤한 몸을 뉘었다.

제니는 방 안의 유일한 조명인 플래시 불빛을 아쉬운 듯 바라보았다. 끄고 싶지 않다. 어둠 속에 혼자 남는 것이 너무 무섭다. 하지만 꼭 필요할 때를 위해 아껴 두지 않으면 안 된다. 가벼운 한숨을 내쉰 뒤 제니는 플래시 스위치를 껐다.

Chapter 9

삼척 원자력 발전소

01

야간 경비조에 배치되는 건 아주 좆같다. 제논 램프니, 서치라이트니, 온갖 조명을 켠다고 해도 밤에는 분명히 눈에 보이지 않는 사각들이 생겨나기 때문이다. 완전히 캄캄한 어둠에 묻힌 공간을 네 시간 동안 뚫어져라 쳐다보고 있는 것만큼 무섭고 답답한 일도 드물다. 그건 정말 숨이 턱턱 막히는 경험이다. 양쪽이 서로 다 안 보이는 상황이라면 그래도 납득할 수 있다. 그러면 감과 운이 좋은 쪽이 살아남을 테니까.

하지만 어찌 된 영문인지 저 좀비 새끼들은 달빛조차 없는 깊은 밤에도 그가 어디에 몸을 숨기고 있는지 귀신처럼 잘 알고 있다. 그것이 진우를 두렵게 만든다.

“야, 뭐 하냐, 이 새끼야?”

사수인 김 상병이 진우의 등짝을 툭, 친다.

“네, 이병 박진우!”

진우가 정색을 하며 대답하자 김 상병은 피식피식 웃더니 아예 벌렁 누우면서 또 물었다.

"뭐 하냐고오~ 새끼야."

"전방을 주시하고 있습니다."

"누가 그렇게 열심히 보래? 무서워? 응?"

김 상병이 짓궂게 웃는다. 이 사람에게서는 도무지 긴장감이라곤 찾아볼 수가 없다. 좀비들이 간간이 습격해 오는 상황 속에서 밤 10시 반에 경계 근무를 서고 있는데 안 무서울 수가 있단 말인가. 손가락만 한 전투 모기들은 계속 윙윙 날아다니며 정신을 흐트러뜨리고, 서치라이트는 목표 지점을 잘못 지정해 두어 고작 50미터 앞까지만 비추고 있다.

게다가 그들을 보호해 주고 있는 건 1미터도 안 되게 쌓은 모래주머니 참호가 전부여서, 지금 진우가 믿을 수 있는 것이라곤 손에 꼭 쥐고 있는 K-2 소총과 좌우로 30미터 간격을 두고 배치된 다른 경비조들, 그리고 후방의 망루에 설치된 중기관총뿐이다. 바로 옆에서 하늘의 별을 헤아리며 실실 웃고 있는 그의 사수는 전력 외로 구분해 두는 게 낫다. 차라리 화력이 집중되어 있는 정문 쪽이라면 이렇게까지 두렵지는 않을 것이다.

"야. 긴장 풀어, 이 새끼야. 안 와, 이제."

김 상병은 담배까지 꺼내 물면서 여유를 부렸다.

"그렇습니까?"

진우는 다시 시선을 전방으로 돌리고 무뚝뚝하게 대답했다. 후우우~! 연기를 내뿜은 김 상병이 말했다.

"당연한 거지. 하여간 이래서 짬밥 없는 새끼들은……. 잘 들어 봐. 지금까지 우리 부대가 사살한 좀비가 몇 마리야? 전부 한 2~3천 되지?"

"잘 모르겠습니다."

"그 정도 돼. 너는 씨발, 상황판도 안 보냐? 그러면 이 근처 반경 10킬로미터 내에 인구는 얼마나 될 것 같으냐?"

"인구…… 말입니까?"

"그래, 인구, 이 새끼야. 좀비로 변하려고 해도 뭐 밑천이 있어야 변할 것 아니냐. 무덤에서 기어 나오지는 않을 거잖아. 살아 있는 사람이 있어야 좀비든 뭐든 될 수 있지."

"그 인구가 3천입니까?"

"그것보다 많을 리는 없지. 이런 강원도에서도 한참 들어온 깡촌에 누가 그렇게 산다고. 너 여기 올 때 아래 풍경 못 봤어? 집이라고는 없잖아."

김 상병은 자신 있게 말했다. 진우는 여전히 전방에서 눈을 떼지 않은 채 사흘 전 오후에 이곳으로 차출되어 오던 기억을 되살려 봤다. 태어나서 처음 타 봤던 치누크 헬리콥터. 완전군장을 갖춘 소대 하나가 그 속에 전부 들어가는 걸 보고 감동 비슷한 걸 받았었다.

그리고 양쪽 벽에 마주 보고 앉아서 15분 정도 지나니 이곳에 도착해 있었다. 둥근 창문 모양은 기억이 나지만, 거길 통해 바깥 풍경을 내다본 적은 없다. 그저 바짝 군기가 들어 앞만 보고 있던 것이다. 진우는 고개를 저었다.

"전 못 봤습니다."

"그러니까 네가 안 된다는 거야, 이 새끼야. 총만 좀 잘 쏜다고 되는 게 아니야, 지형지물을 파악하는 능력이 있어야지. 알겠어?"

"잘하겠습니다."

대답하면서도 여전히 진우의 눈은 아홉 시부터 세 시 방향까지를 계속 훑고 있다. 사수가 등을 돌려 버렸으니 그가 경계해야 하는 범위가 늘었다. 김 상병은 담배를 음미하며 말을 이었다.

"하여간 3천이면 이 근방 인구 전부 다라고 봐도 돼. 그러니까 이제 좀비는 더 안 온다. 그 증거로 오늘 오후부터 너 총소리 들은 적 있어? 없지? 크크큭, 말하자면 우리가 여기 주민들을 다 몰살시킨 거야. 크크큭."

끔찍한 이야기라서 진우의 가슴이 순간 먹먹해진다. 조용히 농사를 짓던 시골 노인들이 갑자기 좀비로 변해서 이곳으로 달려 들어왔고, 순식간에 떼죽음을 당했다. 아군의 피해도 발생했다. 어젯밤만 해도 그의 동기 세 명이 야산 방향에서 전투 도중 사망했다.

도대체 왜…… 여기 뭐가 있다고 그렇게 목숨을 내던지며 필사적으로 뛰어와 죽이고 죽었단 말인가. 진우로서는 이해할 수 없는 일이었다. 진우의 마음을 더욱 아프게 하는 건 그의 부대가 사살한 좀비 중 10퍼센트 이상이 그에 의해 숨이 끊어졌다는 사실이다.

이틀 사이에만 수백의 머리통을 날렸다. 사람이 아니라고는 하지만, 너무 사람처럼 보여서 첫날 전투가 끝나고는 밥도 넘기지 못했다.

"야, 박 이병, 재미있는 이야기 없냐? 네 고참 심심하다."

김 상병은 마음 편하게 빈둥거린다. 진우는 이 사람이 왜 이렇게 여유 있는지 알 수 있을 것 같았다. 이틀간의 전투에서 이 사람은 한 게 거의 없다. 눈도 제대로 뜨지 않고 아무렇게나 방아쇠만 당겼는데, 정신을 차리고 보니 좀비들은 다 죽어 있었던 것이다. 그러니 마음속에 근거 없는 자신감이 들어찼다. 좀비들 따위…… 그냥 대충 갈기다 보면 다 쓰러지는 거라고…….

그가 꿩을 잡는 동안 그의 조수가 얼마나 필사적으로 방향을 바꿔 가며 앞으로 나서는 좀비들을 차례로 맞혀 쓰러뜨렸는지 모르기 때문에 이런 여유를 부릴 수 있는 거다. 진우는 정신을 빼앗기지 않은 채 대답했다.

"재미있는 이야기 말입니까? 제가 사회에서 워낙 못 놀아서 말입니다."

"클럽도 안 가 봤어? 부비부비한 이야기라도 좀 해 봐. 에이, 아니다. 그만둬라. 네 그 말재주로 무슨 여자를 꼬셔 봤겠냐. 아, 이놈은 너무 진지해서 가지고 노는 맛이 영 떨어지네."

"잘하겠습니다."

"잘할 것 같지가 않아. 너는, 이 새끼야. 애초에 재능이 없어. 에라, 인심 썼다. 내가 하나 해 줄게."

"재미있는 이야기입니까?"

"졸라 재미있는 이야기지. 지금까지 아무한테도 안 해 줬던 거니까 잘 들어 봐."

"네, 알겠습니다."

"내가 딱 너 정도 짬밥이었을 때야. 그때 우리 내무반 왕고가 전역 하루 전날

이었거든. 근데 술을 좀 사 주고…… 뭐, 그랬어. 소등을 하고 새벽 2시 정도나 됐을까? 사수는 자빠져 자고 나만 나가서 경계 근무를 서는데, 우리 내무반에서 뭐 검은 그림자 하나가 쑥 나오는 거야. '뭐지, 씨발?' 하고 깜짝 놀라서 봤더니, 좀 전에 말한 전역할 왕고였어. 이 사람이 곡괭이를 가지고 나와서 연병장 구령대 근처를 존나게 파헤치는 거야. 허, 내가 진짜 얼마나 놀랐겠어."

실없는 소리라서 진우는 대답하지 않았다. 이야기에 허술한 구멍이 너무 많다. 진우가 호응을 보이지 않는데도 자기 이야기에 도취한 김 상병은 계속 말을 이었다.

"한참 땅을 파더니 한 1미터 아래에서 뭘 막 꺼내는 거야. 야, 생각해 봐. 내일 전역할 병장이 새벽 2시에 곡괭이로 땅을 파고 있으니, 귀신 영화 저리 가라지. 안 그러냐?"

건성으로 대답을 해 줬다.

"그렇습니다."

"그렇겠지? 근데 뭐, 이만한 걸 두 덩어리 꺼내 놓더니 막 고민을 하는 거야. 그게 얼만했느냐면…… 한 이이~따만 한 상자들이었어."

김 상병은 팔을 쫙 벌려 보였다. 1미터 깊이의 굴에는 들어가지도 않을 만큼 컸다.

"한참 고민을 하던 왕고는 다시 그것들을 같은 자리에 파묻고 들어가더라고. 난 그냥 못 본 척하고 아무 말 안 했지. 그런데 시간이 지나가면 갈수록 존나게 궁금해지잖아, 도대체 뭐였기에 그 새벽에 그 지랄을 떨었을까 싶어서. 결국엔 호기심을 못 이기고 나도 새벽에 나가서 같은 자리를 파 봤어. 너도 나중에 부대로 복귀하면 찾아봐. 구령대 바로 아래인데, 몇 번 파헤쳐진 데라서 흙 색깔이 좀 달라. 알고 보면 딱 그 자리가 보인다고. 하여간 나도 한 1미터를 파 내려가니까, 뭐가 곡괭이 끝에 탁, 걸리는 거야. 야, 그게 뭐였을 것 같아?"

"잘 모르겠습니다."

"흐흐, 이 새끼. 하긴 네가 뭘 알겠어. 너, 진짜 이건 비밀이다. 알지? 그게……

탄약 박스였던 거야. 대충 어림잡아도 아마 한 5천 발? 8천 발? 아니다. 두 박스였으니까 적어도 만 발은 되겠다. 하여간 실탄이 존나게 많았어. 씨발, 나도 꺼내 놓고 나서 기절하는 줄 알았지."

진우는 그 이야기를 믿는 대신 논리적으로 분석해 봤다. 5.56㎜ 캘리버 나토탄 하나의 무게가 대략 12그램 정도니까, 만 발이면 120킬로그램, 5천 발이면 그 절반이다. 꽤 무겁기는 하겠지만, 들어 올리지 못할 무게는 아니다. 부피 문제만 아니라면 100퍼센트 허풍이라고 단정을 내릴 수는 없는 이야기였다. 물론 전혀 믿지 않았지만.

"야, 너도 생각을 해 봐. 탄피 하나만 없어져도 내무반 전체가 밥도 못 먹고 사격장을 샅샅이 훑는데…… 만 발이야, 만 발. 그게 도대체 어디서 난 걸까? 그리고 그 왕고는 왜 그걸 전역 전날 다시 파 본 걸까? 그걸로 대체 뭘 하려고…….
넌 이해가 가냐?"

그 순간, 갑자기 진우의 눈살이 찌푸려졌다. 그제와 어제 느꼈던 그 감각, 그게 온몸으로 전해지고 있다. 바람을 타고 소리보다 먼저 전해지는 냄새, 미묘하게 다른 공기의 흐름, 피부에 소름이 돋는다. 눈과 귀로는 아직 아무런 징후도 찾아내지 못했지만, 저 컴컴한 어둠 너머 어딘가에서 놈들이 달려오고 있다.

진우는 손을 옆으로 뻗어 김 상병의 팔을 두드렸다.

"김 상병님."

"뭐야? 왜 그래?"

한참 신나게 떠들어 대다가 말이 끊긴 김 상병이 언짢은 얼굴로 물었다. 진우는 감정이 묻어나지 않는 목소리로 대답했다.

"옵니다."

"오긴 뭐가 온다고, 이 새끼야. 소리도 하나 안 들리는구만."

플래시로 앞쪽을 비춰 본 김 상병이 진우의 하이바를 한 대 후려쳤다. 하지만 진우는 신경도 쓰지 않았다. 30초 정도가 지나자 이제는 김 상병의 귀에도 들릴 만큼 커진 소리가 어둠 저편으로부터 울려 왔다.

으으으으으우우우우우와아아아아악!

아주 작은 소리지만, 그것은 규모가 아니라 거리 때문이었다. 지금까지 보았던 백 단위 혹은 천 단위의 좀비들이 아니었다. 지금 몰려오고 있는 건 훨씬 더 거대한 것이다. 버텨 낼 수 있을까? 긴장한 김 상병이 허겁지겁 조명탄을 쏘아 올리는 동안 진우는 슬쩍 고개를 돌려 뒤쪽을 쳐다봤다.

작년부터 가동되기 시작한, 웅장한 규모의 삼척 원자력 발전소가 불빛 속에서 거대한 위용을 자랑하고 있다. 하지만 그것뿐이다. 여기에는 좀비가 먹이로 삼을 인간이 거의 없다. 그래서 더 이해가 안 되었다.

'어째서 저렇게 많은 좀비들이 이곳을 그토록 간절하게 원하는 것일까?'

진우는 주야 조준경에 눈을 가져다 대고 방아쇠에 손가락을 걸었다. 잠시 후, 첫 번째 좀비가 능선 위로 올라서자 진우는 주저하지 않고 방아쇠를 당겼다.

타앙—!

커다란 총소리와 함께 좀비의 머리가 터져 나간다. 그리고 곧바로 엄청난 수의 좀비들이 능선 위로 올라와 달리기 시작했다. 진우는 쉬지 않고 총알을 날렸다. 순식간에 탄창 세 개를 비웠지만, 그 정도의 사살은 표도 나지 않는다. 말로만 전해 듣던 규모 오가 삼척 원자력 발전소를 향해 몰아쳐 오고 있었다.

애애애애앵! 애애애~앵!

사이렌이 울리고 담장 안쪽이 분주해지는 소리가 들린다. 옆 참호의 총구에서도 일제히 불꽃이 발사되기 시작했다.

'이게 도대체 몇이나 되는 거지?'

진우는 사격을 하면서도 기가 질려 버렸다. 조준경을 어디로 향해도 빽빽한 나무 사이마다 좀비의 어깨들이 쭉 이어져 있는 것 같았다.

탕! 타앙—!

또 좀비 둘의 머리가 사라졌다. 겨누고…… 탕! 연두색으로 보이는 머리통에서 흰 액체가 가득 튀며 반쪽이 움푹 파여 나간다.

이미 차갑게 식어 버려 아무런 열도 내지 않는 좀비들이 주야 조준경의 녹색

화면 속에서 이렇게 구체적으로 보인다는 건, 그것들이 600미터 안쪽에 있다는 의미였다. 좀비가 산길 100미터를 12초에 달린다고 가정하면, 앞으로 1분 12초 만에 가장 앞줄의 녀석이 여기까지 다다른다. 그 시간 내에 저 많은 좀비들을 다 죽이든가, 아니면 내부로 피신을 해야 살아남을 수 있다.

만약 피신을 하려면 뛰기 시작해서 담장 안으로 몸을 던지기까지의 시간을 빼 둬야 한다. 그가 위치한 모래주머니 참호로부터 담장까지가 대략 100미터. 총과 장비를 들고 달리면 16초 이상이 걸릴 것이다.

툭! 투툭! 투!

생각을 하면서도 진우는 계속 방아쇠를 당겼다. 그의 총에서 발사음이 들리면 거의 동시에 전방에서 좀비 하나가 머리통을 잃는다. 이제 후퇴할 수 있는 포인트까지 45초 남았다. 그제야 뒤늦게 초점을 바꾼 서치라이트가 멀리 산속을 비추자 능선 아래로 달려오고 있는 수천, 수만의 좀비들이 모습을 드러냈다.

툭! 툭! 투툭! 진우는 조준경 모드를 주간용으로 바꾸고 가장 앞서 있던 좀비 셋의 미간에 차례로 총알을 명중시켰다.

파바바바— 바파파파팍—! 드룩! 드르르!

거의 동시에 망루 위에서는 K-3 기관총이 요란한 소리를 내뿜으며 난사를 시작했다. 예광탄들이 어둠 속에 빨간 궤도를 그리며 사방으로 날아가 꽂히자 나무가 부러져 나가고 바위가 쪼개지며 파편이 사방으로 튄다. 시각적으로는 그럴듯하지만, 실효성은 높지 않다. 애초에 기관총이란 무기가 적에게 심리적 압박을 가해 발을 묶어 두는 용도지, 정확한 사살을 위해 만들어진 것이 아니기 때문이다.

기관총이 사납게 긁어 대는 동안에도 좀비들은 엄폐물 뒤에 숨거나 하지 않고, 속도를 살려 그대로 뛰어온다. 횡으로 훑는 사선이 나무와 좀비를 반반씩 맞힌다고 해도 200발짜리 탄통 하나를 비우는 동안 고작 100마리 정도의 좀비만 쓰러뜨릴 수 있다.

게다가 적중된 놈들이 전부 머리가 날아간 것도 아니다. 몸 반쪽이 사라져 버린 다음에도 금방 다시 일어나 달려드는 놈들을 진우는 이틀 동안 질리도록 봐왔다.

"다 죽어라! 이 개새끼들!"

기관총 소리에 흥분한 김 상병이 제대로 겨냥도 하지 않은 채 계속 3점사를 하며 욕설을 퍼부었다. 이렇게 쏴 대면 지급된 탄창 여덟 개는 금방 바닥이 날 것이다.

진우가 마음속으로 세고 있던 시계는 그새 또 15초가 지나갔다. 30초 내에 도망가지 않으면 영영 못 간다. 진우는 열심히 총구를 좌우로 돌려 가며 앞선 놈들의 머리에 총알을 박아 넣으면서도 카운트를 계속했다.

투투툭! 투툭! 툭! 투툭!

또 여섯 마리가 쓰러진다. 하지만 그보다 천 배는 많은 좀비들이 뒤에서 속속 모습을 드러내고 있다.

20초. 선두의 좀비들이 두 번째 능선 아래로 모습을 감췄다. 높고 낮게 연이어진 두 개의 언덕 중 두 번째 언덕 중턱에 일렬로 배치되어 있는 진우의 분대에게 그것은 결코 좋은 소식이 아니었다.

지금 능선 아래의 사각을 달리고 있는 놈들은 이제 조금 뒤면 갑자기 하늘에서 뚝 떨어진 것처럼 능선 위로 올라설 것이고, 그것은 곧 사형선고다. 8초가 남았을 때, 별도로 퇴각 명령이 떨어지지는 않았지만 진우는 스스로의 생명에게 권위를 부여하기로 했다.

"퇴각! 퇴각!"

탄창을 두 개 남긴 시점에서 진우는 벌떡 일어나며 외쳤다. 그리고 이미 마지막 탄창도 반 이상을 비운 김 상병을 잡아끌었다. 다른 참호에서는 아무도 달아나려는 움직임을 보이지 않았다. 진우의 목소리가 시끄러운 총소리에 가려져 들리지 않았는지도 모른다.

"뭐 하는 거야, 이 개새끼야! 누가 후퇴하래? 네가 사수야?"

진우의 돌발 행동을 기제로 해서 스트레스와 두려움으로 가득 차 있던 머리가 폭발해 버린 김 상병이 진우의 따귀를 후려갈겼다. 짝! 그래도 화가 풀리지 않았는지 김 상병은 재차 삼차 뺨을 때렸다. 못 견디게 아프지는 않지만, 시간이 흐른다.

무표정하게 뺨을 대 주면서 김 상병의 눈을 바라보던 진우는 네 번째로 휘두르는 팔목을 밀어 친 뒤, 재빨리 그의 뒷덜미를 잡아채 뛰기 시작했다. 능선 위로 좀비들이 뛰어오르기까지 2초도 남지 않았다.

"이, 이거 안 놔? 이 씨발 놈아! 어디서……."

목이 앞으로 숙여진 채 끌려오던 김 상병이 분통을 터뜨리다가 입을 다물었다. 능선 위로 모습을 드러내고 달려드는 좀비들의 거대한 무리를 어깨 사이로 본 것이다.

"헤엑! 야, 놔! 놔! 내가 뛸게. 놓으라고!"

진우는 원하는 대로 해 줬다. 그롸아아악! 좀비들이 아우성치며 참호를 향해 달려든다. 그 거리는 불과 60미터. 총소리와 사람들의 비명 소리가 한데 섞여 울렸다. 지리적 우위를 확보해 보겠다고 가급적 등성이에 바짝 붙여 참호를 배치해 두었으니, 이제 참호 속의 경비병들은 육박전을 벌일 수밖에 없어졌다.

진우는 걸음을 멈추고 가장 가까운 거리에 있는 좀비 네 마리를 차례로 저격했다. 저놈들이 제거되어야 그가 계획했던 퇴각이 가능해진다.

"빨리 뛰어, 이 새끼야."

갑자기 태도를 바꾼 김 상병이 앞서 뛰다가 진우를 재촉했다. 세 시 방향의 참호 안으로 뛰어들려던 좀비의 머리통까지 날리고, 진우는 몸을 돌려 다시 달리기 시작했다. 남겨진 전우들에게는 미안하지만, 더 이상은 도울 수 없다.

타타타! 타타타타!

씌우우웅—.

때마침 탄통을 교체하기 위해 망루의 기관총이 멎자 끝까지 자리를 지키던 다섯 개의 참호 안에서 울려 나오는 끔찍한 비명들이 진우의 귀를 찢는다. 돌아보면 안 돼, 돌아보면 안 돼…….

고통스러워진 진우는 이를 악물고 달리며 어서 K-3가 재장전을 마치기만을 바랐다. 바리케이드로 막아 둔 발전소의 동쪽 출입구를 넘은 김 상병이 손을 휘두르며 빨리빨리를 외친다. 보초병들이 좌우로 벌려 서며 사격 자세를 취하고 있다.

그런 일련의 행동이 의미하는 바는 분명히 자신의 뒤쪽에 바짝 붙어 따라오는 좀비들이 있다는 의미였다. 하나나 둘이라면 멈춰 서서 쏠 수 있을 테지만, 지근거리에서 그 이상이라면 이쪽이 당한다.

"숙여!"

보초병들의 외침에 진우는 허리를 앞으로 굽힌 채 최대한 빨리 달렸다.

파바박! 파박! 파바바바!

보초병들의 총구가 요란하게 불을 뿜고, 등 뒤에서 살덩이가 터져 나가는, 둔탁한 소리가 세 차례 울렸다. 잡아 줬구나……. 진우는 그들에게 감사하며 바리케이드를 잡고 훌쩍 뛰어넘었다. 그의 몸이 지나치자마자 김 상병도 열 발 남짓 남은 마지막 탄창의 총알을 아낌없이 퍼붓기 시작했다.

진우는 앞으로 구른 뒤 재빨리 몸을 틀며 일어났다. 고개를 돌리자 바리케이드 바로 앞에서 좀비들이 아가리를 쩍 벌리며 달려들고 있다. 열댓 마리는 족히 된다. 저렇게 많은 놈들이 쫓아왔단 말인가. 조준경을 눈에 가져다 댈 여유도 없다. 진우는 K-2를 어깨에 붙이고 가장 앞의 놈부터 차례로 쏘았다.

툭! 투투! 투두둑!

허리를 꿰뚫린 놈들이 충격을 이기지 못하고 뒤쪽으로 날아가며 내장을 흩날린다. 흐웨에에엑! 그로아아악―! 허파가 터져 나간 좀비들은 신경을 긁는 것 같은 울부짖음을 남기고 쓰러져 데굴데굴 구른다.

바짝 달라붙어 있던 놈들의 몸통을 박살 낸 다음, 진우는 뒷줄에서 달려오는 좀비들의 가슴과 머리의 중간 지점을 노렸다. 그게 가장 빨리 겨냥이 되는 높이였고, 머리에 비해 면적도 훨씬 넓다.

투투툭! 진우가 날린 세 발의 총탄에 의해 쇄골 위쪽이 모두 날아간 좀비가 풀썩 무너져 내리는 것으로 그들이 마주한 규모 오의 최선봉대는 궤멸됐다. 하지만 빙산의 일각일 뿐이다. 50여 미터 전방에서는 수효도 헤아리기 어려운 규모의 좀비 군단이 벌판을 가득 메운 채 달려오고 있다.

02

"들어와! 들어와!"

진우와 김 상병은 잔뜩 긴장해서 아직도 방아쇠를 당기고 있는 보초병들을 불러들이고 서둘러 철망으로 급조된 문을 닫았다. 망루의 경기관총이 다시 발포를 시작했다. 스무 발짝 정도의 거리에서는 좀비들이 피를 흩뿌리며 쓰러진다.

철컹!

손잡이를 걸어 잠그고 뒤로 물러난 그들은 담장 내부에 둘러진 두 번째 철책을 향해 뛰었다. 철책 안쪽엔 모래주머니를 쌓아 지대를 높여 뒀기 때문에 거기 올라서면 위에서 아래를 향해 사격을 할 수 있다.

"뛰어! 뛰어! 뛰어! 위치로!"

선임하사의 독려하는 소리와 함께 원자력 발전소의 주차장에 설치된 야전 막사에서는 비상대기조들이 군장을 갖춰 튀어나오고 있었다. 대대 병력이 임시 생활관으로 사용하는 주차장 너머 원자력 대학원 건물에도 환하게 불이 밝혀졌다.

진우의 눈에 보이는 40여 명의 지원군들 중에 수류탄을 장착하고 있는 병사는 아무도 없다. 물론 그도 가지고 있지 않다. 발전소의 안전 문제로 인해 폭발물 반입을 일절 금했기 때문에 수류탄도, 박격포도, 클레이모어도 전혀 지원받지 못했다. 비행 금지 조약 때문에 발전소 반경 1킬로미터 내 상공에는 헬리콥터조차 날지 못한다. 우습지만, 오로지 총알만으로 좀비들을 쓰러뜨려야 하는 것이다.

"탄창! 탄창!"

보급 지원병 둘이 탄통을 들고 지나가자 김 상병이 팔을 들어 지원을 요청했다. 내밀어진 탄통에서 김 상병과 진우는 되는대로 탄창을 끄집어 챙겼다. 대한민국 군대에서 이렇게 총알을 자유롭게 쓸 수 있으리라고는 생각도 안 해 봤다. 일인당 탄창 여덟 개가 이곳에 도착하며 교육받은 원칙이지만, 배치된 첫날부터 그 탄약 개수 놀음은 우습게 깨져 버렸다.

그롸아아악! 그와아아아아악!

능선 위에까지 올라온 좀비들의 수는 더욱 늘어났다. 넓게 150여 미터에 걸쳐 산을 끼고 있는 발전소 동쪽은 이제 좀비들로 꽉 들어찬 것처럼 보인다. 썩은 머리로 이뤄진 파도가 발전소를 향해 밀려온다.

몇이나 되는 걸까? 만, 2만? 아니, 그 이상인 것 같다. 대대 병력 500명 전원이 각자 40마리 이상을 잡아야만 이 싸움이 끝난다. 그게 정말 가능할까? 진우의 머릿속으로 회의가 들었다.

"발사!"

소위의 명령이 떨어지자 사대 위에 올라선 40여 명의 병사들이 일제히 방아쇠를 당겼다.

파파파파파파파—! 타타타타타—!

모두들 시각적인 두려움에 압도되어 있었기 때문에 급하게 연사된 총알들이 마구 날아갔다. 예광탄의 불빛이 사방으로 어지럽게 날리지만, 머리를 적중시키는 경우는 손에 꼽을 정도뿐이었다. 불과 몇십 미터 내로 다가온 거대한 좀비들의 덩어리를 마주 보며 방아쇠를 당겨야 하는 심정은 당연히 떨린다. 무섭다. 하지만 그건 곧 살고 싶은 의지이기도 했다.

살자! 살 수 있어! 진우는 자신의 실력과 운을 믿기로 했다.

툭! 투툭! 툭! 투투투!

방아쇠를 당긴 후 목표가 터져 나가는 걸 확인하고, 곧바로 옆의 놈을 겨냥해 또 머리에 총알을 박아 넣는다. 말로 설명하자면 쉽지만, 맥박 수가 120에 이르는 흥분된 상황에서는 총구를 안정적으로 유지하는 것조차 어렵다.

사선에 선 모든 병사들의 팔과 다리는 조금씩 후들대고 있다. 게다가 아무리 덩어리를 이루어 달려오고 있다고는 해도 산비탈을 빠르게 뛰어 내려오는 목표를 정확히 맞힌다는 건 쉽지 않다.

“침착해! 3점사로 머리를 노려!”

소대장이 갈라진 목소리로 외쳐 대지만, 워낙 총성이 가득했기 때문에 그의 말은 바로 옆에 선 병사에게조차도 제대로 전달되지 않았다. 아무렇게나 갈겨 대는 총알의 비를 뚫고, 좀비 무리의 가장 앞줄은 어느새 두 개의 철책 중 앞의 것에 당도해 버렸다. 망루 위의 기관총이 가장 효율적으로 사용될 수 있던 시기는 이제 사라져 버린 것이다.

구우우우웅~ 쇠기둥이 휘는 소리와 함께 생명줄과 같은 소중한 철책이 좀비들의 무게를 이기지 못하고 앞으로 기울기 시작한다. 파팍! 한 놈의 머리통이 터지면 곧바로 그 자리를 두 놈의 다른 좀비가 채운다. 두려움도 없고, 서두르지도 않는다. 한결같이 광기가 넘치는 놈들의 그런 모습은 누구에게나 질리는 광경일 수밖에 없다.

그롸아아아아악~! 크르르르르!

투툭! 투투툭! 투! 투투!

20여 미터 앞에서 수천의 좀비들이 쇠기둥을 밀어 넘어뜨리는 압도적인 힘의 차이를 보면서도 진우는 뜨거운 숨을 토해 내며 열심히 방아쇠를 당겼다. 아직은 포기할 때가 아니다.

“세 시로 가! 세 시!”

대학원 건물에서 달려 나온 지원 병력들에게 누군가 명령을 내리는 소리가 뒤에서 들려왔다. 지원 병력이 서 있는 주차장에서 보면 발전소의 정문이 열두 시, 동쪽이 세 시로 구분된다. 듬성듬성하던 사로에 소대 병력 하나가 더 채워지고 한 번에 발사되는 총알의 양도 두 배로 늘었지만, 그것으로는 아직 부족했다.

“씨발, 이게 다야? 달랑 50명? 뭐 하는 거야? 정문 새끼들은 왜 안 와?”

진우의 옆자리에서 죽어라 갈겨 대던 김 상병이 추가 병력의 양을 보고 분통을 터뜨렸다. 2킬로미터 밖 도로에 배치된 정문 경비 중대가 가장 주된 화력이기 때문이다.

그로아아악! 크으악!

좀비의 물결이 완전히 무너뜨린 첫 번째 철책을 타고 넘어온다. 퍼붓는 총탄들이 앞줄에 선 놈들을 걸레처럼 꿰뚫지만, 그놈들의 시체가 앞으로 고꾸라지기도 전에 뒷줄의 놈들이 밀치고 얼굴을 들이민다. 이건 마주 보는 두 개의 거울 사이에 놓인 물건이 양쪽 거울 안에서 무한히 반사되며 비치는 모습과 비슷한 느낌이다.

끝이 있나……. 진우는 고개를 들어 멀리 능선을 바라봤다. 아직까지도 뒤늦게 능선 위로 뛰어 올라오는 놈들이 있다.

"젠장!"

진우는 이를 악물고 다시 전방의 적들을 향해 총알을 박아 넣었다. 파파파파파— 투투투투— 쏘고 또 쐈다. 얼마나 오래 계속 이렇게 총을 높이 들고 있는 것일까? 견착하고 있는 어깨가 두들겨 맞은 것처럼 아파 온다. 귀는 윙윙 울리고, 자욱한 화약 냄새 때문에 호흡도 조금씩 어려워진다. 어지럽다……. 진우는 정신을 바짝 차리기 위해 피가 배어 나올 때까지 입술을 꽉 깨물었다.

푹푹푹— 퍼퍼퍼퍼벅—!

집중력을 잃은 병사들의 총구가 아래로 처지면서 이미 더 이상 움직이지 않는 좀비들의 시체에 무의미한 사격이 가해진다. 철망을 깔고 누운 시체들이 쌓이면 쌓일수록, 뒤의 놈들은 점점 안전해졌다. 수북이 쌓인 시체들이 고기 방패의 역할을 하며 이제 선두에 선 좀비들을 저격하는 건 불가능해져 버렸다.

그롸아악!

2선의 놈들에게 열심히 총알을 박아 넣고 있는 동안 안전하게 거리를 줄이고 달려온 놈들이 동료의 시체들을 밟고 뛰어오른다. 삼단 뛰기를 하는 육상 선수처럼 부웅 날아오른 다음, 허공에서 팔다리를 휘젓는 좀비들의 모습은 또 다른 차원의 공포감을 심어 주기에 충분했다.

허억—! 병사들의 입 여기저기서 탄식이 터져 나온다. 3미터도 안 되는 철망이지만, 그 높이가 부여해 주는 지형적 이점에 꽤나 의지하고 있었기 때문에 좀비가 보여 준 점프는 안 그래도 위축되어 있던 병사들을 더욱 주눅 들게 만들었다.

파파팍! 파박—!

허공에 떠 있는 놈들이 5.56㎜ 나토탄 세례를 받고 땅에 내동댕이쳐지는 동안, 좀비들이 시체들의 산을 밀며 병사들이 위치한 철책과의 거리를 좁혀 왔다. 그 거리가 줄어들수록 뛰어오르는 놈들에 대한 부담이 늘어난다. 사선에 선 병사들은 자신도 모르게 한두 발짝씩 뒷걸음질을 치고 있었다.

그롸악!

"우와아악!"

점프한 좀비가 처음으로 두 번째 철망에 접촉했다. 다른 놈의 으깨진 머리를 밟고 뛰어올랐다가 용케 총알 사이를 뚫고 떨어져 내리며 두 팔을 철책 위에 걸친 것이다. 주변의 병사들이 비명을 지르며 일제히 놈을 향해 총구를 돌렸다.

그것이 화력의 커다란 공백을 만들어 냈고, 제2, 제3의 날아오른 좀비들이 철책에 몸을 걸치는 데 도움이 되었다.

그라악!

아무렇게나 휘저은 좀비의 팔에 총 멜빵이 걸린 병사가 중심을 잃고 비틀거렸다. 또 다른 좀비의 뼈가 드러난 손이 병사의 얼굴을 훑으며 내려가 멱살을 잡고 끈다.

"으아악!"

병사는 비명을 지르며 끌려가 반대편 철책 아래로 떨어져 버렸다.

그롸아아아~!

몰려 있던 좀비들이 떨어진 병사를 덮친다. 잠시 피가 튀는가 싶더니, 순식간에 병사는 대여섯 조각으로 뜯겨 나갔다. 끄아아아! 아아악~! 총소리가 시끄럽게 울려 대고 있지만, 좀비들의 억센 이빨에 온몸이 찢어지며 병사가 내지르는 비명만은 용케 그 틈을 비집고 날아와 고막을 울린다.

그 비명이 마치 신호라도 되는 것처럼 여기저기서 병사들이 끌려 내려가기 시작했다. 끝까지 철책을 붙잡고 버티려던 이병 하나가 다리를 꽉 움켜쥐고 잡아당기는 좀비들의 힘을 이기지 못해 떨어져 내리며 울부짖었다.

"나 좀! 나 좀 쏴 줘! 쏴 줘!"

그를 덮친 수십 마리의 좀비들이 어깨를 마주하며 웅크리고 있는 곳에 아무리 총알을 퍼부어 봐도 좀비들은 여전히 소름 끼치는 소리를 내며 뭔가를 잡아뜯고 씹어 댄다. 몇 초 후, 좀비들이 다시 몸을 일으켰을 때 바닥에는 피범벅이 된 채 잘려 나간 이병의 상반신만이 버려져 있었다. 크게 떠진 채 숨을 거둔 이병의 눈동자에서는 아직도 그가 받았을 고통과 공포가 생생하게 느껴지는 것 같다.

"으아아아! 이 씨발 놈들!"

파파파바박! 파바박!

병사들은 이성을 잃고 철책 위의 좀비들을 향해 난사하기 시작했다. 하지만 명중률이 낮은 게 문제였다. 팅! 팅! 티딩! 아무렇게나 퍼부어 댄 총알들은 철책의 쇠기둥에 맞아 종소리를 내며 튕겼고, 아군의 유탄에 맞은 병사들이 여기저기서 픽픽 쓰러져 버렸다.

"으아악! 아아! 끄아아!"

모래주머니 사대 아래로 떨어진 병사들이 부상당한 부위를 부여잡고 비명을 질러 댄다. 팔과 옆구리, 허벅지, 얼굴에 이르기까지 상처마다 피가 솟구치며 혼란과 공포는 더욱 커져만 갔다.

철책 바로 앞까지 밀고 들어온 좀비들이 크게 울부짖어 대자 병사들의 사기는 바닥으로 떨어져 버렸다. 덜덜 떨리는 손으로 쏴 대는 총알은 명중률이 급격하게 낮아졌고, 그럴수록 더 많은 좀비들이 철책에 달라붙는다.

그와아아악―!

좀비들이 입을 벌리면 놈들의 악취가 느껴지고, 머리가 터져 나간 놈들의 뇌수가 병사들의 얼굴에까지 튄다. 투투투투투툭— 투투투투투둑— 망루 위의 기관총이 탄통을 계속 갈아 가며 긁어 대 보지만, 좀비 무리 중간에 생기는 작은 공백은 속속 새로운 인원들로 채워졌다.

팍! 파박! 파바박!

최대한 침착하게 좀비들의 머리통을 날리고 있는 진우에게도 한계의 상황이 다가왔다. 새로 지급받은 탄창도 다 바닥나 버렸고, 이제는 자신이 뭘 쏘고 있는지도 모를 지경이었다. 그저 기계처럼 무표정한 얼굴로 총구를 돌리고 방아쇠를 당길 뿐이다.

"……이병!"

그롸아아악!

먼 메아리처럼 울리는 목소리는 잘 들리지 않는다. 진우는 좌우로 몸을 돌려 가며 철책에 반쯤 몸을 걸치고 있는 좀비들을 찾아 머리에 커다란 구멍 하나씩을 내는 일에만 몰두했기 때문이다. 혹사당한 총신에서 뿜어져 나오는 열기에 얼굴이 데일 것 같다.

투앙! 또 한 마리…… 투앙! 또 한 마리…….

그것 외에는 아무 생각도 들지 않는다. 어째서 자신의 주변에 동료들은 없고 좀비의 시체만 걸려 있는 것인지 깨닫지 못할 만큼 진우는 한계까지 몰려 있었다.

탕! 탕! 철컥—!

탄창을 갈기 위해 탄띠를 더듬던 진우의 얼굴에서 핏기가 가신다. 총알이 다 떨어졌다. 보급 지원병은? 진우는 그제야 뒤로 고개를 돌렸다.

"……박 이병!"

필사적으로 그를 부르며 달려온 김 상병이 진우의 멱살을 당겨 사대 아래로 끌어 내렸다. 땅바닥에 넘어져서도 상황을 이해하지 못한 진우가 퀭한 눈으로 주변을 두리번거렸다. 자신을 포함해 대여섯 명의 병사만이 미친 듯이 저항하고 있을 뿐, 150여 미터에 이르는 사선은 이미 거의 텅텅 비어 있는 상태였다. 철책 저편을 완전히 점령한 좀비들의 울부짖음이 텅 빈 밤하늘을 울렸다.

"야, 인마! 정신 차려! 계속 뒤로 빠지라고 했잖아! 철책 비우라는 말 못 들었어?"

김 상병이 진우를 부축해 일으키며 버럭 고함을 쳤다.

"……못 들었습니다."

진우는 김 상병을 따라 뛰며 여전히 멍한 얼굴로 대답했다. 확성기를 통해 크게 울려 퍼지는 퇴각 명령이 이제야 들린다. 끝까지 버티던 병사들이 차례로 물려 쓰러지고, 반대편으로 끌려 떨어지는 중이다. 저 자리에 계속 남아 있었다면 진우 역시 지금쯤 좀비들의 만찬거리가 되어 버렸을 것이다.

전방에서는 3개 소대 규모의 교대 병력들이 2열로 늘어서서 철책을 향해 총을 겨누고 있었다. 이제 그들에게는 몸을 숨길 만한 참호도, 바리케이드도 없다. 그가 지나온 자리에는 물이 질펀하게 뿌려져 있었다. 몇 개 분대가 소방 호스까지 동원해서 계속 철책 너머까지 물을 뿌려 대는 모습이 눈에 들어왔다.

"하아…… 헉, 헉, 이제 비긴 거다. 나도 너 한 번 살려 준 거야."

교대 병력의 후방으로 피신한 뒤, 김 상병이 진우의 철모를 두드리며 말했다. 진우는 넋이 나간 표정으로 고개를 끄덕였다.

"허억, 허억…… 감사합니다."

"후우~ 감사하긴, 새끼야. 하아~ 씨발, 실은 비긴 거 아니야. 내가 사수니까 대략 두어 번은 널 더 살려 줘야 돼."

말을 마친 후, 털썩 드러누워 두 팔을 번갈아 가며 주무르는 김 상병의 손가락이 덜덜 떨린다. 진우는 숨을 몰아쉬며 좌우를 둘러봤다. 완전히 탈진한 병사들이 땅에 드러누운 채 숨을 몰아쉬고 있었다.

이것밖에 안 남았나……. 저절로 한숨이 나온다. 철책에서 좀비들을 사격했던 2개 소대 병력 중 절반가량이 보이지 않는다. 유탄에 맞아 쓰러진 부상자들이 의무실로 옮겨졌다고 쳐도, 너무 많은 수가 희생돼 버렸다. 그러나 좀비들의 습격은 이제 막 시작됐을 뿐이다.

"일어나! 일어나! 언제까지 누워 있을 거야? 누우면 죽는다! 빨리 물 마시고 일어나라고! 빨리! 뛰어가서 3열에 서!"

선임하사가 바쁘게 돌아다니며 쓰러진 병사들을 일으켜 세웠다. 진우가 총을 다시 들고 일어나기 위해 끄응, 소리를 내자 옆에 누운 김 상병이 팔목을 잡았다.

"누워, 새끼야. 놀던 새끼들 좀 싸우라고 하고. 어차피 지금 가 봐야 쓰러져. 더 쉬어. 워커 차이기 전까지는 그냥 죽었다 하고 있으라고."

그 말을 하는 동안에도 김 상병은 계속 숨을 헐떡였다. 옳은 이야기처럼 들려서 진우는 순순히 그 말을 따랐다. 사실 그 역시 양팔이 다 저릿저릿했다. 등에 닿는 아스팔트조차 천상의 침대처럼 느껴진다.

같은 시각, 민구는 병원 2층의 1인실 침대에 걸터앉아 있었다. 불이 꺼진 방 안의 유일한 조명은 그가 물고 있는 담배뿐이다. 민구가 담배를 빨아들이면 잠시 주위가 밝혀졌다가, 이내 빨간 불똥만 남아 허공에서 까딱거린다. 후우우~! 민구는 만족스러운 표정으로 담배 연기를 내뱉었다. 사방은 어둡고 고요하다. 그것이 민구를 기쁘게 했다.

이따금씩 울리는 괴물들의 울음소리만 아니라면 어디 산속 깊숙이 자리 잡은 호텔에라도 온 기분이다. 하루를 더 쉰 만큼 어깨도 훨씬 나아졌고, 발목은 이제 거의 통증이 느껴지지 않았다. 예상했던 것보다는 이삼일 더 걸렸지만, 이 정도라도 회복했다는 건 다행스러운 일이었다.

'자 둘까.'

피곤하지는 않지만, 체력을 비축해 둘 필요가 있었다. 바닥에 꽁초를 비벼 끈 민구는 팔을 베고 자리에 누웠다. 끼이익— 옆방의 문이 열리는 소리가 들렸다. 간호사가 있는 왼쪽 방이다.

자박, 자박, 복도를 걷는 소리, 쇠 트레이 위의 물건들이 찰그랑거리는 소리……. 문틈으로 플래시 불빛이 비쳐 든다. 그리고 똑똑—! 노크 소리가 들렸다.

"주무세요?"

문밖의 간호사가 약간 긴장한 목소리로 물었다.

"무슨 일이야?"

민구는 메마른 말투로 물었다.

"소독을 한 번 더 하시는 게 나을 것 같아서……."

이 시간에? 민구는 천천히 몸을 일으켰다.

"들어와."

조용히 문을 열고 들어온 간호사는 침대 옆에 트레이와 플래시를 내려놓았다. 쇠 트레이 위에는 가위와 붕대, 알코올 솜이 담긴 통이 올려져 있다.

"빨리 완쾌되시려면……."

묻지도 않은 말을 한 뒤, 간호사는 입술을 핥으며 민구가 셔츠를 벗을 때까지 기다렸다. 간호사복 상의의 윗단추가 하나 더 풀어져 있다.

'의사가 잠들 때까지 기다렸군.'

민구는 아무 내색도 하지 않고 순순히 어깨를 내밀었다.

"몸이 정말 좋으세요. 운동을 많이 하셨나 봐요."

상체를 깊숙이 숙이며 묶인 붕대를 푸는 그녀의 손이 민구의 가슴과 어깨를 자꾸 스친다. 허술하게 여며진 그녀의 상의 틈 사이로 제법 깊숙한 골이 드러난다. 민구는 그것을 무표정하게 빤히 쳐다보았다. 소독솜으로 섬세하게 상처를 문지르는 동안 그녀의 아랫배도 민구의 허벅지를 문댄다. 새로 붕대를 감을 때에는 바짝 붙어 노골적으로 민구의 얼굴에 가슴을 들이댔다.

하아~ 하아~ 뜨거운 그녀의 숨결이 민구의 머리카락에 닿는다. 입술과 이를 사용해 최대한 천천히 붕대 끝을 꽉 잡아당겨 고정한 뒤, 간호사가 고개를 숙였다.

"……끝났습니다."

트레이를 집어 들기 위해 간호사가 침대 쪽으로 허리를 숙일 때, 민구가 오른손을 뻗어 그녀의 엉덩이를 꽉 움켜쥐었다. 제법 탄력이 좋은 엉덩이라 손안에서 제멋대로 출렁거린다. 민구는 손끝에 한 번 더 힘을 주었다.

"어머……."

그녀는 가식적인 표정을 지으며 손가락을 입에 가져갔다. 하지만 허리를 살짝 비틀 뿐, 벗어나려고도 하지 않는다. 민구는 한쪽 입술을 찡그려 웃으며 말했다.

"넌 안 끝났잖아?"

03

끼우우우웅—!

진우의 귀에 또다시 철책이 허물어지는 소리가 들려온다. 철책과 연결된 망루에 있던 녀석들은 어떻게 되었을까 하는 걱정이 잠시 머리를 스쳤다. 그리고 의문이 들었다. 도대체 왜 아직도 총소리가 안 들리는 걸까? 하지만 그런 모든 궁금증보다도 더욱 절실하게 드는 생각은 단 하나뿐이다. 이대로 단 몇 초만 더 쉬고 싶다.

"일어나. 어쭈, 이 새끼! 새까만 이병이 자빠진 꼴은 아주 병장이네."

주임원사가 발목을 툭, 찬다. 꿀 같은 휴식이 끝났다. 진우는 벌떡 일어나서 총과 탄약을 챙겨 사로의 맨 뒤에 가서 섰다.

"아직 쏘지 마라! 대기! 대기!"

소위가 병사들을 붙잡아 놓는 동안, 좀비들은 철책을 거의 다 밀어 넘어뜨렸다. 옆쪽에서는 아까부터 끄우우우우웅— 하는 이상한 소리가 계속 들려온다.

"뭐야, 씨발. 왜 쏘지 말라는 거야? 좆도…… 이것도 무슨 작전이야? 그리고 아까부터 정문 병력은 왜 안 오냐고?"

김 상병이 목소리를 죽여 투덜거린다. 그롸아악— 좀비들의 커다란 비명이 바로 50여 미터 앞에서 울려 오고 있는데, 총을 겨눈 채 가만히 지켜보고만 있으라는 건 꽤나 힘겨운 일이었다. 진우도 피가 바짝바짝 마르는 것 같았다.

"완전히 철책이 넘어갈 때까지 기다린다. 대기!"

다시 소위가 명령을 내렸다. 그의 목소리도 가늘게 떨리고 있었다.

콰당!

마침내 요란한 소리와 함께 길게 늘어서 있던 철책은 완전히 앞으로 쓰러져 버렸다. 바닥에 고여 있던 물이 요란하게 튄다.

"발사!"

좀비들이 철조망 위를 내달려 오는 것과 동시에 발포 명령이 떨어졌다.

파파파파바— 투투투투두—! 투투둑! 투둑!

요란한 소리와 함께 일제사격이 시작되었다. 그리고 아까부터 끄우웅, 소리를 내며 울려 대던 커다란 장비의 스위치가 내려졌다.

파지지지지—!

물에 젖은 철망을 타고 고압 전류가 흘러 들어갔다. 철책을 밀어 치며 네발로 맹렬하게 달려오던 좀비들이 갑자기 땅에 들러붙은 것처럼 멈춰 서 경련을 해댄다. 뒤에서 달려오던 놈들도 제자리에서 부들거린다. 감전된 좀비들의 몸에서 연기가 모락모락 피어올랐다. 길이 4미터, 폭 150미터의 거대한 전기 사형 시설인 셈이다. 한번 감전된 놈들은 총격에 머리가 날아가고 난 다음에도 여전히 쓰러지지 못하고 우뚝 서서 온몸을 떨어 댔다.

"계속 쏴! 발사!"

기세가 오른 소위가 목이 터져라 외쳤다. 이런 걸 설치해 뒀구나. 발전소라 이거지……. 진우와 김 상병도 처음엔 꽤 괜찮은 작전이라고 생각했다. 땅에 들러붙어 움직이지 못하는 놈들의 대갈통을 날려 버리면, 뒤쪽에서 뛰어오는 놈들에 의해 등을 떠밀린 그다음 줄이 같은 자리를 채우며 부들댄다. 이런 식이라면 놈들은 단 한 발짝도 더 나서지 못하고 저곳에서 몰살을 당할 것같이 보였다. 하지만…….

퍼엉!

커다란 폭발음과 함께 감전된 좀비 한 마리가 팝콘이 터지듯 튀어 올랐다. 하늘 높이 떠서 날아온 좀비는 금방 몸을 벌떡 일으키고 다시 달려들었다. 고압 전류에 익어 버린 녀석의 피부는 불이 붙어 타오르고 있었다.

"으와아!"

타타타! 두두두둑!

좀비가 날아든 근방의 병사들은 기함을 하며 총을 갈겨 댔고, 불타오르는 좀비의 사지는 순식간에 벌집이 되어 버렸다. 그런데 튀겨지는 것은 그놈 하나만이 아니었다.

펑! 퍼벙! 퍼버벙! 퍼버버벙! 퍼벙!

사방에서 발사된 좀비들이 거짓말처럼 하늘에 호를 그리며 날아와 바닥에 떨어졌다. 고맙게도 머리로 떨어져 버린 뒤 그대로 움직이지 못하는 놈들도 간간이 있지만, 대부분의 경우는 오히려 더 사나워져서 달려들었다.

온몸이 불에 타오르면서 아가리를 벌리고 뛰어오는 놈들의 모습은 경악과 공포, 그 자체였다. 3열이었던 사선은 순식간에 흐트러져 버렸고, 앞줄에 엎드려 있는 병사들은 겁에 질려 몸을 일으켰다. 계속 물을 뿌리던 병사들도 호스를 던지고 후퇴할 수밖에 없었다.

"자리 지켜! 이탈하지 마!"

지휘관이 아무리 소리를 질러 봐도 불타는 좀비가 하늘에서 우박처럼 떨어져 내리는 데는 당해 낼 재간이 없다. 떨어져 뒹구는 좀비들은 순식간에 10여 미터 내로 거리를 좁힌 뒤 네발로 기어서라도 덤벼들고, 혼란에 빠진 병사들이 쏴 대는 탄환은 제대로 맞지 않았다.

전열이 흐트러진 채 우왕좌왕하는 동안 바닥에 뿌려 두었던 물도 거의 증발해 간다. 이 상태대로라면 이제 저 뒷줄에서 달려오는 놈들은 더 이상 전기 통닭이 되어 주지 않을 것이다.

투둑! 툭! 투투툭!

"끄웨에엑!"

앞서 오는 놈들을 아무리 쓰러뜨려도…… 이건 도무지 끝이 없다. 전쟁을 해야만 한다면, 이런 괴물들이 아니라 목숨이 아까워 뒤로 후퇴할 줄 아는 인간과 싸우고 싶은 마음이 굴뚝같았다.

파바박! 파밧!

나란히 서서 열심히 K-2를 당기던 진우와 김 상병의 눈빛이 마주쳤다.

'여차하면 주차장 안으로 후퇴하자!'

김 상병이 턱으로 방향을 가리키며 눈으로 말했다. 진우로서도 고개를 끄덕일 수밖에 없었다. 누구의 대가리에서 나온 것인지 모르지만, 전기 철조망 작전은 영 똥이었다. 좀비는 감전으로 죽일 수 있는 상대가 아니었고, 공연히 철책 하나를 넘어뜨릴 동안의 시간만 허비한 셈이다.

"히엑! 끄아악!"

좀비와 인간이 난잡하게 엉켜 있는 앞쪽에서 속속 비명이 울려 퍼진다. 이미 너무 근접한 상태여서 3열에 속해 있던 진우로서는 섣불리 방아쇠를 당길 수도 없는 형편이었다.

진우는 고개를 돌려 퇴각 지점으로 정한 주차장을 살폈다. 주차되어 있는 대여섯 대의 승용차와 트럭들. 저 사이로 숨는다고 해도 나아질 것 같지가 않다. 어쩌지? 뭘 어떻게 해야 하지? 진우는 바쁘게 눈을 돌리며 계산을 했다.

퍼엉! 퍼엉!

망설이는 동안에도 계속해서 팝콘이 된 좀비들이 날아온다. 부하들을 독려하던 소위가 좀비에게 덮쳐져 목을 물렸다.

"끄으윽!"

소위는 권총을 들어 자신의 목을 물어뜯고 있는 좀비의 뒤통수에 가져다 댔다. 찌이익! 소위의 피부가 찢기며 붉은 근육이 매달려 올라온다.

"아악!"

소위는 비명을 지르면서도 방아쇠를 당겼다. 타앙! 타앙! 두 발째의 총탄이 좀비의 머리를 관통한 뒤 소위의 얼굴을 스치고 지나간다.

"허억…… 허억!"

터져 나온 뇌수를 가득 뒤집어쓴 소위가 목을 움켜쥐고 몸을 일으키려 할 때, 또다시 세 마리가 그를 향해 몸을 날린다. 그중에 군복 입은 놈이 하나 끼어 있다는 것을 인식하는 순간, 와드득! 좀비의 이빨이 소위의 얼굴을 잘라 냈다. 맥없이 쓰러진 그는 더 일어나지 못했다.

꽈득! 찌지직! 좀비들이 사나운 소리와 함께 움찔거리는 소위의 얼굴과 다리에서 사정없이 살점을 뜯어낸다.

"에잇! 씨바알!"

파바박! 파박! 투투둑!

근접하는 놈들에게 총알을 박아 넣으며 틈마다 다시 주차장을 훑던 진우의 눈에 라이트가 켜진 채 서 있는 지프가 들어왔다. 키가 걸려 있다.

저거다! 진우는 김 상병의 어깨를 잡아끌었다. 두 사람은 바닥에 흩어져 뒹굴고 있는 탄약 박스를 하나 집어 들고 지프를 향해 뛰기 시작했다.

그롸아아아악! 크르르!

투투투투두! 투툭! 투투투!

진우와 김 상병을 필두로 해서 살아남은 100여 명의 병사들이 사방으로 뿔뿔이 흩어져 달아났다. 하지만 그들 대부분은 뚜렷한 목표를 가지고 있지 않았다. 그저 뒤로 몇 걸음씩을 달아났다가 다시 앞을 향해 발포하고, 또 뒤돌아 뛰는 식이다.

그렇게 멈칫거리던 병사들 중 많은 수가 희생되어야 했다. 망설임 없이 목표를 향해 달려드는 무수한 좀비들을 상대하면서 거리를 벌리지 못하는 건 치명적이었다. 총소리와 울부짖음, 비명 소리와 고성이 섞여 원자력 발전소 동쪽의 공간은 아수라장으로 변해 갔다.

지휘 체계를 잃고 우왕좌왕하는 수십 명이 좀비들에게 희생되는 동안, 병사들은 크게 두 갈래로 나뉘어 후퇴했다. 먼저 주차장. 가장 가깝고 주차된 자동차와 막사들을 엄폐물로 삼을 수 있는 곳이지만, 뒤가 막혀 있다.

다음이 대학원 건물로 향하는 언덕길. 멀고 몸을 숨길 곳은 없으나 퇴로만은 넓게 트인 방향이다. 축구장 네 개 넓이의 건물들과 휴식 공간을 지나면 그 뒤에 진짜 원자력 발전소 건물들이 나타난다.

"야, 근데 어디로 가는 거야?"

김 상병이 달리면서 소리쳐 물었다. 왼손에 소총, 오른손에 탄통을 나눠 들고 있는 진우는 턱으로 불 켜진 지프를 가리켰다.

"저거? 장교용 아니야?"

진우는 대답하지 않았다. 오늘 밤 그에게 주어진 임무는 위계질서를 확실히 하는 게 아니다. 그가 해야 할 일은 일단 살아남아서 이 발전소를 외부 침입자로부터 지키는 것이다. 저 지프를 확보하면 전자의 확률이 비약적으로 올라가고, 이 탄통의 총알과 충분한 지원만 있으면 후자까지도 충족시킬 수 있다.

졸업하자마자 면허를 따 두길 잘했다. 진우가 고집스럽게 입을 꾹 다물고 뛰는 걸 본 김 상병은 포기한 듯 고개를 끄덕였다.

"그래, 씨바. 군기교육대도 살아 있어야 가는 거지."

지프에 도착한 두 사람은 뒷좌석에 탄통부터 던져 넣었다. 천 근처럼 무겁게 느껴지던 짐을 놓은 것만으로도 훨씬 살 것 같다. 아직 엔진도 끄지 않은 차의 보닛이 가볍게 떨린다. 그건 진우와 김 상병, 두 사람의 생명이 한동안 더 이어지게 될 거라는 의미였다. 핸들을 잡으려던 진우보다 앞서서 김 상병이 재빨리 운전석으로 뛰어들며 외쳤다.

"내가 운전할게! 넌 어디로 갈지만 말하고 저 새끼들 잡아!"

김 상병은 조수석에 총을 눕혀 두고 재빨리 기어를 바꿔 넣었다. 그러고는 잠시 멍해 있는 진우를 향해 부끄러운 듯 한마디를 덧붙였다.

"네가 나보다 쏘는 건 좀 낫잖아, 이 새끼야!"

"운전할 줄 아십니까?"

확실하게 하고 싶었던 진우가 뒷좌석에 뒤쪽을 보고 걸터앉으며 물었다. 괜히 아무 데나 들이받고 멈춰 서 버리면 곤란하다. 김 상병이 어이없다는 듯 머리를 뒤로 젖혔다.

"하하, 땡개로 구르고 있자니까 별소리를 다 듣네. 야이 씨발, 열아홉 때부터 자유로에서 놀았다. 일산 미친개가 나야! 그보다 너, 잘 잡았냐?"

진우가 고개를 끄덕이자 김 상병은 곧바로 가속기를 깊숙이 밟았다. 부아아앙— 요란한 엔진 소리가 나고 잠시 타이어가 연기를 낸 후, 그들이 탄 군용 레토나는 총알처럼 앞으로 달려 나갔다. 젖혀진 지붕 덕에 간만에 맞은 시원한 바람이 땀에 찌들어 있던 목덜미 사이를 좀 식혀 준다.

"어디로 갈 건데? 말을 해야지!"

속도를 줄이지 않은 채 병사들과 얽혀 있는 좀비들 사이를 요령 있게 피해서 빠져나가며 김 상병이 외쳤다.

"쟤네들 가까이 갔다가 돌려서 정문으로 가 주십시오! 그리로 몰아가고 싶습니다!"

"그땐 너무 밟지 말란 말이네? 알았어!"

김 상병은 핸들을 꽉 쥐고 속력을 높였다. 기어 변속이 매끄러운 걸 보니 차 좀 몰아 봤다는 이야기가 완전히 뻥은 아닌 모양이다. 몰려오는 좀비 파도의 본진을 향해 똑바로 돌진해 가는 건 또 엄청난 일이었다. 한 번씩 놈들이 동시에 아가리를 벌리고 울부짖을 때마다 바짓가랑이가 움찔움찔한다.

"야, 됐어? 돌려?"

"조금만 더 가 주십시오!"

좀비 무리로부터 40여 미터까지 다가갔을 때, 김 상병이 차의 핸들을 틀었다.

"더 이상은 안 돼! 후달려서 못 가겠어!"

이 정도면 충분하다. 진우는 총을 겨눠 녀석들을 향해 쏘기 시작했다. 투투툭! 투툭! 투투툭! 저 많은 놈들이 전부 주차장과 대학원 건물로 몰려가 버리면 남는 건 몰살밖에 없다. 이 중 다만 얼마라도 분산시켜서 정문까지 끌고 가야 한다.

투투투! 투투투!

열심히 쏴 보지만, 놈들은 좀처럼 돌아봐 주질 않는다. 옆의 놈이 머리가 터져 날아가는데도 고개 한 번을 틀어 주지 않고 그저 앞만 보고 달려간다니, 이런 돌대가리 새끼들!

"안 따라오잖아!"

백미러를 들여다보던 김 상병이 브레이크를 밟았다. 그리고 진우를 돌아보며 정말 내키지 않는 말투로 말했다.

"다시 돌려서 가 봐? 왜 안 따라오는 거야, 썅!"

빠르게 180도 턴을 해서 좀비들을 향해 차를 몰았다. 그들의 옆선을 따라 달리며 진우는 계속 방아쇠를 당겨 댔다. 하지만 그래 봐야 관심을 보여 주는 놈들은 열 마리도 채 안 된다.

"미치겠구만, 개새끼들! 여기 좀 봐라! 어어, 저기 저 새끼! 저거 쏴! 붙으려고 한다!"

김 상병이 가리킨 방향에서 좀비 하나가 차를 향해 달려들었다.

진우는 두 번이나 3점사를 해서 겨우 놈을 쓰러뜨렸다. 흔들리며 달리는 차 안에서의 사격은 평지 위에서와는 확연히 달랐다.

"이거 씨발, 괜히 뻘짓거리 하는 느낌인데…… 안 따라와."

이미 주차장을 점령하고 기숙사 방향을 향해 밀려드는 좀비의 물결을 옆에서 따라 달리며 김 상병이 초조하게 중얼거렸다. 기숙사로 오르는 언덕 위에서는 어설프게 재정비한 병사들이 아래를 향해 정신없이 총알을 퍼부어 대고 있다.

파파파파! 파파파바박!

그와아아악!

언덕을 뛰어오르다가 총알을 잔뜩 뒤집어쓴 놈들은 아래쪽으로 굴러 내려갔고, 그것이 전진하는 좀비의 속도를 조금은 늦춰 주는 효과를 냈다.

2층 창문에 위치를 잡으면 훨씬 유리한 고지를 점할 것이라 믿은 여남은 명이 건물 안으로 뛰어 들어갔다. 그때, 의외의 방식으로 진우의 계획이 현실화되었다.

발단은 고립되어 있던 분대 병력의 병사들이었다. 울상이 되어 K-2를 난사하던 그들은 진우가 탄 지프를 보자 필사적으로 손을 흔들며 뛰기 시작했고, 그들의 뒤를 수많은 좀비들이 울부짖으며 쫓았다.

“저거 보셨습니까?”

진우가 외치자 김 상병이 더 큰 소리를 질렀다.

“그래! 차 갖다 대 보자! 근데 여기 태우기엔 너무 많은데!”

처음에 도망치기 시작한 인원은 열 명가량이었다. 그 뒤를 바짝 따라붙은 좀비들은 가장 뒤의 두 명을 순식간에 덮쳤다. 끄아아아! 전우의 비명을 참을 수 없던 병사 둘이 돌아서서 희생자들의 목을 뜯고 있는 좀비들에게 총알을 퍼부었다. 하지만 그들 역시 뒤따르던 좀비들에게 곧바로 붙잡혀 버렸다. 살아남은 병사들 중 하나가 다리가 풀려 앞으로 쓰러졌고, 또 하나는 도저히 못 뿌리치겠다 싶어 옆길로 방향을 바꿨다. 그렇게 차례로 좀비들에게 삼켜지고 마지막에는 세 명만이 남았다.

“타! 빨리!”

김 상병이 속도를 줄이지 않은 채 180도 회전을 해서 기다려 준다. 진우는 세 명의 뒤에 바짝 따라붙어 있던 놈들의 머리를 차례로 날렸다.

“가, 감사합니다!”

“빨리 타! 그냥 가 버릴 거야!”

병사들이 인사치레를 하려는 시간도 아까워서 김 상병이 빽! 소리를 질렀다. 하긴 완전히 빈말만도 아니었다. 뭐가 그렇게 매력적인지는 모르겠지만, 방향을 바꿔 그들을 쫓아오는 좀비가 이미 셀 수 있는 수준을 넘어서 있었다.

“간다!”

세 명의 병사가 차 안에 겨우 상체를 욱여넣자마자 김 상병은 액셀을 최고로 밟았다. 앞쪽에서도 뒤늦게 이쪽에 흥미를 보이며 무리에서 떨어져 나온 좀비들이 속속 등장하기 시작했다.

“하, 갑자기 장사가 잘되니까 무섭네! 박 이병! 저기! 한 시! 한 시!”

핸들을 틀어 달려드는 좀비들을 피해 나가며 김 상병이 외쳤다. 뒤쪽에 따라

붙은 놈들을 상대하던 진우는 곧바로 돌아서서 조수석에 몸을 기대며 사격을 시작했다. 진우의 총알을 피해 날아든 놈이 지프를 향해 두 팔을 벌렸다.

"아! 씨발!"

김 상병이 욕설과 함께 반사적으로 방향을 돌렸지만, 이미 늦었다. 퍼억—! 범퍼 가드에 부딪쳐 박살 난 좀비의 머리통이 앞 유리창을 들이받자 유리에 금이 쫙 간다. 놈의 시체를 밟고 기우뚱한 차체의 한쪽 바퀴가 들리며 정신없이 흔들렸다. 김 상병은 미친 사람처럼 바쁘게 핸들을 돌려 댔고, 브레이크와 액셀을 번갈아 밟았다.

"아, 후…… 하하하! 봤냐, 이 새끼야! 뭐? 운전할 줄 아시냐고? 어때, 잘하지?"

겨우 상황을 수습한 뒤 방향을 잡은 김 상병이 속도를 높이며 소리를 질렀다. 까딱하면 차에서 떨어져 나갈 뻔했던 진우와 병사들이 의자를 꽉 잡고 합창을 했다.

"잘하십니다!"

"알았으면 너희는 얼른 갈겨!"

세 병사가 측면과 후방을 맡았고, 조수석으로 옮겨 탄 진우는 전방을 가로막는 좀비들을 노렸다. 한번 흐름을 타기 시작하자 더욱 많은 수의 좀비들이 목표를 그들로 바꿔 달려들기 시작했다. 앞쪽에서도 관심을 보이는 좀비들이 늘어나면서 그들이 달리는, 안 그래도 좁은 길이 점점 더 좁아졌다. 정문으로 향하는 도로가 좀비들로 이루어진 벽 때문에 서서히 막혀 간다.

"숙이고 꽉 잡아라! 뚫는다!"

그렇게 말한 김 상병은 기어를 바꾸고 RPM을 최대한으로 올렸다. 원래 그리 빠른 차는 아니지만, 그래도 녀석은 다섯 명이나 태운 상황에서도 꽤나 분발해 주었다. 좀비 벽이 완전히 닫히려 하고 있다. 속도계 바늘이 120에 이르렀을 때, 레토나는 대여섯 마리의 몸뚱이를 한 번에 박살 내며 썩은 시체들의 문을 들이받았다.

우지끈!

레토나의 오른쪽 라이트가 깨져 나가고, 부서져 버린 범퍼 가드 파편이 사방으로 튀었다. 펜더는 완전히 우그러졌고, 유리창은 박살이 났다.

콰콰콱! A필러와 대시 보드를 꽉 잡고 있었지만, 진우는 몸이 앞으로 기울며 머리를 호되게 박았다. 철모를 쓰고 있지 않았더라면 아마 큰 부상을 당했을 것이다.

떠올랐던 뒷바퀴가 내려앉으며 퍼엉! 소리를 내고 타이어가 터져 버렸다. 쿠션이 사라져 버린 뒷바퀴들이 계속 덜그럭거리고, 이제 속력도 낼 수 없지만…… 그래도 여전히 차는 달렸다.

그리고 또 하나의 반가운 소식이 있다. 그들이 돌파한 곳이 거대한 좀비 무리의 맨 뒷부분이었다. 끝없이 밀려드는 것처럼 느껴지던 놈들이지만, 이제 그 끝을 분명히 보았다.

"다들 괜찮아?"

핸들에 얼굴을 박았는지 입 주변에서 피가 흐르는 김 상병이 아무렇게나 돌아간 백미러를 조종하며 물었다. 가운데 낀 녀석만 멀쩡하고 양쪽에 앉은 병사들은 코피가 뚝뚝 떨어진다. 하지만 정말 감사하게도 살아서 차에 타고 있다.

"끄으으! 네, 감사합니다!"

병사들이 부어오른 코를 더듬거리며 진심을 가득 담아 큰 소리로 대답했다. 만약 조금 전의 충돌 때 떨어져 버렸다면 지금 뒤에서 6차선 도로를 가득 메우고 달려오는 놈들에게 붙들려 꼼짝없이 산 채로 뜯어 먹혔을 것이다.

"김 상병님! 속도 좀!"

뒤를 돌아본 진우가 다급하게 외쳤다. 그들이 탄 지프가 빌빌거리며 갈지자로 휘청대는 동안 좀비들은 꽤나 거리를 줄였다. 코피를 닦던 병사 하나가 '상병?'이라며 혼잣말을 한다.

"이게 최고로 밟는 거야! 2단으로 올라가지도 않아! 젠장, 축이 휘었나 봐!"

김 상병이 진땀을 흘리며 대답했다. 터져 버린 탓에 타이어만 얇게 덮여 있는 뒷바퀴는 한 바퀴를 돌 때마다 계속 덜그럭덜그럭, 신경 쓰이는 소리를 냈다. 속도계를 힐끔 보니 시속 28킬로미터 부근에서 바늘이 바들바들 떨고 있다. 부와아아앙! 아무리 액셀을 밟아 봐야 공연히 엔진의 떨림만 커지고 더 빨라지는 기미는 없다.

"28킬로야! 더 이상은 안 나와!"

쫓아오는 놈들이 100미터를 12초에 뛴다 해도 이 차보다 빠르다. 거리를 줄이기 전에 앞서 달리는 놈들은 제거해야 한다. 진우는 자리에서 일어나 뒷좌석으로 옮겼다. 탄창을 갈아 끼우고 따라붙는 좀비들을 향해 3점사를 날렸다.

투투둑! 투둑!

워낙 흔들려 대서 명중률은 절반도 안 되지만, 그래도 넋 놓고 있는 것보다는 낫다. 정문에 배치된 병력까지의 거리는 2킬로미터. 앞으로 5분 동안만 제발 차가 계속 달려 주기를 진우는 간절히 빌었다.

"뭐 해! 너희도 쏴, 이 새끼들아!"

다른 병사들에게 김 상병이 소리를 질렀다.

"아! 네!"

"네!"

"응!"

제각기 대답을 한 뒤, 병사들은 차 옆으로 몸을 내밀어 사격을 시작했다. 타다다— 타다다— 20여 발을 쏴서 운 좋게 한두 발이 맞으면, 아가리를 쩍 벌린 채 육상 선수처럼 달려들던 좀비가 뇌수를 흩뿌리면서 바닥에 나동그라졌다.

김 상병은 진우를 믿기로 하고 뒤를 보지 않았다. 유리창이 박살 난 채 날아가 버려서 바람을 맞아 가며 운전하는 중이라 똑바로 앞만 보고 달리기도 벅찼다.

그롸아아악!

뒤를 따라잡는 놈들의 수가 서서히 늘어났다. 어두운 구간을 지나고 가로등 불빛 아래로 들어설 때마다 안 보이던 공간 속에서 대여섯 놈씩이 불쑥불쑥 모습을 드러낸다. 지프와 나란히 서서 달리다가 거리를 줄이기 위해 진로를 수정하는 좀비들마다 진우의 총알이 날아가 박혔다. 진우가 머릿속으로 카운트하는 시계가 280초까지 갔을 때, 김 상병이 목청껏 환호하며 경적을 울려 대기 시작했다.

"왔다! 왔어!"

저 멀리 철책들이 보이고, 전방 경비 부대가 쌓아 놓은 모래 포대와 바리케이드가 눈에 들어온다. 난데없는 소음에 깜짝 놀란 병사들이 서치라이트의 방향을 돌리고 사격 자세를 갖추고 있다. 하긴 반쯤 작살난 지프를 앞세워서 천 단위의 좀비들이 떼로 몰려드는데, 누군들 안 놀랄까. 철컥, 일제히 총을 겨누는 소리가 요란하게 울렸다.

"멈춰!"

뒤에서 피에 굶주린 괴물들이 미친 듯이 달려오고 있는데 멈추라니, 그런 명령은 들을 수 없다. 다섯 명은 팔을 죽어라 흔들었다.

"쏘지 마요! 비키니! 빤쓰! 비키니! 빤쓰!"

100여 미터 전방에 지프를 비스듬히 멈춰 세우고 급하게 달려가며 김 상병이 암구호 두 개를 한꺼번에 다 외쳤다. 따라 달리던 진우와 세 병사도 따라서 소리를 질렀다. 바리케이드 앞에 이르러서는 데굴데굴 구르다시피 해서 기어 들어갔다. 그들의 안전이 확보되는 것과 동시에 전방으로부터 옮겨온 네 정의 K-3 기관총이 불을 뿜기 시작했다.

타타타타타타타— 타타타타— 타타타다—.

그리고 바로 뒤를 이어 일반 화기들도 일제히 발사됐다. 달려오던 좀비들의 몸뚱이가 사방으로 잘려 나가고, 쓰러진 놈들의 시체를 밟고 또 다른 녀석들이 기꺼이 빗발치는 총알 사이로 머리를 들이민다.

그롸아아아악—! 발전소 정문 6차선 도로는 순식간에 수백의 시체로 뒤덮였다. 도와야겠다는 생각에 벌떡 몸을 일으키는 진우의 어깨를 누군가 잡아 눌렀다.

"앉아!"

경계병들이 진우와 김 상병 일행을 빙 둘러싼 다음, 현장 책임자로 보이는 중위가 물었다.

“이 새끼들, 피 나잖아. 너희 뭐야? 물렸나?”

“5소대 동쪽 초병입니다! 안 물렸어요! 안 물렸어요! 깨끗합니다!”

김 상병이 군복 단추를 풀고, 바지를 걷어 올리며 외쳤다. 그렇게 말하는 입술은 피딱지가 덮인 채 퉁퉁 부어올라 있었다. 김 상병은 신뢰도를 높이기 위해 입술을 까뒤집어 보였다.

“이건 타박상입니다! 얘들도 마찬가지입니다!”

코피를 흘리던 뒤의 병사들을 가리켰다. 중위가 어이없다는 듯 코웃음을 쳤다.

“얘들이란다, 이놈. 병장이 둘이나 있구만, 상병 놈의 새끼가. 하여튼 알았어. 두고 보면 알겠지. 야, 얘들 감시해.”

그 말에 깜짝 놀란 김 상병이 뒤를 돌아보자 정말로 작대기 네 개가 달려 있다. 하지만 생명이 왔다 갔다 하는데 그까짓 줄 하나, 두 개 따위가 다 뭐란 말인가. 그런 대화를 나누는 동안에도 총소리는 끊임없이 울리고, 정면으로부터 추가 병력이 달려와 사선에 섰다.

왜 이런 화력이 아직도 여기서 한가하게 경계 근무나 서고 있던 것인지 진우는 이해할 수가 없었다. 다섯 명이 차를 타고 쫓겨 올 때에는 무한하게만 보였던 거대한 좀비 무리가 10여 분 만에 모두 궤멸되었다. 마지막으로 비틀대며 기어다니는 놈들을 처리하고 있을 때, 임시 본부의 무전을 받고 돌아온 중위가 도로 위에 잔뜩 널브러진 시체들을 가리키며 명령했다.

“1소대, 2소대. 5분 내에 저거 확인 사살 끝내고 한쪽으로 정리해라. 그리고 차선 하나 확보한 후 곧바로 승차하도록. 지원 들어간다.”

씨발, 너무 늦었잖아. 진우의 이가 빠득 갈렸다.

“하~! 덥다. 이거라도 좀 벗자.”

김 상병을 따라 진우도 헬멧을 벗었다. 어찌나 뜨겁고 괴로운지, 땀에 흠뻑 젖은 머리에서 김이 모락모락 올라오는 것 같다. 머리에 물을 붓고 군복 자락을 펄럭여 바람을 불어넣고 있던 김 상병이 중위의 명령에 따라 아직도 그들을 지키고 선 정문 소속 일병들에게 물었다.

“야, 너희 여기서 오늘 뭐 했냐? 우리 좆빻이 까는 동안 왜 지원 안 왔어?”

아무도 대답하지 않자 김 상병이 다시 협박했다.

“아쭈? 씨발 놈이…… 우습지? 너희 이름 다 보여, 개새끼야. 내가 기억했다가 군 생활 아주 제대로 꼬이게 해 줘 볼까?”

“나도 이름 외웠어.”

“나도.”

같이 차를 타고 온 병장들도 도끼눈을 떴다. 고참들의 협박에 기가 죽은 일병들 중 하나가 힘없이 대답했다.

“그게…… 정문 쪽으로도 동시에 협공이 올지 모른다면서…… 현재 위치 이탈하지 말고 경계 태세 강화하라고 명령이 내려왔답니다.”

“어디서?”

“임시 본부인 것 같습니다.”

“대대장님이 그랬다고? 근데 다 밀리고 나니까 지금 무전 때려서 오라고 하는 거야?”

“그런 것 같습…… 잘 모릅니다, 저는.”

하여간…… 김 상병이 고개를 저으며 한심하다는 듯 혼잣말을 했다.

“아니, 무슨 베트남전을 하는 줄 아나? 저 새끼들은 좀비라고. 뇌가 없는 좀비! 협공 같은 소리 하고 자빠졌네.”

‘도대체 무슨 생각을 하고 있는 걸까, 저것들은.’

진우는 멀리 보이는 대학원 기숙사 건물의 불이 환히 밝혀진 꼭대기 층을 향해 눈을 흘겼다. 임시 본부가 있는 곳이다.

저 위에서 전황을 지켜보고 있었으면서도 그런 소리가 나왔다면 좀비와 다를 바 없는 돌대가리이고, 보지 않고 지껄인 거라면 미친 새끼들이다.

배치된 첫날부터 온갖 이치에 닿지 않는 명령들을 내리더니, 결국 이런 사달을 만들었다. 지금처럼 병력을 넓게 벌려 두지 않고, 발전소 담장 내부로 경계

영역을 한정해 두기만 했어도 훨씬 안정적으로 싸울 수 있었을 것이다.

다다다다— 발전소 방향에서는 아직도 총성이 끊임없이 울린다. 다행히 내부 병력이 완전히 궤멸되지는 않은 모양이다.

부우우웅—.

낑낑대며 시체들을 밀어 놓은 뒤, 지프 한 대와 두 대의 트럭을 필두로 하여 정문 병력들의 4분의 3 이상이 빠져나갔다. 맨 뒤에서 걸어가던 소대의 하사관 하나가 경비병까지 붙여진 진우 일행을 보고 의아하다는 듯 물었다.

"너흰 뭐야? 남들 다 출동하는데 팔자 좋게 앉아 있네? 야, 얘들 뭐야?"

김 상병에게 갈굼을 당했던 일병이 대답했다.

"발전소 동쪽 경비병이었답니다. 외상병이라서 감시하라고 말씀하셨습니다."

"응? 어디? 아아, 이거?"

코피가 난 병장들의 코를 당겨 본 하사가 코웃음을 치며 말했다.

"얘네 괜찮아. 어떻게 콧구멍 안쪽만 물리겠냐. 너희도 여기 합류해. 한 놈이 아쉬우니까. 야, 얘네 탄창 지급해 줘라."

하사의 명령 한마디에 진우 일행은 갑자기 지원 병력이 되어 버렸다. 시작하는 순간부터 조금 전까지 오늘 밤 내내 그 힘든 싸움을 다 겪고, 목숨을 건 질주를 해서 겨우 조금 달아났는데…… 거기를 또 들어가라고?

너희 전부 다 여기서 올빼미 우는 소리 들으며 탱자탱자 노가리 까고 놀던 동안 우리는 좀비 피를 온몸에 뒤집어쓰고 싸웠단 말이다…….

진우와 김 상병은 너무 억울해서 눈물이 날 것 같았다. 다 죽다 살아난 세 병사도 연신 고개를 저었다. 강펀치를 맞은 것 같은 표정의 김 상병이 입을 열었다.

"하, 하지만! 하사님, 저희는 조금 전까지……."

"뭐, 이 새끼야? 안 간다고? 까라면 깔 것이지, 명령 불복종이야?"

"하아~ 아무것도 아닙니다."

김 상병은 한숨을 내쉬며 고개를 떨어뜨렸다. 더럽게 억울하지만 하소연할 곳도 없고, 해 봐야 들어주지도 않는다. 지급되는 탄창을 받아 챙기고 다시 철모

끈을 조였다. 그들을 따라왔던 세 병사도 도살장에 끌려가는 소 같은 눈을 하고 터덜터덜 걷기 시작했다.

"산책 나왔냐? 뛰어! 뛰어! 걷지 말고 뛰어!"

하사관이 등짝을 후려치며 호령했지만, 한번 풀려 버린 진우 일행의 다리는 좀처럼 속도를 내지 못했다. 그들은 축 처진 어깨에 겨우 총을 걸쳐 두고 걸음을 옮기며 모두 이를 바득바득 갈았다.

씨발, 너나 뛰어라. 죽음을 향해 뛰어가라니…….

04

그 시각, 원자력 발전소 주차장에서는 두 대의 버스 지붕 위에 올라선 열두 명의 병사가 주변을 가득 둘러싼 좀비들을 향해 열심히 총을 쏴 대고 있었다. 병사들에게 다행스러운 점은 이놈들이 버스 창문을 밟고 지붕 위까지 올라올 만큼의 머리가 안 된다는 사실이었고, 반대로 불행한 점은 그들이 좀비의 바다 한가운데 철저히 고립되어 있다는 것이었다.

병사들은 어두컴컴한 주변을 밝히기 위해 간간이 아래를 향해 조명탄을 꺼내 던졌다. 치이이익ㅡ 붉은 조명탄이 날아가서 불빛이 비추는 곳마다 모두 피투성이의 부패한 머리들이 넘실대며 아가리를 쩍쩍 벌려 대는 모습뿐이다. 그렇게나 많이 죽였는데도 아직 만 마리는 족히 되어 보였다.

쿠웅!

오른쪽 벽에 붙은 좀비들이 한꺼번에 몸을 날리자 버스가 기울었다. 으아아! 중심을 잃고 흔들리는 병사들이 가까스로 버텨 내며 비명을 지른다. 지붕이 매끈한 직원용 관광 버스에는 붙잡을 곳 하나 변변히 없었다.

쿠웅!

이번엔 반대쪽에서 덤벼들었다. 발이 미끄러진 병사를 동료들이 겨우 잡아 주었지만, 그의 손에서 미끄러져 나간 총은 아래로 떨어져 버렸다.

"씨발! 안 돼!"

유일한 무기를 잃은 병사는 양팔을 벌려 다른 병사들이 조금이라도 더 편하게 싸울 수 있도록 허리춤을 꽉 쥐었다. 그런 역할이라도 하지 않으면 도저히 생존할 수 없다는 것을 알기에 모두 최선을 다해 협력했다.

생존? 그런 단어를 떠올리는 것조차 사치일는지도 모른다. 가까이 다가오는 놈들의 머리를 날리고는 있지만, 가지고 있는 탄약의 양보다 저놈들의 머릿수가 몇 배나 더 많다. 시간이 흐르면서 그들은 조금씩 지쳐 갔다. 좀비들이 차체에 부딪쳐 올 때마다 버스는 좌우로 흔들리고, 사방에서 울리는 고함 소리는 혼을 빼놓기에 충분했다.

드르르륵, 두두두두! 드르르륵!

기숙사와 대학원 건물 2층에서는 창가에 배치된 경기관총이 언덕 위로 뛰어올라오는 좀비들을 향해 열심히 총알을 퍼붓고 있었다. 버스에 오른 병사들은 자신들의 선택을 후회했다. 흔들리는 차 위에서 중심을 잡아 가며 사격을 하는 것보다 훨씬 안전해 보인다. 물론 그렇다고 해서 저 병력이 좀비들을 밀고 내려와 줄 수 있을 것 같지는 않았다.

그와아아악!

쓰러진 좀비들이 늘어나면서 바닥에 깔린 시체는 점점 높이 쌓였고, 그것을 밟고 올라서는 녀석들이 휘젓는 손은 어느새 버스 지붕에 닿을 만큼 가까워졌다. 타앙—! 그렇게 하는 것이 아래의 시체 탑을 더 높여 준다는 걸 알면서도 겁에 질린 병사들은 자신의 발목을 향해 팔을 뻗는 놈들의 머리를 터뜨릴 수밖에 없었다.

"가까이 있는 새끼는 쏘지 마! 그러다 여기까지 올라온다고! 뒤쪽부터 제거해! 뒤쪽부터!"

병사들은 목청이 터져라 같은 말을 반복해 외치면서도 막상 자신의 발아래로 좀비의 손이 보이면 오만상을 찌푸리며 방아쇠를 당겼다. 흩어져 서 있던 처음과 달리 병사들은 점점 가운데로 모여 섰고, 어느새 거의 등을 맞붙인 자세가 됐다.

탕! 타앙! 탕!

연사에서 3점사로, 그리고 잠시 뒤부터는 단발 사격으로, 시간이 흐를수록 그들의 총소리는 점점 더 잦아들었다. 허리에 느껴지는 예비 탄창의 무게가 하나씩 빠져나갈 때마다 그들의 생명선도 함께 줄어드는 기분이 든다.

이미 총알이 다 떨어진 옆자리 2호 버스의 병사들은 뜨거운 총신에 대검을 낀 채, 시체들을 발판 삼아 기어 올라오려는 좀비들을 찔러 대고 있다. 그 모습을 보자 1호 버스의 병사들 역시 더더욱 방아쇠를 당기기가 두려워진다. 하나둘씩 기어오르는 놈들이 늘었고, 마침내 2호 버스의 지붕은 좀비에게 점령당했다.

"끄아아! 안 돼! 안 돼!"

마지막까지 개머리판을 휘두르며 열심히 싸우던 병사조차 물량을 앞세운 좀비들에게 팔다리를 붙잡힌 채 처참한 비명을 지르며 죽어 갔다. 아래로 내던져진 병사의 몸뚱이는 사방에서 달려든 좀비들에 의해 순식간에 수백 개의 조각으로 찢겨져 나갔다.

"씨바알! 이런 씨발!"

홀로 남아 버스 구석으로 몰린 병사 하나가 울먹이며 사방으로 고개를 돌린다. 그리고 간절한 표정으로 맞은편 버스 위의 동료들을 바라본다. 하지만 이쪽 1호 버스 위에 서 있는 여섯 명은 그에게 아무 도움도 줄 수 없었다.

"오지 마! 오지 말라고! 씨발!"

열심히 총을 휘두르던 병사는 결심한 듯 총을 아래로 내린 후, 총신을 꽉 쥐었다. 그리고 대검을 자신의 목에 찔러 넣기 위해 팔을 힘차게 올렸다. 조금이라도 덜 고통스럽게 가고 싶었던 것이다. 그러나 좀비들은 그 작은 자유도 허용하지 않았다.

끄롸아아악—! 대검이 피부를 막 꿰뚫었을 때, 몸을 던진 좀비가 병사를 끌어안고 아래로 떨어져 내렸다. 찌이익! 대검이 찢고 나간 병사의 목에서 피가 분수처럼 솟는다. 하지만 그는 아직 죽지 않았다. 그리고 밑에서 기다리고 있던 좀비들의 이빨이 자신의 온몸에 박혀 들어가는 통증을 고스란히 느껴야만 했다.

"으아아아악!"

단말마의 비명이 1호 버스 위에서 버티고 있는 병사들의 심장을 찢을 듯이 길고 크게 울렸다. 병사의 살점과 내장을 입에 문 좀비들은 만족할 줄 모르고 곧바로 다음 목표인 1호 버스를 향해 시선을 돌렸다.

이런 개좆같은! 병사들은 눈물을 그렁그렁하면서 떨리는 손으로 열심히 방아쇠를 당겼다. 왜 이렇게 가혹한 꼴을 봐야 한단 말인가. 왜 이렇게까지 했는데도 끝이 안 나는 것인가…….

"총알 있어? 탄창? 탄창!"

애타게 지원을 외치는 소리, 총을 놓친 병사는 자신이 가지고 있던 여분의 탄창을 다른 병사들에게 나누어 줬다. 그래 봐야 또 금방 다 써 버린다. 마침내 그들 전부가 빈총만을 꼭 쥐고 있게 되었을 때, 병장 하나가 한숨을 길게 내쉬며 마지막 탄창을 꺼냈다.

"후우~ 이게 진짜 끝이다. 어쩔래?"

모두 긴장된 표정으로 말없이 서로의 눈치를 살폈다. '어쩔래'의 의미를 알아들었기 때문이다. 그러는 동안에도 좀비들은 혹시 지붕 위에 오를 수 있을까 싶어 끊임없이 뛰어오른다. 탄창을 꽉 쥔 병장이 말했다.

"나는 좀 무섭다, 솔직히. 아픈 것도 싫고……. 저 새끼들한테 쏘지 말고 그냥 갈 수 있을 때 우리가 편하게 가자."

"저도…… 그게 나을 것 같습니다."

일병 하나가 눈을 내리깔고 동의했다. 물론 반대도 있었다.

"전 싫습니다. 죽을 때까지 싸울 겁니다."

점점 더 크게 흔들리는 버스 위에 엉거주춤하게 서서 좀비들의 울부짖음을 배경음으로 깔고 투표를 했다. 편히 가자 셋, 싸우자 셋. 공교롭게도 3 대 3이 나오는 바람에 그들은 말없이 서로의 얼굴을 봤다.

"이렇게 하자."

고민하던 병장이 탄창에서 총알 하나를 빼며 말했다.

"죽을 사람은 이거 하나씩만 있으면 되니까, 그럼 나머지는 싸울 애들이 나눠 가져."

고개를 끄덕이는 병사들 모두가 울상이 되었다. 병장은 보물을 다루듯이 조심해서 총알을 빼 나눠 줬다.

"자, 너는 하나만 있으면 되지?"

"그, 근데 이것만 가지고 어떻게 합니까? 저는 총이 없는데……."

총을 놓친 병사가 총알 하나를 받아 쥐고 당황해서 물었다. 아! 새로운 문제에 당면한 병장은 난감한 표정을 지었다.

"누가 얘 좀……."

말끝을 다 맺기도 전에 다들 완강히 고개를 저었다.

"그럼 내 총에 두 방 넣고 내가 먼저 가면 네가 집어서 쓸래?"

"그…… 그러다가 또 떨어뜨리기라도 하면……."

그런 일이 절대 일어나지 않는다고도 말할 수 없었다. 버스 지붕을 잡아 보려는 좀비의 손을 개머리판으로 후려치고 나서 병장이 무겁게 말했다.

"후우~ 그 총알, 날 줘라. 내가 너부터 먼저 쏴 줄게."

"잘 부탁……드리겠습니다."

둘은 마주 보고 섰다. 부탁한 일병은 눈을 꼭 감은 채 양손을 맞잡으며 부들부들 떨고, 부탁받은 병장도 비지땀을 흘리며 총을 들었다. 처음엔 턱을 들게 해서 거길 겨누고 쏘려 했다. 하지만 병장은 얼굴을 마주 보고 그렇게 하는 게 도저히 무리라는 걸 금방 깨달았다. 좀비들의 머리통을 날릴 때와는 완전히 다른 기분이었다.

"야, 안 되겠어. 하이바 벗고 돌아. 뒤에서 할게."

병장의 부탁에 따라 철모를 벗어 들고 돌아선 일병의 얼굴이 파랗게 질려 있다. 한 발짝 뒤로 물러나 있는 다른 병사들의 얼굴에서도 핏기는 찾아보기 어렵다. 하지만 가장 떨고 있는 건 집행을 맡은 병장이다.

그는 몇 번이나 전우의 뒤통수에 총구를 겨눴다가 또 내리고 한숨을 쉬었다. 사람 모양을 한 좀비들을 수백 번 죽여 봤기 때문에 이제 좀 무감각해질 거라 생각했는데, 전혀 아니다. 다른 병사들도 모두 반쯤 넋이 나간 상태로 병장과 일병에게 시선을 고정시키고 있었다.

후우, 후우, 후우! 가슴이 터질 것 같아서 계속 급하게 숨을 들이마시던 병장이 마침내 결심을 굳혔는지 이를 악물고 말했다.

"진짜 당긴다! 잘 가라!"

눈물범벅이 된 일병은 대답하지 않았다. 그의 입에서는 그저 '흐으으으~ 엄마…….' 하는 낮은 울음소리만 새어 나온다. 그는 마지막으로 그가 살던 세상에 안녕을 고하고 싶어 꽉 감고 있던 눈을 가늘게 떴다. 턱, 열기가 뿜어져 나오는 총구가 뒤통수 근처에 겨눠지는 느낌. 그리고 그때…… 보았다.

"잠깐! 잠깐만요!"

일병은 다급하게 외치며 고개를 숙였다.

"야! 뭐야? 이러면 나도 너무……."

"저기! 저기 불빛! 불빛이에요!"

일병이 가리키는 왼편 정문에선 정말로 헤드라이트의 불빛이 비쳐 오고 있었다. 지원병이다. 으와아아! 아직 희망이 있다! 순식간에 사기가 오른 병사들은 총을 고쳐 쥐고 뻗어 오는 좀비들의 머리에 다시 총알을 박아 넣고 손을 으스러뜨리기 시작했다.

"전원 위치로! 빨리 하차해! 빨리!"

정문이 가까워지자 중위는 당연하다는 표정으로 100여 미터 전방에 트럭을 세우고 서둘러 모든 병사들을 내리게 했다. 급하게 뛰어내린 병사들은 넓게 벌려 자리를 잡고 앉거나 엎드려 총을 겨눴다. K-3까지도 바닥에 내려놓고 양각대를 고정했다.

뒤를 따라 달려오던 진우는 그 광경을 보고 괴로워하며 고개를 저었다. 이런 멍청한 전술 결정을 도무지 이해할 수 없다. 좀비들을 상대할 때 가장 중요한 것은 거리와 속도다. 상대편에서 총알이 날아오지 않는데 이쪽이 자세를 낮추고 멈춰 서다니, 가장 쓸데없고 멍청한 짓거리 아닌가. 차라리 트럭의 덮개를 걷어 내고 달려가며 후방을 친다면 훨씬 좋을 텐데…….

치이이익— 여러 발의 조명탄이 한꺼번에 좀비 무리를 향해 날아가고 일제사격이 시작되었다.

파앙! 펑펑펑펑! 퍼퍼벙—!

지프 위에 설치된 50구경 중기관총의 대포 같은 발사음이 울리자 늘어선 좀비들의 머리통이 몇 개씩 관통되며 잇달아 터져 나간다. 낮게 엎드린 채 위치를 확보한 병사들 역시 열심히 방아쇠를 당겼다. 목표를 따로 조준할 필요도 없을 만큼, 어디를 쏴도 좀비의 몸을 뚫었다. 먹음직스러운 인간들이 한꺼번에 150여 명이나 측면에서 들이닥치자 놈들의 광기도 극에 달했다.

그롸아아아아—!

하늘을 덮을 듯 커다랗게 괴성을 질러 대며 좀비들이 달려든다. 거기에 건물 위에서 고전하고 있던 병사들이 내지른 함성까지 더해지자 강원도의 깊은 밤은 한층 더 극적으로 변했다.

(다음 권에서 계속)